COLLECTION « BEST-SELLERS »

SUSAN HILL

# MEURTRES À LAFFERTON

*roman*

Traduit de l'anglais par Johan-Frédérik Hel Guedj

ROBERT LAFFONT

Titre original : THE VARIOUS HAUNTS OF MEN


ISBN 2-221-10204-5
(édition originale : ISBN 1-8561-9714-X Chatto & Windus, Londres)

À mon fantôme bien-aimé

*Les repaires où rôdent les hommes sont si divers*
*Qu'ils défient la plume.*
*Ils imposent la mine.*

George CRABBE, « Le Bourg »[1]

1. Ce poème de George Crabbe a inspiré le livret de *Peter Grimes*, opéra de Benjamin Britten. (*N.d.T.*)

# *La Cassette*

La semaine dernière, j'ai trouvé une de tes lettres. Je croyais n'en avoir conservé aucune. Je pensais avoir détruit tout ce qui venait de toi. Cette lettre-là avait été oubliée, je ne sais pourquoi. Je l'ai retrouvée au milieu de déclarations d'impôts vieilles de plus de sept ans dont je voulais me débarrasser. Je n'avais pas l'intention de la lire. Dès que j'ai reconnu ton écriture, j'ai éprouvé de la répulsion. Je l'ai jetée dans la corbeille. Mais plus tard je l'ai récupérée et je l'ai lue. Tu te plaignais à maintes reprises de ce que je ne te racontais jamais rien. « Déjà, quand tu étais petit, tu ne me racontais rien », écrivais-tu.

Si seulement tu savais le peu que je te confiais, même enfant. Tu n'as jamais connu le quart de mon existence.

Après avoir lu ta lettre, j'ai réfléchi et j'ai compris que, désormais, je pouvais te dire certaines choses. J'ai besoin de te les dire. Cela me fera du bien, de me livrer à quelques aveux. Je suis accroché à mes secrets depuis trop longtemps.

Après tout, tu n'y peux plus rien, désormais.

Depuis que j'ai trouvé ta lettre, j'ai passé pas mal de temps, assis en silence, à me remémorer et à prendre des notes. Je me sens comme sur le point de raconter une histoire.

Alors, je vais commencer, si tu me le permets.

La première chose que je dois te dire, c'est que, très tôt, j'ai appris à mentir. J'ai menti sur bien des sujets, mais le premier mensonge qui me vient à l'esprit, c'est celui de la jetée. J'y suis allé, là-bas, et pas qu'une fois, alors que je t'avais juré le contraire. J'y suis retourné souvent. Je mettais de l'argent de côté, ou alors j'en trouvais dans le caniveau. J'inspectais tout le temps les caniveaux, au cas où. En certaines occasions, s'il n'y avait pas d'autre moyen, je volais : dans une poche, dans un porte-monnaie, un sac – en général, ils se trouvaient là, à portée de la main. Aujourd'hui encore, j'en ai honte. Il est peu d'actes plus méprisables que de voler de l'argent.

Mais, tu vois, il fallait que j'y aille, pour voir l'Exécution. Je n'arrivais pas à m'en passer. Chaque fois que je l'avais vue, je me sentais comblé pendant quelques jours puis, après, le besoin me reprenait, comme une démangeaison.

Cette machine, tu t'en souviens, non ? La pièce était avalée dans une fente, elle dégringolait jusqu'à ce qu'elle bute sur un volet caché qui mettait en branle le mécanisme. D'abord, la lumière s'allumait. Ensuite, trois petites silhouettes entraient en se trémoussant dans la salle de l'Exécution : le pasteur avec son surplis et son livre de psaumes, le bourreau et, entre eux deux, le condamné. La procession s'immobilisait. Le livre du pasteur était agité d'un soubresaut, le pasteur lui-même hochait la tête, la corde et son nœud coulant descendaient, l'exécuteur se précipitait, il levait les bras, il attrapait la corde et la passait autour du cou du condamné. Puis la trappe s'ouvrait sous les pieds du supplicié, qui restait suspendu en l'air et se balançait au-dessus du trou béant, l'espace de quelques secondes. Ensuite la lumière s'éteignait d'un coup, et c'était fini.

Je n'ai aucune idée du nombre de fois où je suis allé

assister à cette scène, mais si je le savais, je te le dirais, car j'ai l'intention de tout te confier.

Finalement, ils ont emporté la machinerie. Un jour, je suis allé jusqu'à la jetée, et elle ne s'y trouvait plus, un point c'est tout. J'ai envie d'expliquer ce que j'ai ressenti. De la colère – oui. J'étais certainement en colère. Mais j'en ai aussi éprouvé une sorte de frustration, de désespoir, qui s'est mis à bouillir en moi, et pour longtemps. Je ne savais pas comment m'en débarrasser.

Il m'a fallu toutes ces années pour l'apprendre.

Cela ne te paraît-il pas étrange que je n'aie jamais saisi l'intérêt d'avoir de l'argent ? Que je n'en aie jamais compris l'utilité, si ce n'est au-delà du strict nécessaire ? J'en gagne pas mal, mais cela m'est égal. L'essentiel, je le distribue. Peut-être le savais-tu depuis le début, que je te désobéissais et que je me rendais sur la jetée, parce qu'un jour tu m'as dit : « Je sais tout. » Cela m'a fait horreur. J'avais besoin de secrets, de choses qui n'appartiennent qu'à moi et ne soient jamais à toi.

Mais maintenant j'apprécie de te parler. J'ai envie que tu connaisses certaines vérités, et si je conserve encore quelques secrets – tel est le cas –, j'ai envie de les partager, juste avec toi. En outre, je peux choisir ce que je te raconte, je sais jusqu'où aller, et quand te parler. Désormais, c'est moi qui décide.

# 1.

Un jeudi matin de décembre. Six heures et demie. Encore la nuit. Brumeuse. Un de ces automnes doux et humides à vous miner le moral.

Angela Randall n'avait pas peur du noir, mais faire la route du retour jusque chez elle à cette heure blême, à la fin d'une garde de nuit difficile, avec ce brouillard fantomatique, lui mettait les nerfs en pelote. Dans le centre-ville, les gens s'affairaient déjà, mais les rares lumières visibles – minuscules îlots d'ambre enkystés – semblaient encore lointaines. Elles n'offraient ni éclairage ni réconfort.

Angela roulait lentement. Elle craignait surtout les cyclistes, avec leur manie de se matérialiser soudainement devant elle, de surgir de l'obscurité et du brouillard, en général sans bandeau fluorescent ni vêtement réfléchissant, et même assez souvent sans moyen d'éclairage. Elle conduisait bien, mais sans confiance. La crainte, non pas de percuter une autre voiture, mais de renverser un cycliste ou un piéton, ne la quittait jamais. Pour apprendre à conduire, elle avait dû s'armer de courage. Parfois, il lui arrivait de considérer que c'était l'acte le plus courageux qu'on lui ait demandé d'accomplir. Elle connaissait tout du choc, de l'horreur, de la douleur de ceux qui survivent après un accident de la route. Elle entendait encore les coups frappés à la porte d'entrée, elle revoyait les silhouettes des policiers à travers la vitre dépolie.

Elle avait alors quinze ans. À présent, elle en avait cinquante-trois. Se rappeler sa mère du temps où elle était vivante, bien portante et joyeuse lui était devenu difficile. Les images heureuses avaient été biffées par une autre vision, celle de ce visage tant aimé meurtri, cousu de points de suture, et de ce petit corps tout aplati, sous le drap, dans la froide lumière mortuaire d'un bleu blanchâtre. Personne d'autre ne s'était présenté pour identifier Elsa Randall. Angela était sa plus proche parente. Elles avaient vécu en symbiose, elles étaient tout l'une pour l'autre. Son père était décédé quand elle n'avait pas un an. Angela n'avait pas de photos de lui. Pas de souvenirs.

À quinze ans, on l'avait laissée dans une solitude dévastatrice. Cependant, tout au long des quarante années qui avaient suivi, elle était parvenue à tirer le meilleur de son isolement. Pas de parents, pas de frères et sœurs, pas de tantes ou de cousins. La notion même de famille élargie lui était inimaginable.

Jusqu'à ces deux dernières années, elle avait considéré qu'elle s'était drôlement bien débrouillée en vivant seule, et avait été persuadée qu'elle n'aurait jamais envie de quoi que ce soit d'autre. C'était son état naturel. Elle avait quelques amis, son métier lui plaisait, elle venait de décrocher un diplôme grâce aux cours par correspondance, et elle se lançait dans un deuxième cursus. Surtout, elle bénissait ce jour où, douze ans auparavant, elle avait enfin pu quitter Bevham : après avoir économisé suffisamment pour compléter le prix de vente de son appartement, elle s'était acheté une maisonnette à Lafferton, à une quarantaine de kilomètres de sa ville d'origine.

Lafferton lui convenait parfaitement. C'était petit, mais pas trop, il y avait de larges avenues arborées, quelques jolies enfilades de maisons victoriennes et, à Cathedral Close, de belles demeures géorgiennes. La cathédrale elle-même était magnifique – de temps à autre, elle assistait aux offices. En outre, il y avait des boutiques de bonne qualité, des cafés agréables. Sa mère aurait remarqué, avec son drôle de sourire pincé, qu'à Lafferton on trouvait des « gens bien ».

À Lafferton, Angela Randall était à l'aise, installée, chez elle. En sécurité. Quand elle était tombée amoureuse, quelques mois plus tôt, elle s'était d'abord sentie déconcertée, étrangère à cette émotion impérieuse, irrépressible, puis elle avait vite considéré que son emménagement à Lafferton s'inscrivait dans une démarche qui conduisait à cette apothéose. Angela Randall aimait avec intensité et dévouement. Assez vite, elle le savait, l'amour allait aussi envahir la vie de l'autre. Quand il accepterait ses sentiments à son égard, dès qu'elle serait prête à les lui révéler, quand ce serait le bon moment.

Avant sa rencontre avec lui, Angela avait fini par trouver son existence légèrement creuse. L'angoisse de la maladie future, de l'infirmité, du grand âge, s'était insinuée à la lisière de sa conscience et la narguait de son grand sourire. Le jour où elle avait dépassé un âge que sa mère n'avait jamais atteint, cela lui avait causé un choc. Elle estimait ne pas le mériter. Mais depuis cette rencontre, en avril, ce sentiment de vacuité avait laissé place à une certitude intense et passionnée, à la conviction qu'un destin l'attendait. La solitude, le grand âge et la maladie lui étaient sortis de la tête. Elle était sauvée. Et, après tout, cinquante-trois ans, ce n'était ni soixante-trois, ni soixante-treize. C'était la fleur de l'âge. À cinquante ans, sa mère était déjà au seuil de la vieillesse. Mais à l'heure actuelle, on restait jeune plus longtemps.

Dès qu'elle franchit les murs d'enceinte protecteurs du centre-ville, le brouillard et l'obscurité se refermèrent sur sa voiture. Elle s'engagea dans la rue curieusement baptisée « du Jugement Dernier », puis elle emprunta, à gauche, Devonshire Drive. Quelques lumières brillaient aux fenêtres des chambres, dans les étages des grands pavillons, mais, à cause du brouillard, elle les distinguait à peine. Elle ralentit l'allure à quarante à l'heure, puis à vingt.

Par un temps pareil, il était impossible de comprendre pourquoi ce quartier était l'un des plus convoités de Lafferton. Elle n'ignorait pas sa chance d'avoir pu trouver, sur les cinq que comptait le passage, cette petite maison dans Barn Close, à un prix à la limite de ses possibilités. La maisonnette était restée vide pendant plus d'un an après la disparition du couple âgé qui y avait vécu près d'une soixantaine d'années. À l'époque, ce n'était pas encore un passage, et les demeures imposantes de Devonshire Drive se comptaient sur les doigts d'une main.

La maison ne répondait pas aux normes du confort moderne, elle était même sacrément délabrée, mais, dès qu'elle y avait mis les pieds, à la suite de la jeune femme de l'agence immobilière, Angela Randall avait eu envie de l'habiter.

— J'ai bien peur qu'il n'y ait énormément de travaux à prévoir, ici, avait-elle déclaré.

Pourtant, cela ne lui importait guère : la maison l'avait en quelque sorte adoptée, et c'était là une sensation très singulière.

— Ces gens ont dû vivre heureux, ici.

La jeune fille l'avait regardée bizarrement.

— J'ai l'intention de vous faire une offre.

Elle était entrée dans la petite cuisine. La pièce était glaciale, peinte dans des tons vert d'eau, avec une cuisinière à gaz couleur crème et des placards vernis marron. Mais par la fenêtre, au-dessus du champ qui s'étendait derrière la haie, Angela avait vu la Colline. Les nuages y pourchassaient le soleil, taquinaient les pentes verdoyantes en une alternance de lumière et d'ombre qui évoquait les jeux d'une bande d'enfants.

Pour la première fois depuis ces coups frappés à la porte, tant d'années auparavant, Angela Randall avait éprouvé un moment de bonheur.

Elle avait les yeux endoloris, à cause de la fatigue et de la tension, à force de scruter les bancs de brouillard à travers le pare-brise. La nuit avait été difficile. Parfois, les vieilles gens étaient posés et paisibles, et les appels peu fréquents. On effectuait juste une ronde de contrôle toutes les deux heures, on triait les draps, on se livrait aux quelques tâches routinières laissées par l'équipe de jour. Ce genre de nuit permettait à Angela de travailler à ses cours, installée dans la salle de garde de la maison de repos. Mais, cette fois, elle avait à peine ouvert ses manuels. Cinq pensionnaires, parmi les plus fragiles et les plus vulnérables, avaient développé une infection virale aiguë. À deux heures du matin, le personnel avait dû appeler le docteur Deerbon, qui avait aussitôt envoyé une vieille dame à l'hôpital. Il avait fallu changer les comprimés de M. Gantley, mais ses nouveaux médicaments lui donnaient des cauchemars épouvantables ; il hurlait et réveillait les occupants terrorisés des chambres voisines. M^lle^ Parkinson avait encore déambulé dans son sommeil. Elle avait même réussi à gagner la porte d'entrée, à la déverrouiller et à parcourir la moitié de l'allée avant que les gardes, débordées, ne s'en rendent compte. La démence, ce n'était pas joli. Il n'y avait rien à faire ; on pouvait tout juste limiter les dégâts et interner, en veillant à ce que l'environnement soit propre et lumineux, les repas convenables et les soins affectueux. Angela se demandait comment elle aurait réagi si sa mère avait vécu assez longtemps pour souffrir d'un mal qui dépossédait les êtres de leur personnalité, de leur mémoire, de leur intelligence, esprit, dignité, de leur faculté d'établir un rapport avec les autres – de tout ce qui composait une existence riche et précieuse. Souvent, Angela avait plaisanté avec Carol Ashton, qui dirigeait cette maison de repos, le Foyer des Quatre Chemins : « Tu m'accepteras chez toi, n'est-ce pas, si jamais je deviens comme ça ? » Elles en avaient ri et avaient changé de sujet, mais les questions d'Angela dévoilaient l'anxiété d'une enfant désireuse d'être rassurée, protégée. Enfin, maintenant, elle n'avait plus à s'inquiéter de cela. Quel que soit son état, elle ne vieillirait pas seule. Elle le savait.

Quand elle arriva au bout de Devonshire Drive, le brouillard se dissipait. La masse dense et blanche s'effilochait, se muait en écheveaux, en voiles plus légers qui s'enroulaient en volutes devant son pare-chocs. Des trouées d'obscurité laissaient entrevoir les éclairages des maisons et de la rue, ces lumières d'un orange clair et doré. Elle tourna dans Barn Close, où elle discerna son portail peint en blanc, tout au fond. Elle laissa échapper un long soupir, relâcha la tension dans sa nuque et ses épaules. Sur le volant, ses mains étaient moites. Cependant, elle était chez elle. L'attendaient un long sommeil et quatre jours de congé.

Une fois sortie de voiture, elle sentit le brouillard s'accrocher à sa peau comme autant de toiles d'araignée humides, mais une légère brise soufflait de la Colline dans sa direction. Peut-être que d'ici au lever du jour, lorsqu'elle serait prête à ressortir, la brise aurait dispersé la brume. Elle était plus fatiguée que d'habitude, après cette sale nuit et ce pénible trajet en voiture, néanmoins il ne lui serait pas venu à l'idée de changer de rythme. Angela Randall était une femme d'ordre et d'habitude. Seul le récent événement avait pu briser le cocon de sécurité qu'elle s'était tissé, la menaçant du chaos. Mais ce chaos potentiel lui était doux et, à sa grande surprise, elle l'accueillait volontiers.

D'ici là, elle se tiendrait à sa routine. Si elle loupait son footing, ne serait-ce qu'une journée, dès la sortie suivante elle remarquerait la différence ; elle se sentirait moins souple, elle respirerait moins facilement. Le médecin lui avait conseillé de pratiquer une activité sportive, et elle lui vouait une confiance totale. S'il lui avait conseillé de se pendre la tête en bas à la branche d'un arbre pendant une semaine, elle aurait obtempéré. Aucun sport ne l'attirant, elle s'était mise à courir. Elle commençait par un peu de marche, puis elle joggait en augmentant la vitesse par paliers jusqu'à parcourir quotidiennement cinq kilomètres.

« Une vie équilibrée », avait-il commenté quand elle lui avait annoncé qu'elle entamait un nouveau cycle de formation permanente. « Prendre soin de son corps et de son esprit. Voilà un conseil à l'ancienne qui n'est pas mauvais pour autant. »

Angela entra chez elle, dans sa maison impeccablement ordonnée. Les tapis, un péché mignon auquel elle consacrait ses économies, étaient épais, noués serré. Quand elle ferma la porte d'entrée, le silence l'enveloppa, ce silence qu'elle goûtait tant, suave et profond, capitonné, réconfortant.

Rien n'était déplacé. Cette maison avait représenté toute sa vie et, jusque récemment, avait été plus importante à ses yeux qu'une famille, qu'un être humain ou un animal de compagnie. Elle était telle qu'Angela l'avait laissée en partant la veille au soir, et c'était rassurant. Personne d'autre qu'elle-même ne s'en occupait. L'existence d'Angela Randall reposait sur le 4, Barn Close, et les lieux ne l'avaient jamais trahie.

Au cours de l'heure qui suivit, elle mangea une banane coupée en morceaux dans un petit bol de muesli et but une tasse de thé – une seule. Après le jogging et la douche, elle compléterait son petit déjeuner par un œuf, un toast, une tranche de bacon maigre, des tomates et encore du thé. Elle prépara les ingrédients, sans oublier de les couvrir, sortit la casserole, remplit la bouilloire, vida et rinça la théière. Tout était prêt pour son retour.

Elle écouta les nouvelles à la radio et lut la première page du journal que le garçon de courses venait de déposer, puis elle monta au premier, dans sa chambre à coucher bleu ciel, ôta son uniforme, le jeta dans la panière à linge sale, enfila un t-shirt blanc, propre et repassé de frais, un survêtement gris clair, des chaussettes blanches et des baskets. Un bandeau blanc lui maintenait les cheveux en arrière, dégageant son visage. Elle glissa dans sa poche trois bonbons au glucose dans leur papier et passa autour de son cou la seconde clef de maison, retenue par un ruban.

Quand elle referma la porte derrière elle, les lumières s'allumaient dans les habitations voisines et une aube fluette, aigrelette, lugubre, pointait en haut de la Colline. La brume restait en suspens çà et là, prenait les arbres et les taillis en écharpe à flanc de coteaux, tourbillonnait, épaississait, dérivait et se dissipait à nouveau.

Les rideaux n'étaient pas encore tirés. Personne ne regardait au-dehors, personne n'était impatient d'entamer cette journée, de voir s'il arrivait quelque chose ou qui passait par là. Ce n'était pas le genre, ce matin-là. Au coin de Barn Close, à quelques mètres de sa maison, et au début du chemin qui conduisait dans le champ, Angela Randall accéléra en léger footing. Quelques minutes plus tard, tranquille, discrète, elle courait, à une cadence régulière et résolue. Inaperçue, elle traversa le champ à découvert et entama la montée de la colline. Au bout de quelques mètres, elle pénétra dans un boyau de brouillard étouffant, dense et moite.

# 2.

Dimanche matin, cinq heures et quart, par vent de tempête. Cat Deerbon décrocha le téléphone à la deuxième sonnerie.

— Ici le docteur Deerbon.

— Oh, mon Dieu !

La voix, celle d'une femme âgée, se brisa.

— Je suis désolée, je n'aime pas vous déranger au milieu de la nuit, docteur, je suis navrée...

— Je suis là pour ça. Qui est à l'appareil ?

— Iris Chater, docteur. C'est Harry... Je l'ai entendu. Je suis descendue et il faisait un bruit bizarre en respirant. Et il a l'air, vous savez. Il n'a pas l'air bien, docteur.

— J'arrive.

Cet appel n'avait rien d'inattendu. Harry Chater avait quatre-vingts ans. Il avait subi deux attaques graves, était diabétique avec un cœur malade, et, récemment, Cat lui avait diagnostiqué un carcinome de l'intestin à évolution lente. Il aurait sans doute eu sa place à l'hôpital, mais sa femme et lui avaient insisté : il serait mieux à son domicile. Ce qui était certainement vrai, songea Cat en sortant de chez elle. Il était mieux dans le lit qu'on lui avait arrangé au rez-de-chaussée, dans le salon, côté rue, avec ses deux perruches pour compagnie.

Elle prit l'allée en marche arrière. Saisis un bref instant dans le faisceau des phares, les arbres apparurent, secoués par le vent en fureur. Mais les chevaux étaient à l'écurie, en sécurité, et toute la famille dormait profondément.

De nos jours, peu de gens possédaient des perruches, mis à part les amateurs d'oiseaux de concours. Les oiseaux en cage étaient passés de mode, comme les caniches. Tout en s'obligeant à contourner une branche cassée, Cat tâcha de se remémorer quand elle avait vu pour la dernière fois quelqu'un avec un caniche tondu façon « pompon », de ces pompons de laine que Sam et Hannah confectionnaient à la garderie. Quels autres objets fabriqués de leurs mains avaient-ils fièrement rapportés à la maison ? Elle commença d'en dresser la liste, de tête. Il y avait treize kilomètres entre le village d'Atch Sedby et Lafferton. Il faisait nuit noire, il pleuvait, et il n'y avait personne sur la route. Depuis des années, pour s'exercer le cerveau et se maintenir éveillée pendant les nuits de garde, Cat se forçait à réciter des poèmes à voix haute – ceux qu'elle avait appris par cœur à l'école : « La Chouette et le Chaton », « C'est le temps qui plaît aux coucous », « J'avais un denier d'argent et un abricotier ». Elle se répétait également les fragments de textes qu'elle avait retenus de ses années de lycée, les tirades d'*Henry V* et les monologues d'*Hamlet*, les pièces historiques. Écouter la radio l'endormait, mais la poésie, les formules chimiques ou le calcul mental l'aidaient à tenir le coup. Ou ces listes, justement. Des pompons en laine, songea-t-elle, des tableaux en spaghettis, des jumelles composées de deux rouleaux de papier toilette vides, des cartes de fête des mères ornées de bouts de mouchoirs en papier jaunes censés figurer des jonquilles, des pots en fil de fer tressé, des animaux en papier mâché, des mosaïques d'autocollants multicolores.

La lune surgit au cœur d'une cavalcade de nuages au moment où Cat quittait la route pour entrer dans Lafferton, et elle vit se dresser devant elle la cathédrale, sa grande tour argentée et ses fenêtres scintillantes de mystère.

« Lente et silencieuse la lune
Arpente la nuit dans ses souliers d'argent... »

Elle s'efforça de retrouver la suite du poème.

Nelson Street faisait partie d'un ensemble de douze maisons individuelles surnommées « Les Apôtres ». Au 37, aux deux tiers de la voie, la lumière était allumée.

Harry Chater allait probablement mourir dans l'heure à venir. Cat le comprit dès qu'elle pénétra dans le petit salon étouffant et encombré, où le radiateur à gaz était réglé au maximum, où régnait l'odeur de la maladie, mi-antiseptique, mi-fièvre. Cet homme autrefois corpulent s'était ratatiné, affaissé en lui-même ; toutes ses forces et l'essentiel de ses pulsions vitales avaient disparu.

Iris Chater retourna à la chaise installée à côté du lit, lui prit la main et la frictionna doucement dans la sienne. Ses yeux saisis par la peur papillonnaient du visage gris et fripé de son mari à celui de Cat.

— Allons, reprends-toi, Harry, le docteur Deerbon est là, le docteur Cat... ça te fera plaisir de la voir.

Cat s'agenouilla à côté du lit bas et sentit la chaleur des brûleurs dans son dos. La cage des perruches était recouverte d'un carré de tissu en velours or à frange sous lequel les volatiles demeuraient silencieux.

Elle ne pouvait plus grand-chose pour Harry Chater. Elle s'abstiendrait d'appeler une ambulance, évitant ainsi de l'envoyer mourir sur un chariot dans un couloir de l'hôpital général de Bevham. Mais il était en son pouvoir de lui assurer un maximum de confort, de sortir la bombonne d'oxygène de sa voiture pour faciliter sa respiration. Elle pouvait également rester avec Iris et Harry, à moins qu'elle ne soit appelée ailleurs.

Cat Deerbon avait trente-quatre ans. Jeune médecin généraliste, issue d'une famille de médecins depuis des générations, elle avait hérité de la conviction que certains usages anciens étaient ce qui convenaient le mieux aux individus.

— Allons, Harry, mon chéri.

Quand Cat revint avec la bouteille d'oxygène, Iris Chater caressait la joue creuse de son mari et lui parlait d'une voix douce. Le pouls était faible, la respiration irrégulière, les mains très froides.

— Vous allez faire quelque chose pour lui, n'est-ce pas, docteur ?

— Je peux le soulager un peu. Aidez-moi simplement à le soulever pour mieux le caler contre les oreillers, M^me^ Chater.

Dehors, le vent se jetait sur les carreaux des vitres. Le chauffage au gaz crachotait. Si Harry survivait au-delà de l'heure à venir, Cat appellerait les infirmières du district.

— Il ne souffre pas, n'est-ce pas ?

Iris Chater tenait toujours la main de son mari.

— Ce n'est pas trop drôle, ce masque sur son pauvre visage, hein ? ajouta-t-elle.

— C'est le meilleur moyen de lui faciliter les choses. Vous savez, là, à mon avis, il est déjà très soulagé.

La vieille femme quêtait le regard de Cat. Son visage était gris lui aussi, ridé par la tension, les orbites enfoncées, avec des poches sous les yeux, couleur d'hématome, à cause de la fatigue. Elle avait neuf ans de moins que son époux ; c'était une femme soignée, énergique, mais, pour l'heure, elle paraissait aussi âgée et aussi malade que lui.

— Pour lui, depuis le printemps, ce n'est plus une vie.

— Je sais.

— Il a ça en horreur... être faible, dépendant. Il ne mange plus rien. Pour lui faire avaler une cuillerée de nourriture, c'est la croix et la bannière.

Cat ajusta le masque à oxygène sur le visage de Harry. Son nez busqué saillait, les chairs étaient comme repoussées de part et d'autre de l'arête. Le crâne apparaissait clairement à travers la peau quasi-transparente. Même avec le soutien de la bombonne, la respiration restait malaisée.

— Harry, mon cœur...

Sa femme lui caressait le front.

Combien sont-ils comme eux, en ce moment même, mariés depuis plus de cinquante ans et toujours contents de l'être ? songea Cat. Et combien seraient-ils, au sein de sa génération à elle, à persévérer ? À prendre les choses comme elles venaient, parce que c'était ainsi et pas autrement, parce qu'on se l'était promis ?

Elle se leva.

— Nous pourrions nous préparer un thé, non ? Cela vous ennuie que j'aille dans votre cuisine m'en occuper ?

Iris Chater fit mine de se lever à son tour de sa chaise.

— Mon Dieu, docteur, je ne vais pas vous mettre ainsi à contribution. Je m'en charge.

— Non, insista Cat avec délicatesse, restez avec Harry. Il sent que vous êtes là. Il veut que vous demeuriez auprès de lui.

Elle passa dans la petite cuisine. Chaque étagère, la moindre surface disponible étaient encombrées non seulement des habituelles porcelaines et ustensiles, mais de bibelots, calendriers, figurines, photos, maximes encadrées, pots de miel en forme de ruches, coquetiers aux visages souriants, thermomètres enchâssés dans un support en cuivre et horloges montées sur des assiettes à motifs floraux. Sur le rebord de la fenêtre, un oiseau en plastique piqua du bec pour boire dans un verre d'eau lorsque Cat lui toucha la tête. Elle imagina combien il ravirait Hannah – presque autant que la poupée en crochet rose dont la jupe recouvrait le sucrier.

Elle alluma le gaz et remplit la bouilloire. À l'extérieur, le vent gifla un portail. Cette maison était à la taille de ses occupants, et eux à la sienne – elle leur allait comme un gant. Comment pouvait-on se moquer de ces *mugs* aux armes de la famille royale ou de ces torchons « Home Sweet Home » ou « Desiderata » ?

Cat pria pour que son téléphone ne sonne pas. Consacrer un peu de temps, là, tout de suite, à un patient mourant, effectuer des gestes aussi simples que préparer le thé, aider un couple ordinaire à vivre cette séparation, la plus pénible, la plus cruciale. Repousser les embêtements et la charge administrative croissante qui allaient de pair avec l'exercice de la médecine générale. La profession était en plein changement ; plus exactement, des hommes grisâtres qui la géraient sans la comprendre étaient en train de la changer. Beaucoup de collègues de Cat et de Chris Deerbon, usés, démoralisés, devenaient cyniques. Il serait plus commode de renoncer, de traiter les patients au cabinet, comme des boîtes de conserve sur un tapis roulant, et de déléguer les interventions nocturnes à des remplaçants. On y gagnerait de bonnes nuits de sommeil – mais peu de satisfaction dans le travail. Cat s'y refusait. Sa manière d'exercer n'était pas rentable, cependant personne ne pouvait en évaluer le prix. Accompagner Harry Chater dans son agonie, veiller sur sa femme du mieux possible, c'était cela, les tâches qui comptaient et lui importaient, autant à elle qu'à eux.

Elle remplit la théière et emporta le plateau.

Une demi-heure plus tard, une main dans celle de sa femme et l'autre dans celle de son médecin de famille, Harry respira une dernière fois, d'un souffle incertain, et mourut.

Le silence, dans cette pièce étouffante, était immense. Le silence propre aux décès possédait une texture particulière, avait remarqué Cat, comme si la terre avait momentanément cessé de tourner, que le monde était vidé de tout sentiment de futilité et d'urgence.

— Merci à vous d'être restée, docteur. Je suis heureuse que vous soyez là.

— Moi aussi.

— Maintenant, il va falloir s'occuper de tout, n'est-ce pas ? Je ne sais pas par où commencer.

Cat prit la main d'Iris Chater.

— Rien ne presse. Restez à côté de lui aussi longtemps que vous en éprouverez le besoin. Parlez-lui. Dites-lui au revoir, à votre manière à vous. L'important, pour le moment, c'est ça. Le reste peut attendre.

Quand elle repartit, la tempête avait décliné. L'aube pointait. Cat resta debout près de la voiture, à se rafraîchir le visage au sortir de la chaleur du salon. L'entrepreneur des pompes funèbres était en route, à présent, et le voisin avait rejoint Iris Chater. On avait fait irruption dans ce moment de paix, et toutes les affaires mornes qui entourent la mort étaient sur le point de s'engager.

Son travail à elle était terminé.

À cette heure de la journée, un dimanche matin, le trajet depuis Nelson Street jusqu'à Cathedral Close prenait deux minutes en voiture. On célébrait un office à sept heures, et Cat décida de s'y faufiler, après un coup de fil chez elle.

— Hello ! Tu es debout !

— Très drôle !

Chris Deerbon écarta le combiné de son oreille pour que Cat puisse entendre les éclats de voix familiers de ses enfants en train de se chamailler.

— Et toi, comment ça s'est passé ?

— Harry Chater est mort. Je suis resté auprès d'eux. Je vais essayer d'aller à la messe de sept heures, puis chez mon frère boire un café.

— Simon est rentré ?

— Il devait prendre un vol la nuit dernière.

— Vas-y. J'emmène les enfants faire un tour de poney. Il faut que tu t'organises avec Simon.

— Oui, il y a la question des soixante-dix ans de papa...

— Alors, en effet, il va te falloir un remontant, côté spirituel.

Chris était athée, et s'il respectait les croyances de Cat, il ne résistait pas au plaisir de lâcher une perfidie de temps à autre.

— Je suis désolé au sujet du vieux Harry Chater. Le sel de la terre, ces deux-là.

— Oui, mais il était au bout du rouleau. Je suis contente d'avoir été présente, c'est tout.

— Tu es un bon docteur, tu sais ?

Cat sourit. Chris, son mari, était aussi son associé au sein du cabinet et, à son avis, un meilleur clinicien qu'elle le serait jamais. Un propos élogieux de sa part, ce n'était pas rien.

La petite porte de la cathédrale Saint-Michael-et-Tous-les-Anges se referma presque sans bruit. L'immense édifice était pour une grande part plongé dans l'obscurité, cependant des lumières étaient allumées et des bougies brûlaient dans la chapelle latérale. Cat leva les yeux vers le vide qui donnait l'impression d'enfler jusqu'à la voûte en éventail. Se trouver dans la nef d'une cathédrale par cette demi-obscurité, c'était comme d'être Jonas dans le ventre de la baleine. Lors de sa dernière visite, les lieux étaient bondés à craquer des représentants des corps constitués et d'une congrégation vêtue de ses plus beaux atours pour un office royal. Ce jour-là, la cathédrale était emplie d'échos de musique, tapissée d'étendards et d'habits sacerdotaux. Ce petit matin tranquille lui convenait mieux.

Elle prit place au milieu d'une vingtaine de fidèles agenouillés, tandis que le bedeau conduisait le prêtre vers l'autel.

Elle aurait été incapable d'accomplir son devoir de médecin sans la force insufflée par la foi. La plupart des confrères qu'elle fréquentait et avec qui elle travaillait avaient l'air de s'en tirer fort bien sans cela, et elle était un cas singulier, même au sein de sa propre famille – pourtant, songeait-elle, Simon n'était pas si loin de partager sa conviction.

Tandis qu'elle approchait de la sainte table, elle se revit là, avec lui. Ils assistaient côte à côte à l'enterrement de trois jeunes enfants, des frères, assassinés par leur oncle. Simon était présent ès qualités, en tant qu'officier de police judiciaire responsable de l'enquête, et Cat en tant que médecin de la famille. Cet office avait été déchirant. Était également présente Paula Osgood, experte médico-légale intervenue sur le lieu du crime et lors de l'autopsie ; elle avait confié à Cat qu'elle était enceinte de son deuxième enfant. Comment avait-elle pu montrer tant de calme professionnel, tant de détachement en examinant ces trois petits corps massacrés à coups de hache et de couteau de boucher ? Cat s'interrogeait. Les gens pareils à elle, les policiers comme Simon – eux avaient besoin de toute la force et de tout le soutien possibles. Comparé à leur métier, celui de médecin de famille dans une bourgade agréable comme Lafferton était du gâteau.

La courte messe s'acheva et le ruban de fumée des cierges mouchés dériva jusqu'à Cat. Elle se leva. Une femme qui s'éloignait dans l'allée centrale attira son regard, et une autre, aussitôt après. Les deux femmes souriaient.

Elle resta en retrait quelques secondes, les laissa partir avant de se glisser jusqu'à une porte latérale. De là, elle pourrait s'éclipser à travers Cathedral Green et emprunter le chemin qui menait au passage avant que quiconque ait pu la harponner, l'air contrit, pour une consultation improvisée.

Mis à part les ecclésiastiques, peu de personnes habitaient dans les jolies maisons géorgiennes du petit passage, presque toutes ayant été transformées en bureaux.

Simon Serrailler vivait tout au bout, ses fenêtres donnant d'un côté sur le passage et, de l'autre, sur la Gleen River, dont un bras traversait tranquillement ce quartier de Lafferton. Non loin de l'entrée du 6, St Michael's, s'élançait la courbe d'une passerelle métallique qui conduisait au chemin de halage, sur l'autre rive. Un détachement de colverts traçait des arabesques sous son arche. Plus en amont, un cygne nageait sur place. Au printemps, on pouvait s'asseoir à la fenêtre de Simon et regarder les martins-pêcheurs jaillir des berges.

*Case & Chaundy. Avocats*
*Assistance diocésaine*
*Parker, Phipps, Burns. Experts-comptables.*
*Davies, Davies, SCI. Avocats.*

Cat appuya sur la sonnette située tout en haut du motif dessiné par les plaques de cuivre, à côté d'un étroit bandeau de bois au lettrage élégant. *Serrailler.*

Connaissant son frère comme elle le connaissait – pour autant que l'on puisse prétendre déchiffrer Simon –, elle n'avait pas été étonnée par son choix de vivre seul au dernier étage d'un immeuble, entouré de bureaux généralement vides aux heures où il était chez lui, avec, pour toute compagnie, les canards, l'eau sombre glissant sous ses fenêtres et les cloches de la cathédrale.

Sim était différent de ses frères et sœurs, Cat et Ivo, encore plus différent de ses parents et des autres Serrailler. Dès l'enfance, aussi loin que Cat se souvienne, il avait toujours été singulier, jamais tout à fait à son aise au sein de cette famille de médecins péremptoires, grandes gueules, amateurs de blagues de carabin. Comment un garçon si pondéré, si réservé, parvenait-il à s'intégrer aux forces de police, qui plus est extrêmement bien ? Cela demeurait un autre mystère.

L'édifice était silencieux. Les pas de Cat résonnaient sur l'escalier de bois, quatre étages aux volées étroites. À chaque palier, elle devait relancer la minuterie, dont le déclic éteignait les lampes avant qu'elle ait eu le temps d'atteindre les dernières marches. *Serrailler.* Le même lettrage, sur l'emplacement à côté de la sonnette.

— Salut, Cat !

Son frère se cassa en deux du haut de son mètre quatre-vingt-dix pour l'envelopper dans une étreinte d'ours.

— J'avais une visite tôt ce matin et j'ai assisté à la messe de sept heures.

— Et donc te voici pour le petit déjeuner.

— En tout cas pour le café. Je n'ose pas imaginer que tu aies quoi que soit à grignoter, ici. Comment était l'Italie ?

Simon passa dans la cuisine, mais Cat ne le suivit pas, pas tout de suite : elle voulait savourer cette pièce. Elle courait sur toute la longueur de la maison, avec de longues fenêtres. Depuis la cuisine, on apercevait la Colline.

Les volets de bois peints en blanc étaient rabattus. Le vieux plancher en orme ciré était décoré de deux grands tapis. La lumière se déversait à l'intérieur, sur les photos de Simon et sur le mobilier – mélange d'antiquités et de classiques contemporains choisis avec un goût très sûr. Au-delà de cet immense salon, il y avait une petite chambre à coucher et une salle de bains nichées à l'écart, puis la cuisine façon bateau. Tout était centré là, dans cette pièce unique dans laquelle Cat entrait, songea-t-elle, presque pour les mêmes raisons qu'elle entrait à l'église – la paix, le silence, la beauté, le rechargement spirituel et visuel de ses batteries. Rien, dans l'appartement de son frère, ne présentait le moindre lien avec sa propre demeure, corps de ferme en pagaille perpétuelle, débordant d'enfants, de chiens, de bottes en caoutchouc, de brides pour chevaux et de revues médicales. Elle adorait sa maison ; là se trouvait son cœur, là plongeaient ses racines les plus profondes. Pourtant, un petit noyau de sa personne était attaché à ce sanctuaire de lumière et de tranquillité. Sans doute était-ce cet oasis, se disait-elle, qui permettait à Simon d'exercer son métier en restant sain d'esprit.

Simon apporta un plateau chargé d'une cafetière qu'il déposa sur la table de hêtre, devant la fenêtre ouverte sur le passage et l'arrière de la cathédrale. Cat prit place, les mains en conque sur le mug en terre cuite presque brûlant, et elle écouta son frère lui décrire Sienne, Vérone et Florence, chacune de ces villes où il n'avait passé que quatre jours.

— Il faisait encore chaud ?

— Journées dorées, nuits fraîches. Parfait pour travailler en extérieur.

— Je peux voir quelque chose ?

— Rien de déballé.

— D'accord.

Elle se serait bien gardée de pousser Simon à lui montrer le moindre dessin avant qu'il n'ait sélectionné ceux qu'il jugeait dignes d'être vus.

Après avoir terminé ses études, Simon s'était inscrit aux beaux-arts, contre les souhaits et les conseils de leurs parents, et surtout en totale opposition avec leurs ambitions. À l'inverse de tous les autres membres de la dynastie Serrailler depuis des générations, il n'avait jamais témoigné le moindre intérêt pour la médecine, et aucune pression ne l'avait convaincu de poursuivre ses études scientifiques au-delà du premier cycle. Il avait dessiné. Il avait toujours dessiné. Il était entré à l'école des beaux-arts pour dessiner – pas pour prendre des photos, créer des vêtements ou exécuter des graphismes sur ordinateur, et certainement pas pour étudier les techniques de l'installation ou l'art conceptuel. Il dessinait superbement, les personnes, les animaux, les plantes, les bâtiments, il croquait toutes les menues facettes de la vie quotidienne, dans les rues, sur les marchés, les lieux publics. Cat aimait son trait et ses hachures, son sens du détail. Deux fois l'an, il partait pour l'Italie, l'Espagne, la France, la Grèce, pour dessiner. Il avait passé plusieurs semaines en Russie, un mois en Amérique latine. Dans l'intervalle, il profitait ici ou là de quelques week-ends volés.

Cependant, il n'avait pas mené à terme son cursus à l'école des beaux-arts. Il s'était laissé rattraper par la déception et la désillusion. Personne, disait-il, ne voulait qu'il dessine – en fait, personne ne voulait enseigner ni promouvoir le dessin. Il s'était donc inscrit à King's College, à Londres, y avait suivi des études de droit, avait obtenu une mention très bien avant d'intégrer les forces de police, son autre passion depuis l'enfance. Gravissant les échelons, il avait connu une progression rapide au sein de la police criminelle pour devenir inspecteur divisionnaire, à trente-deux ans.

Dans la police, l'artiste qui signait ses œuvres Simon Osler – Osler était son deuxième prénom – demeurait un parfait inconnu, tout comme l'inspecteur divisionnaire Simon Serrailler pour ceux qui se rendaient à ses expositions, affichant toujours complet et présentées dans des endroits situés loin de Bevham et Lafferton.

Cat remplit de nouveau son mug. Ils avaient achevé d'échanger les nouvelles sur les vacances de Simon et sur sa famille à elle, ainsi que quelques potins locaux. Il fallait aborder le sujet épineux.

— Simon, il y a autre chose.

Saisissant la moindre nuance de sa voix, il releva brièvement les yeux, l'air circonspect. Comme c'est étrange, songea Cat. Ivo et Simon étaient jumeaux, ou plutôt les deux garçons des triplés qu'ils formaient avec elle. Pourtant, ils auraient aussi bien pu ne pas être frères. Simon était le seul Serrailler depuis des générations à avoir les cheveux blonds, même s'il possédait les yeux noirs de la famille. Quant à elle, impossible de s'y méprendre, elle était bien la sœur d'Ivo. Simon et elle ne voyaient plus guère leur frère : Ivo travaillait depuis six ans comme médecin volant dans le bush australien. Il était heureux comme un roi – Ulysse ne convenait pas : cela supposait que, à la fin de « son beau voyage », il s'en revienne « vivre parmi ses parents le reste de son âge », ce qui ne tenterait pas Ivo. Cat doutait qu'il retourne jamais au bercail.

— Dimanche prochain, c'est l'anniversaire de papa.

Simon regarda au-dehors le ciel changeant chargé de nuages au-dessus de la cathédrale. Il ne répondit rien.

— Maman organise un déjeuner. Tu viendras, n'est-ce pas ?

— Oui.

Sa voix ne laissait rien paraître.

— Pour lui, cela signifie beaucoup.

— J'en doute.

— Ne fais pas l'enfant. Laisse-toi aller. Tu sais bien que tu seras noyé dans la masse... Dieu sait si nous serons nombreux !

Elle alla rincer son mug dans l'évier en inox. La cuisine de Simon, où il était rare que l'on prépare autre chose que du café et des toasts, lui avait coûté une petite fortune et quantité de soucis. Cat se demandait souvent pourquoi.

— Il faut que je retourne relever Chris de sa séance de poney. Alors, demain, tu travailles ?

Le visage de Simon se détendit. Ils étaient de nouveau en terrain connu. Quinze jours à l'étranger loin du travail, pour lui, c'était suffisant, Cat le savait. Son frère vivait pour son métier, ses dessins et cet endroit. Elle l'acceptait tel qu'il était et ne regrettait qu'occasionnellement de ne pas partager plus avec lui. Elle connaissait une parcelle de son existence dont elle pouvait lui parler à condition qu'il l'aborde le premier. Ce qui était rare.

Elle lui déposa encore un baiser sur la joue et fila en vitesse.

— À dimanche prochain.

— Sans faute.

Après le départ de sa sœur, Simon Serrailler se doucha, s'habilla, et se prépara une deuxième cafetière. Dans un instant, il déballerait ses bagages et se plongerait dans les travaux réalisés en Italie. Mais, d'abord, il passa un coup de fil au commissariat de Bevham. Le travail ne reprenait que le lendemain, néanmoins il ne pouvait attendre tout ce temps pour se tenir informé, vérifier quelles affaires avaient été classées en son absence, s'il y en avait, et, plus important, connaître les nouvelles.

Deux semaines et demie, c'était long.

# La Cassette

Je me demande si tu t'es déjà rendu compte à quel point je détestais cette chienne ? Nous n'avions jamais possédé d'animal de compagnie. Et puis je suis rentré de l'école, un après-midi, et elle était là. Je te revois, assise dans ton fauteuil avec ton pouf en cuir marron calé sous les pieds, tes lunettes et ton livre de bibliothèque sur la table, à côté de toi. L'espace d'une seconde, je ne l'ai pas remarquée. Je suis allé t'embrasser, comme d'habitude, et je l'ai vue – la chienne. Une petite chienne, mais tout de même pas un chiot.

– Qu'est-ce que c'est ?

– Ma chienne.

– Pourquoi elle est là ?

– J'ai toujours rêvé d'en avoir une.

Les yeux de l'animal, luisants comme des perles, encadrés de longues mèches de poils soyeux, étaient tournés dans ma direction. Je l'ai tout de suite détesté.

– Tu ne l'aimes pas ? as-tu demandé.

Maintenant, je peux te dire à quel point je la détestais. Je la détestais parce que c'était ta chienne et que tu l'aimais. Je la détestais en soi, pour ce qu'elle était. La chienne était assise sur tes genoux. La chienne te léchait le visage, avec sa langue couleur rose lilas. La chienne venait manger des gâteries dans ta main. La chienne dormait sur ton lit. La chienne me détestait autant que je la détestais. Je le savais.

Pourtant, curieusement, sans cette bestiole je n'aurais sans doute jamais découvert ce que je voulais devenir, ce qu'était mon destin.

Je sais que tu te souviens de ce jour. J'étais couché sur le petit tapis et je taquinais la chienne, je lui agitais les doigts sous le museau, et quand elle essayait de me mordre, je les retirais aussi sec. J'ai fini par attraper le coup à la fraction de seconde près, et je suis certain que je ne me serais jamais fait prendre si j'avais répété indéfiniment le même geste. Mais j'ai commis une erreur. Après coup, ma stupidité m'a mis en colère contre moi-même. Pourtant, elle m'aura appris à élaborer un plan, et à m'y tenir. Ce jour-là, à partir d'une simple erreur, j'ai beaucoup appris, n'est-ce pas ? Au lieu de remuer les doigts sous le museau de la chienne, je me suis penché au-dessus d'elle et j'ai lâché un grognement, en m'imaginant qu'elle aurait peur de moi. Je voulais qu'elle ait peur de moi. À la place, elle a sauté en l'air et m'a mordu au visage, m'arrachant un bout de chair de la lèvre supérieure.

J'étais sûr que tu éprouverais le besoin d'éloigner cette bête, de la faire piquer, à cause de ce qu'elle m'avait fait, mais tu as dit que c'était ma faute.

— Cela t'apprendra à ne plus la taquiner.

Es-tu capable de t'imaginer à quel point cette réponse m'a blessé ? Peux-tu le comprendre ?

Je n'étais jamais allé à l'hôpital. Tu m'y as emmené en bus, avec un mouchoir propre appuyé contre la lèvre. J'ignorais à quoi ça ressemblait, un hôpital. J'ignorais que j'allais découvrir un endroit captivant, beau, dangereux, et, en même temps, un havre sûr. J'avais envie de rester pour toujours au milieu de ces lits blancs, de ces chariots rutilants et de ces gens puissants.

Ils m'ont fait mal. Ils ont baigné ma plaie dans un

antiseptique. J'adorais l'odeur. Ensuite, ils m'ont cousu la lèvre supérieure. La douleur était indescriptible, pourtant j'adorais le docteur qui me l'a infligée. Et l'infirmière, avec sa coiffe d'un blanc éclatant, qui m'a tenu la main. Tu étais restée dehors.

Donc, tu vois, constater que tu aimais cette chienne plus que moi et que tu m'avais trahi pour elle, finalement ça ne comptait guère, car j'avais trouvé ma voie. Je pourrais même te pardonner cette trahison — la tienne ne sera pas la pire. La pire de toutes est venue plus tard. J'ai surmonté ta trahison, mais celle-là, jamais, car j'ai été trahi par ce que j'étais supposé aimer. Toi, je ne t'aimais pas.

Ça, je ne te l'ai jamais confié. Mais désormais je te dis tout. Nous sommes d'accord là-dessus, n'est-ce pas ?

# 3.

Jeudi matin. L'aube perce tout juste dans la brume gris perle. L'air est doux.

Sur la Colline, une île de velours vert émerge d'une mer vaporeuse. Les arbres sont à peu près nus mais les carrés de broussailles et de ronces qui nichent comme des touffes de poils dans les creux et les replis portent encore des baies et quelques feuilles. À mi-hauteur, se dressent les Wern Stones, des mégalithes plantés comme trois sorcières accroupies autour d'un chaudron invisible. À la lumière du jour, des enfants osent pénétrer dans le sanctuaire et se mettent au défi de toucher la surface grêlée des vieilles pierres. Au solstice d'été, des silhouettes en tunique se rassemblent là pour danser et psalmodier. On en rit, car elles sont réputées inoffensives.

À cette heure de la matinée, quelques coureurs, arpentant le sol d'une foulée volontaire, montent, descendent et contournent la Colline. Ils sont toujours seuls, ils ne remarquent jamais rien. Ce matin, ils sont deux, des hommes, l'air sérieux, avec leurs chaussures silencieuses aux pieds. Pas de femme. Plus tard, alors que la lumière de l'aube devient plus forte et l'édredon de brume plus mince, trois jeunes en VTT, haletant, grimaçant, souffrant, s'élancent sur la piste sablonneuse qui attaque le sommet, sans mettre pied à terre.

Un vieil homme promène un yorkshire, une femme deux dobermans. Ils font le tour des Wern Stones avant de revenir prestement sur leur pas.

Le soir, il peut y avoir des promeneurs sur la Colline, mais pas de coureurs et pas de cyclistes.

Plus tard, le soleil se lève, disque rouge sang au-dessus des buissons broussailleux, des ronces et de l'herbe moussue. Il effleure les Wern Stones, frappe des papiers sales soufflés par le vent, la queue blanche d'un lapin qui s'enfuit, un corbeau mort.

Là-haut sur la Colline, personne ne remarque rien d'inhabituel. Les passants marchent, courent, roulent, mais ils ne trouvent rien, ne rapportent jamais rien d'alarmant. La Colline est égale à ce qu'elle est depuis toujours. Avec ses pierres levées et sa couronne d'arbres, elle ne délivre aucun secret. Les véhicules se cantonnent aux chemins pavés ; en outre il a plu : s'il y avait eu des traces de pneus, elles auraient été délavées.

# 4.

Debbie Parker est couchée dans son lit, pelotonnée en chien de fusil. Dehors, le soleil brille, lumineux pour un matin de décembre, mais les rideaux sont bleu foncé, et ils sont tirés.

Elle a entendu le réveil de Sandy, l'eau de la douche de Sandy, l'émission du matin sur la radio de Sandy, mais rien de tout cela n'avait de sens. Quand Sandy était partie travailler, Debbie avait pu se rendormir, s'accorder une grasse matinée dans le silence, refouler le soleil, la journée, la vie.

Habituellement, quand elle se réveillait, le temps d'une fraction de seconde elle se sentait bien, normale. « Hé, il fait jour, debout ! » Puis la déprime, la noire, l'écrasante déprime lui imbibait la cervelle comme une tache sur du papier absorbant. Depuis qu'elle avait perdu son boulot, les matins se présentaient de plus en plus mal. Elle se réveillait avec des migraines qui lui embrumaient l'esprit, l'entraînaient vers le fond et se prolongeaient la moitié de la journée. Si elle déployait un énorme effort, si elle sortait et se promenait en ville – peu importait –, la douleur se dissipait lentement. Une fois atteint le milieu de l'après-midi, elle se sentait capable de tenir le coup. Les soirées se déroulaient souvent assez bien. Les nuits étaient terribles, même si elle avait bu quelques verres avant de s'écrouler dans son lit sans angoisse, sinon joyeuse. Vers trois heures, elle se réveillait en sursaut, le cœur battant trop fort, suant de peur.

— Debbie...

*Va-t'en. N'entre pas ici.*

— Huit heures moins dix.

La porte s'ouvrit, laissa percer un trait de lumière qui zébra le mur.

— Une tasse de thé ?

Debbie ne remua pas, ne prononça pas un mot. *Va-t'en.*

— Allez !

Les rideaux s'ouvrirent dans un raclement. Ce bruit, c'était comme de se faire arracher les dents. Sandy Marsh approcha, sautillante, pétillante de vitalité, radieuse – et soucieuse. Elle s'assit sur le lit de Debbie.

— Je viens de dire que je t'apportais un thé.

— Ça va.

— Non, ça ne va pas.

— Mais si.

— Tu vas estimer que cela ne me regarde pas, mais à mon avis tu aurais grand besoin d'aller consulter un médecin.

— Je ne suis pas malade, marmonna Debbie dans le creux d'écume de ses draps.

— Tu ne te portes pas si bien que ça non plus. Regarde-toi. Tu as peut-être contracté ce syndrome, le DS, la dépression saisonnière. On est en décembre. Il y a davantage de gens qui se suicident en décembre et en février que le reste de l'année, c'est un fait.

Debbie se redressa en position assise, rejeta sa couette d'un geste farouche.

— Super. Je te remercie.

Le visage radieux et fortement maquillé de Sandy se rida sous l'effet de l'inquiétude.

— Je suis désolée. Vas-y, flanque-moi un coup. Désolée. Oh, mon Dieu !

Courbée en avant, Debbie pleurait dans ses bras repliés en berceau. Sandy l'enlaça.

— Tu vas être en retard, hoqueta Debbie.

— Je m'en fiche. C'est toi qui comptes. Allez.

Debbie se leva enfin et se rendit à la douche d'un pas traînant. Mais avant la douche, il y avait le miroir.

Son acné s'était aggravé. Elle avait le visage marqué par de vilaines éruptions rouges et infectées qui lui descendaient dans le cou et les épaules. Elle était déjà allée consulter le médecin une fois, plusieurs mois auparavant. Il lui avait prescrit une pommade jaune et puante à appliquer deux fois par jour. Le produit laissait des dépôts gras sur les vêtements, des taches disgracieuses sur la peau, et une odeur sur les draps. Debbie ne s'était pas donné la peine de terminer le pot et n'était pas retournée dans ce cabinet médical. « Je déteste les docteurs », avait-elle averti Sandy, assise dans sa cuisine au milieu de ses meubles en kit à deux sous dont les portes tombaient en morceaux. Sandy avait grillé des toasts et préparé deux autres mugs de thé.

Elles se connaissaient depuis l'école primaire, elles avaient grandi dans la même rue, et louaient cet appartement ensemble depuis que le remariage de la mère de Sandy, huit mois plus tôt, avait rendu la cohabitation familiale difficile. Ce changement aurait dû être amusant, mais non. Quand l'entreprise de bâtiment où elle travaillait avait fermé sa succursale de Lafferton, Debbie avait perdu son emploi, et la noirceur avait commencé de s'insinuer en elle.

— Tout ce que le docteur va me donner, c'est un tas de pilules qui m'abrutiront.

Sandy plongea sa cuiller dans son mug de thé et laissa goutter le liquide, replongea sa cuiller et laissa goutter encore.

— D'accord. Mais tu pourrais peut-être voir quelqu'un d'autre.

— Comme qui ?

— Ceux qui font de la pub à la boutique bio.

— Quoi ? Un acupuncteur à te filer la chair de poule ? Des guérisseurs, des types qui ne jurent que par les herbes ? Ça me paraît complètement dingue, non ?

— Écoute, un tas de gens ne jurent que par ça. Note quelques noms, c'est tout.

S'occuper améliorerait son état. Lorsqu'elle entra chez le marchand de journaux pour s'acheter un carnet et un bic, Debbie avait une lueur de gaieté dans le regard. Elle prit le chemin de la boutique bio, les yeux levés vers la Colline, au-dessus des toits, sa ligne de crête effleurée par un soleil citronné.

Le magasin se trouvait dans Alms Street, près de la cathédrale. Ça va peut-être aller mieux, songea Debbie. Je pourrais retrouver la forme, perdre une quinzaine de kilos, me dégotter un truc pour me nettoyer la peau. Une nouvelle vie.

Les cartes étaient épinglées les unes sur les autres, en vrac sur le panneau de liège. Elle dut en décrocher plusieurs pour trouver les noms et les numéros. Technique Alexander, réflexologie, cure

Brandon, acupuncture, chiropracteur. Il lui fallut une éternité pour en venir à bout. Finalement, elle retint quatre cartes – un aromathérapeute, un réflexologue, un acupuncteur et un herboriste. Après un moment de tergiversations, elle en ajouta un autre... l'adresse et le numéro de téléphone d'un dénommé Dava. Elle se sentait attirée par sa carte d'un bleu profond, intense, pailletée d'un tourbillon d'étoiles minuscules. DAVA. GUÉRISON PAR L'ESPRIT. CRISTAUX. HARMONIE INTÉRIEURE. LUMIÈRE. THÉRAPIE HOLISTE.

Elle regardait fixement la carte, se sentait happée dans les profondeurs de ce bristol bleu. Cela lui faisait de l'effet, pas de doute. Quand elle ressortit de la boutique, elle se sentait... différente. Mieux. La carte bleue lui restait dans la tête et, quand il lui arrivait d'y repenser au cours de la journée, elle se convainquait qu'elle pourrait en retirer quelque chose. En tout cas, la noirceur battit en retraite, telle une créature qui se recroquevillait dans les confins les plus reculés de son esprit.

# 5.

— J'aimerais voir un gradé, je vous prie. Un officier de la police criminelle.

Diriger une maison de repos pour quinze personnes âgées toutes parvenues à des stades de démence différents avait appris à Carol Ashton la patience et la fermeté, qualités que possèdent aussi les institutrices de maternelle – les deux métiers, elle y songeait souvent, présentaient beaucoup de points communs. Elle avait le talent d'obtenir de l'individu le plus récalcitrant qu'il finisse par agir selon sa volonté. Une caractéristique qui n'échappa pas au brigadier de garde.

— Ne croyez pas que nous prenons les déclarations de disparition à la légère.

— Je suis convaincue du contraire. Mais je sais aussi que le nom de la personne est inscrit, assorti d'une très brève description, sur une liste qui circule dans divers services, après quoi... à moins que le porté disparu ne soit un enfant ou ne présente une vulnérabilité particulière... cela s'arrête là.

Elle n'avait pas tort.

— Vous seriez étonnée, madame Ashton, par le nombre de personnes qui disparaissent.

— Je sais. Je sais aussi que la plupart refont surface saines et sauves. Et je sais ce que signifie le mot « moyens ». Il n'empêche, j'aimerais voir quelqu'un prendre la peine de creuser cette affaire. Et, comme je vous l'ai précisé, si j'insiste pour parler à un inspecteur, ce n'est pas du tout pour dénigrer la police en tenue.

Elle s'éloigna du bureau et alla s'asseoir sur le banc contre le mur. Des touffes grises de rembourrage s'échappaient par quelques fentes et déchirures dans le revêtement du siège.

Sachant qu'elle devrait peut-être attendre un bon moment, Carol Ashton avait apporté un livre, mais elle eut à peine le temps d'en lire un paragraphe. Le brigadier de garde avait compris à qui il avait affaire : cette dame ne le lâcherait pas avant d'avoir obtenu ce pour quoi elle était venue.

— Madame Ashton ? Je suis l'inspecteur Freya Graffham, brigade des homicides. Voulez-vous me suivre ?

Idiot de ma part, se dit Carol, d'être surprise de voir une femme. Il lui fallait bien admettre qu'elle gardait inscrit quelque part dans sa tête que, si les agents de police étaient communément des agentes, les inspecteurs restaient forcément des hommes. Tout comme les infirmières étaient des femmes.

La pièce où on la fit entrer n'avait, elle, pas de quoi surprendre : un petit cube défraîchi, dénué de caractère, avec une table en métal et deux chaises peintes en beige. Juste pour sortir de là, vous seriez prêt à avouer n'importe quoi.

— J'ai cru comprendre que vous étiez très inquiète au sujet d'une employée qui n'est pas venue travailler depuis quelques jours ?

L'inspecteur Graffham était jolie – une coupe de cheveux de lutin, des traits aigus, de grands yeux.

— Angela. Angela Randall. Sauf que ce n'est pas une « employée ».

L'inspectrice baissa brièvement les yeux sur la feuille de papier posée devant elle.

— Je suis navrée, je viens juste de consulter cette note d'information...

— Oh si, elle est bien employée chez nous. Elle travaille pour moi, seulement, le terme me paraît grisâtre. J'entretiens de bonnes relations avec mon personnel.

— Je comprends... les formulaires officiels. Bien, reprenons depuis le début. Dites-moi tout au sujet d'Angela Randall. Mais avant, puis-je vous servir une boisson chaude ? Malheureusement, elle sortira de cette redoutable machine.

Elle ira loin, songea Carol Ashton en remuant son thé avec un bâtonnet de plastique sans aucune ressemblance avec une cuiller. En tout cas, je le lui souhaite. J'espère que personne ne la trouve trop appliquée, ou trop peu, ni... oui, trop impliquée.

L'inspecteur Graffham se cala contre le dossier de sa chaise, bras croisés, et la dévisagea, en attente. Elle avait l'air sincèrement intéressée.

— Je dirige une maison de repos pour personnes âgées frappées de démence.

— Maladie d'Alzheimer ?

— Une bonne façon de résumer.

— J'espère que vous savez à quel point nous avons besoin de vous. Ma grand-mère en est morte l'an dernier. Les soins qu'elle a reçus étaient honteux. Où est située cette maison de repos ?

— Sur Fountain Avenue. Les Quatre Chemins.

— Et M^me^ Randall travaille avec vous ?

— M^lle^ Randall, Angela. Oui. Elle est chez nous depuis près de six ans, et cela fait quatre ans qu'elle assume la garde de nuit. C'est le genre de collaboratrice dont tout le monde rêve : travailleuse, attentive, fiable, rarement en congé maladie ou autre, sans personne à charge. Elle s'est toujours montrée satisfaite de couvrir les nuits. Ce qui est rare.

— Quand l'avez-vous vue pour la dernière fois ?

— Eh bien, je ne la croise pas toujours. Les affectations aux équipes de nuit et de jour varient beaucoup, et nous pouvions facilement passer une semaine sans nous croiser. Mais quand elle est de garde, je suis toujours au courant, évidemment. Il y a le cahier de service, et puis elles travaillent en binôme... Mais, j'y pense, si ! La dernière fois qu'elle est venue travailler, je l'ai vue. Elle m'a appelée au milieu de la nuit. J'habite quatre maisons plus loin. Quelques patients avaient attrapé un sale microbe et on avait besoin de moi. Cette nuit-là, Angela était présente.

— Comment vous a-t-elle paru ?

— Elle était aux cent coups, c'est certain, nous l'étions tous ! Nous n'avons guère eu le temps de bavarder. Mais elle était, comme toujours, très calme, très sûre.

— Donc vous n'avez rien remarqué d'inhabituel ?

— Non. Cela m'aurait frappée.

— Et le lendemain soir, elle n'est pas revenue ?

— Non, elle n'était pas de service. Elle avait pris son week-end et quatre jours de congé. Cela fonctionne ainsi : les membres de l'équipe de nuit ont droit à de longues plages de repos. Ils en ont besoin. Angela ne devait donc pas revenir avant une semaine.

Ensuite, j'ai été moi-même en vacances. À mon retour, j'ai trouvé un rapport me signalant qu'elle n'était pas venue travailler depuis quatre soirs, et qu'elle n'avait pas téléphoné pour avertir. C'est complètement inattendu de sa part. Certains membres du personnel se croyaient autorisés à ne pas se présenter au travail sans me tenir au courant, et je m'en suis débarrassé. Nous ne pouvons pas exister, dans ces cas-là. Nos pensionnaires ne méritent pas une telle attitude. Mais Angela Randall ne se serait jamais conduite de cette manière.

— Qu'avez-vous fait ?

— Je lui ai téléphoné... plusieurs fois. Je n'ai pas arrêté. Je ne l'ai jamais obtenue, et elle n'a pas de répondeur.

— Vous êtes passée chez elle ?

— Non. Non, je ne suis pas passée.

— Pourquoi ?

L'inspecteur Graffham la dévisagea de son regard aigu. Carol Ashton se sentit mal à l'aise – en réalité, elle se sentait coupable, aussi absurde cela fût-il. Cette jeune femme avait un regard limpide, ferme et scrutateur qui l'atteignait. Elle se demanda combien de temps un criminel résisterait à ce regard.

— Madame Ashton, si vous ne m'aidez pas, je ne peux pas vous aider. Or je le veux.

Carol tergiversa.

— Je ne veux pas... je ne veux pas qu'il y ait de malentendu.

L'inspectrice patienta.

— Angela est très secrète, très réservée. Elle n'est pas mariée, mais je ne sais pas si elle est veuve, divorcée ou simplement célibataire. Cela peut paraître étrange, pourtant, en six ans, je n'en ai jamais rien su. Elle n'est pas le genre de personne à qui l'on peut poser la question, et elle ne parle jamais d'elle. Elle est parfaitement cordiale, mais elle ne laisse rien filtrer, on la sent sur ses gardes. À d'autres on poserait ces questions sans crainte, mais elle, on la devine prête à... se fermer. Cela se lit dans son regard... comme un avertissement : « N'avancez pas plus loin. » Une espèce de herse qui tombe. Donc, je ne suis jamais allée chez elle, et, à ma connaissance, aucun autre membre du personnel non plus. Voilà, je n'allais pas lui rendre visite, c'est tout. En réalité, je n'avais pas l'intention d'excéder un simple coup de fil. Cela peut sembler ridicule.

— Pas vraiment. Si j'en crois mon expérience, certaines personnes se créent une vie très solitaire. Elles donnent l'impression de cacher quelque chose, peut-être un sombre secret, alors qu'en réalité il s'agit plutôt d'un écran de fumée. Vous savez si elle a de la famille ?

— Non. Elle n'a jamais mentionné personne.

— A-t-elle des antécédents de maladies, de dépression ?

— Non. Je suis certaine qu'elle n'est jamais tombée malade... De temps à autre un mauvais rhume, deux ou trois fois en tout. Quand ça arrive, j'encourage mes collaborateurs à rester chez eux. Nos pensionnaires sont très vulnérables.

— Rien qui soit de nature à déclencher un accident médical : diabète, problème cardiaque ?

— Non. Je l'aurais su, à cause de son travail. Je n'ai rien constaté de cet ordre.

— Quel âge a-t-elle ?

— Cinquante-trois.

— Vous avez déjà dû y réfléchir, mais avez-vous remarqué quoi que ce soit de changé ou d'étrange chez M^lle^ Randall au cours de ces dernières semaines, disons de ces derniers mois ?

Carol hésita. Il y avait quelque chose. Peut-être. À la fois quelque chose et rien du tout. Le bureau était plongé dans un complet silence. L'inspecteur Graffham ne manipulait rien, n'écrivait rien, elle restait simplement assise, les yeux posés sur Carol, au point de la mettre mal à l'aise.

— C'est vraiment difficile à expliquer.

— Allez-y.

— Rien n'a jamais été formulé. Il faut que vous le sachiez. C'est juste une intuition, une impression que j'ai eue.

— Elles sont souvent très importantes.

— Je ne veux pas exagérer : elle est très vague. Mais à une ou deux reprises, je me suis fait la réflexion qu'Angela avait l'air un peu... distraite ? Perturbée ? Comme si elle était à des kilomètres. Je ne l'avais jamais remarqué chez elle, dans le passé. D'habitude, elle se montre toujours tellement efficace. Enfin, n'en tirez pas trop de conclusions. Cela m'est venu en tête à une ou deux reprises, je ne veux nullement laisser entendre qu'elle se comportait de manière bizarre.

— Vous croyez que quelque chose la tracassait ?

— Non. Ce n'était pas cela, en tout cas je ne pense pas. Oh ! je n'en sais rien. Oubliez ce que je viens de vous raconter. Cela n'a aucun sens.

— Je ne suis pas de cet avis.

— J'aurais dû lui rendre visite, n'est-ce pas ? Et si elle est tombée malade ?

— Eh bien, je suppose qu'elle a des voisins. Vous n'avez rien à vous reprocher.

— Et maintenant, que va-t-il se passer ?

— Nous allons envoyer quelqu'un vérifier sur place.

Freya se leva.

— Ne vous inquiétez pas. Les personnes portées disparues sont en général parties de leur plein gré, pour toutes sortes de raisons personnelles. Soit elles refont surface comme si de rien n'était, soit elles donnent signe de vie. Il est très, très rare, qu'il leur soit arrivé quelque chose. Particulièrement aux dames d'âge mûr déraisonnables.

— Je vous remercie.

— C'est la vérité.

La jeune inspectrice posa la main sur le bras de Carol.

— Et puis...

Subitement, elle sourit, et Carol Ashton s'aperçut qu'elle n'était pas simplement jolie, elle était belle, avait une allure folle.

— Vous êtes venue, conclut Freya Graffham. Vous avez agi exactement comme il le fallait.

— Vous avez soixante secondes pour m'expliquer en quoi ce dossier-là mérite de sortir de la routine, Freya.

Le divisionnaire principal Bill Cameron se renversa dans son fauteuil, les mains derrière la nuque, et pivota, encore et encore, comme le gros ours velu et suant qu'il était. Impressionnez-moi, convainquez-moi, disaient ses yeux.

Freya Graffham ne se laissa pas intimider. Elle avait intégré la police criminelle de Lafferton quelques semaines plus tôt, mais elle avait reconnu dans le divisionnaire principal le genre de figures dont la police du Grand Londres regorgeait, en tout cas à l'époque de son arrivée dans les services – de grands personnages au verbe haut et au ventre mou. Quand elle avait quitté Londres, ces types étaient presque tous partis à la retraite et avaient été remplacés par des fonctionnaires d'une autre espèce. Elle aurait du mal à mener

Cameron par le bout du nez, mais il y aurait toujours moyen de le contourner.

Pour sa part, Cameron la considérait comme une jeune femme plus coriace qu'elle n'en avait l'air. Freya Graffham avait quitté la police de Londres de son plein gré après douze ans de service pour s'installer dans une ville de province sans histoire, et il se demandait ce qui l'avait amenée à perdre ainsi son sang-froid.

Quoi qu'il en soit, pour le moment, elle s'efforçait de faire son trou.

— Angela Randall, cinquante-trois ans, une femme qui mène la vie la plus prévisible, la plus ordonnée et la plus méthodique que vous puissiez imaginer, sans famille, sans amis proches, et qui n'a jamais fait défaut à son employeur. Elle n'est pas malade et, en l'état actuel de nos informations, elle n'a jamais traversé de dépression. Les policiers de la patrouille ont trouvé sa maison impeccable, la voiture au garage, la table dressée pour le petit déjeuner, des œufs dans la poêle, du pain dans le toaster. Elle s'était préparé une théière et elle en avait bu une tasse, et il y avait une peau de banane dans sa poubelle vide. La panière à linge contenait sa tenue de travail.

— Pourtant, pas trace de M^lle^ Randall, qu'elle soit malade, en bonne santé ou dans un autre état ?

— Non.

— Des voisins ?

— Qui ne savent pas grand-chose. Et qui ne la croisent guère. Toujours là dans la journée, mais elle restait dans son coin. Pas de visiteurs. Il y a tout de même quelque chose de bizarre, chef. La patrouille m'a expliqué que la maison dégageait une atmosphère... particulière.

Cameron haussa le sourcil.

— Ils cherchent à nous flanquer les chocottes ? Ça ne leur ressemble pas.

— J'aimerais assez aller faire un tour sur place.

Cameron l'observa. Freya Graffham possédait tout – l'instinct, le flair, le pif... peu importait le nom – et cela suffisait à la distinguer du lot. Si elle parvenait à conserver ce talent, ainsi que sa faculté de porter attention au moindre détail et son énorme capacité de travail, qui lui permettait de garder les pieds vissés au sol, elle atteindrait les sommets. Les spécimens de ce genre étaient assez rares pour qu'il comprenne l'intérêt de ne pas en lâcher un quand il le tenait.

— Vous savez aussi bien que moi que si vous ne nous dégottez pas quelque chose tout de suite, et que si aucun événement nouveau ne surgit, nous serons contraints de classer cette histoire dans le dossier des personnes disparues sans laisser d'adresse.

— Priorité mineure... Aucun danger pour la collectivité au sens large ou, autant qu'on puisse en juger, pour la personne portée disparue, dont nous devons respecter le droit de disparaître. Ouais, ouais.

— Elle doit avoir un amant caché quelque part et ils sont partis en vacances. Ou alors elle s'est flinguée.

— N'empêche que son employeur ne retient aucune de ces deux hypothèses.

Cameron consulta sa montre.

— Plus que trois minutes, fit-il.

— Je dois prendre ça comme un oui ?

— Une chose, Freya... Quatre-vingt-dix-neuf pour cent des personnes disparues font perdre son temps à la police. Ne l'oubliez pas, avant de vous laisser entraîner trop loin.

— Merci, chef. Je vais tâcher de faire simple.

Freya partit en voiture pour Barn Close, accompagnée du jeune inspecteur Nathan Coates, qu'elle envoya dès leur arrivée fouiller le garage et la cabane de jardin, puis questionner les voisins. Freya voulait se garder la maison d'Angela Randall pour elle.

« Bizarre », tel était le commentaire d'un des policiers de la patrouille qui l'avait visitée. Lorsqu'elle referma doucement la porte derrière elle, debout dans le petit vestibule, elle comprit aussitôt ce qu'il avait voulu dire. Pourtant, les lieux n'avaient rien de sinistre, simplement, il y régnait un silence extraordinaire, un silence d'une qualité et d'une épaisseur qu'elle avait rarement perçues dans une maison, un peu comme un tissu lourd et dense, impénétrable, qui l'enserrerait.

Quelle espèce de femme vivait ici – avait vécu, qui sait ? Freya passa lentement de pièce en pièce, tâchant de se forger une image de la propriétaire. Visiblement, celle-ci était propre, soigneuse et organisée. La petite maison était terne, presque anonyme, pareille à une maison-témoin d'une autre époque que personne n'aurait jamais habitée. Les meubles n'étaient pas monstrueux, simplement ils n'avaient rien d'inoubliable et auraient pu être choisis par n'importe qui. Nulle part, dans le choix ou la disposition, n'apparaissait le moindre signe d'un goût personnel. Le style n'était ni ancien ni contemporain, la gamme de couleurs restait fade et pâle. Freya ouvrit les tiroirs et les placards : vaisselle, couverts, linge de maison, un vrai catalogue de vente de charité. Le petit bureau contenait des papiers attachés par des trombones, en ordre – relevés bancaires, bulletins de paie, un livret d'une société d'investissement et de crédit immobilier avec 1 236,98 livres en dépôt, des factures de services, toutes payées et cochées. Sur les rayonnages de la bibliothèque, dans le salon côté rue, elle découvrit quelques ouvrages peu révélateurs – un atlas, un dictionnaire, un cours complet de fiches cuisine signé Delia Smith, un guide des fleurs des champs et deux polars de Dick Francis.

— Allez, allez ! maugréa Freya. Lâche le morceau !

C'était ce qui manquait qui lui semblait le plus chargé de sens : pas le moindre objet personnel, pas de photographies, pas de lettres, pas de cartes postales envoyées par des amis. Son sac à main, que le policier en tenue avait trouvé sur une chaise, dans la cuisine, n'avait rien révélé hormis un porte-monnaie avec quelques pièces, un portefeuille contenant deux cartes de crédit et vingt livres, des lunettes, de l'aspirine, des mouchoirs en papier et une lettre timbrée dans laquelle Angela Randall avait glissé un chèque libellé à l'ordre d'une maison de vente par correspondance. Le carnet d'adresses posé à côté du téléphone mentionnait plombier, électricien, médecin, dentiste, coiffeur, acupuncteur, et la maison de repos des Quatre Chemins, avec le numéro privé de Carol Ashton inscrit séparément, ainsi que « C. Gabb – tonte de la pelouse ». Angela Randall n'avait apparemment pas de parents, pas d'amis ou de filleul. Comment pouvait-on mener une vie aussi aride ?

Freya monta au premier.

La salle de bains était équipée de sanitaires basiques. Elle attrapa le flacon de shampooing utilitaire, le savon blanc tout simple. Ici, pas question de se bichonner. La chambre d'amis n'était visiblement jamais utilisée – le lit était totalement nu et la penderie contenait quelques couvertures et oreillers, plus deux valises vides. Angela Randall n'était donc pas partie en vacances. Il régnait dans cette pièce un froid mordant. Il faisait froid dans toute la maison.

Dans la chambre principale, les vêtements suspendus dans la penderie étaient à peine plus personnels que le reste – manteau beige, jupe marron, pull bleu marine, tailleur noir, tailleur couleur caramel, robe à fleurs en coton imprimé, chemisiers blanc et jaune citron, bleu et gris. Il y avait aussi deux survêtements de bonne qualité, achetés dans une boutique de sport, et une paire de chaussures de jogging toutes neuves, encore dans leur boîte – une marque chère.

Jusque-là, l'image mentale que l'inspecteur Graffham, de la brigade criminelle, se faisait d'Angela Randall était inexistante, comme un puzzle vide. À présent, deux pièces s'étaient mises en place. La quinquagénaire célibataire, taille et poids moyens, habillée de couleurs neutres, était une fanatique du jogging, capable de dépenser cent cinquante livres pour une paire de chaussures adaptées. Freya se demandait comment le divisionnaire principal réagirait si elle lui rapportait ce fait à titre d'unique information.

Elle était sur le point de fermer les portes de la penderie pour descendre rejoindre le sergent Coates, quand un reflet terne, au fond du placard, attira son regard. Elle tendit la main.

Il s'agissait d'une petite boîte enveloppée de papier doré, avec un nœud compliqué de ruban doré, et une petite enveloppe tout aussi dorée. Freya l'ouvrit.

*Pour Toi, avec tout mon amour dévoué, Moi.*

Freya soupesa l'emballage. Cela ne pesait pas lourd, ne sentait rien, ne cliquetait pas.

Qui était Angela Randall : « Toi » ou « Moi » ?

Elle franchissait la porte de la maison quand l'inspecteur remontait l'allée.

— Alors, la main heureuse ?

— Pas vraiment. Les voisins que j'ai trouvés chez eux à cette heure expliquent qu'elle était toujours aimable, elle restait de son côté et, à leur connaissance, elle ne recevait pas de visiteurs. Le seul truc, m'a dit la dame du coin, M$^{me}$ Savage, c'est que, ces six derniers mois, ou à peu près, Angela Randall s'était mise à courir.

— Oui, il y a des survêtements dans la penderie et une paire de chaussures de jogging très chères et toutes neuves.

— Tous les matins, à la même heure, elle sortait de chez elle, même si elle rentrait juste de son service de nuit ou venait de se lever.

— Où allait-elle ?

— En général, en haut de la Colline, sauf quand il pleuvait vraiment, et ensuite elle allait au bout de la route.

— Quand M^me^ Savage l'a-t-elle vue pour la dernière fois ?

— Elle en est à peu près certaine, le lendemain matin du jour où M^me^ Ashton a dit qu'elle l'a vue pour la dernière fois, sur son lieu de travail... Depuis, M^me^ Savage ne l'a pas recroisée, et pas un signe de vie dans la maison. Elle la croyait partie.

— Est-ce qu'elle l'a vue revenir de son jogging ce matin-là ?

— S'en souvient pas. Mais elle dit qu'elle ne la voyait pas toujours revenir. M^me^ Savage sort très tôt trois matins par semaine pour attraper un bus qui la conduit chez sa fille, ou alors elle va au marché, le mardi... Randall a pu rentrer chez elle sans se faire remarquer.

— Ou ne pas rentrer. Quoi d'autre ?

— Rien.

— D'accord, on file. J'ai un cadeau à ouvrir.

Une heure plus tard, le cadeau doré était posé sur le bureau de Freya Graffham, scintillant tel un accessoire destiné à l'un des trois Rois mages dans une représentation de la Nativité.

Dès son arrivée, Freya avait vérifié les derniers rapports. Les informations concernant Angela Randall étaient enregistrées dans la base de données des personnes portées disparues et on avait fait circuler sa description dans les hôpitaux.

Freya avait recherché dans la maison une photographie d'Angela relativement récente susceptible d'être mise en ligne sur le site officiel de la police. Elle n'en avait trouvé aucune, et on était sans nouvelles de la disparue.

— Et sans corps, ajouta le divisionnaire principal en s'arrêtant à hauteur de sa table de travail.

— Il va y en avoir un.

— Vous avez une intuition ?

— Il semble qu'elle menait une vie assez solitaire. Si je vivais dans une boîte stérile comme celle-là, si je n'avais apparemment pas d'ami, pas d'être que j'aime en ce monde, je sauterais dans le canal.

— D'où on l'aurait repêchée depuis plusieurs jours.

Freya ramena le petit paquet à elle.

*À Toi, avec tout mon amour dévoué, Moi.*

— Je vous laisse l'ouvrir.

Freya hésita. Entrer dans la maison d'Angela Randall, et même fouiller ses tiroirs et ses placards, faisaient, selon elle, partie de son boulot. Elle ne s'était pas sentie intruse, simplement parce qu'elle n'avait découvert là rien d'intime ou de personnel qui soit de nature à lui donner l'impression de fouiner. Rechercher le nom d'un contact ou une adresse, un indice sur l'endroit où aurait pu se rendre la disparue n'était que pure routine. Mais ouvrir ce paquet, dans son emballage ostentatoire, était une atteinte à la vie privée qui aurait fortement déplu à Angela Randall.

Freya hésitait encore, son pouce allant et venant sur le papier miroitant. Puis elle appliqua la lame d'un canif sur les rabats proprement scotchés. Le papier doré se déploya d'une seule détente, révélant un étui doré. À l'intérieur, au milieu du papier de soie craquant, au creux d'un nid de velours bleu, était agrafée une paire de boutons de manchette en or, sertis de lapis-lazuli d'un bleu sombre.

Le présent n'était donc pas destiné à Angela ; au contraire, il venait d'elle. « À toi » – un homme sans nom –, « avec tout mon amour dévoué ».

Freya observa les boutons de manchette, la boîte, le couvercle doublé de satin, le papier de soie... un secret intime exposé à nu sur son bureau. Un triste secret, qui plus est. Un cadeau extravagant d'une femme solitaire d'âge mûrissant. À qui ? Pas à un parent. Un amant ? Manifestement. Pourtant, pourquoi n'y avait-il aucune autre indication de la présence d'un homme dans la vie d'Angela Randall ?

Elle alla se chercher un café à la machine. Faute d'indice sur les allées et venues de cette femme, ou sur l'endroit où elle pourrait se trouver, sans que personne ait signalé l'avoir vue, sans aucune lettre de suicide et sans corps, Freya savait qu'elle ne pourrait justifier de consacrer davantage de temps à cette affaire... elle lui en avait déjà probablement déjà trop consacré. Angela Randall avait disparu, et jusqu'à ce qu'elle réapparaisse sous une forme ou une autre, elle se résumait au numéro qu'on lui avait attribué : personne disparue BH140076/CT.

# 6.

Dernière semaine avant Noël, par une nuit claire et froide. C'est l'aube, les pentes de la Colline se nappent d'une fine couche de gel et les Wern Stones scintillent d'un givre pareil à des sillages d'escargots sur leur épine dorsale. À cette heure-ci, le terrain est trop glissant, les coureurs ne sont pas encore sortis, mais les amateurs de vélocross peinent dans la pente, leur souffle jaillissant en un panache blanc dans l'air vif.

La femme aux dobermans n'est pas encore sur la Colline, mais Jim Williams, lui, y est déjà, avec son petit yorkshire, car il n'arrive pas à dormir. Depuis une semaine ou deux, il vient ici de plus en plus tôt, parfois longtemps avant l'aube. L'homme et l'animal sont tous deux emmitouflés dans des manteaux chauds. Jim avait promis à sa sœur qu'il prendrait soin de Skippy, même s'il n'aimera jamais ce chien à l'haleine fétide qui le mord quand il lui met sa laisse. Mais Phylis n'aurait pu mourir en paix sans la certitude que l'on n'enverrait pas Skippy chez des étrangers ou qu'on ne le piquerait pas.

Ce matin-là les amateurs de vélocross dépassent Jim en trombe, tête baissée. Sans coureurs à prendre en chasse et sans aucun autre chien qui soit déjà de sortie, rien ne lui interdit de détacher Skippy – un risque que Phylis n'aurait jamais couru. Elle chouchoutait trop ce chien, elle ne le quittait jamais du regard, le traitait davantage comme un enfant que comme un animal. Cela la rendait heureuse.

À présent, Jim Williams observe le yorshire qui part d'un petit trot rapide, se dirige vers le sous-bois, puis s'enfonce entre les troncs d'arbres. Il trouve que Skippy mène désormais une vie plus épanouie, plus libre, qu'il profite de tout ce dont une bête doit profiter.

Ici, en haut de la Colline, le vent lui entaille le visage, aussi coupant qu'une lame, mais malgré le froid, avec l'aube, la vue sur Lafferton, la ligne noire de la rivière et la cathédrale dressée dans l'air glacial, l'escalade en vaut la peine. Soudain, Jim Williams entend l'aboiement des dobermans sur l'un des chemins, en contrebas.

— Skippy ! Skippy !

Sa voix résonne dans l'air glacé et son sifflement relance les aboiements des dobermans.

— Ici, mon vieux ! Skippy !

Le yorkshire n'émet plus aucun bruit, pas le moindre signe. Ne résonnent plus que les jappements des dobermans qui se rapprochent, remontent la pente, et le grondement estompé d'un véhicule qui s'éloigne sur la route.

# 7.

Cat Deerbon se tenait à la fenêtre de sa salle de consultation, observant le parking du cabinet à travers les lames du store. La pluie dégoulinait sur la vitre. Il était presque neuf heures et ce n'était pas encore plein jour.

Lundi matin – toute une liste de rendez-vous, deux représentants de laboratoires pharmaceutiques, des visites, un après-midi d'examens prénataux à la clinique, et Hannah qu'il fallait conduire chez le dentiste après l'école... Tout cela alors qu'elle avait à peine entamé les préparatifs de Noël ! Néanmoins, elle ne se laissait pas perturber outre mesure, sauf par le rendez-vous avec Karin McCafferty.

Cat relâcha les lames du store, qui reprirent leur place d'un coup sec. Je ne peux pas, songea-t-elle – cette oppression, si rare chez elle, l'inquiétait.

Karin McCafferty avait quarante-quatre ans et, quand la mère de Cat, le docteur Meriel Serrailler, l'avait engagée pour redessiner le jardin de Hallam House, cette patiente était devenue une amie.

Cat la revoyait, à présent – sa grande taille, ses cheveux roux qui rebiquaient et son long visage ovale à la peau laiteuse. Elle avait un visage ordinaire, mais, bizarrement, on ne l'oubliait pas. Karin avait abandonné une carrière de grandes responsabilités dans la banque pour devenir conceptrice de jardins et spécialiste des plantes – un changement qui l'avait transformée, assurait-elle. Sa nouvelle carrière avait fleuri en même temps que ses plantes robustes. Un magazine de jardin huppé avait récemment consacré un article à son travail et l'un de ses jardins avait été montré à la télévision.

Karin, intéressée par une multitude de choses en dehors des jardins, était d'une compagnie très agréable. Elle était mariée depuis vingt-deux ans à Mike McCafferty – un homme terne, selon Cat. Pas d'enfants. « Nous avons essayé toutes les voies, emprunté tous les détours possibles, mais pas moyen. À l'époque, le taux de réussite de la fécondation in vitro était bien inférieur, et j'ai toujours su que j'avais envie de mes enfants à moi... je n'aurais pas pu en adopter. »

Sam Deerbon, le fils de Cat, adorait Karin, mais Hannah, sa fille, se méfiait d'elle.

— Elle est autoritaire.

— Ça, ce n'est que trop vrai, avait acquiescé Karin quand on lui avait fait part de ce commentaire.

Karin McCafferty. Les radios et le rapport de l'oncologue de l'hôpital général de Bevham étaient posés sur le bureau de Cat.

« Tu ne devrais pas laisser tes patients se transformer en amis », lui avait rappelé Chris la veille au soir. Peut-être avait-il raison, cependant le détachement n'avait jamais été le fort de Cat. Elle prenait les problèmes et la douleur de ses malades à cœur, autant que leurs joies, et elle ne souhaitait pas qu'il en soit autrement. Mais ensuite venait le temps des confrontations difficiles, comme celle qui l'attendait avec Karin.

Le téléphone de son bureau sonna.

— Il est presque le quart.

Jean, à la réception, la rappelait à l'ordre.

— Oui, désolée, désolée... Envoie-les-moi.

Cat mit les résultats de Karin de côté. Avant cela, quatorze autres personnes réclameraient son attention. Elle se retourna pour sourire à la première d'entre elles, qui franchissait le pas de la porte.

Depuis le décès de son mari, Iris Chater avait vieilli. Néanmoins, Cat comprit en la regardant entrer dans la pièce avec un air inconsolable que cela était réversible. Pour le moment, le choc et le stress du deuil, les larmes, le manque de sommeil et la solitude inaccoutumée avaient ratatiné la vieille femme, l'avaient vidée de sa vitalité. Mais elle n'était pas encore assez âgée pour que le temps et le repos ne finissent par la guérir et la ramener à la vie. Elle s'assit avec un soupir. Ses yeux avaient ce regard terne, tourné vers l'intérieur, des personnes endeuillées depuis peu.

— Comment affrontez-vous tout ça ?

— Je me débrouille, docteur, je ne vais pas trop mal. Et je sais que Harry est mieux là où il est. Ça, je le sais.

Ses yeux tristes s'emplirent de larmes.

— C'est dur. Bien sûr que c'est dur.

Cat attrapa sa boîte de mouchoirs en papier et la rapprocha de sa patiente.

— Je l'entends encore, la nuit... Je me réveille et je l'entends encore respirer. Je le sens avec moi dans la chambre. Ça doit vous paraître bien bête, j'imagine.

— Non, ça me paraît normal. Je m'inquiéterais si vous me disiez le contraire.

— Alors, je ne suis pas en train de devenir folle ?

— Absolument pas.

La question qu'ils ne manquaient jamais de poser, ou de laisser en suspens, sans la formuler, afin que le médecin s'en empare. Iris Chater se détendit, et son visage reprit un peu de couleurs.

— Mais à part Harry qui vous manque, comment va votre santé ?

— Je suis juste fatiguée. Je n'arrive pas à manger grand-chose non plus. Ça va, ça vient.

Iris Chater changea de position sur sa chaise, saisit son sac posé par terre, le reposa. Cat attendit.

— Harry avait perdu l'appétit.

— Je sais. Il l'avait perdu parce qu'il avait un cancer, et il a mené une longue lutte. Vous avez perdu le vôtre parce que vous avez du chagrin. Ne vous souciez pas trop de tout ça. Vous me dites que ça va, ça vient, donc mangez quand ça se présente. Mangez ce qui vous fait plaisir. Votre appétit redeviendra normal le moment venu.

— Je vois.

— Rester dans la maison toute seule la nuit vous inquiète ?

— Oh, non ! docteur Deerbon. Il est là avec moi, voyez-vous. Harry est toujours là.

Comme beaucoup de ses patients âgés, Iris Chater n'était pas malade, elle avait juste besoin d'être rassurée et de trouver une oreille attentive. Malgré tout, Cat sentait qu'elle lui cachait quelque chose, en dépit de ses questions raisonnables. Elle patienta un moment, mais rien ne vint.

— Eh bien, repassez donc me voir dans un mois. J'aimerais savoir comment vous vous portez et, entre-temps, s'il y a quoi que ce soit...

Iris Chater fit mine de se lever, de se ressaisir, de se rendre vers la porte, puis, au tout dernier moment, elle se retourna.

— Il y a quelque chose, n'est-ce pas ? demanda Cat gentiment.

Les larmes emplirent à nouveau les yeux de la vieille femme.

— Si je pouvais juste savoir, docteur. Si je pouvais juste être sûre qu'il va bien. Y a-t-il un moyen d'en être certaine ?

— Vous n'en êtes pas sûre ? Au fond de votre cœur ? Allons... Harry était un homme bon.

— Oui, n'est-ce pas ? Il l'était vraiment.

Pourtant, elle ne s'en allait toujours pas.

— Je me demandais...

Elle lança un coup d'œil à Cat, puis détourna vite le regard. Que veut-elle me dire ? s'interrogea Cat, déconcertée. À propos de quoi veut-elle être rassurée ?

— J'ai cette drôle de respiration.

Iris Chater était en bonne santé. Simplement, elle avait peur, peur de mourir comme son mari était mort et, depuis sa disparition, elle devenait plus vulnérable. Cat l'examina brièvement. Elle ne présentait aucun symptôme, n'éprouvait pas de douleur dans la poitrine, pas d'essoufflements, et ses poumons étaient propres.

— Je n'ai aucune envie de vous prescrire des somnifères ou des tranquillisants. Sincèrement, je ne crois pas que vous en ayez besoin.

— Oh non, je ne veux rien prendre de tout ça, docteur.

— En revanche, vous avez besoin de vous détendre.

— C'est justement ce dont je suis incapable, voyez-vous.

— Vous n'avez jamais écouté de cassettes de relaxation... de la musique réconfortante et des exercices pour apaiser la respiration ?

— Comme dans les religions orientales ?

— Non, les cassettes dont je parle sont beaucoup plus simples, une sorte d'aide à la relaxation. Je suis malheureusement incapable de vous les prescrire sur ordonnance, mais elles sont en vente dans les boutiques bio. Elles ne coûtent pas cher. Pourquoi n'allez-vous pas y jeter un coup d'œil et demander s'ils n'en auraient pas à vous recommander ? Si vous vous achetez une de ces cassettes, essayez de vous relaxer, tous les jours, ne serait-ce qu'un quart d'heure, et, à mon avis, vous devriez vous apercevoir que ça vous aide vraiment. Vous avez perdu votre mari, madame Chater, après cinquante ans de mariage. Ce que vous traversez est normal. Vous ne vous sentirez pas vous-même avant un bon moment, vous savez.

Le reste de ses consultations suivit son cours – des maux de gorge et douleurs menstruelles, des otites chez quelques enfants et des douleurs arthritiques.

À midi moins vingt, Jean lui apporta un mug de café.

— Il ne reste plus que Mme McCafferty.

Durant les deux dernières heures, fort chargées, Cat était parvenue à reléguer Karin dans un coin de sa tête.

— Accorde-moi deux minutes.

Jean lui sourit avec compréhension et ressortit.

Combien de fois un patient m'est-il venu en aide lors d'une consultation difficile ? se demanda Cat une demi-heure plus tard. Combien de fois ai-je été réconfortée par la personne à qui je venais d'annoncer que sa maladie en était au stade terminal ? Ayant appris à des parents que leur enfant allait mourir, elle avait reçu l'assurance, de leur bouche, qu'elle, leur médecin, avait fait tout son possible, ils en étaient convaincus et savaient qu'elle était aussi bouleversée qu'eux.

En ce jour, Karin McCafferty se montrait calme, maîtrisée – et compréhensive.

— C'est un sale coup pour toi aussi. Sûrement pire avec une patiente que tu connais comme tu me connais.

Telles avaient été ses premières paroles, puis elle avait serré Cat dans ses bras.

— Ça va, et le docteur Monk m'a bien plu.

Trois semaines plus tôt, Karin était venue au cabinet pour faire examiner une grosseur au sein. Cat avait immédiatement soupçonné une tumeur maligne, pourtant les résultats des radios l'avaient laissée abasourdie : les clichés montraient une extension tumorale aux glandes lymphatiques. La biopsie avait mis en lumière une forme de cancer particulièrement agressive.

Entre-temps, Karin avait eu sa première consultation avec l'oncologue du service de cancérologie, Jill Monk, dont Cat avait déjà lu le rapport.

— Tu ne peux t'imaginer à quel point je suis désolée.

— Mais si, je peux, objecta Karin. Et regarde tout ce que tu as organisé pour moi... Tu m'as obtenu des radios et un rendez-vous à la vitesse de l'éclair, et je sais toute la différence que cela peut faire.

Karin avait l'air radieuse – trop radieuse, songea Cat.

— C'est le début, dit-elle, prudente. Il faut du temps pour mesurer toutes les conséquences.

— Oh, ne t'inquiète pas, ça y est.

— Désolée, je n'avais pas l'intention de me lancer dans un sermon.

— Ce n'était pas le cas. J'imagine que, en temps normal, les gens doivent se tourmenter, gémir : « Pourquoi moi ? » Mais pourquoi pas moi, Cat ? C'est le hasard. Après avoir vu le docteur Monk, je suis rentrée à la maison, je me suis servi un énorme scotch et j'ai pleuré toutes les larmes de mon corps. Point. Alors, parlons un peu de la suite.

Cat baissa les yeux sur la lettre de l'oncologue. La lecture n'en était pas réjouissante.

— L'étape suivante, c'est la chirurgie, comme Jill Monk a dû te le dire. En l'occurrence, elle n'a pas l'intention de se montrer trop... conservatrice.

— Mastectomie complète, y compris les glandes, oui, je sais.

— Ensuite, chimio, très certainement, et radiothérapie, sans doute, en fonction de ce qu'elle aura décidé après l'opération. Et il subsiste une possibilité de double mastectomie, tu le sais ?

Karin garda le silence.

— L'hôpital général de Bevham est un établissement de haut niveau dans le domaine de l'oncologie, et je ne te recommande pas de t'adresser dans le privé... Mais si tu veux un lit avec supplément, ne t'en prive pas. Moi, si je me sens patraque, je préfère me retrouver seule, tranquille.

Voilà que je jacasse, se dit Cat. Karin la rendait nerveuse. Son amie était assise, nullement agitée, en apparence très détendue et, d'un bout à l'autre de ce laïus, elle n'avait cessé d'observer Cat. Ses cheveux roux rebelles, maintenus en chignon par une résille de velours noir, révélaient son visage osseux – le grand nez, les pommettes saillantes et le front très haut. C'était un visage intéressant, intelligent, qui exprimait toute la sérénité d'une femme extrêmement bien dans sa peau.

— Cat, j'y ai réfléchi. Comme tu peux l'imaginer, je n'ai pas fait grand-chose d'autre. J'ai énormément réfléchi, avec clarté, avec soin. J'ai abordé le sujet avec Mike. Et maintenant je l'aborde avec toi. Je ne veux pas entendre parler de tout ça. Non, attends, laisse-moi aller jusqu'au bout. La seule proposition du docteur Monk que j'ai accepté d'envisager sérieusement, c'est la chirurgie. Je sais que c'est une solution radicale, mais, assez curieusement, elle me paraît acceptable... J'entends garder cette possibilité en réserve. La chimio et la radiothérapie, je ne veux en entendre parler ni de près ni de loin.

— Je ne suis pas certaine de comprendre.

— Je souhaite emprunter l'autre voie... alternative, parallèle, peu importe comment on l'appelle. La voie douce. Je songe à partir pour l'Amérique, à la Gerson Clinic. Je suis absolument convaincue que cette solution est préférable, Cat. Préférable physiquement, spirituellement. Tout m'en convainc. Je ne m'empoisonnerai pas l'organisme, je ne me détruirai pas le système immunitaire avec des toxines et je ne me soumettrai pas à des doses massives de radiations. Je suis très arrêtée là-dessus, mais tu es mon médecin et, naturellement, j'écouterai ce que tu as à me dire. Je ne suis pas idiote.

Cat se leva et se rendit à la fenêtre. Le parking était quasi désert. Il pleuvait encore à verse.

— Tu as fait part de ta décision à Jill Monk ?

— Non. Je n'y avais pas encore vraiment réfléchi. En outre, je ne pense pas qu'elle aurait compris.

— Et moi, tu crois que je vais comprendre ?

— Cat, quelle que soit l'issue, c'est mon corps, ma maladie, ma décision, et je vais vivre avec. Ou pas. Mais en tout cas, ce n'est pas la tienne, alors ne t'inquiète pas.

— Bien sûr que je m'inquiète, bon sang ! Toute ma formation et toutes mes connaissances, mon expérience et mon instinct me poussent à m'inquiéter, car tu te trompes. Tu te trompes vraiment.

— Tu te laves les mains de ce que je pense, de ce que je suis ?

— Karin, tu es ma patiente, et c'est mon travail de te donner mon avis et mes conseils de professionnelle. C'est aussi mon travail de te soutenir dans toutes tes décisions médicales, car, finalement, ces décisions appartiennent toujours au patient. En outre, tu es une bonne amie. Et plus je suis convaincue que tu fais un mauvais choix, plus mon soutien et mon aide doivent rester forts. D'accord ?

— Navrée. Je vais avoir bel et bien besoin de toi.

— En effet.

— Je ne pensais pas que tu serais à ce point opposée à cette voie alternative.

— Je ne le suis pas... dans certaines circonstances. J'envoie des patients chez Nick pour des séances d'ostéopathie, et chez Aidan Sharpe, qui pratique l'acupuncture. Sur quelques affections tenaces, il accomplit des miracles. Je viens même d'envoyer une dame, en deuil, incapable de trouver le sommeil et qui souffre d'un état d'anxiété générale, se renseigner sur les cassettes de relaxation à la boutique bio. Un massage d'aromathérapie, par exemple, est un moment merveilleux. Mais rien de tout cela ne soigne le cancer, Karin. Tout ce que les thérapies complémentaires peuvent réussir à faire, c'est t'aider à supporter le bon traitement, à ce que tu souffres moins des effets secondaires, et, de manière générale, à te détendre.

— Dans ce cas, si j'allais juste me faire appliquer un masque chez l'esthéticienne ou me faire soigner les ongles chez la manucure ?

Karin se leva. Cat comprit qu'elle l'avait agacée en l'acculant à la défensive, et elle était furieuse contre elle-même. Elle raccompagna Karin à l'entrée.

— Promets-moi au moins d'y réfléchir sérieusement.

— J'y réfléchirai. Mais je ne changerai pas d'avis.

— Ne brûle pas tous tes vaisseaux, ne ferme aucune porte. C'est de ta vie que nous sommes en train de parler.

— Exactement.

Ensuite, Karin se tourna vers elle et, après une autre étreinte pleine de chaleur et de compréhension, elle sortit du cabinet d'un pas tranquille et confiant.

— Tu ne peux pas continuer comme ça, nom de Dieu !

Chris Deerbon était assis à la table de la cuisine, en face de Cat, et ils buvaient tous deux leur mug de thé, tard ce soir-là. Il rentrait à peine d'une visite chez un patient.

— Tu crois que je ferais mieux de lui conseiller de changer de généraliste ?

— Non, mais tu dois insister davantage pour la convaincre de ne pas choisir cette autre voie. Ce n'est pas un choix possible, tu le sais. Elle ne peut pas s'offrir ce luxe-là.

Chris était totalement opposé à toute forme de traitement alternatif, à l'exception de l'ostéopathie pour son propre mal de dos.

— Cela m'inquiète, évidemment, mais elle a été très catégorique, et tu connais Karin, objecta Cat.

— Elle n'a probablement pas encore pris la mesure de la situation.

— À mon avis, si. Si je veux la soutenir, il va falloir que je mène certaines recherches. Au moins pour la tenir à l'écart des vrais fanatiques.

— Je ne crois pas que tu doives l'encourager. Il faut qu'elle en passe par la chirurgie et la chimio. Enfin, Cat, qu'est-ce qui te prend ?

— Ce qui me prend ? C'est Karin, tu la connais.

Chris se leva et reposa la bouilloire sur la plaque.

— Il y a déjà trop de cinglés dans les parages. Tous ces givrés, là-bas, à Starly Tor.

— Oh ! ce sont juste des évaporés du New Age : boules de cristal et lignes d'énergie.

— Où est la différence ? Lâche la bride à Karin McCafferty et elle ira danser autour de Stonehenge au petit jour.

Après le départ de Chris pour sa visite suivante, Cat prit un bain, puis elle se mit au lit, son portable sur les genoux. « *Cancer*, tapa-t-elle sur Google. *Thérapies. Alternatives. Complémentaires. Gerson.* »

Une heure et demie plus tard, après le retour de Chris, qui venait d'envoyer un enfant à l'hôpital pour une appendicite aiguë, Cat était plongée dans un article de recherche discutant des effets d'un programme soutenu de méditation et de visualisation sur des patients atteints de cancer, dans le New Jersey.

Elle avait rempli plusieurs pages de son carnet, posé sur l'oreiller à côté d'elle. Le moins qu'elle puisse faire pour Karin McCafferty, c'était de la prendre au sérieux.

# La Cassette

Te parler ici, c'est comme d'être au confessionnal. En te racontant tout, je m'absous. La différence, c'est que je ne te demande pas ton pardon. Ce devrait être l'inverse.

Une fois que tu sauras tout, je me sentirai mieux. Certains secrets du passé sont devenus un fardeau fatigant à supporter seul, même si ce n'est pas la culpabilité qui m'a pesé, mais le fait de savoir.

Aujourd'hui, je te révèle un secret que je n'ai pas porté seul. Dès le début, je l'ai partagé avec Tante Elsie. Elle est entrée dans la tombe avec – elle m'avait prévenu. Oncle Len, lui, savait, bien entendu, mais tu te rappelles comme il était docile, il n'aurait rien dit, à moins qu'elle ne le lui ait ordonné.

C'est arrivé une fois où j'étais chez eux. Tu savais comme j'adorais y être, je demandais tout le temps quand je pourrais y retourner. J'avais envie d'habiter là-bas. J'aimais ce bungalow, parce qu'il n'y avait pas d'escalier. J'adorais le petit déjeuner qu'elle me préparait tous les matins, et la petite bibliothèque contre le mur à côté du téléphone, où je m'asseyais par terre pour lire *Votre corps sain, votre corps malade*, du docteur Roberts. J'ai beaucoup appris dans ce livre. Il m'a aidé à modeler ma destinée.

J'aimais entrouvrir la porte de ma chambre et

écouter le murmure des conversations dans le salon, que longeait le petit couloir, et les voix de la radio.

C'est comme ça que j'ai entendu parler pour la première fois d'Arthur Needham. J'ai entendu son nom à la radio et, ensuite, je les ai entendus en discuter. Il est ainsi devenu une figure mystérieuse, dans mes rêves.

Un matin, j'étais en train de manger mes œufs brouillés, j'ai posé la question :

— Qui est Arthur Needham ?

Tante Elsie et Oncle Len se sont regardés. Ce regard, je le revois encore. Oncle Len s'est rembruni et on m'a envoyé me brosser les dents. Plus tard, Tante Elsie m'a expliqué :

— Tu le sauras sûrement bientôt, donc je vais te le dire. Tu es assez grand, maintenant.

Le ton de sa voix me semblait changé. Il venait de la gorge, pourtant elle ne chuchotait pas. J'ai perçu son excitation. En dépit de son expression solennelle, cela plaisait à Tante Elsie.

Arthur Needham était un petit drapier qui avait épousé une veuve ayant un peu de fortune. Un an après le mariage, il l'avait assassinée. Quand il découvrit que, contrairement à ce qu'elle lui avait fait croire, elle ne lui avait pas laissé son argent à lui, mais à sa fille unique, il avait tué la fille aussi.

Aussitôt, l'histoire m'a intéressé.

— Et maintenant, où est Arthur Needham ?

— Dans la cellule des condamnés à mort.

Je voulais savoir, je voulais tout savoir. Une flammèche de sa propre excitation m'avait atteint, avait allumé en moi quelque chose qui ne s'éteindrait jamais.

— C'est un homme méchant, malfaisant, et je serai là, je veillerai et j'attendrai jusqu'à être certaine qu'il a été puni et que justice a été faite.

— Qu'est-ce qui va se passer ?

— Il sera pendu par le cou jusqu'à ce que mort s'ensuive.

Le visage de Tante Elsie aussi avait changé. Ses yeux étaient légèrement exorbités et sa bouche se réduisait à un trait privé de sang.

— Tu peux venir avec moi, ajouta-t-elle.

Quatre jours plus tard, alors qu'elle me conduisait au lit, et après avoir entendu mes prières, elle me confia tout.

— C'est pour demain matin. Si tu veux toujours venir.

— À la prison où on va le pendre ?

— Tu peux changer d'avis, pas de honte à ça.

— Je viens avec toi.

— Ça te fera du bien de voir le mal vaincu.

Je ne comprenais pas, naturellement, mais j'avais envie d'être présent.

— Je te réveillerai, me promit-elle, très tôt. Et maintenant il faut que tu me fasses une promesse solennelle.

— Je promets.

— Tu ne souffleras jamais mot à âme qui vive du fait que tu m'auras accompagnée, demain, de l'endroit où tu vas aller, de ce que tu vas voir. Ta mère ne me le pardonnerait jamais. Alors, tu me le promets. Jamais un mot.

— Jamais un mot.

— À âme qui vive.

— À âme qui vive.

Je me rappelle avoir ajouté : « Amen ».

Ma tante est sortie de la chambre et je suis resté allongé sur le dos, à songer qu'à cause de mon envie de l'accompagner à la prison des pendaisons je ne trouverais pas le sommeil. Je n'allais jamais accepter de dormir. « À âme qui vive », avais-je promis.

J'ai tenu ma promesse. Mais maintenant, ça va, non ? Au moins, à toi, je peux le dire, et la promesse ne sera pas rompue pour autant.

Quand Tante Elsie m'a réveillé, avant six heures du matin, le lendemain, il faisait noir comme dans un four. Une tasse de thé chaud et sucré était déjà prête pour moi avant même que je mette un pied hors du lit, et ensuite un œuf sur le plat glissé entre deux tranches de pain grillé.

Si je ferme les yeux, je peux encore sentir l'odeur de l'air, la fumée de toutes les cheminées qui m'envahit la bouche, mêlée au froid mordant. Je sens encore la main de Tante Elsie dans la mienne et la dureté de ses bagues enchâssées dans le gras un peu mou de ses doigts.

Nous avons pris Pomfrey Street, puis Belmont Road, à pied, jusqu'à l'arrêt de tram. Les rues étaient remplies de femmes qui se rendaient à l'usine, bras dessus, bras dessous, trois ou quatre de front, toutes coiffées d'un foulard, et d'hommes en casquette, beaucoup à bicyclette. La fumée de leurs cigarettes se mêlait à celle des cheminées. Le tram était bondé et gorgé de l'odeur des corps. J'étais coincé entre deux grandes femmes, leurs manteaux à l'étoffe rugueuse plaqués contre ma joue. Nous avons changé, et quand nous sommes montés dans le second tram, j'ai perçu tout de suite quelque chose de différent : les voyageurs étaient silencieux et immobiles, et j'ai pensé que, décidément, ils avaient de grands yeux. Nous allions tous à la prison. On m'a poussé contre d'autres femmes, et on me dévisageait.

– Drôle d'endroit où amener un enfant, a lâché quelqu'un.

– Je ne vois pas pourquoi. Il faut qu'ils apprennent que le mal existe en ce monde.

Dans le tram, les passagers ont exprimé leur avis, mais ma tante m'a écrasé la main dans la sienne, un os broyé dans un hachoir, et elle n'a rien répondu.

Je me sentais mal, ou alors j'avais peur. Je ne savais pas ce qui risquait de se passer.

Le tram s'est arrêté et s'est vidé. Je me suis retourné pour le regarder, chenille aux lumières floues. Mais, là encore, ce dont j'avais le plus conscience, ce dont je garde le souvenir le plus vivace, ce sont les sons : les bruits des pas de tous ces gens qui remontaient la rue noire en direction d'une grande masse sombre avec des murs et des tourelles à pic, comme un château.

— La prison, a murmuré Tante Elsie d'une voix étouffée.

Des bruits de pas, un-deux, un-deux, un-deux. Le ciel derrière la prison virait au gris, l'aube pointait. L'air enfumé était chargé d'humidité, mais il ne pleuvait pas.

Un-deux. Un-deux. Un-deux.

Nous avons rejoint la foule qui était déjà massée là, dix personnes de front, devant les grands portails en fer forgé.

— Il y a l'horloge. C'est comme ça qu'on saura.

J'ai levé les yeux sans comprendre : tout ce que je voyais, c'étaient des dos, des manteaux foncés, des écharpes, des chapeaux de feutre.

— Allez, je vais te soulever, sinon tu verras que pouic.

On m'a hissé d'un seul coup sur les épaules costaudes d'un inconnu. Le tissu rêche de sa veste me râpait l'intérieur des cuisses, mais désormais je pouvais voir par-dessus les têtes, tandis que la lumière aigrelette du petit jour gagnait lentement. J'ai vu les portes de fer, la tour et l'horloge blanche comme de l'os avec ses aiguilles noires. J'ai regardé la grande aiguille se rapprocher brusquement de huit heures, et derrière moi, tout autour, un murmure feutré comme la mer s'est répandu, avant de lentement s'effacer.

J'avais peur. Je ne parvenais pas à imaginer ce qui allait arriver, mais j'étais certain qu'ils allaient sortir Arthur Needham de la tour de la prison et le pendre là, devant nous tous. Je ne comprenais pas comment la foule parviendrait à entrer dans la prison proprement dite pour regarder, comme j'avais regardé par le hublot de la machine, sur la jetée. Je ne savais pas si j'avais envie de voir cette pendaison ou non.

C'était à la cellule du condamné à mort que je songeais. C'était elle que je voulais voir. Je voulais être là-bas, à l'intérieur, avec Arthur Needham.

L'aiguille de l'horloge progressa encore d'une secousse. Quelque part derrière nous, quelqu'un se mit à chanter, et peu à peu la foule reprit l'air en chœur, jusqu'à ce que tout le monde chante à mi-voix. La houle lente et feutrée de ce cantique me fit frissonner.

« Soutiens-moi
Le crépuscule tombe vite.
L'obscurité s'épaissit
Seigneur soutiens-moi. »

Ils chantèrent un autre verset, puis le chant cessa d'un coup, comme si un chef d'orchestre invisible en avait donné le signal. Après, régna le plus grand silence que j'aie jamais entendu.

Les aiguilles de l'horloge indiquaient huit heures. L'homme qui me portait sur ses épaules m'empoigna fermement les jambes. Je ne quittais plus la tour du regard. Chacun semblait avoir cessé de respirer, et le ciel gris s'éclairait faiblement derrière la prison noire.

Il ne se produisit rien. Personne n'apparut sur la tour. J'ai plissé les yeux, au cas où je n'aurais pas vu correctement, mais il n'y avait toujours rien, rien du tout, pendant un assez long moment, pourtant le silence étrange, redoutable, se prolongeait.

Là-dessus, un homme en uniforme traversa la cour de la prison en direction des portes, une feuille de papier à la main. Un murmure monta au premier rang de la foule et se propagea comme une flamme. L'homme sortit par un portillon de la grande porte pour punaiser la feuille à un panneau en bois. Le chuchotement alla grandissant. Les gens se transmettaient la nouvelle. Puis l'homme me bascula pour me faire subitement descendre de ses épaules. La tête me tourna, la nausée m'envahit.

— Dis merci, m'ordonna Tante Elsie.

J'ignorais de quoi je devais le remercier. Je n'avais rien vu. Rien ne s'était passé. Je l'ai dit à ma tante.

— Un homme mauvais, méchant, a été pendu jusqu'à ce que mort s'ensuive et tu étais là, tu as été témoin, tu as vu que justice a été faite. Ne l'oublie jamais.

# 8.

Iris Chater avait expliqué à Cat Deerbon qu'elle était fatiguée, mais elle avait été incapable de trouver les mots susceptibles d'exprimer tout le poids de cette fatigue. Depuis la mort de Harry, chaque journée était une lutte. L'épuisement lui brouillait l'esprit et elle avait l'impression qu'il lui remplissait les membres d'un sable chaud et humide. Quand elle se rendait dans les magasins – désormais elle choisissait les boutiques les plus proches et n'était pas allée dans le centre de Lafferton depuis des semaines –, elle aurait pu s'allonger sur le trottoir et dormir.

À cette minute, elle était étendue sur le sofa dans le salon. On était à la mi-décembre. Sa fatigue avait augmenté, alors qu'elle venait de dormir plus de deux heures. Le feu crachotait et les rideaux étaient à demi tirés. Sous leur couverture, les oiseaux étaient silencieux.

Elle s'aperçut que la nuit était tombée. En cette fin d'année, cette nuit qui tombait tôt, ce jour qui se levait tard, ces journées si courtes et ces nuits interminables ajoutaient à sa solitude.

Mais, pour le moment, au chaud sous un plaid, elle se sentait confortablement installée, et curieusement heureuse. La pièce semblait la tenir dans son étreinte mordorée et la chaleur soulageait l'arthrite de ses genoux. Mieux encore, elle avait le sentiment, qui naissait et s'estompait de manière très imprévisible, que Harry était dans la pièce avec elle. Au bout d'un moment, elle prononça son nom à voix haute, en toute tranquillité, non sans hésitation, saisie par le son de son propre timbre.

— Harry ?

Elle n'entendit rien, mais elle devina qu'il lui avait répondu. Elle tendit la main.

— Oh, Harry, mon cœur, c'est dur, c'est très dur. Je sais que tu es heureux et que tu ne souffres plus, et je m'en réjouis, bien sûr, sauf que tu me manques tellement. Je n'aurais jamais cru que ce serait si dur. Tu ne vas pas tout de suite t'éloigner de moi, n'est-ce pas ? Tant que je sais que tu es ici avec moi, je peux tenir le coup.

Elle souhaitait ardemment qu'il prenne place dans le fauteuil en face d'elle, pour être en mesure de le voir et pas seulement de sentir sa présence, afin qu'il lui montre qu'il allait bien, qu'il n'avait pas changé.

— Je veux te voir, Harry.

Subitement, le chauffage au gaz se mit en route, et, l'espace d'une seconde, la flamme vira au bleu. Iris retint son souffle, suppliant et priant.

Il était là.

— Je veux te voir, se lamenta-t-elle à voix haute, et la certitude froide et soudaine qu'elle ne le reverrait pas, avec la déception qui allait de pair étaient aussi mordantes et aussi aiguës qu'au début.

Le tapotement à la porte de derrière la fit sursauter, puis elle entendit Pauline Moss qui l'appelait et se leva du sofa, non sans mal.

— Je vais très bien, je suis là.

Pauline était une bonne voisine, une bonne amie aussi, à ceci près qu'elle n'était parfois pas la bienvenue. Certains jours, Iris aurait préféré ne jamais revoir ou ne jamais plus parler à âme qui vive.

— J'ai préparé des crêpes. J'allume sous la bouilloire ?

Iris Chater s'essuya les yeux, remit ses lunettes, incendia les lampes. Enfin, j'ai de la chance, songea-t-elle. Comment font ceux qui n'ont pas de voisine pour veiller sur eux et partager une tasse de thé ?

— Bonjour, ma chère. Oh, je t'ai réveillée ? Je suis confuse.

— Non, non, je m'étais juste allongée un peu, j'étais plongée dans mes pensées. Il était temps que je m'en sorte.

Iris suivit Pauline dans la cuisine.

— Tu es gentille.

Le plateau était prêt, le plat de crêpes toutes chaudes était encore posé sur la cuisinière, recouvert d'une assiette.

— Pas du tout ! se récria Pauline. Je suis une égoïste. J'avais une envie de crêpes, si forte que tu m'as fourni un prétexte. Avec Noël qui arrive, je ne vais jamais perdre ces kilos. Tant que j'y étais, j'ai sorti les moules pour mon cake. Ça te dirait de venir au marché samedi, quand j'irai acheter les fruits ?

Noël. Iris observa les lupins brodés sur le napperon du plateau. Noël. Ce mot ne signifiait rien. Elle ne parvenait pas à se l'imaginer, elle n'avait même pas envie d'essayer.

Pauline souleva le plateau.

— Tu peux apporter la théière ?

Iris se leva, et la douleur lui transperça les genoux, comme deux broches chauffées à blanc, si violente qu'elle dut se retenir au rebord de la table, le temps de reprendre son souffle. Pauline lui lança un rapide coup d'œil, mais ne dit rien tant qu'elles ne furent pas installées près du feu, après avoir dévoré les crêpes et s'être servi une deuxième tasse de thé.

— J'ai ajouté une pincée de bicarbonate de soude dans la pâte. Ma mère faisait la même chose et, je ne sais pas pourquoi, ça les rend plus goûteuses, tu ne trouves pas ?

Iris Chater regarda son amie d'un air affectueux.

— Je ne sais pas ce que je serais devenue sans toi, ces dernières semaines. Et pendant toute la maladie d'Harry. J'aimerais pouvoir faire quelque chose pour toi, Pauline.

— Tu peux.

— Tu n'as qu'à demander. Tu dois bien avoir une idée, enfin, j'espère.

— C'est exact. Je veux que tu retournes montrer ces genoux-là à ton médecin, et ne commence pas à me raconter qu'ils ne vont pas si mal, parce que, moi, je sais que ce n'est pas vrai.

— Non, je voulais dire, quelque chose pour toi, Pauline.

— J'avais compris. Alors, que t'a raconté le docteur Deerbon, à ta dernière visite ?

— Oh ! toujours la même histoire, la liste d'attente pour l'opération, sauf qu'apparemment, pour le genou, d'après elle, ça réussit toujours moins bien que la hanche. Et mes pilules contre la douleur.

Iris n'allait certainement pas admettre que son arthrose du genou n'avait même pas été évoquée par le médecin. À quoi bon ? Ça ne cessait de s'aggraver, la douleur était encore plus aiguë, omniprésente, mais ce qu'elle avait dit à Pauline n'en demeurait pas moins vrai : cela finirait par une liste d'attente pour Dieu sait combien de temps, et des antidouleurs si puissants qu'ils lui remuaient l'estomac. Pour ce qui était de l'aspirine, rien ne l'empêchait de s'en acheter.

— Alors retourne la voir. Dis-lui que tu n'es pas contente, demande-lui de te placer sur la liste des urgences.

— Il y en a d'autres qui vont bien plus mal que moi.

— Hum.

Iris se pencha en avant pour verser une dernière demi-tasse de thé.

— Harry, tu sais, il est encore là.

Pauline sourit.

— Bien sûr qu'il est là. Il veille sur toi, il veillera toujours sur toi.

— Je veux dire, il est ici, dans cette pièce. Parfois, cela me fait sursauter. Sauf que je n'ai envie que d'une chose... le voir, j'ai envie de l'entendre, pas seulement de le sentir. Est-ce que je deviens maboule ?

— Toi ?

— C'est un tel réconfort, Pauline. Je n'ai pas envie que cela disparaisse.

Dans la pièce, il faisait chaud. La lumière de la lampe se reflétait sur une rangée de singes en laiton alignés sur l'étagère.

— Tu n'as jamais pensé, tu sais, à aller consulter quelqu'un ?

— Que veux-tu dire ?

— Un spirite. Un médium.

D'entendre Pauline formuler à voix haute l'idée qui lui trottait dans la tête fit rougir Iris, et son cœur s'emballa.

— Beaucoup de gens y vont, et beaucoup trouvent qu'ils possèdent vraiment... enfin, qu'ils ont un don.

— Tu es déjà allée en voir un ?

— Jamais vraiment eu l'occasion. Enfin, c'était juste une suggestion.

— Moi, j'aurais peur.

— De quoi ?

— Juste... ça me perturberait.

Iris baissa les yeux sur sa tasse.

— Ma grand-mère lisait dans les feuilles de thé, ajouta-t-elle.

— Oh, la mienne aussi. Elles avaient toute cette manie, à l'époque, non ? Rien que des bêtises.

— Oh, oui !

Pourtant, quand grand-maman Bixby avait décrit à Iris l'homme qu'elle devait épouser, avant même qu'elle ait posé les yeux sur Harry Chater, elle l'avait parfaitement perçu, elle avait tout deviné de lui, son allure, ses manières, son domaine d'activité, sa famille, tout. Elle avait bien vu qu'ils n'auraient pas d'enfants, et cela des années avant qu'ils ne renoncent à tout espoir.

— En outre, ajouta Iris, où m'adresserais-je pour en trouver un ? Je tiens à rester prudente.

— Il y a une église spiritualiste dans Passage Street. Ils ont sûrement un tableau d'affichage.

— Je n'apprécie pas tellement ce genre d'endroits. Pour moi, ils tiennent un peu de la baraque de fête foraine.

— C'est sûr qu'on n'a pas envie d'entrer dans une de ces tentes de foire qu'ils montent à côté des hôtels. On en voit quelquefois au Deer Park. Ils installent une espèce d'enseigne : « Soirée Voyance et Foire de la Parapsychologie », ou des annonces de ce type. Madame Rosita, avec ses boucles d'oreille créoles en or. Non, ça, c'est de la rigolade.

— Ils prennent tout de même de l'argent à leurs visiteurs.

Pauline commença de ranger les affaires sur le plateau.

— Je pense que c'est comme pour tout le reste... il faut qu'on vous recommande quelqu'un, tu ne crois pas ? Je vais me renseigner. Au fait, tu veux passer plus tard voir *Le Chaînon manquant* avec moi ?

— Pas ce soir, Pauline, j'ai deux ou trois choses à terminer.

— Bon, enfin, si tu changes d'avis.

— Je sais. Tu es vraiment une bonne amie.

Longtemps après le départ de Pauline, Iris resta assise à tourner et retourner dans sa tête l'idée d'aller consulter un médium, en se demandant si ce serait mal, si ce serait cher, ou si ce n'était pas un moyen de permettre aux gens malheureux d'aller mieux. Et surtout, elle trouvait l'idée effrayante. Au fond, pourquoi donc ? Soit il s'agissait de sornettes, soit certains possédaient un don et, si elle tombait sur le bon, il parviendrait à la mettre en rapport avec Harry. Qu'y avait-il d'effrayant à cela ? Mais comment y arriver ?

Comment procédait-on, au juste ? Serait-elle vraiment en mesure de parler à Harry et d'obtenir une réponse de sa part ? De réellement entendre le son de sa voix ? Un parapsychologue était-il capable de vous apporter des preuves en vous annonçant des choses que vous seriez la seule à connaître, des vérités intimes ? Grand-maman Bixby lisait dans les feuilles de thé, sa tante tirait les cartes. Mais, comme disait Pauline, à l'époque, les femmes avaient ce genre de manie, cela créait un peu de divertissement, c'était une source de rires, une pause dans ces journées fastidieuses où l'on passait son temps à laver le linge à la main. Parfois, cela vous causait des frissons, mais pour le moment ce n'était pas ce qu'Iris recherchait. Elle voulait juste la présence de Harry, qu'il soit vraiment là et qu'il lui parle.

Ce soir, son petit salon où il faisait si chaud lui semblait vide, comme si Harry s'était retiré. Peut-être qu'il n'était pas content des élucubrations auxquelles elle se laissait aller.

Finalement, pour empêcher ses pensées de tourner en rond, elle alla chez Pauline regarder la télévision.

Cependant, aucune émission de jeux, aucune comédie, aucun polar, ni la télévision ni aucun autre divertissement n'empêcherait Harry de lui manquer. Et, désormais, elle pensait et repensait à la possibilité d'entrer en contact avec lui, si seulement elle finissait par en avoir le courage. Elle en fut préoccupée toute la soirée et se réveilla deux fois dans le cours de la nuit, toujours aussi perturbée.

À Lafferton, les boutiques étaient en proie à la frénésie de Noël. Le troisième samedi de décembre, Iris Chater errait comme une désespérée de magasin en magasin, noyée par la surabondance d'articles et très troublée car elle savait qu'elle aurait dû acheter des mets raffinés et des cadeaux. Pourtant, ce serait peine perdue. Pour le jour de Noël, elle était invitée chez Pauline, et elle avait l'intention d'y déjeuner, mais les deux fils de Pauline seraient présents, avec leurs familles respectives, tous entassés dans les petites pièces. Elle n'avait aucune envie de s'y éterniser. Cette année, elle avait envie d'en finir avec Noël, et le plus tôt serait le mieux.

Le dimanche matin, après une mauvaise nuit, elle fit ce qu'elle n'avait plus fait depuis des années : elle se rendit à l'office de la cathédrale. Cependant, elle ne se sentait pas à sa place au milieu des jeunes couples avec leurs bambins, occupés à chanter des cantiques qu'elle aurait été incapable de distinguer de ces airs modernes dont elle était tout aussi peu familière. Cette messe familiale n'était pas le lieu idéal où prier pour Harry et décider si elle devait, ou non, rendre visite à un médium. Elle s'assit, se releva, s'agenouilla, écouta les bavardages et les babillages autour d'elle avec le sentiment d'avoir atterri par accident sur une planète tout à fait accueillante, et néanmoins étrangère.

Sur le chemin du retour, ses genoux lui causèrent une telle douleur qu'elle en pleura presque. La cérémonie dominicale fila comme le ruban d'une route interminable.

Pauline était à sa fenêtre, regardant au-dehors, et, quand elle vit son amie, elle lui fit signe, une tasse levée en l'air.

Le café chaud et sucré et les petits gâteaux au chocolat furent un vrai réconfort.

— J'ai un nom pour toi, lui apprit Pauline.

Devant les yeux d'Iris, les murs parurent osciller comme s'ils étaient en caoutchouc.

— Je t'avais dit que je me renseignerais. Je me suis souvenu d'une fille avec qui je travaillais chez Pedders et qui m'avait raconté que sa belle-mère était allée consulter un médium.

Elle passa la main derrière l'horloge posée sur l'étagère et en retira un bout de papier plié en deux.

Si j'attrape ce papier, songea Iris Chater, si je le touche, il se produira quelque chose. Elle le considéra. Une fois qu'elle l'aurait pris, il n'y aurait plus moyen de reculer. Tu es stupide, pensa-t-elle. Mais cette impression était irrésistible.

— Je pourrais toujours t'accompagner, tu sais, si ça te rend nerveuse. Je t'attendrais juste, je n'entrerais pas dans la pièce avec toi. Enfin, en tout cas, voilà, tu as ce qu'il faut.

Pauline posa la feuille sur la table, entre elles deux.

— Prends donc une autre tasse.

Iris la but, lentement, à petites gorgées, tout en parlant des magasins, de Noël, du prix de tout, de ces drôles de nouveaux cantiques. Bref, elle tua le temps. En effet, lorsqu'elle quitterait la maison de Pauline pour regagner la sienne, elle allait devoir emporter ce papier, et, une fois qu'elle aurait refermé sa porte d'entrée, elle se retrouverait seule avec ce nom, cette adresse et ce numéro de téléphone.

Pour faciliter ce passage, elle lança un bref coup d'œil sur l'écriture ronde de Pauline. *Sheila Innis. 20 Priam Crescent. 389113.*

La banalité du nom et de l'adresse de cette femme, dans une rue qu'elle connaissait, avait quelque chose de rassurant. Du coup, elle prit le papier, le plia gaiement dans son sac à main, en se moquant de ses propres appréhensions.

# 9.

Dans le hall de la maison de repos des Quatre Chemins, l'inspecteur Freya Graffham attendait qu'on la conduise au bureau de Carol Ashton, avec une forte envie de s'enfuir. C'était l'odeur – une dominante de cire et de chrysanthèmes alourdie par de forts relents d'antiseptique et de ragoût de viande. Elle la ramenait dans les couloirs de son école de religieuses et, plus récemment, plus pénible encore, à la maison de retraite du sud de Londres où sa grand-mère avait vécu misérablement les deux dernières années de son existence. Là-bas, il n'y avait pas le parfum de la cire ou des fleurs pour masquer la puanteur. Pénétrer à nouveau dans une maison de retraite, si différente soit-elle, lui glaçait le cœur.

Le bureau de Carol Ashton était lumineux, agréable avec ses photos, ses plantes et un fauteuil confortable.

— Avez-vous retrouvé Angela ? Je vous en prie, asseyez-vous.

— Je suis navrée, toujours pas, malheureusement.

— Le temps me paraît long. Je suis absolument certaine qu'il a dû lui arriver quelque chose.

— Madame Ashton, j'essaie de me constituer une image précise d'Angela Randall. Cela vous ennuierait de revenir avec moi sur deux ou trois éléments ?

— Je ferais n'importe quoi pour vous aider, c'est évident.

— Vous me disiez que s'en aller de la sorte sans vous prévenir et, qui plus est, selon vous, sans prévenir personne d'autre, n'était pas dans son caractère.

— J'y ai beaucoup réfléchi et j'en suis convaincue. Je sais qu'il arrive aux gens de se conduire de manière inattendue, mais, franchement, je ne pense pas qu'Angela serait partie ainsi. Elle n'aurait pas quitté son travail et sa maison sans prévenir, ça, non.

— Savez-vous si elle entretenait des relations étroites avec quelqu'un ?

— Vous voulez dire avec un homme ? Une relation amoureuse ?

Cette éventualité semblait déconcerter Carol Ashton.

— Je crois vous avoir expliqué qu'elle n'est pas le genre de personne à évoquer sa vie privée. Vous savez, je suis même incapable de vous signaler si elle possédait un chat ou non. En tout cas, elle n'a jamais mentionné personne de cet ordre.

— Quelqu'un pour qui elle aurait pu acheter des cadeaux coûteux ?

— J'en doute. À quelle sorte de cadeaux pensez-vous ?

— Nous avons trouvé une paire de boutons de manchette en or, chez elle, dans un papier cadeau, avec un mot témoignant d'une relation affective.

— Seigneur !

— Vous ne voyez vraiment personne ?

— Non, pas du tout, et je dois dire que je suis très étonnée. Je ne pense vraiment rien de ce genre en ce qui concerne Angela.

Carol Ashton demeura songeuse un instant. Freya patienta.

— Si je devais la définir d'un seul mot, malheureusement, je dirais qu'elle est « froide ». Je ne veux pas laisser entendre que je ne l'aime pas, car je l'apprécie beaucoup, et je la respecte. Je respecterais quiconque serait capable de travailler aussi consciencieusement et aussi loyalement qu'elle.

— Je comprends ce que vous voulez dire, ne vous inquiétez pas.

Freya se leva.

— Il est vraiment fort possible qu'elle rentre chez elle, tout simplement... S'il s'agit d'une femme très secrète, il est d'autant moins probable qu'elle se confie à qui que ce soit, au cas où un problème serait survenu dans sa vie.

— Peut-être.

Carol Ashton avait l'air sceptique. Freya ne pouvait lui en vouloir, elle-même ne croyant pas aux propos rassurants, mais légèrement creux, qu'elle s'était entendue débiter.

— Voulez-vous essayer de vous rappeler tout ce qu'elle a pu mentionner, ne fût-ce qu'en passant, au sujet d'une personne qu'elle aurait rencontrée, de quelqu'un qui lui serait proche ?

— Oui, je vais essayer. Mais cela risque de ne rien donner.

Elles sortirent dans le couloir, où un gémissement leur parvint de quelque part dans les étages. Il n'en aurait pas fallu beaucoup plus pour que Freya se précipite vers la sortie.

— Inspectrice, je voulais vous demander quelque chose. L'autre jour, j'ai allumé Radio BEV et j'ai entendu un appel à témoins au sujet d'un chien qui a disparu, un animal de race. Je me suis demandé s'il ne serait pas utile de leur soumettre une annonce similaire concernant Angela.

— Il nous arrive de temps à autre de recourir aux stations de radio locales pour ce genre d'appel à témoins, et nous sommes invariablement submergés d'appels, pas tous pertinents. Mais on récolte souvent des informations utiles. Je vais voir.

— Cela vaut sûrement la peine d'essayer, non ? Quelqu'un a pu l'apercevoir, remarquer quelque chose.

Elles traversèrent l'entrée cirée de frais. Là-haut, tout était redevenu silencieux. Freya se demanda vaguement comment on avait réduit la voix plaintive au silence.

Elle regagna sa voiture sous la bruine. Il était à peine trois heures de l'après-midi, pourtant dans presque toutes les maisons les lumières étaient allumées. D'ici à quelques jours, ce serait Noël – une période de l'année assez poignante pour disparaître, il est vrai.

Freya passa le reste de l'après-midi à Bevham, où elle assista à un séminaire consacré au crime sur Internet, avec une insistance toute particulière sur les réseaux pédophiles. La direction régionale de la police mettait en place une unité spéciale, avec le but avoué d'attirer des recrues. Freya Graffham n'était pas tentée de s'inscrire pour s'engager dans ce qu'elle considérait un domaine malpropre, consternant et dérangeant du travail policier, et qui impliquait de passer trop de temps devant un ordinateur. Néanmoins, il lui serait utile de se créer une image plus vaste d'une matière relativement nouvelle, et il était toujours payant de faire preuve d'assiduité en s'inscrivant à un séminaire. Quand elle avait quitté la police de Londres pour venir vivre et travailler à Lafferton, elle avait cru qu'elle serait heureuse de renoncer à l'ambition, au stress de la mégalopole, qui devenait de plus en plus dangereuse et déprimante, ainsi qu'à un mariage aussi bref que malheureux. Maintenant elle se sentait guérie, revigorée par le changement. Dès le jour de l'entretien préliminaire, elle était tombée amoureuse de Lafferton, elle avait été enchantée par la beauté de la cathédrale et de la campagne environnante. Cette ville avait bien plus à offrir qu'elle ne s'y serait attendue, et elle était aussi très contente d'aménager sa nouvelle maison.

Elle se sentait plus détendue, elle reprenait goût à son travail. Elle était pleine d'enthousiasme, pétrie d'idéalisme, et elle retrouvait une confiance qu'elle croyait avoir perdue pour de bon durant sa lamentable dernière année londonienne.

Vingt minutes plus tard, elle avait pris place dans une salle en compagnie d'une trentaine d'autres fonctionnaires de police, pour écouter la présentation du profil type du coupable de sévices à enfants, figure par définition maladive, clandestine et perverse, et elle découvrait les dernières techniques déployées en opération pour débusquer ce genre d'individu. À une ou deux reprises, les détails concernant ces sites Internet pédophiles l'avaient tellement dégoûtée qu'elle s'était interdit d'y penser, préférant réviser le cas d'Angela Randall en notant dans un coin de sa tête d'appeler Radio BEV dès le lendemain matin.

Le séminaire fut suivi d'une séance de questions. Freya n'avait rien à demander et la plupart de ceux qui en posèrent entrèrent dans des détails techniques concernant Internet. Néanmoins, la dernière question retint son attention, non pas tant en raison de son contenu qu'à cause de son auteur, l'inspecteur divisionnaire Simon Serrailler, de la brigade criminelle – c'était lui qui avait mené son entretien préliminaire, mais depuis l'arrivée de Freya à Lafferton il était en congé. Elle se rappela combien il lui avait semblé juvénile pour son grade, avec son visage sortant de l'ordinaire, ses cheveux d'un blond nordique et ses yeux noirs.

À la fin du séminaire, il s'approcha d'elle.

— Je suis content que vous ayez tenu le coup. Pas joli-joli, hein ?

— Sordide. À un ou deux moments, j'ai dû débrancher, désolée.

— Donc, nous n'allons pas vous perdre. Vous n'intégrerez pas cette nouvelle unité ?

— Euh... non.

— Bien. Vous viendrez peut-être me voir, demain, me raconter un peu comment vous trouvez vos marques ici ?

— Bien sûr, inspecteur, merci. Je me plais beaucoup.

Serrailler sourit, mais aussitôt il se détourna, car quelqu'un venait de lui tapoter le bras.

Les rues de Bevham étaient illuminées et bondées de badauds qui terminaient leurs emplettes sur le tard, l'orchestre de l'Armée du Salut jouait des chants de Noël, et les gens s'étaient rassemblés avec des partitions de chansons sous l'arbre énorme de la place de l'Hôtel-de-Ville. À travers les vitres de sa voiture, Freya entendait vaguement les strophes de « Sous le Regard des Bergers ».

Noël. Des familles réunies, l'âtre et le foyer... Le Noël précédent avait été le dernier qu'ils aient passé ensemble, Don et elle – le silence, l'hostilité et le malheur s'étendant entre eux deux comme une mer déchaînée. Dans l'après-midi, elle avait déambulé dans les rues de Putney, et elle avait été contente de trouver une épicerie indienne ouverte où se réfugier un moment au milieu des rayonnages surchargés, tout odorants d'épices. Cette année, après avoir gentiment refusé les appels à se joindre au Noël familial dans la ferme de sa sœur, en Cumbria, elle était impatiente de refermer derrière elle la porte de son tout nouveau domicile et de se retrouver seule, avec un dîner simple, une bonne bouteille de vin, quelques CD et romans récents, et la télévision. Rétrospectivement, elle avait le sentiment que son mariage de courte durée s'était passé dans une alternance de hurlements et d'accalmies temporaires emplies d'acrimonie.

Arrivée à hauteur de la succession des trois très longs feux tricolores, tout au bout de la grand-rue, le regard perdu devant la grotte d'Aladin avec ses lumières multicolores, ses dorures et ses motifs argentés, elle repensa à Angela Randall. Où était-elle, en ce moment, à cette minute, en cette période de fêtes si lumineuse, si animée, si heureuse ? Freya songea à la petite maison immaculée, impersonnelle et froide, au silence étrange, au mobilier quelconque, à son air stérilisé. Il régnait au 4, Barn Close, l'odeur d'une maison où l'amour, l'amitié et le rire n'étaient jamais entrés. Et ce coûteux présent dans son papier doré ? Avec cette carte : *À Toi, avec tout mon amour dévoué, Moi.*

Peu importe ce que dirait l'inspecteur principal, Freya Graffham savait qu'elle ne lâcherait pas ce dossier. Elle avait envie de planter ses crocs dans une affaire à elle et d'y laisser son empreinte, cela, elle l'admettait volontiers. Mais il n'y avait pas que ça.

Elle sortit de la ville et, gagnée par un profond malaise, la tête pleine de cette femme disparue, elle emprunta les voies sombres en direction de Lafferton et de son foyer.

# 10.

Lorsque le bus bleu et blanc crème s'immobilisa devant l'arrêt de la place du marché, Debbie Parker eut un moment d'absolue panique, qui lui liquéfia l'estomac. Un ruban de sueur lui humecta le cou.

De Lafferton à Starly et Starly Tor, il y avait trois autocars par jour. Celui de neuf heures quarante-cinq était le premier, et elle aurait plus d'une heure à tuer avant le rendez-vous. Elle avait tout soigneusement prévu. Elle repérerait exactement où se situait le Sanctuaire Spirituel de Dava, puis elle irait prendre un café quelque part. Ensuite, s'il lui restait du temps, elle ferait du lèche-vitrines. Starly n'était guère plus qu'un village trop vite grandi autour du Tor proprement dit, mais quantité de thérapeutes et de guérisseurs s'y étaient établis, ainsi qu'elle l'avait découvert dans la *Tor Community Newsletter* qu'elle avait prise à la boutique bio. Plusieurs jours de suite, elle l'avait lue et relue, et elle avait suivi les indications qui l'avaient amenée à consulter d'autres brochures et ouvrages. Sandy avait laissé son ordinateur allumé, afin qu'elle puisse accéder à des sites sur Internet. Certaines de ces pistes avaient l'air louches, mais d'autres l'avaient captivée, au point qu'elle était restée tard le soir à approfondir ses lectures, et, après coup, elle s'était allongée, les yeux ouverts, à s'interroger, tâchant d'appliquer ces principes à elle-même. Elle avait tant à découvrir auprès de Dava, tant de conseils à recevoir, tant de questions à poser, et chaque fois qu'elle regardait la carte bleue, elle se sentait rassurée et gagnée par la profonde certitude que c'était cette piste-là qu'elle devait suivre, cette voix qui était censée lui parler. Toutefois, devant les portes du car qui se rabattaient en accordéon et devant ces marches métalliques à grimper, Debbie était assez terrorisée pour avoir envie de se dérober, de courir dans les rues jusqu'à chez elle, en lieu sûr, dans sa chambre sombre, dans son lit.

— Allons, ma jolie, vous bouchez le passage.

Le chauffeur attendait en tapotant avec une pièce de monnaie sur le distributeur de tickets. Debbie jeta un coup d'œil derrière d'elle : une demi-douzaine de passagers s'impatientaient.

— Starly et Starly Tor par Dimper, Harnham, Bransby, Lockerton Wood, Little Lockerton, Fretfield, Shrimfield et Up Starly. Vous avez le choix, vous n'avez plus qu'à vous décider.

Quelqu'un la poussa dans le dos et, pour éviter de trébucher, Debbie dut se rattraper en posant le soulier sur le marchepied.

— Dieu merci, nous y sommes enfin. Alors, vous allez où ?

Elle avala sa salive ; elle avait un boulet de charbon sec coincé dans la gorge, et elle était incapable de prononcer un mot.

— Starly.

— Aller simple ou vous prévoyez de rentrer à la maison ?

— Aller-retour, je vous prie.

La boule se dissipa, mais ses doigts qui tenaient le ticket bien serré tremblaient.

Elle avait oublié à quel point la campagne était belle par ici, même en janvier, avec ces enchaînements de collines, versant après versant, ces petits bosquets nichés dans les creux, ces cours d'eau qui filaient aux pieds des pentes, ces rubans soyeux de murs de pierres sèches, ces moutons éparpillés comme si on les avait saupoudrés dans les champs au hasard, telle une pluie de confettis. Un soleil hivernal couleur jaune citron flottait bas au-dessus de la terre, et la lumière magnifique, douce et limpide, faisait ressortir ici ou là le toit d'une grange, la cime des chênes, un portail en bois, ou décrivait subitement un tracé oblique en travers d'un pré. Elle aperçut un équipage de chasse à courre, les chevaux sautèrent l'un après l'autre la longue rature d'une haie, dans un flot ininterrompu de tuniques rouges et de chapeaux noirs, de queues et de crinières.

Le simple fait d'observer tout cela lui redonna le moral et la tranquillisa. Elle aurait dû s'offrir ce genre de sorties plus souvent, partir se balader au hasard, regarder le monde extérieur, paisiblement, depuis le cocon de ce bus où il faisait bien chaud. Cette noire aversion qu'elle nourrissait envers elle-même, son visage peu attirant et son corps trop lourd, semblait être restée à Lafferton. Maintenant, elle était devenue quelqu'un d'autre, ou alors elle n'était plus personne du tout. Elle se sentait contente, insouciante, heureuse, même, gagnée par cette espèce d'état de transe si agréable que l'on appelait le plaisir.

La lenteur du car, de cette route pleine de détours, lui était égale ; les arrêts et les redémarrages lui plaisaient et la maintenaient à distance d'elle-même. Dans sa poche, la carte indigo était une protection, un talisman, une promesse et, pour l'heure, nullement un objet de crainte. Ce qui l'attendait était déjà là, ce qui se produirait allait exister – tout cela était écrit.

À travers la vitre de l'autocar, le soleil lui chauffait le visage. Un héron oscillant sur ses longues pattes s'envola vers un champ derrière un ruisseau, et il se tint là, élégant, tout droit, dans une incroyable immobilité. Soudain, un lièvre remonta un coteau à toute vitesse et disparut, hors de vue. Elle sombra dans un demi-sommeil.

— Starly... Starly... tout le monde descend, s'il vous plaît.

Debbie sursauta et, l'espace d'une seconde, elle fut incapable de se rappeler pourquoi elle était assise là, les jambes coincées à l'étroit, la nuque raide, dans un autocar en train de se vider.

— Il se fait tard, hein ?

Elle resta piquée sur le trottoir, à regarder le bus exécuter un demi-tour et s'immobiliser de l'autre côté de la rue. Le moteur se tut et le chauffeur descendit.

Tout redevint silencieux. Le reste des passagers s'était évanoui, et un mardi de janvier n'était visiblement pas le jour où un patelin comme Starly regorgeait de monde.

Le petit bourg était niché au creux de deux déclivités formant un T, avec la principale rue commerçante sur le grand côté. Des maisons petites, d'une pièce, en pierre ordinaire avec des toits recouverts de tuiles. Quelques cottages du XVIIIe siècle peints en blanc et rose, similaires à ceux du vieux quartier de Lafferton. L'école primaire en face de Debbie, à côté d'un parking quasi vide. La chapelle baptiste. Le bureau de poste. La librairie-papeterie.

Elle passa devant d'un pas lent. Une petite épicerie qui vendait de tout, à côté d'une boucherie. Juste les boutiques habituelles. À la jonction du T, la route dévalait la pente encore plus abruptement, et aussitôt elle s'aperçut que tout ce qui avait fait de Starly l'épicentre du New Age était regroupé là. Chaque immeuble, chaque maison abritait une boutique ou un centre... Feng shui. Cristaux. Aliments végétariens, végétaliens ou bios. Herboristes. Centre du Livre New Age. Temple communal de Starly... Saris indiens et colliers de perles tribales des Indiens d'Amérique du Nord, bougies, encensoirs, carillons éoliens, cloches-tubes, noix, lotions et remèdes alternatifs, produits de beauté développés sans expérimentations animales, poudres détergentes écologiques, dépôt de déchets à recycler. Entre chacun de ces commerces, des plaques aux portes signalaient des cabinets de guérisseurs, d'herboristes et de parapsychologues.

La rue était calme, les boutiques presque toutes désertes. Debbie s'aventura dans deux échoppes. Elles sentaient l'encens et la poussière, et le bruit de ses semelles résonnait sur les planchers. Derrière un comptoir, une jeune fille tricotait, assise. Une femme parlait à une autre d'une clinique homéopathique pour animaux. Debbie s'était attendue à trouver les lieux captivants, mais tout lui semblait triste et délabré. Les écriteaux étaient en mauvais état et les articles avaient l'air fatigués. Tout respirait l'absence de vitalité.

Elle dénicha un café avec des tables et des chaises en pin clair, et un panneau couvert de cartes de thérapeutes et d'affiches de réunions. On ne servait que du décaféiné et du thé bio, elle commanda donc un café et un morceau de biscuit au muesli, dur. Le café avait un drôle de goût et la jeune fille qui la servit était enrhumée.

Debbie s'était installée sous le panneau d'affichage. Au milieu du fouillis se détachait la carte de Dava, avec sa couleur bleue. Debbie l'observa fixement. Cette couleur opéra tout de suite sa magie : elle la mit de bonne humeur, dissipa l'atmosphère morne du lieu et lui permit de retrouver son enthousiasme. Elle ne comprenait pas en quoi la couleur d'une carte et les caractères imprimés dessus pouvaient lui apparaître comme une voix qui s'adressait directement à elle, en toute intimité, tout au fond d'elle-même.

— Sauriez-vous me dire où cela se trouve, s'il vous plaît ?

Elle désigna la carte.

— Qu'est-ce qui est écrit dessus ?

— Le Sanctuaire, Pilgrim Street.

— Oh oui, la petite ruelle qui passe juste là derrière, vous n'avez qu'à tourner au coin, là où vous verrez la boutique de bougies.

— Merci. Dans un endroit qu'on ne connaît pas, c'est difficile.

— Oui, bien sûr.

— Je crois que je vais prendre une autre tasse de café. Mon rendez-vous n'est qu'à midi.

Elle avait envie de tout raconter à la jeune fille, de lui parler d'elle, de lui confier ce qu'elle avait toujours tu. La jeune fille approcha la cafetière dans sa direction et lui servit une cuiller de sucre brun, avec un soupir. L'eau du réservoir chauffait en glougloutant.

Debbie explora sa canine pour en extraire un morceau de biscuit au muesli, et finalement resta muette.

Il était beaucoup trop tôt. Elle remonta la petite rue jusqu'en haut, mais ne trouva aucune indication du Sanctuaire Spirituel de Dava.

Quand elle traversa pour redescendre en vérifiant soigneusement ce qu'il en était sur le trottoir d'en face, les muscles de ses mollets lui faisaient déjà mal. À mi-chemin, elle entrevit soudain ce bleu – son bleu à elle, c'était ainsi qu'elle le considérait désormais, un carré bleu qui donnait l'impression de luire dans la pénombre. Il était enchâssé dans le mur d'un cottage que rien, à part ce détail, ne distinguait des autres. *Dava.* La même poussière d'étoiles d'or. Mais il était à peine midi moins vingt. Elle craignait de paraître impatiente.

Quand elle eut parcouru dans les deux sens le réseau de rues en pente, elle se sentit fatiguée. Il y avait vraiment très peu de monde, les boutiques étaient désertes. Une vague odeur de patchouli ou d'encens musqué s'échappait d'une des portes. Il faisait froid.

Si elle n'avait eu en poche cette carte d'un bleu céleste, Debbie Parker aurait fondu en larmes, et elle se serait enfuie vers l'arrêt de bus pour regagner le havre de sa chambre, à Lafferton. Mais elle avait cette carte avec elle.

À midi moins cinq, elle sonna à la porte située sous l'enseigne bleue.

Il n'y eut pas un bruit, et personne n'apparut. Soudain, la ruelle fut parcourue d'un vent froid. Elle essaya de pousser la porte, mais celle-ci était fermée à clef. De qui se moquait-on ?

Quelque part, midi sonna au clocher d'une église, et, lorsque la dernière note mourut, une porte s'ouvrit. Une femme en jupe longue, un foulard noué sur la tête, fit entrer Debbie.

— Dava apprécie que les rendez-vous débutent à l'heure précise.

Elles pénétrèrent dans un couloir dont la lumière colorée, tamisée, filtrait par un vitrail.

— Dava apprécierait un peu de silence, maintenant.

Elle poussa une autre porte et la retint pour permettre à Debbie d'en franchir le seuil.

Il y avait une table ronde et deux chaises, et les murs étaient tendus d'un tissu mollement drapé.

— Je vous en prie, Debbie, approchez.

Assis à la table, il portait une veste en velours sans col, comme une soutane de clergyman. Il avait de longs cheveux bruns et les doigts ornés de bagues. Une longue chaîne montée d'une croix celtique toute simple pendait à son cou.

Debbie sentait son cœur cogner.

— Ne soyez pas si tendue, je vous en prie, venez vous asseoir.

Des chandelles étaient allumées, dégageant une odeur sucrée. Un miroir au cadre travaillé reflétait leurs flammes ambrées.

Il attendit en silence que Debbie ait déboutonné sa veste et posé son sac à dos sur le sol. Elle ne tenait pas en place, était nerveuse, peu sûre d'elle. Mais ensuite elle leva les yeux, les plongea dans ceux de Dava. Il avait de grandes prunelles aux sourcils fournis, des yeux bleus, d'un bleu aussi profond, magnétique et magnifique que celui de sa carte de visite. Il ne leur manquait que la poussière d'or. Debbie se sentit happée par le bleu de ces yeux-là et elle lâcha un grand soupir, un frisson de relaxation. Elle ne se sentait plus tendue, plus du tout effrayée. Elle était ici, et cela lui suffisait.

— Bien, fit Dava.

Il avait une voix assez ordinaire.

— Bienvenue au Sanctuaire, Debbie. Quels que soient les ennuis, les problèmes et les peurs que vous me soumettrez en ce jour, nous les examinerons attentivement. Je commencerai par vous guérir et par vous apporter quelques perspectives nouvelles sur votre existence. Quelle que soit la douleur... mentale, physique ou spirituelle... qui entame votre énergie et vous entraîne vers le bas, quelles que soient les forces négatives qui vous vident et tentent de vous entraver, nous les aborderons. Pas tout en même temps, pas tout aujourd'hui. Mais, peu à peu, vous vous sentirez régénérée et revitalisée. Cela, je vous le promets. Vous vous sentirez équilibrée et en harmonie avec vous-même et avec le monde, vous serez plus libre, vous serez en phase avec votre être intérieur. Cela, je vous le promets. Certaines difficultés peuvent se régler très facilement, d'autres sont plus enfouies. Tout ce que je dis et tout ce que je fais, tous les traitements que je suggère, toutes les énergies que je consacrerai à vous aider, sont positives et bonnes. Il ne vous sera fait aucun mal. Permettez-moi de vous exposer le déroulement de cette heure, Debbie.

Écouter Dava, c'était comme écouter l'eau qui coule, le bruissement des vagues, ou la brise brasser doucement le feuillage. Sa voix était apaisante et réconfortante. Tout en lui parlant, il ne la quittait pas du regard, et le pouvoir de ces yeux-là était si grand qu'elle fut forcée de détourner les siens, de les baisser, de regarder la table, recouverte de sa nappe en velours d'un rouge profond. C'était comme de ne pouvoir regarder le soleil en face.

— Tout d'abord, je vais vous inviter à une sorte de brève méditation, simple, afin de vous détendre et de vous libérer de vos tensions. Nous allons rester silencieux, tous les deux. Je vais me calquer sur vos énergies et ressentir les faiblesses et les forces de vos chakras. Ensuite, je lirai en vous. Une fois que je me serai réglé sur vous, je serai en mesure de découvrir quels sont vos soucis et vos angoisses... ou même vos maladies. Mais vous aurez aussi la latitude de m'expliquer pourquoi vous êtes venue me consulter. Tout cela vous convient-il, Debbie ? Avant que nous ne commencions, avez-vous des interrogations ou des inquiétudes ? Je vous en prie, sentez-vous libre de me poser toutes les questions que vous désirez.

Il était assis en face d'elle, les mains croisées sur la table devant lui. On eût dit qu'il respirait à peine. Elle se rappela le héron, dressé, immobile telle une sculpture, près du ruisseau.

— Non.

Elle avait la bouche sèche et sa propre voix lui paraissait étrangère.

— Non, je vous remercie. Je suis... tout cela me convient.

— Bien. Bien, Debbie. Alors, fermez les yeux. Je vais commencer par concentrer votre esprit sur la lumière et la paix.

Elle était allongée et elle avait chaud. Elle se sentait le corps léger. Elle flottait quelque part au-dessus du sol, enveloppée d'une brume diaphane d'un bleu-violet, et elle ne se souciait plus de tout ce qui la perturbait en cet instant, ou de ce qui l'avait perturbée dans le passé. Elle écoutait les sons doux qui ressemblaient à de la musique sans en être, des sons naturels, chants d'oiseaux et de ruisseau, des vagues chuchotant sur le sable et le vent dans les arbres... La musique des sphères, songea-t-elle, la musique des sphères.

Elle parla de son enfance, du temps où sa mère était encore en vie. La voix de sa mère était claire et distincte à ses oreilles, le visage de sa mère se tenait devant elle. Elle parla de sa mère cheminant à travers les feuillages d'un bois doré, de sa mère riant avec elle, d'elles deux se lançant des boules de neige, de sa mère lui chantant des berceuses pour l'endormir. Elle raconta sa mère étendue dans son lit, pâle et d'une maigreur épouvantable, les os apparents, blanchâtres, à travers une peau quasi transparente, les yeux vides.

— J'avais peur d'elle, s'entendit-elle expliquer, ce n'était pas ma mère.

Elle évoqua la mort et l'enterrement, la chambre vide et le silence de leur maison – alors, elle sortait s'asseoir dans le jardin ou marcher dans les rues, au lieu d'écouter son père sangloter. Elle parla de sa nouvelle belle-mère, qu'elle avait détestée dès les premières semaines.

À présent, elle se sentait flotter, remonter, tel un plongeur en eau profonde qui revient doucement vers la surface de la mer.

— Bien, Debbie. Reposez-vous. Reposez-vous en silence.

Des larmes lui dégoulinaient sur le visage. Elle était allongée sur une couchette et le plafond au-dessus d'elle était bleu et poudré de minuscules étoiles d'or. Elle ne se rappelait pas comment elle était arrivée là.

Dava était installé sur un tabouret à côté d'elle.

— Quand vous serez prête, asseyez-vous. Prenez votre temps.

— Est-ce que j'ai dormi ? Est-ce que j'ai rêvé ?

— Nous appelons cela un sommeil de transe. C'est profondément curatif. Vous étiez en sécurité. Tout à fait protégée.

Il avait la voix douce et légèrement cadencée, si bien qu'elle se sentit autorisée à se rallonger, à se laisser bercer jusqu'au retour vers cet autre monde merveilleux.

— Asseyez-vous, Debbie.

Dava se leva dans un chuintement de son grand manteau, et retourna dans son siège, à la table ronde.

— Quand vous vous sentirez prête, venez me rejoindre ici. Ne vous levez pas trop brusquement, vous risqueriez d'avoir des vertiges.

Debbie avait la tête si légère qu'elle aurait pu se détacher de ses épaules et flotter en l'air. Elle bascula prudemment les jambes sur le côté de la couchette et attendit un moment.

— Maintenant, vous allez rentrer chez vous et vous dormirez mieux que ces derniers mois. Mais il reste un ou deux aspects dont il nous faut discuter... Un ou deux problèmes à éclaircir.

En traversant la pièce, elle avait l'impression que ses jambes étaient pleines d'eau, et fut contente de se rasseoir.

— Tout ira bien. Vous vous sentirez très bien. Vous avez un chemin lumineux et brillant devant vous, mais sur ce chemin des obstacles subsistent. Vous les connaissez, Debbie. Parlez m'en. Vous savez ce que vous souhaitez modifier en vous.

— Je suis grosse. Je déteste mes boutons. Je déteste la venue de l'obscurité.

Elle n'aurait jamais imaginé être capable de parler si ouvertement. Elle s'entendit dresser la liste de tout ce qui lui faisait honte, comme s'il s'agissait d'une liste de commissions.

— Après cette consultation, je vous enverrai mes instructions écrites et quelques prescriptions. Un régime... mais qui restera vraiment très simple. Ne mangez que des fruits et des légumes. Ne buvez que de l'eau et des tisanes. Ne mangez rien qui ne soit pas bio. Ne mangez que des aliments naturels. Mangez autant que vous le désirez, mais uniquement de ces produits. Ne consommez aucun produit animal. Pas de laitage, pas de pain, pas de sucres. Ne buvez ni alcool ni caféine, pas de café, pas de thé, pas de chocolat. Prenez les vitamines que je vous enverrai. Je vais aussi vous préparer un onguent à base de plantes, pour votre peau. Je vous expédierai tout cela d'ici à quelques jours. Vos sombres humeurs vont lentement, très lentement, se dissiper. Au début, elles s'aggraveront peut-être, tout comme vos migraines. Reposez-vous, c'est tout. Et marchez autant que vous le pourrez, en plein air. Marchez, dansez, courez dans les champs, dans les bois, chaque fois que vous en éprouverez l'envie. Marchez et laissez chanter votre âme, Debbie. Écoutez-moi et écoutez votre voix intérieure.

« Le processus de guérison et d'accès à l'harmonie a débuté. Je suis content de vous. Je vois de l'amour et de la lumière qui vous entourent, et un avenir joyeux, une fois que vous aurez éclairci l'obscurité et chassé les obstacles de votre chemin.

Il y eut un long silence. Dava avait fermé les yeux.

L'un des bâtons d'encens qui brûlait dans un pot sur la table se réduisait à un petit tas de flocons de cendre grise et molle.

Dava ouvrit les yeux et, d'un seul mouvement vif, se leva.

— Je vous enverrai un autre rendez-vous, à un moment qui soit propice.

Debbie le regarda droit dans les yeux, mais ces yeux-là étaient désormais masqués par un voile opaque, comme s'il avait coupé l'électricité du contact établi entre elle et lui. Son visage était dénué d'expression.

— Merci... oui. Merci.

Elle franchit la porte d'un pas chancelant, gauche et gênée. La femme en jupe longue attendait là, debout, si bien que, dans la pénombre de l'entrée, Debbie faillit se heurter à elle. La femme ne dit rien. Elle appuya sur un interrupteur mural, la porte d'entrée s'ouvrit en silence, et Debbie se retrouva dans la ruelle, seule. Il bruinait.

Un peu égarée, un peu abasourdie, elle descendit la pente raide en courant plus ou moins, tourna le coin du café bio, où deux tables étaient occupées par des femmes, chargées de sacs de commissions et de jeunes enfants, qui bavardaient. La scène était banale. Normale. Elle avait envie de sangloter de soulagement.

Ce fut seulement après avoir bu la moitié de son mug de café sucré et mangé de son épaisse tranche de gâteau aux carottes que Debbie se rappela que ces deux aliments lui étaient interdits. Cependant, elle en avait besoin. Elle avait l'impression de s'éveiller en plein dégel, le sang lui coulant de nouveau dans les veines après une longue hibernation. Elle demeura au chaud dans le confort et la gaieté de ce café, jusqu'à ce qu'arrive l'heure de remonter en haut du bourg pour attraper son autocar et rentrer chez elle.

Le lendemain matin, elle se réveilla un peu après huit heures et resta couchée, en essayant de saisir où elle était et dans quel état elle se sentait. La première chose qu'elle comprit, c'était qu'elle avait dormi profondément, d'un sommeil paisible et sans rêves. Elle attendit, allongée dans son cocon, aussi paisible qu'un nouveau-né. Un quart d'heure plus tard, elle était encore allongée, tout à fait éveillée, et enchantée de constater que la brume noire n'était pas venue la noyer pour lui gâcher le restant de la journée. Elle se sentait légèrement détachée, un peu bizarre, mais pas déprimée. Non, rien de tel.

Elle se leva non sans hésitation, comme si elle craignait d'éprouver une douleur cuisante et subite, ou comme si ce seul mouvement allait déclencher le retour soudain de la noirceur. Mais elle se doucha et s'habilla sans que rien de tout cela n'arrive.

Dans la cuisine, Sandy enfournait des vêtements dans la machine à laver.

— Tu as l'air changée, remarqua-t-elle aussitôt.

Debbie alluma sous la bouilloire et attrapa les mugs et le lait. Elle ne savait pas encore si elle avait envie de mentionner Dava, en partie parce qu'elle n'avait pas encore une notion très claire de ce qui s'était produit et des propos qu'il lui avait tenus, en partie à cause du sentiment profond que cette consultation était destinée à demeurer d'ordre privé. Elle aurait dû demander à Dava la permission d'en parler. Elle en conclut qu'elle aurait besoin d'autres conseils de sa part, sur quantité de sujets.

— Est-ce que ça va ?

— Un peu ensuquée. J'ai dormi trop longtemps. Allez, parle-moi de tes vacances.

Sandy s'exécuta durant environ dix minutes. La cuisine était agréable, avec le soleil d'hiver qui brillait à travers la fenêtre. Debbie ne cessait de se sonder, pour comprendre ses sensations, comme si elle tâtait la dent fraisée par le dentiste afin de vérifier si elle était encore douloureuse.

— Bon, assez parlé de moi, décréta Sandy.

Elles restèrent assises en silence à la table de cuisine branlante, avec son plateau en formica. Debbie en trouva même le motif très beau – prurit gris recouvrant toute sa surface – ainsi que le mur à la peinture écaillée et le mug ébréché suspendu à son crochet. Dava. Tout cela, c'était grâce à Dava.

— Eh bien, il s'est produit quelque chose, admit-elle.

Ses premières phrases lui vinrent lentement. Elle essayait de trouver les termes justes pour décrire tout ce qui s'était passé et traduire la puissance, l'impact et la beauté de Dava. Mais ensuite les mots se déversèrent en un torrent, de l'eau cascadant sur des rochers, un flot de mots, ce qu'il lui avait dit de son enfance, de son avenir, de son caractère, de ce qu'il ferait pour son moi intérieur, son désespoir, pour tout son être. Sandy écouta attentivement Debbie sans l'interrompre une seule fois, l'observant de temps à autre d'un œil circonspect, mais gardant surtout les yeux fixés sur son mug.

Le soleil escaladait le mur derrière elle.

Les propos de Debbie s'asséchèrent, le flot cessa, et la cuisine fut replongée dans le silence. Elle était en nage, elle avait le cou, le pli entre les seins et le bas du dos moites. L'effort de concentration pour tâcher de tout exprimer, de revivre ses émotions, l'avait vidée et la laissait pantelante.

— Et ensuite, que s'est-il passé ?

— Ma vie change de sens.

— D'accord...

— Tout de suite.

— Tu vas retourner le voir ?

— Il va m'envoyer un rendez-vous. On ne prend pas rendez-vous, il t'envoie l'heure et le jour exacts, selon le moment qu'il juge propice.

— D'accord.

La voix de Sandy ne trahissait rien, ni l'approbation, ni l'enthousiasme, ni la suspicion.

— Il m'envoie des comprimés, des trucs à base de plantes pour la migraine et un onguent pour la peau.

— C'est cher ?

— Je ne pense pas, pas très.

— Pourquoi ?

— Parce que ce n'est pas quelqu'un qui cherche à te soutirer beaucoup d'argent, ça se voit, s'enrichir ne l'intéresse pas. De toute façon, il sait que je touche les allocations.

— D'accord.

— Il m'a dit de voir si mes migraines s'arrangeaient grâce à ces comprimés, avec beaucoup de marche au grand air et le nouveau régime. Sinon, il pouvait m'envoyer à quelqu'un d'autre, il admet que parfois ces cas-là ne sont pas si faciles et qu'ils réclament d'autres sortes de traitements.

— Et où est-ce qu'il t'enverrait ?

— Il ne me l'a pas précisé. Quelqu'un de sa connaissance, j'imagine.

— Oh, j'imagine, en effet, oui.

Debbie la dévisagea, l'air sévère.

— Écoute, Sandy, tout ça est vraiment très sain. C'est fantastique. Depuis hier, je me sens vraiment, vraiment mieux.

— Formidable.

Sandy se leva et alla déposer les mugs dans l'évier. Elle les rinça et les égoutta, vida la théière et la lava à grande eau. Puis elle se retourna, jeta un coup d'œil vers Debbie.

— Alors, aujourd'hui, qu'est-ce que tu vas faire ?

— Sortir m'acheter les aliments qu'il faut. Vider mon coin du frigo et mon placard de tout ce qui ne me réussit pas.

— D'accord, mais ne balance pas tout ce qu'il y a dans le mien.

— Ensuite, je vais sortir marcher, comme il me l'a suggéré. Marcher, marcher en plein air.

— D'accord.

Sandy se rendit à la porte. Hésita.

— Écoute, Debby, ne le prends pas mal... Tu m'as avoué que tu étais incapable de te rappeler tout ce qui s'était passé. En fait, tu es entrée et tu t'es allongée sur cette couchette. Tu crois qu'il aurait pu t'administrer quelque chose ou...

— De quoi parles-tu ?

— Ne me saute pas à la gorge. Je veux juste te dire qu'il faut être prudente. Tu étais dans cette pièce, livrée à toi-même, avec lui, et...

— Oh, au nom du ciel, Sandy ! D'une certaine manière, disons qu'il m'a hypnotisée, voilà, tout simplement.

Elle repensa aux yeux de Dava et à sa voix si douce.

— C'est vrai que tu as l'air mieux.

— Je me sens comme si je renaissais, tu comprends ? Il me permet de renaître. C'est ce qu'il m'a annoncé, sauf que ce n'est pas terminé : quand il sera arrivé au bout, je serai... je serai une nouvelle Deborah. Il m'a signalé qu'après, quand ce serait fini, j'allais changer de nom. J'éprouverai un besoin pressant d'en changer. Je ne serai plus Debbie, je serai Deborah. Deborah Parker.

Elle se redressa, le dos bien droit, et quand elle sortit de la cuisine elle avait l'impression d'avoir grandi d'une bonne tête et de flotter au-dessus du sol.

Le soleil glissa, s'échappa du mur, laissant la pièce dans l'ombre.

# 11.

Jim avait besoin de tenter quelque chose, il fallait qu'il sorte : la maison était trop silencieuse. Quand le facteur franchit le portail, le silence retomba, puis quand le laitier lança son coup de sifflet, et quand la benne à ordures tourna dans la rue... Silence. Il avait souvent pesté contre les aboiements haut perchés de Skippy, qui le faisaient sursauter dans son fauteuil, mais il détestait encore plus le silence.

Il avait passé la Colline au peigne fin, s'était lancé dans une battue avec un bâton, avait inspecté tous les fourrés, les moindres sous-bois. Jim Williams passait l'essentiel de ses matinées sur les lieux, il s'y mettait vraiment tôt, aussi tôt que le jour de la disparition du yorkshire, et souvent il y retournait, pour chercher, appeler et siffler jusqu'à la nuit tombée.

Il avait fêté Noël seul, ce qui ne lui avait fait ni chaud ni froid. À présent, c'était le nouvel an, et personne d'autre n'était encore de sortie, sur la Colline. Il attendait la femme aux dobermans, absente depuis une huitaine. Il faisait doux et humide, et il n'y avait toujours aucun signe de Skippy.

Il avait entendu un communiqué à la radio au sujet d'un chien disparu, un animal de race, un beau pedigree. Tous les soirs de la semaine précédente, il avait parcouru le *Lafferton Echo* et le *Bevham Post*, en quête d'informations sur des gangs de voleurs de chiens – Phylis lui en avait parlé.

— Ils embarquent aussi les chats, pour la vivisection ou pour la conserverie. Ils en ressortent sous forme d'aliments pour animaux de compagnie. Il faut faire attention.

Mais il n'avait pas fait attention, il avait laissé Skippy sans sa laisse, ce que Phylis ne se serait jamais permis, et l'animal avait filé. Il avait sondé à peu près tous les terriers de lapin qu'il avait pu repérer, il était resté planté là, tendant l'oreille au moindre aboiement dans le lointain, au moindre piaulement de chien qui serait resté coincé sous terre.

Le silence... excepté le bruissement du vent dans les sous-bois desséchés et qui lui soufflait au visage, du haut de la Colline.

Il n'avait plus qu'à renoncer. Tout au fond de son cœur, il ne l'ignorait pas. Il ne retrouverait pas ce chien. Il était contrarié, furieux, désarmé, mais il allait tout de même devoir renoncer.

Enfin, pas encore, pas tout à fait. Une semaine, qu'est-ce que c'était ? Le yorkshire s'était mis en chasse, il avait loupé un virage, il s'était retrouvé dans des rues inconnues de lui, où rien ne dégageait plus les bons repères olfactifs, et il s'était égaré. Il était peut-être entré dans une maison, ou alors il était allé se pelotonner au fond d'un garage ou d'un appentis, où il s'était laissé enfermer.

Juste une semaine.

Il se dit qu'il aurait pu placer une annonce dans le journal gratuit.

Là-dessus, il entendit le jappement des deux dobermans et vit la femme avancer à grandes enjambées, en pleine montée, dans sa direction. Jim Williams résista à l'envie de se précipiter vers elle les bras grands ouverts, tant il était persuadé qu'elle avait dû voir ou entendre quelque chose. Le jour de la disparition de Skippy, elle était sortie en promenade, elle avait vu Jim, elle avait même jeté un coup d'œil par-dessus son épaule lorsqu'il avait sifflé et appelé.

Il se leva, tâchant de reprendre son souffle, très désireux de lui parler.

Cette femme n'était pas avenante. D'allure imposante, agressive, elle portait un immense manteau en peau de mouton, très lourd, et, avec son chapeau à oreillettes, elle arborait un air hautain. Elle écouta non sans impatience, tandis que les dobermans tiraient sur leur laisse.

— Je sais que vous montez tout le temps par ici, vous étiez là ce jour-là, j'attendais de vous revoir. Auriez-vous vu ou entendu quelque chose ? Vous savez à quoi il ressemble.

— Oui, une petite chose grincheuse, ils sont tous pareils, je ne supporte pas ces chiens minuscules. Mais non, je n'ai rien vu, rien entendu. Franchement, ça vous étonne ? Laissez l'un de ces spécimens sans laisse, et il disparaît, point final. Écrasé, piétiné, au fond d'un trou. Que cela vous serve de leçon, quand vous en adopterez un autre. Prenez donc un chien d'une taille convenable.

Elle s'éloigna à grands pas décidés, en suivant ses dobermans qui jappaient. Au bout de quelques mètres, elle se retourna, du même mouvement que le jour où il avait sifflé Skippy.

— Désolée.

Jim Williams commença à trembler. Il aurait dû se mettre en colère, il aurait peut-être même dû s'en prendre à elle, pour s'être montrée si grossière, mais non, il se sentait juste anéanti, au bord des larmes. Elle avait raison, il était responsable, c'était sa faute.

« Oh, Jim, franchement. » Il entendait la voix de Phylis. Il suivit la femme aux dobermans, vit ses épaules plonger entre les arbres, et la perdit de vue. Il avait envie de lui courir après et de la supplier, si elle croisait Phylis, de ne pas lui en parler, de ne pas le dénoncer.

Il sortit son mouchoir, s'essuya les yeux et se moucha. Qu'est-ce qui lui prenait ? Qu'est-ce qui le poussait à se comporter de la sorte ? Phylis était morte, et la femme aux dobermans ne l'avait sûrement pas connue.

Quand il s'engagea dans le chemin en pente d'un pas lent, en direction de la route, il tremblait encore.

Ensuite, après avoir repris ses esprits devant un solide petit déjeuner, il ressortit, d'abord pour se rendre dans les locaux du journal gratuit, où il déposa une annonce, ensuite à la cabine téléphonique, d'où il appela Radio BEV, qui enregistra son message concernant la disparition de Skippy. Après quoi, il se rendit au commissariat de police de Lafferton.

# 12.

Jake Spurrier prit un temps infini pour enfiler ses chaussures de randonnée et remonter la fermeture à glissière de son blouson, en partie parce qu'il se sentait fatigué, mais aussi parce qu'il détestait l'idée de cette visite à M. Sharpe.

— Jake, ça ne fait pas mal.

— Si. Quand on est allés le voir pour mes maux de gorge, il m'a planté ses aiguilles dans la nuque, et ça m'a fait super mal.

— Pourtant, après, tu n'as plus eu de maux de gorge, pas vrai ?

— Là, si, j'ai mal à la gorge.

— Moui.

Il se retourna, et Jenny Spurrier considéra son fils de dix ans avec inquiétude. Il n'avait jamais été particulièrement robuste, à l'inverse de son frère Joe, âgé de quatorze ans, qui ne s'était jamais absenté de l'école de toute sa vie, même pour une journée. Jake, lui, avait toujours eu la respiration sifflante et des otites à répétition. Il avait contracté les oreillons et la varicelle – ça avait duré un mois – et attrapait dès septembre le premier rhume de cerveau – dont il ne se débarrassait pas avant le mois d'avril. Ces derniers temps, il s'était plaint de fatigue, et il était plus pâle que la normale. Ses maux de gorge étaient de retour, et il avait même eu deux orgelets, alors que les enfants, de nos jours, n'en avaient jamais.

Jenny Spurrier était contre les antibiotiques sous toutes leurs formes, même si, à l'occasion, elle avait dû céder quand rien d'autre ne venait à bout des otites de son fils. Si elle l'emmenait consulter le docteur Deerbon, elles auraient leur affrontement habituel à ce sujet. Pourtant, son cabinet n'était pas aussi épouvantable que celui d'où elle avait transféré tout son petit monde, cinq ans auparavant. Là-bas, on vous administrait des antibiotiques comme la panacée pour tout, le moindre rhume, le moindre mal de tête. On vous les procurait sur un simple coup de fil à la réceptionniste, sans qu'on ait à se donner le mal de prendre rendez-vous et de consulter un médecin. Le cabinet du docteur Deerbon était un cran au-dessus, sans aucun doute. C'était le docteur Deerbon qui avait suggéré à Jenny d'essayer l'acupuncture pour ses douleurs persistantes à l'estomac, après que tous les examens eurent produit des résultats négatifs.

— Je n'envoie pas mes patients consulter des praticiens de médecines alternatives au petit bonheur la chance, lui avait assuré le docteur, mais j'ai un grand respect pour Aidan Sharpe. Il est tout à fait qualifié, il ne vous abrutira pas avec du charabia, et il est vrai que l'acupuncture est très bien adaptée à toute une série de problèmes. Elle est aussi très efficace contre les douleurs chroniques. L'un de mes patients, dont les os s'effritent sous l'effet de l'ostéoporose et de l'arthrite, a été soulagé par le traitement de M. Sharpe. Il ne s'agit pas d'une cure miracle, comprenez-le bien... il n'existe pas de cure miracle contre l'ostéoporose, mais le soulagement de la douleur et des raideurs est net. Je crains que la consultation ne soit pas remboursée par la Sécurité sociale, mais si vous avez une mutuelle, il suffit que je vous rédige une ordonnance pour qu'elle couvre ce genre de soins.

Jenny n'était allée consulter Aidan Sharpe que deux fois, deux ans auparavant, et ses maux d'estomac avaient disparu. Elle avait pu retrouver une alimentation normale, même si l'acupuncteur lui avait recommandé d'éviter les plats fortement épicés et le vin blanc. L'acupuncture avait également guéri les maux de gorge de Jake, et, dans l'ensemble, le petit garçon avait retrouvé davantage d'entrain et d'énergie. Il avait joué une saison entière au football avec l'équipe de l'école et n'avait manqué qu'un seul match, à cause d'un rhume – une longue période de bonne santé sans précédent chez lui. Pourtant, depuis à peu près un mois, sa santé déclinait de nouveau. Il avait perdu l'appétit, et l'entraîneur de l'équipe l'avait mis sur le banc de touche.

— Tu sais que tu allais beaucoup mieux, quand tu suivais le traitement de M. Sharpe, Jake. Et tu as envie de refaire partie de ton équipe, non ?

Jake avait protesté pour la forme, mais sa mère savait le prendre. Jouer au football était sa passion, et l'année précédente il avait marqué suffisamment de buts pour conduire son équipe jusqu'en demi-finale du championnat junior de la région, avant qu'elle n'essuie une défaite. Pour Noël, il avait même reçu, par l'intermédiaire d'un collègue de bureau de son père qui connaissait quelqu'un à Manchester, un maillot frappé de la mention « Beckham 7 », signé par son héros.

— OK, OK.

Jake se leva, après avoir fini de lacer ses souliers, mais il trébucha et bascula dans les bras de sa mère.

— Jake, que se passe-t-il ? Ça va aller... assieds-toi là. Penche-toi en avant et pose la tête sur tes genoux.

— Tout s'est mis à tourner... Le plancher, il n'était plus là.

— Tu as eu un étourdissement. Ça arrive parfois, quand on se lève d'un coup. Reste assis là une minute, je vais te chercher un verre d'eau. Ne t'inquiète pas, avant de sortir, nous attendrons que tu te sentes mieux.

Dix minutes plus tard, c'est un Jake très rebelle qu'elle installa dans le siège avant de sa voiture.

— Je peux accrocher la ceinture tout seul, maman, ça va, ne t'embête pas...

— Désolée.

Mais il était trop pâle, trouvait Jenny, beaucoup trop pâle. Plus vite on traiterait cela, mieux cela vaudrait.

Elle avait six ans quand on lui avait extrait trois dents. Par anticipation, ses camarades d'école l'avaient abreuvée de récits épouvantables sur les douleurs qu'elle allait endurer, le sang, les instruments dentaires lugubres qu'elle aurait sous les yeux, si bien qu'à son arrivée au cabinet dentaire elle était au bord de l'hystérie. Elle n'avait jamais oublié la gentillesse et la prévenance du praticien, M. Peat. Il était grand, avec une épaisse tignasse et un grand front luisant, et il avait passé un long moment à lui expliquer qu'elle n'allait rien sentir, excepté une petite douleur après coup, qui disparaîtrait dès qu'elle prendrait les « pilules magiques », et elle ne verrait pas de sang, aucun instrument, elle s'endormirait en serrant le nounours du cabinet, se réveillerait à peine quelques minutes plus tard, après un beau rêve, et avec l'ourson qui veillerait toujours sur elle. Tout s'était déroulé comme il le lui avait expliqué, et plus jamais elle n'avait eu peur du dentiste.

Aidan Sharpe avait le même comportement calme, paisible et attentionné que le docteur Peat, sans être aussi grand, et, au contraire du dentiste, avec des cheveux nettement coupés et un petit bouc soigneusement taillé. Dès leur entrée dans le bureau d'accueil de son cabinet, elle se sentit plus détendue, pour la première fois depuis des jours. On allait s'occuper de Jake. Tout irait bien pour Jake.

Il y avait là une fontaine d'eau fraîche, des fauteuils et un canapé confortables, une table basse avec les journaux du jour et une jolie pile de magazines récents. La table et le coin bureau de M^me^ Cooper, la réceptionniste, étaient décorés de fleurs dans des vasques, des jacinthes au parfum sucré, et des perce-neige plantés dans un verre minuscule. L'endroit, accueillant, dégageait une atmosphère indéfinissable de gaieté et de calme à laquelle Jenny ne s'était pas attendue pour sa première visite.

— Cet endroit n'a vraiment rien de bizarre, avait-elle admis par la suite devant le docteur Deerbon.

— Je sais. C'est l'une des raisons pour lesquelles je ne vois aucune objection à y envoyer mes patients. Il n'évoque ni de près ni de loin une quête pour les Amis de la Terre !

C'était vrai. Les diplômes professionnels du docteur Sharpe et son certificat d'adhésion aux instances ordinales étaient encadrés sur le mur à côté de la réception, accompagnés d'une photo de lui avec la reine d'Angleterre. Étaient également accrochées quelques aquarelles sans intérêt, des marines assez fades et de jolies scènes de la forêt.

— Maman, il faut vraiment que je les fasse, ces piqûres ?

Jenny n'eut pas le temps de lui répondre.

— Bonjour, madame Spurrier... Jake.

Sortant de son cabinet, Aidan Sharpe traversa la salle d'attente, vêtu d'une blouse blanche amidonnée et d'une paire rutilante de richelieus.

Derrière sa mère, Jake fit une grimace à l'insu de tous, sauf de la réceptionniste, qui lui adressa un clin d'œil.

Le cabinet avait un aspect plus sérieux que la réception – bureau et fauteuil, couchette de soins et plateau d'aiguilles avec stérilisateur.

Cependant, le soleil, donnant de ce côté, baignait la pièce d'une lumière liquide et citronnée.

— Alors, Jake, cela fait combien de temps, depuis la dernière fois que je t'ai vu ?

Aidan Sharpe consulta ses notes.

— Presque dix-huit mois. Les maux de gorge se sont dissipés ?

— Vos deux séances de traitement ont suffi, intervint Jenny. Après, il allait très bien.

— Mais voilà, ces maux sont de retour, et vous me disiez qu'autre chose vous préoccupait au sujet de Jake, madame Spurrier ?

Le garçon regardait fixement la moquette, en lançant des coups de pied.

— Ne t'inquiète pas, Jake, je sais que c'est extrêmement agaçant que les gens parlent de vous sans vous adresser la parole, mais dans un instant je te demanderai de me raconter comment tu te sens. En attendant, à mon avis, ta maman doit bien avoir sa manière à elle d'expliquer comment tu te sens.

Il nota soigneusement tout ce que Jenny Spurrier lui signala au sujet de la fatigue de Jake, de ses orgelets récemment apparus, de ses maux de gorge, jusqu'à son quasi-évanouissement de ce matin.

— Bien, Jake, veux-tu changer de place avec ta maman, s'il te plaît... Je voudrais t'examiner à la lumière. Parfait. Voyons d'abord cette gorge.

Il sortit une spatule stérile de son cellophane et plaqua la langue de Jake, puis il lui examina les yeux et inspecta les oreilles, en prenant son temps.

— Quand tu dis que tu te sens très fatigué, est-ce que tu peux m'expliquer un peu plus en détail ? Est-ce que tu es resté tard à lire ou à jouer aux jeux vidéo ? Est-ce que tu ne dormirais pas assez, par exemple ? Si c'est à cause de ça, ne t'inquiète pas, il n'y aura pas de punition.

— Je n'arrive pas à rester réveillé très longtemps.

— Et dans la journée, tu te sens aussi fatigué ?

— Oui.

— Et les matchs ? Tu es footballeur, je sais.

— Je n'arrive pas à courir vite, ça me fatigue trop.

— Est-ce que tu es essoufflé... ça siffle, quand tu cours ?

— Non.

— Après les matchs, tes jambes te font mal ?

— Il se plaint souvent que ses jambes lui font mal, même quand il n'a pas joué, précisa Jenny.

— Bien, Jake, retire tes vêtements et ton t-shirt, et ne garde que ton caleçon. Ensuite, allonge-toi sur la couchette. J'aimerais t'examiner en entier.

Étendu, Jake regarda le soleil inscrire au plafond blanc des disques lumineux, créés par le reflet sur le pourtour métallique de la lampe. En ce moment même, il avait les jambes douloureuses, et si M. Sharpe avait cessé de parler, il aurait été capable de s'assoupir, de dormir des heures.

— Est-ce que quelqu'un s'en est pris à toi, Jake ?

— Non.

L'acupuncteur palpa la cheville de Jake, puis la cuisse, délicatement.

— Un match musclé ?

— Non, c'est venu comme ça.

— Je vois. Tu as eu d'autres bleus, juste comme ça ?

— J'en ai eu un au bras, mais je crois qu'il est parti.

Il regarda, mais il vit qu'un autre hématome s'était formé, plus grand que le premier.

— Bien. Est-ce que tu as saigné du nez, dernièrement ?

— Non.

— Mais si, tu ne te souviens pas, rectifia sa mère. Il y a une ou deux semaines, tu m'as appelée en pleine nuit. J'ai pensé qu'il s'était agité dans son sommeil et cogné la figure contre le montant du lit. Avant que l'hémorragie s'arrête, j'ai dû tremper une demi-douzaine de mouchoirs dans l'eau glacée et les lui appliquer contre les narines.

— Et depuis, Jake ? Ça s'est reproduit ? À l'école ?

— Non.

Il avait saigné encore d'autres fois du nez, mais il en avait assez de ces questions et il avait décidé d'adopter la technique de James Bond : mentir sous la torture.

— Bien, Jake, tu peux te rhabiller maintenant. Ensuite, est-ce que tu veux bien attendre dehors quelques instants, pendant que je m'occupe des trucs les plus embêtants avec ta maman ? Si tu as soif, M$^{me}$ Cooper a de l'orange pressée.

— Vous n'allez pas me piquer avec des aiguilles ?

— Pas aujourd'hui.

— Ouiii !

Jake attrapa son pantalon et son t-shirt, les enfila à la diable, cala le reste de ses affaires sous son bras et disparut avant que l'acupuncteur ne change d'avis.

— Finalement, il n'a rien de grave, puisque vous ne le traitez pas ? interrogea Jenny. Ça me soulage. Pourtant, j'aurais aimé que vous fassiez quelque chose qui le requinque.

— Madame Spurrier, le docteur Deerbon va s'occuper de le requinquer. J'aimerais que vous preniez rendez-vous pour Jake avec elle, dès que possible.

— Pourquoi ?

Aidan Sharpe la fixa du regard, avec une expression qu'elle ne lui avait jamais vue.

— Je ne veux pas formuler de diagnostic. Vous savez, je ne suis pas médecin.

— Vous les valez bien. Vous êtes meilleur médecin que bien des docteurs que j'ai consultés.

— Merci.

Un sourire de fierté et de plaisir mêlés illumina le visage d'Aidan Sharpe.

— Il n'empêche, poursuivit-il. Il faut que Jake voie votre généraliste et, avant d'envisager le moindre traitement, j'ai besoin de recevoir un rapport de sa part. Il n'a peut-être rien du tout, mais certains de ses symptômes méritent d'être examinés plus à fond. Je vais adresser un mot au docteur Deerbon. Ne vous inquiétez pas, je vous en prie. Je me montre juste très prudent. Il existe trop de praticiens des médecines douces, dépourvus de toutes connaissances médicales, qui s'empressent de prescrire des traitements pour certaines affections qu'ils ne connaissent pas suffisamment. Je ne suis pas de ceux-là

Il se leva.

— Quand j'aurai entendu l'avis du docteur Deerbon, et si rien ne s'y oppose de son côté, nous prendrons un autre rendez-vous pour Jake et nous verrons si je peux intervenir. Cette consultation d'aujourd'hui ne vous coûtera rien.

— Oh, mais si, il faut que je vous paie ! Je sais que vous ne lui avez pas fait d'acupuncture, mais nous vous avons pris de votre temps.

— Non. C'est une question de principe, madame Spurrier. Je ne demande pas d'honoraires quand je n'applique aucun traitement. Maintenant, allons libérer le jeune Jake de la prison de l'acupuncteur.

Aidan Sharpe raccompagna Jenny Spurrier jusqu'à la sortie, mais à son retour dans la salle d'attente, il avait le visage grave.

— Julie, j'ai une petite dizaine de minutes avant... qui ai-je, ensuite ?

— M. Cromer.

— J'aimerais d'abord régler ceci. Voulez-vous essayer de m'appeler le docteur Deerbon, le docteur Cat Deerbon ? Si elle n'est pas libre, laissez un message la priant de me rappeler d'urgence.

Mais on fut en mesure de lui passer Cat tout de suite.

— Aidan ? Bonjour. Comment allez-vous ?

— Bien, et je suis confus de vous déranger.

— Non, pas du tout, je viens de terminer mes consultations, à la minute. Que puis-je pour vous ?

— Jake Spurrier... dix ans. Felstead Road.

— Je sais. Sa mère s'appelle Jenny. Charmante famille.

— Oui. Malheureusement, je suis plutôt inquiet. Elle m'a amené son garçon ce matin... maux de gorge, fatigue. Pour ses maux de gorge, je l'avais vu voici à peu près dix-huit mois. En deux séances de traitement, j'avais résolu le problème. Vous et moi, à l'époque, nous étions tombés d'accord pour estimer en tout état de cause que c'était viral.

— Je m'en souviens.

— Eh bien, ce n'est pas viral. Ce matin, je n'ai pratiqué aucun traitement sur Jake, et j'ai suggéré à sa mère de vous l'amener dès que possible. Il fait état de fatigue excessive, de saignements de nez, de membres douloureux, d'étourdissements occasionnels, d'orgelets, et en ce moment même il a une méchante angine à streptocoques. Il présente aussi des hématomes aux jambes et à l'avant-bras. Autant de signaux d'alarme évidents, comme vous l'imaginez.

— Et il est pâle ?

— Oui.

— Donc, nous avons tous les signes. Merci beaucoup, Aidan, je me félicite que vous ayez pu dépister cela. Je vais insister pour qu'on lui trouve un rendez-vous d'urgence.

— Tenez-moi au courant, voulez-vous ? Bien sûr, il se peut que ma réaction soit excessive.

— Pas du tout, si j'en crois mon expérience. Quoi qu'il en soit, la prise de sang nous renseignera très précisément sur ce que nous voulons savoir.

Aidan Sharpe reposa le combiné et fit pivoter son fauteuil pour contempler le jardin. Tout au fond, deux écureuils bondissaient d'arbre en arbre, puis ils dévalèrent un tronc jusqu'à terre, détalèrent dans l'herbe, avant de grimper à un autre arbre et de continuer leur course-poursuite.

Si Jake Spurrier souffrait bien d'une forme agressive de leucémie infantile, comme le pressentaient le docteur Deerbon et lui-même, il s'écoulerait beaucoup de temps avant qu'il puisse à nouveau courir, grimper et jouer avec une telle aisance et une telle insouciance – et cela lui serait peut-être interdit à jamais.

# 13.

Au cours des jours suivants, la sensation de bien-être, de tranquillité, de Debbie Parker ne s'estompa pas. Enveloppée de cette aura curative d'un bleu intense que Dava avait créée à son intention, elle se sentait à l'abri. Toutes les nuits, elle dormit merveilleusement bien et se réveilla dans le calme, heureuse d'entamer sa journée. Elle débarrassa ses placards, ainsi que sa partie du frigo, de tous les pots, paquets et boîtes de nourriture désormais inutiles, et consacra l'équivalent d'une semaine d'allocations chômage à acheter des fruits, des légumes et des céréales bio.

Elle sortit tous les jours marcher, visita des quartiers de Lafferton où elle n'était encore jamais allée, vers le parc, en suivant le chemin de halage et là-haut, sur la Colline.

Sandy la regardait faire sans émettre de commentaire. Elle n'en restait pas moins soucieuse, convaincue que ce régime et ces exercices ne seraient jamais qu'une merveille d'un jour. Cependant, c'était un soulagement que de ne plus voir sa colocataire l'air gris et écrasée de malheur, de ne plus avoir à la prendre par les sentiments pour la sortir de son lit le matin ou de ne plus se faire du souci à son sujet quand elle-même était au travail.

Une semaine ou presque après l'escapade en bus de Debbie jusqu'à Starly, un paquet arriva.

Les pilules dégageaient une odeur d'algues et de compost, et un pot en plastique contenait un onguent d'une texture répugnante. Une liste d'indications compliquées et une facture de 75 livres accompagnaient l'emballage.

Debbie n'avait pas demandé combien tout cela coûterait, et à présent, sur un mode de défi, cela lui était égal. Grâce à Dava, elle allait mieux. Il était doué, il l'avait comprise et il avait réussi à atteindre un nœud profondément enfoui de son subconscient, que personne n'avait jamais su rejoindre. Il lui suffisait de se remémorer le son de sa voix et le pouvoir pénétrant et envoûtant de son regard, il lui suffisait de songer à ce bleu, pour éprouver un frisson d'excitation, comme si Dava l'avait appelée personnellement pour lui offrir sa réponse immédiate et pleine de bienveillance. Même si cette facture avait été cinq fois supérieure, elle s'en serait moquée. Cela les valait amplement. Il était impossible d'évaluer le prix de ce que Dava avait déjà accompli pour elle.

Plus tard dans la matinée, elle écrivit à son père, lui demandant s'il pouvait lui envoyer 100 livres. *C'est à cause d'un traitement médical, pour ma peau. Malheureusement, comme maintenant c'est souvent le cas, la Sécurité sociale ne me remboursera pas, mais cela me changerait tellement l'existence d'avoir la peau nette.*

Il fallait avaler les pilules avec de l'eau minérale pure, après un repas végétarien cru, deux fois par jour. Pendant les deux heures qui suivaient, il était exclu d'avaler quoi que ce soit d'autre, hormis de généreuses quantités d'eau. Il importait aussi de tenir la bouteille loin de tout produit chimique, dans un placard sans lumière.

L'onguent devait être appliqué en une mince pellicule avant de se mettre au lit, sur une peau lavée à l'eau minérale pure et avec un savon non parfumé. Le produit sentait le goudron et une autre odeur que Debbie associa à son enfance, sans parvenir à l'identifier.

Elle se déshabilla, se lava la figure méticuleusement, se sécha en se tamponnant la peau avec une serviette en papier propre, sans chlorures, comme indiqué. Sous l'effet de l'onguent, sa peau la picota un peu.

Quelque chose dans ce rituel, comme la préparation des légumes et des fruits bio et le fait de boire de l'eau minérale, lui procura le sentiment d'établir un lien avec Dava. Ce sentiment d'apaisement, comme si elle dérivait en mer, la berça au point de la plonger à nouveau dans un sommeil sans rêve.

Un truc clochait. Elle se remit à rêver, pourtant ce rêve faisait partie de sa lutte pour se réveiller. Elle ne parvenait pas à démêler si elle avait mal ou si elle était incapable de respirer et, dans ce rêve entre veille et sommeil, elle avait les paupières collées. Elle avait beau les décoller de force, elle demeurait dans l'obscurité, avec une sensation de brûlure. Soudain, au creux de cette obscurité, surgit un éclair douloureux, et la voix de Sandy, quelque part tout près d'elle.

— Debs... réveille-toi, tu as crié, tu as fait un cauchemar. Oh, mon Dieu ! Ton visage, qu'est-ce qui lui est arrivé ?

Debbie s'assit. Elle y voyait un peu, maintenant, par les fentes mi-closes de ses paupières. Son visage lui laissait une impression étrange, comme si sa tête avait enflé. Sa peau la brûlait.

— C'est ce foutu onguent. Tu es allergique, il t'a fait gonfler tout le visage.

En outre, Debbie avait du mal à respirer. Quand elle expirait, elle avait l'impression de pousser une porte, à ceci près que quelqu'un, de l'autre côté, poussait aussi.

— Je vais appeler le médecin. Il va venir, tout va s'arranger.

Elle entendit Sandy sortir de la chambre, ne distingua qu'une fente de lumière. Dès qu'elle s'allongeait, elle avait encore plus de difficulté à respirer. Elle percevait une espèce de crachotement dans sa poitrine.

— Le médecin arrive. Elle conseille d'ouvrir les robinets en grand, pour remplir la salle de bains de vapeur, et de t'y installer en fermant bien la porte. Oh, Debbie, qu'est-ce qui t'a pris ? Seigneur, promets-moi de ne plus aller consulter de charlatans !

La vapeur lui fit du bien. Debbie sentit sa poitrine se dégager, mais ses yeux restaient presque fermés, et sa peau lui donnait la sensation d'avoir été ébouillantée. Elle s'efforça de penser à Dava et de s'envelopper de son halo de sérénité, de songer à la couleur bleue, de se recentrer sur elle-même comme il le lui avait demandé, mais la peur panique montait en elle, dispersant ses pensées. Dava lui paraissait irréel et distant. Elle songea qu'elle allait tomber malade.

Une demi-heure plus tard, elle était assise dans le canapé, respirant sans difficulté grâce à un nébuliseur. Finalement elle s'apaisa, au fur et à mesure que la piqûre d'antihistaminique administrée par le docteur Deerbon exerçait son effet. Elle avait encore les paupières gonflées et, si elle arrivait à discerner le médecin, les contours de sa silhouette restaient flous, dans le contre-jour de la lampe.

— Que dois-je faire ? s'enquit Sandy, inquiète, en s'adressant à Cat Deerbon tout en la conduisant à la salle de bains pour qu'elle se lave les mains. Il vaut mieux que je ne dorme pas, que je reste auprès d'elle, cette nuit, non ?

— Je ne crois pas que ce soit utile. Elle aura vite sommeil, et sa respiration est presque redevenue normale. Laissez-lui tout de même le nébuliseur à portée de la main, et si cela empire de nouveau, appelez une ambulance. Mais cela m'étonnerait. Le mieux, ce serait que vous dormiez dans sa chambre... cela vous est possible ? Je vous ai laissé quatre comprimés d'antihistaminique. Donnez-lui-en un au réveil, demain matin, et un autre au petit déjeuner. Demain, elle risque d'être assez lessivée.

— Ça va, c'est samedi, donc je serai ici.

— Pourriez-vous me montrer ces produits de phytothérapie qu'elle a pris ?

Sandy alla chercher le flacon et l'onguent.

— Je vais jeter les pilules dans le lavabo et bazarder la pommade. Y a de quoi se demander ce qu'il y a dedans, pour que ça lui cause une réaction pareille.

— Toutes sortes de remèdes orthodoxes déclenchent des réactions allergiques, y compris les formules les plus ordinaires que l'on se procure chez le pharmacien. Certaines personnes sont allergiques à des aliments que nous absorbons sans souci. C'est une question très individuelle. Mais, pour le moment, je vais emporter ces produits : je préfère essayer de découvrir ce qu'ils contiennent.

— Vous croyez qu'ils sont empoisonnés ?

— C'est peu probable. Enfin, j'aimerais autant éviter que mes patients ne tombent dessus.

Cat attrapa son sac.

— Je vous appelle dans la matinée pour vérifier comment se porte Debbie, mais je ne devrais pas être obligée de revenir l'examiner. En tout cas, si vous êtes inquiète, téléphonez-moi, je suis de garde tout le week-end. Voulez-vous lui dire que j'aimerais la voir à mon cabinet lundi ?

Avant de partir, Cat retourna s'enquérir de Debbie. La jeune fille s'était endormie, allongée en chien de fusil, et respirait normalement. Ses paupières étaient moins gonflées, et la bouffissure de son visage avait diminué. L'antihistaminique opérait sa magie habituelle. On comprenait aisément pourquoi elle avait voulu tenter une intervention radicale pour se nettoyer la peau. Elle avait le visage et le cou constellés de vilains boutons infectés. Mais pourquoi était-elle allée consulter un charlatan potentiellement dangereux, au milieu de ces hippies de Starly ? La consultation lui avait sans doute coûté une jolie somme, alors qu'elle aurait pu obtenir une ordonnance de Cat pour un traitement antibiotique qui aurait soigné son acné. Et, comme elle était au chômage, elle n'aurait rien eu à débourser.

Cat sortit de Lafferton au volant de sa voiture, traversa des rues nocturnes et désertes, et nota dans un coin de sa tête d'interroger un ou deux de ses collègues au sujet de cet individu qui se faisait appeler Dava.

## 14.

Freya Graffham n'était pas très pratiquante, mais elle profita d'une de ses soirées libres à Lafferton pour se rendre à la cathédrale, où l'on jouait le *Messie* de Haendel. Elle y avait elle-même tenu une partie d'alto en d'innombrables circonstances, depuis le collège. Elle avait également chanté bien d'autres partitions, et joué sur scène dans des opérettes, jusqu'à ce que Don proteste. Tentative supplémentaire de sa part pour lui faire plaisir et l'apaiser, elle avait fini par démissionner du chœur et de la société d'opéra amateur d'Ealing. Don, lui, ne chantait pas, il n'aimait pas la musique, il refusait d'entrer dans une église et prenait ombrage de tout ce qui amenait Freya à sortir sans lui. Elle avait cessé de jouer au tennis et au badminton, deux sports où elle excellait. Le seul exercice auquel elle avait droit, c'était la natation, parce que Don était nageur. En revanche, il était parti skier deux fois par an, sans elle. Elle l'avait accompagné une fois en Suisse, et s'était fracturé la cheville. Par la suite, Don s'était contenté d'aller skier avec un groupe d'amis à lui. Il n'avait jamais été question une seconde qu'il abandonne ce sport.

Assise dans la cathédrale Saint-Michael, à se délecter des chœurs puissants de Georg Friedrich Haendel, elle se demanda une nouvelle fois non seulement comment elle avait pu épouser Don Ballinger, mais comment elle avait pu l'accompagner au total dans une demi-douzaine de soirées. Durant leur mariage, elle s'était sentie disparaître. Ses goûts et ses plaisirs personnels avaient été comme laminés par les commentaires désapprobateurs de Don et, dès qu'elle sortait des strictes limites de son métier, elle conservait à peine la latitude d'exprimer sa personnalité propre.

Elle n'arrivait pas encore à s'habituer au fait d'être libre. Dans cet édifice majestueux, écoutant une musique qu'elle connaissait si bien, elle comprit de nouveau qu'elle n'avait pas à se sentir coupable, qu'elle n'avait plus à se chercher des excuses ou à raconter des mensonges en rentrant chez elle, car elle n'était plus responsable que devant elle-même.

« Toutes les vallées
Seront exaltées. »

Elle avait envie de se joindre au chœur. Elle en connaissait chaque note, chaque forte, chaque pianissimo, chaque ligne d'alto, chaque parole biblique.

La cathédrale était pleine de monde et, si elle n'avait encore reconnu personne, Freya se sentait chez elle, comme si elle faisait partie intégrante de tout cela à un degré inouï, comme si elle habitait ici depuis une décennie. Londres, son mariage, la police du Grand Londres s'effaçaient peu à peu, tel le sourire du chat de Cheshire.

Au programme, elle lut des informations sur les chanteurs de Saint-Michael, qui secondaient les solistes professionnels, et releva l'adresse du secrétaire chargé des auditions. Une fois rentrée chez elle, elle alluma un feu – l'un de ses impératifs, dans sa recherche d'une maison, avait été la présence d'une vraie cheminée. Elle avait vécu trop longtemps avec un chauffage central par le sol, efficace, clinique et sans âme. Cette cheminée était de petite dimension, mais elle tirait bien, si bien, même, qu'il ne fallut à Freya que quelques minutes pour allumer le petit bois et les bûchettes. Elle mit le *Messie* d'Haendel sur le lecteur de CD, se versa un verre de sancerre et, avant de retourner au livre au milieu duquel elle avait arrêté sa lecture, nota de se renseigner sur la prochaine audition des chanteurs de Saint-Michael.

— Tu es heureuse, dit-elle à voix haute. Tu es heureuse !

L'audition se déroulait dans la salle paroissiale, la semaine suivant Noël. Quatre autres personnes étaient là, et sa candidature fut retenue, ainsi que celles d'un homme et d'une femme plus âgés.

Freya savait qu'elle manquait d'entraînement et que sa voix était légèrement rugueuse à la suite d'un rhume. L'audition ne fut pas des plus faciles – le niveau des chanteurs de Saint-Michael était élevé –, mais à partir du moment où elle sut se mettre au diapason du piano, elle se sentit aussi gaie qu'un pinson, comme si elle s'envolait vers le plafond. Chanter lui avait manqué bien plus qu'elle ne l'avait imaginé.

Avant qu'ils ne repartent tous, ce soir-là, le chef de chœur leur donna des informations sur la saison à venir, qui se prolongerait jusqu'à la fin juin. Ils chanteraient le *War Requiem* de Britten, ici, dans la cathédrale, en mai. Avant, le samedi de Pâques, ils prendraient part à une majestueuse représentation de la *Messe en si mineur* de Bach, avec les chœurs réunis de toute la région de Bevham. Freya avait le cœur léger. La messe de Bach, qu'elle connaissait très bien, et le requiem de Britten, qu'elle aurait enfin la chance de chanter !

— D'ici à deux semaines, une soirée est organisée pour le chœur. Si les nouveaux venus veulent nous prêter main-forte, nous ne refuserons pas... Vous connaissez la chanson, c'est toujours sur les mêmes vieux de la vieille que tout retombe, alors si vous acceptiez de nous offrir vos services...

Freya s'était portée volontaire, dans la mesure où son travail le lui permettrait, et elle avait noté les numéros des membres qui se chargeaient du buffet de la soirée. Elle n'était pas très forte en cuisine, mais elle avait toujours aimé préparer des desserts.

Elle rentra en chantant à tue-tête, son autoradio hurlant la *Messe en si*. Elle adorait sa nouvelle maison. Dès le départ, son grade d'inspecteur principal de Lafferton l'avait confrontée au genre de défi qu'elle aimait. Elle retrouvait la musique. Et à présent une nouvelle vie sociale avait l'air de s'ouvrir devant elle.

Elle essaya le numéro que le chef de chœur, Alan Fenton, lui avait confié, mais on ne répondit pas et aucun répondeur ne se déclencha. Elle réessaierait plus tard. En attendant, elle se plongea dans deux cartons qu'elle n'avait pas encore fini de déballer, histoire de dénicher ses livres de cuisine, et subitement elle eut un grand sourire.

— Don Ballinger, maintenant, tu peux aller te rhabiller.

Juste avant dix heures, elle réessaya le numéro.

— Oui ?

Une voix d'homme irrité.
— Bonsoir, je m'appelle Freya Graffham. Le chef de chœur des chanteurs de Saint-Michael m'a...
— Vous désirez parler à ma femme.
Encore un mari qui, apparemment, se portait d'autant mieux s'il n'avait pas à se préoccuper des activités de son épouse.
— Meriel à l'appareil.
Freya commença par expliquer la raison de son appel, mais on lui coupa la parole, cette fois avec une exclamation ravie.
— Vous nous proposez votre aide ! Mais vous êtes une sainte !
— Je viens juste d'être auditionnée pour faire partie du chœur, ce soir, et on nous a sermonnés sur le travail qui retombe toujours sur les mêmes épaules, et sur les volontaires dont on manque cruellement.
— Ce cher vieil Alan.
— Je pourrais vous préparer des gâteaux. J'adore ça. On sera combien ?
— Entre vingt et cent cinquante, ma chère. Il est impossible d'obtenir des gens qu'ils répondent, et en plus les compagnes et compagnons sont invités. S'ils sont cent cinquante, Dieu nous vienne en aide, car la soirée se déroule ici. Mon mari va exploser.
— Je vais donc préparer une demi-douzaine de pâtisseries différentes. Je les apporte le jour même ?
— S'il vous plaît, oui. Mais ce serait plus simple pour vous de tout congeler et de les déposer ici avant que...
— Non, le jour même, ça ira.
— Vous viendrez à la soirée, j'espère ? C'est tellement agréable d'avoir de nouvelles têtes... et de nouvelles voix, évidemment. Vous habitez à Lafferton ? La vôtre ne me dit rien.
— J'ai emménagé il y a environ un mois. Je suis vraiment contente d'avoir réussi à intégrer le chœur. Je suis allée écouter le *Messie*, et cela m'a rappelé à quel point chanter me manquait. À Londres, j'appartenais à une chorale.
— Merveilleux. Voici l'adresse.
Freya la nota.
— C'est à huit kilomètres environ, en sortant de Lafferton, à peu près à mille cinq cents mètres de la route de Bevham à Flimby, vous tournez à gauche en angle droit après le pub. À l'heure que vous voudrez. Je serai toute la journée plongée dans mes quiches

et mes salades. Je suis vraiment impatiente de vous connaître... Madame Graffham... ?

— En fait, j'ai repris mon nom de jeune fille, j'ai divorcé l'été dernier. Enfin, côté professionnel, en tout cas, je m'appelle Graffham.

— Parfait. Mademoiselle Graffham... à moins que...

— Freya ?

— Merveilleux. Au revoir.

Meriel raccrocha aussitôt.

La chaleur de sa voix et de son accueil mit Freya de très bonne humeur, un peu comme lorsque la directrice d'un lycée vous a remarquée dans le couloir ou quand le chef de chœur vous félicite pour votre contre-ut. Ou encore, songea-t-elle, comme lorsque le divisionnaire lui avait dit « Bien vu », quand elle avait suivi la piste d'Angela Randall.

Elle se replongea dans le livre de cuisine qu'elle avait laissé ouvert sur le canapé, à la page de la Mousse au Chocolat à la Crème de Cappuccino.

Durant la semaine qui suivit, Freya consacra l'essentiel de son temps libre à divers essais culinaires, jusqu'à ce qu'elle soit persuadée d'avoir correctement maîtrisé au moins une demi-douzaine de recettes de dessert. À la première répétition du *War Requiem*, ses talents de déchiffrage furent poussés à leurs limites et, à la fin de la soirée, sa voix avait presque rendu l'âme, mais dans l'ensemble la séance avait été exaltante et, à la sortie, elle se joignit à quelques membres du chœur qui allaient boire un verre au pub du Cross Keys. Son carnet d'adresses se remplit de nouveaux noms et numéros de téléphone. Elle fit la connaissance d'une personne appartenant au club de badminton et qui lui proposa de venir la chercher la semaine suivante. Elle accepta une invitation à dîner d'une femme qui s'appelait Sharon Medcalf, dont la voiture refusait de démarrer et qu'elle raccompagna. Son installation à Lafferton était apparemment le meilleur choix qu'elle avait jamais fait de sa vie. Pendant plusieurs années, elle n'avait pas eu tellement confiance en elle. Cette sensation extraordinaire de se voir offrir une deuxième chance, de reprendre sa vie de zéro, la surprenait énormément. Il devait en être ainsi quand vous avez échappé de peu à la mort, à la suite d'un accident ou d'une maladie. Une nouvelle chance...

Freya commençait d'entrevoir à quel point son bref mariage l'avait corsetée dans une camisole de force, jusqu'où Don était parvenu à anéantir son sens de l'initiative et sa force intérieure. Elle avait toujours eu l'habitude de compter sur elle-même, de formuler ses propres jugements, d'arrêter ses propres décisions et, sans avoir jamais été un être impulsif, c'est-à-dire irréfléchi, elle avait misé depuis longtemps sur ses intuitions et son instinct, elle avait toujours su se décider promptement et agir en conséquence. Cela l'avait aidée à devenir un bon officier de police judiciaire, et c'était ce qui lui avait valu d'être promue au sein de la criminelle.

Mais sa vie personnelle si malheureuse avait rapidement affecté son travail. Elle avait mal jugé certaines situations, elle avait tergiversé sur des décisions devant lesquelles, en d'autres temps, elle aurait su se montrer très tranchée et, face aux commentaires des uns et des autres, elle avait dérapé dans la culpabilité et l'hésitation.

À présent, elle remontait la pente. Elle retrouvait la femme qu'elle avait toujours été au fond d'elle-même, et elle était déterminée à bâtir sa nouvelle existence. Elle se créait des amis, elle retrouvait le fil de vieux enthousiasmes, elle aménageait sa maison comme bon lui semblait sans en référer à quiconque, et son argent était à elle, rien qu'à elle. Elle avait redécouvert l'ambition professionnelle. La police criminelle, voilà ce qu'elle aimait, et elle était fermement déterminée à obtenir une nouvelle promotion, d'ici à deux ou trois ans.

Personne ne me rabaissera plus, songea-t-elle, personne ne me sapera plus le moral.

Elle passa son après-midi de congé suivant dans Bevham, à s'acheter des vêtements. Sa garde-robe, y compris une paire de chaussures chères et absolument pas pratiques, allait devoir refléter la nouvelle Freya Graffham. Elle rentra chez elle avec un tailleur en lin crème, deux pulls et deux nouveaux blousons pour aller travailler, l'un en daim, l'autre en jean, ainsi que trois foulards, car elle avait été incapable d'arrêter son choix, plus un cardigan écarlate en coton de chez Margaret Howell. Don n'aimait pas qu'elle porte ce qu'il appelait des tenues voyantes. Si elle se détachait au milieu des autres, si on l'admirait, si on la complimentait, il redoutait qu'elle s'éloigne de lui, retrouve son ancienne indépendance. Il l'encourageait donc à élire des vêtements passe-partout dans les tons gris et beige, à motifs discrets. Elle l'avait aimé. Elle avait essayé d'accéder à tous ses désirs pour lui faire plaisir. Elle avait presque réussi à s'effacer totalement, et s'en était sortie in extremis.

À Bevham, en quittant une boutique, elle leva les yeux et tomba sur ce nom, *Duckham*, au-dessus de la vitrine d'une bijouterie élégante. L'écrin qui contenait les boutons de manchette en lapis-lazuli portait *Duckham*, imprimé à l'intérieur du couvercle.

Les policiers en uniforme avaient effectué les vérifications d'usage, sans rien glaner de spécial. Tandis qu'elle regagnait le parking avec ses sacs de commissions, Freya nota dans un coin de sa tête de consulter de nouveau le rapport avant de se rendre à son tour dans cette boutique. Dans une petite bijouterie huppée, elle trouverait sûrement un vendeur capable de se souvenir d'un détail concernant l'achat des boutons de manchette.

Le samedi suivant, elle consacra sa matinée à mettre la touche finale à une dizaine de tartes, gâteaux et crèmes avant de les emballer sur des plateaux de boulanger prêtés par le réfectoire du commissariat.

Trouver la maison ne fut pas compliqué. Elle était flanquée de piliers en pierre et une allée serpentait entre les hêtres, au pied desquels s'étalait une masse de perce-neige et d'aconits. La maison était probablement d'époque edwardienne, en brique rouge, avec de hautes cheminées. Là, sous les arbres tentaculaires de la vaste pelouse, pointaient encore des perce-neige, encore des aconits, et les premiers crocus bleu glacier.

— Vous êtes Freya ? Bienvenue à vous, bienvenue ! C'est tellement gentil de votre part.

La femme qui l'accueillit ainsi était grande et mince, avec un visage intelligent. Elle portait un jeans et un t-shirt, ses cheveux étaient gris, relevés et attachés au sommet du crâne, et elle aurait pu avoir n'importe quel âge entre cinquante-cinq et soixante-quinze ans.

Elle lui tendit la main.

— Meriel Serrailler.

— Bon sang, mais oui !

— Pardon ?

Et alors que son hôtesse se retournait, Freya perçut immédiatement la ressemblance – le nez.

— Serrailler. Mon supérieur s'appelle Simon Serrailler.
— Mon fils. Juste ciel, vous êtes policière !
— Inspecteur Graffham, police criminelle de Lafferton.
— Bien, je vous promets de ne pas plaisanter sur les policières qui chantent.

Elles s'activèrent à rentrer les plateaux dans la maison. Les sols étaient en parquet ciré, l'escalier incurvé qui montait vers une galerie en bois à l'étage supérieur était sculpté, et un grand nombre de dessins encadrés étaient accrochés aux murs. La cuisine présentait un mélange de vieilles tables et de vieux placards en bois, de plans de travail patinés, de plantes, avec un sofa tout défoncé sur lequel dormaient deux énormes chats roux. Pour apporter tous les plateaux, elles durent effectuer trois voyages. Ensuite, Meriel Serrailler retira les linges qui les recouvraient et contempla d'un œil admiratif la tarte aux deux chocolats, la mousse à la menthe et au pamplemousse, un grand cake au caramel et au gingembre avec glaçage caramélisé, un crumble à la rhubarbe et au miel, une meringue renversée, une tarte meringuée aux noisettes et au café et une charlotte aux baies.

— Ma chère, quel festin ! Pourquoi diable êtes-vous policière, pourquoi ne dirigez-vous pas votre propre empire de la pâtisserie ?

Une demi-heure plus tard, elles étaient assises à une table, avec leurs mugs d'Earl Grey et des sablés, et Freya en apprit beaucoup sur Lafferton, la cathédrale, les chanteurs de Saint-Michael, l'hôpital général de Bevham, et les divers spécimens médecins de la famille Serrailler. Elle avait l'impression de connaître cette femme depuis toujours. Meriel Serrailler avait été une beauté, mais, comme pour la plupart des femmes minces, l'âge l'avait rendue longiligne et maigre.

Cela n'a aucune espèce d'importance, se dit Freya. La beauté s'était peut-être effacée, mais Meriel rayonnait d'intelligence, de charme et d'un intérêt vif et aigu envers les autres.

— Maintenant, à votre tour. Je veux savoir d'où vous venez et pourquoi, et qui vous avez rencontré à Lafferton, si vous allez rester, si vous vous êtes déjà intégrée.

Croisant les doigts sur un nouveau mug de thé, Freya était sur le point de se lancer dans un compte-rendu détaillé : elle reconnaissait en Meriel une femme susceptible de s'attirer les confidences.

Elle était toute prête à succomber quand une voiture s'arrêta dehors, et quelqu'un s'approcha de la maison.

— Alors là, ça peut être n'importe qui... Cat et les enfants, mais avec tous ces gâteaux dans tous les sens, je ne préférerais pas, et pour l'heure je ne me sens vraiment pas l'envie de recevoir Sam et Hannah... Robert, c'est impossible, il est parti voir Martha.

La porte s'ouvrit sur le supérieur de Freya.

— Seigneur !

Freya commença à se lever.

— Bonjour, chef.

Meriel la reprit vivement :

— Oh ! ne vous lancez pas là-dedans, je vous en prie, vous n'êtes pas en service. Hello, mon chou, j'espère que tu n'as pas l'intention de rester, tu sais que ce soir c'est le dîner de Saint-Michael, et regarde-moi tout ça, n'est-ce pas merveilleux ? Je viens juste de dire à Freya que, comme inspecteur, elle se gâchait.

— Elle ne se gâche pas du tout...

Simon Serrailler s'assit à côté de sa mère et saisit la théière. Ensuite, il lança un regard à Freya, sourit, et trempa un sablé dans son thé.

Par la suite, Freya s'aperçut que ce n'était pas une seule vision qui s'imprimait dans sa tête, mais toutes ces visions qui se mettaient en place : la lumière hivernale à travers les vitraux, la chaleur de la cuisine, le léger ronronnement d'un des chats roux endormi sur le vieux canapé, le parfum du thé chaud et le spectacle d'un pot de crocus d'un violet profond sur le rebord de la fenêtre. Elle vit Meriel Serrailler, le dos droit, de profil, ses cheveux follets maintenus par des barrettes. Elle se sentait ravie de cette nouvelle amitié immédiate et, en même temps, elle avait à l'esprit le tableau d'ensemble de cette demeure, la brique rouge, les hautes cheminées, les parquets cirés, la balustrade sculptée menant à la galerie. Tout se mettait en place, dans un moment extraordinaire de certitude et de clarté.

L'espace de quelques secondes, elle resta les paupières baissées. Le chat continuait de ronronner paisiblement. Quelque part, dehors, un chien aboyait. Elle osa lever les yeux.

Il ne la regardait pas, il regardait sa mère. Elle constata à la fois la similitude de l'ossature et la totale dissemblance de teint. Elle regarda les doigts de Simon Serrailler, ceux de sa main droite, refermés sur l'anse du mug, et ceux de la main gauche, posés à plat sur la table en pin.

— Je te promets que j'irai, la semaine prochaine, dit-il.

Cela s'appelle un coup de foudre, songea-t-elle. C'est cela, tomber amoureuse, totalement, sur l'instant. C'est terrifiant.

Elle but la fin de son thé et se redressa. Il fallait qu'elle sorte en vitesse, qu'elle se retrouve seule dans sa voiture. Il fallait qu'elle réfléchisse. Pour autant qu'elle soit capable d'y voir clair dans ses émotions à cette minute, elle comprit du moins qu'elle était en colère, et qu'elle avait peur. Je n'ai pas envie de ça, se répétait-elle avec impatience, je ne suis pas prête et ce ne serait pas bien. Je n'ai pas du tout envie de ça.

Meriel Serrailler l'accompagna à la porte.

— Vous êtes tellement, tellement gentille ! Je ne saurais vous dire à quel point vous tombez à pic. Enfin, on se revoit tout à l'heure.

Nom de Dieu, se répéta Freya, de Dieu de Dieu.

Simon lui lança un au revoir depuis la cuisine, mais elle franchissait déjà la porte. Elle rejoignit sa voiture presque en courant, et se démena avec la clef et la serrure de sa portière.

*Nom de Dieu !*

Elle entendit le gravier gicler sous ses roues et le crissement de ses pneus qui dérapaient.

Elle fonça sur quelques kilomètres, avant d'arriver à un village, à hauteur d'un petit pont. Elle s'arrêta et descendit. Il faisait froid. Le pont décrivait son arc au-dessus de la rivière, et Freya resta au pied de l'ouvrage, à observer l'eau en contrebas, tâchant de se convaincre, en paroles, de retrouver son calme.

Ce qui venait de lui arriver la laissait sous le choc. Quand elle avait vu l'inspecteur lors du séminaire, à Bevham, elle l'avait trouvé plaisant, jeune pour son grade, et avec un air un peu inhabituel. Aujourd'hui, quelques minutes après qu'il eut pris place à la table de la cuisine et qu'il eut souri à une remarque de sa mère, elle l'avait regardé et elle était tombée amoureuse, comme elle aurait pu sombrer dans le sommeil, ou éclater de rire à cause d'une plaisanterie. Elle avait entendu raconter ce genre de coup de foudre, elle avait lu à ce sujet, et n'y avait jamais ajouté foi.

Le visage de Simon Serrailler se tournait vers elle, là, en bas, dans l'eau froide. Le contour de ses mains et ses mèches de cheveux extrêmement blonds, le mouvement de sa tête quand il l'avait levée vers elle avant de baisser les yeux étaient restés accrochés dans sa mémoire et occultaient tout autre image mentale, la totalité de ses autres pensées.

Freya frissonna.

*À Toi, avec tout mon amour dévoué, Moi.*

En cette fraction de seconde, elle comprit ce que signifiait le mot d'Angela Randall. Elle se crut capable de lire dans ses pensées, elle la comprenait. Angela, une femme d'âge mûr vivant une existence solitaire et stérile, était tombée amoureuse. Cet amour était probablement sans retour, peut-être déplacé, et Angela en subissait la servitude. Dans ces situations, les femmes achètent imprudemment à l'objet de leur passion de coûteux présents, sans se soucier de savoir si elles ont de quoi se le permettre, et sans se préoccuper de savoir s'ils seront les bienvenus.

Freya éprouva un vif élan d'empathie envers la disparue, et la certitude qu'elle ne se trompait pas.

# *La Cassette*

Un jour, tu m'as raconté que tu étais allée à l'hôpital et que tu avais attendu l'occasion de me voir « avec mon air de docteur », comme tu disais. Tu as attendu presque trois heures, mais je ne faisais pas partie des silhouettes en blouse blanche qui passaient par là. Finalement, tu as renoncé et tu es retournée à la maison, déçue. Tu ignorais que les étudiants étaient dans un autre bâtiment et que la première année on enfilait rarement une blouse blanche. Tout se passait en cours et en prises de notes, et nous portions des vestes sport. Mais si tu m'avais vu de tes propres yeux, tu aurais fini par croire en ma présence là-bas, et que j'étais vraiment étudiant en médecine. Alors tu aurais pu être fière de moi, et la blouse blanche aurait symbolisé cette fierté. Quand j'ai vraiment commencé à la porter quotidiennement, jamais tu ne te serais doutée combien j'en étais fier.

Au cours de ces premiers mois, c'était comme redevenir un petit garçon, comme se réveiller le matin de mon anniversaire et devoir se pincer pour y croire. J'ai mis de nombreuses semaines à comprendre que j'avais réalisé ce que j'attendais depuis très longtemps, ce pour quoi j'avais travaillé depuis le jour où l'on m'avait recousu la lèvre à l'hôpital, après la morsure de cette chienne que je détestais.

Les cours de médecine étaient assez intéressants, mais à bien des égards ils me donnaient l'impression d'un retour à l'école, et j'avais hâte que la véritable formation médicale débute. J'avais envie de porter ma blouse blanche. J'avais envie de suivre des opérations au milieu des chirurgiens et des anesthésistes en blouse, avec leur masque. Et, surtout, j'avais envie de disséquer le corps humain.

La première fois que je suis entré dans un laboratoire de dissection et que j'ai vu les corps sur les paillasses – un corps attribué à chaque groupe que nous formions – je me suis senti mal. Pas à cause du choc, pas non plus par dégoût, comme les autres qui blêmissaient et sortaient de la salle en s'excusant. Ma faiblesse à moi provenait de mon excitation. Mes mains en tremblaient et je devais les garder dans le dos. C'était dans cette salle, avec ces corps, ces instruments, cette odeur de formaldéhyde et d'antiseptique recouvrant l'odeur de la décomposition, que j'avais envie d'être depuis très longtemps. Là était l'épicentre de mes rêves et la fin de tant d'années de travail. Je n'ai jamais surmonté ce frisson-là, cette sensation de redoutable excitation, ce sentiment de puissance. Un cadavre dans un laboratoire de dissection paraît si éloigné de la vie qu'il semble n'avoir jamais eu aucun rapport avec elle. La chair n'a plus la couleur du vivant, elle a la teinte du mastic. Quand vous découpez quelque chose de vivant, ça saigne, un sang frais, couleur rubis, s'écoule des veines, mais plonger le scalpel dans un cadavre sur la table de dissection ne libère rien d'aussi vif. Au bout de très peu de temps, tailler la chair, les tendons et les muscles, ouvrir l'estomac, le cœur et les poumons, retirer le foie et les reins, dérouler mètre après mètre les intestins devient de la routine. Cela devient également une activité stérile, à telle enseigne que les cadavres pourraient tout aussi bien être composés de plastique et de caoutchouc. C'est une aide à l'apprentissage et, pour un apprenti chirurgien, rien ne remplace la manipulation de tissus humains véritables.

Mais ce sont des cadavres morts depuis un moment.

Qui sont-ils ? D'où viennent-ils ? Quelles vies ont-ils menées ? On ne doit pas se poser ces questions. De quoi sont-ils morts ? Dans quel état se trouvaient leurs organes et que nous apprennent ceux-ci sur la maladie et le processus du vieillissement ? Telles sont les questions que nous étions formés à poser ; nous en découvrions les réponses en dépouillant les corps sous nos doigts. Comment les muscles sont-ils agencés, où le foie entre-t-il en liaison avec la rate, où sont localisées les principales artères – dont nous avons, certes, pu apprendre les noms par cœur dans un manuel, mais que nous n'avions encore jamais vues dans la réalité, jusqu'à cet instant ?

Au bout de deux semaines, tout cela me semblait très prosaïque, et j'avais perdu mon enthousiasme. Mes congénères s'étaient tellement habitués aux corps morts qu'ils s'en servaient pour monter des canulars. Cela m'horrifiait. Ils les traitaient avec un irrespect qui m'a toujours paru inacceptable. Le corps mort mérite le respect, quels qu'aient été nos sentiments vis-à-vis de la personne vivante qui l'habitait. Un matin, en entrant dans le laboratoire de dissection, j'ai été choqué de découvrir mes camarades étudiants sauter à la corde avec un intestin.

Je n'ai jamais perdu mon amour du laboratoire de dissection. Aujourd'hui, tu le sais. Néanmoins, cela ne me suffisait pas.

Tout ce savoir, je l'ai conquis de haute lutte. Les formules chimiques, la physiologie, les listes des maladies avec leurs causes et leurs symptômes étaient enfouis dans d'énormes volumes d'où il fallait les extraire pour ensuite les confier à la mémoire. J'avais du mal. Mais jamais je n'aurais renoncé. Tu avais tout sacrifié pour que j'entre ici, et tu sais que je ne l'ai jamais oublié, n'est-ce pas ?

Plus encore, j'étais émoustillé par l'attente de ce qui allait suivre.

Le laboratoire de dissection n'était qu'un début. Ce qui m'a aiguillonné pour la suite, c'était la perspective d'entrer sur le théâtre d'opérations et d'observer du véritable travail chirurgical sur des corps vivants, au cœur palpitant, aux poumons gonflés, avec du sang pompé dans leurs veines soyeuses.

Chose surprenante, j'avais assez peu réfléchi à la morgue et à la manière dont je réagirais. Je n'étais même pas certain que l'on m'y conduirait, j'ignorais quand ce serait et ce que l'on risquerait d'y faire.

J'aimerais que tu puisses comprendre ce que j'ai ressenti la première fois que j'ai franchi les battants en plastique qui conduisaient à cette salle carrelée de blanc et brillamment éclairée. J'avais posé une question sur les autopsies et, en guise de réponse, on m'avait envoyé en observer une.

Tous ceux qui étudient la médecine connaissent sans doute un moment cardinal qui leur dévoile le tracé de leur avenir. Ceux qui vont devenir obstétriciens entendent le premier pleur d'un enfant, les chirurgiens oculaires sont passionnés par la faculté de restituer la vue, les psychiatres s'adressent à un patient réputé fou et croient pouvoir atteindre cette personne, toucher du doigt sa santé mentale et la nourrir, pour assurer son retour à la vie.

Mon moment cardinal survint dans cette morgue.

# 15.

— Je n'ai pas besoin d'aller consulter dans ce cabinet. Je vais bien, non ?

— Tu iras, même si je dois prendre ma matinée de congé et t'y traîner de force.

Sandy Marsh arracha les draps d'un coup sec, laissant l'air froid du matin s'emparer du corps de Debbie.

— Le docteur Deerbon a été très gentil de faire tout ce chemin pour venir jusqu'ici, et tu étais dans un joli état ! Il aurait pu se passer n'importe quoi, tu aurais pu mourir.

— Mais non, je ne serais pas morte.

— Allons, debout, et dehors. Tu ne peux pas ne pas aller à ce rendez-vous, et tu n'as pas le droit de faire attendre le docteur. L'eau vient tout juste de bouillir et j'ai mis deux tranches de pain dans le toaster. Franchement, c'est d'un ange gardien que tu as besoin, pas d'une colocataire.

Sandy se dirigea vers la porte. Elle avait l'air élégante, remarqua Debbie, elle était si mince que même affublée d'un sac-poubelle elle resterait chic. Ce matin, elle avait enfilé un caban noir sur une jupe imprimée noir et blanc, des bottes montantes et un pashmina rose pour rehausser l'ensemble. Ce n'était pas une question d'argent non plus, car après les factures que Sandy était obligée de payer, il ne lui restait jamais grand-chose. Elle faisait attention à ce qu'elle achetait, elle dépensait peu, et elle possédait le talent enviable de savoir composer une tenue. Mais d'ici peu, se jura Debbie en passant dans la salle de bains, je serai mince, j'aurai la peau nette, et alors je pourrai en faire autant.

Elle se regarda dans le miroir. L'enflure s'était résorbée, mais il subsistait encore une légère rougeur et la peau, sous les yeux, était toute parcheminée.

— Salut, Debbie. Je t'appelle plus tard, histoire de savoir ce qu'elle t'aura conseillé.

— OK, OK.

Au fond, Debbie reconnaissait qu'elle avait de la chance. Sandy avait beau être autoritaire et se montrer critique, c'était une bonne amie et elle lui devait beaucoup. Ne serait-ce que pour cette raison, elle honorerait ce rendez-vous avec le docteur Deerbon.

Le cabinet était situé à environ trois kilomètres, de l'autre côté de la ville, et en temps normal elle aurait pris un bus, mais ce matin-là Debbie alla à pied. Le trajet ne présentait aucun intérêt, cependant elle se sentait à chaque pas d'humeur de plus en plus positive. Elle parlait toute seule dans l'air frais, dont elle emplissait ses poumons, elle avait conscience de la vaste étendue du ciel au-dessus de sa tête et de la terre profonde sous ses pas – ces deux dimensions auxquelles elle était rattachée, elle, Debbie Parker, par des forces naturelles invisibles et puissantes. Elle se rappelait tout ce que Dava lui avait raconté de cette nécessité d'ouverture de son mental et de son esprit, afin d'être en phase avec la terre entière, avec les cieux et, au-delà, avec l'univers.

— Rien ne vous est étranger, rien ne vous est hostile. Tout fait partie de vous et, à votre tour, vous faites partie du tout. Vous êtes fermement arrimée et vous êtes à même de le ressentir, pourvu que vous ouvriez votre cœur et votre esprit. Marchez, marchez, respirez, regardez, écoutez, et vous remarquerez que, chaque fois, vous vous sentirez plus libre et plus en harmonie avec toutes choses.

C'était la vérité, elle se sentait réellement en phase avec le monde, avec la terre en rotation sous ses pieds, strate après strate... Elle ne savait pas à quoi cela correspondait, mais elle avait en tête une image de racines plongeant très en profondeur. Elle leva les yeux. Au-dessus d'elle, les nuages étaient d'un gris léger, pourtant elle n'eut aucun mal à se représenter le bleu céleste et, par-delà ces nuages, au-delà de ce bleu, elle s'imagina un or chatoyant que rien ne l'empêchait plus de contempler.

Cette marche était revigorante, néanmoins elle dut s'arrêter, marquer plusieurs pauses, tant elle était essoufflée. Évidemment, plus elle marcherait et plus elle serait en forme, mieux ça irait. Dava lui avait conseillé de classer ses humeurs et de leur attribuer des symboles, de les peser et de leur prêter des couleurs et des formes. Ce matin, elle était d'humeur légère ; cette humeur-là ne pesait presque rien. Elle était d'un blanc argenté, avec des contours doux et nuageux.

Une simple visite à Dava avait suffi à transformer le monde de Debbie Parker. Elle savait qu'elle n'avait pas réellement besoin de cette consultation matinale chez le docteur Deerbon. Dava allait lui modeler son avenir et la guider dans tous les changements qui allaient survenir au long de son cheminement vers son nouveau moi, sa nouvelle vie. Elle serait mince, elle aurait la peau nette, le cœur léger, et elle serait optimiste, de tempérament égal et joyeux. Elle reprendrait des études ou alors elle dégotterait un nouveau boulot. Elle se créerait davantage d'amis et connaîtrait une expansion de tout son être.

Elle atteignit le cabinet de Manor House trempée de sueur et avec un début d'ampoule au talon gauche, mais à part cela elle était suffisamment contente d'elle pour avoir presque envie de chanter. Même en attendant son tour chez le docteur, elle se sentait heureuse. La salle d'attente était pleine de jeunes femmes avec leurs gamins qui toussaient, de vieux messieurs qui se plaignaient de devoir patienter, et de ces magazines cornés ; pourtant, aux yeux de Debbie tout était beau et faisait partie intégrante d'un ensemble harmonieux. Il lui semblait sidérant que ces gens, ici, ne sachent rien de Dava et de ses pouvoirs, de ses grands talents de guérisseur et de l'aide qu'il serait en mesure de leur apporter, de sa beauté et de sa spiritualité. Elle pourrait déposer ici quelques-unes de ses cartes couleur azur, sur la table à côté des magazines, mais, à bien y réfléchir, elle se ravisa, comprenant que si les patients lui en seraient éventuellement reconnaissants, les médecins, eux, risquaient de ne pas en retirer une impression aussi favorable.

— Debbie Parker, je vous prie.

Le docteur Deerbon, pâle, avait un rhume. Apparemment, cela la mettait de méchante humeur.

— Bon sang, Debbie, que vous est-il passé par la tête ? Avez-vous la moindre idée de ce que vous avez pris ou de ce que pouvait contenir le produit que vous vous êtes appliqué sur le visage ?

Debbie se sentit rabrouée.

— Laissez-moi vous examiner la peau. Venez à la lumière.

— Je ne vois pas ce que j'ai fait de mal.

— Vraiment ? Après ce qui s'est passé ?

— Enfin, je ne savais pas, c'est vrai, quoi. Vous avez dit vous-même qu'on pouvait faire des réactions à toutes sortes de remèdes courants.

— Oui, en effet. Je suis désolée. Mettez ça sur le compte d'une mauvaise nuit. Enfin, cela n'excuse rien, je n'ai pas à m'en prendre à vous. Maintenant, occupons-nous de cette acné, voulez-vous ? Pourquoi n'êtes-vous pas d'abord venue me voir, Debbie ? Soigner l'acné est devenu très simple. Je vous administre un antibiotique que vous prendrez pendant six semaines. Surtout, respectez le traitement et suivez-le bien jusqu'au bout. L'acné se résorbera petit à petit et ne reviendra plus.

— C'est tout ? Pas de crème, aucun autre produit ?

— Non. Il est inutile de vous appliquer quoi que ce soit sur la peau, et n'achetez plus de ces lotions qui vous annoncent des miracles, les antibiotiques se chargeront de tout. Vous n'avez jamais eu d'asthme, précédemment, n'est-ce pas ?

Elle consulta ses notes.

— Non, répondit Debbie. En tout cas, je ne pense pas.

— Probablement une réaction isolée, alors. Je vais néanmoins vous prescrire un inhalateur. Gardez-le avec vous tout le temps, dans votre sac, près de votre lit. Vous n'aurez sans doute plus d'autre crise de tout le reste de votre existence, mais il suffit d'une pour considérer cela comme un avertissement. Ne restez pas sans votre inhalateur. Après cette consultation avec moi, patientez dehors et l'infirmière vous accordera cinq minutes. Elle vous montrera comment l'utiliser... Ce n'est pas compliqué, il y a juste un coup à prendre.

— D'accord. Merci.

Debbie se leva.

— Non, Debbie, ne partez pas. Je voudrais vous parler de cette personne que vous êtes allée voir à Starly.

— Oh.

— Je ne suis pas de ces médecins généralistes qui désapprouvent formellement tout type de traitement parallèle. J'envoie des patients chez l'acupuncteur et l'ostéopathe, et je conserve un certain esprit d'ouverture vis-à-vis de plusieurs autres formes de thérapie. Mais il existe beaucoup de charlatans. En outre, vous savez, ce domaine n'est pas régulé. Il ne suffit pas de considérer que, si ces produits ne vous font pas grand bien, ils ne vous causent pas grand mal non plus. Il subsiste un risque. Je veille à protéger mes patients. Vous avez traversé une période dépressive et cela peut vous rendre très vulnérable. Dites-moi, qui avez-vous vu ?

Debbie ignorait jusqu'où se confier. Elle se fiait à Dava, il était merveilleux, il lui parlait comme personne ne lui avait jamais parlé, mais, confrontée aux questions du docteur Deerbon, elle se sentait légèrement bête.

— Il est... vraiment bon, docteur. En fait, on a surtout parlé.

— Parler n'est pas toujours inoffensif. Et puis, il vous a prescrit ces pilules et cet onguent. Hier soir, je les ai emportés avec moi, est-ce que votre colocataire vous l'a dit ? J'ai commandé une analyse. Que vous a-t-il fait d'autre ?

— On a juste parlé, comme je viens de vous expliquer.

— Comment ça, parler ? Comme vous et moi en ce moment ?

— Dans ce genre-là...

Debbie n'allait pas lui raconter pour la couchette, ni cette sensation étrange d'avoir été comme happée hors de soi et du temps réel, cette impression de flotter et d'avoir été touchée par une présence extraordinaire.

— Voudriez-vous me communiquer un nom ?

— Qu'allez-vous faire ? Je ne vais pas déposer plainte, n'est-ce pas ?

— Bien sûr que non. Et je ne peux pas intervenir, même si j'en avais l'intention. Mais comme je vous l'ai expliqué, j'ai le devoir de veiller sur mes patients.

— Il s'appelle Dava.

— Dava quoi ?

Debbie haussa les épaules.

— Vous a-t-il donné un quelconque conseil médical ?

— Non. Il a beaucoup parlé de trucs spirituels. De mon psychisme. Il m'a dit que je devrais... me mettre en phase avec l'univers. Qu'il faudrait que je marche et que je sorte m'aérer. Il m'a expliqué que ça m'aiderait, pour ma peau.

— Ça ne lui ferait certainement pas de mal, à votre peau.

— Côté nourriture. Il m'a prescrit un régime.

— Ah.

— Il faut que je mange uniquement des aliments bio... des machins complets, des fruits et des légumes, pas de viande, pas de laitages.

— Beaucoup de soja ?

— Comment le savez-vous ?

Le docteur Deerbon sourit.

— Apparemment, tous ces praticiens sont friands de soja.

— Et alors, c'est mauvais ?

— Non. Mais certaines personnes y sont allergiques.

— Alors je peux suivre son régime ?

— Oui. Veillez à consommer suffisamment de protéines... du poisson et des œufs. Les fruits, les légumes, les aliments complets, c'est bien, mais prévoyez un petit extra de temps en temps. Il est important de ne pas se montrer trop rigide. De ce côté-là aussi, vous êtes vulnérable, Debbie, car vous avez été déprimée. Offrez-vous un cappuccino, un verre de vin ou une barre de bon chocolat de temps à autre. Ne soyez pas trop dure avec vous-même.

— OK. Merci, alors. C'est tout ?

— C'est tout, fin de la leçon.

Debbie se retourna, la main sur la poignée de la porte.

— Grâce à lui, je me suis sentie merveilleusement bien. Vous voyez ? Je me suis sentie totalement changée. Je n'ai jamais rencontré personne de pareil.

Quelques instants après que Debbie fut passée voir l'infirmière du cabinet, Cat Deerbon était encore occupée à griffonner dans son carnet tout en ruminant ce que la jeune femme venait de lui indiquer. Dava. Ce nom était faux et ne signifiait rien, et ce refus de mentionner son patronyme sentait la simulation. Les conseils qu'il lui avait formulés paraissaient au mieux positifs, même s'ils ne contenaient rien que Debbie n'aurait pu glaner dans quantité de magazines, et au pire inoffensifs. Cependant, une ou deux remarques de Debbie suggéraient autre chose, une espèce de galimatias assez familier, notamment cette histoire d'harmonie intérieure et de mise en phase avec l'univers. Tout cela était facile à démonter, et elle doutait que ces comprimés contiennent grand-chose d'autre qu'un mélange inutile d'herbes aux pouvoirs limités, augmentées de soja, ou que l'onguent soit dangereux. La malchance de Debbie Parker, c'était son allergie à l'un ou l'autre de ces composants.

Pourtant, Cat était inquiète. Une fille comme Debbie, avec son problème de poids, sa peau abîmée, peu séduisante et mal fagotée, sans travail et pour ainsi dire sans aucune vie sociale, demeurait vulnérable, et le fait qu'elle soit sérieusement déprimée constituait une source supplémentaire d'alarme. Un thérapeute sans formation délivrant des conseils de psychologie à une personne comme Debbie Parker, surtout si ces derniers impliquaient une plongée dans le passé, une « régression » ou une « renaissance », risquait de provoquer des dommages indescriptibles.

Cat nota *Dava* sur son carnet. Elle n'avait aucun moyen d'obliger un tel individu à cesser son activité – et, de toute manière, s'il fermait son officine de Starly, rien ne l'empêcherait de rouvrir n'importe où, à l'endroit de son choix.

« Dava ». Cat prononça le mot à voix haute, sur le ton de la dérision, avant de sonner pour que l'on fasse entrer le patient suivant.

Debbie Parker ne parcourut pas à pied les trois kilomètres jusqu'à chez elle. Il s'était mis à bruiner et son ampoule était douloureuse. À la place, elle attendit une demi-heure un bus au bout d'Addison Road. Elle se sentait perdue. Le docteur Deerbon n'avait pas semblé désapprouver tout ce qu'elle avait décidé d'entreprendre à la suite de sa visite chez Dava. Le régime, l'exercice – elle avait hoché la tête, l'air d'accord. Mais quelque chose, tant dans son expression que dans son ton, avait mis Debbie mal à l'aise, et elle s'était sentie coupable. C'était comme une entrevue avec son professeur principal. Après, on se sentait plus petit et plus bête qu'en entrant. Mais à présent elle était grande, alors pourquoi fallait-il qu'on la pousse à se sentir comme une gamine et une idiote ?

Le bus était chaud et embué et, une fois assise à l'intérieur, elle essuya la vitre de l'avant-bras, pour voir dehors, tout en se remémorant le dernier autocar dans lequel elle était montée, direction Starly. Repenser à cette équipée, au temps qu'elle avait passé dans le café, à la maison de Dava dans l'étroite ruelle en pente, au cabinet de consultation, et à cet homme stupéfiant rendait Debbie à la fois méfiante et passionnée. Il lui avait fait plus de bien que n'importe qui, non ? Son malheur s'était dissipé, elle se sentait optimiste et heureuse, pour la première fois depuis des mois. Quel mal y aurait-il à cela ? Elle lui en était reconnaissante et elle allait le lui montrer.

Dava n'était pas responsable de la mauvaise réaction que Debbie avait déclenchée à son remède, cela aurait pu arriver n'importe quand, à n'importe qui. Le docteur Deerbon elle-même était de cet avis.

Elle descendit du bus dans le centre de Lafferton et s'acheta une barre de chocolat bio à croquer sur la route du retour. Voilà, ça devrait leur convenir à tous les deux, songea-t-elle en déchirant le papier d'emballage.

Une lettre était posée sur son paillasson. Quand elle décacheta l'enveloppe, elle aperçut aussitôt la sublime carte de couleur azur. Elle semblait rayonner dans la pénombre de l'entrée, et ce halo de lumière décrivait un cercle de chaleur autour d'elle.

*Debbie*

*Veuillez vous présenter pour votre prochain rendez-vous à quatorze heures quinze précises,*

*le mardi 30 janvier.*

*Cette heure a été soigneusement et personnellement choisie comme la plus propice à votre thérapie.*

Debbie se prépara une tasse de thé, s'assit à la table de la cuisine avec la carte posée devant elle et plongea le regard dans les profondeurs de ce bleu magique. L'effet que cette carte exerçait sur elle fut presque aussi puissant que lorsqu'elle se trouvait dans la pièce, à Starly, avec Dava en chair et en os. Elle se sentit revigorée, transformée, son avenir lui paraissait receler d'infinies possibilités, au-delà de tout ce qu'elle avait pu rêver avant de franchir ce pas courageux.

Toute la journée, la cuisine lui parut rayonner de la lumière spirituelle émanant de la carte. Plus tard, Debbie se rendit compte qu'elle avait envie de respecter sans limite tout ce que Dava l'avait priée de faire, pour que lors du prochain rendez-vous il la félicite et soit fier d'elle. Après s'être collé un gros sparadrap autour du talon pour protéger son ampoule, elle enfila deux paires de chaussettes dans ses baskets et sortit marcher. Il était quatre heures de l'après-midi, les écoliers rentraient chez eux, sautillant en tous sens sur les trottoirs avec leurs sacs de couleurs vives, se déversant des voitures les bras chargés de violons, de boîtes de jeux, de livres et de boîtes contenant le reste de leur déjeuner. Debbie se sentit enveloppée d'un halo de bienveillance et de gentillesse à leur égard, un halo d'un tel éclat qu'elle fut surprise de ne pas les voir aimantés par ce spectacle.

L'après-midi était froid et humide, il bruinait encore légèrement, mais les perce-neige se dressaient sous les arbres dans les jardins tout en longueur des maisons cossues, sur le chemin de la Colline. Debbie était attirée vers cet ancien cœur de verdure de Lafferton. Elle savait que les Wern Stones étaient censées posséder des pouvoirs particuliers, un peu comme le Starly Tor. On racontait que les Wern Stones voyaient tout et que, si on les fendait en deux, on y trouverait gravés la totalité des secrets de Lafferton, sur des générations. Ceux qui montaient sur la Colline pour se réunir clandestinement après la tombée de la nuit avaient beau se croire en sécurité, les Wern Stones les voyaient, et si un mensonge était proféré à portée de voix de ces monolithes, il finirait par être dévoilé, à des années de distance. Debbie se dit qu'elle allait questionner Dava au sujet de la Colline.

Il faisait presque nuit, maintenant. Un couple promenait un chien dans le chemin devant elle, mais ils ne tardèrent pas à regagner la route. Debbie marchait d'un pas décidé, allongeait la foulée, les bras suivant en cadence, et respirant à fond. Elle aurait aimé que la lune se lève, observer les cieux et admirer les étoiles, là-haut, mais il n'y avait que l'obscurité, dense et trouble. Ses baskets crissaient imperceptiblement sur le sentier mouillé et, au bout d'un moment, irritée par ce bruit, elle s'en écarta pour s'engager sur la piste herbeuse qui grimpait entre les sous-bois vers les Wern Stones, avant de poursuivre vers le bosquet de très vieux arbres, tout en haut. Assez vite, la piste devenait plus escarpée, et Debbie était complètement essoufflée. Elle s'arrêta et s'appuya contre un arbre, se courba en avant pour soulager son point de côté. En contrebas, elle distingua quelques faibles lumières orangées, piquées çà et là dans la ville. Au-dessus d'elle, tout était oblitéré. La nuit sentait bon l'herbe trempée. Elle tâcha de réfléchir à la Terre qui tournait sous ses pieds, à l'arche du ciel au-dessus de sa tête et à elle-même en harmonie avec tout cela. L'espace d'un instant, elle se crut capable d'éprouver un sentiment d'unité avec l'univers, d'appartenance à l'esprit de toutes choses créées.

Elle fut tirée de sa rêverie par un son indistinct, un bruit de pas, ou peut-être le bruissement du vent dans le sous-bois. Elle tourna la tête pour essayer de mieux voir. Il n'y avait pas de vent, l'air était tout à fait immobile. Le bruit se reproduisit, quelques mètres plus bas, sans qu'elle discerne s'il provenait de la gauche ou de la droite.

Debbie fut saisie d'une peur qui l'engourdit, comme si elle avait cessé de respirer. Son cœur cognait dans ses oreilles, tel le fracas des vagues. Elle n'y voyait rien et elle n'osait pas bouger. Elle était paralysée de terreur de se découvrir si vulnérable. Elle était vraiment stupide d'être montée jusqu'ici, seule, à la nuit tombée, et sans avoir informé quiconque de l'endroit où elle se trouvait. Elle guettait le moindre son, le moindre mouvement, avec une acuité qui la terrifiait. Cependant, elle n'entendit plus rien. L'obscurité et le silence étaient absolus, écrasants, lourds et suffocants. Elle était désorientée et n'osait pas bouger, ne sachant plus quel chemin la mènerait à la route. Elle s'agrippa au tronc froid et humide de l'arbre, pour y puiser un soutien et un réconfort. L'arbre formait une entité vivante, une partie de l'univers, et il était relié à elle. Si elle restait en contact avec lui, elle demeurerait forte et en sécurité.

Non loin de là, dans le noir, quelque chose provoqua un bruit à peine perceptible. Le bruit se répéta, mais il était différent : ni un bruissement ni un chuchotement, simplement un grattement infime.

La bruine se remit à tomber, froide sur son visage et ses mains. Enfin, plus bas dans le chemin, elle vit les phares d'un véhicule, et elle entendit le moteur. Si elle y allait, là, tout de suite, vite, si elle parvenait à garder son équilibre sur l'herbe mouillée et si elle gagnait le chemin saine et sauve, elle arriverait peut-être jusqu'à cette voiture, cette voiture aurait un conducteur, un autre être humain, et des passagers, qui sait, et tout redeviendrait normal et ce qui grattait là, ici, dans l'obscurité, serait relégué derrière elle.

Debbie prit une profonde inspiration, relâcha l'arbre, puis déboula sur la piste herbeuse. À présent il pleuvait dru et les chemins étaient devenus glissants. Quand elle atteignit le bas de la côte, en courant sur sa lancée, elle dérapa, tomba et s'abattit sur le sol, le bras tendu pour tenter de se rattraper. Étendue par terre, elle pleurait de peur et d'exaspération, pas de douleur – elle s'en aperçut au bout de quelques instants. Elle avait des bleus et la paume de sa main était éraflée à cause de sa glissade, mais quand elle se redressa, elle comprit qu'elle ne s'était rien cassé, rien foulé, et elle réussit à se remettre debout. Une lumière l'aveugla alors. Debbie était plus près de la route qu'elle ne l'avait cru, et cette lumière émanait des phares d'une camionnette arrêtée devant elle.

La poitrine lui faisait mal, à force de respirer violemment, et à cause de la tension de sa course sous l'emprise de la panique, dans le noir. Quand elle entendit une voix d'homme, de prime abord elle fut incapable de répondre. Cependant, grâce à la présence d'un autre être humain si près d'elle, et parce qu'elle était descendue de la Colline saine et sauve, elle se sentit soulagée.

— Bonsoir. Vous vous êtes blessée ?

Au début, la voix sortit de la camionnette, puis elle entendit la portière que l'on ouvrait.

— Vous pouvez éteindre vos phares, je n'y vois rien, c'est...

— Désolé.

Une seconde plus tard, le faisceau avait piqué du nez, de sorte qu'il éclairait le chemin, mais Debbie restait encore éblouie. Elle entendit des bruits de pas, et l'homme fut à sa hauteur. Il tenait une lampe-torche. Elle discerna une veste en tweed, sans distinguer ses traits.

— Que s'est-il passé ?

— J'étais... je marchais là-haut et il faisait si sombre, je ne m'y attendais pas. J'ai entendu quelque chose.

— Quel genre de chose ?

— Je ne sais pas, c'était effrayant, ça grattait ou ça frottait...

— Sûrement des lapins ou un blaireau. Ou alors un chien errant.

— Oui.

Elle se tenait le flanc, car son point de côté resurgissait.

— Sauf que je n'ai rien pu voir. J'ai juste couru, mais ces chemins, ça glisse toujours trop. J'ai dérapé.

— Vous vous êtes fait mal ?

— Je ne pense pas. Je me suis écorché la main, parce que j'ai tendu le bras pour me recevoir, mais ce n'est rien. Je me suis cogné le genou, je crois.

— Vous avez eu de la chance.

— Oui. Là-haut, je ne me suis rendu compte de rien.

— Peut-être n'était-ce pas une excellente idée, de monter sur la Colline toute seule, de nuit.

— Vous croyez que ce n'est pas un endroit sûr ?

— Il est sûrement très sûr, mais vous êtes une jeune femme, vous êtes seule, et on n'est jamais trop prudent. La prochaine fois, amenez une amie avec vous. Ou mieux encore, venez de jour. Tôt le matin, cela vaut mieux que tard le soir.

— Merci. Merci beaucoup.

— Vous allez loin ?

— À environ un kilomètre et demi, mais je passe par les rues. Ça ira.

— Non, laissez-moi vous déposer. Vous êtes trempée et vous avez eu un choc. Ça ne prendra pas deux minutes.

Debbie hésita. Il avait l'air sympathique, il ne semblait pas bizarre. Pourquoi ne pas accepter ? Ce n'était pas bête, elle serait vite rentrée chez elle. Cependant, il perçut son hésitation.

— Non, bien sûr que non. Cette proposition est stupide. Vous ne me connaissez pas. Vous ne devriez jamais accepter que des inconnus vous déposent en voiture, surtout de nuit. Mais je veux être certain que vous rentriez chez vous en toute sécurité. Je vais vous dire : vous allez marcher, et je vais vous suivre jusqu'à la grande route, avec mes phares allumés. Vous serez tout à fait protégée, vous serez au milieu des gens et des voitures, et moi je ne serai plus inquiet. Et puis je préfère être sûr que vous ne vous soyez vraiment pas fait mal et que vous puissiez marcher. Vous avez quelqu'un chez vous, à votre arrivée ?

— Sandy Marsh, ma colocataire.

— Bien. Allez-y, alors... Je vous accompagne jusqu'à la route, et après je vous laisse.

Debbie attendit qu'il remonte dans sa camionnette, qu'il exécute un demi-tour, et qu'il prenne la direction de l'entrée. Alentour, il n'y avait pas âme qui vive. Elle était contente que ce monsieur soit là, qu'il roule derrière elle, au pas, l'éclairant nettement du faisceau incliné de ses phares. Elle avança dans une flaque de lumière, puis elle tourna dans la rue, tout au bout. Là, c'était plus animé, on était tout près d'une rangée de boutiques et d'une station-service. Il y eut un appel de phares de la camionnette, le véhicule s'éloigna dans la rue, et l'homme lui adressa un signe de la main. Debbie Parker répondit à son geste avec reconnaissance. Quelqu'un avait veillé sur elle à un moment où elle ne s'y serait guère attendue. Elle se rappelait un autre propos de Dava : « On veillera toujours sur vous. On vous surveille et on vous protège. Souvenez-vous. »

C'était vrai. Elle avait entendu des histoires de gens qui trouvaient de l'aide dans des endroits déserts et à des moments dangereux, pour découvrir plus tard que leur sauveur était un ange à forme humaine.

Elle prit soudain conscience que c'était sans doute ce qui venait de lui arriver, et son cœur fit un bond. Pourquoi pas ? Elle était en danger, ou s'était crue menacée, un sauveteur avait surgi de l'obscurité, et il avait disparu, mais pas avant de s'assurer qu'elle soit en sûreté. Tout collait, cela ressemblait vraiment aux histoires d'apparitions angéliques qu'elle avait lues.

Elle était impatiente de raconter cela à Dava.

Elle tourna au dernier coin de la rue et aperçut la lumière dans son appartement. Elle allait prendre un verre, se faire couler un bain chaud et, plus tard, s'affaler sur le canapé, en robe de chambre, pour regarder The Bill.

Lorsqu'elle ouvrit la porte et lança un « Salut », elle décida de ne rien raconter à Sandy au sujet de son sauveteur, ou de sa conviction qu'il ne s'agissait pas d'un être humain ordinaire. Le bon sens réjouissant de Sandy serait comme un bâton piquant une toile d'araignée délicate, et Debbie entendait chérir cette rencontre avec l'ange, ne pas la voir gâchée par le dédain de sa colocataire. Elle ne mentionnerait probablement même pas le fait qu'elle était montée seule en haut de la Colline, dans le noir. Les bruits qu'elle avait perçus provenaient sûrement de petits animaux ; maintenant qu'elle était en sécurité, elle comprenait qu'elle avait été idiote. À l'heure actuelle, on n'était en sécurité nulle part, même pas dans ce bon vieux Lafferton si guindé. Elle devrait à son sauveteur de ne plus s'exposer à ce genre de risque. Elle retournerait marcher sur la Colline, évidemment – on y avait semé des prairies artificielles qui l'aideraient à se sentir en phase et en harmonie avec l'univers – sauf que, dorénavant, elle n'irait plus que de jour, surtout tôt le matin. L'aube était une heure favorable, Debbie le savait. C'était l'une des raisons pour lesquelles les gens allaient danser à Starly Tor au point du jour, l'été.

Elle s'immergea dans la mousse molle couleur pêche de son bain, et retint de poser aussi à Dava une question à ce propos.

# 16.

Les aiguilles lumineuses de sa pendule de chevet marquaient quatre heures et quart. Freya, couchée sur le côté, regardait fixement ces aiguilles, observait la trotteuse qui bouclait son tour en cliquetant. Elle avait froid.

*Nom de Dieu. De Dieu. De Dieu. Flûte. Vacherie. Bordel. Merde. Connerie...*

— Oh, nom de Dieu !

Cette fois, elle s'exprima à voix haute. Elle rabattit sa couette et dégagea ses jambes. Le duvet glissa par terre.

Elle avait besoin de boire un verre, et d'une bouillotte, puis de lire quelques chapitres du livre dans lequel elle s'était plongée avant de se retrouver la tête pleine de « cette salade », comme elle l'appelait avec colère.

En attendant que l'eau chauffe, elle releva le store vénitien et regarda dehors. La cuisine donnait sur son jardin – de l'herbe, un lilas, quelques roses. Elle avait même un appentis. De l'autre côté de son mur s'alignaient des maisons ; une seule lumière était allumée, derrière une fenêtre au premier étage. Freya se demanda s'il y avait là un autre insomniaque, la tête trop occupée et trop pleine de pensées tourbillonnantes pour trouver le sommeil, ou alors juste un père ou une mère veillant un enfant aux yeux ouverts. Elle entrouvrit la fenêtre. L'odeur singulière de la nuit, des parterres de fleurs et des arbustes humides, puis quelques notes de fumée et de gaz de voiture, lui monta aux narines, réminiscence de ses débuts, du temps où, policière en tenue, elle patrouillait de nuit. Elle avait adoré : tout se jouait toujours sur le fil du rasoir, mais, en service de nuit, il existait également un esprit de camaraderie qui se manifestait à l'heure de la relève, et qui était différent. On était plus porté sur la plaisanterie, on se soutenait davantage. On se surprenait à confier à son collègue de patrouille des choses qu'on n'aurait peut-être même pas avouées à son partenaire dans la vie, ou que l'on n'aurait pas pu dire à ses parents, et on finissait par recueillir en retour les confessions de son équipier, dans l'intimité d'une voiture de patrouille, ou en marchant dans une rue silencieuse et sombre. Elle ne regrettait pas d'avoir intégré la police criminelle et la promotion qui s'en était suivie, pas plus qu'elle ne regrettait de s'être installée à Lafferton, mais le parfum de l'air nocturne faisait tout de même jouer en elle une corde sensible.

Elle retourna remplir sa bouillotte d'eau chaude et se préparer un mug de thé. En tout, elle n'avait guère dormi plus d'une heure, et elle avait passé le reste de son temps à gigoter dans son lit. Ses oreillers et sa couverture avaient fini dans le plus complet désordre et, entre deux jurons, elle avait eu très envie de faire le tri de ses émotions et de comprendre ce qui lui était arrivé – enfin, elle avait essayé.

Simon Serrailler n'était pas venu à la soirée du chœur. Freya avait passé un long moment à choisir ses vêtements, à se coiffer et à se maquiller, et elle avait conduit les mains moites, la bouche sèche. Comme une idiote d'adolescente, avait-elle songé, furieuse. Elle s'était engagée dans l'allée de Hallam House. Y étaient rangées en files quantité de voitures, et à toutes les fenêtres du rez-de-chaussée brillaient des lumières accueillantes. Aucun rideau n'étant tiré, Freya pouvait discerner les silhouettes dans chaque pièce, sauf celle de Simon. Elle avait entendu un soudain éclat de rire et s'était sentie emportée par une bouffée de timidité, si bien qu'elle était remontée en voiture pour repartir. Elle ne s'était jamais sentie très à l'aise dans les réunions mondaines, mais son mariage avec Don avait érodé son peu d'aplomb et de confiance en elle – et en tout état de cause ils étaient rarement sortis ensemble, sauf dans des endroits où ils allaient retrouver des collègues de travail ou des gens qu'ils connaissaient déjà. Une autre voiture avait pénétré dans l'allée et s'était faufilée le long de la sienne. Freya avait attendu en se demandant quel genre de voiture conduisait Simon Serrailler, désirant à toute force que ce soit la sienne, pour entrer dans la maison avec lui. Les phares s'éteignirent, un couple descendit. La femme était celle que Freya avait déposée après la répétition du chœur. Elle l'appela par son prénom : « Sharon ! » Faire son entrée avec une personne qu'elle connaissait, même à peine, lui assurerait au moins un début de soirée en douceur.

Ses desserts furent acclamés et promptement mis en pièces, et elle avait promis ses recettes à plusieurs personnes. Elle s'était amusée, s'était tout de suite créé une nouvelle amitié avec Meriel Serrailler, en prenant tout aussi vite en aversion son mari, un homme à la langue sarcastique, aux airs à la fois supérieurs et critiques.

La soirée avait été agréable, mais elle se l'était gâchée : elle n'avait cessé de lancer des coups d'œil vers la porte, dans l'espoir que Simon viendrait, pour ensuite redouter sa propre réaction. Quand elle s'était aperçue qu'il était plus de dix heures et qu'il n'apparaîtrait pas, sa déception avait été si cuisante qu'elle s'était sentie incapable de profiter de quoi que ce soit, et s'en était donc allée.

De retour au fond de son lit, au chaud, dans un confort douillet, elle tapota ses oreillers et s'y adossa. Sous le cercle de lumière de sa lampe de chevet, elle tenta de nouveau de saisir ce qui s'était passé, comment c'était arrivé, et ce que cela signifiait. Elle avait été assommée, instantanément, totalement, par l'allure, la voix, l'aura et la personnalité d'un homme. Elle était sous le charme, ensorcelée, on lui avait administré des gouttes de philtre d'amour dans l'œil – elle invoqua toutes les allusions littéraires qu'elle connaissait pour décrire un événement somme toute assez courant, mais qu'elle n'avait jamais vécu auparavant. Elle était désorientée, déroutée, atterrée de se découvrir si vulnérable à ce qu'elle ressentait – davantage qu'une émotion, un coup violent. Dans sa tête, ce sentiment persistait, quoi qu'elle fasse, quoi qu'elle pense, qu'elle s'adresse à quelqu'un ou qu'elle soliloque, qu'elle conduise ou soit allongée dans son lit à essayer de s'endormir ou à tourner les pages d'un livre, à tout instant, elle ne voyait que Simon Serrailler. Il était assis à la table dans la cuisine de sa mère, un mug de thé devant lui, la main en suspens tenant un sablé. Cette image ne la quittait jamais, comme si elle s'était imprimée sur un écran, tout au fond de ses yeux. Cette image était en elle, désormais.

Elle attrapa son livre, une histoire qu'elle avait trouvée si absorbante, jusqu'à ce jour, qu'elle s'était débarbouillée ou douchée en vitesse juste pour y revenir. À présent, elle relisait indéfiniment les mêmes trois paragraphes, et leur sens continuait de lui échapper.

Son réveil affichait cinq heures moins vingt. Seul le travail serait susceptible de tenir son esprit occupé et de l'empêcher de revenir sans cesse à Simon Serrailler, elle le savait, et la seule affaire du moment qui représentait à la fois une énigme et un défi était celle de la femme portée disparue, Angela Randall. Sinon, il y avait une histoire de détournement de fonds, ennuyeuse à périr, une avalanche de vols de voitures, et les sempiternels incidents liés à la drogue.

Elle prit son carnet, posé à côté du téléphone sur la table de chevet, et se mit à noter. Elle s'était construit une image d'Angela Randall à partir de la visite de son domicile et de ce que son employeur à la maison de repos lui avait rapporté. Elle entretenait avec cette femme un lien étrange, empreint de sympathie. Au bout de dix minutes, après avoir rédigé un résumé succinct du dossier, Freya se sentit subitement épuisée. Elle n'irait pas au poste très tôt : elle devait d'abord effectuer, au nouveau parc d'activités situé à la limite de la ville, certains contrôles concernant cette affaire de détournement de fonds qu'elle était impatiente de transférer à la brigade de répression des fraudes. Ensuite, et sans en avoir informé le divisionnaire, elle consacrerait un peu plus de temps à Angela Randall, probablement avec l'aide du très serviable inspecteur Nathan Coates.

Elle éteignit sa lampe et sombra dans un profond sommeil.

Depuis huit heures trente, Nathan Coates parcourait sans répit la base de données des personnes condamnées pour trafic de stupéfiants. Il était maintenant onze heures et il s'était administré un coup de fouet avec sa troisième tasse de café, prêt pour une autre séance dès que Freya s'arrêterait à son bureau.

Freya appréciait Nathan, surtout à cause de son visage, une caricature de gueule de voyou pour cliché d'identité judiciaire – l'air d'avoir été aplati par une porte, le nez écrabouillé, les pommettes cabossées, une grande bouche. Un visage qui aurait eu de quoi la rebuter, pourtant il n'en était rien. Nathan avait des cheveux roux raides comme les poils d'un balai, et la peau suffisamment grêlée de taches violacées pour évoquer le Bardolph de Falstaff. Ses dents étaient plantées de travers, avec un espace entre les deux incisives. Cependant, son sourire, qui lui illuminait le regard, et la bonne volonté pleine d'enjouement qu'il mettait à endosser les tâches les plus ingrates auxquelles d'autres s'efforçaient d'échapper contribuaient à le rendre cher au cœur non seulement de toute la brigade criminelle, mais de tout le poste.

— Bonjour, Nathan.

Il leva les yeux et sourit en grand.

— Je suis venue t'arracher à tout ça.

— Oh, ce n'est pas si méchant, chef, au moins je suis au chaud avec mon robinet à caféine. En plus, je déteste ces drogués, en toute franchise, je les déteste.

Freya savait que Nathan avait vécu la quasi-totalité de son enfance et de son adolescence dans une cité de logements sociaux, à Bevham, où les dealers régnaient en maîtres. Il avait vu des camarades d'école succomber et devenir accros, plusieurs étaient morts, d'autres restaient piégés dans une vie minable de petite criminalité, ou pire. Nathan était le quatrième enfant d'une femme célibataire qui avait contracté l'habitude de faire un enfant avec chacun de ses amants, avant de les larguer au profit du suivant. Sur le papier, un garçon pareil, avec une telle éducation, élève d'un collège d'enseignement secondaire où il était réputé « en situation d'échec », aurait dû emprunter le même chemin que tous ses camarades : se retrouver aujourd'hui au chômage ou, le cas échéant, en prison, ou encore à faire régulièrement le coup de force contre la police. Dégourdi et tourné vers l'avenir, Nathan Coates s'était montré plus intelligent que le reste de sa famille. Il avait observé la réalité autour de lui et conclu qu'à moins de s'engager dans une autre voie son avenir serait sombre. Dès l'âge de six ans, quand il traînait avec sa bande, il avait surveillé les véhicules de police qui rendaient des visites fréquentes dans la cité et, au bout d'un certain temps, à l'insu des autres, il avait filé discuter avec les policiers. À dix ans, il était allé au commissariat se renseigner sur le recrutement et, entre-temps, il avait dévoré à peu près toutes les émissions de télévision possibles sur le crime et la police – ce qui lui avait valu quelques regards noirs à la maison, où le téléviseur était allumé en permanence, avec toujours quelqu'un vautré devant, les yeux vitreux.

Nathan Coates avait intégré les forces de police depuis six ans, et il avait déjà accompli dix-huit mois au sein de la brigade criminelle, à Lafferton depuis le début. Il savait qu'il n'aurait pu supporter de patrouiller dans son ancien quartier, d'arrêter ses anciens voisins et camarades de classe. En outre, il avait envie de sauter le pas, comme une deuxième étape vers sa nouvelle vie. Il travaillait dur et avec entrain, il jouait au hockey pour l'équipe régionale et, à la stupéfaction de tous, il vivait avec une petite amie exceptionnellement jolie, qui était sage-femme à l'hôpital général de Bevham.

— Tu es une star, lui lança Freya, mais j'ai besoin de toi pour autre chose, rien qu'une heure ou deux.

— OK, chef.

Nathan referma la base de données et suivit Freya à son bureau, où elle lui parla d'Angela Randall.

— Ça paraît bizarre.

— Tu penses ?

— Pas le genre à se barrer. Ça, c'est quand les gosses font des conneries à la maison, quand les types peuvent plus encadrer leur bourgeoise parce qu'elle les asticote de trop, ou alors il y a celles qui ont piqué dans la caisse et qui ont saisi que quelqu'un a pigé leur trafic. Elle, elle cadre pas avec tout ça.

— Je suis content que tu sois d'accord avec moi. Cette femme me préoccupe, mais, de l'avis du divisionnaire principal, il ne s'agit que d'une disparue comme une autre.

— Tu classes, tu oublies... je vois le tableau, chef. Si quelqu'un me pose la question, moi, je serais du genre à me demander : « Qui est Angela Randall ? »

— Exact.

— Qu'est-ce que vous voulez que je fasse ?

— Retourne éplucher le fichier des personnes portées disparues de l'année écoulée, même des dix-huit derniers mois, pour voir si une autre affaire ne ressemblerait pas à celle-ci... tu vois le genre. J'aurais du mal à me montrer plus précise, mais si cette autre affaire existe, tu le repéreras tout de suite. Lis d'abord les notes sur Randall. Sors-moi le tout et dépose-le-moi sur mon bureau.

— Vous repartez ?

— Officiellement, je retourne au parc d'activités, au milieu des embrouilleurs.

— Et ensuite ?

— Je fais un saut à Bevham, chez un bijoutier très cher.

— Ah oui ? Papa Gâteau vous a prêté sa carte de crédit pour la journée ?

Freya ôta sa veste du dossier de sa chaise.

— Mais oui, bien sûr.

Sans cette affaire de détournement de fonds et Angela Randall pour l'obliger à sortir, elle aurait dû inventer un prétexte. Il valait mieux pour elle ne pas trop traîner au poste. Elle avait envie de voir Simon Serrailler, envie de lui rentrer dedans en plein couloir, de choisir une excuse pour pénétrer dans son bureau, de participer à la première réunion qu'il animerait... n'importe quoi. Elle avait envie de le suivre du regard, en tenue, au travail, quand il était « chef ». Elle avait envie de se prouver que ses sentiments étaient éphémères et ridicules, une sorte d'émoi à retardement lié à la fin de son mariage. Elle avait posé les yeux sur Simon Serrailler et s'était sentie momentanément attirée par lui, comme elle l'aurait été par un autre, et à partir de cette montée d'une sensation physique elle s'était imaginée amoureuse.

E.J. Duckham & Son était protégé par une sonnette d'entrée et une caméra vidéo qui inspectait les clients potentiels avant de leur autoriser l'accès. Avant d'appuyer sur le bouton, Freya scruta les vitrines à double vitrage, les colliers, les boucles d'oreilles et les broches serties de diamants, sans aucun prix visible, les saphirs, les émeraudes, les rubis et les bagues montées d'un solitaire, les montres Rolex et Patek Philippe. Elle se demanda qui pouvaient être, à Bevham, les acheteurs de ces joyaux ou de ces autres objets plus ordinaires – coupes en argent, bracelets de perles minuscules pour nouveau-nés. Bevham avait son quartier cossu, vers le sud, autour de Cranbrook Drive et des Heights, où des maisons individuelles aux longues allées et aux jardins immenses se vendaient au moins 750 000 livres, et certains villages alentour comptaient quelques résidents fortunés, qu'il s'agisse d'un président de banque d'investissement à la retraite ou d'une pop star recluse, mais il était peu probable que ces gens-là viennent acheter leurs babioles à Bevham. Elle s'attarda le temps d'un deuxième coup d'œil sur un collier en délicat filigrane d'argent monté d'un diamant en étoile, puis elle appuya sur la sonnette. La porte pivota sans un bruit, et elle présenta sa carte de la police.

L'endroit possédait cette atmosphère feutrée, veloutée, propre aux bijoutiers et aux show-rooms des couturiers. La femme qui se tenait derrière le comptoir était aussi impeccablement apprêtée et coiffée qu'une dame d'honneur de Sa Majesté la reine, et l'homme qui vint accueillir Freya avait le charme lisse qui, à ses yeux, allait de pair avec Jermyn Street, entre St James's Park et Piccadilly, d'où son costume rayé et sa cravate lavande devaient forcément venir.

— J'espère de tout cœur que vous venez nous apporter de bonnes nouvelles, inspecteur.

— De bonnes nouvelles ?

Freya n'ignorait pas que l'année précédente avait vu une série d'attaques de bijouteries, et elle supposait qu'E.J. Duckham avait été au nombre des victimes.

— Si c'est au sujet de ces cambriolages...

— Oh, non, non ! je doute que vous attrapiez jamais ces braqueurs. Ils venaient certainement de Birmingham ou de Manchester et auront disparu par l'autoroute aussi sec. Non, je pensais à M^lle^ Randall. L'un de vos agents s'est présenté ici il y a environ une semaine pour nous questionner à son sujet. J'en conclus qu'elle est partie sans prévenir ?

— Nous explorons plusieurs pistes, pour savoir ce qui s'est produit au juste, monsieur Duckham.

— Vous voulez dire qu'elle n'est toujours pas rentrée chez elle ?

— Vous la connaissez bien ?

— Pas du tout, mais au cours de ces... dix-huit derniers mois, environ, elle a été une très bonne cliente, et nous nous faisons une fierté d'apporter un service personnalisé à nos clients.

— Le policier vous aura interrogé sur les boutons de manchette que M^lle^ Randall vous a achetés début décembre.

— En effet. D'extrêmement belles pièces. Lapis-lazuli. Magnifique travail.

— Pourriez-vous m'indiquer leur prix ?

Duckham eut une expression désapprobatrice.

— Je comprends que ce n'est pas le genre d'information que vous dévoileriez en temps normal, mais cela peut se révéler important, insista Freya.

— En quoi, au juste ?

Quand il n'existait pas de bonne réponse à une question légitime, on se retranchait derrière le jargon officiel.

— Cela aurait un rapport avec l'une des pistes que nous suivons.

Si Nathan Coates avait été présent, il aurait jugé que cet homme prenait un air pincé. Cependant, après encore un moment d'hésitation, le bijoutier soupira, passa dans son bureau vitré au fond de la boutique, où Freya le vit taper sur un clavier. La fierté que ces individus plaçaient dans le respect de la tradition n'allait pas jusqu'au mépris de l'ordinateur. Derrière le comptoir vitré, à l'autre bout de la bijouterie, la femme à la coiffure impeccable astiquait une coupe en cristal rose qui reflétait joliment la lumière. Elle leva brièvement les yeux, ne répondit pas au sourire de Freya, et continua d'astiquer. Ensuite, tu récureras sous tes semelles, songea l'inspectrice.

— Ces boutons de manchette valaient 275 livres.

— Un cadeau pour quelqu'un que M^lle^ Randall connaissait très bien, c'est clair.

— Franchement, je ne saurais le dire.

— En revanche, vous affirmez qu'elle était une cliente régulière. Régulière à quel point ? Combien de fois est-elle entrée ici, au cours de l'année écoulée ?

— Cinq ou six fois. Oui, au moins, vous n'êtes pas de cet avis, madame Campion ?

Coiffure Impeccable murmura quelques mots inaudibles.

— Elle se contentait de regarder sans acheter ?

Ce n'était certes pas le genre d'échoppe où vous entriez par un mercredi après-midi pluvieux pour tuer le temps.

— Pas exactement. Simplement, il est clair qu'elle examinait soigneusement ce qu'on lui montrait avant d'arrêter son choix.

— Et elle achetait toujours quelque chose ?

— Oui, je crois bien... Un jour, nous n'avions pas le bijou précis qu'elle recherchait, une montre bien particulière, mais par la suite nous sommes parvenus à la lui procurer.

— Quel style de montre ?

— Un modèle qui affiche les phases de la lune. Une Omega, des années 1950.

— Et donc chère.

— Tout dépend de ce que vous appelez cher. Certaines de nos montres coûtent 25 000 livres.

— Et celle-ci ?

— Moins de 2 000.

— Aviez-vous l'impression qu'elle n'avait aucun problème d'argent ?

— J'avoue n'y avoir jamais réfléchi. Cela ne me regarde pas.

Freya se leva.

— Auriez-vous une photographie de cette montre ?

— Non. Mais nous l'avions achetée lors d'une vente aux

enchères, chez Goldstein et Crow, à Birmingham. Vous pourriez essayer de leur côté.

— Avez-vous la date de cette vente ?

— Je vais la rechercher et je vous la communiquerai.

— J'aimerais avoir aussi la liste complète de toutes les pièces qu'Angela Randall vous a achetées durant la période où elle a été une cliente régulière, monsieur Duckham, avec leurs descriptifs exacts, le prix et la date de l'achat. Cela vous serait-il possible ?

Le bijoutier arbora de nouveau son air pincé et lança un regard à Coiffure Impeccable. Celle-ci avait rangé la coupe de cristal rose dans son étui et sorti un ensemble de cadres de photos en argent et un chiffon pour argenterie. En d'autres termes, du ménage sous un nom d'emprunt.

— Si vous croyez vraiment que cela puisse vous être utile, je pense que oui.

— C'est utile.

— Néanmoins, j'insiste : nous considérons les achats de nos clients comme confidentiels.

— Combien de temps cela vous prendra-t-il ?

— Pourvu que nous n'ayons pas trop de clients... une heure, peut-être ?

— Alors, disons quarante minutes.

Freya sortit, laissant ces deux-là dégoiser sur son compte.

Une heure plus tard, elle était dans sa voiture, sur une place de stationnement, avec un cappuccino à emporter, en train de lire la liste de M. Duckham. Pauvre Angela Randall – tout cela, et pour qui exactement ? Quelqu'un dont elle s'était assez entichée, à ce qu'il semblait, pour dépenser une grosse part de son modeste salaire à lui acheter de coûteux présents.

Freya termina son café, essuya sur sa bouche un liseré de mousse, puis se dirigea vers Lafferton et le Foyer des Quatre Chemins.

Carol Ashton était avec l'entrepreneur des pompes funèbres, l'informa la jeune femme de la réception – il y avait eu un décès dans la nuit, et elle ne serait pas libre avant une dizaine de minutes. Freya attendit dans le bureau, refusant un autre café qu'on lui proposa, et relut la liste de la bijouterie.

1 épingle de cravate en or. 14 avril 2000. 145 livres.
1 montre Omega pour homme. 5 juin 2000. 1 350 livres.
1 étui pour cartes de visite en argent. 16 août 2000. 240 livres.
1 chevalière d'homme en or, montée d'un solitaire. 4 octobre 2000. 1 225 livres.
1 coupe-papier en argent. 27 octobre 2000. 150 livres.
1 paire de boutons de manchette en or et lapis-lazuli. 4 décembre 2000. 275 livres.

Rien pour elle, rien pour une autre femme, tout pour un homme, et un montant total supérieur à 3 000 livres, en l'espace d'une seule année.

Quand Carol Ashton fit son entrée, en s'excusant pour cette attente, Freya lui déclara aussitôt :

— Nous restons sans nouvelles, malheureusement, mais nous suivons deux pistes.

— Quelqu'un a-t-il vu Angela ?

— Non.

— Que voulez-vous dire par deux pistes ?

— Des orientations, pour l'enquête.

— Par conséquent, vous pensez qu'il lui est arrivé quelque chose. Vous prenez sa disparition au sérieux.

— Je la prends au sérieux depuis le début, madame Ashton.

— Dites-moi simplement ce qui a pu arriver, à votre avis.

— Je ne sais pas s'il lui est arrivé quelque chose, mais, à l'évidence, le temps passe, et M^lle^ Randall n'est toujours pas rentrée, ce qui nous impose d'entamer au moins quelques démarches.

Elle lui tendit la liste.

— J'aimerais que vous examiniez cela, s'il vous plaît.

Carol Ashton parcourut la liste en vitesse, puis leva les yeux vers Freya, l'air déconcerté.

— Ce sont les articles achetés par M^lle^ Randall chez Duckham, le bijoutier de Bevham, au cours de l'année passée.

— Quoi !

— Puis-je vous demander combien elle était payée, chez vous, madame Ashton ?

— Juste un instant... je peux vous répondre précisément.

Carol Ashton se rendit à son bureau et pianota sur le clavier de son ordinateur.

— Là, nous y voici. Angela gagnait 13 000 livres par an.

— Pas une fortune.

— Dans les maisons de repos, les salaires sont bas. Je paie au tarif normal. Bien sûr, il y a des avantages, les repas pris sur place, la tenue... et pour Noël je verse une prime.

— Je ne vous critique pas.

— Si nous devions nous aligner sur les salaires de l'Assistance publique, par exemple, je serais incapable de maintenir cette maison ouverte. Aucune maison de retraite ne le pourrait. On ne le sait pas toujours. Tout le monde suppose que le secteur privé est capable de verser de gros émoluments.

— Avez-vous connaissance d'autres revenus qu'Angela Randall aurait pu toucher ?

— Elle n'avait pas d'autre travail, j'en suis sûre... elle n'en aurait pas eu l'énergie. C'est exigeant, de travailler la nuit dans des maisons comme celle-ci.

— Un revenu autre ?

— Je n'en ai aucune idée. Je n'y aurais pas songé, mais en réalité je ne sais pas tout. Je vous ai déjà dit, je crois, qu'elle était très secrète, et je ne connaissais rien de son existence en dehors d'ici.

— Avez-vous la moindre idée de l'identité de la personne pour laquelle elle achetait ces bijoux ?

— Aucune, j'en ai bien peur.

— Cela vous surprend-il ?

Carol Ashton réfléchit un moment, tapotant du doigt contre le flanc de son bureau.

— Je dois l'avouer, oui, je le suis, très. Ce n'est pas le genre d'articles que l'on achèterait en l'espace d'une année pour, disons, un frère ou un autre membre de sa famille, à supposer qu'elle ait une famille. Les bijoux les moins coûteux, elle aurait pu les acheter pour... Oh, je ne sais pas, un anniversaire particulier, un filleul... ce genre de circonstances. Mais les autres... oui, je suis très surprise. On dirait qu'ils ont été achetés pour... enfin...

— Un amant ?

Carol Ashton hocha la tête.

— Je n'arrive pas à y croire. Angela était... est... comment formuler cela... très guindée. Je ne serais pas étonnée d'apprendre qu'elle n'a jamais eu aucune liaison. Elle était toujours propre et tirée à quatre épingles, mais elle se moquait de la mode. Des vêtements pratiques, vous savez, plutôt bien entretenus, mais rien de très élégant. Enfin, pas à ma connaissance.

— Dans le genre vieille fille ?

— Une formule horrible, n'est-ce pas ? Un peu condescendante. Mais enfin, oui.

Freya se leva et reprit sa liste.

— Si vous pensez à quoi que ce soit d'intéressant, surtout qui ait un lien avec ceci, voudriez-vous me téléphoner, je vous prie ?

— Quel genre de lien ?

— Un élément qui vous reviendrait subitement à l'esprit, qu'elle aurait pu mentionner... une remarque qu'elle aurait pu faire au passage.

— Angela n'était pas... n'est pas le genre de personne à faire des remarques au passage. Elle est très sur ses gardes.

— Il n'empêche.

— Bien sûr, je vous appellerai, mais je ne crois pas que ce sera nécessaire. Je suis simplement stupéfaite de ce que vous venez de me montrer. Cela prouve, enfin, n'est-ce pas... le peu que l'on sait des gens que l'on fréquente quotidiennement, non ?

Au poste, Freya retrouva Nathan Coates à son ordinateur, en train de travailler sur sa base de données de la drogue.

— Tu as épluché les dossiers des personnes portées disparues ?

— Oui, chef, sur deux ans.

— Alors ?

— Je vous ai laissé deux, trois trucs sur votre bureau. Pas des masses. Une ado, mais ça remonte à dix-huit mois, et la dernière fois qu'on l'a vue, c'était vers la gare. Et l'autre, c'est un mec.

— Pas de problème. J'opte pour le changement.

Il eut un grand sourire, qui la mit en joie, comme d'habitude.

Les deux disparus qu'il avait extraits de la liste n'avaient à première vue rien de commun avec Angela Randall, comme l'avait supposé Nathan, et l'adolescente, Jennie O'Dowd, avait tout de la fugueuse qui a fui une famille pas gaie.

Freya jeta un coup d'œil aux renseignements concernant l'homme et faillit mettre la fiche de côté. Puis elle remarqua un commentaire que Nathan Coates avait surligné au stabilo rouge.

*Dernier signalement, 6 h 30 du matin, mardi 7 mars 2000, sur un vélo tout-terrain en haut de la Colline, indiqué par Alan John Turner, 57 ans, Appartement 6, Mead House, Brewer Street, Lafferton, qui promenait son chien.*

Cela valait-il la peine d'envoyer Nathan vérifier les propos de M. Alan John Turner ? Probablement pas. Et si le divisionnaire principal découvrait qu'elle l'avait distrait de ses recherches sur les trafiquants de drogue pour le coller sur une vérification de routine concernant une affaire de disparition de deuxième ordre, ça le mettrait en pétard. Cependant, Brewer Street n'était qu'à deux minutes de chez elle, donc rien ne l'empêchait de faire un petit détour en rentrant. Elle glissa les notes de Nathan dans son sac et elle était sur le point de retourner, non sans lassitude, à son affaire de détournement de fonds quand une agente de police, Heidi Walsh, passa la tête à la porte de la brigade criminelle.

— Rapport de l'inspecteur Ford dans une demi-heure sur l'Opération Sapper. Oh ! Freya, l'inspecteur divisionnaire veut te voir.

Freya se sentit parcourue d'une espèce de décharge électrique.

— Serrailler ? Quand ?

— Tout de suite, j'imagine.

— À quel sujet ?

Heidi haussa les épaules. La porte claqua derrière elle.

— Freya... entrez.

Il se tenait debout à la fenêtre et, dès l'instant où elle le vit, elle eut la certitude absolue que ce n'était pas une aberration, que son subconscient ne lui jouait aucun tour, qu'il ne s'agissait pas d'une vague attirance due à sa seule humeur et sans aucun rapport avec la réalité.

Je ne veux pas de ça, songea-t-elle, et la panique monta en elle, tant et si bien qu'elle tourna presque les talons pour fuir, pas seulement cette pièce, mais le bâtiment. Elle s'aperçut qu'elle ne maîtrisait plus ses émotions et que la seule issue serait de s'en aller, de remettre sa démission sous un prétexte quelconque et de ne jamais revenir. *Cet état ne disparaîtra pas, et il a déjà tout chamboulé, tout gâché. Il va interférer dans mon travail, mes loisirs, mon sommeil, mes plaisirs, dans tous mes moments de veille, dans mon bonheur d'avoir quitté Londres et d'être venue ici. Je suis esclave de cet état, et je ne le veux pas.*

— Asseyez-vous, je vous en prie. Je suis désolé de n'avoir pas eu l'occasion de vous recevoir avant, mais je rentre de vacances pour trouver cette histoire de détournement de fonds, et les minables problèmes de drogue habituels, qui m'ont l'air de s'aggraver de jour en jour... enfin, vous connaissez. Je voulais juste savoir comment vous vous sentiez, maintenant que vous êtes parmi nous depuis quelques semaines.

Elle le regarda, puis détourna promptement la tête, fixant les yeux sur autre chose, le dos de l'ordinateur sur le bureau, le tortillon du câble téléphonique. Elle craignait de ne pouvoir prononcer un mot, avait l'impression d'avoir la langue gonflée.

— Je vais super bien, merci, chef. Je me plais beaucoup ici.

— Vous vous entendez avec tout le monde ?

— Apparemment.

— Même avec Bill Cameron ?

Il lui sourit, et ce sourire était plus qu'elle ne pouvait en supporter. Elle baissa le regard sur son soulier droit. Le bout était un peu éraflé. Il faudrait qu'elle le cire.

— Je suis peut-être injuste. Billy est de la vieille école... Culotté et bourru. Mais c'est un bon supérieur.

— Je m'entends super bien avec lui.

*Arrête de répéter « super » à tout bout de champ. Dégotte un autre mot. Ça te donne l'air idiot.*

— Freya, il saura vous défendre. Je n'ai jamais travaillé avec un homme plus loyal que lui. Cela mérite d'être noté.

— Super.

— Sur quoi êtes-vous, en ce moment ?

Elle avait envie de tout lui raconter au sujet d'Angela Randall, que cette affaire était la seule qui l'intéressait, qu'elle n'avait pas de temps à consacrer au détournement de fonds, que tout ce qui avait un rapport avec la drogue l'ennuyait – elle en avait eu sa dose, dans la police de Londres. Elle avait envie qu'il la soutienne, qu'il lui suggère de consacrer tout son temps à cette femme portée disparue. Elle avait envie d'une affaire bien à elle sur laquelle se faire les dents et une fois que ce serait réglé, elle avait envie d'aller le lui annoncer et de l'entendre la féliciter.

*Tu es lamentable. Tu régresses, tu as de nouveau quatorze ans.*

— Est-ce que vous travaillez avec Nathan Coates, par hasard ?

— Oui, chef, sur deux ou trois trucs... À mon avis, il est formidable, une perle. Il est méticuleux, il ne s'arrête jamais de travailler, il est intelligent, il est ambitieux.

— Il propage le bonheur autour de lui, oui, je sais. Je suis d'accord. Nathan Coates dément à lui seul tout ce qu'on pourrait attendre d'un garçon qui vient d'où il vient, avec le genre d'existence qu'il a eue... et dont il est parvenu à sortir. Néanmoins, il est un aspect à ne pas négliger : il reste loyal à son milieu d'origine. Il aurait du mal à assumer une position qui lui imposerait de le trahir. Il le ferait, bien sûr, c'est un flic. C'est pour cette raison qu'il est ici et pas à Bevham. Je n'aurais pas voulu le compromettre.

— Je saisis parfaitement ce que vous me dites, chef.

— Merci. Bien, je suis content que vous vous plaisiez ici. En cas de souci, je suis là.

Elle avait envie d'ajouter autre chose, n'importe quoi, de lui poser une question, d'exprimer une opinion. *Prolonge cet instant.* Elle avait envie de se lever et de filer, d'être dehors, en plein air, de se remémorer ses propos, tout ce qu'il venait de dire, tous les détails de son apparence.

*De la merde. Merde. Merde. Merde. Je n'ai pas envie de ça.*

— Merci, chef.

Ses jambes refuseraient de la soutenir. Elle n'allait pas réussir à se lever, elle serait incapable de marcher jsuqu'à la porte.

— Freya...

Elle se retourna.

— Merci d'avoir si bien aidé ma mère, la semaine dernière. Elle prend trop de choses en charge et mon père n'est pas très fana de la chorale et de toutes ces réunions mondaines qu'elle lui impose, alors elle en endosse beaucoup à elle seule. Elle vous est très reconnaissante de votre soutien.

— Je suis contente d'avoir trouvé cette chorale. Je m'y suis fait de bons amis.

— Et qui n'ont rien à voir avec le métier. Toujours ça de gagné. Je n'avais pas compris que vous étiez chanteuse.

— Je participe à des chœurs depuis le lycée... enfin, presque sans interruption. Ces deux dernières années, à Londres, j'ai cessé, mais les St Michael Singers sont vraiment très bons, j'ai de la chance d'avoir été acceptée.

— Ma mère est ravie de vous avoir découverte. Mais attention, elle est sans pitié. Vous allez devoir apprendre à dire non.

— Vous ne chantez pas ?

— Non, fit Simon Serrailler.

Pas : « non, je ne sais pas chanter » ; « non, je n'aime pas chanter » ; « non, à la place, je joue au foot » ; « non, je n'ai pas le temps ». Juste ce « non ».

Il planta son regard droit dans le sien, un regard calme et ferme. Troublée, Freya marmonna deux ou trois mots et sortit. Elle se dirigea d'un pas rapide vers la salle de la brigade criminelle et, sans croiser les yeux de quiconque, elle prit son blouson et son sac, et ressortit.

Il lui fallut à peine un quart d'heure pour atteindre le pont sur la rivière où elle s'était arrêtée le jour où cela avait débuté.

Aujourd'hui, le soleil se montrait, malgré le gel matinal et l'air encore glacial. Freya ferma la voiture à clef et franchit le pont en direction de la pente herbeuse et humide de la berge, pour s'arrêter sur le chemin étroit, près de l'eau.

Elle était incapable de mettre de l'ordre dans ses pensées, qui tournaient en rond comme le remous autour des pierres, à quelques mètres de là, et quand elle baissa les yeux elle vit, inévitablement, le reflet de Simon Serrailler, limpide et intact dans le flot.

Elle passa un long après-midi au parc d'activités et devant son ordinateur, en s'obligeant à creuser cette histoire de détournement de fonds, sans adresser la parole à personne. Elle fut la dernière à quitter la salle de la brigade criminelle.

Pour la première fois depuis son arrivée à Lafferton, elle rechignait à rentrer chez elle et à se retrouver seule. Elle envisagea de téléphoner à l'un des membres du chœur, avec l'idée qu'ils puissent sortir dîner, ou au moins boire un verre. Mais avant, elle tourna dans Brewer Street et se gara sur le parking en face de Mead House. Elle s'était trop plongée dans l'affaire de détournement de fonds pour lire complètement le dossier sur l'amateur de vélo de randonnée qui avait disparu sur la Colline, et elle avait oublié de rapporter ses notes à la maison, mais le nom et l'adresse de l'homme qui avait déclaré l'avoir vu pour la dernière fois lui étaient restés en tête.

Une petite femme d'origine orientale lui ouvrit la porte à l'Appartement 6 et répondit à Freya, avec un soupir et beaucoup de charme, que M. Turner était parti depuis quelques mois pour prendre sa retraite sur la Costa del Sol.

# 17.

La pièce était plongée dans la pénombre. Les rideaux de lin crème filtraient juste assez la lumière du soleil hivernal pour abolir l'obscurité, mais sans laisser entrer une luminosité qui aurait été une source de distraction. L'endroit était silencieux. Au milieu de ce silence, le bruit soyeux des vagues venant mourir sur une plage de sable répétait sa pulsation en un rythme tranquille et délicat.

Il était trois heures et demie. La maison était paisible.

Karin McCafferty était allongée dans la petite chaise longue de sa chambre, les pieds surélevés, la tête et les épaules à plat, les bras croisés sur le torse. En esprit, elle se représentait un pré d'un vert somptueux ponctué de vilaines touffes noires qui en souillaient la fraîcheur et la clarté. Elle se concentra d'abord sur l'herbe proprement dite, d'un vert puissant ; elle sentit ses racines très saines, pleines de force et d'un potentiel de croissance enfoui dans la terre ; elle examina chaque brin, avec ses nervures fines et pâles par où la sève montait dans la plante.

Elle respira profondément, en prenant conscience du mouvement de son diaphragme, comme le ferait une chanteuse ; elle compta dix respirations, observa une pause, gonfla les poumons et étira les muscles de son abdomen, puis souffla doucement et lentement. Son corps se relaxa.

Quelques instants plus tard, elle se représenta un portail à l'autre bout de ce pré printanier. Elle marcha vers ce portail, sur cette terre élastique, et elle en ouvrit le cadenas. Au-dessus de sa tête, le ciel était limpide, bleu. Le soleil brillait.

Une troupe de moutons se déversa par le portail ouvert, des

brebis avec leurs agneaux qui sautaient et bondissaient dans l'herbe. Le troupeau se dispersa dans le champ. Karin l'observait et, ce faisant, elle dirigeait chaque mouton vers l'une des vilaines touffes noires. Le mouton suivait exactement ses indications, qui demeuraient complètement silencieuses – elle ne sifflait pas, ne bougeait pas. Ensuite, sur un deuxième signal télépathique, chaque mouton se mit à brouter la touffe d'herbe qui lui était destinée, lentement, l'arrachant de manière systématique pour la consommer, détruisant totalement les racines, les feuilles tordues, noircies, d'aspect malfaisant, la tige pleine d'excroissances. À la fin, le trou dans la terre où poussait la touffe d'herbe noire avait disparu, cicatrisé par une herbe nouvelle, une jeune pousse bien grasse et pleine de vitalité.

Karin suivit ce tableau avec une absolue concentration, saisie par la netteté des détails. Le pré représentait son corps, l'herbe les tissus sains, les touffes son cancer, que les moutons, robustes, tout-puissants et obéissants, venaient de brouter. Les emplacements où les touffes-cancer avaient poussé étaient sains. Les tissus, d'épiderme et de chair, s'étaient renouvelés, régénérés. Elle était allongée, elle surveillait attentivement ce pré d'un vert lumineux, libéré de ses mauvaises herbes, et le troupeau qui s'éloignait en trottant, qui franchissait le portail et disparaissait, hors de vue, derrière une colline voisine. Elle était intacte, guérie, les cellules cancéreuses étaient anéanties.

Elle revint à elle à cause de la sonnette à la porte, et descendit pour ouvrir à Cat Deerbon, plantée sur son perron.

— Dis-moi si le moment est mal choisi... J'ai un après-midi de libre, Sam et Hannah sont invités à un goûter et Chris va les chercher.

— C'est parfait ! Entre.

— Tu as l'air de quelqu'un qui dormait.

— Ah oui ?

En se dirigeant vers la cuisine, qui faisait partie de l'extension du jardin d'hiver, Karin jeta un coup d'œil dans le miroir. Elle avait l'œil un peu vague.

— Je ne dormais pas, je terminais tout juste une séance de visualisation d'une heure.

— Oh, je vois.

Cat lut le titre du livre que Karin avait laissé ouvert sur la table.

— Un thé ?

— Avec plaisir.

Cat s'approcha de la bibliothèque et releva, titre après titre, des ouvrages consacrés aux thérapies alternatives contre le cancer... *Se sortir du cancer en mangeant. La guerre du gant de velours : combattre le cancer par la manière douce. Dites non au cancer. Se voir en bonne santé. Une nouvelle vie après le cancer. Thérapies contre le cancer : l'approche alternative. S'aider soi-même, se guérir.*

— Tu as dû dépenser une fortune.

— C'est une façon de formuler la chose. De Chine ou d'Inde ?

— Ce que tu as.

— J'ai une infusion de menthe. Je ne prends pas de caféine.

— D'accord.

— Je t'entends penser d'ici.

— À ton avis ?

— Tu te demandes ce que la caféine peut avoir à faire avec le cancer, et comment la menthe pourra vaincre une tumeur maligne.

— Faux. Je me disais que nous ne nous porterions pas plus mal si nous ingurgitions moins de caféine. Je vais boire une menthe moi aussi, s'il te plaît... j'aime assez ça.

— Bon, alors : « Karin, arrête d'être si paranoïaque. »

— Un truc dans le genre.

— En tout cas, c'est ton après-midi de congé, alors parlons jardinage ou des derniers films, ou des derniers potins de Lafferton, tu n'es pas venue discuter de mon traitement.

— C'est précisément de cela que je suis venue discuter. Tu m'as promis de me parler de ce que tu faisais et tu n'as pas tenu ta promesse. Donc me voici.

Karin sourit.

— Cela me plaît que tu ne me laisses pas agir à ma guise, Cat. J'ai besoin de me défendre, à chaque étape du chemin. Avant même de commencer, j'ai laissé tomber une ou deux choses, je peux te l'assurer.

— Comme ?

— Eh bien, j'ai surtout lu, comme tu vois. Je fais le tri entre ce qui est raisonnable et le vaudou ou le n'importe quoi... Et Dieu sait que ça ne manque pas. Je suis atterrée. Comment peut-on colporter certains de ces machins ? Comment peut-on oser piquer de l'argent à des êtres désespérés par la maladie, qui sont prêts à tout essayer ? Je suis allée à Starly... oui, tu peux murmurer. Cet endroit est le temple du charlatanisme.

— Je sais.

— Voilà où j'en suis. Je m'en tiens à un régime bio : aliments diététiques, beaucoup de légumes crus et de fruits, pain complet. J'ai arrêté la caféine, les produits laitiers et le sucre. Je bois du lait de soja. Je me presse mes propres jus. Je prends des suppléments vitaminiques.

— Hum.

— Je pensais bien que ce serait ta réaction. Je fais de la méditation et je suis un programme de visualisation. Je marche deux kilomètres tous les jours et je bois quatre litres d'eau minérale.

— Et ta vessie se paie des heures supplémentaires.

— Reprends un peu de menthe.

Cat observa longuement son amie, attentivement. Karin avait l'air en forme. Sa peau était magnifique, ses cheveux brillants et ses yeux rayonnant de santé. Elle possédait un éclat que Cat ne lui connaissait pas auparavant, et elle lui en fit part.

— Je me sens merveilleusement bien, Cat. Je n'arrive tout simplement pas à croire que quelque chose ne tourne pas rond chez moi.

— Mais tu sais que c'est là.

— Oui.

— Je suis désolée de m'exprimer avec autant de brutalité.

— C'est ton boulot de me le rappeler. Merci.

— Tu as vu des thérapeutes alternatifs ?

— Une guérisseuse spirituelle. Je l'ai trouvée par l'intermédiaire de quelqu'un, à la cathédrale. Elle me procure une merveilleuse sensation de paix, et... je crois pouvoir appeler cela de la confiance. J'ai le sentiment de me confier aux mains de quelqu'un, de me fier à quelque chose... pas à cette guérisseuse. Je suppose que certains nommeraient cela Dieu.

— Moi, par exemple.

— J'ai vu un homéopathe.

Cat s'étrangla de rire.

— Ça, c'est du vaudou. C'est inutile, Karin. Cela ne marche pas, et si ça paraît marcher, il y a deux raisons à cela. La première, la situation se serait améliorée d'elle-même, de toute manière. La deuxième, c'est un placebo. Une force très puissante, le placebo. Les médecins ne sauraient s'en passer.

— Alors nous allons diverger. Elle n'essaie pas de soigner le cancer, elle me traite en me considérant comme une personne prise dans son ensemble. Et je t'en prie, ne me regarde pas comme ça et cesse de me répéter « D'accord » sur ce ton-là.

— Je vais tâcher. Quoi d'autre ?

— J'ai envoyé une demande d'information à la Clinique Gerson et je vais passer deux jours au Bristol Cancer Help Centre. Sinon, je lis. Je réfléchis. Je change de vie. Je travaille toujours sur le jardin de ta mère. J'ai arrêté avec les autres, j'ai besoin de me concentrer sur ma rémission, mais j'adore me rendre à Hallam House. Ta mère est un vrai remontant.

Cat fit grise mine.

— Il y a peut-être une chose que tu dois savoir, poursuivit Karin. Un nouveau thérapeute vient de débuter à Starly. Il se présente comme un chirurgien psychique.

— Un quoi ?

— J'ai cherché sur Internet. C'est assez effarant. Ils sont très nombreux dans certaines régions, comme les Philippines, apparemment... et ce sont tous des charlatans. Un chirurgien psychique prétend être possédé par quelqu'un qui a été médecin dans un autre siècle.

— Il se prétend vraiment chirurgien, au sens où nous, nous l'entendons ?

— Je n'en suis pas certaine... Si je saisis bien, ce sont des histoires de cercle magique, mais il y a de quoi tromper pas mal de gens vulnérables. Dans un café, à Starly, deux femmes parlaient d'un malade à qui ce type avait retiré une tumeur.

— Quoi !

— Le malade va mieux, juraient-elles. C'est un miracle, les médecins le donnaient pour mort... tu connais ce genre de salades.

— Oh, mon Dieu ! Et que lui a-t-il fait, au juste ?

— Il doit s'agir d'un tour de passe-passe... Mais d'après ce que j'ai compris, il y a bien des instruments de chirurgie et du sang.

— Il faut y mettre un terme.

— Comment ? Est-ce illégal ?

— Je peux t'assurer que je vais l'apprendre.

Cat dévisagea son amie.

— Tu ne songes pas à aller le consulter ?

— En fait, si. Cela m'intéresse tout à fait de séparer le bon grain de l'ivraie.

— Tu connais mon avis là-dessus. Il est certain qu'un bon régime, de l'exercice, une attitude positive sont bénéfiques. Bénéfiques, mais secondaires, Karin. Le reste, ce sont des conneries, et qui ne sont pas toujours inoffensives.

— Je ne mords pas du tout à ces histoires de chirurgie psychique. Accorde-moi au moins ce crédit.

Cat parcourut du regard la cuisine de Karin, le dôme de verre monté sur le toit, les plantes et les semis disposés sur les larges rebords de fenêtre, au soleil, soigneusement étiquetés, et qui croissaient avec vigueur. Le sol était tapissé de tomettes de vieille ferme à la française, la table formait un long bloc en orme ciré, et la pièce était équipée d'une chaîne stéréo. De l'argent, songea-t-elle, de l'argent et du goût – Karin possède tout cela et toutes les raisons de vivre : un mari qui l'adore, une bonne carrière professionnelle, une belle allure, des amis, de l'intelligence. En tant que médecin, je sais qu'elle prend la mauvaise décision, et il est de mon devoir de la convaincre de changer d'avis. Mais en tant qu'amie...

— Je suis déchirée, lui avoua-t-elle enfin. J'ai envie de tout savoir sur ce chirurgien psychique, mais je n'ai pas envie de te faire courir de risques.

— Allons, Cat, je suis solide, je sais me défendre. Au fait, ta mère t'a parlé de la nouvelle serre qu'elle prévoit de construire ?

Cat se garda bien de tenter de ramener la conversation sur le terrain de la santé de Karin. En outre, elle avait très envie de connaître la dernière extravagance de sa mère en matière de jardin, surtout pour se préparer à essuyer la crise de colère de son père. Durant des années, Meriel Serrailler s'était appuyée sur son travail et sur sa famille pour atténuer les effets d'un mariage malheureux avec un homme aigri, constamment en colère. Depuis que la famille occupait peu de son temps et qu'elle avait pris se retraite de consultante de l'Assistance publique, elle s'était plongée dans la refonte du grand jardin de Hallam House qui n'était, jusqu'à une date récente, qu'un terrain de jeu familial. Elle siégeait encore au sein de quelques conseils consultatifs en milieu médical et hospitalier, mais ils ne suffisaient pas à canaliser son énergie considérable et à distinguer son existence de celle de Richard, son mari.

Avoir trouvé Karin pour travailler avec elle, c'était un coup de chance. Elles avaient besoin l'une de l'autre.

# 18.

Pour Harry, elle avait envie d'être à son avantage. Dès qu'elle s'achetait une nouvelle robe ou revenait de chez le coiffeur, il le remarquait, il l'avait toujours complimentée, et à présent elle avait envie de lui montrer qu'elle attachait encore de l'importance à ce qu'il pensait, qu'elle désirait encore être admirée de lui. Cela faisait partie des promesses qu'elle lui avait formulées, et qu'elle s'était formulées, juste après son décès. Certaines personnes se laissaient aller, ne se donnaient plus la peine de se maquiller ou de se coiffer, se contentaient de vieilles tenues, de ce qui était facile à enfiler le matin, pour ne pas avoir à y réfléchir, et elle avait juré qu'elle ne s'y laisserait jamais prendre. Elle choisissait ses vêtements avec le même soin qu'avant, portait un collier ou une broche, veillait à ajouter un joli foulard par-dessus son manteau et à cirer ses souliers. Elle se poudrait à peine, soulignait ses lèvres d'une touche de rouge et conservait une jolie peau grâce à une application de crème tous les soirs.

Cependant, aujourd'hui, c'était différent. C'était spécial.

Deux soirs de suite, elle parcourut sa garde-robe, en profita, tant qu'elle y était, pour jeter quelques vieilleries, et en mit d'autres de côté, à porter chez le teinturier ou à recoudre. Elle se décida pour le tailleur couleur fauve qu'elle avait acheté à l'occasion d'un de leurs anniversaires, et quasiment plus porté depuis, accompagné de ses tennis marron et d'un foulard en soie caramel à motifs de diamants. Pas de chapeau. Personne n'en portait plus, de nos jours, sauf pour les mariages, les enterrements et autres événements nécessitant de se protéger du froid.

Soir après soir, elle était restée seule, tâchant de décider si elle devait ou non prendre un rendez-vous pour rendre visite à cette médium, récapitulant le pour et le contre, finissant par trancher, changeant à nouveau d'avis, interrogeant Harry sans trop savoir s'il lui avait apporté une réponse ou non. Elle n'en avait parlé à personne, pas même à Pauline. C'était trop personnel, cela resterait entre Harry et elle, un point c'est tout. En fin d'après-midi, deux jours après sa consultation chez le docteur Deerbon, elle était allongée sur le canapé, un magazine sur les genoux, le radiateur à gaz émettant ses sons discrets, et Harry lui manquait, son visage lui manquait, sa voix, ses plaisanteries, ses drôles de manies, ses chaussures posées à l'envers contre le pare-feu, le sifflement de sa respiration. Il lui manquait comme jamais depuis le jour de sa mort, et c'était encore plus douloureux. Alors elle avait pleuré des larmes de désespoir, de désolation, et, au milieu des pleurs, elle s'était écriée à voix haute :

— Harry, qu'est-ce que je vais faire ? Qu'est-ce que je vais faire ?

« Viens me parler. »

La voix d'Harry résonnait, forte et claire, dans son oreille interne.

« Viens me parler. »

Elle avait retenu son souffle et elle avait attendu, le pressant de poursuivre, d'en dire plus, d'expliquer.

— Dois-je aller voir cette médium, Harry ? C'est ça que tu veux ? Pourquoi n'arrives-tu pas à me parler, je suis là, c'est un joli moment paisible, qu'est-ce qui nous empêche d'être ensemble, là, maintenant ?

La flamme bleue du radiateur avait clignoté.

— Harry ?

Mais c'était tout.

« Viens me parler. »

Le lendemain matin, elle avait rassemblé son courage et téléphoné au numéro de Sheila Innis. Quand elle avait entendu le message sur un répondeur, la déception avait été si grande qu'elle avait reposé le combiné. Il lui avait fallu deux heures de plus, marcher jusque chez le marchand de journaux pour payer sa note et jusqu'à la poste pour retirer sa pension de retraite, et une théière pleine, avant de rappeler. Elle n'avait pas véritablement retenu ce que disait le message.

« Bonjour. C'est Sheila Innis. Je suis vraiment désolée de ne pouvoir répondre à votre appel personnellement, mais je suis sûre que vous le comprendrez, quand je travaille, je ne peux être dérangée. Si vous souhaitez prendre rendez-vous, rappelez, s'il vous plaît, entre cinq heures trente et sept heures. Sinon, laissez un message après le bip. Merci. »

La voix était rassurante, claire, agréable, dotée d'une certaine chaleur, mais sans fausse familiarité. Iris Chater écouta le message en entier, raccrocha et nota de rappeler le soir.

Elle se sentait beaucoup plus calme, maintenant qu'elle avait pris une décision et qu'elle avait entendu la voix de la médium. Celle-ci n'avait rien d'effrayant, rien d'inhabituel. Mais à cinq heures dix, sa main tremblait et elle était si peu certaine d'être capable de prononcer un mot qu'elle se servit un verre d'eau et le posa à côté de l'appareil.

*Qu'est-ce que je suis en train de faire ? Ce n'est pas bien, je ne sais pas dans quoi je m'embarque, je devrais laisser Harry reposer en paix, le laisser tranquille.*

— Sheila Innis, que puis-je faire pour vous ?

Miraculeusement, Iris Chater s'aperçut qu'elle était capable de répondre.

— J'aimerais... j'aimerais prendre un rendez-vous, je vous prie. J'ai appelé plus tôt et j'ai entendu votre message.

— Bien sûr. Voulez-vous me donner votre nom ?

— Chater. Iris Chater.

Elle lui fournit son adresse, son numéro de téléphone et sa date de naissance. Rien d'autre n'était nécessaire.

— Je reçois les gens individuellement, tous les après-midi, entre deux heures et cinq heures et demie, madame Chater. Le soir, nous avons des séances de groupe.

— Oh, non ! je ne veux être avec personne d'autre. C'est... je veux vous voir seule.

— Je comprends. Je viens d'avoir une annulation pour trois heures, le 6 février. Cela vous conviendrait-il ?

— Pas avant ?

— J'en ai peur, hélas. Mon emploi du temps est très chargé. Si vous ne pouvez pas ce jour-là, je crains que cela ne nous conduise à la deuxième semaine de mars.

— Oh, oui, alors je peux. Je ne voulais pas...

— Je sais. Une fois que les gens se sont décidés, qu'ils ont envie de me voir, évidemment ils souhaitent venir le plus tôt possible. J'aimerais recevoir chacun le jour même de son appel, mais je ne peux tout simplement pas.

— Non, non, je vois. Cela conviendra tout à fait. Le 6 février. Je peux.

— Avez-vous l'adresse ?

— Oui. Je connais la route.

— Alors à trois heures.

— Merci beaucoup.

— Et... madame Chater ? Vous avez l'air tendue. Je vous en prie, ne vous inquiétez pas. Quand nous nous rencontrerons, je pense que vous vous sentirez très à l'aise, dans mon salon. Au début, tout le monde est un peu hésitant, bien sûr, mais je vous promets que vous vous sentirez très détendue, très contente. Je suis impatiente de vous voir.

Iris Chater resta assise à côté du téléphone. Rétrospectivement, elle en tremblait. Elle avait fait ce qu'il fallait, et à présent, au moins, elle ne serait plus aussi tendue. Sheila Innis l'avait rassurée.

— Je vais te parler, Harry, dit-elle, exactement ce que tu voulais.

Ce 6 février était une journée printanière, embaumée, avec un ciel bleu et un soleil liquide. Les perce-neige avaient presque disparu, à l'emplacement abrité sous le lilas, dans le fond du jardin, et les crocus couleur jaune d'œuf et pourpre royale sortaient en cercles autour des troncs d'arbres. Harry n'avait jamais été un vrai jardinier, pas plus qu'elle, mais ils aimaient tous les deux les fleurs du printemps. Harry les regardait éclore, si bien qu'en marchant vers Priam Crescent, Iris eut l'impression qu'ils se retrouvaient ensemble. Elle partit tôt. Elle avait maintenu la porte de derrière fermée à clef toute la matinée, ainsi, quand Pauline Moss était venue juste après le déjeuner, elle n'avait pu entrer directement, selon son habitude. Harry n'avait jamais apprécié cela et, quand il était encore en vie – et présent dans la maison, à sa façon –, Pauline avait toujours frappé. Dernièrement, tout était allé à vau-l'eau. Iris lâcherait une allusion pour faire comprendre à sa voisine qu'elle préférerait rétablir l'ancien système.

Elle se sentait légèrement coupable de taire sa rencontre avec la médium, car c'était Pauline qui le lui avait suggéré et qui avait trouvé son nom. Elle lui en parlerait peut-être plus tard. Tout dépendait.

À deux heures moins le quart, elle avait entendu Pauline sortir, comme toujours le mardi. Sa belle-fille venait la chercher pour l'emmener en voiture faire des courses à Bevham, avant de la raccompagner chez elle pour un thé. Ce jour-là était donc idéal pour son rendez-vous.

Elle était sans appréhension, ne s'inquiétait de rien, non, pas le moins du monde. C'était fini, tout ça. Elle avait aimé le timbre de la voix de cette femme et elle savait, au fond de son cœur, qu'Harry souhaitait qu'elle y aille. Ne lui avait-il pas demandé, avec toute la clarté possible ? « Viens me parler. » Qu'est-ce que cela aurait pu signifier d'autre ? Elle était contente de marcher vers Priam Crescent.

La maison était un petit pavillon recouvert d'un crépi granité blanc, avec des bow-windows encadrant la porte d'entrée. Une haie contribuait à la cacher de la route, et un long chemin menait à une véranda. Dans le jardin côté rue, des crocus blanc et or se nichaient sous un magnolia. Iris Chater se sentit le cœur léger.

« Innis » était le seul nom inscrit sur l'étiquette à côté du carillon de la porte d'entrée. Ce pourrait être ma voisine, songea Iris Chater, dans cette jolie maison bien tenue, ordinaire. Après tout, Sheila Innis est bien la voisine de quelqu'un. Cette idée était curieusement rassurante. Elle sonna sans hésitation. Pourquoi aurait-elle hésité, puisqu'elle agissait selon le vœu de Harry ?

S'il lui était encore resté une once d'incertitude ou d'appréhension, il lui suffit de voir Sheila Innis pour qu'elle se dissipe.

— Madame Chater ? Entrez, je vous en prie. Il faut d'abord que je vous demande si vous avez quelque chose contre les chats, car en ce cas je me charge de prendre Otto et de l'enfermer dans une autre pièce.

— Oh, non, pas du tout, j'aime bien les chats.

— Il ne vous embêtera pas. Il est très âgé et il ne fait plus que dormir. À cette heure de l'après-midi, il y a un rayon de soleil dans ma pièce de travail, et il apprécie beaucoup.

Sheila Innis devait avoir la cinquantaine, pas plus. Elle était enrobée sans être grosse, ses cheveux, jadis blonds et désormais grisonnants, étaient courts, bien coupés et dégagés du visage. Elle portait une jupe en tweed et un chemisier jaune, un pendentif en or, des chaussures plates. Et elle souriait, d'un sourire chaleureux, ouvert, qu'Iris Chater sentit pénétrer en elle. Il la mettait à l'aise, il était accueillant, ce sourire... et plus encore. C'était le sourire de quelqu'un qu'on avait l'impression de connaître. Sur les photographies qu'elle avait vues, les médiums avaient une coiffure stylisée, des cheveux d'un noir de jais, d'épais sourcils noirs, des yeux noirs, des boucles d'oreilles en or, un maquillage trop chargé. Sheila Innis n'aurait pu être plus différente.

Le chat, Otto, était allongé de tout son long sur la moquette vert clair près des portes-fenêtres qui donnaient sur le jardin ; il s'était étiré au maximum pour profiter du dernier centimètre carré de lumière solaire. Les parterres de fleurs, à l'extérieur, étaient tapissés de rosiers, taillés et nus, mais Iris aperçut encore des perce-neige et des crocus, ainsi que d'épais massifs d'ellébores et de cerisiers à floraison hivernale, qui prêtaient au jardin toute sa vie et toutes ses couleurs.

La pièce était agréable. Une succession de trois salons en enfilade tapissés d'un tissu damassé d'un vert légèrement plus clair que celui de la moquette, une table en bois ciré sur laquelle était posé un vase de tulipes jaunes, un bureau élégant avec des photographies encadrées – un couple de mariés, plusieurs enfants, une jeune femme aux longs cheveux raides, un homme âgé.

— Je vous en prie, asseyez-vous. Si vous vous enfoncez bien dans ce fauteuil, vous verrez qu'un repose-pieds coulisse vers l'avant.

Sheila Innis prit le fauteuil en face d'Iris, dos aux portes-fenêtres et à la lumière. À côté d'elle, une horloge de grand-mère était calée contre le mur. Cette pièce est charmante, se dit Iris Chater, paisible. Il s'en dégageait une atmosphère de plénitude. Elle aurait pu vivre heureuse, dans ce salon, songea-t-elle, et le sien ne lui manquerait pas. Ici, rien ne lui portait sur les nerfs, rien n'était bizarre ou inquiétant, pas d'objets ou de photos étranges. Elle respira profondément et s'adossa. Le repose-pieds se déploya, en effet. Elle se sentait détendue comme jamais depuis ces dernières semaines. Même s'il ne lui arrivait rien d'autre, au cours de cette séance, en soi, cela valait le déplacement.

— Madame Chater, avez-vous déjà rendu visite à un médium ou à un spirite ?

— Oh ! non. Non, jamais.

— Je préfère que vous ne me révéliez rien à votre sujet. Je voulais savoir cela parce que, évidemment, les expériences passées affectent les individus, et chaque médium est différent, nous avons tous notre manière de travailler. Je vais donc juste vous expliquer brièvement à quoi il faut vous attendre. Êtes-vous confortablement installée ?

— Je pourrais même piquer du nez. C'est délicieux.

— Bien. Avant tout, nous allons rester assises ici, comme cela. Je ne vais tirer aucun rideau, je ne vais pas allumer de bougies, rien de ce genre. Je ne travaille pas non plus avec un guide spirite, comme certains médiums ou certaines voyantes. Je ne trouve pas cela utile. Je n'utilise pas de jeu de tarot ou de boule de cristal. Je ne vous hypnotise pas, je ne vous mets pas en transe, et je n'entre pas non plus en transe, pas lors des séances individuelles. Mais je vais fermer les yeux, pour mieux me concentrer. Je vais vous demander de répondre à certaines questions, et uniquement à celles-là... Il est préférable de ne pas m'interroger. L'autre aspect important, c'est qu'il peut ne rien se produire. Il n'y aura peut-être personne de l'autre côté, personne qui désire établir le contact avec vous à travers moi. C'est tout à fait possible, même si c'est assez peu fréquent. Si cela vous déçoit, je peux le concevoir, mais je ne peux vraiment rien y faire. Je n'échafaude aucune mise en scène. Je m'y refuse. Si une personne... ou plusieurs... viennent me parler, tâchent d'entrer en contact, et si j'ai des messages pour vous, je les entends, et en général je les vois... Exactement comme une image qui me viendrait à l'esprit. Par exemple, si vous fermez les yeux et essayez d'imaginer un grand et beau jeune homme brun aux dents blanches, le regard pétillant... eh bien, une image vous viendra à l'esprit. C'est ce qui m'arrive, à moi... La différence, évidemment, c'est que je n'ai aucune idée de qui je vais voir. Ou entendre. Parfois, plusieurs personnes viennent à moi en même temps, un peu comme des enfants qui se bousculent pour attirer mon attention. Du coup, je n'arrive pas à les entendre, j'ai besoin de discerner très précisément qui parle, et ce n'est pas toujours commode. Suis-je assez claire ?

Iris Chater regarda son interlocutrice et la vit sourire de nouveau, de ce sourire charmant, chaleureux, séduisant. Elle se sentit enveloppée par ce sourire ; il la sécurisait. Elle se fiait à ce sourire.

— Oui, répondit-elle. Je crois.

— Avez-vous une question à me poser ?

— Non, merci.

— Parfait. Alors détendez-vous, c'est tout, madame Chater.

L'horloge de grand-mère tictaquait doucement. Le chat s'étira dans son sommeil et ses pattes furent parcourues de soubresauts. Par la fenêtre, Iris avait vue sur le carré de crocus d'une intense couleur pourpre.

Pendant plusieurs minutes, Sheila Innis resta les mains croisées sur les genoux, les yeux clos, silencieuse, immobile. Iris attendit, agréablement installée dans le fauteuil avec son repose-pieds. Peut-être cela s'arrêterait-il là, et Harry ne viendrait-il pas. Elle se demanda dans quelle mesure cela la contrarierait.

— Nina, annonça Sheila Innis. J'ai ici une personne prénommée Nina. Elle demande si vous vous souvenez du bleu. Attendez un instant... Elle lève quelque chose qu'elle tient à la main... Oh ! c'est un peigne. Le peigne bleu. Vous aviez un sujet de plaisanterie à propos d'un peigne bleu ?

Cela n'avait aucun sens. Iris tâcha de se représenter un peigne bleu, mais elle ne vit rien.

— Je suis certaine que c'est Nina. Non ? Est-ce Nita ? Oui, je suis désolée, c'est Nita.

— Nita Ramsden ? Mon Dieu ! je l'avais oubliée, cela fait un bail.

Pourquoi Nita Ramsden souhaitait-elle lui parler ?

— Maintenant elle rit. Elle doit avoir dix-huit ou dix-neuf ans. Elle a les cheveux courts et bouclés et elle porte un tablier...

— Une salopette... c'est une salopette. Seigneur ! ce doit être Nita. On travaillait ensemble... cela remonte à plus de cinquante ans. Que dit-elle ?

— Elle ne parle pas, elle rit, c'est tout. Elle a l'air très heureuse. Elle est jolie, n'est-ce pas ?

— Nita a toujours été très jolie.

— Elle a plusieurs jeunes messieurs autour d'elle... Un beau jeune homme est debout à côté d'elle. Il dit, je ne saisis pas son nom mais il dit que vous étiez tous amis au sein d'un groupe. Il dit : Quelle surprise, Iris ! Il est assez insolent.

— Donald ?

— C'est cela ? Il agite l'index. Il me prévient qu'il ne me le dira pas.

— C'était le fiancé de Nita.

Sheila Innis garda le silence un long moment. Les yeux toujours clos, elle paraissait écouter attentivement. *Nita Ramsden et Donald. Comme c'est étrange, quand on songe à toutes les personnes qui auraient pu resurgir. Pourquoi eux ? Mais, si l'on y pense, comment être sûre que ce soit bien eux ?* Iris avait répondu à certaines questions, la médium lui avait fourni des indices et elle les avait repris au vol. Il s'agissait peut-être d'une comédie. Ce n'est pas de cela qu'elle avait envie. Puis Sheila Innis reprit la parole, sur un débit rapide.

— Elle s'approche de beaucoup plus près. Elle a vraiment des yeux inhabituels... gris-vert. De jolis yeux. Elle dit qu'elle est désolée de vous avoir fait attendre et de n'avoir pu vous avertir de ce qui s'est passé. Vous avez attendu si longtemps dans le froid. Maintenant, elle me montre une bicyclette... Je reçois une image d'elle à bicyclette, elle roule... Elle franchit un pont... C'est un pont ?

Iris Chater sentit sa nuque la picoter. Elle avait les mains très froides. La pièce lui semblait froide, alors elle renoua son foulard en soie autour de son cou.

— Elle dit que tout s'est passé en une minute, mais l'espace d'une seconde elle a compris ce qui était en train de se produire, et tout lui a paru se figer. Elle savait qu'elle ne pouvait rien tenter et puis c'est tout, c'était terminé. Elle vous a vue l'attendre. Elle dit... une minute... non, est-ce... elle dit qu'elle vous apportait des biscuits. C'est cela ? Des biscuits ?

— Oui, répondit Iris en chuchotant. On en apportait chacune son tour. C'était mon jour, pour les biscuits. On en chipait une poignée dans les boîtes, à la maison.

— Elle me montre à nouveau la bicyclette. La roue est complètement tordue et le guidon est retourné.

— Elle a été tuée à bicyclette. On se retrouvait toujours au coin. Ce jour-là je l'ai attendue vingt minutes, mais elle n'est pas venue, alors je suis allée à mon travail. Elle a été tuée sur le coup, elle a fait une embardée, elle est passée sous un tram. Oh, Nita ! Pauvre petite Nita ! Est-ce vraiment toi ?

— Elle me dit que vous vous êtes bien amusées. On s'est bien amusés, Iris, toi, moi et Donald, et Norman. On a eu de bons moments, n'est-ce pas ?

— Oui, murmura Iris, la bouche sèche. Oui, Nita, on a eu de bons moments.

— Maintenant j'ai quelqu'un d'autre. Ella... Ella, non, pardon, Ellie. Oui. Elle porte une broche particulière, un bateau, sur une robe foncée.

— C'est ma grand-mère.

— Elle a l'air renfrogné. Elle dit que tout était dur. Elle est désolée de n'avoir pas eu davantage de temps à vous consacrer quand vous étiez petite, mais elle a beaucoup peiné avec votre grand-père. Était-il souffrant ? Je sens qu'il a été longtemps malade...

— Il a eu des problèmes mentaux. On me l'a caché.

— Elle m'explique qu'elle voulait vous laisser son coffret plein de trésors, mais elle n'a pas eu le temps de rédiger de testament. Elle a disparu soudainement. Elle ajoute que vous aimiez toujours fouiller dedans, mais elle n'a pas eu le temps. Elle n'arrête pas de me répéter qu'elle est vraiment désolée. Il y a un chien. Un petit chien brun, oui. Vous le connaissez ? Il aboie pour vous, comme s'il vous saluait.

— Non. Je ne connais pas de chien brun.

— C'est un petit chien affectueux. Il dit bonjour, il saute en l'air et il essaie d'attirer votre attention. C'est un petit terrier... un yorkshire ?

— Non, répéta Iris tristement.

Elle devait pourtant le connaître, ce chien, puisqu'il venait la saluer.

Sheila Innis se replongea dans le silence, les mains jointes sur les genoux. Le soleil avait bougé et le chat avait bougé avec lui.

— Y a-t-il... y a-t-il quelqu'un qui s'appellerait Harry ?

La médium ne répondit pas. Elle n'aurait peut-être pas dû parler. Iris attendit, perplexe au sujet de Nita. À cinquante ans de distance, la jolie petite Nita, tuée à bicyclette. C'était le Donald de Nita qui avait offert à Iris sa première cigarette. Tout avait commencé comme ça. Ils étaient devenus amis, copains, sans être très proches, et c'était longtemps avant Harry. Pourquoi fallait-il que Nita resurgisse, et pas Harry ?

« Viens me parler », avait-il proposé, et Iris était là, mais lui, il n'y était pas. Apparemment, il n'avait pas envie de parler. Elle avait envie de savoir s'il allait bien, juste ça, et qu'il dise quelque chose, n'importe quoi, qui serait pour elle une preuve. Elle avait envie qu'il franchisse ce pas et qu'il lui dise quelque chose qu'ils seraient les seuls à savoir, elle et lui. Ce serait une preuve. Tout comme Nita et elle étaient les seules à savoir, pour les biscuits.

L'horloge de grand-mère tictaqua encore.

Au bout de quelques minutes, la médium ouvrit les yeux, fit un geste rapide des mains, se les passa sur le corps, en partant du sommet du crâne, comme si elle repoussait quelque chose.

Elle sourit à Iris.

— Je suis navrée, fit-elle, cet après-midi, il n'y a personne d'autre. Je sens que je vous ai déçue. Vous vouliez que quelqu'un se présente, et il ne s'est pas présenté. Était-ce votre mari ? Est-il décédé récemment ?

— Harry. Mon Harry est mort juste avant Noël.

— C'est très récent, madame Chater. Peut-être encore trop tôt. Parfois, cela prend un peu plus de temps... mais pas toujours. Non, pas toujours. Je ne peux pas les faire venir, voyez-vous, et je ne ferai pas semblant. Je pourrais inventer toutes sortes de choses pour réconforter, mais ce serait tromper les gens, et je ne trompe pas les gens.

— Je vois.

— Voulez-vous revenir ? Je refais toujours volontiers une tentative. Je ne renonce pas facilement, mais je ne peux tout de même pas ordonner aux êtres de se présenter s'ils n'en ont pas envie, ou s'ils ont du mal. C'est souvent le cas quand ils viennent de disparaître... Ils trouvent cela difficile. Ils ont besoin d'aide. Je suis certaine qu'Harry est occupé à cela. Laissez-lui un mois, je ne sais pas ? Cela dépend entièrement de vous.

Elle se leva.

— Je vous en prie, ne soyez pas trop découragée. Je sens qu'Harry est très proche de vous et qu'il veille sur vous, qu'il est heureux.

Pour la première fois, Iris Chater éprouva des soupçons. Des paroles commodes, songea-t-elle.

À la porte, Sheila Innis lui posa la main sur le bras.

— Je me demande... Je pense que vous pourriez tirer profit de mes groupes du soir... Parfois, il y règne une atmosphère qui encourage les êtres du monde des esprits qui ne se sont pas encore fait entendre, qui n'ont pas été en mesure de se présenter. Nous obtenons vraiment des résultats remarquables. Je n'ai qu'une demi-douzaine de clients. Vous pourriez y trouver ce que vous recherchez.

Iris avait envie de s'échapper. Il y avait quelque chose de trop intense dans le regard que Sheila Innis posait sur elle, quelque chose dans ses yeux.

— Il faudrait... il faudrait que j'y réfléchisse. Je ne suis pas sûre.

— Naturellement. Téléphonez-moi. Mais vous viendrez. J'ai une impression très nette. Vous trouverez ce que vous cherchez.

— Merci. Oui.

Quand elle eut atteint le haut du chemin, Iris se retourna brièvement et vit que la médium la suivait encore de son regard intense.

Elle était incapable de rentrer chez elle seule, pas tout de suite. Il y avait un arrêt de bus dans la rue principale et elle n'eut à attendre que deux minutes avant qu'arrive celui qui la conduirait en ville. Elle avait besoin de la ville, des passants, des voitures, des boutiques et de l'animation, elle avait besoin d'être au milieu de choses ordinaires, joyeuses et réelles. Elle acheta du pain et un bouquet de premières jonquilles à l'étalage. Dans la matinée, elle irait le déposer au cimetière. Ensuite, elle passerait chez Tilly prendre un thé avec un petit bain brioché toasté, et elle tuerait le temps. Elle observerait les autres, elle écouterait leurs conversations, jusqu'à ce qu'elle se sente de nouveau normale et en sécurité.

Pauline était à la fenêtre et lui fit signe en lui montrant une tasse. Cependant Iris n'était pas disposée à lui parler, car Pauline comprendrait tout de suite qu'il s'était produit quelque chose. Pauline n'était pas seulement une voisine un peu fouineuse, elle était également une amie soucieuse, et Iris n'était pas prête à discuter de sa visite chez Sheila Innis. Comme elle n'aimait pas mentir, elle rentra chez elle précipitamment en feignant de fouiller dans le fond de son sac à main. La maison était encore très tranquille. C'était un plaisir, maintenant que les soirées allongeaient, de ne pas allumer la lumière avant cinq heures passées. Elle se changea, ôta son tailleur, et redescendit dans la cuisine. Sur le rebord de la fenêtre, ses pots de cyclamens rougeoyaient doucement dans l'éclat du soir. Voir les plantes en pot qu'elle entretenait avec soin avait été l'un des rares plaisirs de Harry quand il était malade. Elle les regarda et elle prononça son nom. Mais ne lui répondirent que le silence et le vide. Harry n'était pas ici, tout comme il n'était pas dans la maison de Priam Crescent.

— Où es-tu, Harry ? Pourquoi n'es-tu pas venu me parler ? Si j'ai pu parler à Nita Ramsden...

Puisque Harry n'était pas venu lui parler, Iris aurait pu considérer sa séance de l'après-midi comme une sottise, s'il n'y avait eu Nita Ramsden. Cette histoire au sujet de sa grand-mère, et même la broche en forme de bateau, aurait pu être un coup de chance. Quiconque de l'âge d'Iris aurait eu des grands-parents morts – et même des parents, d'ailleurs. Il était difficile de se tromper. Mais Nita Ramsden, Nita et Donald, les biscuits, le fait qu'elle avait attendu Nita à leur coin habituel sur le chemin du travail, et que Nita ne soit pas venue. L'accident à bicyclette... On ne pouvait attribuer cela à de la perspicacité : Nita Ramsden était restée loin des pensées d'Iris depuis un demi-siècle, et comment la médium aurait-elle pu savoir quoi que ce soit de son enfance ?

Néanmoins Iris n'avait pas obtenu ce qu'elle était venue chercher : des nouvelles de Harry. Revenez, lui avait conseillé Sheila Innis, laissez s'écouler un peu de temps, et reprenez un rendez-vous. Elle savait qu'elle y serait obligée, qu'elle ne resterait pas en repos tant qu'elle n'aurait pas pris contact avec Harry. Mais pour ce qui était de la réunion du soir, en groupe, c'était différent, cette seule évocation l'avait mise très mal à l'aise. Qui seraient les autres personnes présentes, et pourquoi la médium avait-elle dit que cela réussissait souvent mieux ? Que s'y produisait-il qui ne s'était pas produit cet après-midi ?

La cuisine entrait peu à peu dans l'obscurité, et par la fenêtre le ciel était d'un bleu violet dense, éclatant. Il allait geler ; le gel et la pleine lune.

Au bout d'un moment, Iris entendit à travers le mur l'indicatif sonore des informations de six heures émanant de la télévision de Pauline Moss. Elle ressentit un pincement de culpabilité. Il fallait qu'elle aille voir Pauline, elle ne voulait surtout pas la blesser. Seulement, ce soir, elle n'aurait pu faire face aux questions, aux petites questions impatientes et insistantes auxquelles elle aurait cru devoir répondre. Harry n'était pas venu lui parler. Elle était encore bouleversée, trop pour le confier à une voisine, si bien intentionnée soit-elle.

# 19.

— Alors, Nathan, quelle est ton opinion ?

L'inspecteur Nathan Coates avait un carnet de notes ouvert devant lui. Freya et lui, assis dans le cercle de lumière projeté par la lampe sur le bureau, étaient les seuls présents dans la salle de la brigade criminelle. Il était vingt heures passées. Elle l'avait informé au sujet d'Angela Randall, et l'avait averti que le divisionnaire principal n'encouragerait personne à consacrer officiellement du temps à ce qu'il tenait pour un cas de disparition comme un autre.

— Je ne peux pas te pousser à y consacrer des heures supplémentaires, Nathan, et je ne peux même pas justifier que tu y passes du temps sur ton horaire normal.

— C'est bon, chef, si vous croyez qu'il y a un truc, je vous suis.

— Merci, mais tu la boucles, hein ?

Ils étudiaient une liste depuis une heure, depuis qu'ils avaient la salle pour eux seuls. Mis à part Angela Randall et le cycliste disparu – un jeune de dix-neuf ans, Tim Galloway – Nathan avait sorti trois autres noms qui semblaient présenter des liens, certes ténus, avec les autres.

Prénom : James ; nom : Bond (« Seigneur, le pauvre type, vous imaginez, à l'école ! » s'était écrié Nathan). Âgé de quarante-huit ans. Employé de bureau. Célibataire, vivant seul. Disparu tôt un matin, près de la rivière. Aucune trace, aucun corps retrouvé. Antécédents de maladie mentale, s'était précédemment enfui d'un service psychiatrique, retrouvé à Eylam Moor trois jours plus tard. De nouveau disparu deux semaines plus tard.

Carrie del Santo. Dix-neuf ans. Prostituée fichée. Vue pour la dernière fois en train de courir dans Cathedral Close à l'aube du Vendredi saint 1997. En liberté sous caution pour racolage et deux affaires de vol de sac à main. Disparition signalée avec plusieurs semaines de retard.

Phyllis Spink, soixante-dix-huit ans, disparue en 1999. Vivait seule à l'hospice de Saint-Michael. Antécédents de désordres mentaux et de démence.

— OK, prenons-les un par un. Qu'est-ce qui t'a frappé chez chacun d'eux et qui pourrait être en relation avec Angela Randall ?

— D'abord l'agent 007... Le dernier signalement a eu lieu tôt le matin, et le chemin de halage de la rivière est dans le même coin de la ville que la Colline.

— Un peu mince.

— Ouais, je sais. Ses antécédents de dépression plus sa fugue précédente signifient probablement qu'il est parti à des kilomètres avant de se foutre en l'air, et qu'on ne l'a jamais retrouvé. On ne retrouve pas tout le monde.

— Pas tout le monde, mais tout le monde ne disparaît pas corps et biens. Et si vous vous suicidez, vous ne maîtrisez pas ce qui adviendra de votre corps après votre mort.

— Tandis que si tu es assassiné, quelqu'un s'en charge.

— Oui. Garde-le pour l'instant, mais je ne pense pas qu'il corresponde.

— OK...

Nathan avala une gorgée de la limonade qu'il buvait directement par bouteilles de un litre, s'essuya la bouche du revers de la main et rota discrètement, avant de gratifier Freya de son sourire désarmant.

— La pute... Bon Dieu, encore un nom à coucher dehors ! Doit être étrangère. Elle a fait de la taule, donc elle avait une bonne raison pour foutre le camp. Elle a sûrement mis les bouts pour l'étranger, mais je l'ai retenue à cause de son signalement : on l'a vue tôt un matin.

— Oui, et c'est une femme. Garde-la. Vérifie sa nationalité et peut-être son lieu de naissance, mais n'y perds pas trop de temps. Ensuite, on a notre vieille dame qui perdait la boule.

— M^me^ Spink. Encore une femme.

— Avec des antécédents de confusion mentale. Elle a dû sortir vadrouiller en chemise de nuit.

— Pourtant, pas de corps.

— OK, garde-la aussi pour le moment. Ensuite, on revient au cycliste.

— Tim Galloway. Je l'ai retenu parce que la dernière fois qu'on l'a vu, c'était très tôt le matin, et sur la Colline. C'était un sportif, mais un cycliste, pas un coureur.

— En revanche, c'est un homme.

— Ouais. Je suis désolé, chef, mais le reste ne donnait vraiment rien. Des tas d'ados qui s'étaient fâchés avec leur nouveau beau-père, ou qui s'étaient fait bizuter à l'école, pauvres gamins, ou alors la déprime. Deux types qui se sont visiblement tirés pour échapper à leur femme, un ou deux suspects de petits délits, fraude, malversations envers leurs employeurs. Rien qui relie leur disparition à celle de votre Miss Randall. Et en plus, ça remonte à cinq ans. Je suis surpris de voir le nombre de gens que Lafferton réussit à paumer. Pas si mal. Désolé, j'ai pas pu faire mieux.

Son visage si jeune avait un air chiffonné, abattu, la voix manquait d'entrain.

— Tu t'en es très bien sorti, Nathan. Ce genre de truc, c'est toujours de la devinette.

— J'aurais voulu vous trouver la réponse parfaite, chef.

Il était comme un petit garçon désireux de faire plaisir à son professeur et d'obtenir une bonne note.

Freya rit.

— Ça ne marche jamais comme ça. Mais ces touches sont utiles. Je vais les passer au crible, chez moi, et voir celles qui valent la peine d'être examinées un peu plus en détail... Allez... Je te paie un verre.

Le visage du jeune inspecteur s'illumina. Sa transparence et l'honnêteté qu'il mettait à ne jamais tenter de dissimuler ses réactions faisaient partie de ce qui le rendait cher à tous. Quand on le félicitait, il était rayonnant, quand une enquête était couronnée de succès, il allait et venait en arborant un sourire permanent, et dans le cas contraire, il avait une figure de clown fripé.

Le Cross Keys était situé à quelques mètres du poste de police, de l'autre côté de la rue. Lorsqu'ils franchirent les portes battantes, la Rover officielle noire de l'inspecteur divisionnaire Simon Serrailler s'arrêta sur sa place de stationnement. Freya sentit son estomac se crisper. Bon sang. Bon sang, il allait la voir avec le jeune inspecteur Coates, il allait croire qu'il y avait quelque chose entre eux, qu'ils formaient la paire, que...

*Oh, nom de Dieu, ma fille !*

Serrailler monta les marches quatre à quatre, en leur adressant un bref signe de tête. Freya se retourna et saisit au passage l'éclair de sa tête blonde qui disparut en vitesse dans la cage d'escalier.

Quelques secondes plus tard, deux autres véhicules de gradés, l'un avec chauffeur, débouchèrent sur le parvis.

— Il se passe quelque chose, fit Freya.

— Opération Merlin.

— Pardon ?

— Une grand-messe autour de la drogue... uniformes et stups.

— Comment se fait-il que tu saches tout ce que je ne sais pas, Nathan ?

Il se tapota l'aile du nez et sourit.

Non pas qu'elle veuille tout savoir sur une opération des stups, admit-elle tandis qu'ils se frayaient un passage dans le pub bondé. Elle en avait assez vu dans la police de Londres pour que ça lui suffise.

— Qu'est-ce que tu prends ?

— Non, chef, celle-là, elle est pour moi.

— Pas question. En plus, Nathan, c'est ta prime pour tes heures sup, alors profites-en au max.

— OK, merci, une limonade.

— Oh, je t'en prie.

— Avec un godet de whisky pour faire passer.

— Si je le fais durer et si je mange un paquet de chips avec, j'ai droit à un petit vin blanc.

Nathan se retourna d'un coup, alors que deux hommes quittaient une table dans un coin, et la réquisitionna vite fait pendant que Freya commandait les boissons.

— Je suppose que si ça s'est bien passé, on entendra parler de cette opération drogue dans la matinée.

Nathan secoua la tête.

— Elle vient à peine de commencer.

— Bordel, tu as une ligne directe dans le bureau du divisionnaire ?

— J'ouvre les oreilles, c'est tout.

Il avala une gorgée de limonade, puis enfila son whisky cul sec.

— Serrailler, vous l'appréciez ? lui demanda-t-il, de façon tellement inattendue que Freya, prise au dépourvu, ne put s'empêcher de rougir.

Elle se baissa promptement, farfouilla quelques secondes dans son sac, mais, quand elle se redressa, Nathan Coates l'observait par-dessus le rebord de son verre.

— Pardon, fit-elle. Le divisionnaire. Il m'a l'air bien. Je ne lui ai pas trop parlé. Enfin, Cameron... Bon Dieu ! il en restait encore pas mal, des Billy Cameron, dans la police de Londres... Tous des durs, tous trop gros, fumant tous comme des cheminées, mais s'ils étaient de ton côté, et si tu avais besoin d'un soutien, tu n'aurais pu trouver mieux. Cameron est sorti du même moule.

Nathan haussa les épaules.

— Quoi ?

— À mon avis, il se les roule jusqu'à ce qu'il prenne sa retraite. Enfin, il est super réglo.

— Ce qui en dit déjà beaucoup.

— Serrailler, il est différent.

— Tu es en train d'insinuer qu'il ne serait pas réglo... ?

— Seigneur, non ! Je veux dire qu'il est différent. Pas un flic ordinaire.

Freya se leva.

— Un verre pour faire passer et encore de cette pourriture de boyaux ? Des chips, un friand, des couennes de porc frites en amuse-gueules... Allez, un peu de gourmandise !

— Non, Em a dû lancer le dîner, c'est son tour. Elle a eu deux jours de congé, alors elle est d'humeur à cuisiner. Du foie et des oignons. Il va falloir que j'y aille. Merci quand même.

Nathan vida son verre.

— Mais faut pas que je vous empêche de continuer.

— J'ai pas trop envie de boire seule au Cross Keys. Les gens pourraient se poser des questions.

— Sûr, ils risquent, un canon comme vous, chef.

Nathan poussa la porte battante et la lui tint, avec son grand sourire et une courbette.

En face, au poste, Freya se rendit à sa voiture, et Nathan au râtelier à bicyclettes. Emma et lui habitaient dans un appartement à quelques rues de là.

— Merci pour le verre, chef. On se voit demain.

— Bonsoir, Nathan.

Freya jeta un coup d'œil vers les voitures alignées sur les emplacements, côté façade. La Rover de Simon Serrailler était encore là, et la lumière était allumée dans son bureau, au deuxième étage. Elle avait envie d'attendre, de traîner dans le commissariat, espérant qu'il réémerge avant de rentrer chez lui, s'imaginant franchissant les portes au moment où il en sortirait, échangeant quelques mots, et qu'il puisse...

*Zut. Zut, zut, merde, merde, la barbe, et flûte.*

*Flûte.*

Nathan avança en silence sur sa bicyclette tout en l'observant. Il s'arrêta, posa pied à terre. Freya se retourna.

— Ça va ?

Il ne dit rien avant qu'elle se soit rapprochée de lui. Elle crut qu'il voulait évoquer l'affaire des disparus, et elle préférerait ne pas l'entendre crier sur les toits, même s'ils étaient seuls sur le parvis du poste. Il avait coiffé son casque de vélo, une coquille luisante d'un bleu électrique, sous laquelle son visage rondouillard et ses cheveux roux lui donnaient un air encore plus bizarre. Il avait l'air préoccupé.

— Serrailler, déclara-t-il.

Elle recula d'un pas, s'enfonçant un peu plus dans l'ombre.

— Y a rien à cacher, chef. Voyez ce que je veux dire ?

Il donna un coup de pédale et fila.

# 20.

Debbie Parker était allongée dans son lit, calée contre trois oreillers, avec un petit jeu de cartes devant elle. Dava les lui avait données l'après-midi de la veille. La séance avec lui l'avait encore plus affectée que la première. Elle s'était étendue sur la couchette et s'était de nouveau laissé emporter dans un voyage spirituel. Cette fois, il l'avait menée par ce que Dava appelait les Cinq Portails, passages vers son moi spirituel et son monde unique. Elle avait décrit ce qu'elle avait vu – images magnifiques de jardins aux fleurs magiques, grottes de cristal zébrées de couleurs arc-en-ciel et remplie d'anges aux ailes de plumes et autres créatures de lumière. Elle s'était sentie merveilleusement bien, flottant sur un nuage de paix et d'harmonie. Dava lui parlait doucement dans l'oreille, à travers ce qui lui semblait être une cascade d'eau lente, sa main vint lui toucher le front et lui caresser les cheveux, mais loin, très loin.

Il lui avait assuré qu'elle allait beaucoup mieux, que ses énergies retrouvaient peu à peu leur équilibre et que les forces négatives se dissolvaient lentement mais sûrement.

— Nous ne luttons pas, Debbie, on n'emploie pas de termes de combat. Je ne parle pas de surmonter et d'anéantir, je parle de dissoudre et de défaire. Les forces négatives qui vous causaient tant de détresse faiblissent et se dissolvent. Ensuite, elles vont totalement se retirer et cesser d'exister.

Il lui avait affirmé qu'elle était particulièrement protégée. Que partout où elle irait, elle pourrait se reposer sur l'ange qu'elle avait rencontré et qui la protégeait.

— C'est une rencontre rare et très singulière, Debbie. Vous êtes privilégiée. Être secourue et aidée de la sorte par l'un des nombreux anges qui prennent forme humaine pour nous assister est une chose dont il faut être humblement, profondément reconnaissant.

— Oh, je le suis ! s'était-elle exclamée avec ferveur, je le suis vraiment !

— Vous savez désormais que vous êtes sous sa protection, et d'ici à un jour ou deux vous en recevrez le signe. Quelque part, vous trouverez une plume blanche, et quand vous la trouverez, vous la ramasserez et la garderez près de vous. Elle sera le symbole de votre protecteur. Maintenant, respirez profondément et lentement. Je veux que vous concentriez votre esprit sur votre couleur individuelle, qui est le bleu. Le bleu, avec une bordure d'or frémissante. Plongez le regard au centre et au cœur de votre bleu, Debbie. Je vais vous livrer quelques mots et quelques formules. Vous ne les oublierez pas, mais je vais aussi vous donner des cartes, qui vous guideront. Lisez-les, encore et encore. Chaque carte est un talisman.

Ces cartes étaient de couleurs différentes, et des formules de Dava y étaient imprimées. Il les avait toutes signées.

BLEU
Paisible. Musical. Guérison spirituelle. Artistique. Sensible. Sincère.
BLEU
Apporte la paix, la tranquillité, la foi en soi.
BLEU
Inspire le calme, la foi, la confiance.
BLEU
C'est votre note d'harmonie avec l'univers.

Sur les autres cartes étaient imprimés des diagrammes et des chakras, des dessins de fleurs et plantes médicinales qui correspondaient à Debbie, des dates importantes pour l'année à venir, mises en évidence sur un calendrier. Elle les avait lues et relues jusqu'à les connaître par cœur. En cet instant, elle étudiait la carte qui évoquait ses heures favorables de la journée. La première était sept heures et demie du matin, une heure curieuse, à laquelle Debbie avait du mal à s'identifier, en dépit des phases complexes du soleil et de la lune et des liens avec les cartes du ciel. La deuxième heure, en revanche, lui parla immédiatement. Son nom était inscrit à la main en différents points, de sorte qu'en se penchant sur cette carte elle sentit s'établir une liaison personnelle avec Dava, à travers son écriture manuscrite à l'encre noire, à la fois fluide et complexe.

AUBE

L'heure entre la première lumière dans le ciel matinal et le lever du soleil est votre moment le plus favorable. C'est alors, DEBORAH... que vous êtes le plus vivante et que vous êtes le plus en accord avec l'univers. À cette heure-là, DEBORAH... vous êtes au maximum de votre vitalité. C'est votre moment le plus prometteur. Vos énergies sont en accord parfait, votre aura, qui est particulièrement belle et singulière, DEBORAH, est vivement colorée et chante avec la vie. C'est l'heure à laquelle vous devez rendre grâce au créateur de l'univers, l'heure la plus propice à la prise de nouvelles décisions, votre heure la plus créative. Levez-vous tôt pour célébrer ces heures de l'aube et dormez quand vos énergies commencent à décliner, après le coucher du soleil.

La pile contenait également une carte portant des formules qu'elle devait lire dans son « lieu sacré », à l'aube, et qui allaient de pair avec une prière à réciter.

Debbie poursuivit sa lecture jusqu'à ce qu'elle se sente trop fatiguée pour insister, puis elle éteignit la lumière et s'allongea sur le dos, émerveillée de se sentir si totalement différente depuis qu'elle avait consulté Dava, plus heureuse, plus confiante, optimiste quant à son avenir. Et puis sa peau commençait à se purifier, et la noirceur qui l'envahissait tous les matins depuis des mois se réduisait désormais à un mince voile à travers lequel elle voyait clair – ce n'était plus du tout un épais nuage.

Si elle continuait d'avancer de la sorte, elle savait qu'elle irait assez bien pour se lancer dans la recherche d'un nouveau travail, à temps partiel au début, qui la conduirait vers de nouveaux cercles amicaux. Elle avait noté les noms de plusieurs groupes qui se réunissaient à Starly, autour de thèmes comme l'écologie, l'astrologie, la guérison et les thérapies New Age. Sous peu elle se sentirait assez bien pour s'inscrire dans un ou deux de ces collectifs. Mais elle prévoyait aussi de suivre le conseil de Dava. Si l'essentiel de l'argent de ses allocations disparaissait dans ses rendez-vous avec lui et dans les cassettes et les livres qu'elle lui avait achetés, il était néanmoins dépensé à bon escient, constituait un investissement pour sa santé et son bonheur futurs.

Elle se détendit, sentit sa respiration ralentir, s'approfondir, puis elle se concentra sur le cercle d'un bleu dynamique qu'elle forma dans sa tête, avec sa couronne dorée frémissante et cette couleur violette si dense en son cœur.

Le pouvoir curatif de cette vision gagna son esprit et se propagea dans ses veines.

Elle s'endormit.

Précédemment, Sandy avait renversé sans le vouloir le sac à main de Debbie, sur la table de la cuisine et, tout en s'excusant et en ramassant en vitesse son contenu, elle avait trouvé la carte de son deuxième rendez-vous avec Dava.

— Oh, Debs !

— Merci bien, je peux me débrouiller toute seule, lui avait rétorqué Debbie sur un ton sec, en écartant presque sa colocataire de force, de crainte qu'elle ne trouve d'autres cartes et ne la réprimande.

— Écoute, ça ne me regarde pas...

— Exact.

— D'accord. Mais il y a quand même un « mais », et tu le sais.

— Je n'ai rien pris, je n'ai plus mis d'onguent, si c'est ce qui t'inquiète.

— Mais tu vas devoir encore payer une facture, non ?

Debbie remit en place le reste du contenu de son sac et tira sur la fermeture Éclair, dans un raclement métallique. Son expression méfiante était assez éloquente, point n'était besoin de mots. Sandy s'assit à la table et la regarda.

— Je me fais du souci pour toi, Debs, tu m'inquiètes, je tiens à ce que tu ailles bien.

— Pas besoin. Je vais bien, merci.

— Enfin, tu n'allais pas si bien.

Debbie hésita. La voix de Sandy était empreinte d'une inquiétude sincère. Elle était soucieuse, c'était une amie. Debbie s'assit en face d'elle.

— Tu ne vois pas à quel point ça va mieux ?

— C'est grâce aux comprimés du docteur Deerbon, non ? Allons.

— Je ne parle pas de ma peau. Là-dessus, j'imagine que tu as raison. Je parle de moi. Je ne suis allée le voir que deux fois, et il a tout changé. Sandy, il a changé ma manière de sentir et de penser, ma manière d'être avec moi-même. Je ne suis plus malheureuse, le matin, j'ai envie de me lever, je vais bientôt me mettre à la recherche d'un boulot à temps partiel. J'apprends tant de choses. Tu n'as pas à t'inquiéter, franchement.

Sandy lâcha un soupir. Elle conservait son air grave.

— Quand même, ça te coûte vraiment cher. Je me demande si tu ne pourrais pas juste aller prendre conseil au dispensaire.

— Il ne s'agit pas de conseils.

— De quoi, alors ?

Les mots tourbillonnaient dans la tête de Debbie, les mots de Dava, les mots sur les cartes, des mots qui pour elle étaient nouveaux et qui signifiaient quelque chose d'impossible à transmettre à Sandy, cette Sandy au langage ordinaire, à la pensée limpide, cette Sandy si simple et si directe. Harmonie... aura... vibration... énergie... paix... protection... ange...

Elle était incapable de prononcer ces mots-là à voix haute, par crainte de paraître stupide, que l'on se moque d'elle, d'être mal comprise. Ces mots étaient devenus sacrés, comme des mots de la Bible ou des prières à l'église. Ce n'étaient pas des mots à s'échanger en passant, dans un appartement, autour d'une table de cuisine en Formica ébréché.

— Je te promets que ça va. Je sais ce que je fais. Si ça ne m'avait pas paru bien et si je ne m'étais pas sentie mieux, je n'y serais pas retournée. Enfin, merci. Je le pense vraiment. Merci.

Elle contourna la table et embrassa Sandy, espérant que tout était éclairci entre elles deux et que Sandy ne reviendrait pas à la charge. Car c'était inutile. Elle savait ce qu'elle faisait. Tout allait bien. Vraiment bien.

Son réveil sonna, une vibration sourde, à six heures le lendemain matin. Elle voulait surtout éviter de réveiller Sandy. Par la fenêtre de la cuisine, elle ne vit que l'obscurité, mais il ne pleuvait pas et quand elle ouvrit la porte de derrière, elle sentit un courant d'air doux. Elle se servit un verre de jus d'orange, pour ne pas chauffer la bouilloire, au sifflement strident quand elle arrivait à ébullition, elle avala un yaourt au soja et glissa deux biscuits dans la poche de sa veste en peau retournée. Elle éteignit la lumière, en actionnant doucement l'interrupteur, et referma la porte de derrière encore plus doucement. Une fois dans la rue, elle s'arrêta et se retourna. L'appartement était plongé dans le noir. Elle songea avec tendresse à Sandy douillettement endormie dans sa jolie chambre jaune clair et blanc, avec son tapis de chevet pelucheux et les deux poupées hollandaises coiffées de leur bonnet et de leur tablier vichy jaune clair et blanc, installées sur le petit rayonnage, leurs jambes de bois pendantes. Elle revoyait le nécessaire à maquillage de Sandy, soigneusement aligné sur la coiffeuse décorée d'une frise en tissu jaune et blanc, ses magazines empilés par ordre de dates entre des serre-livres en bois jaune, le panneau accroché au mur avec les photos de Sandy, chaque cliché dans son cadre ovale – Sandy et ses sœurs bébés, fillettes, costumées en anges dans une pièce, en farfadets, sur des poneys, en bikini sur une plage ensoleillée, les parents de Sandy, les chats et les chiens de Sandy. Tous les samedis matin, Sandy nettoyait, dépoussiérait, balayait et cirait sa chambre. Ensuite, elle remettait tout précisément en place sur les meubles et sur les rayonnages. Un jour, elle créerait un foyer, une maison fantastique, dont elle coudrait elle-même tous les rideaux, jusqu'au moindre volant, dont elle peindrait tous les murs, dont elle décorerait au pochoir tous les encadrements, en suivant des fiches décor découpées dans des magazines. Subitement, Debbie se sentit gagnée par une bouffée de panique. Cela se produirait, évidemment : tôt ou tard Sandy partirait pour ce nouveau domicile. Elle rencontrerait un Mark ou un Andrew, un Steve, un Kev ou un Phil, et quand cela arriverait, Debbie resterait seule. Elle ne voyait pas comment elle tiendrait.

Les rues étaient désertes, comme la fois précédente. Loin, à l'écart de la route, montait le bruit de la circulation – un trafic clairsemé, un poids lourd de temps en temps, le premier bus –, mais Debbie ne vit personne d'autre marcher sur les trottoirs ou même rouler à vélo pour aller prendre tôt son service. Elle avait deux des cartes de Dava dans la poche de sa veste en peau de mouton et elle s'était munie d'une lampe torche de la taille et de la forme d'une carte de crédit, mais au faisceau si intense qu'il éclairait à une distance surprenante. Elle l'avait repérée dans une boutique de cadeaux, à Starly, quand elle avait acheté une bougie parfumée que Dava lui avait conseillée, car elle purifierait sa chambre et l'aiderait à concentrer ses pensées.

Dans les allées en courbe et les avenues privées qui menaient au sentier, elle eut à peine besoin de sa torche, mais une fois qu'elle fut sur la piste, au pied de la Colline, elle l'alluma, déterminée à ne pas se laisser surprendre et terroriser par un lapin ou un chien errant, comme la fois précédente.

Cependant, ce matin-là ne ressemblait en rien à l'autre soir. L'air était doux et frais, la sensation de la terre sous ses pieds la rassura, et elle grimpa facilement la piste. Lorsque le faisceau de sa lampe éclaira les Wern Stones, elle continua dans leur direction, toute joyeuse. Quand elle atteignit la première, elle tendit la main et toucha la surface humide et froide, puis elle la laissa redescendre vers l'endroit où la pierre était inégale et rugueuse. Ces anciens monolithes se dressaient ici depuis la nuit des temps, on ignorait depuis quand et pourquoi, mais Debbie s'imagina qu'ils étaient déjà en place au commencement du monde. Elle sentit le poids de la pierre peser sur la terre, et la force des âges venir à elle par ce canal. Comment avait-elle pu s'effrayer à ce point, l'autre fois, alors qu'elle se trouvait dans le cercle enchanté des Wern Stones ? Elle se retourna et leva les yeux vers le ciel. À l'horizon, on apercevait une ligne de lumière infime. Tout à coup, elle se sentit galvanisée. Imaginez comment ce devait être à Starly Tor ou à Stonehenge, à l'aube, au solstice d'été. Eh bien, elle irait le découvrir en juin, quand elle y serait avec les autres, à danser et à fêter la naissance de la lumière. Quelque part en contrebas, elle entendit un léger sifflement. Les promeneurs de chiens montaient ici tôt, eux aussi, mais il faisait encore trop sombre pour discerner la moindre silhouette.

Elle continua de grimper, passa devant les buissons et les sous-bois qui l'avaient tellement terrorisée, mais ce coup-ci, en pointant le faisceau de sa torche pile dessus, elle ne distingua que des racines et des branches sinueuses, bien innocentes, des ronciers, des arbustes et des terriers de lapin. En route, on continue ! Elle était légèrement essoufflée, à présent. Dava lui avait dit qu'elle devait apprendre à percevoir quand son corps se sentait bien, quand son poids était en accord avec sa taille, ses émotions, son esprit, apprendre à tout sentir d'elle-même par elle-même. Depuis qu'elle avait adopté un régime à base d'aliments bio, elle avait perdu quelques kilos, sans parvenir néanmoins à renoncer aux tablettes de chocolat ou aux biscuits. Elle tâta sa poche pour en sortir un, arracha l'emballage en papier alu et croqua une bouchée. Le docteur Deerbon lui avait avoué qu'elle ne savait pas si le chocolat abîmait la peau, et que personne n'en avait la moindre idée, mais elle lui avait conseillé de réduire progressivement ses rations habituelles. OK. Elle avait donc diminué le chocolat. Enfin, un peu.

Maintenant, la lumière gagnait en intensité. Debbie était presque arrivée en haut de la Colline, où se dressait le grand cercle des vieux chênes, un point de repère visible de tout Lafferton. Leurs branches nues remuaient doucement, avec un bruit sec, et la brise agitait les mèches de Debbie. Il y avait un banc de pierre – juste une dalle posée en travers de deux autres – où elle s'assit en se tournant vers l'est. Le ciel éclaircissait ; il était désormais légèrement teinté de rouge rosé et formait un mince trait d'union avec la terre noire. Elle avait une conscience aiguë, excitante, de cette heure particulière qui était la sienne, cette heure où elle était en accord profond avec les forces, l'univers, le monde de la nature, l'harmonie des sphères... des choses qu'elle ne saisissait pas pleinement, mais qu'elle était convaincue dorénavant de pouvoir sentir. Elle puiserait toujours dans ce moment-là sa force et son réconfort, elle rechargerait ses énergies et se projetterait dans l'avenir, se laisserait guider par cette main de lumière. Elle pouvait entendre Dava lui parlant doucement à l'oreille quand elle était étendue sur la couchette, comme un ruisseau qui ne cesse de ruisseler, qui ne change jamais de rythme.

La lumière emplit le ciel, se faufila, enjamba l'obscurité et se mit à la dissoudre, puis le cercle du soleil accompagné de son rougeoiement rosé s'éleva graduellement au-dessus de la limite du monde. Debbie retint son souffle. Quelque part au-dessus de sa tête, dans les arbres, un oiseau entonna son gazouillis, sans qu'elle eût la moindre idée de l'espèce dont il s'agissait. Plus tard, au printemps, elle savait que retentirait tout un chœur d'oiseaux, que les gens monteraient jusqu'ici simplement pour les écouter. Elle n'était pas certaine que cela la ravirait. Elle avait envie de cet endroit, de cette heure pour elle seule.

Quelque part dans la pente, tout en bas, elle entendit un nouveau sifflement. Elle discernait la cathédrale, à présent, la tour de pierre effleurée par le soleil levant. C'était stupéfiant. Le monde se recréait sous ses yeux, comme s'il était mort et revenait à la vie, ou comme un tableau peint par une main invisible, devant elle.

Elle sortit les cartes et les lut, puis elle lut l'invocation à voix haute, paisiblement, et elle se sentit un peu bête.

— Mon heure, dit-elle gaiement, c'est mon heure.

Sandy devait être en train de se lever, de bricoler dans la salle de bains, vêtue de sa robe de chambre impeccable, couleur citron, d'allumer le chauffe-eau capricieux pour prendre sa douche. Une journée ordinaire débutait. Pour les gens ordinaires, songea soudain Debbie, car elle avait subitement cette sensation étrange de ne pas être ordinaire, de ne pas être pareille aux autres, à tous ces êtres dans leurs petites maisons et leurs petits appartements et leurs petites voitures et leurs petits pavillons, là, en contrebas, à Lafferton. Elle se pensait différente, choisie, sortie du lot pour recevoir un savoir singulier, pour se voir attribuer une perspicacité spéciale et privilégiée. Elle n'était plus la même Debbie Parker, malheureuse et trop grosse, à la peau abîmée. Elle était l'élue de Dava, une main s'était posée sur elle et elle était transformée.

Elle avait envie de chanter.

Puis elle eut faim, et besoin d'aller au petit endroit. L'aube s'était levée, son heure singulière était passée. Elle glissa la torche dans sa poche et se dirigea joyeusement vers le chemin.

En bas, lorsqu'elle s'engagea dans le sentier, elle reconnut la camionnette blanche, garée bizarrement en travers. Son cœur fit un bond. Elle était certaine, certaine que c'était celle conduite par l'homme qui était venu à sa rescousse, celui qui avait redémarré, disparu, pas un être humain, non, un être angélique. Elle s'arrêta.

Quelqu'un était apparemment à moitié affaissé sur le siège avant. Elle ne perçut aucun mouvement.

Soit l'homme était penché vers quelque chose qui se trouvait près des pédales, comme se serait le cas si le véhicule était en panne, soit il était blessé ou souffrant.

Debbie s'approcha et se glissa entre la portière ouverte et les buissons, en réfléchissant à toute vitesse, se demandant si elle devait lui venir en aide ou hurler, si elle saurait lui administrer les premiers secours. Elle ne doutait pas qu'elle doive l'aider, tout comme il l'avait aidée. Il était venu la secourir, il avait veillé à ce qu'elle rentre saine et sauve, et à présent c'était son tour à elle.

Les branches de la haie se rabattirent et elle se retrouva tout près de ses jambes. Il était allongé en travers du siège, mais il se déplaça, recula d'un seul mouvement énergique. Donc, c'était la camionnette qui avait besoin d'aide, pas lui. Debbie en fut soulagée : elle avait redouté ce qu'elle allait découvrir, du sang, ou même de le trouver mort d'une crise cardiaque.

Il se redressa et la fixa du regard, avec le sourire. C'était lui.

— Bonjour, Debbie, dit-il.

Il ne lui laissa aucune chance, elle fut prise par surprise, cueillie à froid. À cette minute, elle était debout, remplie d'inquiétude, sur le point de lui adresser la parole, et, la minute suivante, il l'emprisonnait grâce à une clef au bras promptement et fermement exécutée. Il lui bascula la nuque vers l'avant et la déséquilibra dans le même mouvement sûr et dûment répété. Debbie éprouva un bref étonnement, une seconde de douleur insoutenable, puis le ciel se mua en vortex noir rempli d'étoiles brûlantes. Son corps s'éleva et retomba, s'éleva, retomba. Elle n'était plus que douleur, et l'obscurité un gouffre où elle chutait. Il y eut une chose qu'elle n'éprouva pas, qu'elle n'eut pas l'occasion d'éprouver : la peur.

Trois minutes plus tard, son corps refroidissait dans le compartiment réfrigéré de la camionnette, et le véhicule l'emportait à une vitesse prudente et constante, quittait le sentier et s'engageait sur la grande route.

Le Whipple Drive Business Park, dans la périphérie de Lafferton, avait été construit un an auparavant. Il comprenait divers bâtiments intelligemment conçus et assez espacés, notamment des bureaux complètement équipés, dans des immeubles de deux étages, ainsi que des espaces de stockage et des garages fermés. L'ensemble était agrémenté d'un aménagement paysager plaisant, avec pelouses en déclivité et sorbiers nouvellement plantés.

La camionnette blanche emprunta la voie d'accès encore déserte et tourna à droite à l'autre bout, là où le bloc de préfabriqué donnait sur la clôture et, au-delà, sur le terrain vague menant à la voie ferrée. Le dernier préfabriqué était aussi le plus grand, et l'entrée s'effectuait sur le côté. En façade était installé un petit bureau et, sur l'arrière, s'étendait un vaste espace vers lequel la camionnette recula. Les portières s'ouvrirent, ensuite les portes du préfabriqué, qui révélèrent une galerie de roulage par laquelle le compartiment réfrigéré contenant le corps de Debbie Parker fut directement transporté dans le fond. Puis les portes claquèrent et furent refermées à double tour, et la camionnette se dirigea vers le garage.

De là, une porte intérieure conduisait vers le préfabriqué.

Dans le bureau, affichant sur sa porte l'inscription FLETCHER EUROPEAN AGENCIES, l'homme alluma les néons du plafond et brancha le percolateur.

Pendant que le café passait, il ôta sa veste et ses souliers et ouvrit un placard métallique d'où il sortit une combinaison verte et une paire de surchaussures en caoutchouc. Le volet à lattes couleur crème était baissé en permanence, dissimulant le bureau et ses occupants à la vue depuis l'allée – mais les passants étaient rares.

Il s'assit calmement, but la mouture d'arabica très chaud. Il avait devant lui, avant de quitter le préfabriqué pour le reste de la journée, une heure au cours de laquelle il pourrait effectuer quelques travaux préliminaires – des travaux qu'il était impatient d'entamer. Il s'imposait ce rituel du café moulu de frais en partie pour prolonger son premier état d'excitation, mais aussi pour se calmer après les dangereux instants sur le chemin au pied de la Colline. Ici, il se sentait en sécurité, ici, il était sur son territoire, aux commandes. Là-bas, n'importe quoi pouvait mal tourner, en une fraction de seconde. Rien ne s'était jamais vraiment envenimé, même si le jeune cycliste s'était montré difficile, fort et agile. Il l'avait bien fait suer, celui-là.

La grosse fille, en revanche, s'était révélée facile, confiante et amicale, prise complètement à contre-pied. Cette fois-ci, il avait bien prévu son coup, sans rien laisser au hasard, et tout s'était déroulé comme dans un rêve. Il était fier de lui. Il n'aurait jamais la témérité de croire que tout était devenu facile et qu'il ne pourrait jamais commettre d'erreur. La fierté précéderait de peu la chute fatale. Il ne se le permettrait pas.

Parce qu'il n'avait pas encore terminé, loin de là.

Il déverrouilla un tiroir latéral du bureau métallique et en sortit un dossier. À l'intérieur, se trouvait une liste dactylographiée. Il la lut, par plaisir.

*Jeune homme, 18-30*
*Homme mûr, 40-70*
*Homme âgé, plus de 70*
*Jeune femme, 18-30*
*Femme d'âge mûr, 40-60*
*Femme âgée, plus de 65*

Il n'avait pas ajouté le mot « chien ». Le chien ne faisait pas partie de son plan. Le chien avait été une impulsion du moment, parce que voir un chien avait ravivé la jalousie rageuse qui écumait en lui au souvenir de la chienne, la chienne détestée. Cette bête avait la même allure – même race, même couleur, même taille, tout. Ce chien aurait pu être un clone de l'autre. Il l'avait enlevé avant de prendre conscience de ce qu'il faisait.

Le chien, il s'en était débarrassé.

Deux entrées de la liste dactylographiée étaient cochées au stylo rouge. Il sortit ce même stylo du tiroir et laissa la mine en suspens à côté de *Jeune femme, 18-30*. Il se souvint du contact du cou grassouillet quand il avait calé son bras autour, en basculant la fille vers l'arrière. Elle n'avait quasiment émis aucun bruit, juste un gargouillement étouffé.

Il appuya la mine contre le papier et inscrivit une marque rouge, s'attardant sur le plein assez court et sur le délié plus long.

Trois marques. Six entrées.

Il se demanda si six suffiraient. Cependant, il n'était pas pressé. La recherche du bon spécimen risquait de prendre des mois. Il n'aurait sûrement pas autant de chance, ne serait pas aussi rapide, la prochaine fois. La sélection et la préparation étaient vitales s'il ne voulait pas commettre d'erreur.

La petite pendule sur le bureau affichait sept heures vingt. Il rangea la feuille et referma le tiroir à clef, puis il traversa la pièce et franchit la porte intérieure menant à l'entrepôt. Il alluma les néons du plafond et aussitôt l'endroit s'éclaira exactement comme les salles de dissection qu'il avait connues. Il y avait un évier en acier dans un coin et, dans le linoléum au sol, une rainure qui débouchait sur une évacuation centrale. Contre le mur, des portes gris-vert, qui ressemblaient à celles de grandes armoires de classement, luisaient dans la lumière. La table métallique était calée contre. Il la fit rouler vers le milieu de la pièce, sous l'éclairage central, juste au-dessus de l'écoulement, puis il la déploya. Un chariot en métal à roulettes en caoutchouc se présentait de la même manière, avec un tiroir fixé sur le côté par des crochets et des boulons. Le tiroir se tirait latéralement et révélait des instruments disposés de telle manière que l'ensemble contente l'œil par son ordre et sa symétrie.

Il recula, contrôla.

Quand il fut satisfait, il se rendit vers le conteneur rectangulaire sur sa galerie de roulage métallique et le retourna pour le placer au niveau de la table.

Le corps de Debbie Parker était déjà froid au toucher. Des ciseaux de chirurgien aiguisés fendirent la veste en peau de mouton, le pantalon, le pull et les sous-vêtements, qui finirent dans un sac-poubelle noir dont il se déferait plus tard. Sa montre-bracelet, les clefs de sa maison, un inhalateur et une petite lampe torche de la taille d'une carte de crédit furent rangés dans une boîte à part. Dans l'une de ses poches, elle avait trois cartes. Il étudia l'écriture manuscrite pendant une ou deux secondes, puis, jugeant ce galimatias New Age sans intérêt, les lâcha dans la poubelle, sur le reste des vêtements.

Ensuite, il se posta à côté de la table métallique, considéra le corps nu et gras de la fille, avec la peau du visage grêlée et l'acné des épaules. Il n'éprouvait rien. C'était ce qu'il fallait. Lors des autopsies, les médecins légistes ne ressentent rien, aucune émotion, ni chagrin ni sympathie, rien que de la curiosité et de l'intérêt intellectuel, professionnel. Les premiers plaisirs, ceux qui allaient de pair avec la chasse, la capture rondement menée et la mise à mort étaient terminés. Le reste était à venir, et c'était différent, plus clinique et moins passionné, plus lent, aussi. L'autre plaisir était un plaisir furtif, pressé, effrayant. Sa pression sanguine montait, il était en nage, son cœur cognait. Il prenait un risque atterrant. À présent, il était certain de n'en courir aucun, car tout avait été soigneusement planifié, depuis très longtemps. En outre, la pratique aidait.

Il contourna lentement la table, en examinant le corps. Ce faisant, il entama la dictée de ses notes, comme un légiste, relevant tout ce qui concernait ce cadavre livré à son examen, d'un ton tranquille, professionnel, ce ton qu'il avait entendu et admiré à maintes reprises, et souvent imité. Il était fier de sa propre compétence, désormais convaincu qu'il saurait se mesurer à n'importe lequel d'entre eux, aux meilleurs du monde, démontrant ainsi à ces salopards qu'ils s'étaient trompés à son sujet. Ils avaient eu le pouvoir de le faire échouer, de le juger indigne d'intégrer leurs rangs, et à présent il prenait sa revanche.

Quand il fut prêt, il saisit le scalpel. Il avait trop peu de temps devant lui, mais il était incapable d'attendre. Il reviendrait le soir même pour consacrer autant de temps qu'il lui plairait, ici, au cœur de tout, au découpage expert de cette *Jeune femme, 18-30.* À partir du moment où il lui avait bloqué le cou par-derrière, Debbie Parker avait cessé d'exister en tant qu'être humain, doté d'une personnalité et d'un nom, ainsi que d'une vie. C'était pourquoi il était capable d'intervenir sur son corps, sans émotion aucune. Ils savaient tous en faire autant. C'était ainsi qu'ils s'acquittaient de leur travail. Elle était un échantillon, un spécimen de son sexe et de son âge, rien de plus.

Il se pencha en avant et entama la première incision. Avec précision.

# 21.

Cat Deerbon avait atteint son objectif : conserver dans leur corps de ferme une pièce qui reste hors d'atteinte des enfants et des chiens. L'endroit avait reçu l'appellation moqueuse de « Salon Chic ». C'était là, installés dans deux sofas et deux profonds fauteuils assortis de cuir crème, qu'ils s'étaient réunis. Ils avaient terminé leur dîner et avaient emporté leur verre de vin avec eux. Une cafetière et une théière étaient disposées sur la table basse. Il était rare que Cat soit en mesure de tenir une réunion à domicile, mais on était au milieu de l'année scolaire et Meriel Serrailler avait emmené Sam et Hannah passer la nuit à Londres pour une série de sorties – l'Eye, la grande roue, le Planétarium et le Hard Rock Café. Cat avait pu préparer un repas décent, rendre la maison (et elle-même) présentable et réunir quelques notes qui étaient tapées sur une feuille de papier devant elle.

Étaient présents, confortablement assis avec leur vin et leur café, son mari, Chris, l'ostéopathe Nick Haydn, Aidan Sharpe, l'acupuncteur, et Gerald Tait, associé principal d'un cabinet de généralistes situé de l'autre côté de Lafferton, un être que les Deerbon appréciaient énormément et qu'ils respectaient, à la fois en tant qu'homme et en tant que médecin. Il représentait la génération précédente, mais ses conceptions étaient modernes et ses sympathies étendues.

Au cours du repas, la conversation avait déjà tourné en partie autour de la médecine, en restant générale. À présent, ils allaient entrer dans le vif du sujet.

Cat posa son verre.

— C'était mon idée de tenir cette réunion de réflexion informelle, mais elle restera tout à fait informelle, c'est évident, et je ne suis pas ici en qualité de présidente. Nous sommes tous sur un pied d'égalité et chacun doit dire exactement ce qu'il pense.

« Bien. Chris et moi avons été de plus en plus préoccupés, ces derniers mois, par certains de ces... je ne sais pas quels termes vous préférez... thérapeutes alternatifs, ces praticiens parallèles, qui travaillent dans notre région. Je devrais appliquer le terme « charlatans » ou « rebouteux » à la plupart d'entre eux, et j'imagine que ce serait aussi votre cas. Vous savez qu'une vaste communauté d'individus a connu une croissance rapide dans et autour de Starly Tor, en raison de son histoire et de sa réputation douteuse de site ancestral. Au choix, on a la sorcellerie, le culte druidique, des guérisseurs, des tracés occultes... Un tas de touristes New Age débarquent là-bas au printemps, et du coup toutes les boutiques et tous les cafés habituels sont allés s'installer à Starly. Rien de tout cela ne compte beaucoup, ces gens sont généralement inoffensifs. On y fume un peu de drogue... Cependant, assez curieusement, mon frère policier me signale que les problèmes de drogue graves y sont plutôt plus rares qu'à Lafferton, et nettement moins fréquents qu'à Bevham. Non. La drogue n'entre pas en ligne de compte. Ce qui nous est apparu, et qui devient un véritable sujet de préoccupation, ce sont ces thérapeutes charlatans. Certains pompent beaucoup d'argent à des personnes crédules qui peuvent à peine se le permettre – cet aspect ne nous regarde pas vraiment. Néanmoins, un certain nombre de ces prétendus thérapeutes ne sont pas inoffensifs. Le fait est, vous le savez, que ni Chris ni moi – et à peu près aucun généraliste de Lafferton – ne s'élèvera contre des thérapeutes alternatifs convenablement formés et qualifiés intervenant dans le cadre de disciplines éprouvées. C'est pourquoi nous vous avons demandé de venir, Aidan et Nick... J'ai envoyé des patients à Nick, qui répare les dos abîmés, j'en envoie à Aidan, car je sais que certains maux réagissent bien à l'acupuncture. Vous savez tous deux ce que vous faites et vous respectez le premier principe de tous les médecins allopathes : “D'abord, ne pas nuire.”

Aidan Sharpe s'éclaircit la gorge.

— Merci, Cat. Désolé de t'interrompre, mais je te suis reconnaissant de ces quelques mots, et Nick aussi, j'en suis sûr. Nous sommes convenablement formés et qualifiés, comme tu l'as rappelé à juste titre, mais je crains fort que notre action ne nous expose encore à pas mal de critiques.

Il avait une façon étrange et un peu formelle de s'exprimer. Cela lui venait probablement de l'exactitude et de la précision de ses aptitudes professionnelles, se dit Cat. Elle avait évoqué l'acupuncture chinoise traditionnelle avec lui, et elle avait remarqué combien celle-ci semblait associer un système scientifique – une cartographie du corps et de ses maux éventuels élaborée de façon très rationnelle – et la nécessité d'un flair intuitif, quasi artistique, pour établir un diagnostic. Elle ne prétendait pas comprendre ou accepter la théorie qu'il y avait derrière – elle contredisait trop l'essentiel de ce qu'on lui avait enseigné –, mais elle la respectait en raison de sa longue histoire très honorablement connue – et parce que cela marchait, souvent.

Nick Haydn s'étira, à l'autre bout d'un canapé. Ce thérapeute à la forte carrure de rugbyman, aux mains immenses, était capable de manipuler les corps avec de l'énergie et de la force quand c'était nécessaire. Sa manière de travailler contrastait avec celle de Sharpe – envers lequel, Cat s'en apercevait, il avait l'air de nourrir une certaine antipathie. Tous deux se situaient aux extrémités du spectre, en tant qu'individus et en tant que thérapeutes. Nick portait un polo à manches longues propre mais froissé, avec cette formule en guise de blason : « Guinness is good for You », sur un pantalon de velours fatigué. Aidan Sharpe était vêtu d'un costume bien coupé et arborait un nœud papillon à motif cachemire. Les cheveux bouclés de Nick auraient eu besoin d'une bonne coupe, tandis que ceux d'Aidan étaient soigneusement peignés. Nick était propre, mais il aurait eu besoin d'un coup de rasoir ; Aidan portait le bouc. Cat les appréciait et les respectait. Il n'était pas mauvais qu'ils s'échangent des compliments.

— Mais qu'est-ce qui amène tout cela sur le tapis, pourquoi maintenant ? Starly est le repaire des hippies et des adeptes du New Age depuis des années, intervint Nick à juste titre. Ils ne me privent d'aucun client... Mon cahier de rendez-vous est tout le temps plein.

Adrian Sharpe hocha la tête dans sa direction, en signe d'acquiescement.

— Deux motifs, en réalité, répondit Cat. Premièrement, j'ai eu récemment une visite urgente, une jeune fille qui avait consulté un praticien de là-bas au sujet de son acné. Elle avait pris des gélules de plantes médicinales prescrites par ce type, et aussi un onguent à l'odeur infecte. Elle a déclenché une sérieuse réaction allergique, et sa colocataire a dû me contacter. Elle s'en est bien sortie, néanmoins j'ai fait analyser la substance par un copain, chez BG. Les gélules n'étaient que de la camelote – principalement, du persil séché –, mais l'onguent contenait plusieurs composants que je me garderais bien d'appliquer sur la peau de mes patients.

— Qui lui a prescrit ces trucs ?

Gerald Tait avait l'air en colère.

— C'est pour cette raison que la nouvelle réglementation communautaire sur les médicaments en vente libre a été rédigée : contre les substances dangereuses colportées par les escrocs et les profiteurs.

— Cette directive européenne jette le bébé avec l'eau du bain, rectifia Aidan. Si elle entre en vigueur, les gens ne seront plus en mesure de s'acheter certains compléments fort utiles.

— Je préfère autant ça, plutôt que d'assister à des catastrophes.

— L'ennui, c'est que les citoyens comme ce praticien de Starly ne se conformeront jamais aux règlements.

— Qui est cet homme ? On le connaît ?

— Il a le privilège de s'appeler Dava.

— Dava qui ? s'écria Nick.

— Oh ! il n'est pas vieux jeu au point de porter un nom de famille. Dava, c'est tout.

Nick émit un ricanement railleur.

— Il y a pire, reprit Cat.

Elle consulta ses notes.

— Un chirurgien psychique a ouvert un cabinet, là-bas.

Gerald Tait balaya l'assistance d'un regard circulaire.

— Pour moi, c'est de l'inédit. Au nom du ciel, qu'est-ce qu'un chirurgien psychique ?

— Puis-je intervenir ?

Aidan porta la main à son nœud papillon pour le remettre d'aplomb, alors qu'il n'était nullement penché. Je sais ce que j'ai contre les nœuds papillons, songea Cat. Ce n'est pas seulement qu'ils font bégueule, c'est qu'ils me rappellent les gynécologues beaux parleurs que j'ai pu croiser.

— Il se trouve que j'en sais un peu sur la chirurgie psychique. Je dois avouer que j'ignorais tout à fait qu'un praticien de cette discipline nous gratifiait de sa présence, et je suis en effet d'accord, l'idée est atterrante. Il s'agit avant tout d'une pratique étrangère, et naturellement d'une escroquerie, en général conçue de façon très habile. Néanmoins, toute personne capable de démasquer un magicien ou qui en connaît un minimum sur la prestidigitation serait capable de comprendre comment cela fonctionne. Ces charlatans prennent les gens pauvres ou crédules pour proie, et ils traitent les malades qui n'ont plus aucun espoir. Évidemment, il doit y avoir un certain taux de réussite, sinon ils seraient vite à court de clients. Ils ont donc aussi des acolytes.

— Comme tous les grands magiciens, remarqua Chris. La fille qui est là pour se faire scier en deux, le complice dans le public qui se porte volontaire pour qu'on lui bande les yeux avant de choisir une carte.

— Exactement. Les complices se font passer pour des patients qui souffrent d'un mal ou un autre, que ce soit une fracture de la jambe ou une tumeur à l'intestin. Ils se présentent avec des notes sur leurs cas, des lettres de spécialistes marron, et ainsi de suite, et, bien sûr, ils guérissent et proclament qu'un miracle a eu lieu. Et voilà, les files d'attente se forment.

— Seigneur, n'y a-t-il pas de limites à ce que les individus sont prêts à faire pour soutirer de l'argent aux autres ? s'écria Gerald. N'a-t-on rien appris à l'opinion publique, en Angleterre, en plusieurs siècles de médecine traditionnelle qui a fait ses preuves ?

— Vous seriez surpris, ironisa Aidan, par le nombre de personnes qui viennent me voir sans être d'abord allées consulter leur généraliste... chez qui je les envoie, je m'empresse de le préciser. Si j'étais sans scrupules, je pourrais provoquer beaucoup de dégâts et réaliser une fortune au passage. Les gens ont envie d'être crédules. Ils veulent croire qu'un acupuncteur est capable de soigner une cécité congénitale, la trisomie 21, un pied bot, et même d'inverser le processus du vieillissement. N'imaginez pas que je traite ne serait-ce que la moitié de ceux qui viennent me voir. Il en va de même pour Nick.

— C'est moins vrai, précisa Nick Haydn. Les ostéopathes sont perçus pratiquement comme des médecins traditionnels. On nous range dans la même catégorie que les kinésithérapeutes. Mais des tas de gens sont venus me voir avec une cheville fracturée, ou pire, parce qu'ils se figuraient que je les traiterais mieux qu'on ne le ferait aux Urgences.

— J'aimerais en entendre davantage sur cette histoire de chirurgie psychique, l'interrompit Gerald Tait.

Cat écouta l'exposé d'Aidan Sharpe sur cette pratique. Le « chirurgien », même s'il n'exerçait que des tours de passe-passe, touchait et manipulait vraiment le corps de ses clients, éraflant leur chair avec l'ongle du pouce ou avec un bâton à bout arrondi escamoté dans le creux de la main, pour marquer ou meurtrir la peau, mais sans la couper, puis il feignait de retirer des tissus divers de l'intérieur de l'organisme.

— Et vous êtes en train de nous dire que c'est ce qui se pratique à une quinzaine de kilomètres d'ici, Cat ? Mon Dieu ! Il faut agir.

— C'est pour cette raison que je voulais tous nous réunir. Le fait est, Gerald, que nous, les praticiens de la médecine allopathique, devons montrer que nous approuvons les disciplines alternatives authentiques, comme celles de Nick et Aidan, de sorte que les patients en déduisent que les autres n'ont pas notre aval.

— La police ne peut-elle rien faire ? Vous ne pourriez pas interroger votre frère là-dessus ?

— J'ai essayé, pas plus tard que la semaine dernière, mais la police de Lafferton est plongée jusqu'au cou dans une opération anti-drogues, et je n'ai pas réussi à lui parler. Cependant, j'ai prévu de m'en occuper.

— Bon.

— En attendant, je crois très fécond de se réunir ainsi. Je veux vous remercier de votre hospitalité, ajouta Aidan d'un ton précieux, mais aussi pour cette manifestation de confiance envers Nick et moi-même. Je vous en suis très reconnaissant.

— J'approuve, déclara Nick en considérant Cat d'un air sombre tandis qu'Aidan se détournait pour tendre sa tasse à café, afin qu'on le resserve.

— C'est un signal d'alarme pour tout le monde, si j'ose dire.

Nick décroisa ses longues jambes.

— Nous sommes tous d'accord pour estimer que quelques loufoques traînent dans le coin, et que, parmi eux, certains sont éventuellement dangereux. Pourtant, je me demande juste si nous avons l'autorité nécessaire pour les chasser du quartier. En l'occurrence, il faut se montrer extrêmement prudents. À mon avis, avant de tenter quoi que ce soit, il faut que l'aspect juridique soit clair comme de l'eau de roche.

— Je suis d'accord, renchérit Chris Deerbon d'une voix ferme, et je suis le plus anti-médecines parallèles de nous tous. Nous n'avons pas le droit de nous ériger en juges de droit divin, même si nous en avons fortement envie.

La discussion tourna en rond pendant quelques minutes. Cat était agacée. Son idée était de dégager un consensus tout de suite et de concevoir ensuite un plan de bataille, et cela ne marchait pas. Aidan prit alors les choses en main.

— Nous n'aboutissons nulle part. À mon avis, il faut réfléchir à fond à ce que nous voulons obtenir, nous concentrer sur ce qui nous paraît urgent et laisser le reste de côté. Tout d'abord, Cat, j'en conclus que vous aviez l'intention de former une sorte de groupe, ou d'alliance, entre nous et d'autres généralistes, de manière à identifier les thérapeutes parallèles qualifiés que vos patients pourraient aller consulter sans difficultés, s'ils vous le demandaient.

— C'est plus ou moins exact, oui.

— Ensuite, votre souci est de couper les mauvaises herbes, celles qui seraient activement dangereuses. Beaucoup de sottises circulent, auxquelles les gens seront toujours exposés. J'estime que le choix dépend d'eux... L'astrologie est une sottise, la guérison par la boule de cristal est une sottise.

— Les bougies dans les oreilles des enfants.

— L'iridologie.

— La réflexologie.

— Non, ça, c'est une pratique respectable, nuança Nick Haydn.

Cat leva la main.

— Continuez, Aidan, je vous en prie.

— Merci. Ce qui nous préoccupe vraiment, je crois que je ne me trompe pas en l'affirmant, c'est le thérapeute qui délivre des médicaments et le thérapeute qui peut réellement provoquer des dégâts physiologiques... Votre chirurgien psychique, par exemple.

— J'aimerais aussi ajouter que ceux qui sont susceptibles de causer le plus de mal sont ceux qui, en raison d'un savoir inadapté, ne diagnostiquent pas une affection vraiment grave chez un patient. Ceux-là font du mal par défaut.

— Et si nous nous répartissions les tâches ? Cat, vous alliez questionner votre frère sur l'aspect policier.

— Parfait. Et nous pouvons tous commencer à prendre des notes sur les thérapeutes alternatifs que nous croisons.

— Peut-être avec un joli code couleur ? Rouge pour danger, bleu pour inoffensif, vert pour fortement recommandé, suggéra Nick. À moi les verts.

— Ce sont les rouges qui sont importants, fit observer Aidan Sharpe.

# *La Cassette*

Bien sûr que je ne te l'ai pas dit. Comment aurais-je pu te le dire ? C'est la première fois que tu en entends parler. J'ai réussi à te le cacher pendant toutes ces années, et j'en suis très fier. Si jamais tu l'avais découvert, j'aurais dû disparaître à l'autre bout du monde, car même si ce n'était pas ma faute, tu m'aurais rendu responsable. Tu me rendais responsable de tout.

J'avais travaillé incroyablement dur, j'étais resté debout toutes les nuits à ingurgiter ces choses qui étaient si difficiles pour moi, j'avais bûché les formules chimiques, la pharmacologie, les maladies tropicales – tout ce que je trouvais inintéressant mais qu'il fallait que j'apprenne. C'étaient des moyens vers une fin, et seule la pensée de cette fin m'a permis de tenir le coup. Je ne sortais pas, jamais de mondanités, et au bout d'un certain temps personne ne se donnait plus la peine de m'inviter, même pour un demi de bière en vitesse à la fin de la journée. Ils ont vite compris qu'ils se feraient rembarrer. J'étais un inadapté et un bûcheur, ils n'arrivaient pas à me cerner et ils n'allaient pas se donner la peine d'essayer. J'aurais aimé avoir quelques amis avec qui parler, avec qui approfondir, mais je détestais la camaraderie bruyante du bar de l'école de médecine, l'humour cru, les conversations de carabins et surtout les canulars. Quand je n'étudiais pas ou quand je n'assistais pas à des dissections, j'allais courir. Je suis devenu extrêmement affûté. J'adorais la sensation de force et de vitesse quand je battais le macadam et quand je sortais dans la campagne, à travers la lande ou en traçant sur des kilomètres de plage dégagée. Courir. J'aurais aimé continuer. Je suis encore assez affûté et je fais ma demi-heure d'exercice quotidien, matin et soir, mais après ma fracture de la jambe, je n'ai jamais pu courir aussi vite et aussi loin, alors j'ai arrêté. J'apprécie de tout faire bien ou pas du tout.

Je travaillais. J'avais souvent l'impression de ne rien faire d'autre – travailler et courir, travailler et courir. J'étais concentré sur mon but final.

Si seulement je n'avais pas été impatient et si je n'avais pas essayé de précipiter les événements. Si seulement je n'avais pas commis cette seule erreur et si je ne m'étais pas fait démasquer.

J'ai été franchement choqué de découvrir tout récemment que les étudiants en médecine de beaucoup de facultés ne disséquaient plus les cadavres, tout comme les élèves des classes de biologie dans le supérieur ne dissèquent plus les roussettes et les grenouilles, comme nous le faisions. Les programmes informatiques, la réalité virtuelle, les graphiques et les diagrammes, les modèles en plastique remplacent la dissection. La première fois que la plupart des étudiants en médecine plantent leur scalpel dans la chair, c'est en salle d'opération.

Nous avons appris notre métier correctement. Mais les corps que nous disséquions ces premières années avaient peu de rapport avec de vrais êtres humains ou même avec des morts de fraîche date. Ils étaient desséchés, anciens, préservés, irréels, et même s'ils remplissaient leur office et si je les trouvais assez dignes d'intérêt, j'avais envie de plus. Quand je suis entré pour la première fois en salle de dissection, j'ai su que j'avais trouvé. Les équipes qui y opéraient m'ont tourné en plaisanterie, mais les aînés admiraient mon ambition et mon sérieux, je le sais. En privé, ils me désignaient comme l'un des leurs, un futur collègue. Ils n'en repéraient pas tant que cela, pas au point de pouvoir me traiter avec indifférence. Les étudiants en médecine qui meurent d'envie de devenir médecins légistes ne sont pas légion, même à notre époque de films de télévision très explicites.

L'endroit est devenu mon second foyer. Vers la fin je suivais une autopsie à peu près tous les jours, parfois plusieurs.

Au bout d'un certain temps, évidemment, regarder ne m'a plus satisfait, ne suffisait plus. J'avais envie de me mettre au travail moi-même, et le fait de savoir que j'allais devoir attendre plusieurs années avant d'être qualifié et d'en terminer avec mes autres spécialités était profondément frustrant. J'ai vécu ainsi une année. Ensuite, un soir, pendant le cours sur « Les maladies congénitales de l'œil », j'ai su ce que j'allais faire. C'était si évident que je ne comprenais pas pourquoi je n'y avais pas pensé plus tôt. À partir du moment où l'idée m'est venue, j'ai directement pensé à m'organiser pour la mener à bien, en l'espace de deux minutes. J'ai posé le manuel, j'ai oublié l'œil et je me suis mis à réfléchir. L'excitation qui montait en moi était sans précédent.

## 22.

Sandy sortit de la douche et passa dans la chambre enveloppée dans un peignoir en éponge, à l'instant où retentissait l'indicatif des infos de onze heures à la radio. À les écouter, elle en eut le ventre noué d'angoisse. Debbie ne l'avait pas prévenue qu'elle sortait et n'avait pas laissé de mot, et cela, en soi, était inhabituel. Il est vrai qu'elle s'était déjà rendue à des réunions de groupe, à Starly – des groupes de cinglés, d'après Sandy, qui, pourtant, n'en avait rien dit, trop heureuse que son amie retrouve le moral et se crée une ébauche de vie sociale. Cependant, en général, ces réunions ne se prolongeaient pas tard – jusqu'à ce soir, Debbie avait toujours été de retour vers dix heures. Elle buvait son mug de tisane puante et elle expliquait à Sandy ses croyances New Age, ses chakras, ses auras et Dieu seul savait quoi encore. Sandy écoutait toujours et lui posait des questions attentives. Il fallait admettre que Debbie avait l'air mieux, bien mieux – peu à peu, sa peau se nettoyait et ses cheveux, qu'elle avait fait couper court, ce qui lui allait bien, n'étaient plus filasses et gras. Elle avait visiblement perdu du poids. On ne pouvait dénigrer des conseils et un traitement qui, à l'évidence, lui convenaient.

Sandy sortit son nécessaire de manucure et sa trousse de vernis à ongles, et les emporta dans le salon, où elle regarda un vieil épisode de *Friends*, tout en retirant son vernis Peony Pink, histoire de le remplacer par du Sugar Icing. *Friends* était particulièrement drôle, elle adorait. Debbie aurait adoré, elle aussi, songea-t-elle quand arriva la fin. Il était minuit cinq. Sandy se mit à aller et venir dans l'appartement, chauffa la bouilloire et se prépara une tasse de thé qu'elle laissa refroidir, alluma la radio, puis l'éteignit. À un moment, elle sortit dans la rue. Celle-ci était déserte et silencieuse, avec quelques lumières brillant ici et là – les gens du quartier partaient travailler tôt le matin. Sandy attendit un moment. C'était une belle nuit, douce et sèche. Debbie allait arriver d'une minute à l'autre, elle allait descendre la rue d'un pas énergique ou peut-être même arriver en taxi, car le dernier bus était déjà passé. Un chat noir traversa la chaussée en filant et disparut dans la haie. Une voiture tourna à l'entrée de l'avenue, mais ce n'était pas un taxi, et elle se contenta de passer et de disparaître.

À une heure moins dix, Sandy décrocha le téléphone. Elle s'était rhabillée. Elle avait mauvaise conscience : elle devrait peut-être sortir, si Debbie avait eu un accident, elle avait besoin de sa présence à l'hôpital. Mais elle reposa le combiné en entendant un moteur. Elle regarda par les rideaux du salon, vit une voiture tourner dans une allée, de l'autre côté de la rue, et ses phares s'éteindre.

Une heure et demie. Sandy entra dans la chambre de Debbie et chercha le cahier dans lequel elle notait ses adresses et ses numéros de téléphone. Peut-être y avait-elle consigné un rendez-vous. Puis elle vit le sac à main de son amie suspendu au dossier d'une chaise. Elle le regarda fixement. Où qu'elle soit allée, Debbie aurait emporté son grand sac marron. Elle hésita avant de faire coulisser la fermeture et d'en inspecter le contenu. Un portefeuille, du rouge à lèvres, un peigne, des mouchoirs en papier, un carnet, un livre de poche consacré à la méditation, quelques coupures de journaux... tout le fouillis habituel. Ses clefs de maison avaient disparu, et son inhalateur, celui que le docteur Deerbon lui avait prescrit après sa crise d'asthme et qu'elle avait conseillé à Debbie de toujours emporter avec elle.

Sandy était déconcertée. En aucun cas Debbie ne se serait rendue sans son sac à un rendez-vous ou à une soirée avec l'un de ses nouveaux amis de Starly. Elle retourna au téléphone. Il était deux heures moins vingt.

Le véhicule de patrouille se gara devant la porte dans les cinq minutes. Se présenta un policier jovial et âgé, accompagné d'une jeune policière qui avait l'air agacée par l'histoire de Sandy. Ils refusèrent son offre d'une tasse de thé et s'assirent dans la cuisine pour lui poser les questions habituelles.

— Je vais aller voir dans sa chambre, si vous voulez bien m'y conduire, je vous prie, demanda la jeune policière en tenue, Louise Tiller.

Sandy la mena jusqu'à la chambre de Debbie.

— Vous ne trouverez rien, j'en ai peur, déclara-t-elle.

— Si vous pouviez me laisser en juger par moi-même.

— Mais son sac à main est ici, et si elle était sortie pour la soirée, elle ne l'aurait jamais laissé.

— Eh bien, elle a pu en emporter un autre. Les femmes n'ont pas qu'un seul sac.

— Si, rectifia Sandy. Debbie, si.

— Depuis combien de temps êtes-vous ensemble, vous deux ?

— Quoi ? Comme colocataires ? À peu près un an.

— Colocataire, alors, rien d'autre, hein ?

Sandy rougit. Elle avait déjà pris cette agente de police en aversion.

— Non, rien d'autre.

— OK. C'est ça, le sac ?

— Oui.

La policière le ramassa et en renversa le contenu sur le lit. Elle se mit à fouiller dedans, attrapa le carnet et feuilleta les pages.

— J'imagine que vous avez téléphoné à ces gens pour vérifier si elle n'était pas avec eux ?

— Euh... non... Elle ne serait pas sortie le soir sans son sac.

Tiller soupira et quitta brusquement la pièce, en laissant le contenu du sac répandu sur le lit de Debbie. Sandy la suivit.

— Rien par là, Dave.

Le vieux policier se leva.

— À mon avis, mademoiselle Marsh, vous allez vous apercevoir que votre amie a été invitée à une soirée qui s'est prolongée et qu'elle est restée coucher chez quelqu'un.

— Elle ne fait jamais ce genre de choses. Pas sans me prévenir. Pas sans me donner un coup de fil. Et elle n'aurait pas laissé son sac.

— Et c'est ce qu'elle a fait, c'est ça ?

Le policier Dave Grimes se rembrunit. Sa propre épouse était pour ainsi dire soudée par la hanche à son sac, en tout cas à celui dont elle s'était entichée pour le moment – elle conservait toute son existence dedans.

— Elle doit être collée avec un type qu'elle a rencontré au pub, remarqua la policière sur un ton d'ennui.

— Non.

— Qu'est-ce qui vous permet d'en être si sûre ?

— Debbie n'est pas de ce genre.

— Quel genre ?

— Debbie ne sort pas dans les pubs et... Écoutez, je la connais, je vis avec elle. On est amies depuis l'école primaire. Ça ne lui ressemble pas, c'est tout. Elle... Récemment, elle était assez déprimée, mais maintenant elle se sent mieux et...

— Ça va, je sais ce que vous essayez de nous dire.

Le policier s'adressait à Sandy sur un ton poli.

— Ce n'est pas dans son caractère, voilà tout. Certaines personnes sortent jusqu'à point d'heure, traînent à droite, à gauche, et personne ne songerait une seconde à évoquer leur disparition, à moins qu'elles ne refassent plus surface pendant des semaines. Et il y en a d'autres qui ne se comporteraient jamais de la sorte... Elles passeraient toujours un coup de fil, laisseraient des messages, ou ne sortiraient pas du tout.

— Mais s'il y a des antécédents psychiatriques, ça donne à cette histoire une autre allure, non ?

Sandy dévisagea la dénommée Tiller. Sous le coup de la détresse et de la colère, elle arrivait à peine à parler.

— Que voulez-vous dire ?

— Des antécédents dépressifs.

— Ça ira comme ça, Louise. On ne peut pas vraiment faire grand-chose ce soir, mademoiselle Marsh, et je suis sûr que votre amie reviendra au bercail au plus tard dans la matinée. Si vous n'avez pas de nouvelles de sa part d'ici là, prévenez-nous et nous pousserons tout ça un peu plus loin.

Tiller avait déjà franchi la porte. Le policier saisit son casque.

— Ce ne sera pas facile, mais essayez de dormir un peu. Vous avez agi exactement comme il faut, en nous appelant.

Sandy lui en fut reconnaissante, tout en considérant la policière comme une pauvre bêcheuse. N'empêche, ce qu'elle avait laissé entendre était inquiétant. Debbie allait mieux, beaucoup mieux. Cependant, la dépression était un drôle de truc, Sandy le savait, et elle aurait pu reprendre Debbie d'un coup et sans avertissement, à tel point qu'elle aurait pu...

— Arrête ! s'écria-t-elle. Arrête ça tout de suite !

Elle se versa un verre, remplit une bouillotte d'eau chaude et se mit au lit avec son livre de poche, un roman de Maeve Binchy, qu'elle avait acheté plus tôt le jour même. Lire finirait peut-être par l'endormir.

Elle ne sombra pas avant trois heures et demie, et se réveilla à six. Elle se leva en vitesse et se rendit directement dans la chambre de Debbie. Elle était vide, exactement comme la veille au soir. Le reste de l'appartement était vide, lui aussi. Sandy s'assit à la table de la cuisine, considéra le rectangle de ciel gris perle au-dessus du toit de la maison voisine. Elle se sentait malheureuse, fatiguée, et les muscles douloureux d'avoir dormi d'un sommeil si tendu.

Mais il y avait autre chose, pareil à une douleur dans la poitrine, qu'elle ne reconnut pas tout de suite. Elle comprit que c'était la peur. Elle avait peur pour Debbie. En dépit des affirmations à la fois rassurantes et désinvoltes de la policière Louise Tiller sur la possibilité qu'elle soit restée passer la nuit chez des amis, Sandy savait qu'il n'en était rien. Jamais Debbie n'aurait fait une chose pareille, jamais. Mais qu'avait-elle fabriqué ? Où était-elle allée ? Pourquoi n'était-elle pas rentrée à la maison ?

Sandy passa dans le salon et vérifia que le téléphone fonctionnait, puis elle trouva son portable et le vérifia aussi. Elle appela alors les Urgences de l'hôpital général de Bevham. Aucun blessé ne répondait à la description de Debbie. Son appel suivant fut pour son bureau, où elle prévint qu'elle ne se présenterait pas. Ensuite, elle se doucha, s'habilla, se brûla la bouche en avalant un mug de thé trop chaud, et se rendit au commissariat de police de Lafferton.

L'inspecteur Nathan Coates prit le rapport de routine concernant la disparition de cette jeune fille. À son entrée, Freya en trouva un exemplaire sur son bureau.

— Qu'en pensez-vous, chef ? s'enquit-il.

Elle étudia les renseignements résumés dans le document.

— Les hôpitaux ?

— Rien.

— Hum.

Freya alla chercher son premier café de la journée. La formule « antécédents psychiatriques » avait surgi, accréditant la thèse d'une jeune fille déprimée qui se serait suicidée, mais peut-être Debbie

Parker allait-elle refaire surface, vivante. C'était à espérer, à cela près que, si elle était suicidaire, elle risquait de réapparaître – bel et bien morte. Freya resta sur le palier, à siroter son jus de chaussette. Il s'agissait du scénario le plus probable, pourtant... il subsistait un truc qui ne collait pas. Freya n'avait jamais ajouté foi aux propos de ses collègues qui prétendaient avoir des intuitions sur des affaires, mais une fois de temps en temps elle devait admettre qu'elle-même expérimentait ce genre de prescience. C'était le cas en cet instant. Voilà un rapport sur une personne portée disparue qu'elle n'avait pas l'intention de voir classé dans un lieu où il disparaîtrait sous la poussière.

Nathan franchit les portes battantes à sa suite.

— Chef, la colocataire est en bas. Elle vient signaler qu'elle n'a toujours reçu aucun signe de sa copine.

S'il ne s'était pas agi d'une affaire qui, en soi, ne comportait rien de très amusant, Freya aurait souri à l'expression empressée de son coéquipier. Il s'était accroché à l'affaire Angela Randall, et se présentait une nouveauté qui avait peut-être un rapport avec elle ! Nathan savait flairer l'action et, après trop de temps passé à éplucher des dossiers à l'ordinateur, c'était d'action qu'il avait besoin. Freya jeta son gobelet vide dans la poubelle et se dirigea vers l'escalier. Dans l'ensemble, elle était au diapason avec lui.

Le temps qu'elle ait fini de s'entretenir avec Sandy, elle était plus que satisfaite : les liens étaient nets. La colocataire de la jeune fille portée disparue était blême et presque incohérente à force d'anxiété, et il avait fallu tout le talent de Freya pour la réconforter et lui soutirer les moindres détails. La première question que l'inspectrice lui posa concernait l'état mental de Debbie Parker, et la jeune femme s'était lancée dans la défense de son amie avec colère.

— Écoutez, elle était déprimée depuis un bout de temps. Elle a perdu son boulot et elle... elle avait vraiment une sale idée d'elle-même... elle a pris un peu trop de poids et... Je ne veux pas me montrer déloyale, je ne la critique pas, ça, vous comprenez, c'est ma meilleure amie et je me sens responsable d'elle.

— C'est exactement pour cela qu'il faut tout me raconter, Sandy. Et vous n'êtes pas déloyale. Vous voulez qu'on la retrouve vite et nous allons tout mettre en œuvre pour y arriver, mais il ne faut rien garder pour vous, surtout pas à cause de je ne sais quels soucis de loyauté mal placée.

— Oui, je vois. D'accord. En fait, Debbie est plus que grassouillette, elle est franchement grosse. Ça s'est aggravé quand elle a perdu son boulot, quand elle a eu sa déprime et son acné. Mais justement, elle en sortait, de tout ça. Elle est allée rendre visite à un thérapeute, à Starly, et il lui a prescrit un régime vraiment bénéfique... pas un régime pour maigrir, pas du tout un truc dangereux, rien qu'un régime alimentaire vraiment sérieux.

— Avez-vous le nom et l'adresse de ce thérapeute ?

— Euh... uniquement un nom, oui. Il s'appelle Dava.

— Dava ?

— Debbie n'a jamais mentionné son nom de famille. Je lui ai dit qu'elle devait être prudente, mais je pense que c'était sans danger... enfin, mis à part le machin qu'il lui a demandé de prendre.

Freya leva les yeux, le regard acéré.

— Le machin ?

Sandy lui décrivit la réaction allergique de Debbie.

— Ce produit est encore à l'appartement ?

— Non, le docteur Deerbon l'a emporté. Elle m'a expliqué qu'elle voulait se renseigner auprès de quelqu'un, à l'hôpital, pour savoir ce qu'il contenait.

Freya rangea l'information dans un coin de sa tête.

— Pensez-vous que Debbie ait pu aller voir cet homme la nuit dernière ?

— J'en doute. Nous n'avons pas de secrets, même si nous menons des vies différentes. En plus, elle n'irait jamais très loin sans son sac.

Le sac. Freya avait retenu cette idée lors de sa première lecture du rapport. Aucune femme ne sortirait pour une soirée, ou ne serait-ce que pour une heure, sans emporter son sac, or, selon Sandy, c'était le seul que possédait Debbie Parker, et tout était dedans.

— Sauf qu'elle a pris ses clefs, précisa Sandy.

— C'est ce qu'on fait quand on va simplement au magasin du coin pour acheter un demi-litre de lait.

— Nous n'avons pas de magasin du coin et elle n'a pas pris son porte-monnaie.

— Êtes-vous tout à fait certaine – réfléchissez bien, Sandy –

êtes-vous tout à fait certaine qu'elle n'a pas reçu de mauvaises nouvelles, ou qu'elle n'a pas subitement traversé une vraie mauvaise passe ? La dépression, c'est traître, cela peut revenir frapper quand on s'imagine avoir franchi un cap.

— Je sais qu'elle allait mieux. Je le sais. Pour la première fois depuis une éternité, elle se sentait bien dans sa peau, elle perdait du poids, elle avait l'air jolie, elle parlait de se trouver un autre boulot. Elle faisait de l'exercice. C'est pour cela que je ne me suis pas inquiétée, au début. Il lui arrivait de sortir pour de longues marches. Elle disait qu'elle n'était pas encore prête à s'imposer le jogging, à courir, mais que quand elle serait plus en forme, elle s'y mettrait.

Oh, Seigneur ! songea Freya.

— Si elle partait pour de longues marches, elle n'emportait pas son sac avec elle, n'est-ce pas ?

— Non, il l'aurait encombrée. C'est un gros sac.

— Mais elle aurait pris ses clefs.

— Oui. C'est d'ailleurs ce que je me suis d'abord dit. La première heure. Mais ensuite la nuit est tombée, l'heure a tourné, et je savais qu'elle ne serait pas restée marcher jusqu'à minuit passé.

— Est-ce qu'elle allait marcher quelque part en particulier ? Avait-elle un itinéraire régulier ? Le connaissez-vous ? Ou suivait-elle simplement le chemin qui lui passait par la tête ? Moi, c'est plutôt ce que je choisirais, je crois.

— Dans la journée, elle pouvait marcher jusqu'en ville, le cas échéant pour entrer dans une boutique ou prendre un café. Mais elle allait surtout sur la Colline.

Le cœur de Freya cessa de battre en même temps qu'elle éprouva une bouffée d'excitation. Cela en faisait trois, trois confirmés ! Le cycliste, Angela Randall et à présent Debbie Parker. Trois personnes qui étaient parties marcher, courir ou rouler à vélo seules sur la Colline. Trois personnes disparues sans laisser de trace, sans laisser de message, d'indice, le moindre signe. Trois personnes qui, autant qu'on puisse en juger, n'avaient aucune raison de disparaître volontairement, et dont on n'avait aucune nouvelle, qu'on n'avait aperçues nulle part.

— Et maintenant, que va-t-il se passer ? Qu'allez-vous faire ? Vous allez la rechercher, n'est-ce pas ? Sauf que la policière qui est venue hier soir avait l'air de s'en moquer, et je ne trouve pas que ce soit...

— De s'en moquer en quel sens, exactement ?

— Elle n'avait pas l'air de prendre ça au sérieux. J'étais bouleversée, parce qu'elle avait l'air de trouver évident que, si Debbie était déprimée, elle devait... elle avait dû, enfin, vous comprenez...

— Cela ne relève pas du tout de l'évidence. Je vous crois, Sandy. Vous connaissez votre amie, vous devez être en mesure de savoir. D'après ce que vous racontez, il me paraît improbable que Debbie se soit sentie déprimée au point de vouloir se faire du mal. Mais il fallait que je vous pose la question, comprenez-vous ?

— Oui, mais votre manière à vous de la poser était différente.

— OK. Vous devriez rentrer chez vous, maintenant, pour le cas où Debbie reviendrait.

— Il faudrait que je téléphone à son père et à sa belle-mère, non ?

— Attendez un peu... peut-être vers l'heure du déjeuner. Ensuite, si elle n'est pas rentrée, oui, mais tâchez de ne pas les paniquer. J'aimerais placer un message d'annonce sur Radio BEV : c'est un moyen de savoir si personne n'aurait aperçu Debbie. Pourriez-vous examiner ses affaires, histoire de vérifier ce qu'elle portait quand elle est sortie ? Je passerai vous voir plus tard et nous réfléchirons ensemble à ce que j'aimerais diffuser à la radio, que l'on soit sûres de rédiger le message correctement. Voici ma carte avec le numéro du commissariat et ma ligne directe. Si je suis sortie et si vous avez besoin de laisser un message ou de parler à quelqu'un, adressez-vous à l'inspecteur Nathan Coates, qui travaillera avec moi sur cette affaire.

Freya regarda la jeune fille s'éloigner lentement, traverser le parvis du commissariat, la tête basse : elle était mince, jolie, et terriblement inquiète. Elle avait de quoi, songea Freya, en remontant l'escalier conduisant au bureau du divisionnaire principal.

Il était absent. Elle regagna la salle de la brigade criminelle, où Nathan saisissait patiemment des données sur l'ordinateur. Quand il entendit son bref rapport au sujet de la jeune fille disparue, son visage s'illumina.

— On fonce, non ?

— Oui, sauf que Cameron n'est pas dans son bureau.

— Cameron est parti ! cria quelqu'un dans la pièce. Un rendez-vous à l'hôpital.

Freya savait que le divisionnaire principal attendait depuis des semaines de pouvoir consulter un médecin pour ce qu'il appelait son « estomac qui lui jouait des tours ». Elle tapota de son stylo sur le flanc de son bureau, l'espace de quelques secondes. Son supérieur était parti, peut-être pour la journée, certainement pour le reste de la matinée, ce qui signifiait qu'elle n'avait pas le choix, n'est-ce pas ? Cette affaire ne pouvait attendre.

— L'opération drogue est toujours en cours ? demanda-t-elle à Nathan.

Il secoua la tête.

— Ils ont tout bouclé hier, pour le moment en tout cas.

— Une réussite ?

— J'ai entendu dire qu'ils auraient attrapé un peu de menu fretin. Les gros poissons ont pris le large. Et alors, et la suite, chef ?

— Ça, déclara Freya, en se dirigeant vers les portes battantes, c'est précisément ce que je vais essayer de savoir...

Aspect intéressant : comme elle était dans le registre professionnel et qu'elle était passionnée par le sujet, Freya n'éprouvait aucune fébrilité à l'idée de voir Simon Serrailler, de lui parler – sensation qu'elle avait été incapable de maîtriser la dernière fois qu'elle avait frappé à sa porte. Angela Randall et Debbie Parker occupaient l'essentiel de ses pensées, et elle avait très envie de faire avancer les choses. Elle était contente que Cameron soit sorti, surtout parce qu'elle considérait que cette occasion de le contourner serait susceptible d'accélérer le mouvement.

— Entrez.

Au son de la voix de Simon Serrailler, le cœur de Freya fit un bond.

— Freya... j'espère que vous avez de bonnes nouvelles. Cela ne me déplairait pas.

— Pas exactement, chef, je suis désolée.

Il ramena en arrière la masse de cheveux blonds qui paressait sur son front. Il avait l'air fatigué.

— Alors, que m'apportez-vous ? Asseyez-vous, asseyez-vous.

Elle lui résuma les faits concernant Debbie Parker, puis elle compara aussitôt son cas à celui d'Angela Randall, en prenant soin de réserver pour la fin les liens avec le cycliste. Elle se savait douée pour ce genre de rapport synthétique, succinct et complet. Elle mit en valeur les points les plus importants, afin qu'il les saisisse bien, écarta les détails incidents dont elle pourrait toujours l'informer par la suite, si nécessaire. Simon, lui accordant toute son attention, l'écouta sans interruption. Quand elle eut terminé, il garda le silence une trentaine de secondes environ, puis il laissa échapper un drôle de petit mouvement de la tête, qu'elle était censée interpréter comme le signe qu'il avait digéré l'information et qu'il était parvenu à une décision.

— Vous avez raison. Votre instinct était fondé. Les trois pris ensemble – en tout cas les deux femmes disparues –, c'est plus que de la simple coïncidence. Il faut retrouver cette fille, Debbie Parker... Que proposez-vous ?

— Un appel sur la station de radio locale à titre de recherche d'information. Un article dans le journal du soir, dès aujourd'hui si possible, avec sa photographie, bien mise en valeur. Des affichettes, mais que l'on garde en réserve, disons, quarante-huit heures. Une battue complète de la Colline. Et un entretien avec le thérapeute de Starly Tor.

— Bien. Et concernant le père et la belle-mère ?

— J'ai suggéré à sa colocataire d'attendre l'arme au pied un petit moment, au cas où Debbie referait surface.

Serrailler consulta sa montre.

— Non, il faut le leur annoncer tout de suite. Faites-les venir ici. Je veux que l'on retourne le moindre brin d'herbe de la Colline. Je veux les rapports sur Angela Randall et le cycliste sur mon bureau, et j'aimerais que vous montiez à Starly pour me passer au crible ce praticien hippie.

Freya se leva.

— Je m'en occupe.

— Qui voulez-vous avec vous ?

— Nathan Coates. Il se charge déjà de certaines vérifications pour moi, et il piaffe d'impatience.

Serrailler éclata de rire.

— Parfait. Eh bien, bon travail, Freya.

Elle se dirigea vers la porte. Rien n'égalait cette sensation – soupçonner l'importance d'un incident, voir ses soupçons pris au sérieux, sortir une belle affaire et s'entendre délivrer le feu vert. C'était ce qu'elle appréciait par-dessus tout dans son métier. Des affaires comme celle-ci avaient rendu la vie dans la police du Grand Londres supportable malgré les périodes creuses, les tâches frustrantes et les missions sordides. Elles lui avaient permis, l'espace de quelques heures, de fermer son esprit à son mariage désastreux. Elle avait travaillé sur une affaire en silence, seule, pendant des semaines, parce qu'elle n'était pas satisfaite de constater qu'on l'avait officiellement reléguée en position secondaire, et elle avait fini par triompher : la réalité lui avait donné raison, et cela lui avait valu une promotion. Elle repensa à Cameron et à son rendez-vous à l'hôpital. Jamais elle ne lui souhaiterait de contracter une maladie grave mais, d'un autre côté, Nathan lui avait souvent glissé certaines allusions au fait que Cameron se contentait de compter les jours qui le séparaient encore de la retraite... ce qui libérerait son poste.

Elle traversa la salle de la brigade criminelle presque au pas de course, en adressant au passage à Nathan un signe de son pouce levé.

— C'est parti. Le divisionnaire mord à l'hameçon. On va passer la Colline au peigne fin, et un appel va être diffusé sur la radio locale. J'ai besoin de revoir la colocataire, ici. Tu peux prendre une voiture pour aller la chercher, Nathan ? Et m'appeler ensuite la rédaction de Radio BEV pour les alerter ? Je vais rédiger l'appel à témoin, que nous transmettrons aussi à l'*Echo* pour l'édition de ce soir. Oh ! Aurais-tu la gentillesse de demander à Sandy Marsh d'apporter une photo de Debbie, si elle pouvait m'en dénicher une, la plus récente possible ?

Nathan sauta sur son téléphone.

— Et ensuite, qu'est-ce que j'aurai à faire, chef ?

— Toi et moi, on va se payer une balade à Starly. On aura même droit à un sandwich au pissenlit dans un café bio.

# 23.

« Ici Radio BEV, la radio de Bevham, Lafferton et toute la région. Ici Robbie Muncaster pour votre journal local et votre météo de ce vendredi midi. La police de Lafferton lance un appel à témoin au sujet d'une jeune femme disparue. Debbie Parker, vingt-deux ans, de Pyment Drive, à Lafferton, est portée disparue de son domicile depuis environ vingt-quatre heures, et la police se dit de plus en plus préoccupée. Écoutons l'inspecteur Freya Graffham, de la brigade criminelle de Lafferton.

« Cette disparition est tout à fait inexplicable. Debbie Parker n'est jamais partie de chez elle sans avertissement et nous sommes particulièrement inquiets, car elle a laissé son sac à main, avec tous ses effets personnels, dans son appartement, ce qui exclut qu'elle ait pu avoir l'intention de sortir de chez elle ou de s'éloigner très longtemps. Nous sommes très intéressés par tout témoignage susceptible de la concerner, si insignifiant qu'il vous paraisse. Si vous pensez l'avoir aperçue, vous êtes priés de nous contacter de toute urgence.

« Cette jeune femme mesure à peu près un mètre soixante, elle est ronde, a les cheveux bruns, mi-longs. Elle devait porter des baskets et une veste en peau de mouton. La police s'intéresse spécialement à toute information émanant de ceux qui auraient pu croiser une jeune femme correspondant à sa description sur la Colline ou dans les alentours. Si vous possédez la moindre information, appelez s'il vous plaît la brigade criminelle de Lafferton au 01990 776776.

« Un habitant de Bevham a reçu quatre mille livres en récompense de la société pour laquelle il travaillait depuis dix-sept ans, Wakes Electronics, après... »

Sandy Marsh éteignit la radio et la cuisine retomba dans le silence. Rien de tout cela n'était vraiment réel. D'une minute à l'autre, Debbie allait franchir la porte d'entrée et le cauchemar serait terminé. D'une minute à l'autre, elle allait téléphoner et demander ce que c'était que tout ce remue-ménage. D'une minute à l'autre.

Sandy se sentait coupable, comme si, en se rendant à la police, elle avait transformé l'absence de Debbie en un événement sinistre et effrayant. Elle n'était pas rentrée à la maison, rien de plus, et, à la minute suivante, la police était à la radio en train de parler d'elle et rien n'était plus maîtrisable. J'aurais dû me taire, songeait-elle, et comme cela elle serait rentrée. J'aurais dû attendre ici et... Bien sûr que non, elle n'aurait pas dû ! Elle alluma sous la bouilloire pour se préparer un nouveau mug de thé, car il fallait qu'elle s'occupe pour empêcher ses pensées de danser la sarabande dans sa tête.

Une demi-heure plus tôt, elle avait appelé le père et la belle-mère de Debbie à Stafford, mais ne les avait pas priés de venir tout de suite. Elle leur avait laissé entendre que Debbie allait faire signe, qu'elle n'allait sûrement pas débarquer à l'appartement ni même chez eux par surprise. Avec des si..., s'était dit Sandy.

Elle ne leur avait pas mentionné l'appel de la police.

L'inspectrice principale lui avait téléphoné deux ou trois fois pour vérifier certains détails, et pour lui lire le texte qui serait diffusé. Elle était très gentille, très attentive.

« Oh seigneur, Debbie, où es-tu ? Rentre à la maison, je t'en prie, passe la porte, et puis voilà. Seigneur, je t'en prie, laisse-la rentrer. »

Sandy lâcha un sachet de thé dans son mug rempli d'eau bouillante. Debbie était son amie et sa colocataire et elle l'aimait bien, alors qu'est-ce que ce devait être lorsque votre enfant disparaissait, ou votre mari ? Elle ne pouvait aller travailler : elle ne serait bonne à rien. Elle avait raconté à ses patrons exactement ce qui se passait, n'avait pas inventé de mensonge sur une prétendue maladie. Ils avaient été vraiment très compréhensifs, ils lui avaient proposé de ne pas revenir travailler tant que Debbie ne serait pas de retour, et lui avaient demandé si elle souhaitait que quelqu'un vienne lui rendre visite chez elle, pour lui tenir compagnie. La semaine précédente, elle avait fini par penser que Debbie allait tellement mieux qu'elle pourrait demander chez Macaulay Prentice s'il n'y aurait pas un boulot pour elle, éventuellement à temps partiel. Son ancien poste dans une entreprise de bâtiment constituerait une bonne expérience pour travailler dans un service chargé des dossiers de crédit.

*Où est-elle ?* Subitement, Sandy tambourina du poing sur la table de la cuisine. *Où est-elle ?*

La sonnerie du téléphone la fit se lever d'un bond. Ce n'était pas Debbie, mais son père, qui voulait savoir s'il y avait des nouvelles. Sandy tâcha de se montrer rassurante, de ne pas l'alarmer, de ne rien dramatiser. Pas encore. Mais si Debbie n'était pas rentrée et si elle n'avait pas téléphoné à l'heure où l'*Echo* de Lafferton publierait son article, l'inspecteur Graffham lui avait laissé entendre qu'il faudrait alors se tourner vers la famille, savoir s'ils ne préféreraient pas venir à Lafferton.

Sandy avait trouvé un cliché de Debbie pris sur une patinoire où elles étaient sorties l'hiver précédent, pour une bonne partie de rigolade, un samedi après-midi. Ils avaient agrandi la photo et l'avaient publiée à la une du journal. C'était donc vrai. Tout cela était en train de se matérialiser, et elle n'allait pas se réveiller d'un rêve. Debbie avait disparu – depuis combien de temps ? Tout en essayant de calculer, Sandy se rendit compte pour la première fois que, lorsqu'elle s'était levée pour partir travailler, la veille au matin, elle n'avait en réalité pas vu son amie. Dans la période qui avait précédé, elle s'était fait un devoir d'entrer dans sa chambre, de tirer les rideaux, de lui apporter son thé et de la forcer à entamer sa journée, mais depuis que Debbie avait retrouvé une certaine gaieté, Sandy ne s'était plus souciée de la voir passer sa journée couchée, à gâcher sa vie misérablement, et elle avait cessé de la houspiller. Et puis, surtout, Debbie se levait à peu près à la même heure qu'elle, même si de temps en temps elle traînait un peu au lit – Sandy la laissait faire, sachant que ce n'était que pour une demi-heure. Elle ne s'inquiétait plus, désormais.

Hier, quand elle était partie travailler, Debbie dormait-elle ? Elle l'avait supposé, mais à présent elle se rendait compte qu'elle l'ignorait. Elle n'aurait pu le jurer. Elle était là, oui, la veille au soir, c'était certain. Elles avaient regardé *Coronation Street* ensemble, puis la cassette d'*Ocean's Eleven*.

Le lendemain matin, Debbie dormait probablement encore dans

son lit. Pourtant, à une ou deux reprises, depuis qu'elle avait rencontré ce Dava, il lui était arrivé de sortir tôt le matin pour l'une de ses longues marches.

Sandy passa dans le salon et, de là, dans sa chambre, avant de revenir dans la cuisine. Ne sachant quel parti prendre, elle était incapable de retrouver son calme. Fallait-il téléphoner au commissariat de police ? N'avait-elle pas mal agi en ne réfléchissant pas à cet aspect plus tôt ? Non qu'elle ait dissimulé quoi que ce soit, seulement cela ne lui était pas venu à l'esprit. Après tout, elle ne savait rien avec certitude. Debbie aurait bien pu avoir été là. Debbie n'était peut-être pas là. Debbie était probablement là. Debbie...

De nouveau, le téléphone sonna.

— Sandy, Freya Graffham. Je pensais que cela vous ferait plaisir de savoir que, suite à l'appel passé sur Radio BEV, nous avons déjà reçu beaucoup de réactions. Un certain nombre d'entre elles nous seront assez utiles, en tout cas, nous suivons leur piste.

— Quelqu'un l'a vue, alors ? Où est-elle ?

— Rien de précis pour le moment. Il y a évidemment quelques mauvais plaisants, mais c'est assez habituel et nous avons les moyens de les éliminer de la liste. Comment allez-vous ?

Sandy avala sa salive.

— Ça va. Écoutez...

— Vous vous êtes souvenue de quelque chose ?

— Oui, fit Sandy. Non... c'est...

— Attendez. N'essayez pas de me le raconter au téléphone, Sandy, vous êtes trop bouleversée. Je passe vous voir.

Une heure plus tard, ayant écouté ce que Sandy Marsh avait à lui confier, Freya se rendit en voiture jusqu'à la Colline et tomba au beau milieu d'une battue en règle. Les policiers, déployés en ligne, avançaient lentement par les chemins en pente raide, ratissant le sol, passant tout au peigne fin, tandis que d'autres remuaient les taillis et les sous-bois. Toute la zone avait été bouclée. Lorsqu'elle descendit de voiture, Freya aperçut Simon Serrailler en conversation avec le policier chargé de l'opération, et elle se dirigea vers eux. Les recherches menées pour retrouver Debbie Parker étaient passées désormais au premier plan de ses préoccupations, et toute son énergie, toute son attention étaient concentrées là-dessus. Malgré cela, une part d'elle-même réagit à la vision de Simon avec un regain de plaisir. Qu'elle réprima aussitôt, reléguant ses sentiments dans un recoin secret de sa personne à ignorer autant que cela lui serait possible, et tant que l'enquête se poursuivrait.

Tout de suite, Simon se tourna vers elle.

— Freya ? Quelque chose ?

— Pas sûre.

Elle désigna de la tête le policier. Celui-ci s'écarta et retourna au monospace de la police, qui constituait le point de rassemblement de l'équipe chargée de la battue.

— Je viens d'aller voir Sandy Marsh, la colocataire de Debbie. Elle est très affligée. Il lui est finalement revenu en tête qu'en réalité elle n'avait pas vu Debbie hier matin. Elle était là le soir précédent, elle en est sûre. Elles ont passé la soirée dans l'appartement à regarder la télévision, et plus tard, vers onze heures et demie, Sandy est allée voir Debbie dans sa chambre pour lui emprunter des mouchoirs en papier. Debbie était au lit et déjà profondément endormie. Sandy s'est faufilée dans la pièce et en est ressortie sans la réveiller. Mais elle se demande si Debbie n'aurait pas pu se lever avant elle, le lendemain matin, et si elle ne serait pas partie pour une de ses longues promenades.

Serrailler se rembrunit.

— Aucune réaction à l'appel lancé à la radio ?

— Des tas de coups de téléphone, les sources de perte de temps habituelles, rien de concret. Chef, je pense que nous devrions diffuser un autre message mentionnant également la disparition d'Angela Randall. Du temps s'est écoulé depuis cette histoire, mais je suis certaine que les deux faits sont liés. Cela pourrait rafraîchir la mémoire de quelqu'un.

— C'est possible, mais je préfère que nous restions l'arme au pied en attendant la venue des parents de Debbie et d'avoir eu l'occasion de les informer. Je n'ai aucune envie qu'ils apprennent par la radio qu'une autre femme est portée disparue, pas avant que nous leur ayons dressé un tableau complet des événements. Et je ne veux pas non plus fournir à la presse un prétexte pour publier « Tueur en série », en titres grands comme ça.

— D'accord.

— Que faites-vous, maintenant ?

— Je retourne au poste chercher Nathan Coates et ensuite nous filons à Starly pour suivre la piste de ce thérapeute.

— Dava.

L'inspecteur divisionnaire grimaça.

— J'aimerais assez entendre ma mère sur le sujet.

Ils échangèrent un sourire. En un sens, ils partageaient une sorte d'affection mutuelle à l'égard de Meriel Serrailler.

— Au fait, votre mère m'a demandé de l'aider pour la kermesse de printemps.

— Oh, alors, attention ! Elle a des mâchoires d'acier.

— Je ne sais même pas de quoi il s'agit. D'un centre d'accueil ?

— Oui. Elle fait partie des associés. Il s'agit d'un établissement pour personnes âgées atteintes de démence et autres problèmes connexes. Maintenant qu'elle vous est tombée dessus pour ce machin-là, la prochaine fois, vous serez bonne pour l'hospice Saint-Michael.

— Dont elle est une associée aussi ?

— Présidente.

C'était agréable, de se trouver ici, sous le soleil hivernal, à converser. Ils étaient tous deux très détendus, blagueurs, mettant un instant de côté la raison de leur présence en ces lieux. Il avait une manière de soutenir son regard et de sourire, sans flirter, dans la simplicité, comme s'il l'appréciait et avait envie de lui parler d'autre chose que du travail. Laisse cet instant en suspens, se dit Freya, laisse cet instant en suspens.

— Votre mère, je lui dois beaucoup. Elle m'a fait bon accueil et m'a présenté des amis. Il n'est pas facile de tout reprendre de zéro dans un nouvel endroit.

— Je peux imaginer. Vous constaterez que Lafferton est aussi un peu une boutique de commérages. En réalité, nous sommes un bourg de péquenauds agrémenté d'une cathédrale. Enfin, ce doit être plus facile de se créer de nouveaux amis ici qu'à Londres.

— Vous savez, je crois que je n'ai plus aucune envie de revoir Londres, jamais.

— Mais si, mais si.

— Personne ne me manque, là-bas.

Il croisa de nouveau son regard. Il savait être direct, songea-t-elle, il ne s'esquivait pas.

— Starly, inspecteur Graffham, lâcha-t-il ensuite.

— Oui, chef.

Elle emporta son sourire avec elle pour le restant de la journée.

# 24.

— Colin !

Il n'avait encore jamais entendu Annie hurler, et ce n'était pas de ces hurlements que l'on pouvait se permettre d'ignorer. On aurait pu croire le local en proie à un incendie.

— Colin...

Elle entra sans frapper.

— Tu as écouté les nouvelles sur Radio BEV ?

— Non, évidemment ! J'ai eu des clients toute la matinée.

— Une de tes clientes a disparu. Elle fait les gros titres.

Colin Davison, alias Dava, avait raccroché sa tunique et enfilait son jeans en se contorsionnant. Ayant eu des clients sans dételer, depuis neuf heures du matin, et juste le temps de boire un café – du vrai, ultracorsé, pas de la pisse de chat –, il était affamé. Mais ce que sa secrétaire venait de lui annoncer était inquiétant.

— De qui parlons-nous, Annie ? Calme-toi.

— Elle est venue plus tôt dans la semaine, et une autre fois avant ça, j'ai cherché. Debbie. Debbie Parker.

— Tu sais que dix secondes après qu'ils ont quitté la pièce, je les oublie.

— Une grosse fille avec des boutons.

Il s'en souvenait parfaitement. Elle avait fait partie de ceux qui se montraient tout de suite confiants, de ceux qui gobaient tout et étaient déterminés à totalement transformer leur existence. À sa seconde visite, le changement était déjà notable. Il en fallait si peu, avait-il songé. Rien, en réalité, qu'ils n'auraient pu réussir par eux-mêmes. Pourtant, ils venaient à lui, et ils revenaient pour en réclamer davantage. Ils avaient besoin de sa permission, besoin d'être tenus par la main, ils ne possédaient aucune confiance en eux. Il se sentait vraiment désolé pour eux.

— Que lui est-il arrivé ?

Il tâta ses poches.

— Tu aurais un billet de cinq ?

— Dans le tiroir de mon bureau. Écoute, ça fait les gros titres, je t'ai dit. La police a lancé un appel à tous ceux qui l'ont vue. Elle n'est pas rentrée chez elle.

— D'accord, il y a des tas de gens qui ne rentrent pas à la maison... À la maison, ça craint, ils en ont jusque-là, de la maison, et on peut pas leur en vouloir.

Colin sortit de sa chambre, passa dans le cagibi qui tenait lieu de bureau à Annie et sortit la caisse. Soixante-quinze livres.

— Les deux dernières ont payé cash, lui précisa-t-elle en se rapprochant. Mais ne pique pas tout, Colin, il y a une facture d'électricité à régler.

Il prit trente livres.

— Tu ne crois pas que tu devrais leur téléphoner ? Leur signaler qu'elle est venue ici ?

— Pourquoi ? Je n'ose pas croire que je serais la dernière personne à avoir posé les yeux sur elle.

— Ils ont demandé qu'on leur communique des informations, quelles qu'elles soient.

— On n'a rien à leur offrir.

Il baissa les yeux sur le cahier de rendez-vous. Un seul, et pas avant trois heures. Idem pour la matinée du lendemain. Pas bon, ça.

— C'est le moment de repasser une publicité, déclara-t-il à Annie. Je vais y réfléchir en mangeant mon sandwich.

Le Colin Davison qui descendait la rue en pente dans la direction du Green Man Café Bio avait l'air d'un homme insignifiant, entre la quarantaine et la cinquantaine, dépouillé du charisme d'un Dava. Cependant, dès qu'il baissait la lumière et enfilait sa tunique, quelque chose se produisait. Quelque chose l'enveloppait qui lui conférait du pouvoir et de la présence chaque fois qu'un client entrait. Il le sentait et il savait que ça fonctionnait. Colin n'était pas cynique. À sa manière, il croyait en ce qu'il faisait, mais nullement à ce qu'il racontait. Considérez le cas de cette fille, Debbie... Voyez comme elle avait bénéficié de son intervention. Il réussissait là où tous les autres échouaient – les médecins, les psychiatres, et les esthéticiennes.

Et même s'il en rajoutait un peu, son intervention restait inoffensive. Il les aidait – la carte de couleur bleue, le rendez-vous à l'heure « qui vous sera la plus propice », la musique qu'il leur passait, les phrases qu'il leur donnait à apprendre. Elles avaient besoin de lui.

Le café était plein. Lorsqu'il entra, Stephen Garlick l'aperçut et lui désigna une chaise libre à côté de lui, près de la fenêtre. Colin commanda une quiche au fromage et à la tomate garnie d'une salade et complétée par un muffin à la cannelle. Il aimait assez Stephen, qui tenait une boutique où il ne gagnait quasiment pas un sou en vendant des bougies et des cônes d'encens, des carillons éoliens et des attrapeurs de rêves, des poudres à laver écologiques et des crèmes pour le visage garanties non testées sur les animaux, ainsi que des livres sur à peu près tout, du feng shui à la cuisine végétalienne. C'était un rêveur doublé d'un militant fervent, ardent défenseur des droits des animaux et du recyclage, aussi honnête qu'incorruptible. Parfois, quand il se retrouvait en compagnie de Stephen, Colin se sentait légèrement honteux.

— Salut.

— Santé et bonheur, lui répondit Stephen. J'espérais bien t'attraper au vol.

— Un souci ?

— Oui, mais pas pour moi. Enfin, pas uniquement pour moi. Tu as entendu parler du personnage qui a repris le 12, Hen Lane ?

Colin secoua la tête, la bouche pleine de sa quiche chaude et savoureuse. Ils savaient cuisiner, ici, surtout les pâtes cuites. Il suffisait juste d'éviter les trucs un peu plus bizarroïdes.

— Il s'appelle Anthony Orford.

Colin resta sans expression.

— Personne ne sait au juste d'où il vient, peut-être du nord de l'Angleterre, mais quelqu'un d'ici soutient que ce serait de Brighton. Il déménage tous les deux ou trois ans, sans doute dès que ça commence à chauffer un peu trop pour son matricule.

— Seigneur ! tu n'es pas branché sur le téléphone arabe, toi, tu es le téléphone arabe à toi tout seul. Qui c'est, ce type ?

— Un thérapeute alternatif.

Colin posa sa fourchette.

— C'est ennuyeux. On est déjà assez nombreux par ici, avec trop peu de clients à se mettre sous la dent. C'est quoi, son domaine ?

— Il se présente comme un « chirurgien psychique ».

— Oh, merde ! J'ai entendu parler de lui. Il ouvre sa boutique, il est plein à craquer pendant des mois, l'information à son sujet circule très vite et ils viennent de tout le pays le consulter.

— Qu'est-ce qu'il fait, au juste ?

— Il prétend avoir été investi par l'esprit de je ne sais quel toubib qui vivait il y a une centaine d'années et il effectuerait des opérations... sauf que ça n'a rien à voir. Mais les gens s'imaginent que ce sont quand même des opérations.

— Répète-moi ça.

— Je ne sais pas trop comment il se débrouille, mais sa réputation le précède. Il a soigné des gens pour des gros trucs : tumeurs, ulcères, sclérose en plaques... Une fois qu'ils apprennent où il consulte, les files d'attente se forment et, nous autres, on tourne à vide.

— Il ne nous causera aucun mal, ni à nous, ni à cet endroit.

Stephen regarda autour de lui.

— Je ne crois pas qu'il faille t'inquiéter, ce qu'il fait est différent de ce que tu fais.

— Oui, mais, entre nous, les gens choisissent, et il n'y en a pas beaucoup qui s'offrent la totale, objecta Colin.

Debbie Parker lui revint à l'esprit. Elle était allée consulter d'autres praticiens, elle le lui avait confié, mais ils se situaient tous à Lafferton.

— Tu as entendu les infos de midi à la radio ? Annie est venue me raconter ça au pas de charge. Apparemment, il y aurait eu un appel de la police concernant une jeune femme disparue.

— Pourquoi, tu la connais ?

— Elle est venue me trouver. Une grosse fille à la peau abîmée. Gentille. Genre gamine innocente. Je ne voudrais pas qu'il lui soit arrivé malheur.

Stephen vida son mug et se leva.

— Il faut que je fasse poser des nouveaux patins de frein sur mon vélo avant d'ouvrir.

Farouchement hostile à la voiture, il tolérait tout de même le fait que Dava ait besoin de sa vieille fourgonnette pour effectuer le trajet de vingt-cinq kilomètres et retour, de chez lui à Starly.

— Tu sais quand il va ouvrir, ce type ?

— Le chirurgien psychique ? Pas la moindre idée. Ils sont en pleins travaux, il y a des décorateurs sur place. Ça peut plus être bien long.

Colin lâcha un borborygme. II en avait lu assez sur Anthony Orford pour savoir qu'il représentait une menace sérieuse pour sa propre officine. Il ignorait comment, au juste, il s'était acquis cette réputation, ou si elle revêtait la moindre consistance, bien qu'il suspectât le contraire – quoi qu'il en soit, cette perspective ne lui plaisait guère. Parler aux gens, leur permettre de se détendre et de méditer, de se concentrer sur des éléments extérieurs à leur propre personne, et même leur prescrire des vitamines et des traitements médicinaux – tout ce qu'il pratiquait –, c'était parfait. Il ne s'était jamais posé en guérisseur, n'avait jamais prétendu soigner la moindre maladie, même s'il avait la certitude que ceux qui venaient le consulter en ressortaient soulagés de certains symptômes liés au stress. Les migraines, la fatigue, les syndromes gastro-intestinaux causés par la tension pouvaient disparaître, mais jamais il ne se hasarderait à formuler des promesses. Le cancer, les maladies cardiaques et la sclérose en plaques étaient une tout autre affaire. Quant à prétendre effectuer des opérations sur des patients, c'était dépasser la mesure. Cela le choquait. Les individus de son espèce entachaient sérieusement la réputation de ceux qui, à son exemple, apportaient aux êtres malheureux un peu d'espoir.

Il acheva son déjeuner, descendit jusqu'à la maison de la presse pour acheter le *Guardian* et effectua ensuite son détour habituel d'un kilomètre, le tour de la ville d'un pas rapide, seul moment d'exercice qu'il était en mesure de se ménager dans la journée. Lorsqu'il tourna en haut de la ruelle qui conduisait à son cabinet de consultation, il vit une Rover 45 noire se garer devant. Une femme et un homme en sortirent et, après avoir tâtonné quelques secondes, comme tout le monde, ils trouvèrent la sonnette. Colin resta là où il était. Annie ouvrit la porte et les invita à entrer.

Colin n'attendait pas son client avant trois heures, alors, de qui s'agissait-il ? Il descendit la pente et observa la voiture. Elle était anonyme, et il n'y avait rien à l'intérieur, sur aucun des sièges ou sur la lunette arrière, rien dans les vide-poches des portières, excepté une carte routière repliée. Quel genre de personnes pouvaient bien posséder une voiture aussi impeccable ? Il enfonça sa clef dans la serrure de sa porte.

— Colin ? Ah, te voilà.

Annie avait une expression tragique.

— La police est ici.

Évidemment ! Il pénétra dans le cagibi qui tenait lieu de cabinet de toilette, se lava les mains, se rinça la bouche et renoua son catogan. Il valait mieux qu'il se présente dans sa tenue ordinaire, en veste, plutôt que dans sa tunique avec ses cheveux défaits. Annie les avait installés dans sa pièce, où l'homme examinait les affiches accrochées aux murs, des planches représentant les chakras et les signes astrologiques. La femme, elle, était assise jambes croisées – de jolies jambes, remarqua-t-il –, occupée à écrire quelque chose.

— Désolé, j'étais sorti pour déjeuner. Je suis Colin Davison.

Il avait toujours cru à l'avantage de se montrer charmant avec la police, y compris quand elle l'arrêtait à cause du pot d'échappement mal fixé qui pendait à l'arrière de sa camionnette. Étonnamment, c'était souvent payant.

— Inspectrice principale Freya Graffham, et voici l'inspecteur Nathan Coates.

Colin leur serra la main à tous deux, et s'assit à son bureau. Inutile de feindre d'ignorer la raison de leur visite.

— Je suppose que vous êtes ici pour Debbie Parker ?

Si la policière fut surprise par son franc-parler, elle ne le laissa nullement paraître.

— C'est exact. Comment avez-vous entendu parler d'elle ?

— En réalité, je n'ai rien entendu. Annie, mon assistante, a écouté le bulletin d'information sur Radio BEV et elle est tout de suite venue me l'apprendre. C'est épouvantable.

— Debbie était l'une de vos patientes ?

— Je les appelle des clientes, inspectrice. Je ne suis pas médecin. Oui, elle est venue me voir à deux reprises. La deuxième fois, c'était justement cette semaine. Gentille fille.

— Pouvez-vous m'indiquer pourquoi elle vous voyait ? Était-elle malade ?

— Eh bien, comme je vous l'ai dit, je ne suis pas médecin. Si quelqu'un est réellement, physiquement malade, et s'il n'a pas consulté de généraliste, je l'envoie tout de suite chez son médecin traitant. Si la personne y est déjà allée et si elle a juste besoin d'un petit coup de pouce spirituel et d'un léger soutien, orienté vers la part la plus profonde de la psyché, pour l'aider dans sa guérison, alors c'est parfait et nous travaillons là-dessus.

— Debbie vous a-t-elle dit qu'elle était allée voir son médecin ?

— Oui.

Mieux valait mentir, lui semblait-il. Ils n'allaient pas vérifier.

— Son véritable problème était son manque d'estime de soi. Elle avait fortement besoin de travailler là-dessus. J'ai commencé par l'amener à regarder profondément en elle-même et à découvrir sa vraie nature, son vrai chemin. Elle n'avait aucune notion des conseils qu'elle pouvait recevoir et elle s'est montrée très réactive.

Balivernes, songea Freya. Tout cela aurait aussi bien pu être écrit sur son front.

— Comment vous l'avez trouvée, la dernière fois qu'elle est venue ici ?

Question du jeune homme, qui avait l'un des visages les plus hideux que Colin ait jamais vus. *Ce garçon et la jeune fille, Debbie, auraient été très bien assortis.*

— Eh bien, je vous l'ai dit, nous avons travaillé ensemble sur certaines de ses angoisses les plus...

— Oui, oui. Mais est-ce qu'elle avait l'air malheureuse comme les pierres ? Vous voyez ce que je veux dire... Est-ce qu'elle aurait été tentée de disparaître ?

— Si vous me demandez si je l'ai trouvée suicidaire, la réponse est non. Rien de tel.

— Notez-vous des renseignements sur la vie privée de vos clients, monsieur Davison ?

Il appréciait vraiment cette policière. Elle était franche, elle ne lui posait pas de questions détournées. Il la gratifia d'un de ses sourires qui ne rataient jamais leur cible.

— Pas vraiment. Je découvre beaucoup de choses au fur et à mesure que j'apprends à les connaître... Par l'intuition, par la méditation avec eux, grâce à ce qu'ils choisissent de me dire. J'ai leur nom et leur adresse, évidemment, et souvent je découvre des liens familiaux qui se révèlent disharmonieux. Je le sens toujours. Mais les renseignements bruts sur les parents, les frères et sœurs, tout cela, je ne le note pas.

— Au cours de vos séances, Debbie vous aurait-elle confié quoi que ce soit qui, à vos yeux, serait susceptible de nous fournir une piste sur l'endroit où elle aurait pu aller ?

Il considéra son bureau un long moment, dans la position assise où il était. La pièce demeura silencieuse. Aucun des deux inspecteurs ne bougea ou ne l'interrompit. Enfin, il prit la parole.

— Il faudrait que je médite sur cette question. Debbie avait beaucoup de choses en elle qui méritaient d'être mises à plat, des épisodes de son enfance qui l'affectaient encore... Je ne suis pas psychiatre, vous comprenez, mais les gens se remémorent des choses qui leur sont arrivées et qui assombrissent leur bien-être présent, et la méditation, avec d'autres thérapies, contribue à dissiper ces scories. Debbie n'était pas heureuse avec elle-même, mais elle se rapprochait de l'harmonie, elle devenait plus positive, elle commençait à entrevoir sa voie. Quand cela se produit, c'est un moment très passionnant. Elle allait de l'avant.

— Donc, elle n'était plus si encline à s'enfuir ?

— Sa manière de fuir, c'était de s'enfoncer en elle, dans l'obscurité.

— Est-ce qu'elle a mentionné des amis, quelqu'un qu'elle pensait aller voir ?

— Non.

— Quel genre de traitement vous lui avez administré ?

C'était l'homme, de nouveau.

Colin soupira.

— Je lui ai suggéré de changer de régime alimentaire. De la nourriture biologique, des fruits et des légumes, des aliments complets, boire beaucoup d'eau minérale bio. Pas de laitages, pas de sucres et pas de caféine.

— Donc, faire pénitence.

L'inspecteur arbora son grand sourire. *Voilà qui améliorait l'expression de son visage à 100 %.*

— Cela profite à beaucoup de monde.

— C'est sûr. Rien d'autre ?

— De l'exercice. Debbie n'en faisait pas du tout, enfin, rien qui vaille la peine d'être mentionné. Là encore, c'est un conseil dont beaucoup de personnes ont besoin, et cela ne peut jamais faire de mal. Une grande part de mon intervention consiste à proposer des changements de mode de vie pleins de bon sens tandis que nous travaillons sur les énergies spirituelles et les harmonies intérieures.

— Quel genre d'exercice ? s'enquit l'inspectrice chef.

— Elle n'était pas en état de courir ou même de pratiquer un peu le footing. Pour ce qui était de nager, ce qui reste le meilleur sport, elle aurait dû se rendre jusqu'à Bevham. Je lui ai suggéré de commencer par marcher, en poussant un peu plus loin chaque jour, de bonnes marches, à une allure soutenue. Elle avait besoin de prendre l'air, autant que possible, de préférence dans un cadre naturel.

— Savez-vous où elle sortait marcher ?

— Elle m'a évoqué le chemin de halage le long de la rivière, mais je n'étais pas très convaincu. L'eau courante a des vertus thérapeutiques, cependant les chemins de halage sont précisément les endroits où les exhibitionnistes et ce genre de personnages dérangés viennent rôder. Pas une bonne idée pour une jeune femme seule.

— Vous connaissez Lafferton ?

— Oui, mais je n'y vis pas.

— Y a-t-il un autre endroit où elle aurait pu avoir envie de marcher ?

— Eh bien, la Colline, évidemment. Les Wern Stones, là-haut, ont une origine très ancienne. Le lieu concentre des énergies extrêmement positives. En plus, c'est une bonne escalade, tout à fait saine.

— Vous lui avez donc suggéré de monter sur la Colline ?

— Je suis incapable de me rappeler si je le lui ai vraiment suggéré. Cela pouvait fort bien venir d'elle. Elle habite tout près, n'est-ce pas, et c'est l'endroit le plus connu de Lafferton, en dehors de la cathédrale, ce serait donc le plus évident, non ?

— Vous a-t-elle dit si elle allait effectivement s'y promener ? Peut-être lorsqu'elle est revenue vous voir, la seconde fois ?

— Je ne m'en souviens pas. J'ai beaucoup de clients, vous savez, mon cahier de rendez-vous est comble des semaines à l'avance. Je crois qu'elle a effectivement dû me dire qu'elle était montée marcher là-bas... et j'ai remarqué... cela se voit, quand quelqu'un s'est mis à évoluer au rythme du monde de la nature.

— Donc, elle ne vous a jamais évoqué le fait qu'elle était montée sur la Colline ?

Colin n'appréciait guère. Il s'était montré ouvert et franc, il leur avait consacré du temps, et il n'aimait pas cette manière qu'ils avaient, maintenant, de creuser, en insistant, de constamment tourner autour de la même question. Qu'est-ce qu'ils croyaient ?

— J'ai dit...

— Vous nous avez déclaré que vous aviez beaucoup de clients, d'accord.

La femme parut subitement plus chaleureuse et plus compréhensive, car elle se pencha légèrement en avant, soutenant son regard.

— Ce que vous nous avez expliqué jusqu'à présent nous sera vraiment utile, monsieur Davison. Tout cela est de la plus haute importance. Le moindre petit détail dont un témoin peut se souvenir suffit à nous aider. En ce moment même, nous avons lancé une vaste opération de recherche couvrant tout le périmètre de la Colline.

Dans la pièce, l'atmosphère avait changé. Soudain, il était question de vie ou de mort. Colin se représentait le cordon de policiers frappant à droite et à gauche de leur bâton, et à droite, et à gauche, en progressant lentement.

— Je comprends, en effet, répondit-il calmement, en soutenant à son tour le regard de la policière. Je sais que la Colline a été mentionnée comme un endroit où elle aurait pu monter, de préférence au chemin de halage, mais sincèrement je suis incapable de me rappeler si c'est moi qui le lui ai suggéré, ou si cette suggestion provenait d'elle. C'est là qu'on l'a aperçue pour la dernière fois ?

— Nous sommes en train de réunir des informations, monsieur Davison.

L'inspectrice principale se leva. En lui débitant les formules ternes du langage officiel, elle avait de nouveau le visage fermé, et le moment d'apparente intimité avec lui était clos.

Elle lui tendit sa carte.

— J'apprécierais que vous réfléchissiez attentivement à vos deux rendez-vous avec Debbie Parker. Si possible, relisez les notes que vous auriez pu prendre. Et si quoi que ce soit, le détail le plus infime, vous revient en tête, je vous en prie, téléphonez-nous de toute urgence. Peu importe si cela se révèle inutile... laissez-nous juges.

— Bien entendu. Je vais méditer là-dessus ce soir, après la fin de mes rendez-vous.

— Nous vous en serions véritablement reconnaissants.

Le ton du jeune homme était ironique, mais quand Colin le regarda, il avait le visage inexpressif.

# 25.

— C’est mieux, beaucoup mieux. Maintenant, on va reprendre une fois encore depuis le début.

Le chœur maugréa discrètement. Les choristes avaient le sentiment d’avoir travaillé plus dur ce soir que jamais, et il était neuf heures et demie, l’heure d’étancher sa soif.

— Quand vous serez prêts, mesdames et messieurs.

— Sadique, fit quelqu’un, d’une voix à peine audible.

David Lester, le chef de chœur, sourit.

— Je vous remercie. Donc, *Dona nobis pacem... Paaa... cem*, et rappelez-vous, je vous en prie, que ce mot signifie « paix ». Les barytons, ne tonnez pas. Restez concentrés et... trois, quatre.

— *Dona nobis pacem...*

En dépit de la fatigue et des gorges sèches, la musique ruisselait des corps, inspirait les chants. Freya ne s’était jamais sentie aussi absorbée par la musique, aussi émue par ce qu’elle éprouvait, en dépit de la difficulté. Elle écoutait, profitant de quelques mesures de repos accordées aux altos, s’imaginant de quelle manière le puissant oratorio de Britten sonnerait quand ils auraient un orchestre au grand complet pour les accompagner, dans la cathédrale, au lieu de suivre simplement l’assistant du chef de chœur au piano, si bon soit-il.

Les notes moururent lentement. Personne ne toussa ou ne bougea avant plusieurs secondes. David Lester se rembrunit légèrement. De sa part, ils s’attendaient à ce qu’il en redemande, encore et encore...

— Je m’étonne toujours de devoir attendre que ce soit l’heure du pub pour que vous livriez le meilleur de vous-mêmes. Ce sera tout. Merci à vous, le chœur.

Ils rompirent les rangs dans un fracas de chaises et de pupitres.

— On se retrouve au Keys ?

Joan Younger, qui chantait à côté d'elle au pupitre des altos, posa la main sur le bras de Freya.

— Pas sûre. Ce soir, je suis vannée.

— J'ai entendu parler de cette fille qui a disparu.

— Oui. Grosse opération.

— Raison de plus pour s'accorder un moment de détente.

— Probable.

Freya rangea sa partition dans le vieux cartable à musique qu'elle conservait depuis l'école, et s'extirpa de la foule. Elle avait dit la vérité quand elle avait répondu qu'elle se sentait fatiguée, et qu'elle souffrait d'une migraine. Les journées comme celle-ci étaient stressantes pour tout le monde, même pour les éléments les plus endurcis. Elle était venue à la répétition des St Michael Singers, alors qu'elle se sentait davantage l'envie de prendre un bain chaud et de se mettre au lit. Elle savait qu'elle avait besoin non seulement de la distraction procurée par la musique, mais aussi du baume que celle-ci déversait en elle et du coup de fouet que lui procurait le simple acte de chanter. Cela n'avait pas manqué. Elle se sentait plus en paix, sans avoir envie pour autant de passer une heure à boire et à se casser la voix au beau milieu d'un pub enfumé et bondé. Elle était arrivée à la cathédrale après sept heures et demie et elle avait dû rejoindre sa rangée d'un pas hésitant, alors que chacun était déjà à sa place. David Lester s'était interrompu en attirant l'attention de manière fort irritante sur la gêne occasionnée par les retardataires. À présent, elle sortait seule dans la nuit froide et étoilée, heureuse de se retrouver dehors, à l'air frais. Sa voiture était garée de l'autre côté de la cathédrale, car à son arrivée il ne restait pas une seule place, et lorsqu'elle tourna au coin, à l'écart de la grande porte ouest, tout s'imprégna d'un merveilleux silence. Les maisons autour d'elle étaient sombres ; les réverbères baignaient les pavés de flaques de lumière topaze.

Par une telle nuit, c'était un bonheur de marcher lentement, de traverser ces espaces ancestraux. Pourtant, l'esprit de Freya s'emplissait à nouveau de la disparition des deux femmes. Elles aussi, elles avaient marché ou couru quelque part, seules – mais ensuite, que s'était-il produit, et où se trouvaient-elles à présent ? En sécurité ou en danger ? Vivantes ou mortes ? Freya frissonna, non parce qu'elle avait peur, surtout pas ici, en ce lieu sacré et protégé, mais parce que inévitablement la part professionnelle de son esprit la ramenait à des scènes de violence et à leurs séquelles. Depuis son arrivée à Lafferton, c'était la première affaire qui la sollicitait aussi pleinement que bien d'autres qu'elle avait traitées au sein de la police londonienne. Malgré elle, elle s'identifiait à ces deux femmes. Elle se sentait une obligation personnelle à leur égard. Elle se devait d'accomplir pour elles ce qu'elles étaient incapables de réaliser pour elles-mêmes.

Les recherches sur la Colline avaient été suspendues avec l'arrivée de l'obscurité. On n'avait rien trouvé. Elles reprendraient au lever du jour et continueraient jusqu'à ce que l'on découvre quelque chose ou quand l'ensemble de la zone aurait été passé au peigne fin sans résultat.

Elle franchit les derniers mètres qui la séparaient de sa voiture. Elle avait envie de se vider l'esprit de cette affaire et elle n'y parvenait pas. Il en serait ainsi tant que l'énigme ne serait pas résolue. C'était dans la nature de son métier, et dans sa nature propre, aussi. Un de ses supérieurs, à Londres, lui avait un jour signalé que telle était, précisément, sa faiblesse.

— Pour sortir du rang et grimper dans la hiérarchie, il vous faut apprendre le détachement, Freya, et vous ne m'en avez pas l'air capable. À la fin de la journée, vous ne parvenez pas à dételer. Vous emportez tout avec vous, chez vous. Vous emportez le tout au dîner, et jusque dans votre lit. Vous allez vous consumer.

En un sens, c'était exactement ce qui lui était arrivé – dans la police de Londres, elle s'était consumée, jusqu'à se griller. Cependant Lafferton lui avait permis d'entamer une nouvelle vie et de mieux comprendre son engagement professionnel. Elle savait qu'elle laissait certaines affaires l'entamer, la submerger, s'insinuer dans ses rêves, mais elle était celle qu'elle était et s'imposer un autre moule, de force, équivaudrait à une trahison. Cela ferait aussi d'elle un officier de police judiciaire de moindre valeur, elle en était convaincue.

Elle était profondément plongée dans ses pensées, quand une voiture surgit au coin, la cadrant dans le faisceau de ses phares.

Elle s'écarta de son chemin en faisant un pas de côté. Le conducteur freina et donna un coup de klaxon. Freya se retourna.

— Freya ?

Elle était aveuglée par les phares. La vitre de la BMW gris métallisé s'abaissa et les phares passèrent en codes.

— Qui est là ?

Mais tandis qu'elle se rapprochait de deux pas, elle le vit, non sans un petit choc de plaisir.

— Chef ?

— Qu'est-ce que vous fabriquez à marcher dans cette ruelle toute seule ?

— Je sors d'une répétition du chœur à la cathédrale. J'étais tellement en retard que je n'ai pas pu trouver de place, donc j'ai dû venir me garer par ici.

— Est-ce que ma mère chantait ?

— Et pas à moitié. Elle est allée au Cross Keys avec les autres, mais ce soir cela ne me disait rien.

— Attendez.

Simon alla ranger sa voiture à côté d'une des maisons plongées dans l'obscurité, coupa le moteur et sortit.

— Vous êtes venu chercher Meriel ?

Il rit.

— Non, je rentre chez moi. Je vis ici.

— Je n'aurais jamais cru que quelqu'un habitait par ici, je pensais que dans ce bout de la ruelle, il n'y avait que des bureaux.

— C'est à peu près le cas. Des bureaux et moi. Le clergé, lui, s'est regroupé du bon côté, près de la cathédrale. Montez voir. Venez prendre un verre à la fin d'une dure journée.

Comme les mots les plus cruciaux semblaient faciles à prononcer, songea-t-elle. Quelle manière désinvolte il avait de dire cette phrase qu'elle emporterait avec elle comme un objet précieux, peut-être pour le restant de ses jours. « Montez voir. Venez prendre un verre. » Elle le suivit dans l'immeuble noir et silencieux, dans l'escalier, observant son dos, sa tête, ses cheveux blonds presque blancs, ses longues jambes, les souliers qu'il portait, la couleur de ses chaussettes. Souvenirs, souvenirs. Quand on est jeune, on se pince pour vérifier si de tels instants sont réels, si on est bien éveillé, bien vivant. À cette minute, elle arrivait à peine à respirer, mais la sensation d'irréalité était identique. L'incrédulité. Le bonheur.

*Serrailler.* Freya fixa du regard le nom sur la plaque, à côté de la porte. *Serrailler.* Les lettres sortaient de l'ordinaire. *Serrailler.*

Simon la précéda. Les lumières s'allumèrent. Freya resta sur le seuil d'une pièce qui lui coupa le peu de souffle qui lui restait.

Il lui lança un coup d'œil et lui sourit, de ce sourire qui illuminait son visage, toute la pièce, l'espace entre eux.

— Un alcool ? Un café ?

— Plutôt un café, je crois, fit-elle.

Sa voix lui parut bizarre, mais il n'eut pas l'air de le remarquer.

— Cela vous ennuie si je me sers un whisky ?

— Bien sûr que non.

— Asseyez-vous.

Il franchit une porte sur la gauche. D'autres lumières, des lumières plus vives sur des murs clairs. La cuisine.

Freya se rendit à la fenêtre. Les volets étaient ouverts et elle observa, en bas, la venelle de Cathedral Close, tranquille et éclairée par les réverbères. Malgré son émotion d'être là, dans cette pièce incroyable, sur l'invitation de Simon Serrailler, malgré ses mains qui tremblaient, les femmes disparues occupaient ses pensées. Elle avait peur pour elles, et l'exaspération de ne rien savoir, de n'avoir rien découvert, était insoutenable. Chaque heure qui passait était synonyme d'un temps durant lequel quelque chose aurait pu être tenté, quelque chose de vital aurait pu être dévoilé. Elle avait parcouru les notes du dossier, inlassablement, s'efforçant d'y déceler ce qui aurait pu lui échapper. Elle se retourna et contempla de nouveau la pièce. Celle-ci était parfaite. Elle ne contenait rien que Freya n'eût pu choisir elle-même, mais l'ensemble était mieux conçu et arrangé qu'elle ne l'aurait fait – meubles, tapis, tableaux, livres, l'éclairage parfaitement juste, la disposition équilibrée. Elle alla examiner de plus près un ensemble de quatre dessins encadrés au-dessus du sofa couleur chocolat. C'étaient des vues de Venise – les dômes de Santa Maria Salute et de San Giorgio Maggiore, plus deux églises qu'elle ne connaissait pas. Le trait était net et vif, les détails minutieux et pourtant d'une superbe économie. Les initiales SO étaient tout juste visibles dans chaque angle inférieur droit.

— Et voilà.

Simon sortit de la cuisine avec un plateau et posa cafetière, lait, sucre et petit mug en terre cuite sur la table basse.

— Qui les a dessinés ? J'aime beaucoup.

— Moi.
— Cela m'avait échappé.
— Intention de dissimulation... O, c'est l'initiale de mon deuxième prénom.
— Simon, ils sont magnifiques. Que fabriquez-vous dans la police ?
— Ah ! L'art m'apporterait-il autant de plaisir si je m'y consacrais vingt-quatre heures sur vingt-quatre, sept jours sur sept ? Le dessin entretient ma santé mentale.
Il s'approcha d'un cube peint en blanc fixé au mur, ouvrit la façade et en sortit une bouteille de whisky et un verre.
— Vous peignez également ?
— Non. C'est le trait qui me plaît. Je travaille au crayon, au stylo et au fusain, jamais la couleur.
— Depuis combien de temps dessinez-vous ?
— Depuis toujours. J'ai étudié aux Beaux-Arts, mais j'en suis parti parce que personne ne s'intéressait au dessin ou à l'enseignement du dessin. C'était une sale époque. Tout le monde voulait des trucs conceptuels. Des installations. Cela ne m'intéressait pas.
— Mais enfin...
Freya se rassit sur le sofa.
— ... la police ?
— Je suis allé à l'université faire mon droit, afin de pouvoir, diplôme en poche, commencer ma carrière par la grande porte. De toute manière, c'était soit le dessin, soit la police.
— Vos parents sont médecins.
— Ma famille tout entière, depuis des générations, est composée de médecins. Je suis le mouton noir.
— J'aurais plutôt tendance à considérer que vous apportez la fraîcheur d'un peu de changement.
— Ma mère a changé d'avis : elle a fini par considérer les choses ainsi, en effet.
— Et votre père ?
— Non.
Il avait répondu sur un ton qui la mettait au défi de l'interroger plus avant. Elle s'en abstint et appuya sur le piston de la cafetière, qu'elle regarda lentement s'enfoncer, écrasant la couche de minuscules grains de café dans le fond.
Simon s'installa dans un fauteuil profond et confortable, croisa

ses longues jambes et s'adossa, whisky en main. Freya arrivait à peine à respirer. Il lui était impossible de le regarder.

— Je ne suis pas retournée à la Colline avant la suspension des recherches, mais je présume que l'on n'a rien trouvé.

— Rien du tout.

La main tremblante, elle versa le café, afin de garder la tête baissée.

Elle avait envie qu'il parle, d'apprendre à connaître le son de sa voix, si bien que lorsqu'elle serait repartie d'ici, elle serait en mesure de l'entendre exactement, de l'emporter avec elle.

— Mais ici, nous sommes hors service. Depuis combien de temps chantez-vous dans une chorale ?

Une heure et demie plus tard, Freya avait parlé d'elle-même et de sa vie passée de façon très intime, comme jamais elle n'en avait parlé. Simon savait écouter, il ne relançait qu'occasionnellement, d'un mot ou deux, sans la quitter des yeux. Elle se surprit à évoquer sa famille, sa formation, la police du Grand Londres, son mariage et son divorce, et elle avait envie de poursuivre, encore et encore, qu'il connaisse tout d'elle. Au bout d'un moment, elle parvint enfin à lui adresser un coup d'œil, à observer son visage dans la lumière de la lampe placée en angle derrière son fauteuil, à l'instant où il buvait son whisky, où il lui faisait face.

Elle était absolument amoureuse de lui, à présent elle le savait, mais cette soirée avait transformé les choses. Elle n'avait plus envie de rejeter ces émotions, de les repousser d'un juron, elle ne se répétait plus bordel, bordel, bordel à la pensée et à la vue de Simon et face à la conscience aiguë de sa réaction à elle en sa présence. Elle n'avait jamais croisé d'homme qui lui consacre une attention si pleine et si dense, qui l'ait écoutée et dévisagée de la sorte, comme si elle était importante, comme si ce qu'elle disait comptait et comme s'il n'existait rien ni personne d'autre aussi digne d'intérêt à ses yeux dans le monde entier.

Minuit sonna aux cloches de la cathédrale, et Freya comprit qu'elle parlait depuis longtemps, qu'elle avait livré une grande part d'elle-même. Elle se tut. Cette pièce, la sienne, dans cet appartement, dans ce recoin d'une ruelle silencieuse, était l'endroit le plus beau, le plus tranquille où elle se soit jamais trouvée, avec une atmosphère à nulle autre pareille. Rien que d'être assise là, en silence, face à lui, suffisait à la faire trembler.

— Mon Dieu ! s'écria-t-elle soudain.

— Merci.

— De quoi ?

Il sourit.

— De m'en avoir confié autant. Rares sont les personnes aussi généreuses d'elles-mêmes.

C'était une formulation unique, extraordinaire. Mais il est unique, songea-t-elle aussitôt, il n'existait aucun être semblable.

— Il faut que je m'en aille.

Il n'essaya pas de l'arrêter, ne se leva pas non plus d'un bond, par impatience de la reconduire. Il resta simplement assis, détendu, et toujours sous la lumière de cette lampe.

— Merci pour tout ceci, lui dit Freya. Je suis allée chanter dans le chœur pour m'éviter de tourner et de retourner cette affaire dans ma tête. Chanter, puis venir ici m'ont apporté ce dont j'avais besoin.

— Repos et rafraîchissement. Prendre le plus de recul possible par rapport à ce genre d'affaire, c'est important. Sinon physiquement, du moins spirituellement, mentalement. Autrement, cela peut vous vider.

Là-dessus, il se leva et l'accompagna à la porte d'un pas nonchalant.

— Je descends avec vous.

— Non, ça ira très bien.

— Il est tard, il fait noir, à cette heure-ci il n'y a personne dans le quartier et vous êtes seule.

Elle rit.

— Simon, je suis officier de police judiciaire.

Il referma la porte et la considéra, de son beau visage sévère.

— Et deux femmes sont portées disparues.

Elle le dévisagea une longue minute.

— Oui, admit-elle calmement.

— Je préférerais ne pas songer à elles en ces termes, reprit Simon, en lui plaçant la main dans le dos pour la guider, alors qu'elle commençait de descendre l'escalier.

Ce contact l'irradia.

Une fois à sa voiture, il lui tint la porte côté conducteur. Elle hésita une fraction de seconde. Il ne bougea pas.

— Merci encore.

— Tout le plaisir était pour moi. Bonne nuit, Freya.

Il leva une main et la suivit des yeux jusqu'à ce qu'elle soit arrivée au bout de la ruelle, à l'arche située tout au fond, et qu'elle eût disparu.

# 26.

M. Victor Freeborn disparut du Foyer des Quatre Chemins un peu après quatre heures de l'après-midi. Personne ne l'avait vu ou entendu descendre au rez-de-chaussée et franchir la porte de l'établissement. M$^{me}$ Murdoo, la secrétaire, la trouva déverrouillée quand elle se glissa dehors pour relever le contenu de la boîte aux lettres, à cinq heures cinq.

La voiture de police ne ramena pas M. Freeborn avant six heures moins vingt – il avait été repéré assis sur un banc non loin de la rivière, vêtu de son pyjama et en pantoufles.

Cela s'était déjà produit, mais, en raison de la disparition d'Angela Randall, Carol Ashton était dans un état d'angoisse plus prononcé que d'habitude, et il fallut un long moment à toute la maison pour retrouver son calme. Un charpentier équipa la porte d'un nouveau verrou plus compliqué, et l'équipe tint une réunion afin de décider des moyens à mettre en œuvre pour contrer ce phénomène que l'économe, Pam Tornhill, appelait « le problème Houdini ».

Il était donc huit heures passées quand Carol rentra chez elle et attrapa l'*Echo* pour le lire avec, à la main, un verre de gin dont elle avait le plus grand besoin.

La disparition de Debbie Parker occupait l'essentiel de la première page. Sa photographie – une grosse fille en train de glousser sur une piste de patinoire – était agrandie à la limite de l'invraisemblable. Carol lut l'article en vitesse, en y cherchant une mention d'Angela Randall. Il n'en figurait aucune. Pourtant, les deux affaires semblaient présenter quantité de similarités.

Mais si les liens étaient si évidents, pourquoi n'y avait-il aucune référence à Angela ? Que faisait la police ? Son cas avait-il été classé, tout simplement, et oublié ? Carol se remémora la jeune et jolie enquêtrice, apparemment si efficace, l'inspectrice principale Graffham, qui ne lui avait pas laissé l'impression de ranger dans un tiroir les notes prises au cours de leur entretien. Elle se sentait bouleversée. Quelqu'un d'autre était porté disparu, Angela demeurait introuvable, et Carol estimait qu'elle devait à sa collègue de rafraîchir la mémoire à la police, de lui rappeler son nom. Elle éprouvait également de la colère pour avoir été mise sur la touche.

Elle termina son gin tonic, s'en versa un doigt de plus, reboucha la bouteille et s'approcha du téléphone.

— Je suis désolée, l'inspectrice Graffham n'est pas là, lui répondit-on. Quelqu'un d'autre peut-il vous aider ?

Carol hésita. Elle n'avait pas envie de raconter l'histoire depuis le début à quelqu'un qui en ignorerait tout.

— Pouvez-vous me dire quand elle sera disponible ?

— Vous pourriez essayer demain matin.

— Puis-je laisser un message ?

Elle donna son nom et son numéro et demanda que l'inspectrice la rappelle d'urgence.

Mais elle n'en fera rien, songea-t-elle, en passant dans la cuisine pour se préparer quelque chose à manger. D'après son expérience, les gens, si charmants et si bien intentionnés soient-ils, vous rappelaient rarement. Elle commença d'abord par battre deux œufs pour une omelette, mais le temps qu'elle sorte des sauces salade du frigo, elle se sentait trop agitée pour laisser les choses en l'état jusqu'au lendemain matin. Elle sortit de la cuisine et décrocha de nouveau le téléphone.

« Journaux quotidiens de Bevham et district, bonsoir, que puis-je pour vous ? »

Quelques minutes plus tard, elle s'entretenait avec une dénommée Rachel Carr. Quarante minutes plus tard, la même Rachel Carr sonnait à sa porte d'entrée.

— Madame Ashton, parlez-moi de cette dame qui aurait disparu, dites-vous... Angela Randall. J'en déduis qu'elle travaille pour vous ?

Rachel Carr ne griffonnait pas sur un cahier à spirale : elle avait posé un petit magnétophone sur une table basse, entre elles deux. Carol regarda les deux petites bobines des bandes magnétiques couleur chocolat tourner tandis qu'elle parlait, d'elle-même et du Foyer des Quatre Chemins, d'Angela, de sa disparition, de sa décision d'informer la police, à deux reprises, et finalement de son choc en découvrant qu'une autre femme avait disparu.

— Bien sûr, j'ai lu l'article en m'attendant à y trouver une mention d'Angela. Cela me paraissait une évidence. Sauf qu'il n'y avait rien.

— Avez-vous contacté la police, ce soir ?

— Oui, mais la personne que j'ai vue était absente. On m'a juste suggéré de rappeler demain matin.

— Pas franchement suffisant, hein ?

— Je ne comprends pas pourquoi ils ne mentionnent pas Angela.

— Vous estimez que la police se montre plutôt laxiste ?

— Pas exactement... Nous ignorons ce qui se passe, n'est-ce pas ? Or je veux savoir. Je suis déconcertée. Je dois cela à Angela. Elle n'a personne d'autre qui puisse se battre pour elle.

La machine émit un déclic puis un bip, et Rachel Carr se pencha pour retourner la bande. C'était une grande jeune femme au visage anguleux, arborant des lunettes ovales de marque et une veste en daim clair d'allure chic et chère.

— Je sais que la question est difficile, mais, à votre avis, qu'est-il arrivé à Angela Randall ? Vous m'avez affirmé qu'elle ne serait pas le genre de personne à s'en aller sans vous prévenir ou sans garder le contact.

— Elle serait la dernière personne à agir de la sorte. La dernière personne.

— Et donc ?

Carol baissa les yeux sur ses mains. Les bandes tournaient, tournaient avec un sifflement. Subitement, elle répugnait à confier à voix haute ce qu'elle pensait, par crainte superstitieuse que ses paroles ne finissent, d'une manière ou d'une autre, par cristalliser ses pires craintes.

— Au fond de votre cœur, vous pensez qu'il lui est arrivé quelque chose, n'est-ce pas ?

Carol Ashton avala sa salive.

— Oui, chuchota-t-elle.

Elle s'éclaircit la gorge.

— Je n'ai aucune raison de vous dire cela, sauf que... plus le temps passe, et moins je vois quelle explication inoffensive nous pourrions trouver.

— Je suis d'accord avec vous. Quand vous avez lu l'article au sujet de cette jeune fille disparue, Debbie Parker, quelle a été votre réaction ?

— Je me suis demandé pourquoi il n'y était fait aucune mention d'Angela... Une autre femme de Lafferton qui a disparu dans des circonstances similaires, du moins apparemment.

— Qu'avez-vous pensé ?

— Qu'il devait exister un lien entre les deux.

Carol observa la journaliste, qui affichait une expression à la fois grave et impatiente.

Rachel reprit la parole.

— Je ne veux pas vous peiner, madame Ashton, mais, après tout, vous n'êtes pas une parente de Mlle Randall, je ne crois donc pas que la question que je vais vous poser soit une marque d'insensibilité. Croyez-vous vraisemblable qu'elle soit morte, à l'heure où nous parlons ?

— C'est de cela que j'ai peur.

— Croyez-vous que cette autre femme soit morte, elle aussi ?

— Seigneur Dieu ! j'espère que non. Cela ne fait pas longtemps, n'est-ce pas ? À l'heure qu'il est, on aurait pu la retrouver. Cela ne fait que deux jours, pas comme Angela.

La journaliste ne répondit rien ; elle se contenta de soutenir son regard et d'attendre.

— Rien que d'y penser, c'est trop horrible... deux femmes.

Un silence.

— S'il y a un lien, il semble...

Rachel Carr haussa légèrement les sourcils, mais laissa tout de même Carol poursuivre.

— C'est trop horrible à envisager.

— Rendez-vous la police responsable de cette incapacité à retrouver quoi que ce soit sur Mlle Randall ?

Était-ce là ce qu'elle pensait ? Carol se demandait si elle n'en avait pas déjà trop dit, si elle n'avait pas laissé entendre des choses dont elle n'était pas vraiment sûre. Enfin, il n'empêche...

— Je suis en colère, admit-elle, et je suis bouleversée. Cela a trop duré. Et maintenant cette nouvelle affaire... Je suis vraiment effarée. À ma place, n'importe qui le serait, non ?

— Vous pensez que d'autres femmes, à Lafferton, ont de bonnes raisons d'avoir peur, en ce moment même ?

Était-ce là ce qu'elle pensait ? Si le pire était sûr...

Au bout d'un moment, Carol Ashton hocha la tête.

Sur la route du retour depuis les bureaux du quotidien, Rachel Carr enfreignit la limitation de vitesse – il est vrai qu'elle ne la respectait jamais. Sa Mazda MX5 rouge était justement conçue pour cela. Elle était aussi dans un état de tension extrême. Cette histoire tenait debout, songeait-elle, et voilà des semaines qu'elle attendait un truc de cet ordre. Elle pouvait remonter la filière, lui prêter une certaine substance, poser des questions dérangeantes à la police, secouer ce qu'elle considérait comme l'opinion publique à moitié comateuse de Lafferton. Elle imaginait sa signature barrant la une, jour après jour, elle s'imaginait à la source d'une grande campagne de presse.

À l'heure où elle arriva à la rédaction, Don Pilkington, le rédacteur en chef de l'*Echo*, était déjà parti, mais le rédacteur, Graham Grant, se trouvait encore à son bureau. Rachel prit une chaise et entreprit de lui expliquer son histoire, sans s'arrêter, sans lui permettre de l'interrompre jusqu'à ce qu'elle ait fini de lui livrer la teneur de ses projets.

Apparemment sous le coup de ce rouleau compresseur, il attrapa un exemplaire d'un journal de la presse nationale.

— La police nous précède. Le préfet de police du Grand Londres vient justement de reconnaître l'erreur de la hiérarchie quand elle a décidé de retirer des flics, de supprimer des rondes, perdant du même coup la confiance des citoyens. Les gens ont besoin de se sentir en sécurité et les flics qui patrouillent y contribuent. Du coup, on recrute ferme et on prévoit de remettre des patrouilles dans les rues.

— Ouais, d'accord, c'est comme le projet du gouvernement de mettre plus de docteurs dans les hôpitaux et plus d'enseignants dans les écoles... Combien on en a vu ? Tu es allé à l'hôpital général de Bevham, dernièrement ? Lafferton, c'est pas le Grand Londres, les décisions mettent du temps à redescendre jusqu'ici. En tout cas, la question n'est pas de savoir ce qui risquerait de se produire dans le futur, mais de savoir ce qui se passe – ou ce qui ne se passe pas – ici et maintenant. Je veux qu'on frappe un grand coup, dans cette histoire, Graham. Deux femmes sont portées disparues, alors pourquoi la police ne nous a-t-elle parlé que d'une des deux ? On savait que ces deux femmes se rendaient sur la Colline, seules, et que ni l'une ni l'autre n'était du genre à disparaître sans prévenir. Il n'y a aucune trace de l'une ou de l'autre et aucune n'a donné signe de vie. Qu'est-ce que la police essaie de couvrir ? Sa propre incompétence ? Pourquoi la Colline n'est-elle pas surveillée comme il faut ? C'est justement le genre d'endroits où traînent les déjantés, comme le chemin de halage où cet exhibitionniste n'arrête pas de sauter sur le poil des joggers. Pourquoi la police ne l'a jamais chopé ? Pourquoi...

Graham Grant leva la main dans un geste las.

— Oulah ! une chose à la fois, Rachel. OK, tu peux te mettre en rapport avec la police de Lafferton et l'interroger sur cette autre femme portée disparue. Je pense que c'est important. Pour le reste, et notamment ce qui relève d'une campagne contre la police, il faudra que tu court-circuites le rédacteur en chef.

— Je vais l'appeler chez lui.

— Tu ne l'auras pas, il est à son grand dîner de francs-maçons, à Bevham.

Rachel ronchonna.

— Rassemble des renseignements sur cette autre femme, fais ton maximum dans ce domaine. Demain, s'il n'y a toujours aucune nouvelle concernant l'une ou l'autre, on sort le truc en gros titre... de toute manière, la police souhaite qu'on informe l'opinion publique au sujet de cette autre disparue. Mais attends un peu de pouvoir en causer avec Don avant d'attiser les angoisses des citoyens.

Exaspérée, Rachel traversa la salle en trombe, jusqu'à son propre bureau. C'était tout le temps pareil, les grosses pointures se tenaient les coudes, se couvraient mutuellement, se tapaient dans le dos. La moitié de la police était composée de francs-maçons, c'était bien connu, tout comme la moitié des avocats, des banquiers et des hommes d'affaires. À Lafferton ou à Bevham, les grosses pointures jouaient à leurs jeux de petits bonshommes. Mais ça, ce n'était rien. Quand il s'agissait de tromper l'opinion et d'ourdir des conspirations du silence, là, ce n'était pas rien.

Rachel s'assit à son bureau, le regard perdu. L'espace d'un moment, elle se représenta la campagne qu'elle avait l'intention de lancer – elle obtiendrait la permission d'une manière ou d'une autre : elle s'y entendait pour amadouer Don. Ensuite, son imagination l'emporta plus loin, jusqu'au stade où son travail à l'*Echo* serait remarqué à Fleet Street. Un appel lui parvenait, une invitation à rendre visite au rédacteur en chef du *Daily Mail*... Rachel Carr n'avait pas l'intention de rester longtemps dans ce trou perdu de Lafferton.

Elle décrocha le téléphone et composa le numéro du commissariat de police, mais il était près de vingt-deux heures, il n'y avait personne à la brigade criminelle, et l'inspecteur de garde ne put que lui fournir la version officielle concernant cette jeune fille disparue. Il lui certifia qu'il n'y avait rien de récent et qu'il n'émettrait aucun commentaire concernant d'autres personnes qui auraient disparu.

— Je vous suggère de rappeler demain matin.

— Et de m'adresser à ?

— L'inspecteur principal Graffham.

— À quelle heure se pointe-t-il ?

— Elle. L'inspectrice principale Freya Graffham. À partir de neuf heures. Si elle n'est pas disponible, vous pourriez demander à ce qu'on vous passe l'inspecteur Coates. Désolé de ne pas pouvoir vous aider davantage ce soir, madame.

Rachel raccrocha violemment le combiné. Elle n'appréciait guère d'avoir à patienter jusqu'au lendemain matin pour obtenir l'autorisation de son rédacteur en chef, et ensuite de devoir s'adresser à une inspectrice de police de merde, qui allait probablement lui réserver le même traitement, lui servir des réponses évasives ou la forcer à poireauter jusqu'au prochain point de presse.

Une heure plus tard, elle avait rédigé ce qu'elle considérait comme un joli article bien affûté. Son texte et le point de vue adopté étaient de trop haut niveau pour rester confinés au *Lafferton Echo* et, après tout, elle avait bel et bien essayé de s'entretenir avec son rédacteur en chef, n'est-ce pas ? Ce n'était tout de même pas sa faute s'il était sorti à un dîner franc-maçon. Elle consulta son carnet d'adresses mail et cliqua sur une entrée : ed@bevpost.com et ccnewsed@bevpost.com.

Je joins un article sur la nouvelle qui est sortie aujourd'hui à propos de cette femme disparue à Lafferton. J'ai une info capitale qui n'a pas été diffusée. L'histoire aurait des implications intéressantes pour le lectorat plus large du *Bevham Post*. J'ai été incapable de joindre mon rédacteur en chef, mais j'estime que cette nouvelle histoire est trop urgente pour attendre demain.

Bonne chance,
Rachel Carr
rcarr@laffertonecho.com

Elle hésita une fraction de seconde avant de cliquer sur « Envoi » et de regarder le message et son document joint s'envoler de son écran.

Moins de cinq minutes plus tard, elle se dirigeait avec sa Mazda vers Hare End et la grange reconvertie qu'elle partageait avec son amant, le capitaine de l'équipe de rugby régionale, Jon Blixen.

## 27.

L'inspecteur Simon Serrailler ne cédait pas aux hurlements. Il préférait manifester sa colère en s'exprimant à mi-voix, sur un ton glacial.

— Freya, venez par ici je vous prie. Amenez Nathan avec vous.

Le choc vint dans les vingt secondes qui suivirent.

— Entrez.

Il désigna le journal posé sur son bureau.

— Je suppose que vous avez lu ça, dans le *Bevham Post* de ce matin ?

— Oui, monsieur.

— Dieu seul sait d'où ça vient, chef, sauf que ça ne sort pas d'ici, je peux vous le certifier.

— Freya ?

— Le non est catégorique, monsieur.

— Alors comment cette journaliste... Rachel Carr... a-t-elle appris cette seconde disparition ? Comment connaît-elle le nom, l'adresse et l'endroit où la disparue travaille ? Quelqu'un a bien dû lui parler.

— Personne du poste. Peu de monde, même ici, est au courant pour Angela Randall. Elle n'est qu'un nom de plus sur la liste des personnes portées disparues. Nathan et moi avons été les seuls à éplucher ce dossier en détail, et aucun de nous deux n'a informé cette journaliste.

Dans la voix de Freya aussi, on percevait une mince couche de glace.

— Entendu, je vous crois sur parole. Mais je préférerais éviter ce genre de gros titres. Certaines de ces questions sont de vraies provocations : « Les femmes de Lafferton peuvent-elles se sentir en sécurité dans leur propre ville ? » « La police de Lafferton a-t-elle échoué dans sa mission : sécuriser le principal espace vert de la ville, la Colline, contre un tueur en série ? » Un tueur en série, bon sang ! On n'a même pas de cadavre. D'accord, nous aurions été mieux inspirés d'anticiper leur initiative. Je souhaite que l'on convoque une conférence de presse pour midi. Je veux les radios locales, la télévision régionale, les agences de presse, la totale. Attelez-vous à la tâche tout de suite, avant qu'ils nous tombent dessus. J'ai relancé l'équipe de recherche sur la Colline, mais elle n'aura terminé que cct après-midi. Vous avez trouvé votre bonheur, à Starly ?

— Quoi ? Avec Dava la Diva ? Bon Dieu, quel connard, celui-là ! s'écria Nathan.

— Je doute qu'il sache quoi que ce soit concernant la disparition de Debbie Parker, expliqua Freya. Elle a eu deux rcndcz-vous avec lui et il nous a sorti tout son galimatias psycho-machin New Age, mais je n'ai pas eu l'impression qu'il nous cache quoi que ce soit.

— Il n'empêche, pour le moment, on le garde au chaud. Mis à part tout le reste, Debbie m'a l'air de s'être créé de nouvelles amitiés du côté de Starly, et sa colocataire ne nous a peut-être pas tout révélé à leur sujet. En ce qui concerne les endroits où elle a pu se rendre, c'est la meilleure piste.

— Sans oublier les gitans débraillés, chef. Quand j'étais gosse, je m'imaginais toujours en gitan...

— Merci, Nathan, épargnez-moi vos souvenirs d'enfance et sautez sur le téléphone. Je veux que cette conférence de presse se tienne, et qu'elle ait l'air ordonnée, organisée et hyperprofessionnelle. C'est nous qui sommes aux commandes, nous qui sommes responsables, et nous avons un message à faire passer. À cause de ce tissu d'âneries, la confiance du public va en prendre un coup. Ah ! et si la presse nationale a vent de tout cela et appelle, vous me les passez. Vous ne leur dites rien.

— Bien, monsieur.

Tout en s'éloignant, Freya guetta Serrailler, afin de voir s'il n'allait pas croiser son regard à son tour, avec une lueur d'intimité dans l'œil. Il n'en fut rien. Elle hésita une seconde, en laissant Nathan franchir la porte le premier.

Le téléphone sonna.

— Serrailler. Bonjour, monsieur. J'ai lu, oui.

Freya fila.

La presse se massa dans la salle de conférences pour le point de midi. Voilà un bon moment que l'on n'avait pas vu autant de journalistes à la fois. Ils sentaient qu'une affaire de premier plan était sur le point d'éclater au grand jour et ils avaient flairé l'odeur du sang. Le divisionnaire Serrailler entra dans la salle au pas de charge, pile sur les douze coups de l'horloge, et prit la barre avec, à ses côtés, Freya, Nathan et l'inspecteur Black, chargé des recherches sur la Colline.

— Mesdames et messieurs, bonjour. Merci d'être venus. Comme vous le savez, un appel à témoin a été lancé hier, en vue de recueillir toute information concernant une jeune femme de la région, Debbie Parker, que l'on a aperçue pour la dernière fois dans la soirée du 31 et qui aurait pu quitter son domicile tôt le lendemain matin. Depuis lors, on ne l'a pas revue, on n'a reçu aucune nouvelle d'elle, elle n'a laissé aucun message, elle n'a contacté ni sa famille ni ses amis. À notre connaissance, elle n'avait aucune raison de disparaître de son propre chef. Elle n'a emporté aucune de ses affaires, mis à part les clefs de son domicile. Son sac à main, tous ses autres effets personnels et ses vêtements sont restés dans son appartement.

« Nous sommes inquiets pour la sécurité de Debbie Parker. En plus de cet appel à information radiodiffusé, nous avons déployé des équipes de recherche sur la Colline et les environs, où l'on pense qu'elle a pu aller marcher.

« Comme vous le savez, j'en suis convaincu, les personnes disparaissent pour toutes sortes de motifs. Elles peuvent souffrir d'antécédents dépressifs, rencontrer des problèmes familiaux ou financiers. En général, elles reviennent de leur propre gré. Nous prenons toujours très au sérieux tout signalement de disparition, mais dans certains cas nous avons davantage de motifs d'inquiétude. Nous en avons en ce qui concerne Debbie Parker.

« La disparition d'une autre femme originaire de Lafferton, Angela Randall, du 4, Barn Close, nous a été signalée par son employeur, au Foyer des Quatre Chemins, le 18 décembre, à la fin de l'année dernière. Néanmoins, en dépit de rapports complets et d'une enquête menée dès cette période, nous n'avons aucune raison de considérer la disparition de M^lle^ Randall comme suspecte. Toutefois, à la lumière de la disparition de Debbie Parker, nous revenons sur le cas d'Angela Randall, car il existerait certains liens entre les deux événements.

« À la suite de notre message radiodiffusé, nous avons reçu des appels du public, et nous suivons un certain nombre de pistes. Cependant, jusqu'à présent nous ne possédons aucune information précise susceptible de nous mener jusqu'à Debbie Parker. En ce qui concerne la disparition d'Angela Randall, nous allons lancer un appel au public similaire. Nous vous tiendrons étroitement informés de tous les développements à venir, naturellement. Dans l'intervalle, je vous serais reconnaissant à tous, mesdames et messieurs de la presse, de bien vouloir réfréner toute tentation de spéculation macabre ou irraisonnée, qui non seulement ne nous apporterait aucune aide, mais risquerait de perturber les familles et les amis des deux femmes disparues, et de répandre l'inquiétude dans l'opinion.

Rachel Carr se leva.

— Monsieur le divisionnaire, à l'évidence vous devez avoir conscience du fait que diffuser un appel à témoin au sujet de la disparition d'une jeune femme ne peut que « répandre l'inquiétude dans l'opinion », pour reprendre vos termes.

— Bien sûr que les gens vont s'inquiéter. Néanmoins, nous avons formulé cet appel à témoin de la manière la moins dramatique possible, précisément pour ne pas alarmer nos concitoyens, tout en les alertant.

— Pourquoi avez-vous dissimulé la disparition d'Angela Randall ?

— Personne n'a rien dissimulé, mademoiselle...

— Pardon, Rachel Carr, *Bevham Newspapers*...

— Oui, je pensais bien qu'il s'agissait de vous.

Un murmure amusé parcourut l'assistance. Le tempérament irascible et l'ambition flagrante de Rachel Carr ne lui valaient pas une grande estime auprès de ses collègues.

— Eh bien, mademoiselle Carr, voilà exactement le genre de phraséologie auquel je faisais référence. La disparition d'Angela Randall nous a été signalée et nous avons procédé à certaines investigations initiales. Mais nous ne voulons pas et ne pouvons pas lancer un appel général ou une déclaration publique au sujet de toutes les personnes qui disparaissent de la circulation, même dans une collectivité de la taille de Lafferton.

— Mais, maintenant, vous prenez son affaire au sérieux ?

— Comme je l'ai dit, nous prenons toutes les affaires de disparition au sérieux. Y a-t-il d'autres questions, puisque M^lle^ Carr semble avoir décidé d'elle-même que le débat était ouvert ?

— Jason Fox, *County News Agency*. Monsieur le divisionnaire, êtes-vous préoccupé au sujet de la sécurité de l'une ou l'autre de ces deux femmes ?

— Sachant qu'aucune des deux ne s'est manifestée, et plus le temps passe sans que nous recevions de nouvelles, oui, il y a quelque matière à inquiétude. Pourtant, je voudrais souligner que nous n'avons aucune preuve qu'il soit arrivé le moindre mal à l'une ou à l'autre.

Le débit des questions s'accéléra.

— Est-ce une enquête pour meurtre ?

— Les recherches sur la Colline ont-elles révélé une trace quelconque de l'une ou l'autre ?

— Pourquoi aucune recherche n'a-t-elle été lancée dans d'autres quartiers de la ville ?

— Doit-on conseiller aux gens de rester à l'écart de la Colline ?

— Les femmes seules doivent-elles se faire du souci pour leur sécurité, à Lafferton ?

Enfin, une nouvelle question de Rachel Carr.

— Pourquoi Lafferton est-elle sous-équipée en policiers ? Pourquoi n'y a-t-il plus de patrouilles régulières dans la zone de la Colline ?

Et encore une autre.

— Si vous êtes, comme vous l'admettez, inquiets pour la sécurité de ces deux femmes et si, comme vous l'admettez, vous considérez qu'il existe un lien entre leurs deux disparitions, êtes-vous en train de rechercher des individus présentant une relation avec les deux femmes ? Croyez-vous possible qu'elles aient été enlevées ou assassinées ? Y aurait-il un tueur en série qui prendrait les femmes de Lafferton pour proies ?

Jim Williams avait entendu l'appel à témoin de la veille, sur Radio BEV, à propos de cette fille disparue, et ensuite il était resté étendu dans sa chaise longue, histoire de réfléchir. Ce matin même, il était sorti, comme d'habitude, et avait parcouru les huit cents mètres qui le séparaient d'Akre Street, où il avait acheté le *Bevham Post* et son paquet de Mintoes. La journée était belle, trop belle – trop chaude, les jonquilles étaient trop ouvertes, les oiseaux chantaient trop joyeusement –, signe du retour de la pluie glacée, des vents d'est et de rudes gels nocturnes. Il avait retiré le coupon de laine polaire blanche avec lequel il avait enveloppé amoureusement les camélias en pot, dehors, sur la terrasse, mais il jetterait un œil au thermomètre juste avant le journal de dix heures, et si jamais la température menaçait de descendre trop bas, il les protégerait de nouveau.

Il pensa aux camélias sur tout le chemin du retour chez lui. Il avait le *Bevham Post* plié sous le bras. Il ne se permit pas de le déplier dans la rue, en partie parce que cela lui gâcherait le plaisir de le lire devant sa tasse de thé et parce qu'il avait vaguement la sensation que, s'il était vulgaire de manger dans la rue, il devait être tout aussi commun d'y lire son journal.

Il n'avait pas oublié le bulletin d'informations sur la fille disparue. Il le tournait et le retournait dans sa tête tout en cuisinant son bacon, ses œufs, ses champignons, en tranchant et en beurrant le pain, en préparant la théière et en mettant la bouilloire à chauffer. Il ouvrit la fenêtre de la cuisine et le parfum inimitable du printemps s'infiltra. Dès que les premiers voisins tondraient leur pelouse, ce serait encore plus délicieux.

Dix minutes plus tard, il était assis à table, son assiette pleine devant lui, son thé servi, et le *Post* calé contre la théière. La disparue faisait les gros titres. Cependant, au fur et à mesure de sa lecture, il fut surtout saisi par la mention d'une autre femme, Angela Randall, dont on était sans nouvelle depuis avant Noël. On savait que les deux femmes montaient courir ou marcher sur la Colline et, tandis qu'il étudiait la photographie de Debbie Parker, Jim eut la quasi-certitude de l'avoir, en effet, aperçue là-haut, même si ce n'était pas facile de s'en assurer – l'image de la jeune fille, tenant tant bien que mal debout sur des patins à glace, était plutôt floue. Pourtant, elle lui semblait familière, et, s'il fermait les yeux, il la revoyait marcher là-bas. Mais pour intéresser la police, il en faudrait davantage. Il était fort possible que des dizaines de personnes appellent pour dire qu'elles « croyaient » ou qu'elles « avaient pu » voir la jeune fille sur la Colline, sans trop savoir quand, au juste.

En ce qui concernait l'autre femme, Jim se sentait plus sûr de lui. Il n'y avait pas de photo d'Angela Randall, mais le texte de la description était précis. Le principal détail qui ne cessait de lui titiller la mémoire, c'était le fait que, la dernière fois qu'on l'avait aperçue, elle courait en direction de la Colline, vêtue d'un survêtement gris clair, très tôt un matin de décembre envahi par le brouillard. Jim était sorti ce jour-là avec Skippy, et très tôt, lui aussi, car il n'arrivait plus à trouver le sommeil. Il se rappelait le brouillard parce que, à son départ de la maison, il ne lui avait pas semblé trop méchant, guère plus qu'une nappe de brume, mais le temps de monter sur la Colline, il était devenu très épais, et il faisait très humide. Le brouillard s'agrippait autour de votre visage et de vos cheveux, et vous glaçait.

Il acheva de nettoyer son assiette avec une demi-tranche de pain, et se rendit au frigo pour vérifier ce qu'il prendrait plus tard, pour le dîner. Restait une côtelette de porc, qu'il pourrait accompagner de pommes de terre et de légumes verts, avec, pour dessert, la part de gâteau fourré aux pommes qu'il s'était achetée la veille à la boulangerie Cross, et qu'il dégusterait avec une boîte de crème anglaise. C'était son dessert favori, même si, en été, il le mangeait accompagné d'une boule de glace.

Il relut attentivement l'article du *Post*. Non, il ne disposait sans doute pas d'éléments suffisants sur Debbie Parker pour embêter la police. Pourtant, plus il y réfléchissait, plus il estimait devoir lui confier qu'il avait vu l'autre femme courir dans le brouillard.

S'étant décidé, il replia le journal, débarrassa la table, lava la tasse, la théière, l'assiette avant de s'installer au salon pour suivre le résumé des matches de football. À côté de lui, sur un petit tabouret, le magazine *Radio Times* était ouvert à la page du jour, avec les émissions qu'il avait prévu de regarder surlignées en rouge. Le jour où *Radio Times* lui parvenait, il le lisait de bout en bout pour programmer sa semaine d'émissions. Cet après-midi, il avait presque trois heures de sport devant lui – un plaisir. Ensuite, il serait l'heure de faire sa petite marche jusqu'au bout de la rue, de tourner au coin et de revenir par l'autre côté, avant de se préparer un thé et de s'installer pour les émissions du soir. Il irait donc immédiatement au commissariat de police de Lafferton, dès ce matin. Il veillerait à ne pas raconter son histoire au policier de l'accueil, mais à un interlocuteur compétent sur cette affaire proprement dite. Il n'ignorait rien des messages que l'on ne transmettait jamais, des notes que l'on glissait dans des dossiers sans plus jamais les consulter.

Il éteignit le téléviseur, enfila son manteau et coiffa sa casquette. Il allait raconter à la police tout ce dont il se souvenait. En un sens, tel était son devoir. Il le devait non seulement à cette femme disparue, mais aussi à Phyllis – et, au-delà d'elle, à Skippy.

Lorsque Freya traversa la salle de la brigade criminelle après la conférence, le téléphone de son bureau sonna.

— Inspecteur principal Graffham.

Le brigadier chargé de l'accueil et de la réception des communications téléphoniques l'appelait pour l'informer de la visite d'un homme âgé.

— Il souhaite signaler quelque chose concernant la disparue, Angela Randall, mais il n'a pas voulu m'en dire plus. Il veut parler à quelqu'un qui soit directement chargé de l'affaire.

— Quel genre d'homme âgé, Roy ?

— Soixante-dix ans, imper et casquette. Je ne pense pas que ce soit un canular, il avait l'air sincère.

— Où est-il, maintenant ?

— Reparti chez lui. Il a attendu un peu. J'ai tous les détails ici.

— Donnez-les-moi, s'il vous plaît.

Elle nota le nom et l'adresse. Dès qu'elle raccrocha, le téléphone sonna de nouveau.

— Freya, voudriez-vous venir me voir une minute, je vous prie ?

Cette fois, elle se rendit au bout du couloir menant au bureau de Simon Serrailler, sans Nathan en remorque.

— Merci, lui fit-il quand elle ouvrit la porte.

— Cette jeune femme de l'*Echo* cherche à se défouler.

Simon eut un geste dédaigneux.

— Ce n'est qu'un petit fox-terrier de rédaction régionale. Revenons à Debbie Parker. La seule piste véritable dont nous disposions, c'est Starly. Une nouveauté dans son existence. Elle s'est laissé embarquer là-dedans, et j'ai le sentiment que si l'on doit dénicher des indices sur la raison de sa disparition et sur l'endroit où elle se situerait en ce moment, c'est là-bas que nous les trouverons. Vous avez vu un thérapeute, mais j'en réclame beaucoup plus. Je veux que Starly soit quadrillé par les policiers en tenue, toutes les boutiques, tous les cabinets de consultation, tous les cafés... la moindre échoppe. Un porte-à-porte intensif. Faites imprimer cette photo de Debbie Parker sur des prospectus et distribuez-les un peu partout. Nous voulons atteindre toute personne susceptible de la reconnaître ou de la connaître. Quant à la Colline, nous avons fait chou blanc.

— Bien, chef. Et à propos d'Angela Randall ?

— Oui ?

— Jusqu'à présent, en l'état actuel de nos informations, elle n'a aucun rapport avec Starly.

— Non.

— En ce qui la concerne, nous ne disposons d'aucune piste.

— Non. La seule, c'est celle de la Colline, qui reste très ténue. Tant que rien de neuf ne se présentera à son sujet, nous nous concentrons sur Debbie Parker.

— D'accord.

Freya avait beau être de plus en plus amoureuse de Simon Serrailler, elle n'en était pas moins professionnellement en désaccord avec lui pour la mise à l'écart du dossier Angela Randall. Le souvenir de la petite maison solitaire et comme stérilisée lui revint à l'esprit – ces pièces sans le moindre bruit, ce silence lugubre, redoutable, qui planait sur les lieux. Puis l'image du paquet enveloppé dans son papier doré, des boutons de manchette avec leur petit mot. Ce message révélait des sentiments profonds et intimes. Il avait touché chez Freya une corde sensible. En regagnant la salle de la brigade criminelle, elle savait qu'elle n'était pas disposée à laisser le dossier Angela Randall sortir de son champ de vision. En un sens, la note jointe au cadeau était empreinte de désespoir. C'était un mot révélateur, malgré l'absence de nom, un mot qui trahissait une passion obsédante. Angela Randall aimait un homme auquel elle offrait régulièrement des cadeaux coûteux, pour lesquels elle avait dû puiser profondément dans des économies réalisées à partir d'un modeste salaire. Freya ne la comprenait que trop bien, ainsi que les motivations qui l'animaient.

Jusqu'à présent, elle n'avait parlé à personne de ce qu'elle avait découvert chez le bijoutier de Bevham.

— Nathan ?

— Chef.

— Le divisionnaire veut du porte-à-porte dans tout Starly, des affichettes, des prospectus avec Debbie Parker, le blitz complet. Il estime que tout ce qu'on pourra découvrir risque de se trouver là-bas.

— Cet endroit me fout la chair de poule. Je parie qu'elle y est. Elle a dû rejoindre l'assemblée de sorcières d'un de ces crétins.

— Eh bien, si c'est le cas, dès que les hommes en tenue auront envahi les lieux, on la retrouvera.

— Vous avez une mission à me confier, chef ?

— Où ça ? À Starly ?

— N'importe où. Matt Ruston veut que je l'aide sur ses données narcotiques. Il y en a un paquet à éplucher.

— Tu es en train d'essayer de me dire quelque chose ?

— Ne soyez pas bête, chef, je vous adore, moi, s'il fallait, je veux bien mourir pour vous, seulement si c'est pour retourner à Starly...

— Pas du tout. Il s'agit d'aller rendre visite à un petit monsieur qui n'acceptera de parler qu'à quelqu'un d'important de la brigade criminelle, et, quand on aura terminé de ce côté-là, je veux te soumettre un autre truc.

Nathan afficha son sourire simiesque.

— Topez là ! s'écria-t-il en levant la main.

## 28.

— Le moment est bien choisi, ou es-tu en train de faire manger les enfants, de les aider dans leurs devoirs, de donner du fourrage aux chevaux...

— Salut, Karin ! Enfants déjà nourris, devoirs terminés et chevaux pleins de fourrage. Maintenant, je rattrape mon retard sur la paperasse de médecin généraliste, donc toutes les interruptions sont les bienvenues. Comment ça va ?

— Je viens te faire mon rapport, comme tu me l'as demandé.

— Bien. Dans quoi t'es-tu lancée ?

— La réflexologie.

— Je t'en prie, je ne pourrais pas supporter qu'on me chatouille les pieds.

— En réalité, on te les pétrit, avec assez de fermeté, d'ailleurs. C'est un pur délice. J'ai failli m'endormir. Ils allument de jolies bougies parfumées. Une fille très douce, en plus. Je ne leur ai rien dit et, au bout d'un moment, elle m'a demandé si j'avais un problème aux seins.

— Bien vu. Les femmes de ton âge en ont souvent.

— Là, tu es cynique. Après, je me suis sentie en pleine forme.

— Là, je suis entièrement pour.

— Je tiens un journal.

— De tes faits et gestes, ou est-ce que tu notes aussi tes sentiments ?

— Tout. Autrement, cela ne servirait à rien. Je me dois d'être honnête avec moi-même, Cat.

— Et ensuite ?

— J'ai pris un autre rendez-vous avec ma guérisseuse spirituelle pour mercredi matin. Jusqu'à présent, c'est ce que je préfère. J'en sors avec la sensation de pouvoir escalader l'Everest, mais je me sens aussi très calme et très optimiste.

— Puis-je émettre une suggestion à ce propos ?

— C'est pour ça que tu es là, tu es mon médecin.

— À mon avis, tu devrais passer un nouveau scanner.

— Pourquoi ?

— Je veux voir ce qu'il en est, réellement... pour le confronter à ce que tu ressens.

— Je veux y réfléchir.

Cat soupira. Elle se réfrénait au maximum, se montrait aussi ouverte d'esprit qu'elle le jugeait possible tout en restant professionnelle, mais elle était assaillie de doutes. Karin avait l'air d'aller bien et se sentait bien. Mais Cat avait besoin de savoir ce qu'il en était vraiment de son cancer.

— Est-ce que tu es honnête ?

— Envers qui ?

— Envers moi. Je te laisse beaucoup la bride sur le cou, là, Karin.

— J'ai besoin d'un peu plus de temps.

— De quoi as-tu peur ?

— Quoi ?

— Désolée, Karin... Je ne comprends même pas comment je peux te poser une question pareille.

— Tu crois que j'ai peur de me confronter à ce que tu appellerais les « faits » ?

— J'ignore ce que sont les faits tant que nous n'avons pas effectué les examens nécessaires.

— Oui, mais pas tout de suite, voilà, c'est tout.

Cat hésita, puis décida de ne pas trop insister pour le moment.

— OK, et alors, ensuite ? Tu essaies le feng shui ?

— Le chirurgien psychique.

— Non, Karin. Alors là, non, pas ça !

— En l'occurrence, pour celui-là, il ne s'agit plus de moi. Je n'y crois pas, je pense que c'est une tromperie et j'estime qu'il faut l'arrêter. Mais, pour l'heure, nous ne disposons que de rumeurs. Il faut que quelqu'un aille voir, sache ce qu'il en est et revienne ensuite avec un compte-rendu précis. En le consultant, je rends service à tout le monde.

— Alors, je viens avec toi. Je veux savoir ce qui se passe, moi aussi. J'ai bien compris ce que tu viens de me raconter, et peut-être peux-tu faire office de cobaye. Néanmoins, tu es vulnérable.

— J'y vais jeudi matin, à dix heures et quart. Tu seras en consultation à ton cabinet.

— Oui, et Chris donnera un cours à l'hôpital général de Bevham. Bon sang ! D'accord, mais si jamais quelque chose te tracasse, tu en ressors tout de suite. Cette fois, on ne parle plus de bougies parfumées.

— Je sais.

— Au fait, est-ce que ma mère t'a appelée ?

— Au sujet de ce dîner ? Oui, et nous venons.

— Parfait.

— Tu sais qui d'autre y assistera ?

— Nous, Nick Haydn, Aidan Sharpe et une inspectrice principale plutôt séduisante qui travaille avec Simon. Peut-être David Lester, pas sûr. Tout ça ressemble un peu à un assortiment de bonbons, mais tu connais ma mère. Je la soupçonne d'essayer de former des couples.

— Ou de lever des fonds, ou de vouloir constituer un groupe de travail pour la vente de charité de l'hospice.

— Ou de simplement chercher à mettre papa à cran. Il va être exaspéré, c'est sûr.

— On dirait qu'elle n'a jamais l'air de s'en rendre compte.

— Oh ! si, elle s'en rend compte. Sa manière de faire face, c'est de continuer sans broncher.

— D'ici là, j'aurai été opérée. Psychiquement, s'entend.

— Seigneur ! quelle façon de mettre un terme à cette conversation. Et, dis-moi, Karin...

— Je sais, je sais.

— Le scanner. Là, c'est ton médecin qui te parle.

— Au revoir, Cat.

Karin arriva à Starly le lendemain matin, jeudi, à neuf heures et demie. C'était une de ces journées susceptibles d'améliorer l'humeur de n'importe qui, songea-t-elle en empruntant les petites routes aux haies ponctuées de prunelliers. Elle était déterminée à prendre sa propre santé en charge, et dans un état d'esprit positif. Elle croyait en ce qu'elle faisait. Néanmoins, durant les longues et sombres nuits sans sommeil, elle nourrissait certains doutes, imaginait les mâchoires du crabe fouailler en elle, la dévorer. Elle se demandait ce qui lui avait pris de rejeter les conseils et le traitement médical éprouvé de Cat, et la crainte la saisissait de voir ce retard qu'elle s'imposait la placer au-delà de toute intervention. Néanmoins, dans la journée, quand elle lisait ces livres remplis de miracles et de récits de succès, débordants d'optimisme et de confiance, ou quand elle écoutait ses cassettes, elle était transportée dans des royaumes de beauté et de calme, de santé éclatante. Ses terreurs nocturnes refluaient dans des grottes lointaines, et elle se sentait de nouveau en forme et sûre d'elle.

C'était justement ce qu'elle éprouvait en cet instant, tandis qu'elle garait sa voiture sur le parking, situé derrière la place du marché de Starly. Tout était paisible, le soleil zébrait les troncs d'arbres d'une lumière jaune citron. Une mère promenait un bambin rieur qui dansait, ainsi qu'un nouveau-né dans un kangourou. Karin et la jeune maman échangèrent une remarque sur le temps printanier et l'enfant souffla un chapelet de bulles qui s'échappèrent de l'extrémité d'une baguette magique trempée au préalable dans un tube plein de liquide. Les bulles partirent à la dérive, chatoyantes et parcourues d'arcs-en-ciel iridescents.

Karin descendit la pente à pied, non sans jeter un coup d'œil au passage aux vitrines des boutiques, aux attrapeurs de rêves, pots de miel bio et petits cristaux. L'un de ces cristaux, un quartz pareil à un bloc de pétales de rose solidifiés, retint son regard. Elle éprouva son pouvoir magnétique, un pouvoir dirigé vers elle. Elle se l'offrit, pour cinq livres, et quand elle déposa le paquet dans son sac, elle se sentit plus légère.

Elle acheta un journal, l'emporta jusqu'à une table en pin, dans un café bio, où elle s'installa pour lire devant un verre de citronnade maison. « Si votre vie a le goût acide du citron, transformez-la en citronnade. » Elle avait lu cette phrase, ainsi que quantité de petits dictons optimistes de la même eau, dans un de ces livres parus en Amérique, un ouvrage qui lui conseillait également de s'envelopper de lumière blanche, de tisser son propre drap d'or et de tendre la main, tous les matins, pour atteindre son arc-en-ciel personnel. Elle appréciait assez le conseil de la citronnade.

Elle regarda dehors par la vitrine du café et se sentit bien. Et elle se le dit. Elle se sentait heureuse, positive, en bonne santé. Elle en était convaincue. Elle était aussi pleine de pressentiments concernant le rendez-vous qui l'attendait. Les réflexologistes et les aromathérapeutes, c'était une chose, un chirurgien psychique, c'en était tout à fait une autre. Elle referma la main droite sur son téléphone portable, dans sa poche, pour se rassurer.

À dix heures dix, elle franchit la porte d'une maison en bas de la rue en pente, dont le panneau vitré portait l'inscription « Cabinet », inscrite en noir. Le mot « dentaire » avait été grossièrement effacé. Avec sa phobie des dentistes, Karin n'était pas tellement rassurée.

— Bonjour. Avez-vous rendez-vous ?

La femme entre deux âges, en pull couleur camel, aurait pu être la réceptionniste d'un spécialiste du quartier londonien de Harley Street, réputé pour ses centaines de praticiens de haut vol. Karin lui indiqua son nom.

— Ah, oui, merci, madame McCafferty. Voulez-vous prendre un siège ? Le docteur Groatman va vous recevoir tout de suite.

— Je vous demande pardon ?

La femme sourit.

— Le docteur Groatman. C'est le nom du spécialiste qui traite les patients, par l'intermédiaire d'Anthony Orford.

— Je vois. Et je suppose que ce médecin...

— Vivait en 1830 à Londres...

— ... c'est cela.

La femme sourit de nouveau, avant de se tourner vers son ordinateur.

— Est-ce que les gens sont nombreux à venir ici ?

— Oh oui, le médecin est complet pour plusieurs semaines. On vient de très loin pour le consulter.

Karin prit un exemplaire de *World Healing*, mais, au moment où elle en parcourait la une, la porte de communication s'ouvrit et une femme âgée en sortit, l'air perdu et le visage assez pâle.

— Madame Cornwell ? Je vous en prie, asseyez-vous un instant, le temps de reprendre vos marques. Je vais vous chercher un peu d'eau.

La réceptionniste s'approcha d'une fontaine d'eau fraîche, au fond de la pièce.

— Il est important de boire un peu d'eau, madame Cornwell. Comment vous sentez-vous ?

La femme sortit un mouchoir et s'essuya le visage.

— Un peu faiblarde.

— C'est tout à fait normal. Buvez votre verre d'eau, lentement, et ne vous levez pas. Ressentez-vous une gêne ?

La femme leva les yeux, l'air surpris.

— Non. Je ne pense pas. Pas du tout. Pourquoi, c'est bizarre ?

La réceptionniste sourit encore.

— C'est normal.

La porte se rouvrit et un homme traversa la pièce pour se rendre directement au bureau, sans accorder le moindre regard à l'une ou à l'autre des deux patientes. Il était svelte, avec une chevelure couleur sable et un visage quelconque. Il pianota sur le clavier de l'ordinateur, à deux doigts, puis il consulta brièvement un dossier posé sur le bureau, avant de retraverser la pièce en sens inverse et de refermer la porte de communication derrière lui. Il y eut un silence. Mme Cornwell buvait son eau à petites gorgées, s'épongeait le visage et conservait son air ahuri ; quant à la réceptionniste, elle retourna à son travail. Karin rouvrit le magazine.

Un interphone retentit.

— Voulez-vous entrer, je vous prie, madame McCafferty ?

Les jambes de Karin se dérobèrent sous elle, et elle avait la gorge sèche. Exactement comme chez le dentiste. Elle n'avait qu'un désir : tourner les talons et sortir, tout de suite, tant qu'il en était encore temps.

La réceptionniste avait le sourire. Karin observa l'autre patiente. Comment cela se déroule-t-il ? À quoi cela ressemble-t-il ? Qu'est-ce qu'il vous fait ? Pourquoi êtes-vous ici ? Comment vous sentez-vous, franchement ? Ces questions se mêlaient dans sa tête.

— Allez-y, par cette porte. Le docteur Groatman vous attend.

*Oh, mon Dieu, je dois vraiment être folle !*

Elle regrettait que Cat ne l'ait pas accompagnée.

L'homme était tordu et claudiquait de manière marquée. Il portait une gouttière orthopédique et avait une épaule légèrement plus haute que l'autre. Ses cheveux arboraient la même couleur sable que le personnage qui avait traversé la réception, mais les siens étaient ébouriffés et rebiquaient au sommet de son crâne. Il était vêtu d'une blouse blanche et se tenait debout, à côté d'une couchette d'auscultation. La pièce était faiblement éclairée, des stores à lattes masquant la fenêtre. Il y avait un lavabo. Un sol en linoléum. Rien d'autre.

— Sur la table d'auscultation, je vous prie. Quel est votre prénom usuel ?

La voix était bourrue, avec un accent discret qu'elle fut incapable d'identifier.

— Karin.

— Allongez-vous, s'il vous plaît.

Karin obtempéra. Il vint se placer à côté d'elle et passa rapidement les mains au-dessus de son corps, sans la toucher.

— Vous avez un cancer. Je sens votre cancer, dans un sein, et dans les glandes. Il se propage à votre estomac. Déboutonnez votre chemisier, s'il vous plaît, mais sans le retirer, ne retirez aucun vêtement, aucun sous-vêtement.

Son accent était distinctement d'origine étrangère, peut-être allemand ou néerlandais. Lorsqu'elle déboutonna son chemisier, il détourna le regard.

— Il va falloir que je supprime cette grosseur, là, dans cette glande du cou. C'est la tumeur centrale. Si nous nous débarrassons d'elle, les autres vont rétrécir et disparaître. Elles se nourrissent de cette tumeur souche.

Tout en elle l'invitait à oblitérer la vision de ce personnage. Il aurait eu besoin de se raser, mais la peau et les mains semblaient propres. Il tendit la main sous la couchette et en sortit un plateau d'instruments. Elle entendit le bruit d'une cuvette que l'on déplaçait. Karin se força à regarder, à tout observer aussi attentivement qu'elle le pouvait, à se souvenir de son visage, de ses mains, de son corps. Il prit un instrument du plateau et sembla refermer les doigts dessus.

Puis il tendit la main vers son cou.

— Il ne faut pas avoir peur, rien à craindre. Regardez-moi votre rythme cardiaque, bien trop rapide, ridicule. Calmez-vous. Je vous fais du bien. La tumeur va disparaître, et vous irez très bien, de quoi avez-vous peur ?

Puis la main jaillit. Karin la sentit pincer un repli de chair, au creux de son cou, dans le bas du cou, puis une sensation curieuse, comme si on lui passait quelque chose sur l'épiderme. Ensuite la main pivota, se déplaça en suivant la ligne du cou. Elle observa le visage du praticien. Il avait les yeux mi-clos, mais elle comprit qu'il avait conscience d'être regardé. Le mouvement de pivot s'accentua, il y eut une violente torsion, et elle éprouva une douleur aiguë.

— Ah. Voilà. Bien.

La main s'écarta vivement d'elle et glissa sous la table d'auscultation. Quelque chose tomba dans la cuvette. Quand la main réapparut, les doigts étaient ensanglantés. À présent les deux mains se mettaient à osciller juste au-dessus d'elle, et il marmonna ce qui ressemblait à une prière incantatoire.

— Vous êtes entre les mains de Dieu, Karin. Saine et sauve. Vous allez complètement vous rétablir. Il faut vous reposer et manger correctement, ne pas vous laisser mourir de faim, ne pas refuser votre corps. Donnez-lui ce qu'il vous demande, quand il vous le demande. Buvez de l'eau, beaucoup d'eau. Reposez-vous. Au revoir.

Il demeura immobile. Karin était étendue, prise de vertige, un rien sidérée, mais au bout de quelques secondes elle fit basculer ses jambes hors de la table d'auscultation et se leva, sans véritablement retrouver son équilibre. Le docteur Groatman ne l'aida pas, ne prononça pas un mot, et l'expression de son visage était neutre. Elle pensait reconnaître l'homme en veste sport qui avait traversé la réception – il avait adopté une posture penchée, s'était logé un rembourrage dans le dos et à hauteur de l'épaule, et s'était savamment décoiffé – pourtant, elle n'en était pas certaine.

Quand elle posa la main sur la poignée de la porte qui conduisait à la réception, il ajouta ces mots à mi-voix :

— La méfiance et la suspicion sont des compagnes dangereuses. Gardez l'esprit ouvert et un cœur généreux, Karin, sinon vous allez annuler mon travail de guérison.

Le timbre de voix était déplaisant, et l'accent, quel qu'il soit, avait totalement disparu.

Karin s'écroula presque dans la pièce voisine.

Deux personnes attendaient.

— Je vous en prie, asseyez-vous, et buvez un verre d'eau, madame McCafferty.

— Non, je dois y aller, je suis désolée...

— Il le faut, vraiment. Il faut vous recentrer. Je vous en prie.

Toujours tremblante, Karin s'assit et sirota l'eau contenue dans le petit gobelet en carton. La femme avait raison, Karin en avait besoin, elle avait soif, elle ne tenait pas debout. L'interphone sonna pour convoquer le patient suivant.

— Dois-je payer tout de suite ?

— Oui, s'il vous plaît. Prenez votre temps. Attendez d'avoir repris tout à fait vos esprits.

— Je vais bien. Merci.

Karin se leva. Elle ne s'évanouit pas. La pièce demeura silencieuse. Elle la traversa en direction du bureau où la réceptionniste, toujours souriante, lui tendit une petite carte. *M^me^ McCafferty. Pour traitement : 100 livres. Prière d'établir votre chèque à l'ordre de SUDBURY & Co.*

Elle sortit à l'air libre, tout en effectuant fiévreusement quelques calculs. Elle n'était sans doute restée dans le cabinet de consultation qu'une dizaine de minutes, guère plus. Mais disons un patient toutes les demi-heures, plus le temps de l'attente, de neuf heures du matin à cinq heures de l'après-midi – au total seize patients par jour. Moins une heure de pause pour le déjeuner, soit quatorze patients. Quatorze patients à 100 livres = 1 400 livres.

De retour dans le café bio, elle s'installa à une table près de la fenêtre, au soleil, et devant un thé et une tourte aux carottes somptueuse et délicieuse. Elle profita de ce que la visite était encore fraîche dans son esprit pour noter dans le cahier à spirale qu'elle avait apporté les odeurs, les visions, les sons, ce qu'il avait dit, ce qu'elle avait ressenti.

De retour dans la voiture, elle téléphona à Cat.

— Le docteur Deerbon est sorti pour une urgence. Puis-je prendre un message ?

Karin laissa son nom et demanda que Cat la rappelle, le soir, chez elle.

Elle rentra à Lafferton en roulant lentement, savourant encore plus le soleil, se sentant libérée et soulagée, essayant de se sortir du crâne l'expérience de la matinée. Elle avait prévu de consacrer l'après-midi à son jardin, à dégager un emplacement pour les plants de pommes de terre. Elle entra dans sa maison, ramassa le courrier massé derrière la porte, et se rendit dans la cuisine, pour brancher la bouilloire avant d'enfiler un vieux jeans, une veste et des bottes. Le soleil brillait à travers l'énorme vase de jonquilles posé sur la table, les rendant étincelantes. Karin emporta le mug de thé jusqu'au sofa, avec son courrier. Cinq minutes plus tard, elle dormait. Elle ne s'agita pas, ne rêva pas non plus et, quand elle se réveilla, plus de deux heures après, elle resta allongée, immobile. Elle éprouvait une sensation extraordinaire de paix et de délassement. Le soleil s'était déplacé dans la pièce et décrivait à présent des formes de lumière oblongues sur le mur blanc. Karin les observa. Elles semblaient rayonner d'énergie et d'une beauté dépassant toute explication, au-delà des mots.

Elle se remémora sa matinée – Starly, l'étrange cabinet de consultation, l'homme au dos tordu et à la jambe boiteuse, son curieux accent, ses remarques brusques. Elle s'était montrée nerveuse et soupçonneuse, soulagée de s'en aller. Pourtant, maintenant, à regarder ce mur blanc, elle se sentait pleine de force et de bien-être, comme si quelque chose en elle avait en effet changé, comme si son esprit avait subi un renouveau. Elle se demandait ce qu'elle allait pouvoir raconter à Cat, à présent.

## 29.

Il avait envie de savoir ce qui se passait. Les nouvelles diffusées à la radio et dans le journal local avaient été reprises dans une partie de la presse nationale, mais en petits entrefilets. Les lieux étaient saturés de rumeurs. D'inquiétudes. De spéculations.

Il serait dangereux de s'embarquer à bord de la camionnette.

Il avait consacré la soirée de la veille à Debbie Parker. Il avait rédigé son rapport d'autopsie et l'avait classé. Ensuite, il lui avait fallu remettre le corps en ordre, replacer les organes, recoudre les blessures. Il se plaisait à considérer qu'il accomplissait toujours un travail impeccable, et qu'il savait se montrer respectueux, toujours respectueux. Cela, on le lui avait enseigné. À la morgue, à la table d'autopsie, l'humour cru était souvent de mise, surtout quand des policiers étaient présents. C'était leur façon d'affronter la scène dont ils étaient les témoins et de tenir l'horreur à distance, cependant il n'avait jamais approuvé cette attitude. Il s'était toujours refusé à y adhérer, certainement pas, jamais, et maintenant qu'il était seul, il travaillait en silence, ou à l'occasion, en musique. Pour Debbie, il avait choisi du Vivaldi.

Quand il eut terminé, il l'emmaillota dans un drap et glissa son corps dans la chambre froide, au-dessous des autres. Chaque tiroir portait une étiquette. Les noms étaient ceux qu'il leur avait choisis, pas leurs véritables patronymes, des noms qu'il leur attribuait avec un soin jaloux.

Achille.

Méduse.

Il avait donc écrit *Circé* à l'encre noire, bien calligraphié, et il avait inséré la carte dans le support du tiroir contenant le corps de Debbie Parker. Ensuite, il avait défait la fermeture à glissière de sa combinaison verte de laborantin, il s'en était extrait et il l'avait fourrée dans la machine à laver, avant de repasser ses vêtements de ville et de fermer le local à clef, prenant soin de verrouiller chaque compartiment avec son propre double cadenas, et de ressortir par la porte latérale, qui se déroulait jusqu'en bas et se cadenassait au sol de béton.

Il avait laissé la camionnette sur le parking d'un pub et marché en direction de la colline, par cette agréable soirée de début de printemps.

L'accès en était toujours barré par les cordons de la police, de simples rubans de plastique et des écriteaux sur des piquets plantés à chaque entrée. Personne dans les parages. De la police, des véhicules, des équipements, il ne restait rien.

Il suivit le chemin de ronde, en levant les yeux vers les pentes désertes, le sous-bois, les Wern Stones, jusqu'à la cime des chênes. Il n'y avait aucune indication de la date jusqu'à laquelle la police allait interdire l'accès de la Colline, mais, même après la réouverture, il faudrait beaucoup de temps aux gens pour revenir naturellement sur les lieux. Dorénavant, ces parages les angoisseraient, la rumeur alimenterait la rumeur, personne ne se sentirait plus en sécurité, tout le monde serait surveillé et la police patrouillerait de manière ostensible, avec régularité.

Il s'écarta, emprunta un itinéraire différent pour retourner à l'emplacement où était garé son véhicule. On ne saurait jamais être trop prudent, il ne fallait jamais baisser la garde.

Il entra dans le pub, qui était vide, commanda un verre de vin rouge et un pâté en croûte chaud, puis il emprunta le journal du soir posé sur le comptoir. C'était une grande salle anonyme, un pub pour voyageurs de passage. On le servit sans lui manifester le moindre intérêt et on ne se souviendrait pas de lui. Deux groupes d'hommes entrèrent et ne lui accordèrent pas un regard.

Le *Lafferton Echo* sortait un nouvel article sur Méduse et Circé. Le pâté en croûte était délicieux. Le soleil du soir, couleur rubis, plongeant au travers des losanges de verre de la fenêtre, juste derrière lui, fondit sur le journal. Il était content.

# 30.

Sharon Medcalf n'avait pas participé aux répétitions du chœur de toute la semaine ; elle avait envoyé un message signalant qu'elle souffrait d'un mauvais refroidissement, ce qui avait flanqué par terre les projets de Freya. À présent, elle avait le numéro de téléphone de Sharon devant elle, mais hésitait encore. Elle avait besoin de s'entretenir avec quelqu'un au sujet de Simon Serrailler, pour obtenir les réponses à certaines questions qui la préoccupaient chaque fois que son esprit n'était pas concentré sur son travail. Et, lors des deux occasions où elles s'étaient parlé en privé, Sharon s'était révélée être une aficionada du commérage.

Alors pourquoi tergiverser ? se demandait Freya à cette minute.

Elle s'éloigna du téléphone, se versa un verre de vin et s'assit pour réfléchir. Elle avait envie de parler de lui, d'entendre prononcer son nom, et de le prononcer elle aussi, d'en apprendre davantage sur son existence. Qui d'autre pouvait-elle interroger ? Les personnes qu'elle connaissait le mieux à Lafferton étaient ses collègues de travail. Mis à part des connaissances, pour l'essentiel des membres du chœur, la seule personne qu'elle pouvait appeler son amie restait Meriel Serrailler – qui, en l'occurrence, restait totalement exclue. Ce qui lui laissait Sharon Medcalf, toujours terriblement bien habillée, divorcée et propriétaire de deux boutiques de mode à Bevham. Sharon était membre de la chorale, et quand le chef lui avait demandé de chanter quelques mesures d'une aria en solo tirée du *Messie* de Haendel pour illustrer une indication à laquelle il tenait, Freya l'avait soudain considérée avec respect. Sharon possédait une voix de soprano splendide, à la tessiture riche et limpide, et des aigus impressionnants. Le reste du chœur avait écouté avec une attention absolue. Sharon Medcalf n'était donc pas limitée à ses seules tenues coûteuses. Freya avait cessé de jurer quand son esprit se mettait à tournoyer autour du personnage de Simon. Tout au fond d'elle-même, de temps à autre, une petite voix furibonde et indépendante lui marmonnait son mépris. Et lui murmurait aussi des avertissements. Qu'elle ignorait.

Elle alluma le téléviseur, zappa d'une émission sur la transformation de votre jardin à une autre sur l'achat de votre maison à une autre sur un match de football de niveau européen, puis l'éteignit. Elle avait enfin terminé les journaux du jour et n'avait aucun nouveau livre à lire. Elle but la fin de son vin et tira le combiné vers elle.

— Je parle bien à Sharon ?

— C'est bien elle.

— Ici Freya Graffham. Je vous appelais juste pour savoir comment vous alliez. Le message que nous avons reçu, au chœur, c'était que vous aviez perdu votre voix.

— Mille mercis. Oui, j'ai attrapé une saleté mais je me sens beaucoup mieux, aujourd'hui. Comment s'est déroulée la répétition ?

— Bien. Ça prend vraiment forme, maintenant, mais les sopranos manquent franchement d'étoffe, sans vous. L'autre raison de mon appel, c'était que j'avais une journée de congé, mercredi, et je me demandais si vous aimeriez déjeuner avec moi. Si vous vous sentez suffisamment d'attaque.

— D'ici là, cela confinerait au malade imaginaire. J'adorerais. Où ça ?

Si elles devaient parler de Simon, il valait mieux que ce soit n'importe où, sauf à Lafferton.

— Quelque part, à l'extérieur, pas en ville. Pourquoi pas au Fox and Goose à Flimby ? La nourriture y est excellente, mais ce n'est pris d'assaut que le soir.

— Je n'y suis pas retournée depuis des lustres. Si c'est une journée comme aujourd'hui, cela m'ira tout à fait. Merci, Freya.

— Nous nous retrouvons là-bas à midi et demi ?

Freya avait envie de chanter. Sharon lui avait parlé des Serrailler, le soir où elle l'avait raccompagnée chez elle. Elle ne connaissait sans doute pas très bien Simon, mais elle serait sûrement en mesure de répondre à une question qui tenaillait Freya depuis qu'elle était entrée dans son appartement. Elle ne pouvait ni l'ignorer ni l'écarter. Elle avait besoin de savoir.

Elle alla se faire couler un bain et, pendant qu'elle trempait dans l'eau, elle s'inquiéta non plus de Simon, mais de son travail. Le seul élément plus ou moins positif concernant l'une ou l'autre des femmes disparues lui était venu de Jim Williams, qui restait, en l'état actuel de leurs informations, la dernière personne à avoir vu Angela Randall s'enfonçant au pas de course dans le brouillard. Ensuite le brouillard l'avait enveloppée dans son linceul. On ne disposait d'aucune piste non plus concernant Debbie Parker. Les recherches sur la Colline n'avaient rien révélé. Deux personnes, à Starly, avaient reconnu sa photographie, et une autre connaissait son nom, mais personne ne l'avait plus revue là-bas ces tout derniers temps. Les enquêtes de porte-à-porte, les affiches, un autre appel radiodiffusé, d'autres articles dans les journaux – et rien.

Freya restait vaguement perplexe au sujet du chien de Jim Williams, Skippy. Il avait été vu pour la dernière fois sur la Colline, et il avait disparu, lui aussi, apparemment volatilisé en plein air – ou, plutôt, en plein brouillard. Mais il arrivait aux chiens de s'enfuir, de courir après une odeur, ou de creuser trop profond dans un terrier de lapin. Et un chien qui disparaît, ce n'est pas un être humain qui disparaît. On volait les chiens. Jim Williams n'avait vu personne, mais il avait rapporté avoir entendu un véhicule. Les voleurs de chiens entraînaient-ils leurs victimes dans des voitures pour décamper plein gaz sur la route ? Elle se remémora le personnage de Cruella de Vil dans les *101 Dalmatiens*.

Deux jours plus tard, elle roulait en direction de Flimby, le printemps avait battu en retraite et l'hiver lançait un dernier assaut. Le vent fouettait de la pluie glacée et de menues têtes d'épingles de grêle sur son pare-brise, et, quand elle se gara devant le Fox and Goose, une bise mordante du nord-est filait à travers champs, en plein dans sa direction.

Le pub était tranquille et le feu de bois, ainsi que les lampes couleur ambre des tables étaient accueillants. Tout au fond, elle aperçut dans l'arrière-salle un petit contingent de vieux paysans qui habitaient encore les villages alentour. Le bourdonnement sourd de leurs voix ressemblait à celui des abeilles.

Freya commanda une vodka tonic et s'adjugea une petite table près de l'âtre. Quantité de femmes avaient toute latitude de venir déjeuner dans des pubs de campagne comme celui-ci, tous les jours si ça leur disait, mais elles n'en retireraient certainement pas autant de plaisir qu'elle en ce précieux jour de congé, n'est-ce pas ? À Londres, Freya n'avait jamais profité de telles journées de loisir. Son temps libre se résumait à une course pour rattraper son retard dans les tâches domestiques et pour essayer, en lui préparant des dîners sophistiqués, de se prouver à elle-même qu'elle aimait rendre Don heureux.

C'était fini, songea-t-elle, elle ne se laisserait plus jamais marcher sur les pieds, plus jamais.

Comme si on avait allumé une lumière quelque part, elle revit l'appartement de Simon, la pièce paisible, tout en longueur, avec ses tableaux signés de lui, ses livres et le mélange harmonieux de meubles anciens et modernes. Elle avait envie de s'y trouver, tout de suite, même si elle appréciait la pièce tout à fait différente où elle se trouvait à cette minute, avec ses rideaux vichy et, en guise d'ornement, tout un attirail chevalin en cuivre. Elle avait envie de se laisser absorber par l'appartement de Simon, de s'y rattacher, de s'y intégrer aussi parfaitement qu'un vase ou un tabouret, ou que l'un de ses dessins au mur.

— Seigneur, quelle journée !

Sharon Medcalf se tenait juste à côté de sa table et retirait son long manteau en daim. Freya avait consacré une heure à choisir sa tenue, fermement déterminée à ne pas déchoir face aux tenues de couturier de Sharon et, quand elle s'était regardée dans le miroir avant de partir, elle s'était estimée plutôt satisfaite. Elle possédait quelques pièces convenables, et les avait assemblées avec un certain panache, à ce qu'il lui semblait. Toute sa vie professionnelle, elle la menait dans des vêtements qui n'étaient ni trop élégants ni trop décontractés, et qui n'attiraient pas trop l'attention. Elle avait donc profité de cette occasion pour faire davantage sensation. Mais à cette minute, confrontée à Sharon, elle se demanda pourquoi elle s'était donné tant de mal. Sharon portait un ensemble Armani, avec un foulard étonnant, et elle lâcha un sac Vuitton par terre, juste à côté d'elle.

Incapable de résister, Freya tâta la soie pure aux éclatants motifs bleu, blanc et fuchsia.

— C'est stupéfiant, je n'avais jamais rien vu de pareil.

— Et tu n'en verras plus jamais. C'est un vieux millésime d'Ungaro.

Freya soupira.

— Oh, tu sais, c'est mon boulot, reprit Sharon. Je pourrais aussi bien porter des jeans de chez Top Shop.

— Hum. Enfin, comment vas-tu ?

— Beaucoup mieux. Freya, merci de m'avoir conviée ici. Je fais grand cas de ton souhait de te montrer amicale.

Sharon Medcalf s'exprimait en employant ce genre de formules et, par miracle, elles ne sonnaient pas faux.

Elle allait probablement sur la cinquantaine, était très grande, très mince, avec de longs cheveux blonds fort bien coupés et une coloration si discrète qu'elle devait lui coûter une fortune. Quant à son maquillage, il aurait pu avoir été exécuté par une main professionnelle.

— Je n'avais plus remis les pieds dans cet endroit depuis des années et je meurs de faim.

— Le menu est inscrit au tableau noir, là-bas, derrière le bar.

— Je sais, mais je n'arrive pas à le voir.

Sharon hissa son sac Louis Vuitton et en sortit son étui à lunettes.

— Dior ? Chanel ?

Sharon chaussa la paire de lunettes YSL et fit une drôle de grimace.

— OK, déjeunons.

Elles commandèrent, Freya remplaça son verre de vodka vide par de l'eau minérale et se cala dans son siège. Elle n'avait aucune idée de la manière dont elle allait s'y prendre pour réussir à glisser le nom de Simon Serrailler dans la conversation, mais en fait, ce fut relativement facile. Quand leurs deux tourtes au crabe arrivèrent, Sharon prit la parole :

— Tu sais que l'assemblée générale annuelle de la chorale est le mois prochain et que Peter Longley et Kay ne viennent plus siéger ?

— Non, je ne suis pas encore arrivée à me tenir au courant de ce genre de chose.

— Meriel a mentionné ton nom. Elle te veut au conseil d'administration.

— Vraiment ? Je viens à peine de m'intégrer.

— Oui, elle m'a téléphoné. Elle est stupéfiante, Meriel. Elle connaît tout le monde, et pour ce qui est d'embringuer les gens, elle est vraiment trop futée.

— Elle m'a enrôlée pour confectionner six tartes truffées au chocolat destinées à un hospice, et pour l'aider en vue de la kermesse de printemps. Elle devait avoir beaucoup d'influence, quand elle était spécialiste.

— On parle encore d'elle à voix basse, je suppose donc que les étudiants devaient trembler quand ils faisaient partie de sa tournée hospitalière. C'est le genre de personnage qui ne devrait jamais prendre sa retraite. Maintenant, elle a besoin de défouler toute son énergie dans ses œuvres caritatives.

Leurs plats principaux arrivèrent – de la lotte en gros blocs charnus entourés d'une légère sauce au curry, et accompagnée de grands bols de légumes frais. Freya se rendit au bar pour qu'on lui serve encore de l'eau minérale. Angela Randall était-elle jamais entrée dans un pub comme celui-ci avec l'homme à qui elle avait acheté ces coûteux présents ? Freya l'espérait, et aussi qu'elle avait été payée de retour pour ses extravagances. Comment l'avait-elle rencontré ? Où était-il, maintenant ? L'inspectrice était convaincue que les cadeaux étaient liés à la disparition d'Angela, mais elle restait toujours démunie, sans la moindre piste en vue. Debbie Parker, songea-t-elle en posant sur la table les bouteilles d'eau minérale en verre d'un bleu profond, ne serait certainement jamais venue au Fox and Goose, avec ou sans ses nouveaux amis de Starly. Freya se sentait coupable de ne pas avoir jugé Debbie plus digne d'intérêt.

Elle se rassit, se versa un verre d'eau.

— C'est vraiment une institution médicale, la famille Serrailler.

— Depuis trois générations, je crois. Tu connais les autres ?

Freya inclina la tête au-dessus de son assiette.

— Non. Enfin, si, puisque je travaille avec Simon, bien sûr.

— Lui, c'est le cas à part. Unique. Ses parents n'étaient pas des plus ravis quand il a décidé de devenir policier. Policier, et puis quoi encore ? Mon Dieu, qu'est-ce qui me prend, de faire une remarque pareille...

— Ne t'inquiète pas. Nous savons que nous formons une variété de faune d'eau stagnante assez bas de gamme.

— Mais, pour eux, les Serrailler, celui qui n'est pas médecin n'est pas un vrai Serrailler. Pourtant, deux médecins sur les triplés, cela devrait suffire, non ?

— Tu le connais bien ?

— Richard ?

— Je faisais allusion à Simon, mais oui, Richard aussi.

Sharon lui lança un rapide regard, réunit son couteau et sa fourchette et s'adossa à son siège.

— À peine, lui avoua-t-elle. Meriel et lui ne forment pas un couple uni, si tu vois ce que je veux dire. Elle vit comme bon lui semble.

— Quand nous nous sommes rencontrés, je n'ai pas accroché avec lui.

— Personne. À mon avis, elle a dû passer de sales moments. Il est très aigri.

— Pourquoi, à cause de son fils devenu flic ?

— De cela, et de Martha. Tu es au courant, pour Martha ?

— Non. Tu veux un dessert ?

— Comment crois-tu que je rentre dans mes vêtements ? Enfin, un café, tout de même.

Elles commandèrent deux espressos.

— Martha est la plus jeune des Serrailler, elle a environ dix ans de moins que les triplés. Elle est née avec de graves lésions cérébrales. Elle vit dans un institut, à l'autre bout de Bevham. D'après ce que j'ai entendu, cela a anéanti Richard. À ses yeux, Martha représente l'échec. Il fallait qu'il ait une famille parfaite, modelée selon son idée. Ça n'a pas marché.

— Pauvre Meriel.

— Oui, c'est elle qui souffre. C'est pourquoi elle s'immerge toujours dans un tourbillon d'activités qui, pour l'essentiel, la tiennent éloignée de lui.

— Je suppose qu'il est à la retraite, lui aussi ?

— Oui. Il était neurologue. Personne ne sait à quoi il s'occupe, désormais. Il n'est certainement pas de nature à aider et à soutenir son épouse.

Les cafés arrivèrent, accompagnés d'une assiette de truffes au chocolat. Sharon les repoussa.

— Comment est-il, Simon, au travail ? lui demanda-t-elle.

Freya fut prise à contre-pied. Sharon l'observait attentivement.

— C'est un très bon inspecteur de la criminelle. Il dirige une bonne équipe.

— Et ?...

— Pardon ?

— Ne me dis pas que tu n'es pas tombée amoureuse de lui. Toutes celles qui ont croisé Simon Serrailler sont tombées amoureuses de lui.

Freya avala une gorgée de café brûlant. La douleur lui transperça la gorge. Sharon se pencha en avant. Avide de confessions et de confidences, se dit Freya. *Fais attention ! Fais attention !* Mais elle mourait d'envie de parler de lui et se moquait de tout, sauf d'en apprendrc plus.

— D'accord, fit Sharon. J'ai saisi. Maintenant, écoute...

— J'ai besoin de savoir juste une chose, Sharon. Est-il homo ? En un certain sens, ça pourrait paraître évident... c'est sûrement ça, forcément, bien sûr.

— Oh ! seigneur Dieu, non.

Freya sentit la sueur lui perler dans le dos. La tête lui tournait.

— Ce qu'il est est un mystère. Tout le monde essaie de percer ce mystère, et personne n'y parvient. Tu es inspectrice, tu as tes chances, ni plus ni moins que les autres. Je ne connais pas bien Simon, c'est Meriel que je connais, mais j'ai rencontré un tas de femmes qui ont été meurtries par lui. Il est charmant, beau garçon, cultivé, chaleureux, de bonne compagnie. Il a gravi les échelons de la carrière en empruntant la voie rapide, ce qui est aussi un aspect séduisant du personnage. Mais il a brisé plus de cœurs que l'on ne m'a servi de dîners chauds dans ma vie, Freya. Il charme les femmes, il se montre amical, il leur donne l'impression qu'elles sont uniques au monde, il leur accorde toute son attention, pleine et entière, il écoute... pour écouter, ça, il est très fort. Est-ce que cela lui échappe totalement ? Je n'en sais rien. Il n'est ni misogyne ni sadique, je serais prête à le parier. Mais dès qu'elles commencent à tenir à lui, il est sur le qui-vive, il recule et il tranche dans les grandes largeurs. Et là, elles ne comprennent pas ce qui leur tombe dessus. Et puis il y a autre chose... Personne ne sait où ni quoi, mais il a une autre vie, loin de Lafferton, c'est certain. Et ces deux vies ne se croisent jamais. Elles ne se croisent probablement même jamais dans sa propre cervelle, si tu vois ce que je veux dire. Je vais commander un autre café... et toi ?

Freya opina. Elle était incapable de prononcer un mot. Sharon se leva et se rendit au bar. Le bourdonnement des conversations enjouées et des rires résonnait et tournoyait dans la salle, l'odeur du café et des bouffées de cigare flottait dans l'air. C'était une atmosphère qui permettait à Freya de se dissimuler, tandis qu'elle luttait pour faire le tri de ses émotions. Sharon avait été assez affûtée pour la démasquer d'emblée. Fais attention, se morigéna-t-elle une fois encore. *Fais attention.*

Quand Sharon fut de retour. Freya reprit la parole.

— Écoute, Sharon...

Sharon leva une main.

— Je sais. Ne dis rien à personne.

— Il n'y a rien à dire.

— Peu importe. Tu travailles avec lui, tu n'as pas envie que ça circule. Je ne suis pas idiote.

— Il n'est pas question de « ça »... franchement. Je suis juste curieuse.

— C'est ça. Curieuse.

— D'accord, séduite, aussi.

— Je voulais juste te prévenir.

— Me prévenir... ou me mettre en garde ?

— Absolument pas. Petit *a* : Il n'est pas mon type. Petit *b* : Je suis casée. Mais j'ai vu trop de femmes que ton inspecteur principal a rendues très malheureuses.

— Merci, me voilà prévenue. Après avoir déjà eu un homme qui m'a gâché quelques-unes des meilleures années de mon existence, je ne suis pas près de laisser la situation se reproduire. Tout de même : s'il était homo, n'aurait-il pas une bonne raison de conserver profil bas et de se tenir à l'écart de sa ville natale ?

— Son père ?

— Si j'en juge d'après ce que tu m'en as raconté.

— Possible.

— Allez, assez parlé des hommes, non ? Si je passais dans une de tes boutiques, quelle remise obtiendrais-je sur un pantalon Armani ?

Sur le chemin du retour, Freya fit un détour par la Colline. Personne dans les parages. Fouettés en tous sens par le vent, les rubans barraient encore les entrées, rappel de la mort et du désastre communs à tous les lieux du crime. Si c'était le lieu d'un crime, nuança-t-elle en montant lentement vers l'une des trouées qui menaient aux pentes verdoyantes, à présent nues et mornes dans la lumière déclinante. Ici, il était facile de faire naître des fantômes, ainsi que des images de peur et de violence. Par une journée d'été ensoleillée, il émanerait de cet endroit charme et enjouement, avec des enfants gambadant çà et là, des promeneurs avec leur chien, des coureurs en nage, en débardeur et en lycra.

Qu'était-il arrivé, ici ? Elle devinait que cela s'était passé ici : il y avait trop de liens. Le jeune cycliste que l'on avait aperçu pour la dernière fois ici. Jim Williams avait vu Angela Randall courir en direction de la Colline avant de s'évanouir dans le brouillard. Debbie Parker venait marcher par ici tôt le matin parce qu'on lui avait suggéré que c'était là une heure propice. Même Skippy, le yorkshire, avait échappé à Jim Williams dans le sous-bois, avant de disparaître.

Que se passait-il, et pourquoi ? Où se situait le lien entre ces trois personnes et un chien que l'on avait tous aperçus pour la dernière fois sur la Colline ? En existait-il un ? Si tel était le cas, ce lien demeurait obscur, et elle ne parvenait pas à mettre le doigt dessus.

Elle regarda de nouveau autour d'elle. Elle avait toujours été motivée, dans son métier d'officier de police judiciaire, par le sentiment d'une forme de dette à l'égard des victimes d'un crime, envers ceux qui ne pouvaient se défendre et même se venger, parce qu'ils étaient incapables de s'exprimer, parce qu'ils étaient intimidés, ou morts.

Elle éprouvait cette même conviction, en cet instant. Il fallait qu'elle travaille au nom de ces êtres disparus, et même de ce chien disparu. Aucun d'eux n'avait disparu de son propre gré, elle ne conservait aucun doute à ce sujet.

Elle remonta dans sa voiture et s'éloigna, mais la mélancolie et l'isolement de la Colline déserte s'agrippèrent à elle durant tout le trajet du retour.

Le déjeuner avec Sharon avait été agréable, un complet changement, quelle qu'ait été la réelle motivation de son invitation. Malgré quelques menues réserves, Freya appréciait cette femme, et elle tâcherait d'entretenir cette amitié, même si elle ne lui confierait jamais de secret – elle avait trop bien perçu la lueur d'avidité dans son œil et son penchant marqué pour les ragots. Freya savait garder le silence sur tout ce qui touchait à son métier. Mais ce n'était pas de son métier qu'elle avait envie de parler avec Sharon Medcalf.

Pour le restant de l'après-midi, elle se consacra à des activités de substitution – courses au supermarché, lessive et repassage. Elle nettoya la salle de bains et prit une douche. Elle regarda le premier journal télévisé en début de soirée.

À huit heures et demie, elle sortit. Elle n'avait pas de projet, elle avança, simplement, se gara sur le flanc de la cathédrale, là où elle aurait dû se trouver le soir de la répétition du chœur.

Il faisait noir. Les rues étaient tranquilles. Le Close était désert, excepté une femme à bicyclette et trois garçons, qui se dirigeaient vers l'école de la chorale. Freya s'attarda jusqu'à ce qu'ils aient disparu, resta dans l'ombre, vers les maisons du bout.

Il pourrait être encore au poste, ou sorti pour une affaire de police. Son appartement serait éteint, et elle aurait perdu son temps. Si la lumière était allumée, signifiant qu'il y était, elle serait heureuse. Elle pourrait se tenir là et lever le nez, se le représenter dans la pièce, rester aussi longtemps qu'il le faudrait. Il n'était pas question de sonner à sa porte. Elle n'était pas si bête.

Lorsqu'elle franchit la pelouse sur le bord de l'allée, elle entendit une voiture. Simon Serrailler la dépassa. Freya se figea, pétrifiée. S'il tournait, il la verrait. Elle recula au milieu des ombres.

Deux autres voitures étaient garées devant son immeuble. Simon se rangea à leur hauteur et éteignit ses phares, mais, à la lumière du réverbère, Freya vit les deux portières de la voiture s'ouvrir. Il descendit le premier, avant une femme. Elle était mince et menue, et portait un imperméable clair.

Freya se sentit soudain horriblement malade. Elle avait envie de courir, elle avait envie de ne pas voir, mais il fallait qu'elle voie, il fallait qu'elle reste là, debout, à regarder, à s'imprégner de chaque détail.

Ils marchèrent vers l'immeuble, mais, au lieu d'entrer, s'arrêtèrent devant un des autres véhicules en stationnement. Simon tenait la jeune femme par l'épaule et se pencha pour lui dire quelque chose. À hauteur de la voiture, elle se tourna vers lui et il tendit les bras vers elle.

Freya se détourna. Paralysée, elle était incapable de se mouvoir. Si elle se faisait surprendre, là, tout de suite, elle resterait figée tel un animal sauvage pris dans le faisceau des phares. Elle n'avait plus envie de rien voir, elle n'avait plus envie d'être ici, d'endurer tout cela. Elle était furieuse contre elle-même.

Elle entendit la portière de la voiture claquer, le moteur démarrer, les roues tourner sur les pavés. Aussitôt, elle leva les yeux. Simon était debout devant le seuil de son immeuble, la main levée. Ensuite, alors que la voiture s'éloignait en vitesse, en passant devant Freya, il se retourna, poussa la porte d'entrée et s'éclipsa.

Freya attendit. Il s'était mis à pleuvoir. Dans deux minutes, les lumières s'allumeraient en haut de l'immeuble plongé dans l'obscurité. Elle se représenta l'appartement, les lampes, les tableaux. Simon. Ensuite, elle repartit, à pied.

# 31.

Il croyait tout savoir de lui-même. Il avait vécu tellement de temps seul, à fouiller son âme, à s'efforcer de remonter à la source de tous ses actes, de toutes ses pensées, de tous ses besoins, qu'il aurait juré ne jamais se laisser surprendre.

Il savait depuis si longtemps ce qu'il devait faire, et pourquoi. Il savait ce qui lui procurait une satisfaction toute temporaire, il connaissait les éléments qui peu à peu composaient un tout. Il n'avait jamais éprouvé de véritable intérêt pour la chasse et la capture. Elles n'étaient que les moyens de réaliser son objectif. Il fallait qu'il repère les individus, qu'il les sélectionne soigneusement, qu'il les traque, qu'il les piste, qu'il les poursuive jusqu'à la fin, avant d'être obligé de les réduire au silence – il évitait les mots meurtre, mort, tuer. Rien de cela ne lui procurait de plaisir. Les sadiques et les psychopathes, les individus méchants puisaient leur satisfaction dans le meurtre, et peut-être dans tout ce qui les y conduisait. Il n'était pas ainsi. Cette idée lui faisait horreur.

Son entreprise à lui était totalement différente.

Il était donc choqué de constater qu'il mourait d'envie de retourner à la Colline, maintenant que cela lui était impossible, du moins provisoirement. Il avait envie de revenir sur ses propres pas, de se retrouver là où il avait guetté chacune de ses proies, de tout se remémorer. Si la police n'avait pas fermé l'accès des lieux au public, il ne s'en serait sans doute jamais aperçu. La veille au soir, il avait consulté sa liste et un autre aspect l'avait perturbé. Il lui restait encore à se procurer trois échantillons. Un homme d'âge mûr. Une femme âgée. Un homme âgé.

Les autres échantillons possédaient déjà leurs spécimens, qu'il avait examinés, disséqués, enregistrés et classés. Sa recherche était unique au monde. Personne d'autre n'avait mené d'expériences comparables, surtout pas telles qu'il les avait menées, personne n'avait comparé la manière dont il les avait mis à mort, et les différences infimes qui subsistaient entre eux.

Ce serait bientôt terminé. Il aurait accompli ce qu'il s'était fixé. Il ne serait pas nécessaire d'aller plus loin. Lorsqu'il s'en rendit compte, il comprit qu'il n'était pas un obsessionnel, mais un intoxiqué. Quand il pensait en être privé pour toujours ou qu'il se répétait de simples formules comme « la fin », « jamais plus », un filet dc sueur déplaisante et glacée lui dégoulinait dans le dos. Il fallait qu'il se lève et qu'il arpente la pièce, il fallait qu'il sorte et déambule dans la rue, afin de se calmer.

Comment cela pourrait-il jamais être terminé ? Il ne posséderait plus aucune raison de vivre. S'il n'y avait plus aucune tâche à accomplir, il devrait trouver unc autre raison de continuer, car il avait besoin de continuer. Il avait besoin de sa dose. Il en avait besoin pour se maintenir en vie et en état de fonctionner, pour s'empêcher de devenir fou, pour conserver la maîtrise.

Il n'osait pas prendre la camionnette et il ne pouvait pas se rendre à la Colline avec son véhicule personnel. Trop de monde reconnaîtrait sa voiture, et le connaissait, lui. On le saluerait d'un signe joyeux de la main. Il allait devoir y aller à pied, et il faudrait que ce soit tard dans la soirée. À la lumière du jour, il risquerait trop de se faire remarquer. Les gens évitaient la Colline, à présent. Il savait qu'il vaudrait mieux se tenir à l'écart : monter là-haut équivaudrait à enfreindre toutes les règles. S'il était en mesure de continuer son travail avec précision, c'était justement parce qu'il connaissait les règles et les avait toujours respectées. La plupart de ceux qui se faisaient prendre tombaient parce qu'ils avaient désobéi aux règles, et ils désobéissaient aux règles parce qu'ils finissaient par se montrer arrogants, imprudents, et aussi par pure stupidité. Mais lui, il était intelligent. Il possédait un esprit aguerri. Il se montrait systématique, dans toutes ses entreprises. Il n'avait jamais agi par impulsion, il avait toujours tout vérifié et contre-vérifié. Alors, pourquoi se sentait-il désespéré au point de courir des risques ? Le besoin enflait en lui, et il comprenait que lui seul exerçait désormais son pouvoir. Il fallait qu'il l'ignore. Il devait maîtriser cette force.

Durant des heures, il pensa à la Colline. Plusieurs nuits de suite, il resta couché, les yeux ouverts, à se représenter toutes les circonstances au cours desquelles il s'était retrouvé là-bas, « à travailler », ainsi qu'il aimait y songer.

Il avait fini par aimer cet endroit. Pour son ancienneté, pour ses racines qui plongeaient profondément dans le passé, pour ses Wern Stones à propos desquelles s'accumulaient tant de superstitions, depuis tant de siècles. Il aimait ses silences et le bruit différent que produisait le vent, sur tout le pourtour, en fonction du point cardinal d'où il soufflait. Il aimait la manière dont étaient disposés ses sillons, ses saillies et ses excroissances de pierre, et les massifs d'arbustes et de sous-bois, et la couronne des grands chênes. Il aimait ses lapins et ses terriers à lapins. Il avait choisi ce lieu pour des raisons pratiques, mais il avait fini par l'aimer pour des motifs sentimentaux.

Afin de se calmer, il roula jusqu'au parc d'activités. Il était sept heures passées. Tout le monde était parti, les blocs préfabriqués étaient fermés à clef et plongés dans l'obscurité. Il se faufila par la porte latérale et se glissa dans le bâtiment froid et silencieux. Comme ils seraient tous stupéfaits de découvrir ce qu'il avait accompli ici ! Ces hommes qui l'avaient rejeté et qui avaient précipité sa ruine ne lui avaient certainement jamais accordé la moindre pensée, après qu'il avait quitté l'enceinte de la faculté de médecine, pourtant, ils avaient perdu un disciple qui aurait pu leur apporter la gloire. Pourquoi n'y avaient-ils pas pensé ? S'il avait été autorisé à poursuivre le chemin qu'il s'était choisi, à l'heure actuelle il aurait atteint les sommets de sa profession, mais tout le mérite leur serait revenu, pour l'avoir formé. Maintenant, il récupérait tout ce mérite pour lui seul, jusqu'à la dernière goutte.

Il appuya sur l'interrupteur de l'éclairage au néon d'un blanc bleuté et resta là un moment, à écouter le silence des morts. Puis il s'approcha de la porte découpée dans le mur de béton, tout au fond, et pénétra au cœur de son royaume. C'était très petit, un fond de garage, mais tout ce qui comptait y était rassemblé. Il hésita, la main en suspens au-dessus d'une poignée de tiroir, avant de passer au suivant. Finalement, il arrêta son choix sur le second, côté droit. Il avait vérifié l'alimentation électrique, les thermomètres et les cadrans, comme chaque jour. Il était méticuleux. Il ne pouvait se permettre d'agir autrement.

Il tendit la main. Le tiroir coulissa sur ses roulettes. Angela Randall gisait, face à lui. Il considéra fixement son visage d'une blancheur marmoréenne. Angela Randall. Au début, il avait jugé flatteuse son obsession à son égard, et quand les cadeaux s'étaient mis à affluer, il s'était montré plutôt ravi. Personne n'avait jamais nourri de passion pour lui, avant elle. Il ne l'avait jamais autorisé. Mais, au bout d'un certain temps, ses lettres, qui dégageaient un parfum pathétique de désespoir, ses cadeaux, les invitations, les suppliques avaient fini par devenir ennuyeux. À la fin, il la méprisait. Non que ce fût la raison qui motivait sa présence. Il n'avait jamais laissé aucune émotion influencer son travail. Elle était là parce qu'elle avait le bon âge, appartenait au bon sexe, mesurait la taille adéquate, à ce stade de sa recherche, et parce qu'elle avait été facile à suivre sur la Colline.

Il acheva de faire coulisser complètement le tiroir pour considérer son œuvre. Il estimait avoir mieux réussi son intervention sur Angela Randall que sur les autres – un travail précis, propre et net, exécuté d'une main ferme. Il avait tout retiré, tout examiné, tout disséqué, pesé, consigné, avant de tout remettre en place. Il connaissait les parties de son corps comme le dos de sa main, il les avait étudiées de près. Maintenant elle était remise en état, et les coutures étaient pâles et brillantes, entre les points de chirurgie.

Il s'interrogeait sur ce qu'elle lui aurait offert, la fois suivante.

Avant de contrôler de nouveau l'électricité et les thermomètres, d'éteindre les lumières et de cadenasser chaque porte, il avait passé un certain temps à les observer tous. Il était un peu mécontent de son travail sur le jeune homme, qui avait été en très bonne forme physique, mince et musclé, et il se demandait s'il ne devrait pas recommencer. Cependant, cette capture-là s'était révélée la plus compliquée : le garçon, très costaud, s'était débattu. Pas comme la pauvre grosse Debbie.

Trois tiroirs demeuraient vides. L'un d'entre eux n'était pas encore attribué. Les deux autres étaient réservés aux deux personnes âgées, Protée et Anne. Mais si la situation sur la Colline demeurait telle qu'elle était, il s'écoulerait encore un bon moment avant qu'il ne puisse les recevoir ici. Il arpenta la pièce centrale, puis la salle externe, d'un pas nerveux, exaspéré, impatient. Il ne se mit pas en colère, car il ne se mettait jamais en colère. Se laisser gagner par la colère, même dans les petites questions quotidiennes, était dangereux. Il ne serait jamais allé si loin dans son travail s'il avait été sujet ne serait-ce qu'au moindre accès de rage. Néanmoins, il se sentait comme un canal que l'on aurait endigué. Ce délai ne s'imposait pas à lui de sa propre volonté, il ne s'inscrivait pas dans son programme. Ne pas avoir anticipé les impondérables était une faiblesse de sa part, simplement parce qu'il s'agissait d'une force inhérente à la vie même, et c'était à la vie qu'il devait se confronter, au premier chef.

Il marcha en long et en large dans le bâtiment, jusqu'à ce qu'il prenne le dessus sur ses émotions, puis il partit, rentra chez lui et révisa ses plans.

# 32.

Le pâle soleil de l'après-midi ne dispensait aucune chaleur, pourtant il éclairait joliment les champs alentour. Karin et Cat contournèrent l'enclos sous la morsure du vent d'est, très vif, à travers leurs pulls épais, leurs vestes en peau de mouton et leurs parkas prétendument étanches. Hannah Deerbon était juchée sur Peanuts, son poney rondouillard ; l'animal et l'enfant méprisaient le froid, en toute insouciance. Hannah avait bouclé trois fois le tour de l'enclos à la longe et, alors qu'elles atteignaient le portail, Cat la prévint :

— C'est le dernier tour, et je parle sérieusement, cette fois ! Karin et moi, nous n'avons plus ni mains ni visage.

— Ne dis pas de blagues, maman.

— C'est comme ça et pas autrement, Hannah. Karin, flanque un coup dans le derrière de Peanuts, histoire de le faire avancer.

Les mouvements énergiques ne faisaient pas partie des plans de jeu du poney, et il traita les deux claques que Karin lui administra sur l'arrière-train avec un mépris souverain. Elle avait téléphoné à Cat pour lui expliquer qu'elle voulait lui résumer la teneur de sa visite à Starly, mais, à son arrivée, Cat était en train de préparer sa fille et le poney.

— Pas d'école ?

— Journée pédagogique. Maman est venue me relayer ce matin. J'avais promis que je serais de retour à une heure et demie, et, bien entendu, je ne suis pas arrivée avant trois heures moins cinq. Enfin, rien de tout cela ne la surprend plus. Elle m'a rassurée : en réalité, elle ne m'attendait pas avant quatre heures.

Elles s'étaient mises en route dans le vent – Karin avait emprunté un pull et une veste de campagne à son amie –, mais là, dehors, il était difficile de se parler.

Karin s'était réveillée reposée et légèrement étourdie du profond sommeil dans lequel elle avait sombré après sa visite au cabinet du chirurgien psychique. L'expérience lui paraissait étrangement lointaine, et ce n'est que plus tard dans la journée qu'elle avait été capable de s'asseoir pour y resonger dans les moindres détails et se former une opinion. Elle s'était alors sentie de plus en plus mal à l'aise. Quand elle avait appelé Cat, la doctoresse était en pleine consultation.

— Viens plutôt prendre le thé demain à la maison, on se parlera à ce moment-là.

— Avance, Peanuts le paresseux, avance !

Hannah releva les jambes presque à l'horizontale par rapport à son buste et les rabaissa pour flanquer un grand coup dans les flancs du poney. Cette fois, elle obtint l'effet désiré. Cat et Karin se retrouvèrent à courir pour soutenir le train, car le poney fonçait comme une flèche, et Cat s'efforça non sans mal de garder la main fermement serrée sur la longe. Quand elles arrivèrent à la hauteur du portail, Peanuts s'arrêta en dérapant des quatre fers, Cat laissa filer la longe et glissa dans la boue, sur le derrière. Hannah, fermement plantée sur sa selle, les joues roses, les yeux comme deux étoiles, riait, riait.

Cet incident fit basculer le trio dans un mouvement d'humeur querelleuse, d'où elles n'étaient pas encore complètement sorties une demi-heure plus tard. Hannah était partie regarder une émission de télévision enfantine avec le plateau de son goûter, laissant Cat et Karin dans la cuisine.

— Voilà ce qui me manque, avoua Karin : les poneys, les émissions éducatives de Blue Peter, les cartables d'écolier et les casse-croûte pour le déjeuner à l'école. Et ne me réponds pas que je ne connais pas mon bonheur.

Cat remplit leurs mugs de thé.

— Non, et je ne te raconterai pas non plus que la maternité est un enfer. Cet enfer n'est qu'un purgatoire avec de jolies portions de paradis. S'il est un groupe de patients envers lequel j'ai de la sympathie, ce sont les femmes qui ne peuvent concevoir d'enfant.

Elle regarda Karin.

— Et pour celles qui auraient pu en avoir, mais qui ont trop tardé.

— Pour les enfants que j'aurais pu avoir, vu la situation actuelle, ce serait dur à vivre.

— Tu as raison. Bon, allez, crache un peu le morceau !

Karin resta silencieuse un moment, le temps de rassembler ses pensées. Le chat sauta sur le canapé et se pelotonna à côté d'elle.

— C'est inquiétant. Je pense qu'il faut l'empêcher de continuer, je le pense sincèrement.

— Que s'est-il passé ?

Karin lui raconta sa visite avec autant de détails que possible, en lui citant tous les propos du chirurgien psychique qu'elle avait été capable de retenir, et en lui décrivant ce qu'il avait fait. Cat écouta sans prononcer un mot, en dégustant son thé, fronçant le sourcil de temps à autre. À la télévision, dans la pièce voisine, un groupe jouait « Morning Has Broken ». Dehors, le vent courbait les hêtres dans le fond du jardin. Quand Karin eut terminé, Cat, muette, se contenta de se lever pour remplir la bouilloire de nouveau, avant d'aller voir ce que faisait Hannah.

Karin attendit. Elle enviait Cat, non seulement pour ses enfants, mais aussi pour quelque chose d'indéfinissable dans sa maison et sa vie de famille : une chaleur et un bonheur, liés à une confiance en l'avenir, qui ne pouvaient manquer de toucher les visiteurs. Karin avait toujours retiré de l'atmosphère de cette maison quelque chose qui l'avait apaisée et revigorée, en dépit des moments où elle avait vu Cat blême d'épuisement à la fin d'une journée exténuante, ou pâle d'angoisse à propos d'un patient quand, en même temps, l'un de ses enfants était tombé malade ou rencontrait des difficultés à l'école. Depuis son propre changement de carrière et la satisfaction qu'elle puisait dans ce qu'elle créait, elle connaissait un peu de cette même satisfaction, et qui n'était pas loin, parfois, de compenser l'absence d'enfants dans sa vie. Tout avait fini par se mettre en place, de manière durable. Et, à propos de son cancer, elle avait fait vœu de ne jamais dire, de ne même jamais penser : « Ce n'est pas juste », « Pourquoi moi ? Pourquoi moi ? ».

De retour, Cat posa l'assiette et le mug d'Hannah sur l'égouttoir.

— Bien, je vois le tableau. Je suis horrifiée. Cet homme est dangereux, tu as raison, mais je ne suis pas sûre de comprendre s'il provoque réellement des dégâts physiques. Apparemment, il a été très prudent en ne te demandant pas de te déshabiller et en prenant garde de ne jamais te toucher, en aucun endroit du corps. Le contraire risquerait de l'exposer à des accusations de voie de fait. Tu es tout à fait certaine de cela ? Parce que s'il t'a touchée, alors nous le tenons. Je peux décrocher mon téléphone et appeler mon frère, tout de suite.

Karin secoua la tête.

— C'est à cela que j'ai pensé, dès la minute où je suis entrée dans la pièce. Il a toujours été très, très prudent.

— Cela va de soi, avec une femme qui devait lui paraître très vigilante et très intelligente. Se serait-il comporté aussi impeccablement avec une jeune fille, ou même avec un enfant ? Il voit des enfants ?

— Je n'en sais rien. Ses patients étaient tous âgés.

— Le scandale, c'est la tromperie, bien entendu... et le fait qu'il berce les gens de faux espoirs, avec toute cette comédie. Il parviendra toujours à en convaincre quelques-uns qu'ils sont guéris et qu'ils n'ont plus besoin de traitement médical proprement dit. C'est pire.

— J'ai trouvé ça effrayant.

— Et comment ! Seigneur Dieu, imagine si tu étais vieille et fragile, et si tu croyais véritablement qu'il t'avait ouverte pour t'extraire des morceaux de ton corps... Tu aurais pu en mourir de saisissement. D'ailleurs, je me demande si cela est déjà arrivé.

— Pour le savoir, il faudrait que tu découvres d'où il vient, où il travaillait auparavant.

— Je vais effectuer quelques recherches dès que j'aurai un moment de libre.

— Là, je peux t'aider. Je vais aller à la pêche sur Internet et j'ai un ami au *Sunday Times*. Rien ne m'empêche de l'appeler. Ils sont très forts pour ce qui est de creuser dans le passé peu ragoûtant de certaines personnes. Ils peuvent même se lancer dans un reportage d'investigation.

— Bonne idée. Nous tenons une réunion du nouveau comité de médecins et de thérapeutes alternatifs. Je vais les en informer. L'ennui, c'est que cela prend du temps. Et ce soir, je suis de garde. C'est le seul truc que je lâcherais volontiers, pourtant c'est souvent là que tu finis par mieux connaître tes patients... dans les moments capitaux, à quatre heures du matin.

— Tu es un trésor national vivant. J'espère que tu le sais, docteur Deerbon.

— Non. Car avec toi, je n'ai pas réussi.

À la télévision, retentit la matelote qui marquait la fin de *Blue Peter*.

Karin se leva.

— Merci pour le thé. Je te laisse profiter de ces quelques moments privilégiés avec ta fille.

Cat accueillit le propos d'une mine sombre.

À l'extérieur, le vent qui balayait le jardin arracha la poignée de la voiture de la main de Karin, et la portière claqua violemment. Elle se retourna vers la fenêtre éclairée de la cuisine, regarda Cat déposer Hannah sur le plan de travail, à côté de l'évier. Toutes deux riaient. Oui, songea-t-elle. *Les enfants*. Mais sa maîtrise d'elle-même reprit aussitôt le dessus. *Cesse de geindre*. L'apitoiement sur soi et l'insatisfaction grignotaient le mental, et elle était résolue à conserver un esprit positif, optimiste et reconnaissant.

Dès qu'elle fut de retour chez elle, son téléphone portable sonna.

— C'est Cat. Je vais me renseigner sur ce type moi-même. Peux-tu m'envoyer son numéro par texto ?

— Et s'il flaire que tu es médecin ?

— Il ne flairera rien. Et de toute manière, quelle importance ?

— Tu risques de devoir attendre un bon moment, il prétend qu'il est très pris.

— Accorde-nous à toutes les deux un petit peu de temps, histoire de creuser. Je veux me rendre sur place, voir tout ce que je vais pouvoir apprendre sur notre chirurgien psychique.

Il était presque minuit quand Cat téléphona à son frère.

— Je pensais bien que tu ne serais pas déjà bordé bien au chaud dans tes draps.

— Je ne suis au lit que depuis une demi-heure.

— Et moi je suis de garde, donc ça ne sert à rien que je me mette au lit tôt... D'ailleurs, dans ces cas-là, ce n'est même pas la peine d'aller se coucher. Simon, est-ce que tu as une opération en cours à Starly... à titre officiel ?

— En quelque sorte. L'autre jour, nous avons effectué une enquête de proximité, du porte-à-porte, pour essayer de réunir des infos sur cette jeune fille disparue, Debbie Parker. On a fait chou blanc.

— Oui, j'ai appris qu'elle était allée voir un thérapeute, dans ce patelin. Elle faisait partie de mes patients.

— Elle fait partie... j'aime rester optimiste.

— Est-ce que tes hommes ont rencontré un type qui se présente comme un chirurgien psychique ?

— Un quoi ?

Elle lui répéta le récit de Karin.

— Pour moi, c'est de l'inédit complet. Je peux vérifier si nos hommes l'ont aperçu. Ils ont dû se rendre à son cabinet, parce qu'ils sont allés partout. Cela dit, je n'ai pas reçu de rapport sur Debbie Parker me signalant qu'elle serait allée le consulter. Elle a préféré voir un type en tunique bleue qui se fait appeler Dava.

— Elle m'a parlé de Dava. Écoute, Simon, ce docteur Groatman, ou Anthony Orford, quel que soit son vrai nom, est dangereux. Pour toutes sortes de motifs, il faut faire fermer son cabinet.

— Tu as eu raison de demander à Karin si elle estimait qu'il s'était exposé à des accusations de voie de fait, mais apparemment ce n'est pas le cas.

— Tu ne peux pas l'épingler pour autre chose ?

— En quel honneur ? Il n'enfreint aucune loi. Tu sais toi-même que n'importe qui peut s'établir comme praticien alternatif, sans formation, sans qualifications, une plaque sur la porte et le roi est mon cousin. Il n'existe pas de réglementations. Si nous étions en mesure de prouver qu'il a vraiment utilisé un instrument et qu'il a ouvert quelqu'un, nous pourrions certainement l'arrêter. Est-ce le cas ?

— Ce n'est que de la prestidigitation.

— Est-ce qu'il prétend opérer ? Il l'écrit dans ses brochures ?

— Oh, il est trop malin pour se risquer à ce genre d'exercice.

— Comment attire-t-il ses patients ?

— Par le bouche-à-oreille. Les gens parlent de ses miracles.

— Depuis combien de temps est-il installé à Starly ?

— Pas longtemps. Karin va essayer de trouver où il était précédemment.

— Et pourquoi il en est parti. Je vais demander que l'on effectue quelques vérifications dès demain, mais d'après ce que tu viens de m'expliquer, nous n'avons aucune raison de l'interroger. Il faudrait que quelqu'un vienne nous voir avec un motif de plainte en bonne et due forme.

— Merde ! Je suis vraiment remontée contre ce type-là. Pense un peu à ceux qu'il gruge, pense à l'argent qu'il ratisse. Songe aux maladies graves que les gens risquent de venir lui soumettre, au lieu de nous consulter, nous.

— Il y a une chose que tu pourrais tenter... Qu'y a-t-il de presque aussi efficace que de lancer la police à ses trousses ?

— Pas la moindre idée.

— La presse. Déniche un journaliste qui se fasse passer pour un patient, et qui ira fouiner dans Starly. Dix contre un qu'il n'obtiendra jamais d'interview de lui, il est trop fine mouche – mais si un bon journaliste réussit à le sonder et s'il en ressort le moindre paquet de linge sale, il va te le placarder dans toute la région.

— Et tu aurais un nom en tête, quelqu'un qui serait intéressé ?

— Oh, et comment !

Cat perçut le sourire dans la voix de son frère.

— Je connais pile la personne qu'il te faut. Tu as un stylo ?

Rachel Carr était à son bureau tous les matins dès huit heures. Elle avait compris depuis longtemps que le journaliste qui recevait les premières dépêches matinales attrapait tous les vers qui auraient pu surgir durant la nuit, et jamais elle ne laisserait un collègue les récolter avant elle. En outre, c'était marrant de rouler en Mazda sur des routes à moitié désertes. À huit heures dix, la circulation, due à ceux qui allaient en ville et aux mères qui se précipitaient à l'école, la privait du plaisir de son précieux joujou. Quand Cat Deerbon téléphona, Rachel prit donc l'appel et, en l'espace de quelques secondes après l'avoir écoutée, la décharge d'adrénaline était déjà forte.

En milieu de matinée, Rachel recevait le feu vert de son rédacteur en chef. Elle avait passé deux ou trois coups de fil à des interlocuteurs susceptibles de lui transmettre quelques informations sur ce chirurgien psychique et elle avait pris un rendez-vous pour le rencontrer. S'étant entendu répondre que son agenda était complet pour les six semaines à venir, elle prétexta une douleur et une détresse aiguës, en glissant au passage qu'une amie lui avait confié que le chirurgien avait accompli sur elle un miracle, et ajoutant que c'était son seul espoir.

— Ne quittez pas, une minute, je vous prie.

La réceptionniste fut de retour dans les vingt secondes et annonça à Rachel qu'elle avait la possibilité de l'ajouter en fin d'après-midi, le vendredi même.

— Le docteur Groatman s'efforce en effet de réserver quelques places pour les gens qui souffrent beaucoup.

Rachel la remercia avec effusion, des sanglots dans la voix.

— Il y aura peut-être un petit supplément pour couvrir les frais de gestion supplémentaires.

— Cela m'est égal, je paierai ce qu'il faudra, peu importe ce que ça coûte. Merci beaucoup.

Elle raccrocha, se connecta tout de suite sur Internet et tapa : Dr + Charles + Groatman + chirurgien + psychique sur Google.

Le site Internet qu'on lui signala en retour était périmé. Le docteur Charles Groatman, alias Brian Urchmont, se présentait comme exerçant dans une clinique de Brighton. À sa photo étaient joints des extraits de lettres de remerciements, de félicitations et de recommandations de patients remplis de gratitude, ainsi que des renseignements sur les heures de consultation. Quand elle composa le numéro de téléphone indiqué, un message des télécoms lui apprit que le numéro n'était plus attribué. Rachel réfléchit un instant, puis elle se souvint de Duggie Hotten, un journaliste appartenant à la génération de ses aînés et qui avait rejoint la rédaction du *Brighton Argus*.

On les mit tout de suite en relation.

— Rachel Carr, bien sûr que je me rappelle. Qu'est-ce que tu fabriques, maintenant ?

— Je suis journaliste d'investigation à Lafferton.

Elle espérait que personne ne tendrait l'oreille.

— Super.

— Je ne vais pas rester ici éternellement.

— Prochain arrêt, le *Daily Mail*, c'est ça ?

— Histoire à suivre.

— Que puis-je faire pour toi ?

Elle entama son récit, mais il lui retira les mots de la bouche.

— Bon Dieu ! si tu me lances sur le sujet de notre chirurgien psychique... Nous disposons d'une montagne de trucs sur lui, mais il en est toujours ressorti intact, comme s'il sentait la rose... Enfin, à peu près. Donc, il s'est installé dans votre coin. Bonne chance.

— Je mène l'enquête. Tu peux me faire parvenir des coupures de presse ?

— Bien sûr. C'est un roublard, Rachel, pas commode. Fais gaffe. Il a un de ces pifs pour flairer les journalistes, et il hurle tout de suite à la diffamation, comme un cochon qu'on égorge. Puis il sort toutes sortes de gens de son chapeau pour prendre sa défense, des patients reconnaissants dont il a sauvé la vie, tu vois le style. Nous avons reçu une montagne de lettres.

— Que s'est-il passé ?

— On a laissé tomber. Tir de barrage trop nourri. En plus, il ne commet rien d'illégal. Il sait être très, très prudent.

— Excellent, Duggie, je te revaudrai ça.

— Un mot dans l'oreille qu'il faut, au *Daily Mail*, une fois que tu seras là-bas. Cela suffira joliment.

# 33.

La seule fois où Sandy Marsh ne s'était pas présentée à son travail était le jour de la disparition de Debbie. Depuis lors, elle allait travailler tôt et elle repartait du bureau tard. Elle ne supportait pas d'être dans l'appartement, et, à son travail, elle parvenait à se distraire l'esprit de Debbie, en tout cas une bonne partie du temps.

Ce matin-là, elle traversait les longs bureaux paysagers peu après huit heures, s'attendant à n'y trouver personne pendant une demi-heure. Mais Jason Webster était déjà là ; il piquait des jonquilles dans un vase, sur la table de Sandy. Tout le monde avait été parfait avec elle, Jason plus encore que les autres. L'entreprise s'était en quelque sorte transformée, pour elle, en une maison familiale pleine de parents attentifs. Ses collègues la déchargeaient d'une partie de ses tâches, lui apportaient des cafés, l'invitaient à déjeuner et même chez eux pour le dîner, presque tous les soirs, pour qu'elle ne passe pas la soirée seule dans son appartement – sauf si elle en avait envie.

— Elles sont magnifiques, Jazz. Elles ont un air de printemps.

— Elles te donneront le sourire.

Sandy lâcha son sac, se débarrassa de son manteau et le remercia par un baiser. Les jonquilles resplendissaient comme des rois-soleils dans ce bureau d'un gris acier plutôt aride.

— Un café ?

Sandy alluma son ordinateur et consulta le nouveau fichier laissé tard la veille au soir par le directeur du département. Encore des gens endettés, encore des sociétés qui réclamaient des délais de paiement, encore des prétextes. Sandy travaillait dans le service de l'encadrement du crédit, là où finissaient toutes les personnes aux abois, celles qui avaient reçu pratiquement toute la panoplie des avertissements et qui non seulement restaient dans l'incapacité de payer, mais ne parvenaient même pas à communiquer ou à fournir une explication, une raison ou une excuse. « Saloon de la Dernière Chance », telle était la formule, imprimée en rouge écarlate, épinglée au-dessus de sa table depuis des lustres.

Son métier lui plaisait. Elle était méticuleuse, elle ne détestait pas travailler avec les chiffres, mais des chiffres d'où les êtres n'étaient pas absents, on les sentait là, tout près, à l'arrière-plan, et elle appréciait de parvenir, une fois de temps en temps, à rattraper certaines personnes juste avant qu'elles ne tombent du rebord de son bureau pour finir devant le tribunal de commerce.

— Je te mets aussi du sucre.

Jason posa le plateau. Il avait apporté deux tasses de café et deux beignets en forme d'anneau.

— Non, Jazz...

— Tu dépéris, Sandy. Je n'aime pas ça.

En effet, depuis que Debbie était portée disparue, Sandy avait perdu près de trois kilos. Jason s'assit sur le rebord de son bureau.

— Alors, pas de nouvelles ?

Elle secoua la tête. Elle avait renoncé à téléphoner au poste de police. Non qu'ils soient incorrects, ils se montraient toujours très gentils avec elle, ils la rassuraient, naturellement, ils lui feraient signe si jamais... tout était mis en œuvre... on suivait toutes sortes de pistes... En d'autres termes, rien du tout, oui.

— J'ai réfléchi, lui déclara Jason, ils ont fouillé la Colline, d'accord ?

— Ils l'ont sillonnée dans tous les sens, ça grouillait de partout.

— Mais qu'est-ce qu'ils recherchaient ? Ils ne connaissaient pas Debbie, toi, si. Ils ont pu négliger quelque chose que tu aurais remarqué.

— Comme quoi ?

— C'est toute la question.

— Moi, je ne crois pas qu'ils aient pu louper quoi que ce soit. Ils étaient tellement nombreux, Jason. Enfin, j'imagine qu'ils devaient être nombreux...

Elle déglutit avant d'ajouter :

— Ils recherchaient des vêtements, ou du sang. Des... trucs.

— C'est bon, ne t'inquiète pas.

— Il y a de quoi s'inquiéter, non ! Désolée, je ne voulais pas te répondre de façon aussi cassante, excuse-moi.

— Tout va bien, ne te mets pas martel en tête pour ça. Mais je me demande quand même s'il ne serait pas utile que nous montions là-haut, toi et moi, histoire d'aller farfouiller un peu plus.

— Cela me donnerait l'impression d'avoir tenté quelque chose. Je ne peux pas essayer grand-chose, à part me repasser dans la tête tout ce qu'elle aurait pu me confier, encore et encore, tout ce qu'elle aurait pu faire, n'importe quoi qui puisse représenter un indice. Résultat, je reste réveillée toutes les nuits. Je n'oserais jamais monter là-haut toute seule, mais tu as raison. Il se peut que j'en retire une impression, un indice quelconque. Ça paraît idiot.

— Non, pas du tout.

— La nuit dernière, j'y ai pensé... je me suis mise en colère contre elle, tu vois ? Si elle est partie exprès et si elle préfère que personne ne soit au courant, quelle que soit sa motivation, parce qu'elle se sentait de nouveau déprimée ou je ne sais quoi, alors je suis en colère contre elle. Je sais que c'est mal, mais je ne peux pas m'en empêcher. Ensuite je me dis : ce n'est pas du Debbie, ça, ce n'est pas dans sa nature. Elle est très réfléchie et très attentionnée. Elle ne nous aurait jamais fait subir ce genre de truc, jamais de la vie. Elle m'aurait téléphoné, à moi ou à son père, ou alors elle m'aurait envoyé un texto. Je suis sa meilleure amie, depuis l'âge de cinq ans, depuis la première journée de maternelle, Jazz. Je connais Debbie. Je sais qu'il lui est arrivé quelque chose. Mais personne n'a plus l'air de vouloir rien faire. Ils ne parlent pas d'élargir l'enquête ou de passer un appel à témoin au niveau national, et ils n'expliquent même pas pourquoi. Maintenant, ça me tape sur les nerfs. Je suis tout le temps en colère. Et quand je ne suis pas en colère contre elle, je suis en colère contre moi.

— Ce qui ne te procurera aucun bien. Alors, pourquoi ne pas monter là-haut ?

— L'accès n'est plus interdit par des cordons de sécurité ?

— Non, tous les cordons et tous leurs machins ont été retirés, je suis passé devant ce matin en voiture.

— Alors ça signifie qu'ils ont laissé tomber.

— Peu importe. Pas nous.

— Mais qu'est-ce qu'on pourrait y faire de plus, nous ?

Jason se leva.

— Je n'en sais rien, ma petite, je sais juste que tu te sentirais mieux.

— Non. Je serais incapable de me retrouver sur place sans avoir des pensées horribles. Mais je te remercie.

— Je t'en prie.

Il emporta son café et le reste de son beignet et repartit à l'autre bout de la salle, à son bureau.

Sandy cliqua sur le premier fichier de la journée et se mit au travail. Elle était très occupée, ce qui l'aidait, et quand trois filles lui suggérèrent de descendre déjeuner en vitesse au bistro voisin, elle accepta avec plaisir.

Ce soir-là, pour la première fois depuis le départ de Debbie, Sandy resta chez elle, dans l'appartement, seule. Elle avait tâché d'éviter cela et, pendant une brève période, cela l'avait aidée, mais elle n'était pas le genre de personne à flancher face aux situations difficiles. Et puisqu'elle avait changé d'avis et décidé de monter sur la Colline, avec Jason, le week-end suivant, elle était désormais déterminée à supporter l'appartement vide.

Dès qu'elle entra, elle alluma la radio, dénicha une station qui diffusait des vieux tubes et augmenta le son pour entendre Blondie chanter « The Tide is High ». Elle emporta la radio dans la salle de bains, où elle versa dans l'eau du bain un liquide violet baptisé Intensity. Celui-ci produisit une mousse écumante qui déborda jusque sur le tapis de la baignoire. Intensity dégageait un parfum exotique et Sandy s'y plongea, s'en délecta. La musique changea pour les Wings, avec « Mull of Kintyre ». *Allons, ce n'est pas si dur, tu ne t'en sors pas mal.*

Après son bain, jonglant avec différents vernis à ongles, elle consacra une demi-heure à des soins de manucure et de pédicure. Ensuite, elle s'appliqua un masque facial et une crème régénératrice qu'elle s'était achetés à l'heure du déjeuner, avec deux nouveaux hauts restés dans leurs sacs, posés sur le lit, à réessayer plus tard, quand elle aurait cuisiné ses pâtes aux tomates fraîches avec une sauce aux champignons saupoudrées de parmesan et bu un verre et demi d'un vin blanc qu'elle avait sorti d'un placard, un reste de Noël. Ensuite, *Coronation Street* et *The Bill* passeraient à la télévision, elle avait deux chèques à libeller, et un nouveau roman de Penny

Vincenzi à commencer. Elle aurait dû s'en occuper depuis un bon moment. Prendre la fuite n'était bénéfique pour personne.

Elle se mit au lit peu après dix heures, avec son livre et une tasse de thé. Elle avait changé les draps, pour se sentir au frais, dans la propreté.

Elle avait lu deux pages de son livre quand, sans crier gare et sans que ce soit en réaction à une pensée ou à un souvenir en particulier, elle fondit en larmes. Elle se redressa et attrapa la boîte de mouchoirs en papier, puis elle pleura une vingtaine de minutes, des larmes de peur et d'angoisse qui lui baignaient le visage, des larmes qui libéraient toute la tension rentrée de la semaine écoulée, des larmes qui coulaient avec de grands sanglots étouffés. Debbie lui manquait, elle n'osait pas imaginer ce qui lui était arrivé ni où elle se trouvait, mais elle était terrorisée à l'idée que son amie ne soit plus en vie.

Cette idée s'était ancrée en elle depuis des jours. Elle s'était montrée optimiste et enjouée, convaincue qu'il existait une explication logique – peut-être pas une explication simple ou plaisante, mais une explication quand même, et quand elle l'entendrait, de la bouche de Debbie, elle serait en mesure de tirer la situation au clair.

Pour l'heure, elle acceptait que la seule explication soit la pire. Elle avait dit la vérité, quand elle avait expliqué à Jason que Debbie serait la dernière personne à disparaître sans prévenir. Où que soit partie son amie, y compris pour tenter de résoudre un problème dont elle n'aurait jamais fait mention, elle serait demeurée en contact, au moins avec elle. Elles n'avaient jamais manqué de se tenir informées de tout ce qui était important, depuis qu'elles étaient petites filles, dans la cour de l'école. Debbie était morte. Quelqu'un l'avait agressée et l'avait enlevée. Quelqu'un l'avait tuée. Quelqu'un la cachait. Sandy ne cessait de se le répéter, en pleurant. Finalement, elle dut aller se laver le visage à l'eau froide afin de se calmer.

Puis elle retourna se coucher. Elle resta allongée, toujours en pleurs, ne voulant pas éteindre la lumière et incapable de lire. Heure après heure, elle continua de s'interroger, de se questionner, et elle avait peur.

# 34.

L'ensemble bleu, le tailleur imprimé rose et marron, un pull mauve uni et une jupe en tweed étaient étalés sur le lit, mais elle ne parvenait pas à décider lequel choisir. Puis, subitement, elle perçut le côté amusant de la situation. Il fallait bien qu'il y ait un côté amusant.

Me voici, moi, songea Iris Chater, à tergiverser sur le choix de la bonne tenue, comme si je sortais dans un dîner élégant, alors que je vais simplement... Elle avait du mal à se résoudre à formuler ce mot. Enfin, c'était tout de même drôle. Comme s'il était important de savoir quoi porter quand on allait participer à une soirée de groupe avec une médium. On ne la jugerait certainement pas d'après ses vêtements – si jamais on la remarquait !

Elle rangea l'ensemble bleu et le tailleur dans la penderie, et garda le pull et la jupe.

Il lui avait fallu longtemps avant de se décider. Elle avait écarté l'idée après sa première visite chez Sheila Innis, notamment parce qu'elle la mettait mal à l'aise, mais surtout parce qu'elle restait encore bouleversée qu'Harry ne soit pas venu dialoguer avec elle. Le reste lui avait paru trop étrange, dépassait sa faculté de compréhension, et la suggestion de se joindre à un groupe lui avait demandé un peu d'effort, avant qu'elle ne parvienne à l'assumer. Pour finir, la curiosité l'avait emporté. Elle avait rencontré cette femme, s'était assise en face d'elle, n'avait pas été effrayée d'entendre raconter des événements de son propre passé qu'elle avait complètement oubliés, de recevoir des messages de gens auxquels elle n'avait plus pensé depuis cinquante ans, et elle avait fini par comprendre qu'elle participerait à cette séance. Ensuite, il suffisait d'attendre le moment qui lui paraîtrait le mieux approprié.

Au fond d'elle-même, elle se sentait apaisée. Les matinées et les soirées plus légères y contribuaient, et aussi le fait de pouvoir sortir s'occuper de son jardin. Le pire, c'était la fin de la journée. À ce moment-là, Harry lui manquait intensément, et elle avait le sentiment que, au fond, rien ne parviendrait aisément à la rasséréner. Dans la journée, elle sortait davantage, ne fût-ce que pour aller faire des courses ou se rendre chez le coiffeur, une fois par semaine. À deux reprises, Pauline et elle étaient allées en bus passer la journée à Bevham et avaient déjeuné dehors. Elle fréquentait beaucoup Pauline, mais de manière moins dépendante. Elle lui avait mentionné sa visite chez la médium. Après tout, c'était Pauline qui la lui avait suggérée, et, pour finir, les secrets remontaient toujours à la surface. Iris n'avait pas honte. Pauline lui avait manifesté son intérêt, elle s'était montrée très compréhensive, et compatissante en ce qui concernait le silence de Harry.

Quoi qu'il en soit, quelque chose l'avait retenue de lui confier qu'elle allait participer à une séance de groupe. Peut-être lui en parlerait-elle par la suite ; peut-être pas.

Elle effectuerait une partie du trajet en bus, puis elle marcherait pour le dernier tronçon, et si cela se terminait vraiment très tard, elle pourrait toujours prendre un taxi pour rentrer chez elle. Harry n'était jamais heureux de la savoir sortie seule après la tombée de la nuit, et quand elle avait arrêté de conduire, il l'avait obligée à prendre des taxis. Elle avait donc toujours les numéros des compagnies avec elle. Elle ne pouvait imaginer que M$^{me}$ Innis se formaliserait à l'idée de devoir lui en appeler un. Elle l'avait priée d'être là vers sept heures. « Il y aura six autres personnes, madame Chater, et vous les trouverez toutes très cordiales. Vous verrez, dans l'ensemble, la réunion sera informelle et décontractée. »

Elle avait poursuivi en posant à Iris des questions à son sujet, pour savoir si elle se sentait plus apte à affronter sa nouvelle vie.

— Seulement, certains jours, j'ai le sentiment que Harry n'est plus du tout présent dans la maison, qu'il n'a jamais été là, alors qu'au début, dès que je rentrais, je m'écriais « Hello, Harry », car je savais qu'il était là.

— Il est encore avec vous, en permanence, mais vous êtes sortie plus souvent, vous passez moins de temps à ne penser qu'à lui, à vous concentrer sur lui.

— Il me manque toujours, et, si, je pense à lui une bonne partie du temps.

— Il faut que nous avancions. Nos êtres chers ne veulent pas que nous nous acharnions à vivre dans le passé. Toutefois, ils ne sont jamais très loin.

Ensuite, Iris s'était sentie mieux.

Quand elle sortit de chez elle, le vent mordant était tombé, si bien que, malgré le froid, il était agréable de marcher. Comme prévu, elle descendit du bus un arrêt plus tôt, pour se calmer les nerfs.

Toutes les histoires que sa mère lui racontait à propos des tables tournantes et des tableaux d'Ouija dansaient dans sa tête, tous ces événements à vous donner la chair de poule, et qui survenaient derrière des rideaux tirés. À l'époque, assister à ces séances constituait un véritable divertissement mais, quand elle était jeune, elle avait horreur d'en entendre parler, elle détestait le ravissement dans la voix de sa mère, quand elle évoquait celui qui « s'était présenté », quand elle racontait de quoi le médium avait l'air lorsqu'il était en transe, « le visage tout blanc et bizarre ». Elle tâcha de conserver à l'esprit la vision du salon agréable de Sheila Innis, du fauteuil confortable, des vases de fleurs, des jolis rideaux, et du gros chat, Otto.

Lorsqu'elle tourna dans l'avenue, elle entendit des pas derrière elle. Un homme âgé la dépassa et la salua d'un « bonsoir », en continuant son chemin.

Deux minutes plus tard, elle le vit franchir le portail de la maison de la médium, de sorte qu'ils se retrouvèrent ensemble sur le seuil de la porte.

— Même destination, à ce que je vois. Je ne pense pas que nous nous connaissions, n'est-ce pas ?

— Non, c'est la première fois que je viens... Enfin, j'ai déjà consulté M^me^ Innis.

— Jamais assisté à une séance ? Vous allez trouver cela très intéressant, très. Je m'appelle Jim, Jim Williams.

Ils se serrèrent la main, et Sheila Innis ouvrit la porte.

Cette fois, c'était une pièce différente, meublée d'une longue table et de chaises. Les rideaux étaient tirés et les lampes allumées, si bien que, dès son entrée, Iris Chater se sentit tout à fait à son aise, presque comme à la maison, d'autant plus qu'après avoir retiré son manteau Jim Williams choisit d'occuper la chaise à côté d'elle. Cinq autres personnes étaient présentes, quatre femmes d'âge mûr ou assez âgées, et un homme plus jeune. Il avait l'air malheureux, songea Iris, mal à l'aise et abattu. Il était pâle, avec la peau abîmée et des cernes sombres sous les yeux. Quand il montra ses mains, elle vit que ses ongles étaient rongés jusqu'au sang.

Sheila Innis fit son entrée.

— Comme c'est plaisant de vous avoir tous. Bonsoir, tout le monde.

Ils murmurèrent tous une réponse, sauf le jeune homme, qui eut l'air de glisser de sa chaise comme s'il espérait disparaître.

La médium prit sa place au bout de la table. Elle portait un chemisier couleur crème avec un rang de perles bleues et une veste bleu pâle. Élégante, constata Iris, et elle se demanda si elle n'aurait pas dû opter pour l'ensemble deux-pièces, finalement.

— Ce soir, nous accueillons une nouvelle invitée, Iris, si je puis vous présenter ainsi. Nous n'aimons pas nous montrer trop solennels.

Tous lui sourirent, et Iris se sentit la bienvenue, comme si elle était déjà à sa place à leurs côtés. Elle se demandait ce qui avait bien pu la rendre aussi nerveuse. Seul le jeune homme détournait le regard. La médium ne l'avait pas présenté comme un nouveau venu, il devait donc être un familier. Iris s'interrogeait à son propos. Une tragédie, trancha-t-elle. Une jeune épouse ? Un drame dont il ne s'était jamais rétabli ?

Les lumières baissèrent d'intensité, pourtant personne ne s'était levé pour actionner un interrupteur. Il devait y avoir un dispositif astucieux installé sous la table. Une lampe ordinaire, dressée derrière Sheila Innis, resta un peu plus lumineuse, tout en laissant son visage dans l'ombre. Chacun était devenu très silencieux.

— Inclinons la tête et demandons la bénédiction de notre cercle pour cette soirée. Invitons nos guides spirituels à nous rejoindre et nos bien-aimés, sur l'autre versant, à se rapprocher. En même temps, avertissons les esprits perturbés, malveillants ou malintentionnés de nous laisser tranquilles et suggérons-leur d'aller chercher les conseils et la paix dans d'autres royaumes.

C'était comme de prier, quoique pas tout à fait. Iris ferma les yeux, croisa les mains et s'imagina à l'église, vit l'autel et la croix. Ensuite, elle tâcha de se représenter Harry, sans succès. Elle rouvrit promptement les yeux. Des têtes inclinées, des mains croisées sur la table. Le halo de la lampe sur la médium. Le calme. Son cœur se mit à battre la chamade. Elle observa Sheila Innis. Celle-ci avait le visage tendu et dénué d'expression, les yeux clos, la tête légèrement renversée en arrière. Personne ne parlait. Rien ne bougeait. Du coin de l'œil, Iris vit l'attache en cuir de la manchette de la veste sport que portait Jim Williams.

— J'ai quelqu'un avec moi. Une jeune femme. Une jeune femme très séduisante. Elle porte un bracelet très inhabituel au poignet... Je n'y vois pas de près... Approche, ma chère, montre-moi ce bracelet. Merci. Maintenant, elle le lève. Il est en argent et il a la forme d'un serpent. La tête et le bout de la queue ne se rejoignent pas tout à fait autour du poignet. Je n'ai jamais rien vu qui ressemble à cela, de près ou de loin. Est-ce que l'un d'entre vous... ?

— C'est Carol ! Ma Carol portait un jonc comme celui-là ! Elle est partie en vacances à Bali et elle l'avait rapporté de là-bas, peu de temps avant qu'elle ne se fasse tuer. C'étaient ses dernières vacances. Est-ce qu'elle vous dit quelque chose ? Est-ce qu'elle va bien ?

— Peux-tu parler plus fort... ? Est-ce Carol ? Maintenant elle hoche la tête, elle rit, elle lève le bracelet en l'air. Voilà, elle dessine une forme dans l'air... Elle rit encore. Elle nous nargue, je crois. Elle dessine de grands cercles avec le bras. Je ne sais pas ce qu'ils sont censés signifier. Elle vous dit... oui, que vous l'avez conduite à la foire. Elle y est allée avec Kerry.

— Kenny, son frère Kenny, mon fils. Oh, oui ! en effet, ils y sont allés, nous y sommes allés, nous allions tous à la foire et elle est montée sur la grande roue. C'est Carol !

Iris regarda attentivement la femme en face d'elle. Celle-ci souriait et pleurait en même temps, ensuite elle s'essuya les yeux avec un mouchoir que quelqu'un lui avait tendu, tant et si bien que son mascara finit par couler et par lui maculer les joues.

Le visage de la médium n'avait pas changé, pourtant sa voix avait pris une tonalité étrange, dénuée de toute expression, comme si elle parlait à voix haute, en plein sommeil. Iris se demandait quand Harry allait faire son apparition – s'il se montrerait, au milieu de tant de monde. Il avait toujours été timide, il n'appréciait pas les groupes d'étrangers. Peut-être préférerait-il ne pas entrer en contact, pas ici.

Subitement, la personne assise à la droite d'Iris s'empara de sa main, ce qui la fit sursauter. La femme dévisageait Sheila Innis, les yeux écarquillés, en s'accrochant à Iris. Il se produisait quelque chose qu'Iris n'aurait jamais imaginé ou cru possible, quelque chose qu'elle ne comprenait pas, et qu'elle n'aurait certainement pas été capable d'expliquer ou de décrire après coup. Elle en avait entendu parler, elle ne savait plus où, mais elle avait considéré cela comme de la blague. À cette seconde, en observant la médium, elle vit qu'elle s'était trompée.

Sheila Innis n'était plus Sheila Innis. Son visage avait changé, sous leurs yeux à tous. Elle n'était plus une femme entre deux âges, au teint pâle, qui avait l'air de dormir. Son visage, vieilli, se creusait autour de la bouche, son nez semblait épaté, ses joues plus affaissées, son menton plus proéminent. Ce visage était celui d'une très vieille femme, renfrogné, d'apparence désagréable, avec un regard fixe, malveillant, des yeux noirs, intenses, aussi petits que des têtes d'épingle. Iris agrippa à son tour la main de sa voisine.

— Quelqu'un s'est débarrassé de moi. On m'a reléguée. J'ai été enfermée. Quelqu'un ne voulait plus que je voie la lumière du jour. Était-ce toi ? Était-ce toi ? Je sais lequel d'entre vous c'était, et tu le sais aussi, n'est-ce pas ? Tu ne pensais pas que je reviendrais t'accuser, tu te figurais que tu arriverais à te débarrasser de moi, loin des yeux loin du cœur, et que tu emporterais l'argent, après ma mort. Oui, tu l'as pris, cet argent, et grand bien te fasse. Ta conscience ne peut pas être claire, hein ? Vas-tu m'adresser la parole, à la fin ? Tu connais mon nom. Tu sais qui tu es, et je sais qui tu es. Regarde-moi, regarde-moi, regarde, regarde...

Il y eut un léger remous. Le jeune homme avait la tête penchée, mais son teint avait acquis une terrible teinte jaune, cireuse et maladive. Il avait les mains posées sur la table et les doigts fermement entrecroisés. Il ne disait rien.

Sans voix, horrifiés, ils continuèrent tous de dévisager Sheila Innis, qui n'était plus Sheila Innis.

Ce qui se produisit ensuite était pire et survint si rapidement qu'Iris crut qu'elle allait s'évanouir. Elle eut l'impression que son cœur à la fois se figeait et cognait douloureusement dans sa poitrine. Elle peinait à respirer.

La vieille femme s'effaça du visage de la médium et, l'espace d'une seconde, les participants retrouvèrent les traits agréables et familiers de Sheila Innis. Puis une série de jappements secs s'échappèrent de sa bouche, ceux d'un chien méchant défendant son territoire. Les aboiements résonnaient de plus en plus fort, de plus en plus déchaînés, au point qu'Iris eut envie de plaquer les mains contre ses oreilles, ou de sortir de la pièce en courant. Le chien aboyait comme s'il voulait s'échapper. Puis les aboiements se muèrent en piaulements de plus en plus douloureux, mêlés de gémissements et de geignements. Enfin, ils se muèrent en aboiements plus étranglés.

Iris prit conscience de la présence de Jim Williams à côté d'elle. Il avait ramené ses cheveux en arrière et, quand elle le regarda, elle s'aperçut qu'il avait la figure écarlate, les yeux grands ouverts, de stupéfaction et d'horreur. Il porta la main à sa gorge. Les aboiements continuèrent, encore et encore, la bouche de la médium s'ouvrait et se refermait. Sa tête tremblait, au point que sa chevelure se rabattit sur ses yeux.

Jim se leva.

— Skippy, lâcha-t-il d'une voix plaintive. Skippy. Skippy. Où es-tu ? Qu'est-ce qui t'arrive ? Skippy...

Personne ne savait que faire. Jim porta de nouveau la main à son cou, les épaules secouées de tremblements.

Brusquement, la lumière se ralluma. Sheila Innis était assise, les yeux ouverts, l'air de se réveiller d'un profond sommeil. Jim Williams s'affaissa sur sa chaise.

Une minute plus tard, la porte s'ouvrit et un homme moustachu, en chemise et cravate bleues, entra, chargé d'un grand plateau, un service à thé complet, tasses et soucoupes, qu'il posa sur la table en souriant à la cantonade, comme si, songea Iris, il venait de faire irruption dans une réunion du Women's Institute, cette vieille association féminine traditionaliste, et non au beau milieu d'une séance qui venait de basculer dans le sinistre et le terrifiant.

Les personnes présentes reprirent leurs esprits et tendirent la main vers les tasses. L'homme sortit de la pièce et refit aussitôt son apparition avec un second plateau – théière, lait, sucre et biscuits.

Sheila Innis sourit.

— Merci, chéri, dit-elle.

Tout paraissait normal, comme s'il ne s'était rien produit. Le visage de Jim Williams restait encore écarlate, avec une expression fortement troublée. Quand il saisit sa tasse, il tremblait.

— Est-ce que vous vous sentez bien ? Cela vous a bouleversé, n'est-ce pas ?

Il réussit à avaler une gorgée de thé, puis il ne tarda pas à reposer sa tasse, par crainte de tout renverser à cause de son état d'agitation.

— J'ai perdu ce petit chien, commença-t-il d'une voix rauque, voilée. Skippy. Il avait exactement sa manière d'aboyer. C'était vraiment Skippy.

— Perdre un animal de compagnie, c'est terrible. Les gens ne se rendent jamais compte. S'ils n'en possèdent pas eux-mêmes, ils ne s'imaginent pas que ce puisse être important. Rien de comparable à la perte d'un être humain, pourtant, pendant une certaine période de temps, c'est pareil, vraiment pareil.

— Il a filé. Il a disparu. Je m'en veux, je n'aurais jamais dû le laisser sans sa laisse. Phyllis le lui interdisait toujours, elle ne l'aurait jamais accepté. En général, je trouvais qu'elle en faisait tout un plat, mais elle avait raison, vous voyez, je n'aurais pas dû le laisser filer. Dès que je l'ai détaché, il a disparu. Et cet aboiement, c'était lui. Alors, il est mort. C'est ce que cela doit signifier, sûrement.

— Où l'avez-vous perdu ?

— Sur la Colline. Il a juste disparu dans les fourrés. Je l'ai appelé, appelé, je suis remonté là-haut presque tous les jours, jusqu'à cette histoire avec la police.

— Cette pauvre fille ?

— Et l'autre. Une autre a disparu, vous savez, une femme plus âgée, avant Noël. Je l'ai vue. Je l'ai signalé à la police. Je leur ai parlé de Skippy aussi, mais évidemment ils ne s'y sont pas vraiment intéressés. Vous ne pouvez pas leur en vouloir, s'il y a un être humain et un chien, bon, il n'y a pas de contestation, je le comprends. Mais moi, j'estime que j'ai trahi Phyllis. Elle m'avait confié Skippy, elle m'avait fait confiance, vous voyez. Je l'ai trahie.

— Mais il pourrait revenir. Ne renoncez pas à l'espoir. Les chiens s'enfuient, ils perdent leurs repères olfactifs, quelqu'un a pu le recueillir... Avez-vous essayé la brigade canine ? Sinon, rien ne vous empêche de placer une annonce dans un journal gratuit. Y avez-vous songé ?

Jim secoua la tête.

— J'aurais pu, admit-il. Plus maintenant. Pas maintenant que j'ai entendu ça.

Il leva les yeux vers la médium.

Celle-ci se tenait debout derrière un des autres participants, sa tasse de thé à la main, et bavardait. Comme si leur récente expérience ne sortait pas de l'ordinaire, comme s'il ne s'était rien passé, comme si son visage ne s'était jamais transformé en celui d'une vieille femme méchante et comme s'il n'y avait jamais eu de chien jappeur. Sans Jim, Iris aurait cru être devenue folle. Elle avait renoncé à tout espoir d'entendre Harry, désormais. Avec tout ce qui s'était produit ici, il ne viendrait jamais.

— Mon mari est mort, confia-t-elle à Jim.

Elle ignorait qu'elle allait lui faire cette confidence. Il lui tapota la main.

— Juste avant Noël. C'est venu comme une délivrance, il était tellement malade, seulement... Enfin, cela reste encore très dur, vous savez. Très dur.

— Avez-vous eu des nouvelles de lui ? Elle parvient à faire revenir beaucoup de gens. Parfois, ils arrivent à quatre ou cinq. Ne renoncez pas, comme vous me le disiez au sujet de Skippy. Il pourrait se manifester, vous savez.

— Vous venez ici toutes les semaines ?

— À peu près. C'est intéressant. Je trouve cela intéressant. Et cela me procure de la compagnie. Je lis un tas de livres sur le monde des esprits. J'ai réalisé une étude assez complète.

Mais qui ne vous a pas préparé à entendre Skippy aboyer, songea Iris.

Il avait l'air d'aller mieux. Il termina son thé sans en renverser et paraissait plus enjoué. Iris s'imagina venant ici toutes les semaines, juste par intérêt et pour avoir de la compagnie. Elle préférerait rester chez elle pendant un mois sans croiser âme qui vive.

— Comment allez-vous, madame Chater ? J'espère franchement que nous recevrons des nouvelles de votre bien-aimé dans la seconde partie de la soirée. Je suis certaine qu'ils sont plusieurs, ils n'attendent que de se manifester. Cette fois, je vais utiliser le tableau. Cela donne de très bons résultats.

Iris se leva.

— Je crois malheureusement que je vais devoir rentrer, il faut que je sois de retour pour... ma voisine. Elle ne se sent pas très bien. Je lui ai promis que je ne serais pas sortie très tard, voyez-vous.

Sheila Innis tendit la main et la posa sur le bras d'Iris. Elle était chaude. Réconfortante. Iris scruta son visage, s'efforçant d'y déceler celui de la vieille femme, mais il ne subsistait plus la moindre ressemblance.

— Ne vous inquiétez pas, madame Chater. Parfois, les choses sont un peu étranges, peut-être inquiétantes, quand vous êtes nouvelle... Naturellement, moi, je ne sais rien de ce qui se passe, je suis en transe, je n'exerce aucun contrôle sur tout ceci. C'est très différent des séances individuelles... Enfin, vous l'aurez compris.

Mais Iris avait déjà son sac à main au bras. Il faisait lourd, dans cette pièce, et il y régnait une odeur étrange, sucrée, écœurante, désagréable aux narines.

— Je suis désolée.

Jim se leva, reculant sa chaise.

— J'espère que vous reviendrez. J'espère que vous avez apprécié notre compagnie.

Ses yeux humides l'imploraient.

— Et moi, j'espère que vous retrouverez votre petit chien. Essayez donc de passer une annonce.

Les gens conversaient entre eux. Personne d'autre ne remarqua son départ, sauf le jeune homme aux ongles rongés et à la peau abîmée, qui leva les yeux et la regarda fixement, de ses yeux clairs et vides.

Le vestibule était désert. Il n'y avait aucun signe de M^me^ Innis.

Iris ouvrit la porte d'entrée et se glissa au-dehors. Quand elle l'eut refermée, en silence, elle s'y adossa une seconde, tremblante, tout comme Jim Williams avait tremblé, mais avec une grande bouffée de soulagement. L'air était doux et frais, il y flottait à la fois le parfum des haies et celui des pots d'échappement. Cela sentait merveilleusement bon, songea Iris. De sa vie elle n'avait jamais rien senti d'aussi merveilleux.

Lorsqu'elle déboucha dans la rue, elle vit que les lumières derrière les rideaux tirés, dans le salon en façade, venaient subitement de baisser d'intensité.

Elle s'aperçut qu'en quittant la maison si précipitamment elle n'avait pas demandé à téléphoner pour appeler un taxi, mais puisque la soirée était si agréable, l'idée de marcher jusqu'en ville ne l'ennuyait pas. Les taxis libres n'empruntaient jamais ces rues-là, cependant peut-être aurait-elle de la chance et un bus arriverait-il.

Elle pressa le pas, mais au bout de quelques mètres, essoufflée, elle fut contrainte de s'arrêter. Quand elle reprit sa marche, elle avait les jambes molles, et son essoufflement empira. Iris s'assit sur le muret en pierre du jardin d'une maison. Il y avait de la lumière. Si elle ne se sentait pas mieux, elle sonnerait à la porte de ces gens pour leur demander s'ils accepteraient de lui appeler un taxi. Les gens ne se formalisaient jamais de rendre ce genre de service.

Oui. C'était ce qu'elle allait faire. Elle se leva, mais, à cet instant, deux événements survinrent en même temps. Elle eut peur, tout à coup, éprouva une sensation épouvantable, une prémonition de sa perte. C'était plus que de la peur ; c'était une terreur mortelle, la certitude que quelque chose d'atroce était sur le point de lui arriver. Simultanément, une douleur l'empoigna, lui écrasa la poitrine entre ses tenailles d'acier, lui coupant le souffle. Un second assaut la submergea. Si elle parvenait à atteindre la porte d'entrée de la maison, si elle parvenait à se faire entendre... Iris lutta contre la douleur, lutta pour se lever, lutta contre la vague de terreur. Elle tenta d'appeler, mais aussitôt elle fut sauvée : quelqu'un arrivait. Elle parvint à se redresser, elle leva même le bras droit pour adresser un petit signe à la voiture, et tout alla bien. La voiture s'approchait et, au fur et à mesure, elle ralentissait l'allure. La luminosité des phares enveloppa Iris de chaleur, de lumière et de sécurité. La voiture s'arrêta à sa hauteur. La lumière était magnifique.

— Harry, murmura-t-elle.

Ce fut tout.

# 35.

L'inspecteur principal Freya Graffham avait passé l'essentiel d'une longue journée en compagnie de Nathan Coates et de l'inspecteur Gary Walsh, successivement occupée à traîner aux abords d'un passage souterrain conduisant de la route de Bevham au lycée Sir Eric Anderson, l'établissement d'enseignement polyvalent de Lafferton, et à se rendre à plusieurs adresses, dans deux ensembles de logements.

Le reste du temps, ils s'étaient enfermés dans des voitures en stationnement, à surveiller, à attendre et à boire du café dans des gobelets en carton. L'opération anti-drogues en était à sa quatrième semaine, et on savait que les fournisseurs empruntaient ce passage afin d'aller prendre les élèves du lycée pour cible. Bien que le cœur du trafic, pour toute la région, se situât à Bevham, la cité de Hartfield, à Lafferton, en était un canal essentiel. Plusieurs individus avaient été appréhendés dans ce souterrain, mais ils ne représentaient que du menu fretin. C'étaient les malfaiteurs de premier calibre qu'il leur fallait débusquer, et quelqu'un, en haut lieu, à Bevham, avait plus ou moins décidé que la cité de Hartfield devait pouvoir leur en livrer un ou deux. C'était peu vraisemblable. Les gros bonnets habitaient certainement les vieilles grandes demeures de Flimby et Woodford Poins, ou les maisons individuelles pour cadres supérieurs, sur Mill Road. Ils scolarisaient leurs enfants dans des établissements privés, avec Jaguar 3,2 litres pour eux-mêmes, sac à main Gucci et déjeuners d'œuvre de charité pour madame. Cependant, on ne détenait aucune preuve matérielle. Sans ce type de preuve, les gens riches et bien introduits de Lafferton et de la région n'apprécieraient guère que l'on frappe à leur porte et qu'on leur brandisse un mandat de perquisition sous le nez.

Freya avait froid, et elle se sentait envahie par cette irritation contenue que suscitait toujours en elle ces journées inutiles, qui s'achevaient sans que l'on ait rien à se mettre sous la dent. Les opérations anti-drogues étaient pires que tout. La journée du lendemain lui fit le même effet frustrant, quand elle éplucha divers dossiers pour tâcher d'établir un lien entre des voleurs d'articles électroménagers et des maisons de construction récente. Quelqu'un gérait une escroquerie habilement menée, mais essayer de découvrir son identité en passant six heures ou à peu près devant son ordinateur était une perspective fort déprimante.

Les gamins étaient sortis depuis longtemps, le personnel de nettoyage avait investi les bâtiments scolaires et le passage souterrain était désert. Les visites effectuées dans la cité s'étaient soldées par des contacts avec des riverains mal embouchés et un chat mort. D'ailleurs, pour la majorité des adresses mentionnées sur leur liste, personne n'avait même ouvert sa porte.

— OK, c'est bon. C'est l'heure de l'opération retour au bercail.

Nathan pointa le pouce en l'air, et il fit démarrer avec joie la voiture. Quand ils quittèrent leur emplacement, l'autre véhicule, garé à quelques mètres de là, leur fit un appel de phares et s'ébranla à son tour.

— Un moment, j'ai cru que vous alliez me dire de faire des heures sup, chef.

— Ce serait un gâchis des moyens de la police, inspecteur.

— Ouais, comme le restant de cette journée. Vous sortez, ce soir ?

— Tu causes comme la fille qui se charge des shampooings, chez mon coiffeur.

Freya l'imita :

— « Alors, vous avez quelque chose de spécial de prévu, ce week-end ? Pour votre journée de congé, vous n'allez pas quelque part, dans un joli coin, non ? »

— Et alors, vous allez quelque part ou pas ?

— Non. Demain, chorale.

— Donc soirée *chat* plus télé. Vous devriez faire un peu plus la vie, chef... Venez en boîte un vendredi, avec Emma et moi.

— Sûr, tenir la chandelle, ça me va super bien.

— Non, avant, on vous rencarde. Avec des jeunes docteurs vraiment sympas, qui bossent à l'hôpital général de Bevham.

Nathan lui lança un rapide regard en biais.

— À moins que vous ne vous soyez déjà réservé votre piquouse dans le bras perso.

— Ça ira comme ça, inspecteur Coates.

— Vous, c'est plutôt les blonds, hein, c'est ça ?

— Je viens de te dire de ne pas trop insister, Nathan.

— Désolé, c'était un peu déplacé.

— Plus qu'un peu.

— Sauf que moi, chef, je vous aime bien. J'ai pas envie de vous voir dépérir.

— Je ne dépéris pas.

— Il y a un poème, je ne sais pas de qui, vraiment pas mon truc, juste Emma qui l'a entendu réciter à la radio. Ça parle du meilleur moyen de se guérir de l'amour, vous voyez ce que je veux dire ?

Nathan pila dans un crissement de pneus car le feu du centre-ville passait au rouge.

— Continue.

Il se tourna vers elle, son visage simiesque et jovial à la lumière du réverbère. Toi, tu sais que tu peux tout te permettre, songea Freya, et que tu pourras toujours te le permettre.

— Ce poème explique qu'il y a deux manières. Primo, on peut lanterner des heures à côté du téléphone, attendre et espérer, compter les minutes...

Il mit la voiture en prise et démarra en se payant le luxe de brûler la politesse à une BMW qui s'était arrêtée dans la file voisine de la leur.

— Ouiiiii !

— Ou alors ?

— Ou alors, il y a une meilleure méthode : on s'arrange pour mieux le connaître.

Freya éclata de rire.

— OK, très bien ! Maintenant, parlons un peu de toi, inspecteur.

— Moi ? Très heureux d'être casé avec mon Emma.

— Précisément.

— Quoi ?

— Casé. Nom de Dieu ! Et depuis combien de temps ?

— Ça va faire deux ans.

— Il est temps de passer aux choses sérieuses.

— Et ce serait quoi, les choses sérieuses, chef ?

— Comment un homme peut-il vraiment se conduire en homme ? Épouse cette fille, Coates, demande-la en mariage, mets-toi à genoux, dépense l'argent de tes heures sup dans l'achat d'un diamant. Ils en avaient de très jolis dans la vitrine de chez Duckham, à Bevham, la dernière fois que je suis allée y jeter un coup d'œil.

— Vous faisiez un repérage pour vous ?

— Soyons sérieux. Ton Emma est ravissante. Elle mérite mieux que d'être « casée ». Si elle était assez folle pour dire oui, naturellement.

— Ouais, ouais.

— Tu ne veux pas t'installer ?

— Je suis installé.

Freya secoua la tête.

— C'est différent.

Et elle le pensait. Sa propre erreur ne l'avait pas amenée à désapprouver le mariage, et la jolie Emma, délicieuse et éminemment sensible, était celle qui convenait à Nathan.

Nathan engagea la voiture dans un dérapage soigneusement contrôlé pour l'arrêter pile dans une place de stationnement juste devant le poste.

Freya pénétra dans la salle vide de la brigade criminelle et regarda autour d'elle. L'endroit avait l'allure miteuse habituelle des fins de journée : corbeilles débordant de papiers froissés et de tasses à café en plastique, bureaux jonchés de tirages d'imprimantes, chaises laissées n'importe où. Sa propre table de travail ne faisait pas figure d'exemple non plus, et elle consacra cinq minutes à nettoyer, à ranger et à trier, de manière à ne pas se sentir trop déprimée devant le spectacle, le lendemain matin.

Son ordinateur était encore allumé et elle hésita à passer au crible pendant une heure les données sur le trafic de drogue, ou même à consulter les éléments qu'ils avaient pu rentrer concernant les deux femmes disparues – si minces soient-ils.

Mais elle était fatiguée, irritable et affamée, et cette heure-là serait une perte de temps à peu près assurée. Retour à la maison ! trancha-t-elle en saisissant sa veste en daim sur le dossier d'une chaise et en nouant son pashmina couleur crème autour de son cou. À la maison, donc – un morceau de viande dans le filet accompagné de champignons et de tomates, deux ou trois verres de vin rouge et une demi-heure à étudier la partition de la *Messe en si mineur* de Bach, en vue de la soirée du lendemain.

Elle éteignit deux lampes, souhaita une bonne soirée à la seule autre personne qui restait encore dans la salle, et qui tapait sur son clavier en parlant à voix haute, puis elle sortit dans le couloir.

Une lampe était allumée dans le bureau de Simon Serrailler, et la porte était légèrement entrouverte. Freya hésita. *Ne fais pas ça, ne fais pas ça, laisse tomber.* Si Nathan avait compris, combien étaient-ils dans le même cas ? *Ne fais pas ça, où est ta ferté ?*

Elle tapota à la porte.

— Entrez.

Il avait ôté sa veste, relâché son nœud de cravate, le cheveu blond en bataille. Les dossiers étaient empilés sur son bureau, sur une bonne trentaine de centimètres d'épaisseur.

— Freya... merci, mon Dieu, une excuse pour m'arrêter ! Entrez, je vous en prie.

— Ne me dites pas que ce ne sont que des dossiers sur l'opération anti-drogues.

— Il y en a une tonne. Vous avez trouvé votre bonheur, aujourd'hui ?

Elle secoua la tête.

— Jamais de la vie. Pas la moindre chance, d'ailleurs.

— Je sais ce que vous pensez de tout cela. Nous ne voulons pas entendre parler du menu fretin, et c'est précisément ce menu fretin qui rôdera autour du passage souterrain menant au lycée Sir Eric Anderson ou qui habite cité Hartfield. Mais, premièrement, c'est le menu fretin qui peut, et qui va, nous conduire aux gros requins, et, deuxièmement, on a enregistré suffisamment de plaintes, surtout de la part des parents, concernant les élèves poussés à la consommation de drogue pour les prendre au sérieux. En outre, comme vous ne l'ignorez pas, il n'est pas conseillé de poster des véhicules remplis de policiers en tenue pour effaroucher les dealers jusqu'au retour au calme. Souriez et faites contre mauvaise fortune bon cœur, Freya. Ces derniers temps, la situation s'est quelque peu aggravée, et il se pourrait que nous aboutissions à quelque chose.

Nous avons déployé la moitié des forces de la région sur cette opération anti-drogues.

Il l'observa une seconde.

— Mais ce n'est pas pour cette raison que vous êtes ici, n'est-ce pas ?

Freya se tut. Que voulait-il dire par là, qu'allait-il ajouter ? Qu'avait-il remarqué ?

L'inspecteur divisionnaire se leva et repoussa son fauteuil.

— J'en ai assez. Je suis vanné. Et vous aussi ? Combien de tasses de café êtes-vous allée tirer à la machine, aujourd'hui ?

Ensuite, tout fut facile.

— Suffisamment pour savoir que je ne veux plus en boire une seule de la semaine.

Elle se retourna pour s'en aller, se remémorant le steak, le verre de vin et la partition de Bach. Comme retour chez soi, on pouvait rêver pire.

— Et de sandwichs ? Et de paquets de chips ? Et de KitKats... ?

— J'ai fait l'impasse sur les chips.

— D'accord, nous avons tous deux besoin d'un dîner correct. Connaissez-vous l'italien de Brethren Lane ?

Le sol se déroba sous les pieds de Freya.

— Si nous prenons ma voiture, nous pouvons la laisser dans l'allée et marcher jusque chez Giovanni's, c'est à cinq minutes. Rien ne vous empêche de laisser la vôtre ici, et après de prendre un taxi pour rentrer. Comme cela, nous pourrons partager sans souci le plaisir d'une bouteille de vin.

Simon était déjà à la porte, la cravate rajustée, la veste jetée sur l'épaule. Il lança un coup d'œil circulaire.

— Euh... non ?

C'étaient des instants dont on gardait le souvenir jusqu'à sa mort, de ces moments ordinaires, imprévus, étonnants, plaisants, de ces impulsions de la dernière seconde, de ces minutes inattendues. On se rappelait chaque mot, chaque geste, la couleur des nappes au restaurant et le parfum du savon liquide des toilettes, à telle enseigne que, pour le restant de sa vie, quand on le respirait de nouveau, on se retrouvait là et on redevenait la personne qu'on était, ce jour-là, à cette heure-là.

— Seigneur, désolée... J'étais à des années-lumière. Merci, ça me paraît une bonne idée.

— Un taux trop faible de sucre dans le sang. Ça vous fatigue, vous vous sentez mal, et grognon. Le foie à la vénitienne de chez Giovanni va régler ça. Allons-y.

Ils dévalèrent l'escalier en béton et franchirent les portes pour se rendre à sa voiture. Ils riaient. Savoure ce moment, songea aussitôt Freya, en levant les yeux vers le ciel nocturne sans étoiles et sans lune. Fais plaisir à Dieu, savoure ce moment.

Dans la voiture, elle prit conscience d'être habillée comme l'as de pique – normal à la fin d'une longue journée de travail. Pas du tout la tenue convenant à une soirée dehors. Le pashmina couleur crème était en fait tout ce qu'elle portait d'un tant soit peu élégant. Elle en conclut aussitôt qu'il devait décidément l'apprécier pour l'inviter à sortir, quelle que soit son allure.

Le restaurant était une oasis chaleureuse, dans les tons chauds, l'un de ces petits restaurants italiens à l'ancienne qui ne toléraient pas la moindre concession au style de décoration intérieure et aux modes culinaires du vingt et unième siècle.

— J'adore cette salle parce qu'elle sort tout droit des années soixante, lui expliqua Simon, tandis que le patron les accueillait avec effusion et leur attribuait une table confortable dans une niche près de la fenêtre. Regardez, les bougies sont vraiment montées sur des bouteilles de chianti dans leur gilet de paille.

— J'espère qu'il y a un chariot à desserts convenable.

— Avec de la crème qui coule de toutes parts.

Les menus arrivèrent et les spécialités du jour leur furent décrites de façon charmante par un serveur doté de cet accent italien qui suscite en général les plaisanteries.

— La différence, c'est qu'ici la nourriture est fantastique. Dans le cocktail de crevettes, les crevettes sont énormes, fraîches, et baignent dans la mayonnaise maison la plus merveilleuse. La tranche de veau est aussi mince qu'un mouchoir en papier, et le foie fond dans la bouche.

— La meilleure nourriture qui soit pour colmater les brèches.

Une bouteille de chianti arriva. On leur versa le vin, rouge rubis, dans des verres géants.

— Voilà déjà une boisson pour colmater les brèches.

Simon leva son verre et adressa à Freya son sourire extraordinaire, dévastateur. Le restaurant était plein, mais en réalité il n'y avait personne d'autre que lui, dans cette salle, dans tout Lafferton, dans le monde entier. C'est cela, le bonheur, se dit Freya, cela, ici, tout de suite. Peut-être n'ai-je jamais su ce que c'était, jusqu'à ce soir.

Puis ils se parlèrent comme ils s'étaient parlé dans son appartement, en remplissant un peu plus les blancs qu'ils avaient laissés la première fois, et en découvrant davantage leurs vies respectives. Ils évoquèrent la dernière visite de Simon en Italie et les préparatifs de sa prochaine exposition, un peu aussi la chorale... Mais il ne chantait pas, ne s'intéressait pas à la musique et préférait le silence. Ils parlèrent aussi cricket, car Simon jouait avec l'équipe de la police de Lafferton et dans le village de sa mère. Ils s'attardèrent sur l'enfance de Simon, et Freya songea qu'en la lui racontant, il cherchait surtout à se l'expliquer à lui-même. Le fait d'appartenir à des triplés et d'être celui différent des deux autres semblait davantage l'intriguer que le perturber. Ils passèrent à son enfance à elle, à la police de Londres, et ensuite à son mariage, sur lequel elle avait vite glissé la fois précédente. Comme Simon, Freya avait besoin de comprendre son enfance. En la lui décrivant, elle crut enfin reconnaître le signe d'un commencement de lucidité. Ils enchaînèrent sur les livres – côté fiction, ils avaient des goûts similaires –, cuisine – il cuisinait mais était relativement familier, s'empressa-t-il de préciser, des petits plats concoctés par le supermarché –, et sur les ventes de charité de Meriel. Ils laissèrent de côté leur travail. La cuisine du restaurant correspondait exactement à ce qu'il lui avait annoncé : à l'ancienne, indémodable, très années 1960, merveilleusement préparée, d'une étonnante fraîcheur. Ils admirèrent le chariot des pâtisseries et se laissèrent bercer par le spectacle – tiramisu, diplomate aux cerises, mousse au café et au cognac, crème brûlée, gâteau au chocolat, escortés de carafes remplies d'une crème dorée –, pour, non sans regret, préférer deux cappuccinos.

Le restaurant se vida. Ils restèrent à leur place, parlant encore. Subitement, la pluie tambourina contre les vitres.

Simon Serrailler surprit son regard et le soutint.

— Merci pour tout ceci, dit-il, et il lui sourit de nouveau.

Freya entendait à nouveau la voix de Sharon Medcalf. Seigneur, il a brisé plus de cœurs que l'on ne m'a servi de dîners chauds dans ma vie ! Et Nathan, avec sa gaieté, inquiet à son sujet. Là, chef, vous vous trompez, vous n'aboyez pas sous le bon arbre.

Elle regarda Simon, assis en face d'elle. *Oh, mais non ! Je ne me trompe absolument pas, c'est le bon arbre.*

Simon remua son café.

— Vous vous plaisez à Lafferton, n'est-ce pas ?

— J'adore. J'aurais dû venir m'y installer depuis longtemps. J'ai eu aussi la chance d'y trouver des amis, très vite, et j'ai de la chance avec mes collègues de travail. De la chance.

— Désolé d'avoir gâché tout ça avec cette opération anti-drogues.

Elle eut un geste de la main. Puis, l'espace d'un instant, elle quitta son état de transe, de ravissement perplexe, en se remémorant les disparues, en se rappelant ce qu'elle leur devait.

— Juste une chose, chef... Il s'agit du travail, donc si vous préférez que je ne...

— Non, ça ira très bien. Mais ici, ce sera Simon.

Elle se sentit rougir. Concentre-toi, pensa-t-elle, concentre-toi.

— Je suis mécontente que le dossier de ces personnes portées disparues ait été rétrogradé.

Serrailler soupira.

— Je sais, je comprends à quel point vous vous y êtes investie, mais notre supérieur l'a étudié en détail et a décidé que ça suffisait. Sincèrement, je n'aurais pas pu justifier mon désaccord. Notre appel au public n'a abouti à rien, et nous ne détenons aucune preuve d'un acte crapuleux. Sans preuve, nous ne pouvons pas accorder la plus haute priorité à ces affaires. Vous le savez. Nous y avons déjà consacré beaucoup de moyens, vous le savez aussi.

— Supposons que ces femmes aient été assassinées ?

— Mais nous n'avons aucune raison de supposer qu'elles l'aient été.

— Il s'est produit quelque chose. Elles ne sont pas parties volontairement. Cela, je le sais. Pas plus que le cycliste et, en l'occurrence, le chien de Jim Williams.

— Je crois préférable de laisser le chien en dehors de tout cela.

— Il y a quelque chose... Je sais qu'il y a quelque chose.

Elle écrasa un morceau de sucre et le réduisit en poudre sur la nappe avec le dos de sa cuiller.

— Allons, vous êtes d'accord avec moi, non ?

Simon secoua la tête.

— Probable. Mais quelles que soient vos intuitions profondes et les miennes, elles ne...

— ... justifient pas qu'on déploie davantage de moyens. Seigneur ! ce mot, je le déteste.

— Quoi... le mot « moyens » ?

— Pourquoi ne dirions-nous pas tout haut ce que nous pensons tout bas ? L'argent. Tout se ramène à l'argent. La vie des gens se ramène à une question de gros sous.

— Non. À la moindre miette de preuve tendant à démontrer qu'il est arrivé malheur à ces personnes portées disparues, nous ferons remonter tout le dossier en haut de la pile, et je mobilise tout ce que j'ai dessus.

— J'ai donc intérêt à retourner examiner le tas de miettes.

Le serveur, lui, balayait d'un geste ostensible des miettes inexistantes sur la table voisine de la leur.

— Mon Dieu ! nous sommes les derniers. Quelle heure est-il ?

Simon éclata de rire.

— Minuit vingt.

Freya tendit la main pour attraper son sac, mais Simon était déjà debout et Giovanni venait vers lui en lui tendant l'addition. Toute l'opération fut promptement et prestement menée. Il avait déjà fait cela quantité de fois. Il était déjà venu ici à de nombreuses reprises. Qui ? Quand ? Combien de... ?

*Arrête avec ça. Peu importe. Je suis ici, seul l'instant présent compte.*

— Je vais vous raccompagner à pied jusqu'à la station de taxi de la place.

— Non, ce n'est pas loin, et vous êtes presque devant chez vous.

Ils sortirent dans l'étroite ruelle et entendirent aussitôt les loquets que l'on tirait, derrière la porte du restaurant.

— Je crains que nous n'ayons abusé de leur hospitalité, souffla Freya. Écoutez, je peux très bien rentrer seule.

— Pas à cette heure de la nuit, même à Lafferton.

— J'ai été de patrouille dans des coins de Londres assez louches.

— Oubliez que vous êtes flic. Considérez-vous comme une jeune femme séduisante, et par conséquent vulnérable.

*C'est l'instant qui compte. C'est le commencement. Voilà, c'est tout.*

Ils atteignirent la place de la ville, déserte. À la station de taxis, tout à fait sur la droite, deux véhicules attendaient, vides, mais quand ils s'approchèrent, un chauffeur fit son apparition.

— Comme par enchantement, remarqua Simon. Ils se réfugient dans des trous, sous la terre, en quête de chaleur.

Une rafale traversa la place ouverte à tous les vents et serpenta jusqu'à eux. Freya releva son pashmina et le noua plus étroitement autour de son cou.

Puis ce fut terminé, le moteur démarra, Simon ouvrit la portière du taxi et la referma sur elle si vite qu'elle ne put que marmonner des remerciements, alors qu'ils démarraient. Elle se retourna pour le voir lever brièvement la main, et repartir en direction de la cathédrale et de son appartement. Elle revenait s'écraser au sol, à l'arrière d'un taxi qui sentait le cuir froid et la fumée. Il n'avait pas esquissé un geste pour l'embrasser sur la joue, pour lui poser la main sur l'épaule, rien d'autre qu'un sourire de plus, que de lui souhaiter une bonne nuit et l'installer dans ce taxi. Mais sa réaction à elle ne dura que jusqu'à la minute où elle pénétra dans sa maison, où elle alluma les lumières. Il régnait encore une chaleur réconfortante. Elle s'assit sur le canapé et revisita chaque moment de la soirée, chacun des mots qu'il avait prononcés, chacun des regards qu'il lui avait accordés, chaque nuance de tout, et quand elle se mit au lit, incapable de trouver le sommeil, elle revisita donc encore le tout, du début à la fin.

Le lendemain matin, elle se souvint du soir où elle était allée se poster dans l'allée obscure, devant son immeuble, où elle l'avait vu arriver avec une femme menue, en imperméable, marcher avec elle, le bras posé sur son épaule, jusqu'à sa voiture.

Chez Giovanni's, en déduisit-elle, ils sortaient de chez Giovanni's.

Elle fit tout le chemin du bureau à pied. Cela lui prit quarante minutes, et le vent était si vif qu'à son arrivée devant les portes du poste elle sentait à peine son visage. Dès qu'il la vit, l'inspecteur Nathan Coates traversa la salle pour la rejoindre.

— J'ai cru que vous n'arriveriez jamais, chef.

— Que se passe-t-il ?

— Une femme âgée a disparu. Une voisine nous a signalé qu'elle avait quitté son domicile vers six heures et demie, hier soir, à pied... N'est pas rentrée chez elle de la nuit.

Freya ôta son manteau, défit son foulard, et les lança sur sa chaise.

— Continue.

— La voisine a une clef. Elle est entrée, hier soir. Tout était normal, mais il y avait des vêtements étalés sur le lit, comme si elle avait choisi ce qu'elle allait porter.

— Manteau et sac à main ? Emportés avec elle ?

— Ouais. Elle ne s'est pas faufilée dehors pour retirer son courrier de la boîte aux lettres.

— Ce matin ?

— Pas signe de vie. Rien n'avait changé par rapport à la veille, depuis la visite de la voisine. Aucun mot, pas de message.

— Des parents ?

— Non. Veuve. Sans enfants.

— Âge ?

— Soixante et onze.

— Il me faut un café.

Au réfectoire régnait l'odeur matinale habituelle de bacon frit, accompagnée du tohu-bohu ordinaire. Freya paya deux cafés et ils allèrent s'installer à une table près de la fenêtre.

— Bien. Des similitudes avec nos disparues ?

Nathan versa le contenu de trois sachets de sucre dans son café, et remua.

— Des femmes sorties seules. Aucune raison apparente de disparaître. Pas de message. Pas de mot. Pas de trace. Enfin, il est un peu tôt... on n'a pas encore effectué toutes les vérifications nécessaires.

— Il faudra que des hommes se rendent à la gare, à la gare des autobus, à l'hôpital, et ainsi de suite. Des différences ?

— Elle n'était pas dans les parages de la Colline.

— C'est cela le plus frappant.

— Elle s'est habillée véritablement pour sortir.

— Tout comme les autres, à leur manière. Le cycliste et Angela Randall portaient leur tenue de vélo ou de jogging, et suivaient un rituel qui leur était familier. Debbie Parker portait des vêtements pour la marche. Aucune de ces personnes ne s'est glissée dans la rue en chemise de nuit et bigoudis.

— Qu'est-ce que vous en pensez, chef ?

— Je pense que nous allons rendre visite à cette voisine. J'espère que nous obtiendrons du divisionnaire qu'il prenne cette histoire au sérieux, qu'il relance l'enquête, avant que quelqu'un d'autre ne disparaisse.

À l'autre bout de la salle, une tablée de policiers en uniforme explosa dans un mugissement de rires mâles. Freya avait toujours apprécié la camaraderie qui régnait au poste, les différentes manières qu'avaient les uns et les autres de se défouler et de relâcher la tension, après une permanence de nuit difficile, par des plaisanteries, des rires, des tapes dans le dos et de bruyantes manifestations de soutien mutuel. Bien sûr, des désaccords et des frictions existaient – tout le monde ne s'entendait pas au mieux, tout le monde ne se fiait pas aux autres, mais dans ces lieux où l'on travaillait ensemble étroitement, sous une pression ponctuée de longues plages d'ennui, c'était inévitable. Chaque fois que survenait une affaire particulièrement bouleversante – un meurtre, des enfants victimes de maltraitance sexuelle, un sale accident –, les rangs se resserraient, les querelles étaient reléguées au second plan, on se tenait les coudes, comme par un accord tacite. Dans le cas contraire, le métier de policier serait insupportable et Freya avait toujours su apprécier cet état de fait à sa juste valeur, naguère, à Londres, et maintenant, ici.

Elle vida sa tasse de café et ramassa soigneusement les sachets de sucre de Nathan.

— Bon Dieu, chef, c'est pire que d'avoir une épouse ! Ça va ressembler à ça, je me demande ?

— Ai-je bien entendu ?

Freya lança un regard noir à Nathan tandis qu'ils franchissaient les portes battantes du réfectoire. Son visage grêlé de pustules, charmant et monstrueux, était d'une couleur rouge betterave.

— Hé !

— Non, non, écoutez, je n'ai rien dit, attendez ! Vous me faites réfléchir, voilà, c'est tout.

— Eh bien, ne réfléchis pas trop longtemps. Agis.

— C'était à propos de ce que vous m'avez raconté, que pour ne pas perdre Emma... Je ne sais pas comment serait la vie si je ne l'avais pas. Si elle en avait marre de m'attendre et si elle se barrait. Comme vous m'avez dit.

Sur son bureau, Freya ramassa un pot en plastique propre et vide et lâcha un peu de menue monnaie dedans.

— C'est un début.

— Quoi ?

— J'épargne pour ton grille-pain.

Elle attrapa un stylo feutre Magic Marker et écrivit en grandes lettres noires : « CADEAU DE MARIAGE DE NATHAN ».

Il lui arracha le pot des mains et effaça ces mots avec sa manche.

— Arrêtez ! Le premier qui voit ça, il me fait baisser mon pantalon. Ayez du cœur, chef.

— D'accord, mais l'heure file, Nathan. En route !

— J'adore ces petites rues, lui confia Freya quand ils tournèrent dans Nelson Street, où ils s'engagèrent au pas, en relevant les numéros. Ces maisons n'ont pas dû beaucoup changer depuis qu'elles ont été construites sous Victoria, comme lotissements ouvriers. Il y en a beaucoup de semblables à Londres, mais aujourd'hui que les vieilles dames qui avaient pour habitude de blanchir les marches du perron tous les matins se sont éteintes, elles sont presque toutes devenues des résidences pour yuppies branchés. Les gens les trouvent à leur goût, elles ont une longue histoire, elles sont sans prétention, avec de jolis jardins sur l'arrière, un voisinage agréable, un bon quartier. Pile ce qu'il faut.

— Vous avez manqué votre vocation, chef... Voilà le numéro 39. Vous auriez dû être agent immobilier.

Pauline Moss guettait leur arrivée derrière sa fenêtre et, dès que leur voiture s'arrêta, elle vint à la porte. Elle portait une salopette et elle avait l'air affolée.

— Elle n'est pas rentrée, il n'y a eu aucun appel, rien..., leur expliqua-t-elle en les conduisant dans son salon encombré et en chassant un chat tigré d'un fauteuil. Là, laissez-moi juste vous arranger un peu cela avant de vous asseoir, vous allez avoir de ses poils partout.

Elle frotta vigoureusement les coussins avec un chiffon et avec la main et examina attentivement le résultat.

— J'ai laissé filer jusqu'à huit heures et demie, seulement, après, il fallait quand même que je vous téléphone, ce n'est pas normal. Je suis restée debout toute la nuit, à m'inquiéter pour elle. Où est-elle allée ? Elle ne s'en va jamais comme ça, elle n'a pas passé une nuit loin de chez elle depuis des années... Il y a très longtemps, avant qu'Harry ne tombe malade, au moins trois ans, sûrement.

— J'en déduis que vous connaissez bien M^me^ Chater ?

— Et comment ! Nous sommes voisines depuis près de trente ans. Quand son Harry et mon Clive étaient encore de ce monde, nous étions tous amis. Ensuite, Harry est tombé malade, il a été souffrant très longtemps, et après sa mort j'ai toujours gardé un œil sur elle. Elle a été courageuse, vraiment courageuse. Elle a fait de gros efforts pour continuer comme avant, mais c'était une de ces luttes ! Nous ne vivons pas collées l'une à l'autre, voyez-vous, nous avons chacune notre, comment dit-on cela de nos jours ? notre propre espace. Nous avons toujours respecté cela. Mais nous nous voyons quasiment tous les jours, nous prenons un café ou le thé, ou alors on sort faire des courses, ou bien elle vient chez moi pour regarder une émission qu'elle apprécie, ou c'est moi qui vais chez elle et alors on s'organise peut-être une partie de cartes.

— Quand avez-vous aperçu M^me^ Chater pour la dernière fois ?

— Hier matin. Elle était en train de planter des tuteurs dans le jardin et je lui ai fait signe pour qu'elle vienne boire une tasse de café. Aussi, j'étais sur des charbons ardents. Je venais de recevoir une lettre de l'office HLM et je voulais qu'elle y jette un œil. Ensuite, on avait envisagé de s'organiser une journée d'excursion, ensemble, toutes les deux, le mois prochain. Une sortie en autocar, vous voyez ? De temps en temps, on s'offrait ça, tous les quatre, mais après la maladie d'Harry, naturellement, ce n'était plus possible. Enfin, j'ai tout de même essayé de la convaincre de s'organiser encore une ou deux choses de temps à autre, histoire d'aller un peu contre le courant, il faut bien, n'est-ce pas ? Elle en a fait autant pour moi, quand Clive est parti.

— Est-ce que vous eu l'impression que l'idée de cette sortie lui plaisait ?

— Oui, elle était contente, elle estimait qu'il était temps de se tourner un peu vers l'avenir. Nous en avons beaucoup parlé, je lui ai montré une brochure. Nous aimions bien l'idée d'aller à Chatsworth. On peut passer une très jolie journée dehors, là-bas, il y a de beaux jardins, vous pouvez même déjeuner. Ce n'est pas trop loin. J'étais sur le point de réserver, on devait juste choisir une date.

— Donc, rien ne laissait entendre qu'elle aurait été sur le point de s'en aller quelque part toute seule ?

— Elle n'aurait jamais eu ce genre de lubie, jamais de la vie, hors de question ! En plus, on ne part pas sans rien dire à personne, et encore moins en début de soirée, n'est-ce pas ? Bien sûr que non, personne, jamais ! Et elle n'avait que son sac à main avec elle.

— J'en déduis que M^me^ Chater n'avait pas de parents ?

— Non. Ils n'avaient pas d'enfants. Pour eux, c'était un motif de tristesse. Harry avait bien une sœur, mais elle est morte, oh ! il y a de ça cinq ans, et je ne crois pas qu'Iris ait conservé des rapports avec ce côté-là de la famille. Ils vivent en Écosse, quelque part vers Aberdeen, voilà, oui, c'est ça. Non, quand Harry s'en est allé, elle est restée toute seule. Moi, c'est autre chose. J'ai deux fils qui vivent près d'ici.

— A-t-elle d'autres amis ?

— Enfin, oui, pas des amis très proches, mais nous connaissons toutes les deux beaucoup de gens dans le coin, enfin, plus autant que dans le passé, c'est naturel, tout change, pas vrai ? Elle avait l'habitude de se rendre à la cathédrale, mais quand elle a été empêchée de sortir régulièrement de chez elle, elle a cessé. Il fallait tout le temps veiller sur Harry.

— L'avez-vous vue partir ?

— Non, j'étais dans mon bain. J'ai entendu sa porte d'entrée claquer et le bruit de ses pas devant la maison, sur le trottoir... c'est tout. Je n'y ai pas beaucoup songé, sauf qu'elle n'avait pas évoqué le fait qu'elle sortait. Mais enfin, comme je disais, nous ne vivons pas collées l'une à l'autre.

— Vous n'avez aucune idée de l'endroit où elle a pu aller ?

Pauline avait une idée, mais elle n'avait pas envie d'en faire état. Iris était-elle retournée consulter cette médium ? Elle était tellement déçue qu'Harry ne se soit pas « manifesté ». Avait-elle refait une tentative ? Enfin, cela la regardait, c'était une affaire privée, et il était clair qu'elle n'avait aucune envie d'en discuter ouvertement. Pour Pauline, cela paraissait injuste de l'évoquer devant ces deux étrangers, sans la permission d'Iris, même si c'était la police. De toute manière, elle ne voyait pas en quoi cela pourrait être digne d'intérêt. Cependant, elle garda cette question dans un coin de sa tête. Peut-être plus tard, au cas où Iris ne rentrerait pas. Sauf qu'elle allait rentrer, bien sûr que oui.

— Comment elle vous paraissait, ces derniers temps ? Elle était déprimée après la mort de son mari ?

Pauline dévisagea le jeune homme. Il avait un visage que seule une mère aurait pu aimer.

— Je ne crois pas que ce soit le mot juste, vous savez, lui répliqua-t-elle d'un ton ferme. On raconte beaucoup trop de choses sur les gens qui seraient soi-disant déprimés. Elle avait enduré une perte. Son mari, ils étaient mariés depuis quarante et une années, venait de décéder. Elle n'était pas déprimée, on n'est pas déprimé, vous avez du chagrin, vous êtes aussi triste que possible, mais c'est tout naturel, n'est-ce pas ? Si vous n'éprouviez aucun chagrin, quel genre d'être humain seriez-vous ? Mais déprimée comme quand on doit prendre des comprimés, non, ça, certainement pas ! Désolée, mon petit, ajouta-t-elle.

Il était peut-être laid, mais il possédait un sourire irrésistible. Pauline se leva.

— Je nous prépare une tasse de thé ?

— J'ai cru que vous ne nous le proposeriez jamais. Allez, on va vous donner un coup de main.

Freya sourit et resta en retrait dans le salon. Nathan savait s'y prendre pour charmer les oiseaux et les faire décamper des arbres, tout comme il avait le chic pour enjôler les vieilles dames et obtenir d'elles qu'elles lui préparent des tasses de thé. Cela l'aidait invariablement à dénicher les menus détails que l'on avait « oubliés ».

Elle considéra le salon de Pauline Moss. Dommage que la cheminée d'origine ait été extirpée du mur et remplacée par un radiateur électrique hideux. Auparavant, il devait y avoir une fenêtre à guillotine, mais maintenant le châssis, en aluminium, était une monstruosité à double vitrage.

Elle entendit des rires en provenance de la cuisine, et le tintement de la porcelaine.

La théière promise arriva accompagnée de scones confectionnés maison et d'un cake au gingembre, l'ensemble disposé sur un immense plateau par un Nathan tout sourire. Freya leva les yeux au ciel, mais son équipier lui glissa un clin d'œil de conspirateur. Ainsi, il avait glané quelque chose d'utile en bavardant avec M$^{me}$ Moss. Freya allait le laisser en venir au fait, après que le thé serait servi, les scones beurrés. Déjà, Nathan s'était mis à grignoter comme s'il avait besoin de compenser l'absence de petit déjeuner ou d'anticiper le repas de midi.

Freya choisit un scone et formula quelques généralités à propos des changements intervenus dans ces rues accueillantes et familiales, évoquant ce qu'avait dû être la vie dans le quartier, voici trente ans, à l'époque où Pauline Moss et son mari avaient emménagé par ici avec leurs deux jeunes garçons. Elle vanta les rapports de bon voisinage et déplora leur dégradation, elle évoqua les femmes qui travaillaient et la solitude de celles qui restaient au foyer, les retraitées mises hors circuit.

— On a eu beaucoup de chance, Iris et moi, reconnut Pauline Moss, on avait les deux mêmes maisons, on fréquentait les mêmes rues, les mêmes magasins, et chacune a eu... Vous savez, quand on se retrouve seule, si certaines choses ne changent pas, ça aide. On se repose là-dessus. C'est ce que j'ai fait, et Iris aussi. J'ai de la peine pour celles qui sont seules, sans savoir qui habite la porte à côté, celles pour qui tout a changé, ou qui se retrouvent relogées ailleurs par l'Office. Ce n'est pas du tout ce qui s'est passé ici, Dieu merci ! Mais à Bevham ils ont éjecté tellement d'occupants quand ils ont lancé cette reconstruction ! Ça a fini par tuer un tas de vieilles gens.

Pauline Moss avait le verbe facile. Elle continua sur ce ton, tout en tendant de temps à autre la main pour remplir la tasse de Nathan, lui servir encore un scone, encore une part de cake. Freya attendait. À la fenêtre était accrochée une mangeoire où des mésanges bleues venaient se nourrir avec de petits mouvements rapides, l'œil vif, aux aguets, avant de s'envoler à tire-d'aile. Le jardin était bien entretenu, avec un motif de rocailles d'où une petite chute d'eau s'écoulait dans un bassin. Une existence comblée, songea Freya, une vie à l'ancienne que menaient encore quantité de personnes un peu partout dans ce pays, dans des endroits ordinaires, à cuisiner, à jardiner, à fréquenter leurs voisins, à faire des courses, s'offrant occasionnellement une sortie en autocar dans un manoir, pourquoi pas une partie de bingo, ou des soirées télévision, des livres empruntés à la bibliothèque. Pauline Moss et Iris Chater jouaient aux cartes ensemble.

L'Angleterre moyenne, les valeurs traditionnelles. Ne dénigre jamais tout cela, se morigéna-t-elle. Nous venons tous de là, de tout en bas, et c'est ce que Nathan et moi devons chérir et protéger.

Nathan récupéra deux ou trois miettes dans son assiette et, l'air d'apprécier, tourna son visage rayonnant vers Pauline Moss, en guise de remerciement.

Freya attendit quelques secondes de plus. Sans succès. Elle lança un coup d'œil à Nathan. Il ne laissa rien paraître.

— Madame Moss, vous nous avez réellement aidés. Maintenant, je me demande, avez-vous une clef de la maison de M^me^ Chater ? J'aimerais y jeter un rapide coup d'œil.

— Je trouve que vous ne devriez pas aller fouiller dans ses affaires.

— C'est entendu. Mais il se pourrait que quelque chose chez elle vous ait échappé, une chose que vous auriez jugée sans importance. Nous voulons retrouver M^me^ Chater aussi rapidement que possible.

Pauline se leva.

— Il faut bien que vous fassiez votre travail. Je vais vous laisser entrer chez elle.

— Merci.

Freya regarda, derrière la vitre, une mésange, apeurée par leurs mouvements soudains, s'enfuir loin de la mangeoire. *Imagine-toi vivant toute une existence au bord de la crise de nerfs, sans jamais pouvoir profiter d'un repas tranquille.* Le souvenir du dîner qu'elle avait eu le plaisir de partager avec Simon était comme un radeau de sauvetage sur lequel elle glissait dans les eaux calmes de cette journée.

Ils suivirent Pauline Moss au 39, Nelson Street. Encore une maison vide, appartenant à une femme qui avait disparu, encore une enfilade de pièces pleines de la vie et des affaires très personnelles d'un autre être. Cependant, il émanait de cet intérieur une chaleur et un confort qui avaient été terriblement absents de la petite maison à l'atmosphère aride d'Angela Randall, à Barn Close. Chez Iris Chater, les pièces étaient bourrées de meubles, de bibelots et de photos – babioles, pendules, tapisseries, pare-feu, plantes en pot, lampes ordinaires, butoirs de porte, motifs au crochet, puzzles, tapis, napperons, bols, vases, récipients divers et couvercles destinés un peu à tous les usages. Rien n'était dérangé, et pourtant il régnait là un agréable fouillis.

Ils inspectèrent un peu partout, tout autour d'eux. Dans le couloir, Freya examina les manteaux et les foulards, dans le placard sous l'escalier elle se pencha sur les bottines et les souliers, sur un aspirateur et des valises. Le lit, recouvert d'une courtepointe brodée en satin, était soigneusement fait et le siège des toilettes était habillé d'un tissu pelucheux couleur lilas. Des vêtements étaient étendus sur le lit.

Iris Chater était une femme casanière. Elle n'était pas partie définitivement. Elle avait eu l'intention de rentrer chez elle. Tel était le message qui se dégageait de cet endroit. Aux yeux de Freya, c'était clair : la disparition de cette femme était liée aux précédentes disparitions, d'une manière ou d'une autre. Elle n'avait pas besoin de poursuivre davantage ses investigations dans cette petite demeure douillette, confortable et encombrée.

— Merci, madame Moss. Nous ne resterons pas plus longtemps. Si quoi que ce soit vous revenait à l'esprit, un détail qui vous paraîtrait important, je vous en prie, téléphonez-nous. Voici le numéro du poste de police... Demandez l'un ou l'autre d'entre nous. L'inspecteur principal Graffham. L'inspecteur Coates.

Ils sortirent dans le soleil. Pauline Moss referma la porte du 39, en s'assurant de l'avoir verrouillée correctement, et elle se retourna face à eux, la clef à la main. Elle s'adressa à Nathan :

— Je n'aime pas poser ce genre de questions, sauf que je ne peux pas m'en empêcher, ça m'a trotté dans la tête depuis hier soir et toute cette nuit.

Nathan lui posa la main sur le bras.

— Quelle question, ma chère petite dame ?

— Cette fille qui a disparu, celle pour laquelle on a lancé des recherches sur la Colline...

— Rien ne nous autorise à supposer que votre voisine soit montée là-haut, alors ne vous inquiétez pas.

Nathan avait adopté un ton de voix réconfortant.

— Merci, lui répondit-elle.

Nathan lui tapota de nouveau le bras.

Freya se dirigea vers la rue.

— Tu as raté ta vocation, inspecteur Coates. Tu ferais un charmant pasteur. Tu as de telles manières avec les dames.

— Ça peut toujours servir. Il reste quelque chose que Pauline Moss ne nous a pas encore révélé.

— Pas encore ?

— Oh, elle finira bien par nous le sortir. Je reviendrai plus tard chez elle.

— Choisis bien ton moment, et elle t'aura préparé un plateau de scones tout frais.

Simon Serrailler écouta aussi attentivement qu'à son habitude tout ce que son équipe lui rapporta – c'était l'un de ses meilleurs traits de caractère : il ne se montrait jamais méprisant, ne trahissait aucun dédain, même si, au bout du compte, il penchait pour un avis contraire. Il s'enfonça dans son fauteuil, pendant que Freya déroulait ses informations.

— Pas de liens évidents. Je veux bien l'admettre. Mais cela nous fait tout de même une disparition de trop.

— Je suis d'accord. Iris Chater était en deuil, et c'est parfois une raison suffisante de disparaître... Mais je ne discuterai pas avec vous. Par conséquent, haute priorité, s'il vous plaît : porte-à-porte, hôpitaux, postes de police, appels radio, et mettez-moi la presse là-dessus.

# 36.

Ce n'était pas sa faute. Il se montrait méthodique et prudent, il prenait son temps et il prévoyait tout. Il avait toujours détesté agir sur le coup de l'impulsion et, pour l'heure, il ne pouvait se permettre d'y céder. C'était ainsi que se commettaient les erreurs. En outre, il méprisait ceux qui fonçaient tête baissée dans certaines situations, ou qui laissaient leurs émotions s'enflammer et perdaient la maîtrise dans leurs pensées, ceux qui tuaient car leur moi intérieur était en proie au tourment et que leurs passions avaient pris le dessus sur eux. De tels individus assassinaient sous l'emprise de l'alcool ou sous les effets de la drogue. De telles personnes perdaient leur sang-froid et tuaient leurs voisins lors d'une dispute à cause du bruit, ou leur épouse dans une crise de jalousie subite, ou mettaient à mort une prostituée dans un accès de folie sexuelle. Tous ceux-là, il les méprisait. Quand il lisait des articles à leur sujet, il avait envie qu'on les arrête et qu'on les punisse, et il aurait volontiers proposé ses services à la police, si cela avait pu conduire à une telle issue.

Donc, ce n'était pas sa faute, il était tout à fait clair là-dessus. La police avait bouclé le périmètre de la Colline et s'était répandue un peu partout sur les lieux. D'abord, le public s'en était vu interdire l'accès, et, désormais, il était trop effrayé pour y remonter. Qui pourrait l'en blâmer ?

À présent, ses projets étaient ruinés. Il avait tout très bien organisé, et tout s'était déroulé sans anicroches, mais maintenant il ne pouvait plus se fonder sur aucun plan. Il avait donc dû se résoudre à faire ce qu'il s'était toujours juré d'éviter : agir sur l'impulsion du moment, sans préparation.

Cela lui avait réussi, apparemment, mais il n'était toujours pas rasséréné, pas satisfait. Il se sentait à cran, il avait besoin de tout repasser dans sa tête, sans relâche, encore et encore, afin de repérer la faille, l'erreur infime qui risquerait de sceller sa perte. Il ne lui semblait pas qu'il y en eût, pourtant il ne parvenait pas à demeurer en repos, il n'arrivait plus à trouver le sommeil, il ne se sentait plus aussi calme et en position de maîtrise, comme lors de chaque opération précédente. Il était incapable de retrouver une humeur joyeuse.

Pour commencer, il n'avait pas prévu de sortir cette nuit-là. Il avait libellé des chèques en règlement de factures, il avait tenu des comptes, il avait passé en revue ses dossiers et ses remboursements de TVA, et il avait fini par étouffer dans la pièce. Il s'y était senti à l'étroit. Il avait eu besoin d'un peu d'air frais. Il s'était contenté de marcher jusqu'à la boîte aux lettres, et l'air du dehors lui avait effectivement fait du bien, il lui avait éclairci l'esprit et l'avait réconforté. Il lui avait aussi aiguisé les nerfs, si bien qu'une fois de retour devant chez lui il s'était senti envahi par un besoin irrépressible de tenter autre chose, d'aller ailleurs, et cette agitation lui avait fait l'effet d'une bouffée d'effervescence dans le sang.

La camionnette, bien sûr, était garée devant le préfabriqué. Il avait fermé la porte de sa maison à clef, avait sorti la voiture, s'était installé derrière le volant et s'était mis à rouler, lentement, sans but, dans les rues. Il n'allait nulle part, il ne recherchait rien. Ni personne.

Dès qu'il l'avait vue, tout s'était enclenché comme par enchantement. Il l'avait compris sur-le-champ.

La vieille femme.

Elle s'était adossée contre un mur, comme pour reprendre son souffle. N'importe qui se serait inquiété pour elle et se serait arrêté, n'importe quel passant un peu soucieux d'autrui. Lorsqu'il était descendu de voiture, elle s'était affaissée. Elle avait glissé sur le côté, s'était effondrée sur le trottoir, contre le mur. La rue était déserte. Personne, ni à pied ni en voiture. Toutes les maisons avaient leurs rideaux tirés.

Il s'était penché sur elle. Apparemment, elle était victime d'une attaque ou d'une crise cardiaque. Il en connaissait parfaitement les signes. Quand il l'avait relevée, elle était encore en vie – elle respirait à peine, le teint était cireux, mais elle vivait.

Il l'avait donc redressée, avait ouvert la portière arrière de la voiture et l'avait regardée s'affaler lourdement sur le flanc, au milieu de la banquette arrière.

Il ignorait à quelle heure c'était arrivé. Il roulait vite, mais le temps qu'il arrive au préfabriqué, elle était morte. Ensuite, il avait dû agir rapidement, à cause de la patrouille de sécurité qui effectuait des rondes par intermittence... Cependant pas aussi fréquentes, il le savait, qu'elles auraient dû l'être, vu ce que les vigiles étaient payés – en réalité, ils passaient la plus grande partie de la nuit dans leur guérite, à boire des thermos de thé et à regarder des chaînes de films pornos sur leurs minuscules téléviseurs. Une fois, peut-être, dans la nuit, ils accomplissaient une ronde dans les rues vides du parc d'activités, sans descendre de leur véhicule. Il le savait. Il avait passé des week-ends entiers assis dans le noir, à l'intérieur de son bureau, dans son propre local, à suivre leurs mouvements, à les reporter sur un tableau horaire. Toutefois, il ignorait s'ils avaient déjà terminé leur ronde de ce soir. En outre, il utilisait sa voiture personnelle, qu'ils ne connaissaient pas. Dès lors, supposons qu'ils arrivent et que, dans un accès d'efficacité teinté de culpabilité, ils relèvent son numéro.

Il avait travaillé à toute vitesse, ce qu'il avait en horreur. Cela le mettait en nage et il détestait être en sueur.

Il avait porté la vieille femme jusque sur le côté du bâtiment, il avait déverrouillé la porte, qu'il avait ouverte en la poussant de l'épaule. C'était une vraie lutte que de soutenir ce corps tout en allumant la lumière. Ce n'était pas comme d'habitude. Il n'agissait jamais de la sorte.

Mais ensuite, tout s'était déroulé normalement. Il l'avait rapidement dévêtue, glissée dans une housse et escamotée. Le tiroir avait coulissé hors de son logement, et retour, voilà, affaire terminée ! Il avait vérifié les cadrans. Les vêtements et le sac à main avaient fini dans le sac-poubelle habituel, noir, en plastique renforcé. Il n'avait rien sorti de son sac à main ou de ses poches, n'y avait même pas jeté un œil. Il n'avait jamais agi autrement. Il n'était pas un vulgaire voleur. Les éboueurs passaient le jeudi, et, ce jour-là, le sac-poubelle serait sorti, à leur intention, en même temps que les autres. Les méthodes les plus normales, les plus évidentes, restaient les meilleures. Il le savait. Il n'attirait pas l'attention sur lui en emportant les sacs pleins jusqu'aux bennes, pour les y jeter, il se conformait à la manière d'agir de tous les autres sur le parc d'activités, il sortait ses poubelles pour les éboueurs, le jour prévu.

Il avait quitté le local en préfabriqué et il était monté dans sa voiture, tendu et anxieux comme jamais depuis des années. Quand il avait démarré, son cœur cognait dans sa poitrine et ses mains sur le volant étaient moites. Mais il n'avait croisé personne. La patrouille de sécurité ne s'était pas montrée. Il s'était retrouvé sur la voie principale, et il avait foncé vers son domicile.

Cet épisode l'avait usé. Il était resté éveillé des heures, suant de peur, et quand il s'était versé un verre, ses mains tremblaient. Le lendemain matin, il avait prétexté de la fièvre et une bronchite et il était resté seul chez lui. Il craignait de ne plus pouvoir se fier longtemps à ses propres réactions, de ne plus être capable de miser totalement sur son sang-froid absolu, sur sa volonté de fer, sa détermination. Il avait agi de manière impulsive, sans rien anticiper, en toute imprévoyance. Sans doute tout s'était-il déroulé convenablement, personne ne l'avait vu ni entendu, peut-être la chance avait-elle été de son côté. Mais il ne se reposait aucunement sur la chance, il ne s'y fiait pas. Ce serait faire le lit de la folie. Il ne s'était jamais fié qu'à lui-même et cela lui avait toujours réussi. Jusqu'à présent.

# 37.

Sur le chemin du retour chez elle, Freya acheta le journal du soir.

FAISEUR DE MIRACLE ou HABILE CHARLATAN ?
Par Rachel Carr

« C'est un miracle. C'est tout ce que je peux affirmer. Il m'a rendu ma vie. »

J'écoutais Mme Glenda Waller, d'Orchard Park Close, à Lafferton, chanter les louanges de l'homme qui, croit-elle, l'a guérie d'une maladie potentiellement mortelle, alors que les praticiens de la médecine allopathique ne pouvaient plus rien pour elle.

Mme Waller a presque la quarantaine, et elle souffrait de douleurs d'estomac depuis un certain temps déjà. « J'avais des douleurs atroces, j'étais pliée en deux tellement j'avais mal. Je n'arrivais plus à marcher normalement, je ne mangeais plus rien et donc je perdais du poids, mais quand je suis allée consulter mon généraliste, il m'a diagnostiqué une simple indigestion. Mon état s'est aggravé, donc je suis retournée le voir, et il m'a envoyée à l'hôpital. Mais, là-bas, personne n'a su découvrir ce qui n'allait pas chez moi, et pourtant, pendant tout ce temps, j'allais de plus en plus mal. Certains jours, j'arrivais à peine à me lever. C'était une vraie bataille rien que pour les gestes les plus ordinaires. Cela finissait par déteindre sur notre vie commune, à mon mari et moi, sur ma famille, tout. » Mme Waller est mariée avec Rob, un chauffeur de poids lourd longues distances, et le couple a deux enfants. « Ils étaient tous très gentils avec moi, mais ils finissaient par perdre patience et j'étais de plus en plus déprimée. J'étais certaine de souffrir de quelque chose de très grave, mais, alors, pourquoi le médecin n'était-il pas parvenu à découvrir ce que c'était ? »

Quand j'ai vu Mme Waller, autour d'une tasse de thé, dans sa maison familiale où règne un joyeux désordre, j'ai eu du mal à croire qu'elle avait pu être si malade. Elle est gaie et elle est rayonnante de santé. J'avais appris son histoire de la bouche de quelqu'un, qui m'avait dit connaître « une femme sauvée par un miracle ». Ce n'est pas là une affirmation fréquente, et j'étais naturellement suspicieuse. Nous avons tous entendu de tristes récits au sujet de personnes malades qui croyaient avoir été guéries par un traitement de médecine allopathique ou alternative, pour finalement s'apercevoir, hélas, que ce n'était en réalité qu'une rémission temporaire. Mais j'étais intriguée par le récit de Glenda Waller, et notamment parce que la personne qu'elle présente comme l'auteur de ce miracle est, c'est le moins que l'on puisse dire, un praticien qui sort de l'ordinaire. « Allez le voir et vous constaterez par vous-même, avait insisté Mme Waller. C'est facile, d'être sceptique. Dieu sait si je l'étais ! Sceptique et effrayée. Après tout, on entend de drôles d'histoires. Mais dès que j'ai rencontré M. Orford, j'ai eu le sentiment qu'il allait m'arriver quelque chose de stupéfiant. Et je ne me trompais pas. »

C'est donc avec les propos de Glenda Waller en tête que je me suis mise en route pour le village de Starly Tor, situé au sommet d'une colline, à six kilomètres de Lafferton. J'avais pris rendez-vous avec l'homme qui s'appelait de son vrai nom Anthony Orford, mais qui prétend être aussi le Dr Groatman.

Starly est un joli village blotti autour de ses rues en pente jalonnées de maisons, conduisant toutes à une petite place où des boutiques et des cafés ont bourgeonné pour recevoir les visiteurs qui viennent par centaines tous les ans consulter les nombreux thérapeutes New Age et alternatifs des lieux.

Je suis restée de marbre, je l'avoue, devant les cristaux et les bâtonnets d'encens, les perles, les attrapeurs de rêves et les potions douteuses que l'on y vend. Quant à certains thérapeutes qui affichent leur publicité sur des panneaux dans toutes les vitrines de magasin, ils m'ont surtout inspiré quelques réflexions sarcastiques... Médecine chinoise ancienne, Retour dans une vie intérieure, Thérapie florale... Elles suffisent à faire passer de bonnes vieilles pratiques comme la réflexologie ou l'aromathérapie pour l'alpha et l'oméga de l'orthodoxie médicale. Mais si tout cela dégageait un léger parfum de loufoquerie, alors que penser de l'homme que je devais rencontrer ? Qu'allais-je bien pouvoir découvrir ? Sans la recommandation pressante de Glenda Waller, j'aurais pu retourner directement au chaud, dans la sécurité de mon foyer.

Au lieu de quoi, j'ai remonté l'une de ces ruelles de Starly qui vous étirent les muscles des mollets, pour aller sonner à la porte d'un local qui ressemblait fort à un cabinet de chirurgien dentiste – et c'est exactement à cet usage qu'étaient auparavant destinés les locaux de consultation de M. Orford.

Ma première impression fut que nombre de dentistes seraient bien inspirés de retenir une ou deux leçons de cette salle d'accueil lumineuse et accueillante, avec ses fenêtres immenses donnant sur un jardin agréable, des fleurs fraîches, une fontaine d'eau de source, et une charmante réceptionniste, M^me^ Esme Cox, qui travaille avec M. Orford depuis qu'il a établi son cabinet à Starly, à la fin de l'année dernière.

« Je vois entrer ici des gens à l'air tendu, effrayé. Bien sûr, souvent, ils sont malades, m'explique-t-elle, et je les vois repartir pleins d'une confiance renouvelée, d'un pas alerte, une étincelle dans le regard. J'entends parler des choses merveilleuses que M. Orford a accomplies : les guérisons, les miracles. Oui, je crois que c'est le mot, quelquefois. Tout ce que je puis dire, c'est que j'éprouve une grande reconnaissance et une certaine humilité à travailler avec un homme aussi remarquable. »

De tels propos dans la bouche de cette femme sont-ils réellement surprenants ? Je me suis donc assise pour feuilleter l'un des magazines de la salle d'attente, un numéro récent, et j'ai attendu le médecin.

« Non, m'a-t-il aussitôt reprise, tout en me serrant la main, il ne faut pas m'appeler comme ça. Je ne suis pas médecin. »

Anthony Orford est un personnage d'âge mûr, d'allure ordinaire, d'aspect agréable, avec une voix d'homme cultivé, en veste de tweed. En l'occurrence, rien d'inquiétant chez lui. Il m'a conduite dans son cabinet de consultation, qui était plongé dans une demi-obscurité – les stores de la fenêtre étaient baissés – et qui ne contenait qu'une seule table d'auscultation, un évier avec son robinet et une grande bassine. J'ai considéré cette bassine d'un œil inquiet.

« Il n'est pas utile que nous restions dans cette pièce, m'a-t-il déclaré. J'ai simplement pensé que vous aimeriez voir où je travaille. Un cadre parfaitement banal, ainsi que vous pouvez le constater.

– Comme chez le dentiste, mais sans la machinerie. »

Apparemment, je n'arrivais pas à me sortir les dentistes de l'esprit.

À notre retour dans la salle d'attente, M$^{me}$ Cox nous a apporté une tasse de thé. J'avais envie de reprendre la conversation.

« Le docteur Groatman...

— Un homme remarquable, tout à fait remarquable, un diagnosticien, un clinicien, un chirurgien...

— Mais il est mort, l'interrompis-je. »

Pour la première fois, le sourire chaleureux se refroidit un peu.

« La mort, cela n'existe pas, mademoiselle Carr. Pas dans le sens où vous l'entendez. »

Je me demandais dans quel sens je l'entendais, à son avis.

« Le docteur Groatman vivait et pratiquait à Limehouse, dans une première vie, au XIXe siècle. Maintenant, il pratique à travers moi, depuis l'autre monde. Il me guide, m'apprend, opère à travers moi.

— Quand vous parlez d'"opérer"...

— En effet. Psychiquement... »

Je lui ai demandé ce qu'il voulait exactement dire par là, mais sa réponse m'a semblé évasive. Quand j'ai insisté, le sourire un peu froid est carrément passé au compartiment congélation.

C'est à ce stade que j'ai commencé de me sentir mal à l'aise. Il ne m'était rien arrivé, rien n'avait été prononcé qui soit de nature à me faire frissonner, et pourtant, alors que j'étais assise là, avec cet homme d'allure respectable, c'est précisément de la crainte que je ressentais.

« Les gens qui viennent souffrent beaucoup et sont en grande détresse. Ils ont pu voir quantité de médecins, on a pu leur répondre soit qu'ils n'avaient rien, soit qu'ils étaient atteints d'un mal incurable. Voire fatal. Le docteur Groatman, à travers moi, découvre ce qu'est cette maladie et la traite... en général par une intervention, parfois non. Il la traite psychiquement, le cas échéant il retire une tumeur, ou un polype, il dissout un calcul, il circonscrit une inflammation ou stérilise certaines infections profondément ancrées. Les résultats sont remarquables.

— Et vous estimez n'avoir aucun rôle dans ces interventions ?

— Je n'ai rien à voir avec elles. Comme je vous l'ai expliqué, je ne suis qu'un simple canal.

— Un canal bien rémunéré. »

Le silence qui régnait dans la pièce se glaça, lui aussi. Bizarre, ça. Néanmoins, je savais que le chirurgien réclamait des honoraires élevés. M^me^ Waller m'avait confié lui avoir versé 150 livres. De l'argent dépensé à bon escient, m'avait-elle assurée. Je suppose, oui, en effet, pour soulager des mois de douleur.

« Si vous n'êtes pas médecin...

— Je ne le suis pas du tout. »

M. Orford tenait absolument à ce que je note cela.

« Alors comment pouvez-vous accomplir vos opérations ?

— Je n'opère pas.

— Mais... »

Il lâcha un soupir, et je finissais par me sentir très stupide.

« C'est le docteur Groatman qui opère. Psychiquement.

— Vous voulez dire qu'il ouvre les patients ?

— C'est une façon de parler.

— Psychiquement ?

— Oui. »

Nous continuions de tourner en rond,

« Où exerciez-vous, avant de venir à Lafferton, monsieur Orford ?

— À Brighton.

— Je suis étonnée que l'on puisse avoir envie de quitter Brighton. Moi, cela ne me viendrait sûrement pas à l'idée. »

J'espérais en entendre davantage au sujet de Brighton. J'avais envie que M. Orford me parle des traitements qu'il avait menés là-bas — ou plutôt, le docteur Groatman. Après tout, ses nouveaux patients ne seraient-il pas impressionnés — pour ne pas dire rassurés — d'entendre évoquer certains de ses succès précédents ?

Mais il semblait n'avoir aucune envie d'entrer dans

les détails. Nous avons bavardé encore quelques minutes supplémentaires, cependant, s'entretenir avec Anthony Orford, c'est comme s'adresser à un nuage de fumée. Plus mes questions étaient directes, plus les réponses étaient fumeuses, pourtant il ne renonçait jamais à son ton courtois.

Finalement, il se leva et me tendit la main. J'avais visiblement abusé de son hospitalité. À la porte, je lui ai tout de même demandé de m'expliquer une nouvelle fois un peu mieux de quelle manière travaillait le docteur Groatman.

« Si vous êtes malade... et naturellement, j'espère de tout cœur que vous ne le serez pas... et si votre médecin généraliste vous paraît incapable de vous aider, prenez un rendez-vous. Alors, vous le découvrirez par vous-même. »

Le sourire refit son apparition lorsque je pris congé. Quoique le thermostat restât encore au-dessous de zéro.

Je quittais Starly légèrement perplexe.

Qui est Anthony Oxford ? Qui était le docteur Groatman ? Et l'un ou l'autre de ces « deux » personnages a-t-il le droit d'exercer comme « ils » exercent ? Apparemment, oui. Il n'existe pas de réglementations gouvernementales régulant les thérapies alternatives. Seuls les praticiens pleinement qualifiés sont autorisés à exercer comme médecins. Mais M. Orford n'a certes pas ménagé ses efforts pour souligner qu'il ne prétend pas en être un.

J'ai trouvé tout cela très intrigant.

Je suis donc allée revoir Glenda Waller, et je lui ai demandé de m'expliquer au juste ce qui lui était arrivé, lors de ses consultations chez Orford/Groatman. J'ai eu une surprise. En effet, l'homme qu'elle m'évoquait désormais comme étant « le docteur » n'était certainement pas l'homme que j'avais rencontré cet après-midi-là. Apparemment, quand Anthony Orford est investi par le docteur Groatman, il change. Il se ratatine, le dos se voûte, le visage se ride et les cheveux sont plus clairsemés. La voix que Glenda Waller m'a décrite n'est pas non plus celle d'Anthony Orford.

« Il porte une blouse blanche, ajouta-t-elle, et on passe dans une espèce de cabine où l'on enfile une sorte de tunique d'hôpital. Tout est propre, et il a un plateau avec des instruments. Vraiment comme chez le dentiste. D'abord, ses mains vont et viennent au-dessus de votre corps, mais sans le toucher, en l'air, vous voyez ? Ensuite, il trouve ce qui ne va pas et où c'est situé. Alors, il prend un de ces instruments. »

Ce qui est arrivé ensuite à M^me^ Waller paraît incroyable. Le chirurgien psychique pratique, semble-t-il, une sorte d'incision sur la patiente, et retire aussitôt, très vite, les tissus malades, la tumeur, l'infection ou ce qui, selon lui, constituait la cause du problème. Glenda Waller prétend avoir senti « quelque chose », mais aucune douleur. Elle dit aussi avoir vu « une masse sanglante, en bouchon avec une compresse en papier et un tampon d'ouate » extraite de son corps, que le praticien a lâchée dans la bassine placée sous la table d'auscultation.

Je lui ai demandé comment elle s'était sentie.

« Un peu étourdie, m'a-t-elle avoué, la tête me tournait un peu. Mais je n'étais pas soucieuse, je n'avais pas peur, pourtant, on aurait pu penser que j'aurais eu des raisons, non ? »

En effet, et comment ! Rien que d'entendre son récit, j'étais inquiète et effarée.

« Mais je me suis fiée à lui. J'étais juste convaincue qu'il savait ce qu'il faisait et que tout allait très bien se dérouler. Et je ne me suis pas trompée, non ? »

Je devais en convenir avec Glenda Waller. Elle a l'air rayonnante. Quelle qu'ait été la nature de son mal, celui-ci a disparu. Elle ne souffre plus et n'est plus déprimée. Il serait injuste de douter d'elle, malvenu de n'être pas impressionnée.

Néanmoins, concernant la chirurgie psychique,

subsistent certaines interrogations qui réclament une réponse. Si ce praticien n'a rien à cacher, pourquoi s'est-il montré si peu enclin à répondre à plusieurs de mes questions de manière franche et exhaustive ? Que se passe-t-il au juste dans ces salles de consultation et sur la « table d'opération » de cet homme – ou devrais-je écrire, de ces hommes ? Eux seuls le savent vraiment – mais ils se taisent.

Faiseur de miracles ou charlatan ? Le jury n'a pas encore rendu son verdict.

L'article occupait toutes les pages centrales du *Lafferton Echo* et s'accompagnait de photographies de Starly Tor et de la façade du cabinet de consultation du praticien. On voyait aussi une photographie de Rachel Carr, dans un cartouche à côté de son nom. Prétentieuse, songea Freya, prétentieuse et arrogante.

Pour le moment, elle avait d'autres questions en tête, tout en prenant son bain, en se séchant soigneusement les cheveux, en choisissant une robe, en changeant d'avis pour en choisir une autre, avant de lui préférer son pantalon en soie noire, sa veste en satin noir et un chemisier décolleté en soie rose vif.

Ces derniers temps, Freya avait fini par se fier de plus en plus souvent à ce qu'elle ressentait au fond d'elle-même. Et l'une de ces intuitions-là lui soufflait que Simon Serrailler serait certainement présent au dîner de sa mère.

Cependant, quand Meriel la conduisit au salon, où les invités prenaient un verre, Simon ne fut pas la première personne qu'elle aperçut. La première invitée qu'elle reconnut fut la jeune femme mince et menue avec qui Simon était revenu en voiture jusque devant chez lui, l'autre soir, quand Freya s'attardait par là dans le noir.

Elle fut saisie d'un haut-le-cœur, comme si elle descendait à toute vitesse dans un ascenseur. Simon était donc ici, dans une autre pièce mais sur le point de revenir dans celle-ci et de rejoindre cette femme qui portait un pull en cachemire gris tout simple sur une jupe longue d'un gris plus sombre. Freya se demanda comment elle pourrait bien filer de là, sur-le-champ, si elle ne pourrait pas invoquer une maladie soudaine – qui ne serait pas totalement feinte –, comment elle parviendrait à sortir de là sans même le voir.

Meriel la prit par le bras.

— Freya, je ne crois pas que vous connaissiez Cat.

La femme lui sourit. Un sourire ouvert, chaleureux, accueillant, amical. Freya la détestait. La femme lui tendit la main.

— Bonsoir. J'ai beaucoup entendu parler de vous.

Freya était incapable de prononcer un mot. Elle sourit en retour et serra la main de l'inconnue. Cette dernière éclata de rire.

— Oh, rassurez-vous ! Pas du tout en mal, totalement en bien.

— Pardon ?

Freya était arrivée à prononcer un mot. Il résonna singulièrement, comme s'il appartenait à une langue étrangère.

— J'ai beaucoup entendu parler de vous par l'intermédiaire de Simon.

Elle s'imagina qu'elle devait avoir l'air aussi absent qu'un poisson dans un aquarium.

Et voilà que cette femme lui posait la main sur le bras.

— Vous travaillez avec lui, n'est-ce pas ?

Elle n'avait pas oublié comment on s'y prenait pour hocher la tête et, finalement, les paroles lui sortirent miraculeusement de la bouche. Des bulles échappées d'un poisson, songea-t-elle.

— Comment le savez-vous ?

— Seigneur, cette famille est incorrigible ! Maman ne nous a pas présentées correctement. Je suis Cat Deerbon. Deerbon, ex-Serrailler. Simon est mon frère.

La pièce parut retrouver son assise.

Freya fut présentée au mari de Cat, à un ostéopathe de fort gabarit au cou épais et à une grande et très belle femme en long manteau de velours imprimé qui suscitait l'envie. Ce petit groupe, lui expliqua Cat, était en pleine discussion à propos d'un article paru dans le journal du soir.

— Pas au sujet du chirurgien psychique, par hasard ?

— Mais si. La police s'y intéresse-t-elle ?

— Non, non. En tout cas, pas officiellement. Je l'ai tout de même pointé.

Quand ils entrèrent dans la salle à manger, il était clair que les invités étaient au complet. Simon n'était pas du nombre. C'était comme de redevenir une enfant amèrement déçue devant l'annulation d'un cadeau, une adolescente instantanément abattue par la réplique tranchante d'un professeur très admiré... et retrouvant tout aussi aisément sa légèreté d'esprit. Mais pas ce soir, se dit Freya en piquant une bouchée de terrine de poisson luisante joliment émaillée de corail de coquille Saint-Jacques. *Ce soir, tu profites des personnes présentes, tu ne te languis pas à cause des absents. Ce soir, tu es là pour te faire de nouveaux amis.* Cat, pensa-t-elle, en lançant un regard vers la jeune femme, à l'autre bout de la table. Oui, Cat, vraiment, et pas seulement parce qu'elle était la sœur de Simon – pour tout en elle qui différait de son frère. Cat, parce qu'elle était chaleureuse et engageante, intelligente et vive, le genre de personne qui inspirait tout de suite à Freya une réaction favorable. Pour le moment, toutefois, il fallait qu'elle alimente la conversation avec ses voisins immédiats. On l'avait placée à la droite de son hôte mais, à cette minute, Richard Serrailler faisait le tour de la table pour servir le vin. Freya s'inclina sur sa droite.

— Nous n'avons pas été présentés, dit-elle.

L'homme devait avoir la cinquantaine. Il était vêtu d'un costume gris foncé d'une coupe excellente et, remarqua-t-elle, ses mains étaient d'une élégance surprenante, impeccablement manucurées. Un chirurgien, en conclut-elle, et pas vraiment psychique.

— Aidan Sharpe. Ravi de vous connaître. Je suppose que vous chantez dans le chœur avec Meriel ?

— En effet. Elle m'a prise sous son aile.

— Meriel a le chic pour repérer les gens et les enrôler dans ses entreprises. Elle les enveloppe dans l'édredon merveilleusement épais de son univers et avant qu'ils aient eu le temps de dire ouf, ils tiennent un stand à la kermesse de l'hospice.

— C'est drôle que vous disiez cela.

Freya termina sa terrine. Son voisin avait découpé la sienne en tranches extrêmement fines, avant de soigneusement les piquer l'une après l'autre du bout de sa fourchette. Un chirurgien, c'était certain.

— Êtes-vous médecin ? s'enquit-il.

C'était le moment. Freya étudiait toujours les réactions de ceux auxquels elle annonçait son métier. Elle se demanda si Simon en faisait autant. Certains étaient choqués, d'autres sur leurs gardes, d'autres encore se plaignaient aussitôt, sur un ton agressif, de la montée de la criminalité, du manque de policiers en patrouille dans leur quartier, de l'injustice des policiers affectés à la circulation automobile. Un certain nombre étaient friands d'informations d'initiés sur quasiment tout ce qui concernait la police en général et la brigade criminelle en particulier.

Elle répondit, en regardant Aidan Sharpe droit dans les yeux :

— Non, je suis inspectrice de police.

Ses yeux s'agrandirent à peine, alors que son expression ne changeait pas le moins du monde. L'homme avait belle allure. Il aurait été mieux sans son bouc, jugea-t-elle.

— Puis-je deviner la vôtre ?

Il sourit.

— Cela m'amuse toujours.

— Oh ?

— Vous rappelez-vous... non, bien sûr, impossible, vous êtes bien trop jeune. Il y avait une émission de télévision intitulée *Dans quelle branche ?* Des personnes qui exerçaient des métiers peu ordinaires étaient questionnées par un échantillon de téléspectateurs. Je crois qu'elles n'avaient le droit de répondre que par oui ou par non, et l'échantillon était censé découvrir leur métier. Pour commencer, elles mimaient leur activité, mais c'était la seule piste autorisée.

— D'accord. Alors, mimez.

— Mon Dieu, je ne crois pas que je le puisse.

— Vous devez bien en être capable.

— Et vous, vous pourriez ? En refermant des menottes, je suppose.

Une jeune fille en tablier blanc desservit les assiettes. Meriel apporta un énorme fait-tout et le posa sur la desserte.

Freya examina autour d'elle les visages des convives qui bavardaient et qui riaient à la chaude lumière des chandeliers. Sympathique, se dit-elle, agréable compagnie, bon repas. Heureuse. Oui. Mais, et Simon... Elle se tourna de nouveau vers son voisin.

— Allons !

Il resta silencieux un instant, puis il joignit le pouce et l'index dans un geste précis, geste qu'il acheva d'un seul mouvement, mesuré, délicat, vers l'avant. Freya observa son mime sans lui découvrir le moindre sens.

— Je vous prenais pour un chirurgien. Mais si je suis dans le vrai, alors je ne vois pas du tout à quoi correspond votre geste.

Il sourit de nouveau.

— Êtes-vous chirurgien ?

— Non.

— Flûte !

Leur échange se poursuivit sur ce ton, léger, amusant, qui la détendit. Au bout de quelques minutes, et après une pause, le temps que l'on remplisse les assiettes de canard baignant dans une sauce aux abricots capiteuse, Freya s'avoua vaincue.

— D'accord, je donne ma langue au chat.

— Vous êtes sûre ?

— Je vais sûrement me flanquer des coups de pied où je pense pour ne pas avoir deviné.

— À mon avis, non.

— Allez-y.

Aidan Sharpe lui adressa un regard presque séducteur.

— Je suis acupuncteur.

Ils rirent tous deux, Freya d'étonnement, Sharpe de ravissement.

— Personne n'a jamais deviné. Jamais.

— Je n'ai pas trouvé votre mime très bon.

— Non, malheureusement, c'est presque impossible à mimer.

— Enfin, enfin. Dans ce cas, dites-moi ce que vous pensez de cet homme, Orford, le chirurgien psychique... si vous avez entendu parler de lui.

Aidan posa sa fourchette et son couteau.

— Oh, j'ai entendu parler de lui, en effet, confirma-t-il, et cela me met très en colère. Pardonnez-moi si j'ai une réaction tout à fait irrationnelle, comme cela, de but en blanc.

La conversation n'alla pas plus loin : le plat de légumes tournait, et Freya se tourna pour présenter son assiette à Richard Serrailler.

— Merci, inspecteur.

Il était impossible de ne pas percevoir le sarcasme dans la repartie du maître de maison. Il se détourna brusquement pour passer le plat de légumes à son voisin de gauche, puis il reprit son couteau et sa fourchette.

— Je ne suis pas en service, répliqua-t-elle d'un ton léger. Freya, ce sera parfait.

Il grommela quelques mots inaudibles.

Richard Serrailler était aussi bel homme que son fils, avec le même nez et les mêmes sourcils, les mêmes cheveux rebiquant vers l'avant, mais gris. Toutefois, son visage maigre paraissait afficher un ricanement permanent, imperceptible, et les yeux étaient froids.

— Je travaille avec Simon, ajouta-t-elle.

— Je pourrais regretter cet état de fait. Il a dû vous en parler.

Décidant de jouer les charmantes idiotes, Freya le dévisagea avec de grands yeux.

— Vous voulez dire que vous me désapprouvez ? Je vous en prie, expliquez-moi pourquoi. Vous avez dû entendre des propos désobligeants à mon sujet.

— Rien à voir avec vous.

— Alors là, je suis vraiment perdue. Éclairez ma lanterne, voulez-vous, docteur Serrailler.

Sans lui proposer de l'appeler par son prénom, il se contenta d'une réponse laconique.

— Mon fils aurait dû être médecin. Il aurait fait un praticien correct.

— Il est devenu un inspecteur divisionnaire correct.

— Étrange choix de profession.

— Non. Passionnant, un vrai défi. Dangereux. Et important.

— Vous avez une haute opinion de vous-même.

Si cet homme n'avait pas été le père de Simon, elle lui aurait demandé s'il aimait se montrer injurieux, et si elle était ou non son invitée à sa table. Au lieu de quoi, elle mâcha très lentement une bouchée de canard avant de demander :

— Combien de médecins comptez-vous dans votre famille, exactement ?

— Sept en vie... quatre d'entre nous sont désormais à la retraite. Nous sommes médecins depuis plusieurs générations.

— Dans ce cas, vous pouvez vous permettre d'épargner un fils.

— C'est à moi d'en décider.

— Pas à lui ?

Mais Richard Serrailler s'était déjà ostensiblement tourné vers son voisin de gauche, l'ostéopathe Nick Haydn. Freya mangea, laissant sa colère refluer et s'interrogeant sur ce qui rendait Serrailler si amer, si méprisant, si ouvertement désagréable.

— Difficile, entendit-elle Aidan remarquer d'une voix tranquille.

Elle grimaça.

— Ne vous inquiétez pas, ma chère, cela n'a rien de personnel, il se comporte ainsi avec tout le monde. Oubliez-le.

— Merci du conseil.

Aidan sourit et tendit la main pour attraper la carafe et lui servir un peu de vin, mais elle plaça sa main en couvercle sur son verre.

— De l'eau ?

— Je peux...

Il était déjà debout et il lui rapportait une bouteille qu'il était allé chercher à l'autre extrémité de la table. L'acupuncteur n'était peut-être pas séduisant, pas de manière évidente et immédiate, si tant est qu'elle recherchât un homme séduisant, mais, après son escarmouche avec Serrailler, ses manières et sa gentillesse étaient attachantes. À la fin du dîner, elle se glissa dans le salon en lui emboîtant le pas, et elle se rendit directement à l'endroit où il formait un petit groupe avec Nick Haydn et Cat Deerbon. Le café et les théières furent disposés sur deux guéridons.

— Je voulais vous en demander davantage à propos de ce chirurgien psychique, commença Freya. En partie par curiosité, après avoir lu l'article de ce soir, et même si la police a son opinion là-dessus, elle aussi, je m'empresse de le préciser.

— La personne à qui vous devez parler, c'est Karin, lui répondit Cat, en désignant de la tête la belle femme assise à côté de Meriel Serrailler, sur le rebord de la fenêtre. Elle est allée le voir.

— Comment !

Aidan Sharpe avait l'air horrifié.

— Demandez-lui. Son truc ressemble surtout à un tour de magie extrêmement bien exécuté, du genre qui vous fait cligner des yeux tellement il est efficace. Je ne crois pas que cet homme fasse grand-chose d'autre qu'escroquer les gens.

— C'est plus que suffisant, non ? Des gens crédules, des gens vulnérables... Des remèdes de charlatan.

— Je suis entièrement d'accord.

Cat regarda Freya.

— Cela aurait-il un quelconque rapport avec ma patiente qui a disparu ?

— Laquelle ? lui demanda Freya, posément.

Quand la petite assemblée se dispersa, il était une heure moins dix.

— Freya, voici mon numéro à la maison.

Cat était sortie la raccompagner jusqu'à sa voiture.

— Revoyons-nous. Je n'ai pas beaucoup de temps, avec le boulot et la famille, mais je me garde une demi-journée, et il y a toujours le dimanche... Vous pourriez venir déjeuner un dimanche ?

Freya accepta la carte avec joie. Cat la rapprocherait de Simon ; elle était une partie de sa famille qui l'invitait à entrer dans le cercle.

Freya sortit de l'allée pour s'engager dans l'avenue noire. Meriel l'avait embrassée sur les deux joues et l'avait chaleureusement serrée dans ses bras. Richard Serrailler lui avait serré les mains en silence, sans ouvrir la bouche.

Il y avait un message de Nathan sur son répondeur.

« Bonsoir, chef. Un message du divisionnaire. Réunion sur l'affaire des femmes disparues. Haute priorité. Neuf heures pétantes. Salut. »

# 38.

— Bonjour à tous. J'irai droit au but. Comme vous le savez, nous avons désormais trois femmes portées disparues à Lafferton.

« Puis-je attirer votre attention sur le fait qu'avant la disparition d'Angela Randall, quatre femmes ont disparu, à Lafferton, au cours des six dernières années. Sur ces quatre femmes, on s'est aperçu par la suite que l'une d'elles s'était suicidée, qu'une deuxième avait été retrouvée morte, de mort naturelle, qu'une troisième avait fini par contacter ses parents après avoir filé de son plein gré, et que la quatrième, une femme âgée atteinte de démence, avait été retrouvée errant avant d'être admise à l'hôpital. Donc, quand trois femmes disparaissent sans laisser de trace en l'espace de quelques semaines, il nous faut considérer cela comme hautement suspect.

« Bien. Je veux savoir de quelles pistes nous disposons jusqu'à présent. Avons-nous établi des liens ? Ces femmes ont-elles quoi que ce soit en commun ?

— Le fait que ce sont des femmes, évidemment, intervint Freya. Mais elles n'ont pas le même âge : l'une a vingt ans, l'autre cinquante-trois, la troisième soixante et onze.

— La Colline relie deux d'entre elles.

— Et deux de ces femmes vivent seules.

Serrailler hocha la tête.

— Angela Randall est célibataire et il semble qu'elle n'ait pas de proches parents. Iris Chater est veuve et vit seule. Elle n'a pas d'enfants.

— Oui, mais Debbie Parker a un papa et une belle-mère.

D'accord, ils n'habitent pas ici, mais cela rompt avec le modèle, objecta Nathan Coates.

— Plus j'y pense, plus il me semble qu'elles n'ont en commun que leur sexe, souligna Freya.

— Et le chien ?

L'inspecteur divisionnaire resta le regard vide une seconde.

— Jim Williams, chef, expliqua Freya.

— Oh, oui ! L'homme qui a été le dernier à apercevoir Angela Randall. Son chien s'est enfui. Je ne vois pas de rapport. Les chiens, ça s'enfuit.

— Il a disparu sans laisser de trace sur la Colline. Comme Angela Randall, et probablement comme Debbie Parker.

— Peut-être. D'accord. D'autres interventions ? Autre chose ?

— Angela Randall, ajouta Freya, songeuse. J'ai trouvé une paire de boutons de manchette de prix, enveloppés dans du papier cadeau, avec un message énigmatique sur la carte, dans sa penderie. Quand je suis allée vérifier chez le bijoutier de Bevham, Duckham, j'ai appris qu'elle avait acheté un certain nombre de cadeaux coûteux. Une montre, une épingle de cravate, un coupe-papier en argent, des objets pour homme... En l'espace de huit mois, à peu près. Maintenant, nous savons par son employeur à la maison de repos qu'elle n'avait apparemment pas de relations suivies, et par ses voisins qu'elle ne recevait jamais de visiteurs. Alors, à qui étaient destinés ces cadeaux ? La carte portait cette mention : « À Toi, avec tout mon amour dévoué, Moi. »

— S'il y avait un homme dans la vie d'Angela Randall, c'est le seul de l'affaire. Debbie Parker n'avait pas de petit ami, M$^{me}$ Chater a perdu son mari juste avant Noël.

— Passons un nouvel appel à la radio, organisons une autre conférence de presse. Je vais demander aux policiers en tenue d'effectuer un porte-à-porte dans tous les quartiers du centre de Lafferton. Nous avons quadrillé les rues où vivent les trois femmes et la zone autour de la Colline, mais je veux élargir. Nous allons envoyer les plongeurs inspecter le fond de la rivière, examiner le moindre carré de terrain vague, le moindre terrain de jeux, tout. À saturation. Je veux que personne à Lafferton n'ignore le fait que ces trois femmes ont disparu.

— La presse nationale, chef ?

— Oui. Je vais m'entretenir avec le principal. Mais la presse nationale, la télévision et la radio, ce sera dès ce soir. Malheureusement, tout cela coïncide avec le fait que l'opération anti-drogues passe aussi à la vitesse supérieure. Nous avons réuni d'excellentes informations, comme certains d'entre vous le savent déjà, et sur cette base nous allons devoir passer à l'action dans les jours prochains. Nous allons donc être surchargés. Je dirigerai l'opération anti-drogues, mais je veux être tenu informé de tout, absolument tout ce qui a un rapport avec ces femmes. Freya, je voudrais que vous vous chargiez de cette affaire. Tout le monde vous fera son rapport, à vous. Il faut retrouver ces trois femmes et, jusqu'à présent, nous n'avons aucun indice : pas de signalement, pas de traces, pas de corps, vivant ou mort. En soi, c'est extrêmement inhabituel.

— Officieusement, chef, sur quoi vous miseriez ? lui demanda Nathan.

Simon Serrailler se rembrunit et réfléchit un moment. Puis il lui répondit avec calme :

— J'ai peur... Cela reste officieux, Nathan, il s'agit d'une opinion personnelle, d'accord ? Nous n'avons aucune preuve, et je ne veux pas que ceci soit divulgué.

— Bien, chef.

— Je pense donc que nous sommes à la recherche de trois femmes qui ont été enlevées, très astucieusement enlevées, par un ou plusieurs individus, qui savent comment masquer leurs faits et gestes et ne laisser aucune trace.

— Des meurtres, alors.

La pièce s'imprégna d'un silence redoutable.

— Je n'exclus rien, admit simplement Serrailler.

# *La Cassette*

Plus de six mois se sont écoulés avant que je ne me résolve à t'avouer que je n'étais plus étudiant en médecine. J'ai fort bien joué la comédie. Mais ensuite, naturellement, la question de l'argent s'est posée, car c'était toi qui payais mes droits universitaires. Je t'ai écrit et j'ai menti. Je ne voulais pas te voir – à l'époque, je n'avais jamais envie de te voir –, mais je comprenais qu'il fallait te livrer une quelconque explication. Tu te souviens, je t'ai raconté que l'on m'avait conseillé de ne pas poursuivre mes études pour raisons médicales. J'avais toujours souffert d'un asthme léger, mais il s'était aggravé et risquait à tout moment de dégénérer en une crise grave susceptible de m'affaiblir le muscle cardiaque.

Ensuite, pendant deux bonnes années tu n'as plus su où je me trouvais. Je me suis glissé hors de ton existence, comme un plongeur qui s'enfoncerait dans la mer et qui referait surface à des milliers de kilomètres de là. J'ignorais tout de ta réaction, j'ignorais si tu avais fait des tentatives pour me retrouver, si tu avais contacté la faculté de médecine. Ce n'était pas de toi que je me souciais.

J'ai consacré quelques années à réfléchir à mon avenir et, durant cette période, j'ai juste accepté des petits boulots qui me permettaient de survivre, principalement des postes d'employé de bureau, et toujours à titre temporaire. Je me suis inscrit dans une agence de placement et il y avait constamment une masse de travail. J'étais méticuleux, fiable, travailleur, méthodique, soigné – qualités hautement recommandées auprès d'un employeur. Je ne créais pas de difficultés, je ne perdais pas de temps, je ne me répandais pas en bruits de couloir, je ne frayais avec personne. Mais mon esprit, comme une force souterraine, continuait d'œuvrer à mon avenir, essayait des idées, projetait, conspirait. Je ne pouvais plus être médecin, néanmoins je n'avais nullement renoncé à mon désir de travailler dans un domaine ou l'autre de la médecine, et comme j'aimais tant les corps, je caressais souvent l'idée de devenir employé à la morgue, ou dans un laboratoire d'analyses en milieu hospitalier, de préférence à l'étranger.

Cependant, jamais je n'aurais pu me résoudre à jouer les seconds violons, à ne pas prendre une part active. Je n'aurais jamais pu faire de courbettes devant je ne sais quel pathologiste « qualifié », jamais je n'aurais pu me plier aux corvées d'un domestique, semaine après semaine, passant inaperçu, sans que l'on fasse aucun cas de moi, parce que j'en savais autant qu'eux, j'étais tout aussi capable d'accomplir leur travail. Je crois que j'aurais pu éclater sous le poids de la contrariété et de la frustration.

J'ai patienté encore quelques mois, à envisager de reprendre ma formation médicale en me fabriquant de fausses références, pourquoi pas ? en mentant sur mon âge, en partant pour l'étranger, mais la tromperie ne m'était alors pas facile. La seule personne que j'avais déjà trompée, à qui j'avais déjà menti, c'était toi. Je n'avais pas envie de me conduire comme un criminel insignifiant et, si l'on m'avait démasqué, l'humiliation aurait été traumatisante, au-delà du supportable. L'humiliation, j'en avais eu plus que ma part. Ma haine de ceux qui m'avaient condamné, qui m'avaient noyé sous le mépris, qui m'avaient poussé à me sentir tout petit était et demeurait absolue, une haine amère et pure. Pas un poison, non, un acide.

Toutes les autres carrières médicales que j'avais envisagées, au point même de me renseigner en détail par des lectures dans une bibliothèque d'ouvrages de référence, j'ai fini par les écarter en raison de leur caractère d'infériorité, de deuxième choix, de leur statut médiocre. Je refusais de devenir infirmier, ou de travailler dans un service d'ambulanciers. J'aurais éventuellement pu me rabattre sur la dentisterie, mais je rejetai cette option parce que cela ressemblait trop à médecine – j'aurais encore fini dans le rôle du souffre-douleur.

Je veux que tu saches tout. Il n'y a aucun mal à cela, car tu ne peux pas réagir de façon dommageable, tu ne peux pas ricaner, ce qui t'arrivait si souvent, tu n'es plus en position de m'humilier. Tu voulais être fière de moi et, en effet, maintenant, tu aurais de quoi. Désormais, tu ne constitues plus pour moi une menace. Tu n'en aurais même plus l'envie. Il fallait que je me débrouille seul, que je sois responsable de ma propre personne, responsable de moi-même. J'avais attendu ça toute mon enfance et toute ma jeunesse.

L'hôpital et le laboratoire d'analyses me manquaient à un degré épouvantable. J'en rêvais. Je rêvais de pratiquer une autopsie après l'autre et de réaliser d'étonnantes découvertes, de résoudre des problèmes, de dévoiler des secrets de l'organisme. Quand je travaillais dans un bureau, chez l'un ou l'autre de mes employeurs temporaires, dans ma tête j'arpentais les couloirs de l'hôpital, j'enfilais ma blouse et mon calot verts, je choisissais mes instruments. Je vivais dans deux mondes sans jamais négliger le travail qui m'incombait ; j'étais en mesure de contenter facilement mes employeurs, tout en menant mon autre existence.

Mais, au bout d'un certain temps, je me suis senti frustré. Il fallait que je prenne une décision, que ma vie trouve son cap.

Finalement, le hasard a joué. On m'a proposé un

emploi temporaire au siège d'une société de location de distributeurs automatiques. C'était un peu loin de la chambre que je louais, dans un quartier que je ne connaissais pas. Je devais prendre un train et marcher dix minutes — un trajet ennuyeux, cependant je pouvais varier tous les jours en empruntant un raccourci, ou un itinéraire secondaire qui me conduisait au bout de plusieurs allées résidentielles. Elles se ressemblaient toutes, mais les maisons étaient vastes, de styles et d'époques différents, et j'aimais spéculer au sujet de leur propriétaire, me demander quel métier rapportait un salaire assez élevé pour fournir les moyens d'habiter Aldine Lodge, Manor House, West End et The Poplars. L'une de ces maisons portait une plaque en cuivre de dentiste. Parfois, quand je passais devant, des gens sortaient de la propriété au volant de grosses voitures coûteuses et confortables, en accord avec l'allure prestigieuse de leur maison.

Je n'étais pas envieux, pourtant cela m'aurait plu de vivre dans un endroit moins exigu et moins vétuste que la chambre meublée dans laquelle j'étais confiné.

Toutefois, j'avais toujours su qu'il ne s'agissait que d'un domicile aussi provisoire que mes boulots temporaires, et que ma vraie vie et mon véritable destin attendaient que je les découvre. Je n'ai jamais désespéré, et je n'ai jamais été déprimé par cela. Tu aurais été fière de moi, à cette époque, fière de voir que je m'habillais élégamment, que je veillais sur ma tenue et sur mon corps, et que je ne perdais jamais confiance en moi.

Je conserve un souvenir très clair de ce matin-là. On se souvient des jours où le destin frappe. Je n'ai jamais oublié l'ornementation du cadre d'une photo, dans la pièce où le directeur de la faculté de médecine m'a signifié mon renvoi. Si je ferme les yeux, je revois cette fine torsade de fausse dorure.

Il n'est donc pas surprenant que je n'aie rien oublié de cette journée où j'ai pris Spencer Avenue, l'une des deux longues rues bordées d'arbres qui me conduisaient à mon bureau, en empruntant un circuit quelque peu sinueux. Les maisons étaient presque toutes à pignons, ou faux Tudor, ou véritablement édouardiennes, entourées de haies de forsythias en pleine floraison, d'un jaune vif. Tu aurais apprécié Spencer Avenue. C'était le genre de rue auquel tu aspirais, mais jamais tu n'avais eu le moindre espoir d'arriver à vivre un jour dans un pareil endroit. Quand j'étais petit garçon et quand je t'aimais encore, quand je t'adressais encore la parole, quand je te racontais des histoires, nous avions l'habitude de partir faire des promenades un peu similaires à celles-là et je te montrais ces maisons du doigt, celles que j'aurais pu nous acheter quand je serais devenu un médecin réputé, et tu choisirais la couleur des rideaux et les arbustes que tu planterais dans le jardin côté rue.

J'étais en avance. J'étais toujours en avance. Je n'ai jamais supporté le manque de ponctualité, pas plus chez moi que chez les autres. Je n'avais donc pas à me presser.

La maison était située aux deux tiers du chemin, trottoir de droite, où je marchais. Elle était imposante, pas particulièrement séduisante. Elle était à colombages noirs et blancs, avec des fenêtres à petits carreaux qui la rendaient lugubre. Elle était vaste, l'allée était tapissée d'un gravier impeccable, et il y avait un lilas en fleur, sur la droite. La plaque fixée à un montant de porte attira mon attention. Encore un dentiste ? Ou un spécialiste ? Un gynécologue avec une large clientèle privée ? Un psychiatre ? Un chirurgien ophtalmologue ?

Quand j'ai lu qui, en réalité, occupait les lieux, sous le nom de John F. L. Shinner, je suis resté abasourdi.

Je n'y avais jamais songé. J'ignorais même, au fond, de quoi il s'agissait – à l'époque, nous étions fort peu nombreux. Pourtant j'ai fixé la plaque du regard avec le sentiment d'une révélation. Je n'avais pas besoin de prendre note du nom et de l'adresse, ils étaient déjà gravés dans ma mémoire. J'ai pressé le pas, non parce que j'aurais pris du retard, mais parce que j'étais électrisé. J'ai vu ma vie s'ouvrir devant moi. J'allais me former, puis j'exercerais. J'aurais mon nom sur une maison pareille à celle-ci, dans une rue bordée d'arbres. Ce serait tout à fait comme d'exercer la médecine, et je n'aurais de comptes à rendre qu'à moi-même. Pour la première fois, j'avais du mal à me concentrer sur mon travail, et dès l'instant où une heure sonna je suis parti pour la cabine téléphonique, en face du bureau de poste central. J'ai obtenu le numéro et j'ai appelé pour prendre un rendez-vous. J'ai expliqué que je n'avais pas besoin d'un traitement, mais que je souhaitais discuter de la possibilité de me former pour embrasser cette profession. Au bout d'un moment, la réceptionniste m'a mis en relation avec le spécialiste.

— Je vous recevrai volontiers. J'espère pouvoir vous aider. Quand vous êtes-vous intéressé à la question ?

— J'ai poursuivi des études de médecine pendant trois ans et demi, mais j'ai échoué à une session d'examens et presque aussitôt je suis tombé assez gravement malade. Je vais bien maintenant, c'était il y a relativement longtemps, mais à cette époque j'étais assez malheureux de la manière dont j'étais traité. Je me suis beaucoup intéressé à certains traitements alternatifs des malades.

En entendant ces mots sortir de ma bouche, je me suis aperçu que je croyais passionnément en ce que je lui racontais.

— Avez-vous parlé avec d'autres thérapeutes ?

— J'ai envisagé la possibilité de l'homéopathie.

— Et ?

— La pharmacie ne m'a jamais intéressé. Les traitements allopathiques et homéopathiques me paraissent cousins. J'ai du mal à l'expliquer, mais l'homéopathie me semblait trop cérébrale.

M. John P. L. Shinner eut un petit rire.

— Notre formation est très rigoureuse... assez proche d'une formation médicale traditionnelle. Mais je ne qualifierais pas cette discipline de « trop cérébrale ». Il s'agit d'évaluer l'état du patient, le traitement et les soins à lui administrer, considérés comme un tout. Nous nous occupons des êtres humains, pas seulement des symptômes.

— Je ne m'intéresse pas à ce qui se limite aux seuls symptômes.

— Alors, venez me voir. Si je puis vous aider, je le ferai.

Cette nuit-là, je n'ai pas trouvé le sommeil. À deux heures et demie du matin, je suis sorti marcher dans ces rues étroites et décrépites, où les lilas, les forsythias et les demeures en retrait de Spencer Avenue auraient pu tout aussi bien se situer à des milliers de kilomètres de distance. Pourtant, elles constituaient une part de mon avenir, de façon si certaine qu'elles finissaient par devenir plus réelles à mes yeux que ces rues où je déambulais. Je ne remarquais rien, je ne sentais que l'odeur rance d'huile frite d'une baraque de *fish and chips* et celle des diesels de l'artère voisine. J'éprouvais une certitude absolue à propos de tout, comme si j'avais été guidé vers Spencer Avenue et la plaque en cuivre de John E. L. Shinner qui marquait ma destinée. Cette impression du destin était étrange. Elle ne m'était pas familière, mais, en cet instant, je me suis permis d'y succomber.

Je ne sais pas pourquoi cette attirance vers ma carrière future a été si forte, si compulsive. J'en savais très peu sur le sujet, j'ignorais le temps que me prendraient ces études, combien elles coûteraient, où je devrais me rendre. Mais l'incertitude sur ces questions relevait de la futilité, et avec le temps tout s'éclaircirait. Je n'éprouvais pas de doutes. Et je savais que je ne te dirais rien, que je ne communiquerais plus avec toi tant que je n'aurais pas achevé ce qui m'attendait.

Je n'ai jamais rien regretté, je n'ai jamais regardé en arrière, je n'ai pas douté un seul instant. Je savais que je ne me trompais pas, et la réalité m'a donné raison.

Quant aux autres facettes – je crois qu'elles ont toujours été là, dormant sous la surface de mon esprit. J'allais connaître l'accomplissement et la satisfaction dans une carrière où je me montrerais talentueux, pourtant mes vieux besoins ne désarmaient pas. J'avais été coupé court dans mon élan, avant d'avoir fait ce que je devais, ce que je voulais faire, et il faudrait en passer par une autre voie pour le réaliser. Mais cela pouvait attendre. Cela a dû attendre des années ; peu importe. Au bout du compte, j'avais réussi, n'est-ce pas ? J'ai tout accompli.

John Shinner s'est montré très secourable. Il m'a reçu après son dernier patient, et après ma propre journée de travail. J'ai emprunté cette avenue avec une sensation d'allégresse extraordinaire.

C'était un homme petit, rondelet, et s'il portait un nom de consonance anglaise, il était visiblement métissé oriental.

– Notre discipline vient de Chine, m'expliqua-t-il en me faisant visiter la pièce où il exerçait.

J'ai immédiatement pris son cabinet pour modèle : il était tellement ordonné, si dépouillé, si stérile. Pas de décorations superflues, pas de photos, rien, hormis ce qui touchait directement à son travail. Les murs étaient peints de couleur crème, le cuir de la table d'auscultation et de son fauteuil était noir. Il régnait dans cette pièce un calme et une harmonie merveilleux, que j'ai toujours essayé d'imiter. Mes patients m'ont dit qu'ils en avaient conscience et que cela ajoute à l'efficacité du traitement que je leur prodigue.

– Il existe peu de réglementations régissant les thérapies complémentaires, m'apprit M. Shinner. N'importe qui peut ouvrir un cabinet, sans formation, sans qualifications. Est-ce que l'on ouvrirait un cabinet de dentiste ou de chirurgie orthopédique sans formation, sans qualifications ? Bien sûr que non ! Pourtant, rien n'est régenté, et le public peut courir un risque. Notre discipline est ancienne, elle a fait ses preuves. Pour obtenir votre accréditation, vous étudierez au sein de notre institut national. Vous étudierez dur, et vous ne cesserez jamais d'apprendre, même après des années de pratique. J'apprends tous les jours. Néanmoins, nous sommes peu considérés par la profession médicale – de sa part nous ne récoltons que désapprobation, nous sommes traités avec dédain, avec mépris, tournés en ridicule. A-t-on pris la peine d'observer les interventions que nous pratiquons ? Des ablations d'organes, des césariennes... sur des patients tout à fait éveillés et que l'on voit parler, rire. Ils n'éprouvent aucune douleur, aucun inconfort durant l'opération. Nos détracteurs nous taxent de menteurs. Enfin, heureusement, ce qui constitue l'essentiel de notre travail ne se déroule pas toujours dans des circonstances aussi dramatiques. Nous venons en aide, nous apportons de l'espoir, nous soulageons la douleur, nous allégeons des symptômes chroniques et des maladies incurables. Nous agissons sur le corps, sur l'esprit, sur le mental, nous atteignons les parties les plus enfouies de la psyché et les régions les plus superficielles du corps.

Il se tourna dans son fauteuil et me dévisagea un long moment, sans ciller, de son regard profond.

– Qu'est-ce qui vous fait penser que là réside votre avenir ?

– Une conviction intérieure.

– Espérez-vous devenir riche ?

J'ai ri.

– Je ne m'attends pas à devenir millionnaire.

– Vous ne répondez pas à ma question.

– Je ne suis pas ici parce que je m'attends à faire fortune. Mais j'ai été pauvre et j'avoue que j'ai trouvé cette expérience lamentable.

Il n'a rien ajouté, mais il s'est levé et il s'est

rendu à son bureau, où il a griffonné des noms et des adresses.

— Écrivez-leur pour que l'on vous envoie des informations, rassemblez tout ce que vous pourrez. Tous ces gens vous seront de bon conseil. Mentionnez mon nom. Mais si vous réussissez... préparez-vous au ridicule et à l'hostilité. Saurez-vous faire face ?

— Oui, répondis-je, très confiant. Je n'ai jamais accordé beaucoup d'intérêt à la bonne opinion des autres.

Finalement, il m'a prêté trois livres à étudier.

— Une fois que vous aurez lu soigneusement, attentivement, ces ouvrages, après que vous aurez réfléchi à votre lecture, votre religion sera faite. Dans un sens ou dans un autre.

Je l'ai remercié et je me suis levé. J'étais impatient de rentrer à la maison et d'entamer mes lectures, d'ouvrir les premières portes de ma vie future. Cependant, je m'étais déjà forgé une certitude.

# 39.

— Chef ?
— Salut, Nathan. Qu'est-ce qu'elle t'a servi ?
— Un gâteau au chocolat à mourir.
— Et ?
— Et la vieille dame allait chez une médium. Pour essayer de rétablir le courant avec son Henry.
— Pourquoi la voisine ne nous l'a-t-elle pas dit avant ?
— Elle aurait considéré ça comme une espèce de trahison, elle pensait que Mme Chater n'avait pas envie que Pierre, Paul ou Jacques sache... Elle voulait que juste Harry soit au courant, si vous me suivez...
— Pas de mauvaises plaisanteries, s'il te plaît.
— Désolé... En tout cas, à ce qu'elle m'a raconté, cette Mme Moss, sauf que maintenant je l'appelle Pauline...
— Tiens, tu m'étonnes !
— ... tout ça, c'était un peu un secret. Apparemment, c'est elle qui aurait déniché le nom de cette agitatrice de revenants et qui l'a donné à Mme Chater, qui y est allée une fois. Ensuite, motus et bouche cousue sur son rendez-vous. Je crois que Pauline, en réalité, essayait de la protéger de ceux qui auraient pu se payer sa tête.
— Tu as pu avoir le nom ?
— C'est comme si c'était fait.
— Bien joué. Au fait, le divisionnaire se rend à une reconstitution. Debbie Parker sortant de chez elle, dans sa rue, tôt le matin, pour aller faire le tour de la Colline.
— C'est pour quand ?

— Jeudi matin. À vrai dire, ils cherchent une fille pour le rôle.
— Mais, et vous ?
— Moi, je pars à Bevham, chez le bijoutier. Toi, je voudrais que tu montes à Starly, que tu interroges de nouveau notre ami Dava, que tu le mettes vraiment sur le gril.
— Minute, chef ! Quand est-ce que je vais déjeuner ?
— Tu n'as pas besoin de déjeuner, tu viens d'avaler la moitié d'un gâteau au chocolat.
— Chef ! Ayez un peu de cœur.
— OK, tu auras droit à une tasse de tisane au pissenlit dans le café bio de Starly.
Nathan mima un haut-le-cœur et raccrocha.

Le bijoutier se montra poli, posé, désireux de coopérer, mais convaincu de ne rien pouvoir ajouter.
— J'aimerais que vous preniez votre temps et que vous repensiez très attentivement aux visites de Mlle Randall chez vous. Vous souvenez-vous des conversations que vous aviez avec elle quand elle choisissait les articles, et lorsqu'elle passait à l'achat ? Je voudrais que vous tâchiez de vous rappeler si elle n'aurait rien confié qui serait susceptible de nous fournir un indice sur l'identité du destinataire de ces cadeaux.
— Ou des destinataires ?
— Ce que je veux vous signifier par là, c'est qu'en général les gens ont un certain style de conversation quand ils achètent des objets de ce genre. Il ne s'agit pas d'un achat que l'on boucle à la va-vite. Si je suis entrée ici pour acheter un objet cher et spécial pour un anniversaire, par exemple, je vais prendre le temps de choisir et je vais impliquer le vendeur dans cet achat... Cela fait partie du plaisir. Surtout quand les objets en question sont coûteux, quand on n'en achète pas tous les jours de semblables. Je raconterais certainement que cette chaîne en or est un cadeau de baptême pour une nièce, ou je vous demanderais si vous me recommanderiez un style particulier de boutons de manchette pour le quarantième anniversaire d'un de mes frères.
— En effet, les clients posent des questions de cet ordre, oui.
— Souvent ?
— Très fréquemment, oui.

— Mais pas Angela Randall ? Jamais ? Pas une fois ? Cela ne vous paraît pas curieux ?

— M^lle^ Randall m'a simplement prié de lui montrer des articles d'un certain style ou dans une certaine gamme de prix. Elle n'évoquait jamais la raison de son achat.

— Ni celui à qui ils étaient destinés ?

— Non.

— Et vous ne le lui avez pas demandé ?

Il prit un air pincé.

— Certainement pas. Cela ne nous regarde pas, à moins qu'un client choisisse de nous en parler.

— Avez-vous eu le sentiment que ces cadeaux étaient destinés à un amant ?

— Non. M^lle^ Randall n'était pas ce genre de personne.

— Alors quel genre de personne était-elle ?

Il réfléchit un instant.

— Réservée. Pudique. Agréable mais, oui, pudique est le mot approprié. Pas le genre de dame à bavarder.

— Croyez-vous qu'elle parlerait de sa liaison, disons, à son coiffeur ?

— Non. Bien entendu, nous ne sommes pas des coiffeurs.

Ce qui rabaisse ces derniers à une forme de vie située très bas dans le bestiaire de votre vision du monde, songea Freya en quittant la boutique et en traversant la rue en direction de son café préféré.

Après la foule du déjeuner, il se vidait tout juste, et elle repéra une table devant la fenêtre. Elle commanda une part de brie et une salade sur ciabatta, avec un grand cappuccino, et sortit son carnet de notes. Cela l'aidait toujours de pouvoir réfléchir en paix une demi-heure après un entretien, de griffonner au fil de la plume, au cas où une idée lui viendrait. Mais rien ne lui venait. Sa visite chez Duckham s'était révélée une perte de temps. Elle décida de retourner inspecter la petite maison aride d'Angela Randall. Malheureusement son enquête ne menait nulle part, si ce n'est vers un brouillard impénétrable. Brouillard. La dernière fois que l'on avait aperçue, Angela Randall s'enfonçait dans le brouillard en courant. Il y avait là une certaine cohérence. Au moins, elle, quelqu'un l'avait vue. Personne n'avait vu Debbie Parker ou Iris Chater.

Freya mordit une bouchée de ciabatta et de la sauce salade dégoulina de son pain jusque sur son menton et ses mains. Elle s'essuya avec sa serviette en papier, leva brièvement les yeux. De l'autre côté de la vitre de l'établissement, quelqu'un s'efforçait d'attirer son attention. La sœur de Simon Serrailler.

Toute interruption dans le cours circulaire et si contrariant de ses pensées était la bienvenue, mais Freya ne voyait pas qui aurait pu être davantage la bienvenue que Cat Deerbon – si ce n'est son frère.

— Ce n'est pas de la chance, ça ? Il y a toujours quelqu'un pour vous surprendre pile au moment où vous avez de la sauce salade qui vous dégouline dessus. Il n'y a pas moyen de manger ces trucs-là correctement.

— C'est comme les éclairs.

— Tenez-moi compagnie... vous prenez un café ? Ou un de ces machins ?

Cat Deerbon s'assit en lâchant deux grands sacs de commissions sur le sol.

— Les courses des enfants, quelle barbe ! Des maillots de corps, des chaussettes, des pyjamas, des slips. J'aimerais beaucoup boire un grand espresso et, non, pas de sandwich. Quoi ?

Elle consulta le menu.

— Un pain brioché grillé. Comme c'est sympathique de vous revoir. Vous n'êtes pas en service ?

— Oh ! si, je viens juste d'interroger quelqu'un. Mais on nous autorise à nous nourrir, vous savez. Et vous ?

— Pris ma demi-journée. Les enfants ont l'air de misérables créatures à l'abandon, leurs vêtements sont franchement trop petits. Il fallait que je m'en occupe.

Freya l'observa de plus près. Quand on savait que Simon et elle étaient frère et sœur, on percevait une ressemblance, du côté des yeux, de la bouche, mais la couleur était différente. Simon avait l'air plus âgé, et jamais on n'aurait cru qu'il s'agissait d'un frère et d'une sœur appartenant à des triplés.

Cat mordit dans son pain brioché et le beurre chaud lui dégoulina sur le menton. Elles rirent en chœur.

*C'est la sœur de Simon, c'est sa chair et son sang. Ce n'est pas seulement une femme que j'apprécie, et dont je pourrais devenir réellement l'amie, c'est quelqu'un qui le connaît aussi bien, sinon mieux que quiconque. J'ai envie de la questionner à son sujet, j'ai envie de l'entendre me parler de lui, de ses goûts, de sa manière de se comporter, enfant, de ses relations avec son père, des endroits où il part en vacances, de qui sont ses amis... de cette femme qui, d'après Sharon, était amoureuse de lui, des cœurs qu'il aurait brisés.*

Il lui paraissait impossible de lancer le sujet. Cat amena la conversation sur Starly.

— Vous savez, les gens ont des tas de raisons de vouloir devenir médecin. Pas toujours de bonnes raisons, mais, dans l'ensemble, leurs motivations sont respectables. En revanche, je ne parviens pas à sonder véritablement ce qui pousse quelqu'un à opter pour des pratiques alternatives aussi extrémistes. Qui est ce type, ce prétendu chirurgien psychique ? Il est fou ou il est méchant ?

— On me pose la même question au sujet de ceux qui commettent certains crimes : les pédophiles, certains tueurs. Fou ? Qui est fou ? Vous savez répondre à cette question mieux que moi.

Cat secoua la tête.

— Uniquement dans les cas les plus évidents et les plus tranchés, et ils sont assez rares, vous ne l'ignorez pas. Les vrais « fous », certifiés, permanents... Les individus dérangés, totalement déconnectés de la réalité humaine normale, sont rares.

— Disons, mauvais, alors. Ces individus sont-il simplement mauvais ? Fourvoyés, à coup sûr.

— Peut-être y a-t-il là un désir contrarié de faire du bien, de guérir, qui s'est retrouvé canalisé dans la mauvaise direction, ou faussé, avança Cat.

— Il peut aussi s'agir d'un délire de puissance. Surtout quand vos patients vous témoignent tant de reconnaissance qu'ils vous rebaptisent « faiseur de miracles ».

— En réalité, je pense quelquefois que la médecine participe un peu d'un délire de puissance. Par exemple, les spécialistes que leur pouvoir fait jouir.

— Ce qui me laisse perplexe, reprit Freya, c'est que ce type, et pas seulement lui, semble réellement obtenir certains résultats. Ses patients se prétendent guéris.

— Sauf que la plupart des affections ne présentant pas de menace pour la vie s'améliorent d'elles-mêmes. On ne devrait jamais sous-estimer la puissance du placebo. J'aimerais pouvoir m'adresser à une personne qui se prétend guérie d'un cancer, d'une sclérose en plaques ou d'une maladie du système neuromoteur par un chirurgien psychique ou un guérisseur par les cristaux. J'aimerais avoir un entretien avec elle tous les six mois, durant les dix prochaines années, et voir si elle maintient ses affirmations. À l'évidence, elle en serait incapable.

— Ne pas nuire, n'est-ce pas votre premier principe ?

— Si. Mais moi, je suis un médecin diplômé.

La serveuse vint débarrasser leur table.

— Un autre café ? proposa Freya.

— Il faut que j'y retourne.

— Et moi donc !

— Alors, on s'offre un autre café. Et il y a encore quelque chose que je dois éclaircir : mon père a-t-il été très grossier avec vous, l'autre soir ?

Freya se rembrunit.

— Un peu, oui.

Le visage de Cat s'empourpra aussitôt.

— Seigneur ! il me met tellement en colère. Il se comporte de cette manière pour gâcher tout ce que maman organise. Tout est bon pour empêcher les autres de passer un agréable moment, tout lui est prétexte à instiller son venin, en toute occasion.

— Il m'a l'air aigri.

— Il l'est.

— Il a connu des déceptions ?

— Non. Enfin... Que Simon ne fasse pas médecine, ça lui a fichu un coup. Comme s'il n'y avait pas déjà pléthore de médecins chez les Serrailler ! Comme si ça ne lui suffisait pas que son fils soit content ! Il a détesté prendre sa retraite, il a vraiment détesté. Il était plein de ressentiment, déprimé, en colère, alors que ma mère, elle, s'est contentée d'accepter l'inévitable et de poursuivre le cours de son existence.

— Et de quelle manière !

— Absolument. Pendant quelques années, papa s'est enfoui dans l'apitoiement sur soi, puis il est devenu brutal. Je suis désolée que vous ayez trinqué et je m'en excuse.

— J'ai connu pire, n'y pensez plus. Cela m'a laissée plus perplexe qu'autre chose.

Leurs cafés arrivèrent et Cat remua son espresso, à plusieurs reprises, avant de lever les yeux sur Freya.

— Il y a aussi Martha, bien sûr. Simon vous a parlé d'elle ?

— Non, mais...

— Non, j'imagine qu'il n'en parle pas, pas au bureau. Il a du mal, il trouve ça dur.

— J'ai aussi vu Simon en dehors du bureau.

— Oh ?

Cat l'observa d'un œil aigu.

— Nous avons dîné ensemble.

— D'accord.

Freya mourait d'envie de parler à Cat de cette soirée à l'appartement de Simon, du dîner au restaurant italien, de ses sentiments. La conversation pourrait ouvrir sur nouvelle intimité entre elles deux. Au lieu de quoi, Cat reprit la parole.

— Martha est notre sœur cadette, de dix ans plus jeune que nous. Vous savez que nous sommes des triplés ? Ivo est en Australie.

— Oui, Simon m'en a parlé.

— Martha est très gravement handicapée, mentalement et physiquement. Elle l'a toujours été. La seule surprise, c'est qu'elle ne soit pas morte enfant. Elle vit dans une maison spécialisée, à Chanvy Wood. Ce drame a rongé la vie de mon père, et il la mentionne à peine. De toute mon existence, je ne crois pas que nous ayons eu, lui et moi, plus de deux ou trois conversations au sujet de Martha. Si quelque chose l'a rendu amer, en colère, plein de ressentiment, c'est cela.

— Dur pour Meriel.

— Très. Elle a reçu beaucoup d'autres coups durs, et elle les a endossés, et elle a avancé. Je ne m'entends peut-être pas toujours avec maman. Parfois, elle me rend dingue, mais je l'admire plus que je ne saurais l'exprimer.

— Votre père en veut-il à quelqu'un, rendrait-il quelqu'un responsable de l'état de Martha ?

— Je n'en ai aucune idée. Oh, à lui-même, probablement. Tout au fond de lui, dans un endroit inatteignable. C'est absurde, il s'agit d'un accident chromosomique. Il n'existe aucun antécédent de cet ordre dans aucune de nos deux familles. Mais il est malaisé de rationaliser une situation de ce genre, quand cela vous arrive. Je le sais, j'ai eu affaire à des patients qui vivaient la même chose.

— Je me demande pourquoi Simon ne m'en a pas fait part.

— Simon tient beaucoup de mon père, seulement sur un mode plus positif. Il est aussi très pudique. Des recoins de son être sont tout aussi profondément enfouis. Inaccessibles.

— Pour personne ?

Cat lui adressa un long regard.

— Personne. Cela ne me regarde pas, Freya, mais... n'essayez pas, c'est tout. J'aime très tendrement mon frère, mais je suis certainement la seule femme au monde, à part ma mère, à pouvoir se le permettre.

Elle vida sa tasse de café et tendit la main pour réunir ses deux sacs de courses.

— Il faut que je rentre à la maison, avec mes maillots de corps et mes slips.

Elle allait sortir son porte-monnaie, mais Freya l'arrêta d'un geste de la main.

— Non, ça, c'est pour la brigade criminelle. Vous avez aidé la police dans son enquête. C'est la vérité : j'avais besoin de vous parler de ce commerce, à Starly.

— Je compte sur vous pour un dimanche ? Si vous supportez le chaos d'un déjeuner dominical...

— J'adorerais.

— Je vous appelle.

Subitement, Cat se pencha en avant et colla sa joue contre celle de Freya.

— Je suis vraiment contente d'avoir jeté un coup d'œil par cette vitrine de café.

Freya la regarda partir, engager son chargement entre les battants de la porte, et elle se sentait aux anges, malgré son avertissement à propos de Simon – identique à celui formulé par Sharon Medcalf. Elle appréciait Cat pour elle-même. Elle se disait également qu'en dépit de son discours de femme scrupuleuse, Cat l'aimait bien et pourrait même la juger digne de son frère. Je vous en prie, se dit-elle en rangeant son carnet de notes, je vous en prie, oui.

# 40.

Il était parti pour le préfabriqué, à cinq heures et demie ce matin-là, afin d'observer la vraie Debbie et de l'avoir clairement en tête, telle qu'elle était à présent et telle qu'elle avait été. À son arrivée sur le périmètre de la Colline, ils étaient déjà là : fourgonnettes de la police, journalistes, équipes de télévision, comme une équipe de tournage de cinéma, avec tous les parasites que cela attirait. Il était tôt, mais beaucoup de monde ayant entendu parler de la reconstitution était venu assister à la scène, des femmes surtout, et quelques adolescents avant d'attraper leurs bus scolaires.

Averti de ce que les psychologues et les profiteurs expliquaient des personnages de son espèce, il était déterminé à rester à l'écart. « Ils reviendront toujours sur le lieu du crime, d'une manière ou d'une autre. Ils sont incapables de s'en éloigner longtemps. S'il y a une battue, ils offriront leur aide, s'il y a un appel au public, ils proposeront des informations fallacieuses, s'il y a une reconstitution, ils traîneront dans les parages pour y assister. »

Il n'en éprouvait pas le besoin. Ce qui s'était produit sur la Colline n'avait pas d'importance – à peine un prélude nécessaire. Ce qui importait, c'était ce qu'il avait accompli dans le préfabriqué. Il ne s'intéressait pas à la chasse, à la capture, à la mise à mort. Il comprenait parfaitement pourquoi l'on avait pu recourir à des détrousseurs de cadavres, dans les rues obscures d'Edimbourg, voilà des siècles. S'il avait pu employer des sbires qui lui auraient rapporté les corps indispensables, il aurait procédé de la sorte. S'il était sur la Colline ce matin-là, c'était par désir de voir comment la police gérait les événements, quelles erreurs elle allait commettre, jusqu'où elle se tromperait. Naturellement, cela pouvait ne donner aucun résultat. Quel que soit le nombre de badauds venus observer la scène, quel que soit le nombre de ceux qui se feraient connaître, aucun d'eux ne saurait être de la moindre utilité, car aucun d'eux n'avait été présent ce matin-là. Il n'y avait personne. Il était le seul à savoir ce qui s'était produit.

Il hésitait. Au milieu du groupe de policiers en uniforme, autour des fourgons de la police, il aperçut la jeune femme qu'il avait rencontrée au dîner, Freya Graffham. Si elle le voyait, il allait devoir lui adresser la parole, fournir une raison de sa présence. Il changea de place, sortit de son champ de vision et prit le temps de réfléchir. Tout lui vint vite et facilement, comme d'habitude. Il savait ce qu'il allait inventer et il était désormais impatient de pouvoir raconter sa fable. Cependant, le décor était planté, le rideau sur le point de se lever, et les acteurs attendaient. Il s'éloigna vers la gauche, un peu plus loin sur le chemin, pour profiter d'un point de vue dégagé.

Il découvrit immédiatement qu'ils s'étaient fourvoyés. La fille n'était pas assez grosse et ses cheveux étaient légèrement trop blonds. La veste en peau de mouton, en revanche, était bien vue, ainsi que l'acné épouvantable. Une autre jeune femme s'entretenait avec elle, leurs deux têtes toutes proches l'une de l'autre. Elle parlait, parlait, avec des gestes de la main. La colocataire.

Quelqu'un réclama le silence. S'installa un moment d'immobilité absolue. Ensuite, la jeune fille se mit à marcher, et les caméras tournèrent. L'équipe de télévision reculait devant elle, des preneurs de son armés de micros coiffés de bonnettes poilues accompagnaient ses mouvements par les flancs.

Les vêtements étaient identiques et elle marchait presque de la même manière. Presque. Il observa. Elle traversait la route, se dirigeait vers la trouée qui conduisait à la Colline proprement dite. Il avait envie de lui crier des indications, de la prier d'avancer plus vite, de changer d'expression et de lever les yeux vers la Colline, pas de regarder devant elle. Cette jeune fille avait trop conscience de la présence de l'objectif devant elle, et son pas demeurait trop hésitant.

Tous les autres observaient attentivement. Quelques personnes, dont Freya Graffham, formaient un groupe qui la suivait à quelques mètres. Freya ne l'avait pas vu, lui, il en était tout à fait certain.

Cela valait mieux ainsi. L'histoire qu'il venait d'inventer lui serait nécessaire plus tard.

La jeune fille était à présent sur la Colline, et les autres restaient en retrait. Il ne faisait pas le temps de ce jour-là, mais tout en la suivant du regard tandis qu'elle se dirigeait, apparemment seule, vers l'endroit où ils s'étaient rencontrés, il comprit que l'excitation montait en lui. Il savait ce qui allait arriver, cela se précipitait dans sa tête, cela se déroulait comme un film qu'il aurait déjà vu et dont la fin était parfaitement en place. En l'espace de quelques secondes, elle tourna dans la mauvaise direction et il eut envie de l'interpeller, mais aussitôt elle tourna de nouveau dans une autre direction. Tout tombait juste, comme si elle savait, comme si elle était Debbie, et non une doublure. Une bouffée de puissance le submergea. C'était extraordinaire : elle obéissait à ses ordres silencieux, tels ces modèles réduits d'avions télécommandés que les jeunes garçons faisaient voler sur la Colline, les dimanches matin. Chaque pas répondait à ses indications. Il dut se retenir de courir la retrouver. Elle était presque là, pauvre, grosse, mal fagotée, boutonneuse. Comment pouvait-elle exister en deux exemplaires en ce monde ? Il n'avait pas besoin de ces deux exemplaires, mais s'il avait été seul, il l'aurait enlevée tout de même.

Elle était arrivée à quelques mètres de lui. Il retint son souffle, au point d'en avoir la poitrine comprimée. Quelqu'un cria. La femme. Freya Graffham.

— OK, Caroline, OK, tu peux t'arrêter là.

Freya s'approcha au pas de course, et la meute suivit. Tout était gâché, dans les toutes dernières secondes, les toutes dernières enjambées. La bobine du film s'était cassée.

Il regarda Graffham, sa main posée sur l'épaule de la fille. Il ne l'entendait plus. La fille l'avait amené à un paroxysme, puis la policière était venue, comme pour le refouler.

Il avait envie de la tuer.

À l'heure où Cat Deerbon contourna la rotonde au volant de sa voiture, en direction de son cabinet, la Colline était déserte. Elle avait délibérément fait ce détour pour tenter de se rappeler au sujet de Debbie Parker quelque chose qui soit susceptible d'être utile. Une drôle de fille, sérieusement déprimée, défigurée par l'acné, obèse – pourtant, quand elle était venue la consulter, elle n'avait provoqué chez Cat aucune fatigue. Cat ne s'était pas sentie vidée, comme c'était le cas avec tant de ses patients qui n'avaient pas le moral. Elles avaient plaisanté, Debbie avait formulé quelques remarques aiguës, faisant preuve d'un véritable sens de l'observation. Elle avait de l'esprit et savait se montrer chaleureuse, sous des dehors tristes et plaintifs. Et maintenant, où était-elle ? Partie à l'aventure avec une troupe de hippies gitans, voyageant dans un autocar antédiluvien sans jamais se laver ? Sur la route avec les gourous, en Inde ? Aucune de ces deux hypothèses ne paraissait vraisemblable.

La disparition de M$^{me}$ Chater était encore plus troublante. Cat repensa aux heures qu'elle avait passées, assise dans ce salon surchauffé donnant sur la rue, en compagnie d'Iris et de son mari mourant. Non, elle n'était pas non plus femme à disparaître sans avertissement. Elle était d'une étoffe plus solide : le genre fidèle à elle-même en dépit des années et tirant le meilleur parti de l'existence. C'était une coureuse de fond, pas une fuyarde. Cat songea qu'il en allait sans doute de même concernant Debbie.

Elle se gara sur le parking du cabinet et resta là un moment, après avoir coupé le moteur. Au creux de son ventre, une sensation sourde et légèrement douloureuse la mettait mal à l'aise. Mortes, trancha-t-elle. Elles sont mortes toutes les deux. Comment est-ce que je le sais ? Qu'est-ce qui me permet d'en être si sûre ? Freya Graffham lui avait demandé si elle aurait quoi que ce soit à lui apprendre au sujet de ces deux femmes, et en un sens elle avait beaucoup de choses à lui confier, en effet. Ces réflexions qui venaient de lui traverser l'esprit, justement. Mais dans le cadre d'une enquête policière, à quoi se résumeraient-elles ? À rien. À quelques vagues impressions de mauvais augure. Elles ne valaient pas la peine que Cat téléphone à Freya pour lui en faire part.

Cependant, elle avait envie de lui reparler. Elle l'aimait bien. Leur rencontre impromptue et leur déjeuner lui avaient plu. Et elle espérait fermement que Simon n'aurait pas sa place dans le tableau. Elle avait reconnu les signes qu'avait laissé échapper Freya – elle ne les connaissait que trop bien. Dieu sait s'il y avait déjà eu suffisamment d'exemples, par le passé ! Simon attirait les femmes. Ce n'était guère surprenant : il les appréciait, se plaisait en leur compagnie, il sortait avec elles, leur parlait et, plus important encore, les écoutait attentivement. Ensuite, il était pris de panique. En outre, il voyait encore Diana, sans aucun doute.

Cat était le seul membre de la famille, et peut-être plus largement la seule personne à être au courant, pour Diana Mason. Simon la fréquentait depuis cinq ou six ans. Ils s'étaient rencontrés à Florence, où il était parti dessiner. Ils avaient entamé une conversation, découvert que leurs hôtels respectifs se côtoyaient. Cela aurait pu s'arrêter là, mais, pour une raison ou une autre, ce ne fut pas le cas. À leur retour en Angleterre, Simon avait téléphoné à Diana.

Diana Mason habitait à Londres, était veuve depuis plus de vingt ans et n'avait jamais souhaité se remarier. À la place, elle avait voulu se créer la carrière qu'elle n'avait jamais véritablement entamée. Avec l'argent laissé par son mari, elle s'était acheté son premier petit restaurant, à Hampstead. À présent, après toutes ces années, elle se trouvait à la tête d'une chaîne de neuf établissements, tous baptisés de son nom, Mason, à Londres, et dans d'autres villes élégantes habilement choisies : Bath, Winchester, Cambridge et Brighton. Les brasseries Mason, ouvertes de dix heures du matin à dix heures du soir, offraient une ambiance détendue et une nourriture excellente, on y servait les meilleurs cafés, les meilleures glaces et les meilleures salades. Dans le style américain, on y réservait un très bon accueil aux enfants et aux familles, aux étudiants, avec exactement l'atmosphère, le mobilier, le personnel, les boissons qu'il fallait. Diana avait tout conçu, tout choisi, elle décidait de tout, et elle avait fini par en conclure, tout à fait logiquement, qu'elle avait su dénicher la formule gagnante et qu'elle s'y tiendrait. Elle travaillait dur, passant son temps au volant, constamment entre un restaurant et un autre, à vérifier les moindres détails, à dialoguer avec le personnel, à manger dans toutes les enseignes de la chaîne, tour à tour. Résultat : elle avait gagné beaucoup d'argent. Plusieurs chaînes de restauration plus importantes que la sienne lui avaient proposé de la racheter, mais elle avait toujours refusé, en expliquant que lorsqu'elle cesserait de s'amuser, en effet, elle plaquerait tout, mais pas pour le moment. La relation entre Diana et Simon était fort peu orthodoxe, et leur convenait à tous les deux. Cat en avait conclu depuis longtemps qu'ils n'étaient pas amoureux l'un de l'autre, et que c'était pour cette raison que cela fonctionnait convenablement. Ils éprouvaient de l'affection l'un pour l'autre, se voyaient le week-end, plusieurs fois par an, et ils étaient partis une ou deux fois en vacances ensemble. Mais ils étaient l'un comme l'autre des individus indépendants qui, chacun pour des raisons différentes, préféraient ne pas vivre de liaisons permanentes. Ils appréciaient tous deux leur travail et souhaitaient conserver leur espace vital, leurs propres amis, leur propre existence.

À quoi s'ajoutait le fait que Diana Mason était de dix ans l'aînée de Simon.

Simon ne parlait presque jamais d'elle, même pas à Cat, qui s'était parfois demandé dans quelle mesure ils seraient réellement affectés si l'un ou l'autre tombait sérieusement amoureux d'une tierce personne. La déception serait probablement légère.

Pourtant, la position de femmes comme Freya Graffham, des femmes agréables, l'intriguait. Soit Simon était obtus, soit il choisissait de ne pas remarquer les cœurs brisés qu'il semait derrière lui. En un sens, il se montrait indifférent, voire sans cœur. Freya, en l'occurrence, méritait mieux. Mais comment l'avertir ? Comment trouver le moyen d'aborder le sujet, tel était le problème – que Cat allait mettre de côté pour le moment. Elle savait d'expérience que si Freya était amoureuse de son frère, comme elle l'en soupçonnait, elle en était déjà à un stade qui l'empêcherait de prendre aimablement le moindre avertissement.

Environ une heure plus tard, Cat se lavait les mains, après s'être occupée du tympan suppurant d'un enfant – pourquoi la mère n'avait-elle pas été capable de donner au pauvre gamin au moins un tampon de mouchoirs en papier propres pour le plaquer contre la plaie ? –, quand le téléphone sonna.

— Peux-tu prendre un appel d'Aidan Sharpe ? Sinon, il peut rappeler plus tard.

— Non, je le prends, accorde-moi une petite pause.

— Une tasse de thé ?

— Tu lis dans mes pensées. Merci.

On lui transféra la communication.

— Aidan ? Bonjour.

— Cat, ma chère, le moment est-il vraiment bien choisi ? J'ai précisé que je rappellerais volontiers plus tard, si cela vous semblait préférable.

Elle sourit à sa manière assez vieux jeu de s'exprimer, à son extrême courtoisie. Chris répétait toujours que les manières d'Aidan Sharpe allaient de pair avec ses nœuds papillons.

— Ça ira très bien. Je peux m'autoriser une pause.

— Mauvaise matinée ?

— Chargée. Et vous ?

— Comme toujours. Mais j'ai eu une annulation, et il y a une chose dont je tenais vraiment à vous faire part. Cela m'a tarabusté. Ce matin, je ne sais pas si vous en avez eu vent, la police effectuait une reconstitution des derniers faits et gestes de la jeune fille disparue.

— Debbie Parker, oui. Je suis passée par là en voiture. Je ne vous ai pas vu.

— Oh, je suis juste passé. Pour vous dire la vérité, au début, je ne comprenais pas de quoi il s'agissait. J'ai cru que l'on tournait un film, jusqu'à ce que je voie la fourgonnette de la police. C'est précisément cela qui me préoccupait, et je me sens vraiment très coupable. J'aurais dû y penser plus tôt, j'aurais dû agir, mais je m'en suis abstenu.

— À quel propos ?

— Cat, cette jeune femme est venue me voir. Je l'ai soignée.

— Bon sang ! Elle ne m'en avait rien dit.

— Mon Dieu, elle faisait partie de vos patients ?

— Oh ! oui. Je l'avais vue plusieurs fois, dernièrement.

Le silence s'installa, puis un petit bruit retentit, un soupir ou une respiration.

— Aidan, quel est le problème ? Vous disiez que vous l'aviez soignée ?

— En effet, une fois. Je lui avais suggéré de prendre d'autres rendez-vous, mais elle n'a pas donné suite. Pour être franc, je ne suis pas certain qu'elle ait beaucoup apprécié les aiguilles. Toutefois, son acné était vraiment prononcée, et il arrive que nous réussissions sur ce terrain, même si, à mon humble avis, il lui fallait également un traitement à base d'oxytétracycline.

— Je lui en ai prescrit un. Par la suite, elle est venue me consulter pour ça. Elle aurait dû venir plus tôt, mais Debbie était plus attirée par... les thérapies alternatives. Elle avait commencé par aller à Starly voir un guérisseur New Age.

Aidan grommela.

— Lequel ? Hélas, ce sont toujours les pauvres jeunes filles comme cette Debbie qui inspirent le plus d'inquiétude.

— Un personnage assez fumeux en tunique bleue, un nommé Dava. Il lui a prescrit une crème pour la peau potentiellement dangereuse et une décoction à base d'herbes qui lui a provoqué une réaction allergique plutôt violente. Il a fallu que j'aille la visiter en urgence.

— C'est précisément le genre de risques que vous évoquiez l'autre soir, n'est-ce pas ?

— Oui. Mais, Aidan, je ne vois pas très bien pourquoi vous vous faites tant de souci pour Debbie maintenant. Quel rapport avec vous ?

— Eh bien, j'aurais certainement dû en informer la police, non ? En soi, c'est une information.

— Je ne pense pas que cela puisse avoir le moindre lien avec sa disparition. Et vous ?

— Non, mais ils ont indiqué que toute information était bonne à prendre. J'ai oublié, tout bonnement, et je suis absolument catastrophé. Je crois que j'ai perdu les pédales.

Cat rit.

— Il ne vaut mieux pas. J'ai quelques cas de douleurs arthritiques incurables à vous soumettre et vous arrivez toujours à me tirer d'affaire.

— Ma chère, vous êtes fort aimable. Je ne saurais vous dire à quel point il m'importe que vous m'accordiez votre confiance.

— Elle vous est acquise. Et, en attendant, ne vous inquiétez pas pour Debbie Parker.

— Je crains que ce ne soit trop tard. Je m'inquiète. J'ai un très désagréable pressentiment.

— Et moi aussi, entre nous.

— Je crois vraiment que j'aurais intérêt à aller voir la police.

— Si cela vous tranquillise l'esprit, alors oui, vous devriez, Aidan.

Cat raccrocha. Aidan Sharpe était une vieille chochotte, mais elle l'appréciait et elle le respectait. C'était tout à fait lui, de se tracasser parce qu'il avait momentanément oublié avoir traité Debbie Parker. Tout en appuyant sur l'interphone pour qu'on lui amène le patient suivant, elle se demanda ce qui l'avait conduit à l'acupuncture. C'était un praticien peu ordinaire. Un jour, elle lui poserait la question, elle lui demanderait de lui raconter son histoire.

La porte s'ouvrit sur une jeune femme à la grossesse très avancée, qui tenait par la main un bambin et dans les bras un bébé de un an. Tant pis pour les heures que j'ai passées à la clinique du planning familial, songea Cat avec lassitude.

— Hello, Tracey. Entrez, asseyez-vous.

Elle sourit à la jeune femme, qui avait l'air fatigué.

— Plus trop longtemps à patienter, maintenant. Comment allez-vous ?

Tracey prit place, parvint à nicher le bébé au creux de ses cuisses, ramena le bambin vers elle, d'un mouvement un peu sec du bout du pied, puis éclata en sanglots. La consultation du matin continuait son bonhomme de chemin.

Le policier de la réception allait composer un numéro de téléphone quand Freya Graffham franchit une porte, pénétra dans le hall d'accueil et s'arrêta.

— Monsieur Sharpe ? Bonjour. En quoi puis-je vous aider ?

— Aidan, je vous en prie.

— Je ne savais pas si votre visite présentait ou non un caractère officiel.

— Ma chère, il m'est certes très agréable de vous revoir, mais je crains fort que ma visite ne présente en effet un caractère officiel. Elle concerne cette jeune fille disparue, Debbie Parker.

— Entrons ici, voulez-vous ?

Il la suivit dans une petite pièce réservée aux interrogatoires.

— Asseyez-vous, je vous en prie. Désolée pour la qualité du mobilier. Puis-je vous proposer un café ?

— Une tasse de poison, vous voulez dire.

— S'agissant du café du poste, je dois me ranger à votre avis.

— Eh bien, rappelez-moi un jour de vous expliquer quels terribles dégâts le café provoque dans tout votre organisme, tant mentalement que physiquement.

Il s'assit. Elle était plus jolie que dans son souvenir, avec un visage aigu et un casque de cheveux blonds lumineux. Il avait eu raison, bien entendu, de se déplacer et de ne pas se contenter de téléphoner. Il avait bien choisi son moment : arriver alors qu'elle quittait le bâtiment. Il s'assit, la considéra avec plaisir. Elle allait l'écouter, ce qu'il dirait ne serait pas tenu pour quantité négligeable, au moins en raison de leur rencontre précédente, qui avait eu lieu dans des circonstances plus mondaines. En outre, elle était bien élevée.

Aidan Sharpe sourit.

— Debbie Parker, donc. Nous avons effectué ce matin une reconstitution de ses derniers faits et gestes, tels qu'ils nous sont connus.

— Vraiment ? Ses derniers faits et gestes ? Par conséquent, on sait où elle a été vue pour la dernière fois ?

Freya prit un air pincé.

— Pas précisément. Nous sommes à peu près sûrs qu'elle est sortie marcher, et nous sommes aussi quasiment certains que c'était du côté de la Colline. Elle avait pris l'habitude d'aller y marcher, ces dernières semaines, et, d'après ce que nous avons pu récolter, probablement très tôt dans la matinée. Nous espérions que quelqu'un l'aurait aperçue... Si l'on s'y prend bien, certains souvenirs remontent parfois à la surface de manière surprenante, longtemps après l'événement.

— Avez-vous reçu beaucoup de réponses ?

Freya haussa les épaules.

— Comme ci, comme ça. Il y a toujours pas mal de loufoques, bien entendu. Des individus affirmeraient avoir vu la lune virer au rose si on avait lancé un appel à témoin sur la question.

Elle avait l'air charmante, détendue, amicale, mais elle était astucieuse : elle ne laissait rien transparaître, se protégeait derrière l'écran de fumée habituel. Il ne s'y laissa pas prendre une seconde. La reconstitution ne leur avait apporté aucune réponse du côté du public, rien qui puisse leur être d'une quelconque utilité. Mais enfin, ce serait toujours le cas.

— Pour le moment, je suis l'inspecteur en charge du dossier, donc si vous pensez détenir quelque chose qui soit susceptible de nous aider, je suis la bonne interlocutrice.

Il se cala contre le dossier de son siège assez inconfortable et lâcha un soupir.

— Je ne sais pas, je ne sais tout simplement pas. Je suis préoccupé, voilà tout. Vous avouer que je ne suis pas venu vous voir plus tôt uniquement parce que j'ai oublié va vous paraître navrant et légèrement pitoyable. Aucune excuse. J'ai oublié.

— Qu'avez-vous oublié ?

— Que Debbie Parker m'avait rendu visite.

— En tant que patiente, voulez-vous dire ?

— Oui. Une fois. Elle souffrait d'une acné assez virulente, la pauvre... une peau épouvantable. Cela la déprimait, à cause des incidences sur son apparence physique. Elle avait aussi un problème d'obésité. Je ne sais pas si vous étiez informée de cela ?

Freya hocha à peine la tête.

— L'acupuncture peut avoir un effet sur les affections cutanées. Il s'agit d'un des domaines où l'on constate de vraies améliorations, grâce au traitement, avec le temps.

— Comment, vous voulez dire que tout ne réagit pas aussi bien ?

— Nullement. Nous avons nos points forts. Tout comme Nick Haydn... Vous vous souvenez de lui ? Vous l'avez rencontré au dîner de Meriel, lui aussi.

— L'ostéopathe, oui. Je n'ai guère eu l'occasion de bavarder avec lui.

— Sa discipline connaît d'importantes réussites dans certains registres, et elle est tout à fait inadaptée pour le traitement d'autres affections. On n'enverrait pas chez lui quelqu'un qui souffre d'acné.

— Quand Debbie Parker est-elle venue vous voir ?

— J'ai vérifié dans la base de données. En octobre. Elle était venue pour une première consultation, la consultation initiale, qui est assez longue, et ensuite pour une séance de traitement. Je lui ai suggéré de revenir pour trois autres séances, mais je ne l'ai jamais revue.

— Vous a-t-elle contacté pour vous expliquer pourquoi ?

— Non. Cela ne m'a guère surpris.

— Pourquoi ?

— Elle avait l'air mal à l'aise. Tendue.

Il réfléchit à l'expression du visage de Debbie, au visage gras et repoussant.

— Certaines personnes ne supportent pas les aiguilles. Cela ne fait aucun mal, mais elles ont peur. Elles n'arrivent pas à se décontracter. Debbie était une jeune fille malheureuse.

— Assez malheureuse, selon vous, pour se supprimer ?

Il marqua un temps de silence.

— Il est toujours très difficile de répondre à cette question.

— Juste votre avis. Cela pourrait se révéler important.

— Alors, sur la base de mon jugement professionnel, oui. Je pense qu'elle était tout à fait le genre de jeune femme à pouvoir commettre un geste pareil.

Il scruta Freya Graffham du regard, mais le visage de la policière ne trahissait rien. Le croyait-elle ? Il aurait été incapable de le dire, et ce simple fait le contrariait.

— A-t-elle évoqué ses sentiments suicidaires ?

— Oh, non ! Rien de tel. Pour autant que je me souvienne, elle m'a confié qu'elle avait parfois « un peu le cafard ». Mais enfin, c'est le cas de nombreux patients.

— Vous n'avez pas considéré qu'elle risquait de commettre ce geste, dans l'immédiat ?

Il soupira de nouveau et secoua la tête.

— Vous voyez à présent pourquoi je m'en veux, n'est-ce pas ?

— Nous n'avons aucune raison de supposer que Debbie ait mis fin à ses jours, ou même qu'elle soit morte.

— Entre nous, vous ne croyez pas que ce serait l'explication la plus vraisemblable ?

Dites-moi, la supplia-t-il en silence. Dites-moi ce que vous pensez, dites-moi ce que sera le verdict officiel de la police, dites-le-moi.

Freya Graffham se borna à un mouvement imperceptible de la tête.

— Je vous suis reconnaissante de vous être présenté ici. Il n'est jamais trop tard. Votre témoignage permet d'ajouter une pièce au puzzle. Merci. Et ne vous inquiétez pas trop de ne pas vous l'être rappelé plus tôt.

Efficace. La tête froide. Professionnelle. Mais pas si dure, songea-t-il, certainement pas si dure.

Elle sortit du commissariat et descendit l'escalier avec lui.

— Je suppose que si l'une des deux autres femmes qui ont disparu vous avaient consulté, vous vous en souviendriez ?

Stratagème typique : garder une dernière question et la sortir soudainement, comme une réflexion après-coup, sans importance, qui méritait à peine d'être mentionnée. Il ne s'y laissa pas prendre, ne broncha pas, n'hésita pas.

— J'ai lu un article au sujet d'une autre femme. Je crains fort de ne pas avoir retenu son nom.

— Angela Randall.

Il s'immobilisa, réfléchit un instant, puis il secoua la tête.

— Naturellement, je vais m'en assurer, mais je ne crois pas. Mais vous venez de dire qu'il y aurait deux autres femmes, à part Debbie ? Cela devient inquiétant, non ? En temps normal, combien de femmes disparaissent-elles, dans une petite ville comme Lafferton, en une année, sans parler de quelques semaines ?

— Pas tant que ça. Un appel à témoin au sujet de ces trois femmes a eu lieu à la radio et à la télévision.

— Alors j'ai bien peur de l'avoir manqué.

— Le troisième message a été diffusé il y a quelques jours.

— Oh, dans ce cas...

— Oui ?

*Elle me surveille. Elle m'observe pour tâcher de découvrir quelque chose.*

— Combien de temps vous faut-il avant de paniquer ? lui lança-t-il avec un sourire.

Mais elle ne le lui rendit pas.

— Nous ne paniquons pas. Nous prenons tout au sérieux, en fonction des circonstances de chaque affaire.

— Et en l'occurrence, quelles sont ces circonstances ?

— Différentes des deux autres.

Oui. Différentes. Imprévues. Une erreur.

— Je doute de retrouver d'autres patients parmi vos disparus, mais donnez-moi toujours le nom.

— Chater. M^me^ Iris Chater.

— Âge ?

— Soixante et onze ans.

— Je vais examiner attentivement mes dossiers. Jusqu'où dois-je remonter, selon vous ?

— Je vous laisse juge. Commencez par deux années. Conservez-vous des dossiers complets sur une plus longue durée ?

Il appuya sur le bouton de la télécommande de sa voiture et les phares clignotèrent. Il s'approcha de la portière côté conducteur, l'ouvrit, et à ce moment-là il se retourna vers elle avec un sourire.

— Je ne détruis jamais aucun dossier. Je vérifie et je vous téléphone. Puis-je avoir votre numéro ?

— Si je ne suis pas ici, au poste, un message me parviendra toujours.

Elle resta sur la dernière marche et regarda sa voiture démarrer, s'éloigner. Lorsqu'elle s'engagea dans la rue principale, Aidan Sharpe lui adressa un signe de la main.

— Tu peux me lancer une recherche sur un individu qui s'appelle Aidan Sharpe ?

— Quittez pas, chef. Laissez-moi attraper un stylo.

— S-h-a-r-p-e, acupuncteur. Il est à Lafferton depuis quelques années. J'ignore où il était avant. Cherche dans le registre national, contrôle ses qualifications. Il est peu probable qu'on dégotte quoi que ce soit à son sujet, je suis certaine qu'il n'aura pas de casier, mais contrôle tout de même.

— Qu'est-ce que je suis censé chercher ?

— Je ne sais pas. N'importe quoi. Sans doute rien.

— Merci beaucoup, vraiment ! C'est urgent, chef ? Parce que le divisionnaire est en pétard. Vingt-quatre heures pour retrouver tous les dealers et consommateurs dans un rayon de quarante kilomètres, pour fouiller tous les garages et tous les box, tomber sur le poil de tous ceux qui ont dépassé leur temps de parcmètre de dix minutes. Je sais pas qui il a sur le dos, le divi !

— Bevham. La situation leur échappe, ils le savent et ils essaient de détourner l'attention. Consacre-moi cinq minutes.

— Qu'est-ce qui se passe, avec ce type, ce Sharpe ?

— Il porte un nœud papillon.

— Et un corsage de fille, alors.

Le téléphone de Freya sonna.

— Chef ? Votre nœud papillon.

— Quelque chose ?

— Non. Pleinement qualifié, il a toutes ses accréditations.

— Où a-t-il été formé ?

— À Londres et en Chine. Alors, il a une natte et tout ?

# *La Cassette*

J'ai peur. Tu as toujours su quoi faire quand j'avais peur. Tu me laissais la lampe tamisée, tu me parlais d'une voix calme, tu restais près de moi. Maintenant j'ai besoin de toi encore plus qu'à l'époque, et tu ne m'entends pas, tu ne réponds pas, tu t'es retirée. C'est cruel de ta part.

# 41.

Le téléphone émit une sonnerie stridente au beau milieu du rêve étrange que faisait Cat Deerbon, où il était question d'un poney blanc. Il était trois heures et demie du matin. Elle répondit, comme mue par un automatisme, avant de se rappeler qu'elle n'était pas de garde.

— Cat ? C'est Karin. Je suis vraiment désolée de te réveiller.

Cat se redressa. Chris remua, marmonna, et continua de dormir.

— Ça va, ne t'inquiète pas, mais attends juste quelques secondes. Je vais raccrocher ce combiné et je te prends sur l'autre.

Elle se glissa hors du lit et descendit en silence dans la cuisine. Le chat était installé sur le vieux canapé, du côté de la cuisinière Aga, et elle alla s'asseoir tout près de lui.

— Ça y est, me voici. Qu'est-ce qui ne va pas ?

Il y eut un silence. Cat attendit. D'instinct, elle devinait que Karin réagirait mieux si elle ne la questionnait pas.

Le lave-vaisselle, aux premières étapes de son cycle, bourdonnait légèrement. La cuisine était merveilleusement douillette.

— J'ai peur. Je suis réveillée depuis un bon moment. J'étais incapable de t'appeler.

— Je suis contente que tu m'appelles. Mike est là ?

— Non, il est à New York. De toute manière, je n'arrive pas à lui parler.

— Je vois.

— Je sais que j'ai fait le bon choix, j'en suis persuadée. Il n'est pas question que je m'oriente vers l'autre voie.

— Ce n'est pas juste une question de fierté, n'est-ce pas ? Si oui, laisse tomber. Ça n'entre pas en ligne de compte.
— Ce n'est pas de la fierté.
— Il s'est passé quelque chose ?
— Non... pas vraiment.
— Alors je prends ta réponse pour un oui.
— J'ai eu un mal de dos terrible. Et je ne parle pas de courbatures parce que j'aurais jardiné.
— Où cela ?
— Dans le milieu du dos et un peu vers le bas. Rien entre les épaules.
— Tout le temps ?
— Ça va, ça vient.
— Mais depuis quand est-ce plus insistant ?
— Ces derniers jours.
— Tu veux que je vienne te voir tout de suite ?
— Mon Dieu ! non, je t'en prie. J'ai juste peur, Cat. Avant, je n'avais pas peur. Je maîtrisais.
— D'où vient le problème ?
— Je ne sais pas. Mais ce soir... Tout... La mort, les tombes, de la terre dans la bouche, des masques à oxygène, entrer sous terre, la douleur. Une douleur épouvantable contre laquelle ils ne peuvent rien.
— Accorde-moi une demi-heure.
— Non.
— Et j'aurai besoin d'un double express.
Cat raccrocha.

Dans le champ, la silhouette du poney se détachait sur fond de nuit et l'animal la dévisageait, d'une blancheur fantomatique, pardessus la lisse. « Tu as brisé mon rêve », lui lança-t-elle, et elle laissa la voiture glisser dans la pente sur encore quelques mètres, avant de démarrer le moteur et de tourner pour s'engager dans l'allée.

Karin lui ouvrit la porte d'entrée. Elle portait une longue robe de chambre blanc cassé en coton gaufré, et elle avait les cheveux relevés. Elle n'était jamais négligée, jamais décoiffée, songea Cat, même aux petites heures du matin. Cependant, elle avait perdu du poids, trop de poids, trop vite, et son visage avait un air encore jamais vu – quelque chose autour des yeux, et dans l'aspect saillant des os de la face.

Cat l'embrassa sur les deux joues et la serra longuement dans ses bras. Son corps lui parut trop mince, trop léger.

— Tu es une sainte, lui dit Karin.

— Non, je suis juste toubib.

— Et une amie.

— Ça d'abord.

— Tu étais vraiment sérieuse, pour le double express ?

— Un thé vaut peut-être mieux, non ?

— Franchement, oui.

Karin remplit la bouilloire.

— Je ne t'ai même pas demandé si tu étais de garde, j'étais dans un tel état.

— Aucune importance.

— Ça commence à m'entamer. Jusqu'à présent, ce n'était pas le cas.

— C'est normal.

— Je ne savais pas quoi faire. Je n'ai jamais eu aussi peur. Jusqu'à présent, je n'avais jamais regardé la mort en face. Je me moquais de ses manifestations.

— Mis à part ces terreurs, comment te sens-tu ?

— Pas mal, jusqu'à ces douleurs dans le dos. C'est une plaie. À ton avis, qu'est-ce que c'est ?

— Je vais t'ausculter une minute, si tu veux bien. Je n'en sais rien. Tu m'as assuré que ce n'était pas les douleurs du jardinage, mais tu as travaillé dehors, non ? Tu sais comment c'est : les premières journées un peu chaudes de l'année, tout le monde sort bêcher son jardin, et après viennent les répercussions.

— Je ne suis pas sortie travailler dans le jardin.

Karin posa deux mugs pleins devant elles deux. Cat remarqua que, pour une fois, celui de son amie était rempli d'un thé indien ordinaire et non plus d'une tisane.

— Rien d'autre ?

— Pas vraiment.

— C'est-à-dire ?

Karin haussa les épaules.

— De la fatigue. Rien de plus.

Sa peau, toujours magnifique, avait un éclat transparent.

— Tu vas aller faire un scanner ?

— Oh, Cat, à quoi ça sert ? Nous savons toutes deux ce qui m'arrive. Pourquoi insister ? Je préfère ne pas savoir.

— Cela ne te ressemble pas.

— Cela ressemble à celle que je suis devenue.

Elle souleva son mug, avala une gorgée de thé, le reposa, et regarda Cat, les larmes aux yeux.

— Que va-t-il m'arriver ? demanda-t-elle.

— Je suis absolument sincère, quand je te dis que je n'en sais rien. Pour aller plus loin, il m'en faut plus, Karin.

— Une supposition éclairée.

— Non.

— Alors je vais la formuler à ta place. Métastases. Probablement dans la moelle épinière. Et j'ai toussé, aussi. Donc, dans les poumons, également. Mais je n'irai pas à l'hôpital. Je n'irai pas voir un oncologue. Quand j'ai besoin d'un médecin, je t'ai toi, si ça te va. Je vais continuer avec ma guérisseuse. J'ai un rendez-vous demain. Cela m'aide vraiment.

— Je sais.

— Et je suis mon régime de manière plus stricte, aussi.

— Qu'est-ce que tu manges ?

— Des choses crues, bio.

— Quoi ?

— Des légumes, un peu de fruits. De l'eau. Ils recommandent les lavements au café.

— Non, absolument, catégoriquement non, Karin. Tu peux te faire beaucoup de mal. Écoute, ce n'est pas tant ce que tu manges qui m'inquiète que ce que tu ne manges pas. Il faut bien te nourrir. Bien sûr, il te faut des fruits et des légumes, mais tu as aussi besoin de lait, d'œufs, d'un peu de fromage, de beaucoup de poisson, de la levure pour t'apporter des suppléments de vitamine B, des céréales complètes. L'avoine, c'est ce qu'il y a de mieux. Et deux verres d'un bon vin rouge tous les soirs.

— Tu viens d'empiler une dizaine de substances toxiques en une seule phrase.

Cat manqua s'étrangler de rire et se versa un deuxième mug de thé.

— Pour mon dos, qu'est-ce que tu peux faire ? Et pour mes idées noires en général ? Est-ce que je dois vivre avec, tout en tâchant d'améliorer mon état ?

Les yeux de Karin, immenses, angoissés, dévisageaient Cat.

— Cela dépend. Si tu passais un scanner, pour que je sache ce qui ne va pas avec ton dos, je me sentirais mieux pour te soigner. Le paracétamol, ça marche très bien... J'aimerais te prescrire un antidépresseur léger, l'une des formules récentes, du groupe des SSRI. Mais je suppose qu'ils sont remplis de toxines. On prétend que certaines aromathérapies possèdent des propriétés toniques pour le moral, mais je ne suis pas experte en la matière. Enfin, quoi qu'il en soit, l'aromathérapie, c'est sympa et c'est doux.

— Je sais, j'y vais toutes les semaines. C'est doux, en effet. Pas convaincue que ce soit très utile.

— Si nous cernons ce qui ne va pas avec ton dos, il se peut que je t'envoie chez Aidan Sharpe. Il est très prudent, attentif, j'ai une grande confiance en lui. S'il estime qu'il ne peut rien te proposer d'approprié, il ne te traitera pas. Cependant, il pourrait soulager tes douleurs dorsales.

— D'accord.

— Mais il va vouloir que tu passes un scanner, lui aussi.

— D'accord.

Subitement, Karin avait l'air épuisée et vaincue. Elle était assise, là, devant Cat, à fixer son mug de thé vide.

— À mon avis, tu devrais commencer un traitement antidépresseur. Ils font effet très vite... dans une semaine tu te sentiras déjà mieux. Si tu campes sur tes positions, si tu veux combattre la maladie à ta façon – et je te dirais la même chose si tu suivais ma méthode – tu dois être au sommet de ta forme. Or ce n'est pas le cas. Améliorons d'abord ton moral, et tu retrouveras ton état d'esprit combatif. Marché conclu ?

Karin resta silencieuse un moment.

— L'idée d'en passer par tout ça.

— Viens me voir en début de matinée. Je m'arrangerai pour qu'on t'inscrive à huit heures et demie, avant mes autres consultations. Je vais t'examiner, te prescrire des comprimés pour que tu puisses commencer tout de suite. Et te réserver une IRM à l'hôpital général de Bevham. À un horaire où je serai en mesure de t'accompagner. C'est vrai que l'IRM est un peu effrayant. D'ici là, tu vas t'offrir une double dose de bons parfums thérapeutiques, ensuite tu viens déjeuner, et je me charge de te faire avaler une nourriture décente. Ne me regarde pas comme ça, ce seront nos œufs, et ils sont bio. Partons déjà de là. Et ne laisse plus la situation déraper. Parle-moi, parle à Chris, appelle-nous quand tu veux, n'importe quand. Ne reste plus jamais plantée là à broyer du noir, surtout quand Mike est absent. Les choses évoluent.

— Seigneur, ça, oui !

— Pour les cauchemars, il y a un truc. Notes-en l'essentiel... garde un stylo et un papier près de ton lit. Le matin, tu prends ce papier et tu le fais flamber avec une allumette. Tu le regardes brûler, se racornir et se réduire en cendres. Tu brûles tes cauchemars, pour ne plus les répéter. Un vieux conseil de coureurs cyclistes.

Cat s'entoura le cou de son foulard et saisit ses clefs de voiture.

— À tout à l'heure, ce matin.

Quand elle se remit au lit, Chris était éveillé.

— Ça va, Karin ?

— Non.

— Que lui arrive-t-il ?

— Elle a peur.

— Tu es une chouette fille.

Cat colla son visage contre son dos tout chaud.

— Elle avait cet air, tu sais, ajouta-t-elle.

Chris répondit par un borborygme : il comprenait.

Une semaine plus tard, Cat conduisait Karin à Bevham en voiture.

Depuis sa visite aux petites heures du matin, il s'était produit quelque chose. Karin avait perdu sa confiance si forte et si éclatante dans la voie qu'elle avait choisi d'emprunter. Elle avait téléphoné à Cat à deux reprises, une fois pour lui demander un scanner, et la seconde pour accepter la prise de sang qui leur en révélerait davantage sur son état.

— Même si je ne saisis pas ce qu'on peut trouver dans l'examen d'une goutte de mon sang.

— On recherche les marqueurs tumoraux.

Le résultat était préoccupant et l'examen sanguin avait également montré que Karin était anémique.

— Ce qui explique ta fatigue de ces derniers temps. Cela, on peut y remédier.

Il n'était jamais simple de savoir jusqu'où confier la vérité à un patient, et dans quelle mesure. Lors de sa première visite au cabinet, ce matin-là, Karin avait préféré s'en tenir à son propre traitement, prendre chaque journée comme elle venait et ne pas trop analyser son état physique. Tant qu'elle se sentait bien, elle allait bien, telle était sa ligne de conduite, fermement affirmée.

Mais à présent, elle ne se sentait plus bien.

— Je veux savoir. Je dois être en position de voir ce contre quoi je me bats. Tu ne peux pas affronter un ennemi si tu ne connais pas sa force.

— D'accord, je vais essayer de t'aider, même si ces réalités-là sont toujours relatives, tu le sais. Voir à quoi ressemble un scanner ou une prise de sang est une chose, établir un diagnostic en est une autre.

Et à cette minute, alors qu'elles s'engageaient sur la bretelle de sortie en direction de Bevham, Karin lui posa subitement cette question :

— Est-ce que tu crois aux fantômes ?

Cat éclata de rire.

— Non.

— Mais est-ce que tu penses que... ?

— Si tu fais allusion à Dieu, je n'ai pas le choix. J'en ai trop vu pour ne pas y croire, et si je n'y croyais pas je ne pourrais plus exercer mon métier.

— Pourquoi pas aux fantômes, alors ?

— Je ne sais pas. Je dois les juger inutiles. Et il existe souvent une explication rationnelle à ces prétendues visions fantomatiques.

— Tu ne penses donc pas que nous reviendrons sur terre ?

— En tout cas pas sous la forme de fantômes au sens courant du terme. Et toi ?

Karin ne lui répondit pas, mais au bout d'un petit moment, elle reprit le cours de sa réflexion.

— Et les endroits qui dégagent une sale atmosphère ? On

raconte qu'ils sont hantés, mais, quoi qu'il en soit, certains lieux dégagent franchement une impression maléfique.

— Oui, admit Cat posément. Ceux-là, j'y crois. Je ne sais pas pourquoi, mais ils existent, c'est certain. Un jour, nous sommes entrés dans une maison, en France, nous étions en vacances, avant d'avoir les enfants. Une jolie maison, vraiment charmante, et la soirée était délicieuse. Nous cherchions une chambre pour passer la nuit et quelqu'un nous avait envoyés là parce que l'hôtel était complet. Dès que nous sommes entrés, j'ai eu une sensation de peur absolue. Le mal était présent dans ces lieux, il m'a frappée au visage dès l'instant où j'ai franchi le seuil. Il n'est rien arrivé, il n'y avait rien à voir... mais je n'aurais pas pu rester là. J'en suis ressortie à la seconde.

— Tu as su pourquoi ?

Cat secoua la tête.

— J'ai vécu la même expérience avec des personnes. Je me souviens d'une serveuse de restaurant, à Londres. Dans un petit bistro agréable, il y a environ une vingtaine d'années. Dès qu'elle a pris notre commande, ça a commencé, et ça n'a fait qu'empirer. C'était une sorcière. Je reste convaincue qu'elle avait vraiment le mal chevillé au corps. L'ami avec qui j'étais l'a senti aussi. Mais en réalité, de quoi s'agissait-il ? Elle n'avait pas une allure sortant de l'ordinaire, pourtant je ne supportais pas de l'avoir près de moi... Tu as eu d'autres frayeurs nocturnes ?

— Un peu... pas grand-chose. Ta venue leur a jeté un sort.

— Bien. Mais si ça te reprend, parle. Dis-le. Ne conserve pas ça en boîte.

— J'ai toujours peur.

— Et ta guérisseuse ?

— Je lui en ai parlé, hier. Sa maison, c'est vraiment le contraire. Je n'étais jamais allée dans un endroit pareil. Dès que tu entres dans le jardin, avant même d'accéder à l'intérieur de la maison, tu éprouves la sensation incroyable qu'il s'agit d'un lieu de guérison. Il en émane une telle atmosphère de paix et de bonté. Quand j'y vais, je m'y absorbe, c'est tout. J'ai envie d'y rester et de m'y envelopper. Rien ne peut m'atteindre, là-bas. Ces endroits, les bonnes vibrations, les mauvaises vibrations... j'ai envie de comprendre.

— Oui.

— Est-ce que cela aurait un rapport avec le fait d'être proche de la mort, Cat ?

— Je ne sais pas, admit cette dernière.

Elles s'engagèrent dans l'entrée de l'hôpital au moment où une ambulance sortait sirène hurlante.

— Je ne sais tout simplement pas.

# 42.

La main tenant le scalpel se figea. Au-dessous, sur la paillasse, la cavité thoracique de la vieille femme était déjà exposée. Il travaillait très tard, comparant ce cœur et les artères malades qui l'entouraient avec les organes et les tissus sains de la jeune fille. C'était captivant.

Le bruit soudain d'une voiture, dehors, le prit par surprise. Le véhicule avait emprunté l'allée, jusqu'à hauteur de son préfabriqué, et s'était arrêté non loin de là. Maintenant, après la fermeture d'une portière, le silence régnait de nouveau. Il était minuit passé. Personne ne venait jamais ici à cette heure-là. Le vigile patrouillait dans l'allée principale du parc d'activités et, une fois de temps en temps, il s'approchait du virage qui menait à cette allée secondaire. Mais il connaissait le bruit de sa camionnette, qui repartait toujours bruyamment en marche arrière sans se donner la peine de pousser jusqu'au bout. Il attendit. De l'avenue principale, on ne pouvait apercevoir les lumières d'ici, et quelqu'un qui serait venu à pied jusqu'à hauteur du bâtiment ne les aurait pas repérées davantage. Il s'était donné beaucoup de mal pour s'en assurer. Mais il était perturbé, et il avait perdu sa faculté de concentration.

Il baissa les yeux sur le cadavre, contrarié. Il pouvait le remettre dans le tiroir, encore ouvert, car il était loin d'avoir terminé son travail, ou le recoudre grossièrement pour reprendre la prochaine fois. Jamais auparavant il n'avait été interrompu de la sorte. Cela modifiait les données de la situation, et le moindre changement suffisait à le troubler.

Il attendit, mais plus aucun bruit ne résonnait à l'extérieur. Il eut le temps de refermer le torse et de tout remettre en place, calmement et sans paniquer.

Il suspendit sa blouse, se récura les mains, vérifia les appareils, éteignit les lumières et ferma le bâtiment à clef. Dehors, il faisait froid et tout était silencieux, avec des étoiles qui brillaient d'une lumière intense.

Il remonta l'allée d'un pas feutré. Une fourgonnette blanche était clairement visible et un rai de lumière luisait sous la porte d'un des box. À sa connaissance, ce n'était qu'un simple dépôt, sans aucun bureau aménagé. Il n'y avait jamais vu personne.

Il mémorisa le numéro de plaque de la fourgonnette, couverte de saletés et de boue, et, après avoir attendu un moment dans la pénombre, il fit demi-tour et s'approcha à pas feutrés de sa propre voiture. Il fit démarrer le moteur et roula lentement en direction de la camionnette. Il se gara un bloc plus loin, et revint à pied. Rien. Personne. On ne l'avait pas entendu, personne ne s'était dérangé.

Il s'éloigna en vitesse du parc d'activités, sans allumer ses phares avant d'être arrivé sur la grande route. Il n'aperçut guère d'autre véhicule. De retour chez lui, il se prépara un whisky à l'eau, et alluma la lampe située à côté de son fauteuil. Il rédigerait ses notes demain. Pour l'heure, il avait envie de penser à l'inspectrice Freya Graffham.

Le temps avait basculé d'un coup vers le printemps. Dans la salle de la brigade criminelle, le soleil qui entrait par les grandes baies vitrées chauffait la pièce, au point de la rendre étouffante. L'inspecteur Coates était assis à son bureau, son écran d'ordinateur en face de lui, les yeux vitreux. Freya l'observa un moment, puis elle se leva et alla se poster devant lui. Il n'eut aucune réaction.

— De la Terre à Nathan, vous me recevez ?

Ses yeux refirent le point, mais il ne réagit toujours pas à sa présence.

— NATHAN !

— Quoi ? Pas cool, chef, vous auriez pu me flanquer un « coup de lune ».

— Je suis prête à tout pour que tu reviennes parmi nous. Où étais-tu ?

Nathan, pivotant sur son fauteuil, se retrouva face à la fenêtre, plissant les yeux devant le soleil.

— Vous n'aimeriez pas vous installer au bord d'une de ces piscines qu'il y a dans les baraques rupines de Flixton Road ? Un chouette bouquin, un bon verre d'un truc bien frais.

— Il ne fait pas si chaud.

Elle regarda, en contrebas, les toits des voitures qui scintillaient furieusement sous le soleil. Le magnolia, dans l'un des jardins d'en face, était en fleur, avec ses feuilles d'aspect ciré.

— J'étais justement en train de réfléchir, chef, à ce que vous disiez l'autre jour.

— Quoi ?

— Pour Em et moi.

— Ah oui.

— Elle s'est absentée. Elle est partie pour Carlisle, hier, une semaine, voir sa mamie. Je déteste me retrouver tout seul à l'appart. Je sais pas comment vous supportez de vivre seule, vous.

— J'aime bien. Pour l'instant.

— Une demi-heure après qu'elle était partie, elle me manquait déjà. Je lui reproche rien, notez, sa mamie, elle l'adore, et la vieille n'a pas été très bien, ces derniers temps.

— Mais elle te manque quand même.

— Ouais. Alors j'ai réfléchi. Peut-être que vous avez eu une bonne idée.

— Au sujet du mariage ?

— Ouais. Maintenant, ça me plairait vraiment, vous savez.

— Alors vas-y. Ne tergiverse pas.

— Je pourrais bien, et tout. Quel genre de bague il faudrait que je dégote pour lui annoncer ça, vous pensez ?

— Aucun genre de bague. À mon avis, tu lui demandes, et si elle te répond oui, tu l'emmènes la choisir elle-même.

— Pigé. N'importe comment, je pourrais toujours lui choisir, ça sera jamais celle qui lui plaira. Vous pensez qu'elle saurait ?

— Elle pourrait sûrement t'y conduire les yeux bandés. En attendant, il y a du boulot.

Nathan grogna.

— En ce moment, ça me tape sur le système. Tout est bloqué. L'opération anti-drogues est ensablée, aucune info sur ces femmes disparues. D'une minute à l'autre, ils vont me rétrograder sur les vols à l'étalage.

— Oui, j'ai entendu dire que la brigade en tenue voulait un peu de surveillance à la galerie marchande.

— Traîner là-bas à attendre que des ados fauchent les magazines pornos rangés tout en haut des rayons ! Je préférerais encore me replonger dans ma base de données.

Freya s'installa à son bureau. Nathan avait raison. Elle ignorait tout de cette opération anti-drogues, hormis le fait qu'ils attendaient le feu vert pour lancer une descente, dès qu'ils auraient réuni suffisamment d'informations. Les lieux étaient remplis de policiers sur les nerfs qui tuaient le temps en buvant trop de thé. Simultanément, son propre sentiment d'exaspération avait atteint le point d'ébullition. L'enquête sur les disparues n'avait pas avancé d'un iota depuis la reconstitution de la promenade matinale de Debbie Parker, qui n'avait suscité pratiquement aucune réaction de la part du public. Nathan avait fait chou blanc du côté de la liste du bijoutier, à Starly et chez le médium auquel Iris Chater avait rendu visite. Tout ce que Mme Innis lui avait confié, c'était que Mme Chater avait quitté une séance qui s'était tenue à son domicile vers neuf heures du soir. Le reste des participants était demeuré à l'intérieur. Mme Chater n'était pas rentrée chez elle, et apparemment personne ne l'avait revue depuis lors. Comme Angela Randall et Debbie Parker, elle s'était volatilisée. D'un jour à l'autre, Freya ne l'ignorait pas, l'enquête serait déclassée, et elle travaillerait sur autre chose.

Comme s'il lisait dans ses pensées, Nathan leva les yeux de l'écran de son ordinateur.

— Pour nous, chef, ça va être bientôt l'électroménager.

Freya grommela. On avait relevé récemment une avalanche de vols de congélateurs, de lave-vaisselle et de machines à laver le linge neufs, dérobés un jour après leur livraison dans des logements vides en attente de leurs nouveaux occupants. Il semblait vraisemblable qu'une bande opérait : les livreurs filaient des tuyaux à une clique de voleurs, et ils se partageaient le bénéfice après revente. Jusqu'à présent, la police arrivait toujours avec un train de retard. Il existait sûrement des boulots moins intéressants, mais Freya aurait été bien en peine de dire lequel.

Une mouche bourdonnait en remontant le long du montant de la fenêtre, avant de redescendre, elle montait, bzzzzz, et elle redescendait, bzzzz. Freya songea qu'elle pourrait aussi bien rejoindre l'équipe anti-drogues, toujours sur les dents, à la cafétéria.

Bzzz.

La sonnerie du téléphone, tout près de son coude, la fit sursauter.

— Inspecteur Graffham.

— Freya ? Bonjour, quelle chance de tomber directement sur vous.

Le ton, quelque peu maniéré et sophistiqué, était aisément identifiable.

— Aidan, comment allez-vous ?

— Ce temps n'est-il pas miraculeux ? Cela ne vous réchauffe pas le cœur ?

— Mais si. Toute la brigade criminelle est en train de mijoter une audacieuse évasion.

— Je ne peux pas vous proposer d'escapade au soleil, hélas, en revanche je me demandais si vous accepteriez de prendre un verre avec moi ce soir ? Je ne sais pas à quelle heure vous terminez, mais je dois voir un patient assez tard. Je serai libre à six heures et demie.

Elle hésita. Il s'agissait d'une invitation personnelle, et tous les motifs qu'elle pouvait avoir de retrouver Aidan Sharpe étaient d'ordre professionnel. Elle ne voyait aucun intérêt à nouer avec lui une relation plus étroite. D'un autre côté, qu'avait-elle d'autre, ce soir ? En outre, elle n'avait aucune raison de ne pas associer le travail et la détente, au moins dans une modeste mesure.

— Ce serait très agréable. Merci. Où voulez-vous que l'on se retrouve ?

— Il y a un nouveau bar très plaisant à l'hôtel Ross.

— L'Embassy Room ? J'en ai entendu parler, mais je n'y suis encore jamais allée.

— Bien. On s'y rejoint à sept heures moins le quart ?

Nathan l'observait d'un air intéressé tandis qu'elle reposait le combiné. Elle secoua la tête.

— Oh, hé ! C'est un peu du travail.

— Ouais, c'est ça.

— Mais oui : c'est M. Nœud Papillon, Nathan.

— Pigé. Enfin, quand même, c'est un endroit rupin, là-bas.

— C'est aussi ce que j'ai entendu dire.

— Faut l'estamper avec un de leurs cocktails où y a une petite ombrelle piquée dans le verre.

— OK. Pour le moment, je vais me chercher une tasse de kawa.

— J'aurais cru que vous y viendriez jamais.

Nathan bondit sur son bureau et sauta de l'autre côté.

— Je vais vous dire, chef. Je vais emmener Em là-bas pour la demander en mariage.

— Attends un peu que j'aie exploré les lieux.

— D'accord. Si je me lance, faut que ce soit de première classe.

Sous le coup de l'excitation, le visage simiesque de Nathan s'illumina. Freya en éprouva un pincement au cœur – de quoi ? de jalousie ? de solitude ? La sensation de louper quelque chose ?

— Quelle chance elle a, cette Em, lâcha-t-elle.

Nathan la précéda dans l'escalier de béton, effaçant les marches deux à deux.

# 43.

La salle d'attente était déserte, les magazines étaient rangés en piles bien nettes, bord à bord, et l'ordinateur de la réceptionniste était recouvert de sa housse. Karin s'assit. Tout était très silencieux, ordonné, mais pour une raison qui lui échappait, et malgré les tons aquarelle qui n'avaient rien de déplaisant, si ce n'est qu'ils étaient un peu fades, la pièce dégageait davantage l'impression d'un lieu sans vie que celle d'un endroit paisible.

Elle se sentait tendue, ce qui aggravait encore sa douleur dans le dos.

La pendule était électrique, les fenêtres étaient à double vitrage, le tapis épais, ce qui rendait la pièce étrangement silencieuse.

Comme elle était une patiente de Cat, et parce qu'il avait rencontré Karin dans des circonstances plus mondaines, Aidan Sharpe lui avait tout de suite accordé un rendez-vous à la fin de sa journée de travail, et elle lui en savait gré. Cependant, Karin se sentait mal à l'aise. Elle était partie à la dérive avec allégresse, ignorant les réalités, se forçant à conserver un état d'esprit positif, refusant de reconnaître l'existence de la moindre zone d'ombre, et encore moins désireuse d'y plonger un œil. Tout cela la rattrapait.

Le soleil avait disparu de la pièce. Elle songea qu'elle pourrait se lever et s'en aller. Oh, mon Dieu !

— Madame McCafferty, je suis vraiment confus de vous avoir fait attendre.

Elle se leva.

— Karin, le corrigea-t-elle, même s'ils n'avaient guère eu l'occasion de se parler au dîner chez les Serrailler.

— Je vous en prie, suivez-moi.

Toutes les pièces de consultation où elle était entrée au cours de ses semaines d'exploration des thérapies parallèles étaient chaleureuses, accueillantes, informelles – nombre d'entre elles correspondaient à l'idée qu'elle se faisait de « vraies » pièces, dans des maisons normales, comme le salon lumineux, paisible, rempli de fleurs où travaillait sa guérisseuse spirituelle. Elle appréciait. Les cabinets des médecins et les salles de consultation des hôpitaux étaient froids, lugubres, nus. La salle du scanner, le cabinet de consultation de l'oncologue, la salle d'attente de la radiothérapie, tous ces lieux ne lui avaient inspiré que l'envie de fuir.

Le cabinet d'Aidan Sharpe la décontenançait. S'il n'y avait rien de particulièrement inhabituel dans sa fadeur pastel, il n'avait rien de relaxant, rien de calmant non plus.

Elle resta debout, incertaine.

Sharpe portait une blouse blanche, au col montant.

— Cat m'a transmis les résultats de votre scanner. Je suppose que vous souffrez de douleurs dorsales ?

— Oui.

Non, avait-elle envie de lui répondre. Sa gorge se serra.

— Est-ce douloureux uniquement par intermittence ou quasiment tout le temps ?

Il tenait un dossier en main et lança un coup d'œil au feuillet qu'il en avait extrait. Les résultats de son scanner, probablement.

— Ces douleurs ne me laissent pas beaucoup de répit. Mais tout de même, leur intensité est variable, selon ce que je suis en train de faire.

— Elles sont pires en station debout, assise ou couchée ? Sont-elles plus insupportables quand vous bougez ou quand vous êtes immobile ?

— Le fait de bouger peut me détourner de la douleur.

— Je vois. Bien. Si vous voulez bien passer derrière ce paravent et vous déshabiller. Gardez vos sous-vêtements et enfilez la tunique qui est suspendue, s'il vous plaît.

Karin avait cru la pièce silencieuse, mais quand elle s'allongea sur la table d'auscultation plutôt haute, elle perçut un infime bourdonnement, comme si le sol au-dessous d'elle était chargé d'un courant à haute tension.

Aidan Sharpe s'assit sur le grand tabouret à côté d'elle, et il lui prit la main pour tâter son pouls. Karin leva les yeux. Les prunelles du praticien ne la regardaient pas, ne la fixaient pas, elles pénétraient en elle. Il avait des yeux extraordinaires, froids, petits, telles de minuscules pierres dures, que les paupières venaient voiler légèrement.

Une sensation terrible monta en elle, du fond de son ventre, lui traversa la poitrine, l'empoigna à la gorge. La peur, l'impression d'être prise au piège. Elle se remémora la conversation qu'elle avait eue dans la voiture avec Cat. Elle avait envie de se relever, de se précipiter de cette table d'auscultation sur le sol, et de courir, tout de suite, d'ouvrir les portes à toute force et de se ruer dehors, à l'air libre, en sécurité, dans la rue.

La nausée formait comme une poche de bile dans sa bouche.

Il la dévisageait sans jamais la quitter du regard, cillant à peine.

— Vous avez un pouls très irrégulier.

Elle avait la langue enflée, comme celle d'une vache, une grosseur énorme contre son palais. Elle déplaça légèrement la tête. Au plafond, au-dessus d'elle, la lampe fluorescente d'un blanc bleuâtre émettait une lente pulsation.

Elle entendit le tintement du métal sur le métal. Aidan Sharpe lui avait lâché le poignet pour tendre la main vers le plateau de petites aiguilles disposées avec un soin méticuleux. Il en sélectionna une et se retourna, pour poser de nouveau le regard sur elle. Ses yeux si bizarres, dénués de toute expression avec leurs paupières plissées, la fixaient étrangement. Il dégageait une vague odeur d'antiseptique, de savon pour homme, pourtant Karin ne sentait que l'odeur de la mort. Elle avait la tête qui tournait.

— Détendez-vous, je vous en prie.

L'aiguille lui effleura la tempe et une douleur aiguë lui transperça le dos.

— Bien.

Une deuxième aiguille, tout près de sa narine gauche, et de nouveau la même douleur, plus bas.

Seigneur Dieu, viens-moi en aide, songea Karin.

Elle s'aperçut qu'il n'y avait personne d'autre dans le bâtiment. La réceptionniste était partie depuis longtemps, elle était la dernière patiente de la journée. Elle percevait la présence du reste de la maison d'Aidan Sharpe, vide et silencieuse, qui s'étendait au-delà des murs du cabinet.

Il plaça encore d'autres aiguilles, précisément. Au bout de quelques instants, elle commença de se sentir somnolente, la tête prise de vertige, comme si on lui avait administré un produit hypnotique. La douleur dans son dos avait disparu, mais elle avait les jambes lourdes et engourdies.

Aidan Sharpe ne cessait de la dévisager, tout en opérant en silence.

Karin avait l'impression d'être épinglée sur cette couchette par les aiguilles, à tel point qu'elle craignait de tenter le moindre mouvement, redoutant de se déchiqueter les chairs et de s'arracher les cheveux. Elle avait chaud, et très soif.

Elle leva les yeux. Les siens étaient pareils à des aiguilles, ils lui foraient le crâne. Elle avait perdu toute notion de l'heure. Il avait pu s'écouler des heures, ou simplement quelques minutes.

Elle se demanda si quelqu'un connaissait sa présence ici. Le rendez-vous avait été pris au téléphone, et elle était seule chez elle quand elle avait décroché. Elle ne croyait même pas l'avoir consigné sur un bout de papier. Personne ne l'avait appelée, Mike était absent, on ne l'attendait nulle part, ce soir. Mais pourquoi est-ce que j'ai de telles idées en tête ? se demanda-t-elle, et elle déploya un énorme effort pour ne pas sombrer de plus en plus profond, pour lutter, remonter vers la surface de sa conscience et vers la maîtrise de soi. Aidan Sharpe était très tranquille.

— Vous allez peut-être vous sentir un peu prise de vertige.

Il parlait d'une voix feutrée. Karin essaya de lui répondre.

— Je vous en prie, ne bougez pas.

Quelque chose dans sa voix l'avertit d'obtempérer : une froideur sèche, un manque total d'émotion imprégné d'une puissance infinie.

Elle avait le sentiment qu'on lui fendait la poitrine, qu'on la lui ouvrait, et elle tentait de reprendre son souffle. Ses poumons lui faisaient mal, ils s'emplissaient d'air et se vidaient avec un sifflement râpeux, la tête lui tournait, pleine de vapeurs, ses membres perdaient toute sensation, sauf ses doigts qui la démangeaient, comme si on les picotait avec des myriades de minuscules épingles. Elle s'aperçut qu'Aidan Sharpe se penchait sur elle, approchait la main. Elle entrevit le motif de son nœud papillon, de petites virgules jaunes jazz sur fond bleu marine. Son regard se brouilla.

— N'essayez pas de vous asseoir.

Ses mains lui tenaient les bras, la plaquaient pour qu'elle ne puisse plus bouger. Elle se débattit, à peine.

Le motif jaune sur fond bleu dansa une valse électrique dans sa cervelle. Ce fut la dernière chose dont elle eut conscience avant de sombrer dans un tourbillon d'obscurité.

## 44.

Freya avait hésité à passer chez elle en courant pour se changer, ne sachant si sa tenue de travail conviendrait aux exigences de l'Embassy Room en matière de code vestimentaire, mais quand elle entra dans les lieux, juste avant sept heures moins le quart, elle se détendit aussitôt. La décoration intérieure était stylée, résolument contemporaine, en d'autres termes on y voyait tout et n'importe quoi, depuis les jeans et les blousons jusqu'aux petites robes courtes noires décorées de strass et aux costumes trois pièces en pur fil. Y régnait la même rumeur feutrée qu'elle appréciait tant au Metro Café, là où elle avait rencontré Cat Deerbon. Les deux endroits lui redonnaient un aperçu du Londres à la mode tout en appartenant clairement à l'univers de Lafferton.

L'Embassy n'était pas du genre chrome et néon, comme elle s'y était attendue, mais tout en bois clair aux courbes douces et tweed rose vif, tout en séduction et confort. Il lui rappelait deux ou trois endroits, à Barcelone, que Don et elle avaient fréquentés au cours d'un de leurs week-ends là-bas. Et c'était bourré à craquer : une foule de gens jeunes venus là après le bureau et des couples mijotant une soirée dehors se bousculaient et côtoyaient quelques habitués plus âgés, joueurs de golf ou de bridge. Personne ne donnait l'impression de détonner, tout le monde paraissait à son aise.

Aidan Sharpe n'était pas arrivé. Non sans mal, Freya repéra une table pour deux, dans un coin, et commanda un cocktail sans alcool baptisé Sunshine Moonshine, qu'on lui servit dans un grand verre en forme de bol, avec de la glace, des pailles, des parasols et des fraises piquées sur leurs bâtonnets – un breuvage à la fois intensément fruité et un brin amer.

Elle s'enfonça dans le fauteuil incurvé et se sentit soudain envahie d'un fort désir pour Simon. Désir d'être assise là avec lui, désir de rire, de parler, de goûter l'instant, d'aller dîner quelque part. Il s'était écoulé trop de temps depuis leur dernier rendez-vous en dehors du poste. Il avait été très absorbé par la mise au point de l'opération anti-drogues et, quand il n'était pas en réunion, il était sorti. À plusieurs reprises, Freya était passée devant sa porte et elle avait hésité à entrer, sans autre motif que celui de le voir, de lui parler. À plusieurs reprises, elle avait failli décrocher son téléphone et composer le numéro de son appartement, mais elle avait reposé le combiné. Elle avait envie de lui proposer une sortie, tout en sachant que c'était précisément le genre de chose qu'il fallait éviter, qu'il était le genre d'homme à mal le prendre. Avec lui, elle avait une envie terrible d'agir au plus juste. Elle avait attendu, elle s'était retenue, elle avait gardé le silence, et maintenant elle était sur le point de passer une heure avec un thérapeute adepte des soins alternatifs un peu collet monté, la cinquantaine, qui portait le nœud papillon.

Elle ne l'avait pas vu arriver, ignorait de quel côté il était entré, et il la fit sursauter en se matérialisant à côté d'elle pour, dans un geste qu'elle trouva agaçant, lui baiser la main.

— Je suis tellement désolé. Ma dernière patiente s'est trouvée mal et j'ai dû la raccompagner chez elle. Cela vous plaît, ici ? C'est assez intéressant, non ?

Freya aurait pu appliquer plusieurs épithètes au bar de l'Embassy Room, mais elle ne l'aurait pas qualifié d'intéressant. Elle paria en silence qu'il allait commander un gin tonic, et elle gagna.

— Je suppose que vous êtes assez demandé... L'acupuncture, c'est plutôt à la mode, non ?

— Oh, mon Dieu ! j'espère bien que non. À la mode aujourd'hui, démodé demain.

— Comme cet endroit.

— Non, ma chère, j'inclinerais davantage à croire que l'Embassy Room durera, et ma profession aussi.

Sa boisson arriva. La serveuse, qui portait un jeans et des bottes bootleg avec un t-shirt blanc, lui adressa un sourire froid, avant de filer vers une table voisine. Aidan Sharpe se pencha pour attraper son verre. Dans son geste, la manche de sa veste remonta d'un coup sec. Le ventre de Freya se noua. Sa montre était en or, à chiffres romains, et un cadran secondaire bleu nuit, logé dans un angle, affichait les phases de la lune.

Elle se rendit compte qu'elle l'avait déjà remarquée, de manière subliminale, le soir du dîner chez les Serrailler, mais sans prendre la mesure de sa signification.

Elle leva les yeux et planta son regard droit dans celui d'Aidan Sharpe, ces iris bizarres, dénués d'expression, au regard intense et fixe.

Un couple qui se levait pour quitter la table voisine renversa une chaise qui bascula contre celle de Freya et, au milieu des excuses et du tumulte général, cette minute se brisa, pourtant il ne subsistait aucun doute à ce sujet : il l'avait vue observer sa montre, et il avait remarqué la fraction de seconde pendant laquelle elle avait pris conscience du sens de cette vision.

— Cet endroit pourrait se situer à Londres, remarqua-t-elle. Lafferton devient de plus en plus branché.

Elle se détendit, s'enfonça dans son siège et regarda autour d'elle, apparemment à son aise, tout en réfléchissant à toute vitesse. Le bijoutier lui avait expliqué que les montres affichant les phases de la lune étaient difficiles à trouver, à l'heure actuelle – difficiles, mais pas impossibles, et celle qu'avait achetée Angela Randall n'était certainement pas unique. L'expérience avait appris à Freya que les coïncidences jouaient un rôle capital dans l'existence, et c'était vraisemblablement à cela qu'elle était confrontée, à cette minute – à une coïncidence. Néanmoins, elle devait s'autoriser à formuler l'explication inverse. En outre, elle avait appris à écouter son instinct – sans pour autant toujours le suivre – et cette leçon lui avait également assez bien réussi. Depuis cette soirée chez les Serrailler, son instinct concernant Aidan Sharpe n'était pas des plus rassérénants.

Elle se tourna de nouveau vers lui. Il se tenait très droit, très calme, son verre à la main, et il la regardait avec, sur les lèvres, une expression souriante démentie par le visage, et encore plus par le regard. Il avait des mains pâles, aux doigts longs et fins, des ongles soigneusement manucurés et curieusement exsangues.

— Pourquoi êtes-vous venue à Lafferton ?

Sa voix avait changé. Il avait l'air amusé.

— Pour raisons personnelles… et j'en avais assez de Londres. La police du Grand Londres, c'est dur, et ça peut devenir assez terrible.

— Vous vous apercevrez que Lafferton n'est peut-être pas la retraite campagnarde rêvée.

— Ce n'est pas ce dont j'avais envie. Et vous avez raison, on y rencontre les problèmes habituels… les jeunes, qui marinent dans leur frustration, les petits criminels, la drogue. Pourtant, après Londres, l'atmosphère générale constitue un soulagement.

— On dirait que vous avez trouvé de quoi vous occuper ?

— Vous voulez dire côté vie en société ?

Une fois encore, un éclat de sourire.

— Je me suis fait quelques amis. J'ai intégré certaines manifestations.

— J'imagine que les prix des maisons ont représenté aussi une surprise agréable.

— Mon Dieu, oui. Je me suis acheté la mienne pour beaucoup moins que celle que je possédais à Ealing. C'est sympa d'avoir de l'argent en banque, pour une fois.

— À Ealing ? Bonté divine ! J'ai vécu à Ealing, pendant mes années de formation. Vous connaissez Woodfield Road ?

— Oui.

— J'imagine que vous avez dû vous acheter quelque chose en dehors de Lafferton… il y a tant de charmants villages, très faciles d'accès.

— Non, dans la vieille ville. J'avais envie d'être près du centre.

— Vous n'auriez pas pu mieux choisir… cet entrelacs de rues autour de la cathédrale, c'est parfait. Les Apôtres ?

— Sanctuary Street.

— L'une des plus jolies. Lafferton a retenu la leçon des erreurs commises à d'autres endroits. Ils ont décrété secteur classé tout le quartier avant que l'on y ajoute des greniers aménagés en lofts et des fenêtres en alu. Vous avez fait un bon investissement. Vous allez rester ?

— Dans la vieille ville ?

— À Lafferton.

Freya eut un haussement d'épaules évasif. Tout au long de cette conversation légère et décontractée, les yeux d'Aidan n'avaient pas quitté son visage.

— Laissez-moi vous commander un autre verre. Comment s'appelait ce truc décoratif que vous buviez ?

— Non, merci. Malheureusement, je vais devoir vous quitter.

— Vraiment ?

Elle ne parvint pas à lire le ton de sa voix. De l'incrédulité ?

— Des papiers à remplir.

— Combien de patients supplémentaires je pourrais soigner, combien de crimes vous seriez capable de résoudre, s'il n'y avait cette paperasse !

Il prit la note et ils progressèrent au milieu de la foule massée dans la salle, en direction de la caisse. En attendant qu'il paie, Freya se retourna, et au-dessus d'une grappe de têtes, elle aperçut celle de Simon Serrailler, plus grand que les autres, et à coup sûr plus blond. Elle était à peu près certaine qu'il ne l'avait pas repérée.

Aidan Sharpe la prit par le coude et la guida vers la porte. Sa poigne était ferme.

— Merci beaucoup, vraiment. Maintenant je sais à quoi ressemble réellement l'Embassy Room.

— Ça vous a amusée ?

Il n'y avait pas trace d'amusement dans sa voix.

— Énormément.

Elle appuya sur la télécommande pour ouvrir les portières de sa voiture et y monta rapidement. La nuit tombait, mais les éclairages devant le bar étaient éclatants, et ils attiraient du monde comme des papillons de nuit.

Freya lança un coup d'œil dans son rétroviseur et elle vit Aidan Sharpe debout, immobile, à côté de sa BMW bleu foncé, la suivant de son regard fixe – un regard fixe qu'elle sentait encore alors qu'elle ne l'avait plus en face d'elle depuis longtemps.

Chez elle, Freya alluma toutes les lampes et tira les rideaux. Il faisait chaud, dans le salon. Elle emporta son courrier et sa serviette jusqu'à la table et se versa un verre de vin. Il y avait trois messages sur son répondeur : l'un de Cat, qui confirmait leur déjeuner le dimanche suivant, un autre de Sharon Medcalf, lui demandant si elle jouait au tennis. Elle nota leurs numéros et cliqua sur le message suivant.

« Freya, c'est Simon Serrailler. Six heures vingt. Je me disais que l'on aurait pu sortir prendre un verre, mais vous n'êtes pas là. On se rattrapera une autre fois. »

*Merde. Merde, merde, merde.* Il était là-bas. Elle avait gâché une heure en compagnie de ce nœud papillon à vous flanquer la chair de poule, alors qu'elle aurait pu être, comme elle en avait tant envie, à l'Embassy, oui, mais avec Simon.

*Merde.* Elle réécouta le message pour entendre sa voix, et quand elle eut effacé les deux autres, elle l'enregistra.

*Merde.*

La maison était très silencieuse. Elle se servit un deuxième verre de vin avant de parcourir le courrier, sans grand intérêt. Dans une minute, elle se préparerait une salade.

— Merde.

Cette fois, elle le dit à voix haute dans la pièce silencieuse.

Devant le visage de Karin s'étendait un entrelacs de frondes vert et gris foncé, et elle tentait de se frayer un chemin à travers, mais elles s'agrippaient à son visage et à ses mains, et la tiraient en arrière. Elles produisaient une odeur sulfureuse et fétide, et l'eau où elle nageait était trouble.

Soudain, elle se retrouva libre, dégagée. Elle se redressa.

Sa chambre était éclairée par une lampe discrète sur la table de chevet et, l'espace d'une seconde, elle resta désorientée par cette douce lueur, après la pénombre visqueuse de son rêve. Karin se pencha en avant, les genoux repliés devant elle. Une carafe et un verre étaient posés sur la table de nuit, et elle se versa de l'eau. Celle-ci était encore assez fraîche, et elle se demanda comment c'était possible. Elle n'avait aucun souvenir de l'avoir placée là. Boire ne l'aida pas seulement à soulager sa gorge et sa bouche desséchées, cela contribua aussi à lui éclaircir l'esprit. Elle se rappela alors qu'elle ne s'était pas du tout couchée ici, mais sur la table d'auscultation, dans le cabinet de consultation d'Aidan Sharpe, où elle s'était sentie nauséeuse et désorientée. Il lui avait bloqué les bras de ses deux mains, et il l'avait dévisagée, de son regard intense. Tout le reste était flou. Il avait dû la ramener en voiture et l'aider ou même la porter jusqu'à l'étage. Elle était complètement habillée et couchée sous le couvre-lit. Les rideaux étaient tirés, la lampe allumée. Il était probablement allé lui chercher de l'eau.

Elle resta là quelques moments de plus, tâchant de reprendre ses esprits. Elle se sentait un peu bizarre, mais elle n'avait plus de vertiges.

Sa sensation suivante fut la peur. Elle s'était rendue chez l'acupuncteur comme une patiente, en toute bonne foi, et le traitement avait sans doute provoqué cet évanouissement, ce vertige. Cependant, elle aurait fort bien pu être exposée à un risque quelconque, et Sharpe n'aurait pas dû la ramener chez elle, à demi consciente, la déposer comme un paquet sur ce lit et la laisser seule. Durant toute cette séance, il avait eu un comportement étrange, cela lui revenait, à présent. Elle s'était sentie mal à l'aise, elle avait eu envie de partir, panique, alerte rouge. Il ne lui avait rien expliqué, et il n'avait pas non plus semblé se soucier le moins du monde de sa réaction.

Elle but encore un verre d'eau, se leva prudemment et passa dans la salle de bains. Elle se sentait fatiguée, mais assez assurée sur ses jambes, et quand elle se fut lavé les mains et le visage, quand elle eut attaché ses cheveux, elle retourna dans sa chambre, décrocha le téléphone et composa le numéro de Cat, qui répondit tout de suite.

— Tu as une minute ? Il est arrivé quelque chose.

— Bien sûr, je suis en train de cuire un ragoût d'agneau pour le congélateur, donc j'ai le combiné calé dans le creux du cou. Qu'est-ce qui ne va pas ?

Karin respira un grand coup et entama son récit, avec toute la précision et tout le calme dont elle se sentait capable. Cat l'écouta, comme toujours, sans l'interrompre, s'imprégnant de chaque détail de ce récit.

— Donc me voici, je suis là, je vais bien, mais je suis furieuse. Je ne sais pas si c'est exagéré.

— Non. Quoi d'autre ?

— Encore un peu dans le gaz.

— Cela n'aurait jamais dû se produire. Je ne comprends pas Aidan, il s'est toujours montré digne d'une confiance totale.

— Tu ne me crois pas.

— Bien sûr que si. Je suis juste perplexe. Je viendrais bien te voir, mais je suis seule ici avec les enfants, et ma voiture est en révision toute la journée... Chris ne rentre que plus tard.

— Non, ça ira, je n'ai pas besoin que tu passes. J'avais juste besoin de t'en parler.

— Tu veux venir ici ? Tu es la bienvenue, vraiment, et rien ne t'empêche de rester pour la nuit.

— Je ne pense pas être en état de conduire.

— Non, certainement pas. L'acupuncture a tendance à vider. C'est normal, d'ailleurs, ne t'inquiète pas si tu te sens fatiguée, avec la tête qui tourne.

Karin regarda la chambre autour d'elle. Elle n'avait aucune envie de rester seule ici, pas ce soir, pas pour la nuit.

— Je pourrais appeler un taxi. Si cela ne t'ennuie pas...

— Je vais demander à Chris de passer te chercher, sauf que je n'ai aucune idée du temps que ça peut lui prendre : il est à l'hôpital général de Bevham.

— Si tu ne vois pas d'inconvénient à ce que je vienne te rejoindre, il y a un taxi ici, dans le village.

— Viens quand tu veux. Il faut que j'y aille, les oignons attachent.

À neuf heures, le taxi avait déposé Karin devant la porte des Deerbon. Elle avait entassé ses affaires pour la nuit dans un fourre-tout, fermé la maison à clef et elle avait filé. Cat l'avait installée sur le sofa, lui avait allongé les jambes en hauteur et pris sa tension.

— Un peu basse, mais c'est la suite du traitement. Je te prescris une infusion de menthe. Il vaut mieux que tu évites l'alcool pour ce soir.

— La menthe, c'est ta panacée.

— Un bon truc.

— Est-ce que tu dirais que j'ai un comportement d'hystérique ?

— Non, et c'est cela qui m'inquiète. Cela ne te ressemble pas. Tu as fait face à notre chirurgien psychique et tu t'en es parfaitement sortie.

— Tu le connais bien ?

— Aidan ? Pas si bien. Je lui envoie des patients de temps à autre. Il m'a guéri mon arthrite, il est venu dîner ici et il participe à notre groupe informel. Il tient des raisonnements tout à fait sensés. Mais, en réalité, il s'agit plutôt d'une relation professionnelle.

— Est-ce que tu le trouves sinistre ?

Cat la considéra d'un œil aigu.

— Pas spécialement. Un peu guindé. Je dirais qu'il souffre de certains refoulements. Il n'est pas marié. Il est difficilement qualifiable et ne laisse pas transparaître grand-chose. Qu'entends-tu par sinistre ?

Karin haussa les épaules.

— Laisse tomber. Ne fais pas attention. Je me suis carrément laissée aller, j'ai dû perdre un peu la boule.

— J'en ai l'impression, en effet. Tu as sûrement cédé à une crise de panique, et quand on se retrouve embarquée là-dedans, on risque bel et bien de perdre tout sens des réalités et des proportions. C'est l'un des aspects les plus ennuyeux de ce genre de crise. Des événements normaux te paraissent terrifiants, des gens ordinaires te semblent sinistres et menaçants.

— Tu présentes tout ceci comme une situation banale.

— Ce que c'est. Elle n'est pas pour autant agréable, d'ailleurs. Je peux te prescrire de l'oxazepam en faible dosage pour quelques jours. Tu l'avales le soir, et ne conduis pas quand tu en as pris. Cela ne va pas te lessiver, juste te soulager de ces petits soucis. Il s'agit d'un passage. Tu n'as jamais été dans cet état. C'est lié à tout le reste.

Karin but une gorgée de thé et écouta Cat lui parler de son ton rassurant, posé, de médecin généraliste. Elle la croyait, oui, elle s'était énervée, oui. Depuis qu'elle affrontait ce qui n'allait pas dans son corps, ce qui lui arrivait pour la première fois de son existence, tout avait fini par prendre des proportions extravagantes. Par le simple fait d'être ici, elle se sentait déjà infiniment mieux, plus maîtrisée, calme.

Néanmoins, la colère subsistait. La colère, et une impression de malaise quand elle se remémorait la présence d'Aidan Sharpe.

— Que dois-je faire ?

Cat secoua la tête.

— Rien. Je passerai un coup de fil à Aidan demain. Tu es ma patiente, et ce n'était pas correct de sa part. Je suis persuadée qu'il s'est assuré que tu allais bien, avant de te laisser, mais le fait est là : tu ne te souviens de rien, ce qui signifie que tu courais un certain risque. Il aurait dû m'appeler.

— Merci. Tu ne crois pas que je devrais...

Cat se leva.

— Je crois que tu aurais intérêt à prendre un bain... dans ma salle de bains, qui est relativement civilisée, les enfants n'y sont pas admis. Tu peux même te permettre une boule de ce savon Joe Malone qui sent si bon, celui que maman m'a offert pour mon anniversaire. Ensuite, tu t'installes dans la chambre d'amis avec un livre qui réconforte, une bouillotte et ton comprimé.

La combinaison de tous ces éléments, plus le simple fait d'être ici, dans cette maison qu'elle avait toujours considérée comme la plus heureuse où elle soit jamais entrée, expédia Karin dans un sommeil rose et sans rêves, qui se prolongea jusqu'après huit heures du matin. Le malaise qu'elle avait éprouvé lors de sa visite chez Aidan Sharpe s'était dissipé, à telle enseigne qu'elle se sentait désormais légèrement sotte. Elle s'était évanouie, ce qui, d'après Cat, pouvait constituer une réaction normale au traitement. Elle s'était sentie quelque peu désorientée et, du coup, elle avait paniqué. Des visions, des sons, des incidents ordinaires lui étaient apparus de manière déformée. C'était tout. Aidan Sharpe l'avait conduite chez elle et il avait veillé à ce qu'elle soit en sûreté, au lit. Elle ne se rappelait rien de cette partie-là des événements, mais cela ne signifiait pas qu'elle ait été inconsciente – plutôt dans une espèce d'état voisin de la fugue, au sens psychiatrique, ou de léger choc. Elle avait un cancer, elle avait vécu à cause de sa maladie une semaine éprouvante – était-il surprenant qu'elle ait développé une réaction aussi brutale ? Certes, il aurait dû contacter Cat, mais à cette heure ç'aurait été déplacé, et puis il avait manifestement veillé à ce que tout soit au mieux. La laisser seule ne devait pas présenter le moindre motif d'inquiétude à ses yeux. Il était consciencieux, il avait bonne réputation. Cat avait la meilleure opinion de lui.

Karin s'allongea et attrapa le roman dont elle avait à peine commencé la lecture avant de s'endormir la veille au soir. Un rai de lumière solaire filtrait par les jolis rideaux de la chambre d'amis, et elle entendit les rires de Sam et Hannah, en bas. La vie lui semblait belle. La vie, c'était ce qu'elle désirait, terriblement, encore et encore de cette vie-là, anodine, miraculeuse, encore, énormément. Le courage et l'optimisme bouillonnaient en elle.

# 45.

— Où es-tu ?

— Salut, chef. Comme d'habitude, je traîne.

— Rien de neuf pour l'instant ?

— Non. À mon avis, quelqu'un nous a flairés.

— Qui est avec toi ?

— Dave Green, sauf qu'il vient de partir pisser. Moi, une tasse de thé, je dirais pas non, mais dans les épiceries du coin, on n'a pas ce genre de luxe. On est dans le quartier de la cité Meadow View, alors !

— En fait d'épiceries du coin, dans ce quartier-là, ils n'ont que des dealers.

— En tout cas, il n'y en a même pas non plus un seul en vadrouille dans les parages.

— Ça te fait une triple négation, ça, Nathan.

— Quoi ?

— Laisse tomber. Cet endroit, c'est comme la morgue.

— Ils sont tous de sortie, par là, quelque part. On dit que les équipes des policiers en uniforme vont faire une descente au parc d'activités Calden, un peu plus tard. Je vais voir si je peux pas obtenir d'y aller, parce que ici, notre matière grise, elle se dessèche.

— Ta quoi ?

— Très drôle ! On dirait que vous avez survécu à votre verre avec Nœud Papillon, chef.

— Quand Emma t'aura dit oui, je vous emmènerai tous les deux à l'Embassy Room.

— Vous tombez pile.

— Pourquoi, elle a dit oui ?

— Elle rentre pas avant un moment, mais c'est couru d'avance, vous savez.

— Nathan, écoute... Nœud Papillon. Il portait une montre avec affichage des phases de la lune.

— Vu. Angela Randall. Pourrait être une coïncidence.

— Possible.

— Rien d'autre ?

— Non. Rien de concret.

— Le concret, c'est tout le problème avec ces disparues, non ? Faut que j'y aille, chef. Il se passe quelque chose. Haut les cœurs.

La communication s'interrompit.

Freya descendit à la cafétéria. Quatre policiers étaient assis ensemble en train de manger leur petit déjeuner, mais à part cela, l'endroit était désert. Elle prit un café et une banane, qu'elle emporta à une table devant la fenêtre.

Tombé de la lune, Aidan Sharpe était venu se présenter au poste pour signaler que Debbie Parker avait été l'une de ses patientes – ce qui lui était d'abord sorti de la tête. Pourquoi avait-il choisi de faire cette démarche ? Et si cette montre était un cadeau d'Angela Randall, comment l'avait-il rencontrée ? En tant que patiente ? Dans ce cas, pourquoi n'en avait-il pas parlé ? Pourquoi son nom ne lui avait-il rien évoqué ?

Elle allait envoyer Nathan l'interroger. S'il y avait quoi que ce soit de ce côté-là, Nathan mettrait le doigt dessus. Il avait un instinct très sûr, il captait les mêmes ondes qu'elle, et c'est pourquoi ils travaillaient si bien ensemble. Mais c'était se raccrocher à un fétu de paille, conclut-elle en jetant sa peau de banane dans la poubelle.

## 46.

Il dormit à peine et, à six heures, il roulait déjà en direction du parc d'activités. Il s'était regardé dans le miroir, le matin, et pour la première fois avait découvert sur son visage les marques de la peur et de l'incertitude. Il avait laissé se produire des événements qui n'auraient pas dû arriver, il s'était montré négligent, impétueux, il avait vu la situation lui échapper. Il avait été tenté de tuer Karin McCafferty, de manière presque incontrôlable, irrépressible. Ce besoin pressant ne l'avait jamais submergé de la sorte, en un tel mouvement spontané, surgi au hasard, et maintenant il était terrifié de constater la puissance de cette pulsion. Son envie était irrationnelle, dénuée de motif. Il n'avait pas besoin de Karin McCafferty, même si son état de santé pouvait présenter quelque intérêt, marginal à ses yeux : ayant lu les rapports d'examens, il aurait pu être le premier à véritablement constater l'étendue de la tumeur, le premier à ne pas supputer, mais à savoir.

Cependant, il ignorait combien de personnes étaient au courant de son rendez-vous avec lui, il n'avait pas procédé à ses vérifications prudentes habituelles et rien anticipé. Une impulsion était suffisante. Il n'était pas un amateur de la prise de risque et n'avait pas l'intention d'en devenir un. C'était assurément ouvrir la voie au danger, à la folie et au risque de se faire repérer. Les risques, c'était bon pour les imbéciles.

Karin McCafferty avait paniqué et mal réagi au traitement. À l'occasion, cela arrivait. Il l'avait ramenée chez elle, dans un état plus ou moins conscient, il avait sorti sa clef de son sac, l'avait aidée à monter jusqu'au premier étage, jusqu'à son lit, et il était resté auprès d'elle un quart d'heure environ, pour s'assurer que l'on pouvait la laisser seule en toute sécurité. Il avait ainsi pris un risque, car il était pressé de retrouver Freya Graffham.

Le souvenir de la policière, à l'Embassy Room, chic et élégante au milieu de la foule chic et élégante, lui redonna le sourire. Elle le trouvait digne d'intérêt, il l'avait constaté. Il l'intriguait. Autrement, elle n'aurait jamais accepté de le rencontrer. Il s'agissait là d'une bonne décision, d'une initiative intelligente. Il s'était ainsi racheté à ses propres yeux, après son erreur. Il n'y en aurait plus de telles.

Il accéléra pour s'engager sur la voie d'accès et tourna dans le parc d'activités. La première allée était déserte, mais quand il atteignit la deuxième, qui conduisait vers l'allée secondaire où était situé son propre préfabriqué, il vit quatre voitures de police et trois autres, banalisées, accompagnées par une fourgonnette blanche dont les portes arrière étaient ouvertes. Des maîtres-chien et leurs animaux en descendaient et se regroupaient sur le parvis.

Il tourna d'un coup sec sur sa gauche et ressortit en vitesse par l'allée sud. Quand il atteignit l'entrée de la rue principale, deux autres voitures de police firent irruption, dans un crissement de pneus.

Le fait qu'une espèce de descente en règle soit visiblement déjà en cours n'aurait pas dû lui porter sur les nerfs. Ils ne s'intéressaient pas à son local, néanmoins, il lui fallait savoir exactement ce qui se tramait et où. Or, pour le moment, il n'avait aucune idée de la manière dont il allait s'y prendre pour le savoir. Il resta là, immobilisé sur le bas-côté, à réfléchir posément, s'interdisant toute panique, conservant la maîtrise de ses émotions, comme s'il muselait un chien.

Il pouvait toujours retourner dans l'enceinte du parc d'activités et tout simplement interroger l'un des policiers. Il pouvait également téléphoner au poste de police. Dans l'un et l'autre cas, il doutait qu'on lui communique la moindre information. Il pouvait téléphoner à Freya Graffham, mais cela soulèverait des questions, inévitablement.

Il était impuissant. S'abstenir dans le doute était la règle qu'il avait souvent adoptée, et cela lui avait plutôt réussi. Ils ne s'intéressaient pas à lui, et pas davantage à son local. Comment auraient-ils pu s'y intéresser ? Qu'auraient-ils pu connaître de l'un ou de l'autre ? Il fit redémarrer la voiture et se dirigea vers la route.

De retour chez lui, il fit griller des toasts et découpa une pomme en tranches dans un bol de céréales complètes, remplit le percolateur et alla récupérer les journaux sur le paillasson. Il se sentait assez calme, assez posé, prêt pour une journée pleine de rendez-vous et pour la soirée à venir.

Cependant, par moments au cours des heures suivantes, son esprit s'égara dans un vagabondage qu'il était incapable d'anticiper ou de maîtriser. Se succédèrent rapidement des images de Karin McCafferty sur la table d'auscultation où, au même instant, était étendu un autre patient, des souvenirs des chiens avec leurs maîtres-chien sortant précipitamment par l'arrière de la fourgonnette de la police, à une centaine de mètres du local où il accomplissait son travail.

# 47.

À une heure, la salle de la brigade criminelle était à moitié déserte. À une heure dix, les portes s'ouvrirent à la volée et une dizaine de personnes entrèrent à grand fracas. Parmi elles, l'inspecteur Coates, l'air mutin.

— Franchement, chef, j'envisage de poser ma candidature pour devenir maître-chien.

Il alla s'affaler dans son siège et balança une jambe en suspens sur un accoudoir.

— C'est super : ce matin, ils s'en sont payé une tranche en allant renifler un peu partout dans ce parc d'activités, et nous, qu'est-ce qu'on a fait ?

— On est restés assis dans une voiture dans la cité de Meadow Estate.

— Exact. Et maintenant tout est annulé.

— Ils ont fait mouche, au parc d'activités ?

— Rien entendu à ce sujet. Quelqu'un disait que oui, un autre qu'on n'était pas sûr, les trucs habituels. Ces types-là, on n'en tire jamais grand-chose.

— Je te vois pas à l'autre bout de la laisse, moi.

— Non, c'est tous des gars plutôt silencieux. Et c'est rigolo que pour les chiens. Moi, chef, il me faut un peu d'action. J'en ai jusque par-dessus la tête de rester assis dans des bagnoles avec Dave Green. Celui-là, il connaît rien d'autre que les Bolton Wanderers et les campagnes pour la vraie bière bien de chez nous.

— Va me trouver l'inspecteur Hardy, tu veux, Nathan ? Je voudrais que tu ailles causer avec Aidan Sharpe.

Nathan Coates se gara devant la maison et le cabinet de consultation d'Aidan Sharpe, sur Wellow Wood Drive, et resta assis un moment au volant, pour observer les lieux et jauger ce qu'il allait pouvoir en tirer. C'était le quartier de Lafferton qu'il connaissait le plus mal, et qu'il aimait encore moins. Les maisons individuelles avec leurs allées donnant sur la rue, leurs magnolias, leurs portails en fer forgé et leurs pignons en faux style Tudor ne le remplissaient pas de jalousie mais d'une espèce de perplexité à l'idée qu'on puisse aspirer à y habiter. Elles lui semblaient tellement froides, augurer si peu de relations de bon voisinage, tellement refermées sur elles-mêmes. Les gens d'ici roulaient dans des voitures chic et envoyaient leurs enfants à l'école coiffés de panamas et de casquettes brodées d'armoiries. Ils restaient entre eux, sauf peut-être à l'occasion de rares cocktails, à la période de Noël.

Si Emma et lui se mariaient, il aurait envie de posséder son cottage, avec un peu de terrain, dans un des villages situés autour de Lafferton. Ou, si cette solution était hors de portée pour eux deux, une de ces jolies maisons à trois chambres sur le lotissement privé de St Michael's Gate. Mais jamais il ne lui viendrait l'envie de se retrancher dans un quartier comme celui-ci, si grands soient les bow-windows et si larges les allées, si tapageuses soient les BMW bleu nuit garées devant – comme celle stationnée devant la maison d'Aidan Sharpe.

Nathan jeta un coup d'œil à l'intérieur pendant que l'inspecteur Will Hardy continuait sa route en direction de la porte d'entrée – sièges en cuir couleur champagne, lecteur de CD dernier cri et rien d'autre... pas de cartes, pas de paire de chaussures de rechange, pas d'enveloppes déchirées, pas de veste en plus. Cette voiture, Sharpe aurait aussi bien pu la sortir du hall d'exposition le matin même. Nathan jeta un œil en direction de l'inspecteur Hardy, qui haussa les épaules.

Il appuya sur la sonnette du cabinet et poussa la porte d'entrée. *Réception. Cabinet. Privé.*

La réception était agréable, et la réceptionniste aussi – coiffure impeccable, lunettes ovales tendance et sourire professionnel.

— Puis-je vous aider ?

Nathan fit basculer le volet de son étui, qui s'ouvrit sur sa carte de la police.

— Inspecteur Coates, de la brigade criminelle de Lafferton. J'aimerais dire un mot à M. Sharpe.

Elle eut l'air éberlué, mais n'en perdit pas son aplomb pour autant.

— M. Sharpe est avec un patient pour le moment. Je crains fort de ne pouvoir l'interrompre.

— Parfait. On va l'attendre.

— Oui, bien sûr. Je vous en prie, prenez un siège et je vais le prévenir dès qu'il sera libre. Puis-je vous proposer une tasse de thé ou de café ? Un verre d'eau minérale ?

Nathan et Will secouèrent la tête à l'unisson.

— Non, merci.

Ils s'assirent et jetèrent un œil aux magazines, les derniers numéros de revues chic comme *Vogue*, *Tatler*, *Country Life*, le *Spectator*. L'argent coulait sans problème dans cette histoire de médecine parallèle. Nathan songea à la salle d'attente du médecin généraliste moyen, sans parler de la consultation à l'hôpital : quelques exemplaires de *Woman's Own* et du *Reader's Digest* vieux de trois ans, si vous aviez de la chance, des chaises fatiguées, et une odeur de très vieilles personnes et de bébés aux couches sales. Cette pièce sentait le parfum des fleurs et la cire, avec en plus une vague odeur antiseptique.

— Combien de patients voit-il par jour ?

La réceptionniste l'observa par-dessus l'écran de son ordinateur.

— M. Sharpe a un cahier de rendez-vous très chargé.

— Oui ? Combien ?

— Nous avons quatre nouveaux rendez-vous par jour. Chacun dure une bonne heure. Et quatre rendez-vous d'une demi-heure pour les traitements déjà entamés.

— De tous les genres, c'est ça ?

— Je vous demande pardon ?

— Des hommes, des femmes, des enfants, des vieux, des jeunes... vous savez.

— M. Sharpe traite rarement les enfants. Sinon, je crois que l'on peut dire que nous recevons ici un échantillon assez représentatif de la population, oui.

— Ça fait mal ? Me faire coller des aiguilles un peu partout, ça ne me plairait pas.

Elle sourit avec patience.

— C'est un préjugé partagé par ceux qui ne connaissent rien à l'acupuncture. Ils s'imaginent, enfin...

— Comme des pelotes d'épingles ?

— Plus ou moins. En réalité, c'est très sélectif... Parfois on ne vous plante que deux ou trois aiguilles, parfois davantage. Chaque cas est unique, chaque patient reçoit un traitement différent.

Nathan décida qu'à son départ elle lui remettrait un joli prospectus.

— Les femmes y viennent plus volontiers que les hommes, non ?

— Ah oui ?

— Tous ces machins, c'est plus dans le goût des femmes, non ?

— D'où tenez-vous cette idée ?

— Alors, vous avez aussi des hommes ?

— Certainement.

La porte s'ouvrit, et une femme d'âge mûr franchit le seuil. Tailleur élégant, belle coiffure, joli sac et jolies chaussures de prix : la patiente type de l'endroit.

— Je vous en prie, madame Savage, asseyez-vous. Je vous prépare votre compte dans une minute.

Elle lança un regard à Nathan.

— Je vais dire un mot à M. Sharpe.

Elle passa dans le cabinet de consultation, ses hauts talons claquant vivement sur le sol.

Nathan adressa un grand sourire à la dame.

— Douloureux, n'est-ce pas ?

Elle lui jeta un coup d'œil peu amène.

— Non.

Elle se pencha en avant, prit un exemplaire glacé et récent de *Country Life*.

Nathan se serait fait un plaisir de lui renvoyer la grimace qu'il réservait aux passants, par-delà le mur de la cour à l'école, quand il était petit, mais il se contenta de hausser les sourcils.

Les talons hauts revinrent en claquant.

— M. Sharpe demande si vous pourriez passer à cinq heures et demie. Il aura terminé avec ses patients de la journée. Il a deux visites à effectuer et ensuite son rendez-vous suivant, mais il sera heureux de vous recevoir à cette heure-là.

En fin d'après-midi, Nathan et l'inspecteur Hardy trouvèrent la porte légèrement entrouverte et la pièce de réception déserte, la housse remise en place sur l'ordinateur et les magazines rangés. Nathan attendit. Il ne trouva aucune sonnette.

— Inspecteur Coates ?

Sharpe paraissait s'être matérialisé en silence, infiltré à travers les murs. Le nœud papillon était rouge, avec de fines rayures bleu marine.

— Je tiens à m'excuser de vous avoir fait défaut tout à l'heure, mais j'étais en pleine consultation. Et vous êtes venu accompagné ?

— L'inspecteur Hardy.

Aidan Sharpe opina.

— Je vous en prie, entrez.

Nathan s'était attendu à interroger Sharpe dans la salle d'attente, mais il fut invité à franchir une porte marquée *Privé* et, au bout d'un petit corridor, il pénétra dans la maison.

— Puis-je vous proposer une tasse de thé ?

— Non, merci.

— En quoi puis-je vous êtes utile ? J'imagine que cela concerne cette pauvre jeune fille, Debbie Parker. Avez-vous de ses nouvelles ?

— Malheureusement aucune, monsieur, mais nous suivons certaines pistes.

— Ah, oui. Des pistes.

La pièce était oppressante, avec un énorme buffet, un vaisselier, un bureau, de lourds rayonnages de livres en chêne foncé, un canapé et des fauteuils club recouverts de cuir brun. La cheminée était elle aussi de couleur sombre, et sculptée avec recherche. Aux murs, des portraits dans d'épais cadres dorés – de vieux messieurs emperruqués et de gros messieurs à cheval – ainsi qu'un poisson empaillé dans un présentoir.

En face de lui, Aidan Sharpe était assis dans un fauteuil, tout à fait immobile, les mains jointes, le dévisageant. Surprends-le, se dit Nathan, pas de préliminaire, pas de numéro de charme, droit au but.

— Possédez-vous une montre affichant les phases de la lune ?

Pas un cillement d'yeux. Les prunelles demeurèrent pointées sur le visage de Nathan, les doigts restèrent immobiles.

— En effet.

— Vous la portez à cette minute, monsieur ?

— Oui.

— J'aimerais la voir, je vous prie.

— Puis-je vous demander pourquoi ?

— Retirez-la, c'est tout, monsieur Sharpe.

Un mince sourire, comme l'éclair d'une langue de lézard. Puis plus rien.

— J'aimerais savoir pourquoi vous voulez que je la retire.

— Où avez-vous eu cette montre ?

— Si vous voulez savoir où elle a été achetée, je l'ignore.

— Comment cela se fait-il ?

— C'était un cadeau.

— De qui, monsieur ?

— C'est mon affaire.

— Nous enquêtons sur la disparition de trois femmes.

Sharpe ne réagit pas.

— L'une d'elles s'appelait Angela Randall. Était-elle une de vos patientes ?

— J'ai un grand nombre de patients. Je vais devoir vérifier.

— Vous êtes venu nous annoncer que Debbie Parker était votre patiente.

Un silence. Les yeux le fixèrent.

— Donc, si Angela Randall était une de vos patientes, vous le sauriez aussi, n'est-ce pas ?

— Comme je vous l'ai dit, je vais devoir vérifier.

— Vous voulez bien vérifier ?

— Demain. Je poserai la question à ma secrétaire. Si elle constate que cette... M^lle^ Randall a bien été traitée ici, je contacterai l'inspecteur Graffham.

— M^lle^ Randall vous a-t-elle offert cette montre, monsieur Sharpe ?

Un clignement des paupières. Les yeux furent traversés d'une colère passagère.

— Monsieur Sharpe ?

— Pourquoi me posez-vous cette question ?

— Je vous ai déjà expliqué que nous enquêtions sur la disparition d'Angela Randall. La connaissiez-vous ?

— Pas à mon souvenir.

— Puis-je voir votre montre ?

Sharpe sourit, remonta sa manchette d'un coup sec, fit glisser la montre de son poignet et la lui tendit. Elle était belle, aussi plate qu'une hostie. L'astre nocturne – une demi-lune – était escorté de petites étoiles sur fond d'émail bleu foncé.

Nathan la lui rendit.

— Merci.

— Ce sera tout ?

— Pour le moment. Mais si vous pouviez vérifier vos dossiers dans la matinée, comme vous me l'avez proposé ?

— C'est bien le moins.

Sur le chemin de la porte d'entrée, Aidan Sharpe ajouta ces mots :

— Apparemment, il s'est passé quelque chose d'important, tôt ce matin. Il se trouve que je suis passé en voiture devant le parc d'activités. Il y avait des policiers partout, une fourgonnette, des chiens. Je me demande de quoi il retournait.

— Désolé, monsieur, ce n'est pas mon service.

— Une descente anti-drogues, je suppose ?

— D'après ce que je sais, oui, monsieur Sharpe. Merci de votre aide.

Une fois dans sa voiture, Nathan jeta un coup d'œil derrière lui. Nœud Papillon se tenait encore là, à l'observer fixement.

Au premier coin de rue, il sortit son téléphone portable.

— Qu'a-t-il dit ?

— Pas grand-chose. Je lui ai demandé s'il connaissait Angela Randall, je lui ai demandé si c'était elle qui lui avait offert cette montre. Abouti nulle part. Prétend qu'il ne se rappelle pas si elle faisait partie de ses patients. Dit qu'il vous téléphonera s'il trouve son nom dans ses dossiers.

— À moi ?

— Oui. Inspecteur Graffham, il a dit. Il ne veut pas causer avec le menu fretin. Il a de quoi vous flanquer la chair de poule, non ? Vous êtes allée chez lui ?

— Non.

— Ça ressemble à ces châteaux qu'on vous fait visiter, à l'école. Rien que des meubles massifs, noirs et tout. Des trucs vraiment antiques, vous voyez ? À vous faire froid dans le dos.

— Mais c'est tout ?

— Un détail. Juste quand j'allais repartir, il m'a demandé ce qui s'était passé ce matin au parc d'activités. Dit qu'il passait par là en voiture et qu'il a vu la fourgonnette et les chiens policiers. M'a demandé si c'était une descente anti-drogues. Sauf que, qu'est-ce qu'il fabriquait là-bas à cinq heures et demie ou six heures du matin ? Tout était plié et nettoyé avant huit heures, et ils étaient rentrés. Autre chose : ils étaient à l'autre bout du parc. S'il passait juste par là, il n'aurait rien pu voir depuis le bout de la rue.

# 48.

Chris Deerbon était de garde et il décrocha son téléphone. Cat était agenouillée par terre, dans son bureau, occupée à trier une pile de revues médicales, que pour la plupart elle n'avait jamais le temps de lire. Sur sa gauche, elle avait rangé celles qu'elle conservait car elles contenaient des articles qu'elle ne pouvait se permettre d'ignorer, et sur sa droite s'étageait le reste. À son grand agacement, la pile de gauche montait sans cesse plus haut. Tout était important, tout avait l'air de contenir des informations vitales.

— Tu peux prendre cet appel ?

Chris tenta d'ouvrir la porte, mais il fut bloqué par la pile de magazines.

— Qui est-ce ?

— Une femme totalement hystérique.

— C'est toi qui es de garde, pas moi.

— Elle refuse de me parler, elle dit qu'elle ne peut confier qu'à toi ce qui est en train de lui arriver.

— Qui est-ce ?

— M^me^ Marion Keith. C'est une de mes patientes, ajouta Chris, mais elle insiste pour que ce soit toi qui répondes.

— Elle est gênée à cause de quelque chose ? Si elle a besoin d'un médecin en urgence, il va falloir qu'elle accepte le sexe de celui qui est de garde.

— Donc, je lui réponds ça ?

— Bon sang de... D'accord, d'accord.

Cat tira sur la porte, repoussa les magazines d'un coup de pied sec jusqu'à ce qu'ils forment un tas contre le mur, tandis que Chris lui tendait le téléphone sans fil et remontait dare-dare dans l'escalier.

— Cat Deerbon.

Très irritée, elle préparait déjà son laïus. Quand elle en aurait terminé avec cette M$^{me}$ Keith, celle-ci regretterait de ne pas être restée avec Chris.

Elle l'entendit bredouiller quelques premiers mots et garda le silence. Cinq minutes plus tard, elle était assise sur les marches de l'escalier, et lui parlait d'un ton mesuré.

— Je vais venir, madame Keith. Bien sûr que je comprends. Bien sûr. Y a-t-il quelqu'un avec vous ? Essayez de garder votre calme. Il va me falloir un quart d'heure pour arriver chez vous.

À l'autre bout du fil, la femme était submergée par sa propre détresse, son discours était à peine cohérent, mais Cat avait appris tout ce qu'elle avait besoin de savoir. Elle courut au premier étage.

— Il faut que j'y aille. Elle est dans un état épouvantable.

— Je sais. Je n'ai pas réussi à comprendre grand-chose.

Cat ôta rapidement le vieux survêtement, qu'elle avait enfilé pour ranger son bureau.

— Elle est allée voir ce chirurgien psychique et il l'a agressée. On le tient, Chris !

— Qu'est-ce qu'elle veut dire par agresser ? Violer ?

— Quelque chose de sexuel, mais c'était difficile à préciser.

— Tu ferais mieux d'avertir la police, qu'elle te rejoigne sur place. Il te faudra un témoin et ils voudront savoir s'il s'agit d'une véritable agression.

— D'accord.

Elle remonta la fermeture à glissière de son jeans et attrapa le téléphone, mais le répondeur de Simon était branché. Elle raccrocha et composa le numéro du poste.

— L'inspecteur Serrailler, s'il vous plaît... Docteur Deerbon... Oui, compris.

Elle se tourna vers Chris.

— Il est sorti, pour une affaire, mais ils essaient de le contacter... Oui ? Merci. Je reste en ligne.

— *Serrailler.*

— Simon, c'est moi. Écoute, je fonce. 17, Bury Park, une patiente de Chris vient d'appeler, totalement sur les nerfs. Elle est allée voir ce type, à Starly, qui se présente comme un chirurgien psychique et elle affirme qu'il l'a agressée.

— Vu. J'appelle le poste pour qu'ils envoient une patrouille.

— Je ne peux pas avoir Freya Graffham ?

— Non, ce n'est pas une affaire criminelle, il te faut des hommes en uniforme. Je suis en opération, Cat, je transmets.

— Merci.

Chris descendit avec elle jusqu'à la voiture, la renseigna sur sa patiente, Marion Keith.

— La cinquantaine, veuve, deux filles mariées. Des antécédents de gastrite, maux intestinaux, effectué tous les examens, rien d'apparent, mais il est possible qu'elle n'y ait pas cru. Elle s'est sans doute figuré qu'il découvrirait quelque chose et le lui extrairait.

Il embrassa Cat et referma la portière de sa voiture.

Lorsqu'elle s'arrêta devant le pavillon de Bury Park, le véhicule de patrouille l'attendait déjà.

— Bonsoir, doc.

— Bonsoir, Mike.

Cat connaissait beaucoup d'officiers de police de Lafferton, pas à cause de Simon, mais parce que les cabinets de médecine de la ville se chargeaient également de la médecine médico-légale.

La dernière fois qu'elle avait croisé le brigadier Mike Major, c'était l'été précédent, dans un appartement dont l'occupante, une femme âgée, gisait là, morte, depuis un mois. Dans ces situations, les professionnels s'entraidaient dans l'accomplissement de leurs tâches respectives et se soutenaient le moral – parfois même physiquement. En cette occasion, ce n'était pas Cat qui avait dû rapidement ressortir prendre un bol d'air frais.

— Vous n'êtes pas encore entré, non ? Il faut que je lui parle la première.

— Non, on a estimé qu'il valait mieux attendre.

— Vous savez de quoi il s'agit ?

— Plutôt, oui. J'ai lu un truc sur ce dingo dans l'*Echo*, l'autre jour.

— Espérons qu'on en récoltera assez pour le forcer à fermer boutique.

Marion Keith était emmitouflée dans une robe de chambre et une couverture, blottie dans un angle du canapé. C'était une femme à l'air fané, aux jolis traits, mais dont le visage était gris et les yeux hantés.

Cat posa son sac et s'assit à côté d'elle.

— Bonsoir, madame Keith. Tout va bien aller.

Marion Keith éclata en sanglots.

— Pleurez, c'est tout, ne vous inquiétez pas.

Cat lui prit la main.

— Je voudrais que vous essayiez de me dire exactement ce qui s'est passé. Je vais vous examiner, mais il est possible que ce soit un cas d'agression criminelle, et pour cette raison j'ai appelé la police. Les policiers sont dehors et ils resteront dans leur voiture jusqu'à ce que vous vous sentiez prête à les accueillir. S'il m'apparaît clairement que vous avez été agressée, ils voudront entendre de votre bouche le récit de ce qui vous est arrivé. Est-ce que vous êtes d'accord ?

Au bout d'un moment, la femme hocha la tête.

— Bien. Alors, racontez-moi.

Tout d'abord avec un débit hésitant, et par instants de façon assez incohérente, Marion Keith se mit à parler. Depuis la mort de son mari, elle souffrait de douleurs abdominales et de malaises. Comme le lui avait précisé Chris, les examens entrepris n'avaient rien montré d'anormal, mais tous les médicaments qu'elle avait pu prendre ne lui avaient apporté qu'un soulagement temporaire. Les troubles retrouvaient toujours leur caractère aigu. Elle travaillait à mi-temps comme secrétaire juridique et une collègue lui avait parlé du chirurgien psychique.

— Elle m'a dit qu'il avait soigné beaucoup de gens. Elle m'a raconté que le genre de mal dont je souffrais était sa spécialité. Elle m'a convaincue d'y aller. J'étais désespérée, j'avais tout essayé. Votre mari est un bon médecin, je le sais, mais rien de tout ce qu'il m'a prescrit ne m'a aidée très longtemps, et je voulais mettre un terme à cette douleur. Ces derniers temps, elle m'a gâché l'existence. Je ne voyais pas ce que j'avais à perdre et j'ai commencé à craindre qu'ils n'aient manqué quelque chose d'important, à l'hôpital. On entend un tas d'histoires. Une amie est morte d'un cancer de l'intestin, je sais ce que tout ça peut signifier.

— Je comprends. C'est toujours un domaine compliqué, et

quand les symptômes ne s'améliorent pas, on s'inquiète d'avoir quelque chose de grave. Personne ne vous reprochera rien, madame Keith.

Elle n'avait pas peur, poursuivit cette dernière. Elle avait entendu des commentaires merveilleux au sujet du « Docteur Groatman », et même après avoir constaté qu'il n'y avait personne d'autre dans la pièce avec eux deux, elle ne s'était pas alarmée. Les mains oscillant au-dessus de son corps, les palpations et les torsions, l'incision apparente, le truc qui tombe dans la bassine sous la table d'auscultation paraissaient étranges, Marion Keith l'admettait, mais pas « mal ». Il avait l'air de savoir de quoi il parlait... « Tellement sûr de lui », insista-t-elle. Il lui avait révélé qu'elle avait des « mauvais tissus », qu'il allait devoir extraire une masse septique, que son estomac était sérieusement enflammé et que ses intestins étaient à la fois « noués » et enflammés. Il allait être en mesure de la soigner en une seule séance. Elle ressortirait de son cabinet libérée de ses souffrances et ses malaises seraient relégués dans le passé.

Tout cela était si particulier, tellement incroyable – pourtant, il avait prononcé une espèce de prière, et elle avait fermement cru dans l'esprit de ce médecin qui opérait à travers lui. Cet aspect-là lui était apparu comme une garantie.

Cat garda le silence tout en s'étonnant d'une telle crédulité chez des personnes par ailleurs pondérées et intelligentes. Quelle aurait été leur réaction si elle, en sa qualité de médecin généraliste, leur avait fait la moitié de ce qu'elles laissaient cet homme leur infliger ?

— Ensuite, il a dit qu'il y avait autre chose. Il m'a expliqué que mes problèmes d'estomac avaient une origine plus profonde qu'il ne l'avait cru. Ils étaient centrés autour de mes organes génitaux, et c'était cela qui causait les pires problèmes. Il m'a assuré qu'il devait en apprendre davantage, mais que si je me détendais un peu, il pourrait me soigner puisqu'il savait où le problème était situé. Je n'ai pas réfléchi. Je n'ai tout simplement pas réfléchi. J'aurais dû comprendre.

— Ensuite, que s'est-il passé ?

— Il a marmonné dans une espèce de langue étrangère. Sa voix est devenue plus grave et il a parlé sur un ton guttural assez effrayant. Ses yeux me regardaient fixement. Ils pénétraient en moi, je ne sais trop comment. Ils avaient changé. Je ne peux pas l'expliquer. Ils avaient changé, voilà.

— Vous avait-il demandé de vous déshabiller ?

— Juste ma jupe et mon chemisier, et il m'a tendu une blouse, comme une blouse d'hôpital. Tout semblait correct. Mais ensuite il m'a priée de retirer mes collants et mon slip.

— Et vous avez obéi ?

— Ça paraît stupide, je vais passer pour une simple d'esprit, n'est-ce pas ? Mais il y avait chez lui quelque chose, et puis, ses yeux, et sa voix. J'avais peur. Ses yeux semblaient...

— Vous hypnotiser ?

— J'allais dire « vous jeter un sort », mais je suppose qu'il m'a hypnotisée, oui. Maintenant, je m'en rends compte. J'ai fait ce qu'il m'a demandé parce que j'avais peur de désobéir. J'avais l'impression qu'il détenait un pouvoir sur moi.

Il l'avait poussée à se rallonger, et, cette fois, elle avait d'abord senti un instrument froid, puis les doigts du praticien avaient pénétré son vagin et s'étaient affairés à l'intérieur. Il lui avait demandé de se retourner et, après l'avoir palpée dans la région lombaire et rénale, il lui avait également introduit les doigts dans l'anus. Marion Keith avait pris un long moment pour raconter à Cat tout ce qui s'était passé, et il avait fallu la solliciter avec insistance. Cat veillait à ne pas formuler les événements à sa place, mais cette femme était remplie de honte et d'embarras, mortifiée d'avoir à confier, même à un médecin, ce qu'on lui avait fait subir.

— Marion, je sais à quel point c'est difficile pour vous, mais vous comprenez que je dois être absolument certaine de tout ce qui s'est produit, n'est-ce pas ?

— Je sais.

Sa voix se réduisait à peine à un chuchotis, à présent.

— Vous a-t-il violée ? A-t-il eu avec vous un rapport sexuel complet ?

Il y eut un long silence. Cat attendit, sans lâcher la main de M^me^ Keith. Celle-ci s'humecta plusieurs fois les lèvres, qui étaient sèches, et elle s'essuya les yeux du revers de la main. Elle ne regardait pas Cat.

— Cela se pourrait, admit-elle enfin. Je ne peux pas l'affirmer. Il aurait pu.

— Comment se fait-il que vous ne puissiez pas en être certaine ?

— Je ne sais pas. Je me sentais bizarre. J'avais peur.

— C'est important. Vous le savez.

— Oui.

— S'il vous a bel et bien violée, on peut le mettre en état d'arrestation. Et même ce que vous m'avez confié constitue déjà une agression criminelle, cela ne fait aucun doute. Mais si nous pouvons prouver que vous avez été violée, il risque une inculpation bien plus grave. Ce que vous déclarerez nous assurerait qu'il ne s'en tirera pas à bon compte.

— Que voulez-vous ? Je suis incapable de me souvenir.

Elle se remit à pleurer.

— Comme il existe un risque que l'on vous ait violée, j'aimerais que vous autorisiez la police à entrer vous parler. Et il faudra vous emmener au poste et vous faire examiner par un médecin légiste assermenté.

— Non.

— Marion...

— Je ne peux pas. Je vous ai parlé, à vous. J'ai dit que je ne voulais personne d'autre.

— Ce sera une doctoresse, et une infirmière sera présente. Je viendrai avec vous, si cela peut vous aider.

— Non.

— Au moins, voulez-vous faire une déposition devant la police, là, tout de suite ? Dites-leur ce que vous m'avez expliqué.

— Vous ne pouvez pas vous en charger à ma place ?

— Je crains que non. Ils ont besoin de votre déposition.

— Non. Je n'ai pas demandé la police. Je voulais vous voir. Je vous ai parlé, à vous, j'ai dit ce qu'il m'a fait. Je ne pourrais pas le répéter.

Il était largement plus de deux heures quand Cat rentra chez elle. Finalement, elle avait persuadé M$^{me}$ Keith de faire sa déposition et de se rendre au poste de police. Elle avait l'impression d'avoir sué sang et eau, se sentait coupable d'avoir persuadé de la sorte une femme en détresse de se faire violence, d'aller à l'encontre de ses sentiments viscéraux et de parler de ce qui, à ses yeux, restait un sujet intime et honteux – le tout dans un cadre impersonnel, devant de complets inconnus. Pourquoi Marion Keith devrait-elle endurer tout cela, alors qu'elle était déjà traumatisée ?

Chris se réveilla dès qu'elle alluma la lampe. Par chance, il n'y avait plus eu d'appels, sinon il aurait dû les renvoyer vers un suppléant. Le temps où ils pouvaient laisser Hannah et Sam seuls semblait vraiment très lointain.

— Alors ?

Cat s'assit au bord du lit. L'épuisement était sur le point de la frapper de plein fouet, mais pendant quelques instants encore, l'adrénaline lui permit de le tenir en respect. Elle était désolée pour Marion Keith, mais en même temps elle éprouvait une immense satisfaction.

— On le tient, lâcha-t-elle tranquillement. Il est coincé. Je suis partie juste quand le médecin légiste de garde arrivait sur les lieux pour procéder à un examen. Marion Keith a vécu une expérience ignoble, mais il en sortira forcément du bon. Ce docteur Groatman, avec sa demi-douzaine d'autres pseudonymes, est vraiment un très sale individu.

— Marion... Keith... ça ira ?

La voix de Chris se noyait dans le sommeil.

— Marion Keith est une héroïne, fit Cat.

Quelques heures plus tard, Cat triait le contenu du sac de gym de Sam et vidait la boîte à déjeuner de Hannah, quand le téléphone sonna.

— Cat Deerbon.

— Bonjour, docteur. Brigadier Winder, commissariat de police de Lafferton.

— Bonjour, brigadier. Des ennuis ?

— Le docteur Maskray m'a demandé de vous appeler toutes affaires cessantes.

— Ah... c'est au sujet de cette agression sur M^me^ Keith ?

— C'est cela, sauf qu'il n'y a rien eu.

— Pardon ?

— Pas d'agression. Le docteur Maskray n'a trouvé aucune preuve et M^me^ Keith a retiré sa déposition.

— Oh, mon Dieu !

— Une voiture l'a ramenée chez elle. Elle était dans un drôle d'état. Elle aurait pu se faire épingler pour avoir fait perdre son temps à la police, mais le docteur a recommandé qu'on s'abstienne.

— Très bien, brigadier, merci de m'avoir tenue au courant.

Cat se leva, un pot de yaourt Fun Kids Banana dans une main et le téléphone dans l'autre. Au premier, Chris hurlait contre Sam et Hannah pour qu'ils cessent de se chamailler et commencent à s'habiller.

— Merde ! s'écria Cat. Enfer et damnation !

Réfléchissant à toute vitesse, elle alla vers le buffet et posa le pot de yaourt à la banane sur la base du téléphone.

## 49.

Angela Randall. L'idiote, la garce. Dès le début, elle lui avait causé des soucis. Il y avait eu des coups de téléphone fastidieux, des lettres, des cartes. Deux fois, elle s'était présentée devant sa porte, la nuit, son visage bovin exsudant l'apitoiement sur soi-même, soupirant d'envie d'être invitée à entrer, de désir pour lui. Elle le dégoûtait. Par la suite, il refusa de la traiter, d'autant plus qu'elle n'avait aucune maladie, aucun problème physique qui mérite d'être soigné. Ses problèmes étaient ceux d'une vieille fille ménopausée en proie à des émotions tordues. Quand les deux premiers cadeaux étaient arrivés, il les lui avait renvoyés. Elle les lui avait réexpédiés. D'autres avaient suivi, toujours des envois anonymes, toujours accompagnés des mêmes mots ridicules. Au bout d'un certain temps, il avait décidé de les ignorer, et les cadeaux avaient continué d'affluer – des objets chers, déplacés, humiliants pour elle. Il n'y avait pas prêté la moindre attention.

Mais à présent elle lui causait des ennuis. Il repensa à elle, gisante dans son local, maigre et pitoyable, pourtant il n'éprouvait jamais aucune pitié.

Freya Graffham avait remarqué la montre. Comment avait-elle réussi à connaître son existence ? Angela Randall avait dû être assez stupide pour laisser traîner un reçu, son nom et son adresse dans sa maison. Quelque chose avait alerté Graffham.

Il était fatigué. Ses actes et ses plans lui étaient dictés de l'extérieur, par les événements et par les autres, et il avait toujours pris soin de veiller à éviter cela. Il était sur les nerfs. Il n'avait pas bien dormi. De voir la police déployée dans le parc d'activités n'avait pas aidé.

Il se beurra du pain et découpa l'emballage plastique d'un paquet de maquereaux fumés. Il croyait savoir comment supporter la contrariété, il croyait avoir appris, depuis des années, mais la tension accumulée dans son organisme et son esprit le trahissait.

Il soupira en mélangeant sa salade. On lui avait de nouveau forcé la main et il ne lui restait plus assez de temps. Il savait ce qu'il devait faire.

Il s'assit et fit tourner le bouton des stations de la radio jusqu'à ce qu'il tombe sur une émission consacrée à Philip Glass. Sur cet accompagnement musical, il prit le temps de manger et de réfléchir avec méthode.

La cathédrale était pleine. Assise au milieu des rangs des altos, Freya Graffham écoutait les puissantes vagues sonores monter de l'orchestre en contrebas, et elle se sentait euphorique. Chanter l'avait toujours élevée vers le ravissement et l'accomplissement. Elle éprouvait une satisfaction entêtante à chanter des notes et des mélodies au sein d'un chœur : depuis cette place d'exécutant, la musique revêtait une autre dimension. Par rapport à elle, l'écoute seule était inférieure, un pauvre ersatz. L'acoustique de la cathédrale n'était pas commode, et les passages pianissimo avaient une tendance à disparaître, telles de fines torsades de fumée de chandelle, vers le plafond, mais le fait que l'édifice soit plein à craquer arrangeait les choses, et les crescendos étaient magnifiques. Freya remarqua Cat Deerbon, quand les altos se levèrent, et se demanda si Simon était là, mais la plus grande partie du public se fondait dans l'ombre.

Comme toujours en chantant et en écoutant de la sorte, elle oubliait presque tout le reste, ainsi que chacun ici. Les sommets atteints les transportèrent, longtemps après la fin, après qu'ils eurent finalement tous abandonné la cathédrale à ses recoins caverneux et à un silence qui restait en un sens plein de musique, après les verres et les sandwichs et les échanges de félicitations, à Saint-Michael's Hall. Ces sommets les accompagnèrent dans les rues, jusque dans leurs voitures, dans les rires et les interpellations, et jusque chez eux.

Ce soir-là, Freya était venue à pied et ne se sépara d'une demi-douzaine d'autres membres du chœur qu'au coin de sa rue. La nuit était douce, constellée d'étoiles, et l'air sucré, saturé de l'odeur des pelouses fraîchement tondues. Elle était fatiguée, mais elle ne s'endormirait pas avant un bon moment. Elle allait prendre un bain, mener sa petite vie tranquille, regarder un film diffusé tard et peu à peu se détendre, avec contentement.

Elle jeta un coup d'œil à sa voiture, garée sous le réverbère, à quelques mètres de sa porte d'entrée. Elle s'était inscrite pour obtenir une place dans l'un des rares garages de la vieille ville, mais il était peu probable qu'il s'en libère une avant des années. La rue était calme, comme d'habitude, et elle ne s'inquiétait jamais que sa voiture puisse être volée ou vandalisée. Se sentir en sécurité, dans sa voiture et dans sa maison, elle ne s'y était pas encore habituée, après les années passées à Londres.

Lorsqu'elle referma la porte derrière elle, l'atmosphère confortable de sa maison l'enveloppa, et elle se demanda si elle serait jamais en mesure d'y renoncer de nouveau, de partager son espace, ses loisirs, ses heures de veille et ses heures de sommeil, ses occupations journalières, même avec un homme qu'elle aimerait. Simon, aussi confortablement installé dans son appartement qu'elle l'était ici, accepterait-il un jour de renoncer à une telle indépendance ?

Pour le moment, Freya avait ce qu'elle souhaitait ici, dans ces pièces paisibles, comblée par la musique qu'elle avait contribué à créer, la tête encore à l'écoute des voix et des instruments tout autour d'elle. Elle se dirigea vers la cuisine, en fredonnant tranquillement.

De prime abord, elle ne fut pas certaine d'avoir entendu un bruit à la porte d'entrée. Elle resta immobile. Le coup feutré se reproduisit.

Il était minuit moins vingt et toutes les lumières à l'étage des maisons voisines étaient éteintes. Puis elle se remémora le message de Simon. Elle sortit un peigne de son sac à main et se le passa dans ses cheveux coupés court avant d'aller rapidement ouvrir, le cœur battant.

Avant qu'elle ait eu le temps de saisir ce qui arrivait, Aidan Sharpe s'était avancé d'un pas, très vite, il avait refermé la porte et tourné la clef dans la serrure, d'un seul mouvement. Clef qu'il empocha.

— Je veux vous parler, déclara-t-il.

Instinctivement, Freya retourna dans le salon, qu'elle traversa promptement, jusqu'à la table où elle avait laissé son téléphone portable. D'habitude, il était dans son sac à main ou dans la poche de sa veste, mais ce soir, à cause du concert, elle l'avait laissé là.

— Nous préférons ne pas être dérangés.

Il était déjà à la hauteur de son coude et sa main gantée fila devant elle pour s'emparer de l'appareil.

— Rendez-moi ça, je vous prie.

— Asseyez-vous, inspecteur Graffham. Vous n'êtes pas au commissariat de Lafferton, pour le moment, et vous n'êtes pas non plus en service.

— Donnez...

De la poche gauche de sa veste, il sortit une seringue. Freya vit qu'elle était pleine d'un liquide clair. Elle avala sa salive, la bouche subitement sèche.

— J'ai dit : asseyez-vous.

Sa voix était très douce, avec une tonalité à la fois calme et démentielle, un mélange de rationalité sucrée que Freya avait déjà entendu chez les individus dangereux. Elle savait que, dans un premier temps, il lui fallait amadouer Sharpe et lui obéir. Sans la quitter du regard, Aidan Sharpe traversa la pièce et éteignit l'éclairage principal, ne laissant que deux lampes allumées. Ensuite, il s'assit dans un fauteuil en face d'elle et s'adossa, avec un très léger soupçon de sourire aux lèvres, les yeux fixes. Freya réfléchit à toute vitesse à la meilleure façon de le manier, de lui parler, de parvenir à le faire changer d'état d'esprit, ainsi qu'aux moyens de fuir. L'une des portes de la pièce ouvrait sur le couloir, l'autre sur la cuisine. De là, une porte donnait sur l'allée latérale qui séparait sa maison de celle du voisin. Au bout du passage, il y avait une porte en bois, cadenassée de l'intérieur.

— Je veux vous parler, répéta Aidan Sharpe.

— D'Angela Randall ? Ou de Debbie... ou peut-être des deux ?

— Fermez-la.

Il était totalement différent de l'homme qu'elle avait eu en face d'elle à l'Embassy Room, différent et en même temps parfaitement reconnaissable, comme tant de psychopathes auxquels elle avait eu affaire. Elle aurait dû en percevoir les signes ; néanmoins, à un niveau subliminal, elle savait qu'ils ne lui avaient pas échappé.

— Angela Randall était une garce stupide. Stupide et très fatigante.

— Vous avez dit « était ». Cela signifie-t-il que... ?

— Je vous ai dit de la fermer.

Il fallait qu'elle reste calme et rationnelle, qu'elle évite de laisser transparaître l'odeur de la peur, de trahir ce qu'elle prévoyait de faire, même par un battement de cils.

— Je déteste les femmes, mais cette idiote, cette garce, elle me répugnait plus que toutes les autres. Elle n'avait aucune fierté, voyez-vous, elle se prosternait à mes pieds comme une salope en chaleur, elle m'envoyait des messages dans un langage ignoble, elle s'accrochait, elle me flattait servilement, elle s'abandonnait. Où était la fierté, dans tout ça ? Elle m'expédiait des cartes, elle m'envoyait des cadeaux. Ceci...

Il remonta sa manchette et arbora la montre.

— Oui, bien sûr, et tant d'autres choses. Elle jetait son argent par la fenêtre, elle s'est probablement endettée. Et ses mots pitoyables ! Elle s'avilissait. Je la méprisais. J'ai revendu la plupart de ses cadeaux. Je n'en voulais pas autour de moi, qu'ils me contaminent, mais j'ai conservé la montre. J'ai connu quelqu'un qui avait une montre similaire, quand j'étais enfant. Un parent que je voyais régulièrement. Je l'aimais bien. Je n'avais jamais revu de montre identique depuis cette époque.

Sa voix avait de nouveau changé, le ton s'était fait désinvolte, comme s'il voulait l'endormir faussement, donner à cette conversation l'aspect d'un bavardage entre amis.

— C'est typique du personnage, vous savez, que ce soit elle, en quelque sorte, qui vous ait alertée. C'est typique, vraiment, que tout ceci soit sa faute.

Il resta silencieux un instant, une jambe croisée sur l'autre, la main derrière la tête, sans cesser de la dévisager, de la dévisager. Freya calcula combien de pas il lui faudrait pour atteindre la cuisine et la porte de sortie, et s'il serait difficile de gagner le bout du passage.

— J'aime mon métier, je le trouve gratifiant. Je l'exerce avec talent. Nombreux sont ceux à avoir quelque motif d'être satisfaits de moi. Je suis certain que vous êtes au courant, par votre amie le docteur Deerbon. J'ai consenti beaucoup de sacrifices pour obtenir ma qualification. J'ai vécu dans une chambre de la taille de ma salle de bains actuelle et j'ai vivoté modestement pendant des années avant d'en arriver là où je suis. Mais cela ne me suffisait pas. Je ne pense pas avoir jamais cru que cela pourrait me suffire, pas quand on considère à quel point je suis passé près du statut de médecin. J'ai été injustement traité, j'ai été pris pour bouc émissaire et trahi. J'avais tout programmé et ils ont tout gâché. Je me suis aperçu que je n'avais pas du tout besoin d'eux. Pendant des années, j'ai mené la danse. L'étude du corps humain, la comparaison étroite, détaillée entre un corps et un autre. Les étapes de la vie et de la mort. J'ai fini par en savoir davantage là-dessus que n'importe qui d'autre au monde, parce que j'ai pu bénéficier du luxe du temps, et j'ai été en mesure d'établir mon propre laboratoire de recherches.

Il l'observa de nouveau en silence, cette fois pendant plusieurs minutes. Absolument immobile, il la regardait depuis l'autre bout de la pièce.

La peur qu'éprouvait Freya était différente de toutes celles qu'elle avait connues auparavant. Elle avait été confrontée à des hommes violents, à des hommes en colère, à des hommes armés, à des cerveaux dérangés et à des êtres dangereux, dans des situations difficiles, et la peur – la terreur, même – avait été inévitable. Mais elle ne s'était jamais laissé submerger : il avait toujours subsisté un recoin d'elle-même indemne de toute crainte, rempli de confiance en ses propres talents, en sa détermination. Et, grâce à la décharge de l'adrénaline dans son organisme, ses capacités de réflexion s'étaient trouvé aiguisées, ce qui l'avait aidée à affronter la situation. À cette minute, elle ne retrouvait pas ce recoin de calme et de confiance en elle. Aidan Sharpe était fou de la manière la plus dangereuse : une folie maîtrisée, posée, rationnelle. Sa violence n'était pas celle d'un excité qui se découvre en danger. Ce genre de réaction était alarmant – mais plus facile à négocier. Ici, elle était confrontée à un psychopathe souriant, victime de ses illusions, doté de la force et de la fourberie de celui qui se croit omnipotent et intouchable. Face à lui armé de sa seringue potentiellement mortelle, remplie de Dieu seul savait quoi, assise dans son fauteuil, tard le soir dans cette maison tranquille, sans le moindre accès fiable et habituel à certains soutiens, à écouter sa voie monotone jubilant d'une exaltation malveillante, elle comprit l'apathie des créatures pourchassées et prises au piège.

— Voulez-vous en entendre davantage ? Je vous ai mis l'eau à la bouche, n'est-ce pas ?

— Si vous éprouvez le besoin de me raconter, je vous en prie, faites...

Aidan Sharpe éclata d'un rire presque naturel.

— Oh, ma chère Freya, que c'est charmant ! Voilà que resurgit l'inspecteur de police bien formé qui a suivi son cours de psychologie pratique... « Faites-lui plaisir, gagnez sa confiance en l'écoutant patiemment. Il ressentira le besoin d'avouer, alors laissez-le faire. Cela l'amènera à baisser la garde. » Je n'ai aucun besoin d'avouer, je vous l'assure. Mon travail me plaît et continuera à me plaire durant de nombreuses années. Les aveux ne figurent pas à mon programme. Je me connais, vous savez. Je connais mon propre profil psychologique bien mieux que n'importe qui. Récemment, une jeune femme en Australie a disparu pendant cinq ans, vous avez lu les articles ? Sa famille a organisé une messe du souvenir pour elle, et un jeune homme a été inculpé du meurtre. Elle est réapparue subitement. Elle s'était cachée tout près de chez elle. Alors, qui sait si ces trois femmes ne vont pas réapparaître elles aussi ?

— Cependant, je crois que vous avez envie de m'apprendre les motifs pour lesquels elles risquent de ne pas réapparaître.

— Ah oui ? En quoi cela vous préoccupe-t-il ? Jusqu'où va votre curiosité ?

— Très loin.

— Le savoir ne vous sera pas d'une grande utilité, naturellement.

Freya sentit son ventre se nouer. Elle crut qu'elle allait vomir.

— Vous comprenez ce que je veux dire.

Les murs de la pièce lui parurent tout proches, elle avait l'impression qu'elle se vidait de tout son air. Ils auraient tout aussi bien pu se trouver dans une cave ou un sous-sol où il resterait à peine assez d'air pour tenir un peu plus longtemps. Quand elle essayait de respirer normalement, sa poitrine lui faisait mal. *Attends. Reste calme et réfléchis, réfléchis. Il faut que tu sortes d'ici et il n'y a que deux sorties. Il a la clef de la porte d'entrée côté rue dans sa poche, donc il faut que tu passes par la cuisine. Laisse-le parler, qu'il continue de parler. Il a beau dire, il a beau faire, en dépit des apparences il a les nerfs tendus à craquer lui aussi, et sa pression sanguine aura monté, sous le coup de l'excitation. Il a envie de te parler de ces femmes. Laisse-le faire. Retiens son attention et ensuite réfléchis, un seul mouvement à la fois. Quand tu bougeras, bouge très vite et sans prévenir, sors par la porte, emprunte le passage et hurle en courant, hurle à fond, hurle*

*« Police ! police ! police ! ». Peu importe si personne ne risque d'entendre, ça le déstabilisera. Réfléchis. Réfléchis. Est-ce que la porte de derrière est cadenassée ? Oui. Est-ce que la clef est dans le cadenas ?* Bon Dieu, elle n'arrivait pas à s'en souvenir. Si elle n'y est pas, elle sera sur une étagère, ce qui suppose un autre geste. Aurait-elle le temps ? *En courant, scrute la porte, attrape la clef, ouvre la serrure, le cadenas. Non, il sera juste derrière toi, à tenter de toutes ses forces de t'arrêter, et il aura plus de force qu'en temps normal, à cause de sa peur panique, et parce qu'il n'a absolument rien à perdre.*

*Réfléchis, réfléchis. Si tu atteins la porte de la cuisine et s'il est derrière toi, retourne-toi face à lui, ainsi tu le prendras à contre-pied et tu pourrais le faire tomber. Il n'est pas très grand, pas très costaud. Si nécessaire, assène-lui une manchette dans la nuque, balance-le, et ensuite mets-le hors de combat. Cela ne sera pas facile. Il ne laissera rien au hasard. Il va falloir se battre.*

Elle restait assise, sans bouger, en le regardant, tentant de ne pas se montrer trop fiévreuse dans sa réflexion, pour que sa respiration ne s'accélère pas. Il était entraîné. Il le verrait. Il la surveillait attentivement, comme jamais on ne l'avait surveillée.

— Vous allez me raconter ? lui demanda Freya.

— Je pense que j'apprécierais assez de boire un verre. Allons-nous nous montrer de compagnie agréable et prendre un verre ?

*Ne prends aucune initiative en sortant la bouteille et les verres du placard. Il te surveille, il s'attend à ce que tu profites de ce moment, alors non.*

Elle posa une bouteille de whisky sur la table basse, entre eux.

— Si vous voulez de l'eau, il va falloir que j'aille à la cuisine.

— J'aimerais bien de l'eau.

Elle hésita, puis elle se leva. Il en fit autant. Il la suivait de près, et il resta à l'observer tandis qu'elle prenait la carafe et la remplissait au robinet d'eau froide. Elle ne lança pas le moindre coup d'œil vers la porte conduisant au passage, elle se retourna juste et retourna dans le salon. Elle sentait sa chaleur corporelle, son odeur derrière elle.

— Merci.

Il eut un geste, tout en versant de l'eau dans son verre.

— Je vous en prie, buvez avec moi.

Freya secoua la tête.

— Quelque chose d'autre, non ? Je n'aime pas boire seul.

Elle se versa un verre d'eau.

Aidan Sharpe eut un sourire.

— C'est bien, ça. Lui faire plaisir, ne pas le mettre en colère. Mais, ma chère, je ne suis pas le moins du monde en colère.

Il sirota une gorgée de son whisky, sans la quitter du regard à travers le rebord du verre.

Elle était contente d'avoir cette eau.

— Dites-moi, reprit-il, d'une voix si agréable et si raisonnable qu'elle en fut interloquée : ils auraient pu se trouver encore au bar de l'Embassy. À votre avis, qu'est-ce qui motive un tueur en série ? Je me pose cette question depuis longtemps.

Elle ouvrit la bouche et sa langue lui sembla toute collante.

— J'imagine que vous avez dû en croiser un ou deux, à l'époque où vous étiez dans la police du Grand Londres ?

— Ils... ils sont moins fréquents qu'on l'imagine. Mais oui, en effet.

— Et alors ?

Elle savait quoi répondre, pourtant elle était incapable de le dire, pas ici, dans son salon, en face de cet homme. Il lui paraissait ridicule de s'engager dans une discussion intelligente et rationnelle sur les motivations des meurtriers.

— Par exemple, Dennis Nielsen était fou, mais il a tué pour avoir de la compagnie. Les West étaient mauvais. Mauvais, mais pas fous. Ceux qui tuent des enfants sont la lie de la terre, des pédophiles diaboliques. Mais vous est-il jamais venu à l'esprit qu'il peut exister de bonnes raisons ? Des raisons compréhensibles ?

Elle avala encore un peu d'eau en secouant la tête. Parler était désormais au-dessus de ses forces.

— Dans mon travail, je tue.

Il la dévisagea et marqua un silence.

*Ne réagis pas, ne remue pas un muscle, ne laisse rien échapper.*

— Les avantages sont immenses. L'étude du corps humain, dans ses nombreux états successifs, me conduira au bout du compte à réunir davantage de connaissances sur le processus du vieillissement, sur le processus de la maladie, sur la manière dont se déroulent les agonies, et ensuite sur le processus de la mort même, que l'on a pu en réunir auparavant. Je suis extrêmement précautionneux. Angela Randall n'a manqué à personne. Elle est bien plus précieuse morte que vivante, vous savez. Et c'est à moi qu'elle le doit.

Freya était au-delà de la terreur. Seul son esprit fonctionnait encore, luttait encore pour se souvenir des détails de son plan d'évasion. *Ne laisse rien transparaître, attends, et ensuite agis, agis vite, vite, vite.*

Aidan Sharpe avala une gorgée de son whisky.

— Il y a les fous purs et simples, bien sûr, poursuivit-il, ceux qui n'ont pas de motif et qui ne comprennent pas grand-chose à leurs propres actes. Ils se bornent à reproduire un schéma, comme les enfants quand ils jouent à certains jeux. S'ils ont une raison d'agir ainsi, elle est généralement tordue, dérangée, un résultat de la folie. Les schizophrènes entendent des voix qui leur commandent de tuer. Ils méritent un traitement empreint de compréhension, vous ne trouvez pas ?

Elle se demanda pour quel motif il lui racontait qu'il avait tué. La fierté ? La vantardise ? La jubilation malveillante ? Il avait l'air si propre, si soigné, si réservé, si agréable, assis là – ce que sa mère aurait appelé un petit homme délicat. Mais il avait raison sur un point : elle avait envie de savoir. Avant de s'enfuir, elle avait besoin qu'il lui révèle ce qu'il avait fait de ces femmes disparues, et s'il y en avait eu d'autres avant, d'autres dont on ignorait tout.

Elle but encore un peu d'eau.

— Elles sont parfaitement en sécurité, vous savez, lui assura-t-il, avec, de nouveau, son pâle sourire. Je prends grand soin d'elles.

Et là, elle comprit qu'il n'était pas seulement fou, elle saisit toute l'étendue de sa folie et l'intensité, la cohérence de cette folie.

— Je prévois. Je me donne beaucoup de mal. Parfois, j'attends des mois. Pour la pauvre Debbie Parker, j'ai attendu longtemps.

— Et Iris Chater ?

Elle entendit sa propre voix, déformée dans ses oreilles comme à l'autre bout d'un cornet acoustique.

Aidan Sharpe inclina la tête.

— Vous avez raison, admit-il, comme s'il le regrettait vraiment. Sur ce point, vous avez raison. Je n'avais pas élaboré de plan. Je suis allé contre mon instinct. C'était une sottise. C'était mal. Mais je ne l'ai pas tuée. Elle est morte d'une crise cardiaque et j'ai conservé son corps. J'ai pris un risque et il se trouve que cela s'est avéré payant, mais cela aurait pu très facilement être l'inverse.

— Vous voulez dire... que vous êtes désolé ?

— Oh, non, pas cela. Je regrette d'avoir pris ce risque. Mais si cela n'avait pas été Mme Chater, il se serait agi de quelqu'un d'autre comme elle. Une femme âgée. C'était le spécimen suivant figurant sur ma liste. J'en étais précisément arrivé à ce stade de mon travail. Comment pourrais-je être désolé ?

Freya était hébétée, à la fois sous le coup de la peur et à cause de l'impression folle qu'elle aussi finissait par être dérangée, enfermée avec un aliéné dans son monde mental à la fois claustrophobe et bizarrement raisonnable. Comment pouvait-il se sentir désolé ? Comment avait-il pu se montrer d'un telle imprudence, courir un tel risque ? Supposons que cela n'ait pas marché ? Songeons aux conséquences sur l'œuvre de sa vie, songeons à la stupidité... Assurément, il fallait qu'elle tombe d'accord avec lui.

— Vous êtes très silencieuse, Freya. Vous êtes très différente de celle que vous êtes d'habitude. Je m'attendais à un torrent de questions, maladroites, peut-être, ou intéressées, mais pas à ce silence. Rien de ce que je vous ai dit ne vous intéresse-t-il ? Vous avez l'air détachée.

Pourtant les interrogations étaient là, telles des chauves-souris virevoltant en tous sens entre les parois de son crâne, jusqu'à l'étourdir. Elle avait envie de les laisser s'échapper, de les exprimer à voix haute, de les apaiser, mais à présent elle était incapable d'ouvrir la bouche.

Elle se raccrochait uniquement à la conscience de ce qu'elle devait faire, et comment, et à quel moment.

— Peut-être pourrais-je avoir un peu plus de votre excellent whisky ?

Aidan Sharpe se pencha légèrement en avant et tendit la main.

Une lumière s'alluma dans le cerveau de Freya. Maintenant, se dit-elle, maintenant. *Vas-y. Vas-y. Vas-y.*

# 50.

— Oui ! hurla Nathan. Ouiiii !

Et il sauta sur la table du dîner.

— Descends, espèce d'idiot.

Mais Emma riait.

— Non, je préférerais te hisser ici, et on danserait. J'ai envie de danser, Em. Où est-ce qu'on peut aller danser ?

— Descends ! On ne peut danser nulle part à cette heure de la nuit.

— Et moi, c'est ça qui me plairait. J'ai envie de danser...

Et il se lança dans une parodie de claquettes en agitant les bras.

Emma avait dit oui. Il savait qu'elle dirait oui et il était terrorisé à l'idée qu'elle dise non. Il avait beau être persuadé que rien ne lui faisait plus envie que de l'épouser, il n'en était pas moins certain qu'elle l'enverrait balader. Il attendrait, s'était-il dit. Il ne la demanderait pas en mariage tout de suite : elle rentrait d'un long voyage, elle était fatiguée. Il attendrait le week-end. Ou le week-end suivant. Ou les vacances.

Elle avait posé son sac et avait filé directement sous la douche. Dix minutes plus tard, elle se dirigeait vers la cuisine, les cheveux noués au-dessus de la tête, dans son vieux survêtement de velours. Il était devant l'évier, où il se lavait les mains, il s'était retourné, et il avait dit ceci :

— Em, j'ai vraiment, vraiment envie de t'épouser. Est-ce que tu veux te marier avec moi ?

— Oui, lui avait-elle répondu, et elle s'était approchée du frigo pour en sortir une bouteille d'eau pétillante.

— Tu quoi ?

Elle avait brièvement levé les yeux.

— Tu peux ouvrir cette capsule. Moi, je n'y arrive jamais. J'ai dit oui.

C'était deux heures plus tôt, et Nathan n'était pas encore revenu de son état de surexcitation, de surprise, de ravissement et d'incrédulité. Il était monté sur la table et, les bras grands ouverts, il avait hurlé.

— Je suis le roi ! Ouiii !

— DESCENDS !

Il sauta au sol d'un pas léger.

— Nathan, ferme-la, il y a des gens qui dorment au-dessous de nous.

— Comment sais-tu qu'ils dorment ?

— Parce qu'ils sont au lit à dix heures, et que maintenant il est plus de minuit.

— Exact.

— Moi aussi, je suis vannée.

— Non, pas du tout ! Tu vas m'épouser. On ne peut pas en rester là, plantés ici.

— Je n'avais pas l'intention d'en rester là : je vais t'épouser, mais pas ce soir.

— Sortons et trouvons un endroit... on va frapper à la porte de quelqu'un.

— Ne fais pas l'idiot.

— Tu n'as pas des collègues qui terminent tout juste leur service ?

— Non. Soit elles sont au lit, endormies, soit elles sont au travail. Pareil que tes collègues à toi.

— On pourrait aller faire un saut au poste. Ou à l'hôpital.

— Ils ne vont pas nous remercier. On peut très bien l'annoncer à tout le monde demain.

— Alors, sortons juste boire un verre.

— Où ?

— On trouvera bien un endroit.

— Pas un endroit autorisé, ça m'étonnerait.

— Hé, je sais ! Il y a cette bouteille de champagne que tu as gagnée à la tombola.

— Il est trop tard pour l'entamer, ça te donne une migraine terrible.

— Pas si on en boit juste un peu. Et on va en boire juste un petit peu parce que le reste, on va le partager.

— Avec qui ?

— Je vais te dire avec qui. Tu sais qui m'a poussé, dans cette histoire de « Tu veux m'épouser » ?

— Ce n'était pas ton idée à toi ?

— Si, seulement je m'y étais pas encore fait complètement.

— J'avais remarqué.

— Pour être franc, je sais pas quand je m'y serais fait, à cause de... je sais pas quoi, de ceci ou de cela. Tu sais comme je suis timide.

— Allô ?

— Mais si, mais si, je suis très timide, en réalité. C'est l'inspecteur Graffham qui m'a poussé à réfléchir à la question. Je ne me rappelle pas pourquoi le sujet est venu sur le tapis... quelque chose en rapport avec ces femmes qui ont disparu, je crois. Elle m'a conseillé de me lancer, elle m'a pas lâché, elle m'a répété à quel point tu étais bien pour moi, et quel bon mari je ferais. Honnêtement, tu lui dois beaucoup, Em.

— Je me souviendrai de la remercier.

— Tu peux la remercier tout de suite : on va passer chez elle. On va danser devant sa maison et on emporte cette bouteille. Allez !

— Nathan, ne sois pas stupide. Tu ne peux pas débarquer devant la maison de ton chef et la réveiller comme ça.

— Oh, elle sera pas couchée. Elle ne se couche jamais avant deux heures du matin, elle me l'a dit. De toute manière, ce soir elle chantait pour un concert à la cathédrale, donc elle aura sûrement traîné pour boire un verre.

— À mon avis, elle doit plutôt roupiller.

— Non. Prends ton vélo, je te pousse.

— Je n'ai pas besoin qu'on me pousse. Tu es sûr, Nathan ? Je ne sais pas...

Mais Nathan la prit par la main, attrapa la bouteille de champagne et la propulsa vers la porte.

Les rues étaient désertes et paisibles. Les roues de leurs vélos lâchaient un chuintement soyeux sur le macadam sec.

— C'est comme quand on était gamins, faire un truc aussi bête, sortir en douce quand maman et papa te croient au pieu.

— Tu ne m'avais jamais dit que tu faisais des choses pareilles.

— Il y a un tas de choses que je ne t'ai pas dites. Pourquoi j'aurais dû ?

— Parce que je suis flic. Tu vas être la dame d'un flic. Ça comporte des responsabilités, ça.

Ils viraient au coin des rues étroites, sans croiser personne, évitant de temps à autre un chat qui traversait la chaussée à toute vitesse, et ils pouffaient de rire.

— Pourquoi on ne ferait pas le détour par la route qui passe au pied de la Colline ?

— Pourquoi ?

— Ça fiche vraiment la frousse, par là-bas, et j'ai envie de te flanquer une trouille bleue.

— Il en faudrait plus que la Colline par une nuit noire pour m'effrayer, Nathan Coates.

— Pas si je te raconte ce qui s'est passé là-bas. Pas si je te disais...

— D'accord, je te prends à la course !

Emma déboîta, prit la tête, le distança, si bien qu'il dut pédaler comme un dératé pour la rejoindre.

Freya entra dans la cuisine, déverrouilla la porte et se précipita dans l'étroit passage. Elle avait finalement réussi à le surprendre.

Quand il la rattrapa, elle avait déjà la main sur le cadenas de la porte du passage qui donnait sur la rue. Elle ressentit une douleur dans le dos : il lui avait logé le poing en plein milieu, ce qui lui coupa le souffle, et elle éprouva une autre douleur quand il lui arracha le poignet de la porte. Elle ne l'aurait pas cru aussi fort.

Freya hurla. Elle hurla jusqu'à ce qu'il lui plaque le bras contre la bouche et la gorge, tout en la poussant violemment en direction de la cuisine, puis dans le salon. Elle trébucha, tomba et se cogna le visage contre le sol.

*Souviens-toi de ce que tu dois faire : ne te laisse pas surprendre, prends-le à contrepied, roule sur toi-même et flanque-lui un bon coup de pied, ne...*

Il lui démit presque l'articulation du bras en la remettant debout d'un coup sec, et la douleur fut cuisante. Elle vit son visage, d'une pâleur extrême, avec deux taches écarlates sur les pommettes, ses yeux qui la fixaient de leur regard d'aliéné, la seringue en l'air, scintillante. Sans comprendre pourquoi, elle s'était attendue à ce qu'il ricane, mais non, il était face à elle, les traits figés dans une sorte de concentration lugubre et redoutable. Freya lui lâcha un coup de pied tout en relevant le genou, essayant d'atteindre son entrejambe, mais il lui ressaisit le bras et le lui tordit si violemment dans le dos qu'elle sentit les os craquer. La nausée lui monta aux lèvres.

*Ne laisse pas, ne le laisse pas, ne laisse...*

Une fraction de seconde une douleur la transperça, si intense, qu'elle perdit toute sensation de souffrance : ça ressemblait à une lumière aveuglante lui forant le crâne.

*Ne...*

Puis plus rien.

Ils ne s'arrêtèrent pas sur la route de la Colline : ils firent la course, se dépassaient dans l'obscurité, et leurs rires s'élevaient jusqu'aux Wern Stones et aux arbres, dissipant les spectres.

— Hé, hé, hé ! hurla Nathan, et il tendit les deux jambes à angle droit, de part et d'autre de sa bicyclette.

Emma était encore devant lui quand ils virèrent dans la rue de Freya.

— Tiens, regarde, je te l'avais dit, il y a de la lumière chez elle ! cria Nathan.

Ils pédalèrent au coude à coude sur les derniers mètres, frôlant les voitures en stationnement, effaçant les maisons plongées dans le noir, jusqu'à celle où un faible éclairage était encore visible. Nathan s'arrêta dans un dérapage et cala son vélo contre le muret.

— Qu'est-ce qu'on fait ? on chante ? Allez, on lui joue une sérénade.

— Ferme-la, tu vas réveiller la rue entière ! Tu tapotes juste un petit coup à la porte et si elle ne répond pas...

— Bien sûr qu'elle va répondre.

Nathan ouvrit la porte du jardin et s'engagea dans l'allée au pas de charge, en agitant la bouteille de champagne et, en rigolant, entraîna par la main Emma à sa suite.

Dans la maison de Freya Graffham, tout était très calme. Il avait éprouvé cette bouffée habituelle de puissance, et la montée d'adrénaline l'avait porté à une crête d'excitation et de force. Mais ensuite, comme il s'y attendait, il se vida de son énergie, signe qu'il avait besoin de s'asseoir et de respirer lentement, profondément. Ses mains tremblaient. Il se garda bien d'absorber davantage d'alcool, mais il se versa le reste de la carafe d'eau et vida son verre d'un trait.

Elle gisait sur le sol, à quelques dizaines de centimètres de lui, une jambe curieusement repliée, le visage contre le tapis. Le sang avait commencé de suinter sous elle ; la tache épaississait déjà. Il n'aimait pas qu'il y ait du sang, pas tout de suite. Il évitait le sang et il était furieux contre lui-même pour sa négligence.

Les choses s'étaient précipitées, elle lui avait forcé la main alors qu'il n'était pas prêt. C'était sa faute à elle. Mais il ne se souciait pas d'elle. Il s'inquiétait pour lui, il fallait qu'il soit en sécurité. Il y avait eu très peu de bruit, mis à part ces quelques moments dans le passage, et personne n'était venu, pas une lumière ne s'était allumée.

Il ne s'approcha pas d'elle, ne la toucha pas non plus. Il était confiant – inutile qu'il prenne cette peine. D'ici à quelques instants, à son heure et quand il aurait recouvré son calme et son aplomb, il sortirait par la porte de devant et remonterait la rue sombre et tranquille jusqu'à sa voiture, garée au bout. Il y aurait quelques instants de danger aigu quand il la porterait hors de la maison et la coucherait sur la banquette arrière, mais les voisins dormaient : aucune voiture n'avait emprunté cette rue depuis plus d'une heure et il était trop tard pour les noctambules rentrant du cinéma ou du pub.

Il entendit alors du bruit, dehors. Au début, il eut du mal à comprendre ce qui se produisait. Il n'y avait pas eu de voiture. Des voix. Des voix et des rires contenus. Il attendit, suspendit même sa respiration. Des gens ivres, qui tapaient aux portes au hasard ? Des gamins ?

Il y eut un bref silence. Il crut qu'ils avaient continué plus loin. Il allait attendre une dizaine de minutes, un quart d'heure, peut-être davantage. Il fallait qu'il soit sûr, il fallait qu'il soit en sûreté.

Quelqu'un frappa à la porte, au début tout doucement, puis plus fort. Au bout d'un moment le volet de la boîte aux lettres se souleva et une voix souffla quelques mots dans le couloir.

— Chef ? Ohé, chef ! C'est Nathan.

Ce satané petit brigadier, avec sa tête à faire peur. Son cœur se mit à battre la chamade. Il fallait qu'il réfléchisse, qu'il s'organise, qu'il garde son calme, mais il était incapable de réfléchir, il n'avait pas le temps de s'organiser, il n'était pas calme.

Il regarda rapidement autour de lui dans la pièce, puis il se dirigea vers la porte de derrière, qui conduisait de la cuisine au passage. Elle était restée déverrouillée et s'ouvrit sans couiner. Il entendit de nouveau leurs voix, côté rue. Il hésita. S'il sortait dans la rue par le portail du jardin, on l'entendrait et on le verrait. Il fit demi-tour et jeta un coup d'œil derrière lui. Une palissade séparait la maison de la villa voisine. Le jardin plongé dans l'obscurité était son seul moyen de s'échapper. Et s'il était incapable de sortir, il pourrait toujours se cacher là, dans la pénombre, au moins l'espace d'un court instant.

Il se faufila sur le côté, s'arrêta, attendit. Continua. Il sentit de l'herbe sous ses pieds. Le jardin était tout en longueur, et, au fond, il y avait des arbustes, un appentis. Il y voyait un peu, à présent. Sur un côté, la palissade était plus basse, cependant il n'était pas question de l'escalader et de courir le risque qu'elle s'affaisse ou, en tout cas, grince fortement.

Il continua. Enfin, il tomba dessus dans le noir : un muret en briques avec une espèce d'arbre planté à côté. Il entendit encore les voix en provenance de la rue, et des coups frappés à la porte.

Aidan Sharpe posa le pied sur le muret. L'ouvrage ne céda pas, ne provoqua pas le moindre bruit. Une seconde après, il se hissa facilement à l'aide d'une branche, puis il se laissa glisser sur la terre meuble, dans le jardin de la maison voisine.

C'était simple. Merveilleusement simple, à tel point qu'il sourit dans le noir. Son destin, c'était de pouvoir s'échapper. Il avait gardé toute sa tête, il était resté calme, et à présent il marchait sur une longue bande de gazon, tout simplement, il se glissait entre deux maisons, jusque dans la rue. Là aussi, il faisait noir. Pas une lumière allumée, dans aucune demeure. Rien. Il retira ses gants et s'assura de les fourrer au fond de sa poche.

Bien entendu, il ne pourrait pas récupérer sa voiture dans l'immédiat. Il couvrit à pied les quatre kilomètres qui le séparaient de son domicile, d'un pas tranquille et régulier, dans les rues nocturnes de

Lafferton. Son seul regret, c'était que si la mort de Freya Graffham relevait de la nécessité, ce serait désormais du gâchis. Quel dommage, se répéta-t-il en se la remémorant. Il avait fallu la mettre à mort pour la réduire au silence, mais si on ne l'avait pas dérangé, il n'en serait pas resté là. Elle aurait pu lui être autrement utile.

# 51.

La salle était pleine. Les officiers de la brigade criminelle et les policiers en tenue étaient assis ou debout sur trois rangées. On entendait un murmure, mais pas du tout le vacarme habituel, les raclements de pieds de chaise, les plaisanteries et les rires. Dès leur arrivée, ce matin-là, ils avaient été mis au courant, et ceux qui étaient de service cette nuit étaient restés plus longtemps. La nouvelle avait fait le tour du poste, mais les véritables informations restaient plutôt décousues.

L'inspecteur Dave Pearce enfourcha une chaise, juste à côté de l'inspecteur Justin Weekes.

— Je viens d'arriver. Ils ont bouclé toute la vieille ville. Du nouveau ?

Justin secoua la tête.

— Tout ce que je sais, c'est que Nathan Coates et sa petite amie l'ont trouvée et l'ont accompagnée dans l'ambulance de l'hôpital général de Bevham. J'ai rien appris d'autre.

— Ils ont des pistes ?

Dave pencha la tête. À l'entrée de l'inspecteur divisionnaire Serrailler, la pièce retomba dans le silence. Nathan Coates, l'air défait, le suivait et se laissa glisser dans un siège à côté de lui.

— Bonjour à tous. Vous êtes presque tous au courant des faits, mais je voudrais vous tenir informés précisément avant que les rumeurs ne commencent à circuler. La nuit dernière, l'inspecteur Nathan Coates s'est rendu au domicile de l'inspecteur Graffham, vers minuit vingt. Il était accompagné de l'infirmière Emma Steele. Ils s'étaient fiancés plus tôt dans la soirée et avaient envie de partager la bonne nouvelle. Ils se sont rendus à vélo jusqu'au domicile de l'inspecteur Graffham, en pariant sur le fait qu'elle serait encore debout, disponible pour fêter la nouvelle avec eux. Ils ont trouvé les lumières allumées et la voiture de l'inspecteur Graffham garée devant la maison. Comme personne n'est venu leur ouvrir à la porte de devant, et comme leurs appels sur la ligne téléphonique fixe de l'inspecteur Graffham et sur son téléphone portable, qu'ils entendaient sonner à l'intérieur, restaient sans réponse, ils sont entrés et l'ont découverte gisant par terre dans le salon. Elle était inconsciente, et présentait des blessures graves. Il n'y avait aucun signe d'effraction, aucun signe que l'on ait dérobé quoi que ce soit, aucune dégradation. La porte de la cuisine, qui conduit à un passage sur le côté, n'était pas fermée à clef.

« L'inspecteur Graffham a participé à l'Opération Osprey, ainsi qu'à l'enquête en cours, menée par la brigade criminelle, sur une série de vols de produits électroménagers. Elle enquêtait également sur la disparition de trois femmes à Lafferton, Angela Randall, Debbie Parker et Iris Chater, et je privilégie les éléments qui entourent cette dernière affaire pour orienter les recherches concernant... »

La porte s'ouvrit silencieusement. Les regards se tournèrent vers l'inspecteur Jenny Leadbetter, qui inclina la tête vers Serrailler.

— Veuillez m'excuser un instant.

Il sortit et ferma la porte derrière lui. Les présents échangèrent des coups d'œil, remuèrent les pieds, déplacèrent leurs chaises, mais prononcèrent très peu de paroles. Quelqu'un se leva et ouvrit la fenêtre.

Le divisionnaire réapparut. À le voir, ils comprirent. La peau de son visage paraissait s'être tendue et un tressaillement nerveux affectait le coin de sa bouche.

Il s'éclaircit la gorge et baissa les yeux.

On eût dit que plus personne ne respirait.

— Je viens de recevoir un message de l'hôpital. Je suis désolé... Freya Graffham est morte voici un quart d'heure, des suites de ses blessures. Elle n'avait pas repris connaissance. Il s'agit donc désormais d'une enquête pour meurtre. Je vous réunirai pour une nouvelle conférence dans la journée. Merci à tous.

Il sortit de la salle d'un pas rapide, en ne s'arrêtant qu'une fraction de seconde pour inviter Nathan Coates à le suivre.

Dans son bureau, le divisionnaire se versa un café de son percolateur personnel. Nathan tenait encore son gobelet en plastique de thé froid, qu'il s'était acheté au distributeur avant le point d'information interne et auquel il s'agrippait comme à une bouée. Simon Serrailler s'assit dans son fauteuil, but une longue gorgée de café noir, très vite, et posa les yeux sur Coates, le visage encore pâle et creusé de rides, sous le choc de la nouvelle qu'on venait de lui annoncer.

Ni l'un ni l'autre n'avait envie de parler. Nathan fit tourner le dépôt de son thé. Dehors, dans le couloir, des gens allaient et venaient, on entendait des voix, un claquement de pas occasionnel.

Puis Simon se pencha en avant.

— Je prends cette affaire en charge, Nathan. Vous sentez-vous de taille à participer à l'équipe ? Sinon, vous pouvez descendre en marche et reprendre une enquête de routine... personne ne vous en voudra.

— Pas question, chef ! C'était ma supérieure, je veux serrer la gorge de cet enfoiré de mes mains.

— Ne laissez pas la colère ou le désespoir prendre le pas sur votre jugement. Je sais que c'est difficile.

— Je lui dois beaucoup. C'est elle qui m'a poussé à demander Em en mariage. Ne gâche pas cette histoire, c'est ce qu'elle m'a conseillé, ne la laisse pas filer, vas-y, demande-la en mariage. C'est pour ça qu'on allait chez elle, pour le lui annoncer.

— Je sais.

— Je veux l'arrêter moi-même.

— Sharpe ?

— Et comment !

— Pas assez de preuves, Nathan. En réalité, pas de preuves du tout.

— La montre.

— Oui, ce pourrait être celle qu'avait achetée Angela Randall.

— C'est celle-là, c'est sûr.

— On peut lui demander de nous la remettre et le bijoutier nous éclairera, dans un sens ou dans l'autre. Mais même s'il porte une montre que lui a offerte Randall, cela ne signifie pas qu'il ait un quelconque rapport avec sa disparition ou avec celle de ces autres femmes. Et cela ne signifie certainement pas qu'il a agressé l'inspecteur Graffham la nuit dernière.

— Qu'il l'a assassinée.

— Oui.

— Vous pouvez me l'amener ici. Laissez-moi le choper en salle d'interrogatoire, juste...

— Non. Il existe une autre méthode. Je vais aller lui parler fermement.

— S'il est encore là, nom de Dieu, s'il n'a pas filé ! Elle était sur ses traces, chef, et il le savait. Quand je suis allé là-bas, hier, il le savait. Il est malin, mais il est pas aussi futé qu'il s'imagine.

— Oui, et je veux qu'on le décortique, et ses locaux aussi. Les experts médico-légaux sont chez l'inspecteur Graffham en ce moment même, et s'il existe quoi que ce soit qui nous fasse remonter vers lui, ils trouveront. Prions pour que ce soit le cas, alors, là, on pourra le cueillir avec un truc solide. Mais si ce n'est pas Aidan Sharpe, il faudra chercher plus loin.

— C'est lui. Regardez-le, regardez ses yeux. C'est un psychopathe. Qu'est-ce que je dois faire, maintenant, chef ?

— Retourner dans la maison de l'inspecteur... voir où ils en sont, ne pas les lâcher d'une semelle, je veux que ça aille vite. Tenez-moi au courant. Je vais interroger Sharpe. Y a-t-il un domaine en particulier sur lequel je dois insister, à votre avis ?

Nathan réfléchit. Le divisionnaire ne laisserait rien échapper. Il avala une gorgée de thé froid.

— Il y a ce qu'il nous a raconté au sujet du parc d'activités.

Nathan était en face de lui, et Simon Serrailler vit qu'il avait les yeux baignés de larmes.

— On n'est pas arrivés assez vite, c'est tout. On a perdu du temps, on a fait les idiots, on a fait le tour de la Colline, histoire de rigoler... si on n'avait pas traîné, on serait arrivés là-bas à temps.

— Ça, vous n'en savez rien.

— Ça, je le sais, bordel ! hurla Nathan, puis il s'essuya les yeux avec sa manche. Désolé, chef, désolé.

— Ça ira, Nathan. Allez-y doucement, ce matin. Vous êtes sous le choc.

Simon se leva et regarda vaguement par la fenêtre la matinée de grisaille au-dessus des toits.

— Nous le sommes tous, ajouta-t-il.

## 52.

Il s'était endormi tout de suite, il avait trouvé le sommeil facilement, sans rêver, sans s'agiter, mais il se réveilla juste après cinq heures. Il refit instantanément surface, se remémorant tout, et la panique lui provoqua des sueurs froides : il devinait qu'ils avaient compris, ou qu'ils allaient vite comprendre. Dans cette maison, il avait fait preuve d'imprudence, il s'était enfui à la hâte, il avait laissé le corps sur le sol. Sa voiture était garée dans la rue. Ils n'allaient pas tarder à la découvrir.

Il se leva et se posta devant la fenêtre. Ils n'auraient aucun besoin de sonder et de fouiner, aucun besoin de poser des questions, ni ici ni au commissariat, ils n'auraient pas à se servir de leur cervelle. Il leur avait tout livré. Il les méprisait, mais il se méprisait encore plus pour leur avoir tout offert sur un plateau, pour leur avoir à ce point facilité la tâche. Il avait peur. Il ne reconnaissait pas cette sensation. Mais il était encore capable d'avoir une pensée claire. Son intellect ne le trahissait jamais.

Il savait exactement où aller et quoi faire.

Une quinzaine de minutes plus tard, il repartait de nouveau à pied, cette fois en emportant un fourre-tout bien compact en nylon. Personne ne s'affairait encore dans la rue. Il évita l'artère principale aussi longtemps que possible, mais quand il dut l'emprunter, la circulation – des véhicules qui traversaient en vitesse pour rejoindre la route à quatre voies menant à Bevham – était importante et personne ne prêtait attention à un homme allant à pied.

Le parc d'activités l'inquiétait davantage. La police y était déjà venue très tôt la veille. Mais sa chance ne se démentit pas. Les allées étaient désertes. Pas de police. Pas de voiture. Pas un chat. Il aperçut son propre préfabriqué, à l'autre bout de l'allée secondaire, et cela soulagea son état de tension. Il ne lui en fallait pas davantage pour se retenir de partir au pas de course.

On ne l'observait pas. Il se glissa sur le flanc du bâtiment et défit les cadenas.

À l'intérieur, il resta debout, tremblant, de la sueur s'échappant par tous les pores de son corps. Il passa dans le bureau côté façade et vérifia que les stores vénitiens étaient bien baissés. Il y avait assez de lumière pour qu'il n'ait pas besoin d'allumer les néons.

Il posa son sac, fit coulisser la fermeture Éclair, sortit de la nourriture, du lait, un livre, une brosse à dents et un rasoir jetable. Il avait une couverture sur place et un vieux coussin, il pouvait dormir sur le tapis du bureau. Il pouvait rester ici un ou deux jours, et ensuite partir au moment opportun, après la tombée de la nuit. Ils allaient surveiller sa maison. Il ne pouvait y retourner, il avait donc emporté de l'argent, des cartes de crédit, un passeport, tout ce à quoi il avait pu penser pour repartir de zéro.

Il remplit la bouilloire électrique et sortit le mug de café et le lait. Il but, et il mangea du pain et du fromage puisés dans son sac. Autour de lui le silence régnait. Il souleva un coin du store. Dehors, l'allée était encore déserte.

Il sortit du bureau et pénétra dans la salle de travail. Tout était resté tel qu'il l'avait laissé. Personne n'était venu ici. Pourquoi serait-on venu ? Par la suite, ils risquaient de remonter sa piste, mais pour le moment c'était son refuge et son foyer, l'endroit où il se sentait en sécurité et où il se sentait le plus lui-même, le plus en vie.

Il déverrouilla la porte du mur du fond. Là, la machinerie ronronnait doucement, de manière réconfortante. Il contrôla les cadrans. Ils affichaient tous des valeurs correctes, comme d'habitude.

Il pouvait commencer. Il allait devoir travailler dur, mais ici, pour lui, cela ne présentait jamais aucune difficulté. Il retira sa veste et la suspendit, attrapa sur l'étagère une blouse propre et enfila les manches. Il avait un léger sourire en imaginant ce qui devait se produire dans le monde extérieur, à la minute présente.

Une heure plus tard, il se tenait au centre de la grande salle de travail. Ils étaient tous là, autour de lui, sur des chariots. Ses amis. Il s'approcha de chacun d'eux et les toucha délicatement. Il leur parla. Il avait besoin d'eux, là, maintenant. Ils n'étaient plus simplement les objets sur lesquels il travaillait ; ils avaient changé. Ils revêtaient pour lui une valeur qui allait très au-delà de ce qu'elle était à l'origine.

— Debbie, dit-il en touchant son visage froid et raidi, avant de se consacrer aux autres, chacun à son tour.

Puis il alla chercher un tabouret et s'assit simplement, paisible, entouré de ceux qu'il aimait.

Juste après neuf heures et demie, la voiture du divisionnaire Simon Serrailler tournait dans l'allée de la maison d'Aidan Sharpe. Dès qu'il en descendit, la porte d'entrée s'ouvrit et une femme d'âge mûr vint à lui d'un pas vif.

— Êtes-vous venu m'annoncer la mauvaise nouvelle ?

Serrailler sortit sa carte de policier.

— Je le savais, je savais. Je vous en prie, dites-moi ce qui est arrivé.

— Je suis navré, vous êtes... ?

— Julie Cooper, la secrétaire médicale de M. Sharpe. Je vous en prie, dites-moi ce qui est arrivé.

— Pouvons-nous entrer, madame Cooper ?

Elle hésita, puis elle tourna les talons, toujours en parlant, un brin hystérique, et elle l'invita à entrer dans la salle d'accueil.

— Je vous en prie, dites-moi.

— Je suis venu voir M. Aidan Sharpe. J'en déduis qu'il n'est pas là ?

— Enfin, non, évidemment, c'est bien pour ça que je...

— Je ne viens apporter aucune nouvelle. Je suis venu interroger M. Sharpe.

— Quand je suis arrivée ici, tout était normal. Sauf qu'il est toujours là le premier, en train de se préparer, mais pas aujourd'hui. Je suis allée voir dans la maison. Il n'y est pas non plus. Je ne pense pas qu'il y ait été de toute cette nuit, et sa voiture n'est pas ici. Quelque chose ne va pas, il ne s'est jamais comporté de la sorte.

— Quand avez-vous vu M. Sharpe pour la dernière fois ?

— Hier après-midi. Je suis partie à cinq heures, comme d'habitude. Et il était encore ici.

— Vous a-t-il dit où s'il se rendait ?

— Non. Bien sûr que non, je m'en serais souvenue, n'est-ce pas.

— Son comportement était-il normal ? Avez-vous remarqué quoi que ce soit d'inhabituel dans sa façon de se conduire ?

— Non. Rien du tout. Rien. J'espère que vous allez découvrir ce qui est arrivé, où est M. Sharpe, je...

— J'aimerais que vous restiez ici, s'il vous plaît, au cas où M. Sharpe reviendrait. J'imagine que vous avez du travail, de quoi vous occuper ?

— Il faut que j'informe ses patients de la journée... J'ai déjà commencé.

— Parfait, si vous pouviez continuer. Un officier de police va venir vous rejoindre. Ne vous inquiétez pas pour cela.

— Que voulez-vous dire ?

— Il faut que nous l'interrogions, madame Cooper.

Le temps que Simon arrive sur place, les équipes qui avaient inspecté le moindre centimètre carré de la maison de Freya étaient encore au travail, transformant ce qui avait été un domicile en lieu du crime. Elles envahissaient tout, passaient tout au crible, fouinaient, relevaient des empreintes digitales, prenaient des photos. Ce que le médecin légiste accomplissait sur un corps, l'équipe des experts de la police scientifique l'infligeait à une maison, violant tout – cela lui apparaissait toujours ainsi, en dépit du respect avec lequel les praticiens de ces métiers-là avaient appris à conduire leurs opérations.

Il entra lentement dans la maison de Freya Graffham, et aussitôt son image fut là, devant lui, comme jamais jusqu'à cet instant. Il revoyait sa silhouette élancée, le casque de sa chevelure, son profil aigu. Cette maison était tout à fait la sienne, exactement la sienne, il s'en aperçut tout de suite. Confortable, commode, rangée... Il regarda les livres, la liasse de partitions chorales sur la table – le concert d'hier soir, auquel sa mère avait pris part elle aussi. Il apprécia tout de suite l'endroit, l'atmosphère était accueillante et agréable, décontractée, très personnelle.

— Bonjour, chef.

L'officier de police en combinaison blanche lui adressa un regard depuis une extrémité du tapis, sous une table basse, d'où il était occupé à extraire, à l'aide d'une paire de pinces brucelles, des petites touffes qu'il déposait ensuite dans un sachet en plastique.

— Déjà trouvé quelque chose ?

— Beaucoup d'empreintes. Mais pas forcément celle du type. Des cheveux foncés sur le dos de cette chaise, une empreinte de soulier dans le jardin... Vous devriez avoir déjà de quoi avancer. À supposer que l'on ait de quoi confronter.

— Je veux ça pour hier.

— Vous voulez toujours ça pour hier.

— Cette fois, c'est différent.

— Je sais, chef. Je ne connaissais pas l'inspecteur Graffham personnellement, mais c'est toujours la pire des choses, quand c'est l'un des nôtres. Une idée sur le mobile ?

— Oui.

Simon ressortit par la porte de la cuisine restée ouverte et jeta un coup d'œil dans l'étroit jardin. Une pelouse, un lilas, deux rosiers. Un mur. Une palissade. Elle ne jardinait donc pas, seulement elle appréciait de pouvoir profiter d'un peu d'espace pour prendre l'air.

Il fit quelques pas dans l'herbe. Deux hommes en blouse blanche travaillaient à quatre pattes sur la terre, tout au fond. Il les laissa à leurs recherches. Pour le moment, il allait simplement continuer son chemin, laisser les gars opérer, attraper Sharpe et ils l'attraperaient, ce ne serait pas compliqué. Régler cet aspect. Ensuite, il rentrerait chez lui, il fermerait la porte de son appartement, et il essaierait de comprendre ce qu'il ressentait pour Freya Graffham.

À cinq heures, les rapports leur étaient parvenus.

— Nathan ?

— Chef ?

— Sharpe a laissé sa voiture dans la rue de Freya. Il n'ira pas loin, nous avons diffusé son signalement. Vous auriez intérêt à essayer chez lui. J'ai fait poster deux hommes en tenue là-bas, pour le cas où il se montrerait.

— Ce dont il se gardera bien.

— Probablement. Dénichez-moi une photo de lui, voulez-vous ? Transmettez-la à la presse, avec son signalement. Quand ce sera fait, vous pouvez rentrer chez vous.

— Pas question. Je reste ici jusqu'à ce qu'on le tienne.

— Ne soyez pas ridicule, cela peut prendre plusieurs jours.

— En tout cas, je reste jusqu'à ce soir. Je ne bougerai pas d'ici, chef. Vous, est-ce que vous allez vous coller chez vous les doigts de pied en éventail ?

Personne d'autre que Nathan n'aurait réussi à lui soutirer un sourire dans un moment pareil, songea Simon Serrailler en reposant le combiné.

Apparemment, Aidan Sharpe fuyait l'objectif. Ils avaient retourné sa maison sens dessus dessous, au grand dam de Julie Cooper, sans trouver de cliché.

— Il n'y a pas une seule photo, ici, de personne ! s'écria Nathan après la fouille. À croire que, chez lui, l'appareil photo n'avait pas encore été inventé.

— Je sais qu'il en est paru une dans le journal, leur signala subitement la secrétaire. Il y a un certain temps, un dîner professionnel. Je me rappelle qu'elle n'était pas très fameuse. Mais elle pourrait vous aider à le retrouver...

Personne ne lui avait expliqué pourquoi son employeur était recherché.

— J'espère que cela n'a rien à voir avec les autres, avait-elle ajouté à l'arrivée de Nathan. Ces femmes qui ont disparu. Croyez-vous qu'il y ait un rapport ?

Nathan se sentait désolé pour elle.

— Dans quel journal était-ce ?

— L'*Echo*, mais comme je vous ai dit, c'était il y a pas mal de temps.

— Je ne pense pas qu'il ait beaucoup changé.

En effet. Le journal numérisa l'image et leur transmit le fichier par courrier électronique, au poste, à Lafferton. Aidan Sharpe y apparaissait, debout, vêtu d'un smoking, tenant un verre à la main, l'air hautain au milieu d'un groupe d'une demi-douzaine de messieurs.

Simon Serrailler scruta le visage, la petite barbiche, les cheveux soigneusement peignés en arrière, le smoking, les yeux étranges. Il s'était rarement senti ainsi. Il ne pouvait se le permettre. Son travail, c'était la détection, pas la vengeance, pas le jugement, pas même le châtiment. Mais à regarder ce portrait d'Aidan Sharpe, qui respirait la suffisance, il éprouvait un mélange de tous ces sentiments, et avec une intensité biblique.

Il décrocha son téléphone et pria Nathan de le rejoindre.

— Faites reproduire ce document, arrangez-vous avec eux, qu'ils fassent de leur mieux pour le séparer des autres personnages visibles à l'image, et rendre le cliché plus net. Je le veux dans les journaux demain matin. Vous pouvez déjà commencer par vous rendre au parc d'activités et passer les lieux au peigne fin, voir s'il n'y aurait pas quelque chose de ce côté-là...

— D'accord. Ça fera au moins quelque chose à se mettre sous la dent.

Il lança un regard direct à Simon. Son visage simiesque était meurtri, ses yeux rouges de fatigue et de détresse. Serrailler le comprenait. Il avait besoin de se raccrocher à n'importe quel fétu de paille, de foncer sur tout ce qui se présentait, de se persuader qu'il contribuait à épingler le tueur de Freya Graffham. Si Serrailler lui avait demandé de marcher pieds nus jusqu'à Bevham et retour, dans l'hypothèse où ce serait utile, Nathan aurait obéi.

— Vous pouvez commencer dès que vous voulez, ajouta Simon, mais quand vous aurez réglé la question du cliché à retoucher et à diffuser, rentrez chez vous, mangez et dormez un peu. Sinon, vous ne me serez d'aucune utilité et je vous décharge. Compris ?

— D'accord, chef.

Nathan prit le tirage papier de la photo et sortit.

Une demi-heure plus tard, Simon, au volant de sa voiture, se dirigeait non vers Cathedral Close, mais en direction de la ferme de sa sœur.

# 53.

Il attendit, assis sans bouger, comme en méditation, jusqu'à minuit passé, heure à laquelle il entendit la voiture de la patrouille. Il rangea alors les affaires qu'il avait apportées avec lui dans le fourre-tout et les casa dans le placard du bureau côté rue. Ils le trouveraient facilement, à l'évidence – seulement, il faisait preuve d'ordre, voilà tout. Il nettoya la table d'instruments, la replia contre le mur et balaya le sol.

Puis il leur fit ses adieux. Il consacra quelques instants à chacun, leur toucha le visage, posa sa main sur les leurs, leur adressa tranquillement la parole. Il prononça leurs noms, comme s'il leur accordait sa bénédiction. Il les remercia d'avoir existé.

Précédemment, il avait lu les détails de leur mort à chacun, à partir de leur fiche.

Angela Randall – blessures par coups de poignard, ayant entraîné une hémorragie fatale.

Debbie Parker – strangulation.

Tim Galloway – traumatisme par objet contondant à la tempe gauche.

Iris Chater – arrêt cardiaque.

Seule la noyade du chien demeurait non répertoriée.

Quand on trouverait ses notes, et quand les découvertes qu'il avait faites seraient comprises et rendues publiques, la valeur de leur contribution serait reconnue, en même temps que son propre travail, que l'on acclamerait. Ils comprendraient, alors. S'il y avait quelque chose à lui pardonner, ils pardonneraient.

Il hésita, avant de se décider à les laisser ici, en repos, ensemble, sans les remettre à leur place dans la chambre centrale. Cela ne durerait pas longtemps. Il ne leur faudrait pas beaucoup de subtilité pour repérer le local et les trouver. Il ne leur arriverait donc aucun mal.

Il lança un regard circulaire autour de lui, attrapa sa veste et fourra dans l'une des poches tout ce dont il avait besoin pour son voyage. Ensuite, pour la dernière fois, il sortit et ferma la porte à clef derrière lui.

La nuit était fraîche et une demi-lune était accrochée dans le ciel. Il fut surpris de constater à quel point il avait apprécié tous ces trajets effectués à pied. Il aurait pu traverser toute l'Angleterre, s'il avait eu besoin d'aller aussi loin. Il compta ses propres pas, sans allonger la foulée, sans marcher trop vite, savourant l'odeur de la nuit et la vision de cette lune jaune maïs qui croissait devant lui, basse dans le ciel.

Il avait fini par connaître Lafferton endormi presque aussi bien que de jour, mais pas aussi parfaitement qu'à ces heures du petit matin. Il aimait avoir les rues pour lui seul, voir les fenêtres obscures, apercevoir une souris détaler, le regard fixe d'un chat sur un mur, avec ses yeux hostiles.

Il se sentait tout à fait calme. Il ne pensait à rien, ne revisitait pas son passé, ne laissait pas son esprit revenir sur les événements, que ce soit sur le mode du triomphe ou du regret. Et, surtout, il avait confiance : rien ne lui avait échappé des mains, contrairement à ce qu'il avait craint. Il demeurait son propre maître.

Il arriva sur la rotonde du parc d'activités et, l'espace d'un instant, il dut se plaquer contre le tronc éléphantesque d'un arbre tandis qu'une voiture filait devant lui, ses phares allumés. Puis il n'y eut plus que le silence et l'immobilité.

Il posa le pied dans l'herbe et entama son escalade, d'un pas régulier, suivant calmement son but, jusqu'en haut de la Colline.

Un peu après six heures et demie, Netty Salmon, une femme forte et robuste, vêtue de sa vieille peau de mouton retournée, comme à son habitude, promenait ses dobermans en montant la Colline. Il bruinait et une couronne de bas nuages de brume entourait les arbres au sommet. Mais le temps importait peu à M^me^ Salmon et n'exerçait aucun effet sur elle. Elle avançait, les muscles des chevilles jouant en cadence, et elle suivait le chemin escarpé derrière ses chiens.

Les amateurs de cyclo-cross ne circulaient pas encore dans les parages, elle ne croisa pas d'autres marcheurs, et elle n'avait pas aperçu ce pitoyable petit homme qui recherchait son yorkshire depuis des semaines.

Elle n'était pas femme à analyser ses propres sentiments mais, si elle avait été portée à ce genre d'exercice, elle aurait plutôt estimé qu'elle était contente. Elle appréciait parfaitement sa propre compagnie, et celle des dobermans encore davantage. Elle s'arrêta à l'endroit habituel pour reprendre son souffle au moment où les chiens se mirent à aboyer. Pourtant, il n'y avait rien contre quoi aboyer. Il leur arrivait volontiers de poursuivre un lapin ou un écureuil, mais alors ils n'aboyaient pas ainsi. Ils aboyaient en présence d'étrangers et contre tout ce qui se présentait de bizarre ou d'alarmant.

Netty Salmon leva les yeux. Les chiens avaient filé vers le haut de la Colline et étaient campés au pied d'un des arbres. À présent, leurs aboiements étaient à la fois furibonds et insistants. Elle était myope. Elle dut se rapprocher. Il était inutile d'essayer de les réduire au silence : elle ne parviendrait jamais à faire cesser de tels aboiements.

Elle vit alors quelque chose qui se balançait sur la haute branche d'un arbre et elle plissa les yeux sous la bruine. Une espèce de silhouette. Une effigie. Netty Salmon demeura perplexe. Elle gravit la dernière portion de chemin avant de se retrouver à la hauteur des chiens déchaînés, immédiatement sous le chêne, et elle leva de nouveau les yeux.

Non. Ce n'était pas une effigie. Elle n'était pas femme à flancher facilement. Elle ne cria pas en reconnaissant le corps d'un homme pendu à une corde. Elle se contenta de faire demi-tour et de redescendre au bas de la Colline, entraînant les chiens à sa suite, jusqu'à ce qu'elle aperçoive deux jeunes gens à vélo de cross qui roulaient dans sa direction. Elle ouvrit grand les bras pour les arrêter.

Trois voitures de police, y compris celle du divisionnaire Simon Serrailler, foncèrent dans l'allée du parc d'activités et tournèrent sur la gauche. Nathan Coates attendait avec deux hommes en tenue devant un petit bâtiment préfabriqué peint en vert, tout au bout.

— Nathan.

— Bonjour, chef. Voici M. Connolly, le directeur du site, et Terry Putterby, le vigile.

— Alors, qu'est-ce qu'on a trouvé ?

— M. Connolly, ici, a reconnu la photo parue dans la presse, comme je vous l'ai dit, sauf qu'il s'est présenté comme le docteur Fentiman. Mais c'est bien lui.

— Bien.

Serrailler considéra le directeur du site.

— Avez-vous les clefs ?

— Oui, je les ai, cependant ces locaux sont loués sur la bonne foi du preneur, je crois que je devrais...

— Personne ne vous tient pour responsable. J'ai un mandat.

— C'est seulement que je...

— Bien. Pour le moment, j'ignore s'il est à l'intérieur, mais, si oui, il est dangereux. J'entre le premier, les hommes en tenue me couvrent. Nathan...

— J'entre avec vous.

Simon savait qu'il valait mieux s'abstenir de discuter.

— Simplement, soyez prudent. Il n'est certainement pas armé, mais s'il est coincé, il considérera qu'il n'a plus rien à perdre. Il nous a sûrement entendus.

Il donna brièvement quelques instructions, rameutant les autres derrière lui, pour qu'ils encerclent le bâtiment.

— Puis-je avoir les clefs, je vous prie ? Ensuite, messieurs, vous restez là, de ce côté.

Serrailler tourna la clef dans la serrure et entra promptement à l'intérieur, Nathan sur ses talons. Les policiers en uniforme fermaient la marche. Le silence régnait. Simon posa la main sur la porte intérieure, qui conduisait au bureau, et l'ouvrit aussitôt.

— Sharpe ?

Il jeta un rapide coup d'œil circulaire.

— Personne. Apparemment, il ne faisait pas beaucoup d'affaires, avec son import-export. On fera venir la police scientifique plus tard.

Il ouvrit quelques tiroirs.

— Toujours rien.

— Ici, chef.

Nathan recula.

— Le fourre-tout était sur l'étagère.

— Descendez-le-moi, ordonna Serrailler.

— S'il est parti, il a oublié ses affaires pour la nuit.

— À moins que cette trousse de rechange ne soit ici pour une raison précise.

— La brosse à dents est encore humide, chef.

— D'accord. Laissez cela, maintenant.

— Attendez...

Nathan sortit un petit paquet de l'étagère.

— C'est adressé au docteur Deerbon, chef.

Simon regarda vivement autour de lui. L'enveloppe kraft n'était pas cachetée et Nathan la renversa. Trois cassettes glissèrent sur l'étagère.

— OK, vous m'ensacherez ça avec le reste des affaires plus tard. Il y a une grande salle de stockage sur l'arrière et aussi une espèce de chambre intérieure. Il peut se trouver dans l'une ou l'autre. L'entrée latérale est couverte, il ne peut pas filer de ce côté-là, mais faites attention.

Ils avancèrent.

— Sharpe ?

Le silence était si épais qu'on aurait pu entendre voleter la poussière.

L'inspecteur divisionnaire tapota sur la porte métallique.

— Sharpe ?

— Il n'est pas là-dedans, fit Nathan.

— Probablement pas, mais il est malin comme un singe. Allez, on y va.

Serrailler fit coulisser le pêne, inséra la clef dans la serrure et la tourna. Ensuite, il attendit une minute entière. Derrière lui, il sentait la chaleur corporelle de Nathan et son souffle sur sa nuque.

— On entre.

Il ouvrit la porte en grand et les deux hommes la franchirent presque en même temps, pour pénétrer dans ce qu'ils prirent, une fraction de seconde, pour un volume vide.

— Oh, mon Dieu !

Simon Serrailler s'était exprimé d'une voix si feutrée que Nathan Coates ne saisit pas les mots prononcés, mais il put suivre le regard de l'inspecteur, vers l'autre extrémité du local.

« Seigneur Jésus ! » se serait volontiers exclamé Nathan, mais, quand il ouvrit la bouche, il n'en sortit qu'un curieux vagissement.

# *La Cassette*

À présent je t'ai tout dit. Je t'ai parlé. J'ai rattrapé les mensonges et les silences. Maintenant plus que jamais, alors que nous sommes peut-être sur le point de nous retrouver face à face, je dois te dire la vérité, n'est-ce pas ?

J'ai longtemps détesté te parler. Je te détestais, quand tu essayais de me pousser à te raconter les choses, quand tu essayais de savoir ce que j'avais dans la peau, que tu essayais de vivre ma vie en même temps que moi.

Puis, finalement, j'ai fini par aimer l'idée d'une mise à nu complète. J'aime assez que tu me connaisses – d'après ce que j'ai choisi de te faire savoir. Parce qu'à la fin, c'est à moi que reviennent le choix et le pouvoir. Le dernier mot. À moi.

Pas à toi.

À moi. À moi. À moi. À Moi.

## 54.

« Seigneur de bonté, Seigneur de sérénité,
Toi dont la voix est un assouvissement,
Toi dont la présence est un baume.
Sois présent dans notre sommeil et accorde-nous de prier
Pour ta paix en nos cœurs, Seigneur, à la fin du jour. »

Le dernier vers du cantique résonna dans toute la congrégation, au milieu des chanteurs de Saint-Michael et du chœur, jusqu'aux cimaises de la cathédrale. Le cercueil de chêne clair de Freta Graffham était posé sur ses croisillons, au pied des marches du chœur. Freya avait levé les yeux au plafond, orné d'anges dorés et de nervures, quand elle avait chanté ici, et Cat avait donc pensé qu'il était plus approprié que jamais de le placer à cet endroit. Et ce cantique sublime avait laissé tout le monde le souffle coupé.

La cathédrale était pleine. Les policiers des équipes auxquelles Freya avait appartenu au sein de la police du Grand Londres étaient assis aux côtés de ceux de Lafferton. Les galons dorés luisaient. Les directeurs de la police et les directeurs adjoints, les commissaires divisionnaires, les commissaires. Le divisionnaire Simon Serrailler était installé au bout d'un banc, du côté de l'allée centrale, d'où il se lèverait et marcherait jusqu'au lutrin pour lire un passage de l'Ancien Testament. Nathan Coates était assis avec sa fiancée au deuxième rang, au milieu des collègues qui avaient été aussi ceux de Freya. À sa place, au milieu des altos, Meriel Serrailler écoutait les mots familiers de l'ancien Livre de Prières et, pour la première fois depuis la mort de Freya, elle ressentait non seulement de la tristesse, liée à la perte d'une nouvelle amie qu'elle avait tant appréciée, mais le regret d'une chose qu'elle était incapable de formuler, même en son for intérieur. Elle avait tiré le meilleur de tout, s'était tournée vers l'avenir, elle avait travaillé, ne s'était pas trop attardée dans les recoins du présent. Grâce à cette manière de vivre, elle était parvenue à supporter un long mariage rempli d'aigreur avec un homme en colère, plein de ressentiment. Cependant, pour une raison qui lui échappait, la mort de Freya plaçait ses choix sous une lumière crue. La perte de temps, la perte de sa vie, la sensation de ces choses laissées en friche, le refoulement de cette colère semblaient revêtir une nouvelle clarté, ici, dans cet édifice qu'elle aimait, et elle ne savait plus comment réagir. Elle repensait à Aidan Sharpe, malade, dérangé, pernicieux, tordu – quoi, au juste ? Depuis quand ? Et pourquoi, pourquoi, pourquoi ?

À la fin du cantique retentit un grondement de chaises. Nathan Coates s'avança vers le lutrin. Il avait le visage tendu par l'effort qu'il faisait pour se maîtriser et, dans son costume gris clair, avec sa cravate noire, il avait l'air d'un écolier. Il plaça les deux mains sur le lutrin et se racla la gorge. Emma serra les poings, compatissante. Au début, il s'était dit incapable de prendre la parole, il avait peur de pleurer, comme trop souvent depuis la mort de sa chef. Puis, subitement, il avait changé d'avis. « Je me suis ressaisi », lui avait-il affirmé. Mais elle savait à quel point cela lui serait difficile.

— Ce passage est tiré de l'Évangile selon saint Luc, chapitre X. « Un homme descendait de Jérusalem à Jéricho. Il tomba au milieu des brigands... »

Sa voix gagna en puissance au fur et à mesure qu'il progressait dans sa lecture du Bon Samaritain, tant et si bien qu'à la fin elle résonnait dans la nef avec une force éclatante. Lorsqu'il regagna son banc, il s'arrêta devant le cercueil et s'inclina.

— Prions.

Emma prit la main de Nathan et la serra dans les siennes pour apaiser leur tremblement.

Karin McCafferty se sentait fatiguée. Elle avait failli rester chez elle, sur l'insistance de Mike, qui lui avait fortement conseillé de ne pas venir, Mike qui était terrifié de la voir, terrifié pour lui-même, impuissant en face de ce qu'il considérait désormais comme la condamnation à mort de sa femme. Il n'avait pas cru à la voie qu'elle avait empruntée, pas plus qu'il n'avait compris ses motifs. Maintenant, alors que la réalité semblait lui donner raison – alors que tout le monde paraissait avoir raison, sauf elle –, il trouvait toutes sortes d'excuses pour fuir, ne pas regarder son état empirer, ne pas la voir faiblir.

Mais mon état ne s'aggrave pas, se disait-elle à cette minute, tandis qu'ils se levaient pour le dernier cantique, je le sais. Je le sais. Depuis ces dernières semaines, elle s'était sentie protégée, enveloppée dans le cercle d'une force puissante et protectrice. Lentement, petit à petit, elle guérissait et elle reprenait des forces. Elle ne se sentait nullement effrayée, debout au milieu de tout ce monde qui se mit à chanter :

« Celui qui sait voir la vraie bravoure
Que celui-là s'approche. »

Elle se demanda qui avait choisi ce verset d'« Être un pèlerin », de John Bunyan, si Freya avait laissé des instructions pour ses propres funérailles. Peut-être ceux exposés au danger à cause de leur métier agissaient-ils souvent ainsi même s'ils griffonnaient juste quelques mots sur un bout de papier laissé dans un tiroir.

Au moment où elle avait appris la nouvelle, Karin avait fermé, dans son esprit, la porte qui menait à cette pièce où elle s'était allongée sur une table d'auscultation, avec Aidan Sharpe penché au-dessus d'elle. Elle l'avait cadenassée, verrouillée. Jamais plus elle ne s'en approcherait, ni de près ni de loin. Elle avait raconté cet épisode à Cat Deerbon, elle en avait parlé à sa guérisseuse, et ensuite elle avait arrêté sa décision toute seule. Elle était incapable d'essayer de comprendre, et à plus forte raison de juger. Il valait mieux laisser cela de côté.

Quand on entonna le cantique, le même que celui qu'ils avaient chanté pour Debbie, Sandy Marsh crut qu'elle allait devoir s'éclipser. Elle était assise dans le fond de la cathédrale. Jason était venu avec elle, alors qu'elle ne le souhaitait pas particulièrement, mais à cette minute, au milieu de cette cérémonie, avec l'afflux de souvenirs qui lui revenaient une fois encore, elle était heureuse qu'il soit là, qu'il se montre rassurant, qu'il lui offre son bras et son généreux stock de mouchoirs.

Depuis cette première nuit, depuis que Debbie n'était plus rentrée à la maison, sa vie était totalement bouleversée et ne retrouverait plus jamais son équilibre véritable. Elle n'avait pas seulement perdu sa plus vieille amie et sa colocataire par la faute d'un meurtrier, elle avait perdu autre chose qu'elle était incapable de définir, de l'ordre de l'insouciance et de l'optimisme, quelque chose qui était là depuis leur enfance à toutes les deux, Debbie et elle. Cela s'était effacé à jamais.

Elle allait quitter leur appartement – elle l'avait décidé dès qu'elle avait appris, pour Debbie –, mais elle ne souhaitait pas quitter Lafferton et abandonner son emploi. Elle avait besoin de ses amis et de tout ce qui lui restait de familier autour d'elle, même si c'était dur à supporter certains jours, quand elle revoyait la Colline ou un car en partance pour Starly, ou l'un de ces endroits où Debbie et elle avaient l'habitude de se rendre : certaines boutiques, le café, l'antenne de la bibliothèque.

Pour l'instant, elle habitait avec une des filles de son bureau, dont le mari était dans la marine et absent pour de longues périodes. Elle avait envie de trouver un logement, mais rencontrer quelqu'un susceptible de le partager n'allait pas être facile, et elle n'avait pas les moyens de payer un loyer à elle toute seule. Debbie et elle s'entendaient sans heurt, elles se connaissaient si bien que la vie à deux restait facile, même quand Debbie avait le moral à zéro.

Ils se levèrent pour le cantique suivant. Jason lui posa la main sur le bras. Le gentil Jason, si bon, si prévenant, si amical. Cependant, elle savait que Jason avait envie de plus, et elle avait été obligée de lui dire qu'elle, non. Elle l'appréciait et elle lui était reconnaissante. Au travail, il était amusant. C'était tout. Même si elle était prête pour une liaison sérieuse avec un petit ami, il ne s'agirait jamais de Jason.

« Que nos sens soient muets, que la chair se retire,
Parle plus fort que la terre qui tremble, que le vent et le feu
Ô petite voix tranquille et sereine
Ô petite voix tranquille et sereine. »

Simon Serrailler se tenait debout en chaire. Il ne consulta pas une seule fois la feuille de notes posée devant lui sur le lutrin.

— Nous sommes ici pour dire au revoir à Freya Graffham, fille, sœur et tante, collègue et amie, pour l'honorer, et je sais que c'est l'une des tâches les plus dures que chacun de nous aura à affronter, de toute son existence. Freya nous avait rejoints à la brigade criminelle de Lafferton depuis peu de temps, mais peu d'êtres auront imprimé une marque aussi claire, aussi impressionnante, auront su aussi fortement gagner notre affection.

Cat ne quittait pas son frère des yeux. Il était bon orateur, sans ostentation, clair, frappant et d'une totale sincérié. Il ramena Freya à la vie, sut saisir une part de son éclat et de son sens de l'humour, de son intelligence, de son amour du travail, de l'importance de son nouveau foyer, de ses collègues, de ses amis, de son chant – et de cette cathédrale. Il évoqua sa mort de façon émouvante et les circonstances de celle-ci avec amertume, regretta cette perte, ce gâchis, ce mal, loua la bravoure de ses collègues, leur rappela les risques encourus tous les jours par les policiers, leur demanda leur soutien et leurs prières pour les vivants, alors même qu'ils honoraient quelqu'un qui était mort. Ce fut un discours passionné, qui laissa la congrégation abasourdie, et encore une fois émue aux larmes.

Ensuite, vinrent les éloges et la bénédiction. Subitement, les pensées de Cat allèrent à Aidan Sharpe. Il était là, très net, devant elle, suffisant, impénitent, souriant. Il lui sembla regarder le mal en face.

Les six policiers porteurs du cercueil, dont Simon et Nathan Coates, s'avancèrent et épaulèrent la bière de Freya.

Dieu nous vienne en aide, songea Cat, le regard aimanté par le bois clair, par l'unique couronne de roses et de freesias posée dessus, et par les visages solennels des porteurs. Lorsqu'ils passèrent devant elle, elle baissa la tête. *Dieu te bénisse.*

Le reste la dépassait. Les enterrements de Debbie Parker et Iris Chater avaient été plus modestes, s'étaient tenus ailleurs, en des circonstances lugubres, pleines de questions laissées en suspens, de confusion et de colère, sans aucun sentiment de sublimation. Mais là, en un sens, alors que l'orgue de la cathédrale jouait un choral de Bach, un sentiment de sublimation parut naître, telle une lueur de vertu. La mort était une saleté, un arrachement, une monstruosité, mais un service funéraire comme celui-ci ouvrait un puits de lumière et vous apportait le réconfort, vous insufflait de la force.

*Où serais-je et comment pourrais-je tenir le coup et continuer si je n'avais pas cela ?* Cat inclina de nouveau la tête.

La garde d'honneur de la police était alignée de part et d'autre de l'allée, tandis qu'on descendait le cercueil vers le fourgon mortuaire. Des éclairs d'or et d'argent fusèrent çà et là dans la lumière du soleil et, l'espace d'une seconde, ils enflammèrent les fleurs blanches et le bois clair, avant que le corbillard ne démarre et ne s'enfonce dans l'ombre.

Les gens qui sortaient composaient des couples et des groupes, se parlaient à voix basse, attendaient les véhicules officiels ou s'éloignaient à pied. À l'abri d'un des immenses piliers, à côté du portail de la cathédrale, Nathan Coates pleurait sans retenue dans les bras d'Emma.

Jim Williams s'engagea seul dans la ruelle sans se retourner, sans trop savoir pourquoi il était venu, sans trop savoir s'il était content ou pas d'avoir assisté à la cérémonie. Plusieurs mètres derrière lui, Netty Salmon l'observa et faillit presser le pas pour le rattraper, pourtant, elle s'abstint.

Peu à peu, le parvis se vida. Les officiers de police de grade supérieur étaient partis les premiers. Le commissariat de police de Lafferton était ouvert à quiconque, au sein de la congrégation, voulait signer un registre de condoléances en mémoire de Freya Graffham.

— Monsieur.

Simon se retourna.

— Nathan.

— Il y avait tout, dans ce que vous avez dit.

— Merci.

— Quand même je n'y crois pas. Je n'y crois pas que c'était elle qu'on a portée. J'arrive pas à m'y faire, dans ma tête.

— Non.

— Nathan, fit Emma d'une voix douce.

Nathan s'essuya les yeux.

— Ouais, je sais. C'est seulement qu'on va se marier, chef. On allait attendre de faire les choses comme il faut, mais... on peut pas. Plus maintenant. On va se marier civilement jeudi matin, tôt. Rien que nous et un de mes frères, et puis la maman et le papa d'Emma. Sauf que...

Emma acheva la phrase à sa place :

— Voudriez-vous être l'un de nos deux témoins ?

— J'en serais ravi.

— Merci. Merci beaucoup. Alors on se revoit au poste.

Ils partirent, emmenés en voiture par un autre membre de la brigade criminelle.

Simon avait demandé à son chauffeur de ne pas l'attendre. Alors que les dernières personnes présentes s'éloignaient, il entendit les jeunes choristes sortir par la porte latérale de la cathédrale, et il pénétra de nouveau dans le vaste édifice. L'air était encore vibrant de l'office. Les notes de l'orgue, les voix, les prières restaient encore suspendues dans les airs. Il faisait chaud. Il subsistait un parfum de fleurs et une odeur de manteaux. Quelques livrets de prières étaient restés sur les bancs.

Il remonta lentement l'allée latérale et observa l'emplacement, au pied du chœur, où le cercueil de Freya avait été déposé. Freya. Il était incapable de se la représenter, et il ne savait pas encore, pour l'heure, ce qu'il ressentait ou ce qu'il pensait. Cela viendrait. Il était homme à laisser de telles émotions advenir, en leur temps.

Ses pensées concernant Aidan Sharpe n'étaient pas plus claires et ne le seraient probablement jamais. Cat lui avait certifié que comprendre les individus de son espèce ne pouvait être laissé qu'à Dieu. Simon s'interrogeait.

Un bedeau mouchait les chandelles, un autre ramassait les missels et les emportait, soigneusement empilés dans ses bras. Il y eut un couinement sec et une seule note basse en provenance de l'orgue. Simon leva les yeux. L'organiste rabattait le couvercle des claviers et éteignait la lumière au-dessus du pupitre.

Dehors, tout était calme et le soleil avait presque basculé hors du cadre de la grande porte ouest.

Simon ressortit tranquillement dans la ruelle, en direction de son immeuble. Il ne retournerait pas au poste de police. Qu'ils pensent ce qu'ils veulent. Pour le restant de cette journée, il était incapable de voir qui que ce soit.

Dans son appartement, il jeta sa veste sur le sofa, puis il se rendit dans la cuisine et se versa un whisky avec de l'eau. Il faisait frais ici, tout était frais et paisible, ordonné et silencieux.

L'horloge de la cathédrale sonna quatre heures.

Au bout d'un moment, apercevant le témoin clignotant de son

répondeur, il se pencha et l'enclencha. La voix était à la fois chaleureuse et professionnelle.

« C'est Diana. Ça fait un moment qu'on ne s'est pas parlé. Tu me manques. Tu me rappelles ? »

C'était le seul message.

Simon hésita une seconde, avant d'appuyer sur le bouton d'effacement.

*Achevé d'imprimer sur les presses de*

**BUSSIÈRE**

GROUPE CPI

*à Saint-Amand-Montrond (Cher)*
*pour le compte des Éditions Robert Laffont*
*en avril 2006*

Cet ouvrage a été composé
par PCA – 44400 REZÉ

N° d'édition : 46976/01. – N° d'impression : 061497/4.
Dépôt légal : avril 2006.

*Imprimé en France*